Charles Ferdinand Ramuz

ex libris
Volk und Welt

Charles Ferdinand
Ramuz
Vier Romane

Aus dem Französischen von
Hanno Helbling und
Yvonne und Herbert Meier

Herausgegeben von Ingeborg Quaas

ISBN 3-353-00647-8

1. Auflage

Lizenzausgabe des Verlages Volk und Welt, Berlin 1990
für die Deutsche Demokratische Republik
L. N. 302, 410/54/90
Originaltitel: *Aline*, 1905 (Aline); *La Séparation des Races*,
1922 (Die Trennung der Rassen); *Farinet ou la fausse monnaie*,
1932 (Farinet oder das falsche Geld),
© Marianne Olivieri-Ramuz, La Muette, Pully.
© 1986 by Limmat Verlag Genossenschaft, Zürich.
Alle deutschen Rechte vorbehalten.
Derborence, 1934 (Derborence),
© 1936 Editions Grasset, Paris.
© 1987 by Limmat Verlag Genossenschaft, Zürich.
Alle deutschen Rechte vorbehalten.
Printed in the German Democratic Republic
Alle Rechte an dieser Ausgabe für die
Deutsche Demokratische Republik vorbehalten
Einbandentwurf: Horst Hussel
Gesamtherstellung: Offizin Andersen Nexö,
Graphischer Großbetrieb, Leipzig III/18/38
LSV 7311
Bestell-Nr. 649 139 4

01800

Aline

I

Julien Damon war auf dem Heimweg, er hatte gemäht. Es herrschte eine große Hitze. Der Himmel war wie ein bemaltes Blech, die Luft stand still. Man sah die Vierecke der Haferfelder, die schon weiß schimmerten, neben den gelben Weizenfeldern; weiter weg lagen die Obstgärten, rundum das Dorf mit seinen roten und braunen Dächern.

Es war Mittag. Die Zeit, wo die Frösche in den Erdlöchern leiden, weil die Sonne den Tau aufgetrunken hat, und in ihrer glatten Kehle schlägt es in kleinen Stößen. Über den Böschungen liegt ein Geruch von verbranntem Horn.

Als Julien an den Sträuchern vorbeikam, flogen die Spatzen alle zusammen heraus, wie wenn ein Stein zerspringt. Langsam schritt er voran, es machte ihm warm, auch war es ihm nicht ums Eilen zumute. Er rauchte einen Zigarrenstummel und ließ den Kopf zwischen seinen eckigen Schultern hängen. Ab und zu blieb er unter einem Baum stehen; der Schatten drang in sein offenes Hemd; er rückte den Hut nach hinten und trocknete mit dem Arm die Stirn ab. Dann machte er sich wieder auf den Weg, trat aus dem Schatten, und seine Sense blinkte in der Sonne wie eine Flamme. Gleichmäßigen Schrittes zog er aus. Er schaute nicht nach rechts und nicht nach links, denn er kannte ja den letzten Stein auf dem Weg, er kannte alles in die-

7

ser Landschaft, wo sich nichts verändert außer den Jahreszeiten, die im reifenden Gras oder in den fallenden Blättern sich anzeigen. Er dachte nur, das Mittagessen werde bereitstehen und er habe Hunger.

Doch als er zur Landstraße kam, blieb er plötzlich stehen, er hielt die flache Hand über die Augen. Eine Frau kam. Sie schien ein Kleid aus Rosastaub zu tragen. Er sagte zu sich: Ist das nicht Aline? ... Als sie näher kam, sah er, daß es wirklich Aline war. Er spürte ein leises Klopfen im Herzen.

Sie ging rasch voran; bald hatten sie sich erreicht. Sie war mager und ein wenig blaß, siebzehn war sie, in einem Alter, wo die jungen Mädchen leicht die gute Farbe verlieren, und auf der Nase hatte sie Sommersprossen. Trotzdem, sie war hübsch. Ihr großer Hut warf Schatten auf ihr Gesicht, bis zum Mund, den sie verschlossen hielt. Ihr blondes, vorne ganz glatt gekämmtes Haar war hinten zu schweren Zöpfen geschlungen. Am Arm trug sie einen kleinen Korb; ihre schweren Schuhe reichten weiter als ihr kurzer Rock.

Julien sagte: „Guten Tag."

Sie antwortete: „Guten Tag."

So fingen sie an. Julien sagte darauf: „Wo kommst du her?"

„Von meinem Onkel."

„Es ist heiß."

„Oh, ja."

„Und der Weg ist lang."

„Dreiviertel Stunden."

„Das ist mühsam, bei dieser Sonne und bei diesem Staub."

„Oh, ich bin es gewohnt."

Sie standen sich wie Bekannte gegenüber, die, wenn sie sich begegnen, aus Höflichkeit ein wenig miteinander plaudern. Julien hielt eine Hand in der Tasche, die andere am Sensengriff, und beim

8

Reden neigte er den Kopf zur Seite. Aber Alines Ohren waren rot geworden. Und auch er, obwohl es nicht danach aussah, hatte etwas zu sagen, das nicht leicht zu sagen war; deswegen suchte er einstweilen Zeit zu gewinnen.

Er fragte Aline: „Wohin gehst du?"

Sie sagte: „Ich gehe nach Hause."

„Ich auch. Wollen wir den Weg zusammen machen?"

Und wie sie so gingen, eines neben dem andern, dachte Julien angestrengt nach, aber manchmal sind im Kopf die Leitungen verstopft. Er schaute in die Luft. In den Zweigen sah man die Kirschen, die auf der Schattenseite noch hell, auf der Sonnenseite schon rot waren. Die Bienen tranken aus allen Blumen. Bald wurde das Dorf sichtbar. Die Zeit lief. Da drang Julien noch mehr in die Tiefe, bis dorthin, wo die Gedanken sich verborgen hatten, und er begann wieder: „Ich habe den ganzen Morgen gemäht, das ist nicht leicht bei dieser Dürre. Es gibt Tage im Leben, wo man gar keinen Lebensmut hat."

„Das ist wahr", erwiderte Aline, „nichts macht einem Freude."

„Und zudem", sagte er, denn jetzt war ihm etwas eingefallen, „zudem haben wir uns lange nicht mehr gesehen."

Aline senkte den Kopf. Sie sagte: „Jetzt ist eben die Zeit, wo man im Garten zu tun hat. Und dann, Mama ist allein …"

Aber er ließ nicht locker.

„Weißt du", sagte er, „es wäre nett von dir, wenn wir uns wiedersehen könnten."

Aline wurde bleich.

„Nun?" fragte er.

„Ich weiß nicht, ob ich kann."

„Teufel noch mal! Man hat sich doch vieles zu sagen."

Da zögerte sie, und ihr Herz schwankte wie ein Apfel zuäußerst an einem Ast; dann war die Verlockung stärker.

„Wenn ich mich sehr beeile", sagte sie, „dann vielleicht später einmal."

„Wann also?"

„Wann du willst."

„Geht es heute abend, bei den Ouges?"

„O ja, vielleicht."

Sie kamen zum Dorf; an der Straße standen die Häuser mit ihren Gärten, ihren Brunnen und ihren Misthaufen. Julien sagte noch: „Also, heute abend."

Sie antwortete: „Ich will sehen."

„Aber sicher?"

„Ganz sicher."

Aline lebte allein mit ihrer Mutter in einem kleinen Haus. Sie hatten noch eine Ziege und ein Stück Land, das ihnen zweihundert Franken im Jahr einbrachte, denn es war gut verpachtet. Die alte Henriette liebte das Geld, das sich so angenehm wie Sammet anrührt, und es hat auch einen Geruch. Aber sie liebte das Geld nur, weil sie dafür so viel gearbeitet hatte, und geblieben war ihr ein krummer Hals, ein gebeugter Rücken und Handgelenke wie zwei Kiesel. Die Adern unter der Haut ihrer Hände sahen aus wie Tintenkleckse. Da sie keine Zähne mehr hatte, kam ihr das Kinn beim Essen bis zur Nase. Sie ging ruhig und entschlossen durchs Leben, denn sie hatte getan, was zu tun war; sie sah, was gut ist, was schlecht ist; und weiter wartete sie ihre Sterbestunde ab, denn Gott ist gerecht, und man geht nicht gegen seinen Willen. Sie trug auf ihrem Haar, das an den Schläfen zurückgestrichen war, eine schwarze Haube. Die Tage gingen, und die Pflanzen wuchsen, jede zu ihrer Zeit.

Sie sagte zu Aline: „Du bist lange weggeblieben."

Aline antwortete: „Ich habe so schnell wie möglich gemacht."

Sie dachte an Julien, deswegen war sie zerstreut. Sie erinnerte sich an die ersten Male, da sie ihn gesehen hatte, und sie kannten sich von der Schule her, nur war er damals schon lange bei den Größeren, während sie noch bei den ganz Kleinen war. Und eines Tages waren sie sich begegnet, Julien hatte sie begleitet, dann war er wiedergekommen; zuerst hatte sie nicht weiter darauf geachtet; dann hatte sie allmählich Freude, wenn sie ihn sah, denn die Liebe tritt ins Herz, ohne daß man es hört; aber wenn sie einmal drinnen ist, schließt sie die Tür hinter sich zu.

Der Nachmittag zog langsam dahin. Die Hitze liegt schwer auf den Stunden wie der Regen auf den Flügeln der Vögel. Aline schnitt Lattich mit einem alten rostigen Messer. Wenn man den Stengel durchschneidet, fließt eine weiße Milch heraus, die auf den Fingern braune Flecken macht und klebt. Die scharfen Linien der Dächer flimmerten im ʼeingefärbten Himmel, man hörte die Hühner glucken, die Bienen prallten von den Blumenspitzen ab wie weiche Bälle. Die Sonne schien reglos zu sein. Sie strömte ihre Flammen aus, und die Luft stieg bis zu den untersten Zweigen der Bäume, wo sie eine Weile blieb, dann wieder absank; die Ameisen liefen über die Steine; eine Amsel flatterte in den Bohnenstauden. Als ihre Schürze voll war, betrachtete Aline das Licht, den Garten, die Felder; schon sank die Sonne am Horizont wankend gegen den Berg; wenig später wurde sie flach wie eine Wachskugel, die schmilzt. Karren fuhren durch die Straße. Es war Zeit. Sie hatte gesagt: „Ganz sicher."

Sie lief über die Matten zu den Ouges. Es war ein feuchter Ort, ein Bach hatte sich dort ein Bett in die schwarze Erde gegraben; und daneben stand ein Wald.

Sie war zuerst da, aber Julien kam gleich danach. Er hatte seinen Sonntagskittel über das Hemd angezogen. Sie setzten sich an den Waldrand. Eine rosige Asche fiel aus der Luft; über ihren Köpfen schlugen Vögel mit den Flügeln und flogen zu ihren Nestern; in der Ferne bellte ein Hund; dann und wann drang eine Stimme zu ihnen her.

Julien sagte: „Siehst du, es ist recht, daß du gekommen bist. Wer kann uns schon sehen?"

Aline antwortete: „Und wenn man mich sucht?"

„Du darfst doch für eine Weile weggehen. Da tun wir doch nichts Unrechtes, oder?"

„O nein", sagte sie.

Und plötzlich spürte sie, wie ein Glück in ihr Herz eindrang, für das ihr Herz zu klein war. Die Schatten streichelten ihr Haar. Sie dachte, daß sie wirklich nichts Unrechtes tue. Sie war hergekommen, weil Julien ein guter Freund von ihr war. Und am liebsten hätte sie nichts gesagt und sich nicht geregt, um den Himmel und die Bäume und alles, was an Lieblichem in der Luft war, zu sehen; aber da sagte Julien: „Ich habe dir etwas mitgebracht."

Er zog ein kleines Päckchen aus der Tasche. „Das ist für dich."

Zuerst war sie ganz überrascht; und ihr großes Glücksgefühl verschwand, und sie bekam ein wenig Angst; sie sagte: „Ich darf es nicht annehmen."

„Ach, dummes Zeug."

Doch dann öffnete sie die Hand; das Päckchen war leicht und verschnürt. Zuerst kam ein graues Papier; darunter ein Seidenpapier, das mit einem blauen Band umwickelt war; dann, im Seidenpapier, ein Kartonschächtelchen. Ganz klein waren ein Mann und eine Frau, die in einer Gartenlaube saßen, auf den Deckel gemalt.

„Was ist das?"

„Schau selber, ich will es dir nicht sagen."

Als sie das Schächtelchen öffnete, sah sie in Rosawatte zwei vergoldete Ohrringe mit einer Korallenkugel. Sie sagte nichts. In ihrer Brust zog sich etwas zusammen.

Julien fragte: „Gefällt es dir?"

„Oh, sehr."

„Ich habe sie in Lausanne gekauft."

Sie sagte dann: „Oh, vielen Dank."

Und befriedigt sah er sie an und freute sich, daß er reich genug war, einer Freundin Geschenke zu kaufen, ohne dabei auf sein Glas Wein und seine Zigarre verzichten zu müssen.

„Nimm sie in die Hände", sagte er, „sie sind schwer."

Aline nickte.

„Es gibt auch solche, die innen hohl sind, weißt du; die hier sind massiv."

Er fügte bei: „Aber dafür mußt du mir auch etwas geben."

„Oh", sagte sie, „ich möchte schon, aber ich habe nichts."

„Natürlich hast du etwas."

„Was?" fragte sie.

„Oh", sagte er, „nur einen kleinen Kuß."

Aline wurde rot.

Julien wiederholte: „Nur einen kleinen Kuß, einen ganz kleinen, auf die Nasenspitze, so zum Spaß."

„O nein!"

„Das spürst du nicht einmal. Du kannst nicht einmal auf eins zählen, und schon ist es vorbei."

„Nein", sagte sie, „ich kann nicht."

Sie wußte genau, daß Küsse etwas Verbotenes waren. Auf die, die sich küssen lassen, zeigen die anderen Mädchen mit Fingern und schubsen sich mit dem Ellbogen. Und zudem geht man auch noch zwei Jahre lang ins Schulhaus in die Unterweisung. Der Pfarrer liest aus einem Buch. Man lernt, was erlaubt ist und was nicht erlaubt ist. Man lernt auch, daß die Bösen bestraft und die Guten belohnt werden. Und Aline war voll guten Willens, das Rechte zu tun.

Aber Julien wurde kühner und legte ihr den Arm um die Hüfte. Sie versuchte wohl, sich zu wehren, aber die Dämmerung war verführerisch, auch das Gras mit seinem Tau, die Zweige, der Schatten, der sagte: „Geh näher zu ihm." Ihr Herz war übervoll, und es wog schwer mit all diesen Dingen und drängte sie zu Julien. Sie spürte Juliens Mund auf ihrem Mund, und ihr Leib schmolz wie Schnee in der Sonne.

Sie ordnete ihr zerzaustes Haar. Die letzte Helle des Tages verdämmerte am Horizont. Sie sah, daß es spät geworden war, und lief eilends weg.

Wie verlassen die Felder waren! Das Rascheln ihrer Füße im Gras tönte überlaut. Der erste Stern war da. In ihrem Herzen war eine kleine Glocke, die immerzu läutete und sagte: „Ich liebe Julien ... ich liebe Julien ..." Sie umklammerte das Schächtelchen mit der Hand; manchmal dachte sie: „Auch Julien liebt mich."

Die Sommernächte sind kurz. Früh am Morgen gehen die Männer mähen, solange das Gras noch weich ist. In den Häusern beginnt es sich zu regen, die Hähne krähen von einem Hühnerhof zum andern. Die alte Henriette stand zuerst auf; sie war stets schon vor dem Morgengrauen auf den Beinen, ihr Tagwerk war geregelt wie das Räderwerk der Wanduhren. Und sobald sie angekleidet war, rief sie Aline.

Die Sonne hob sich mit einem Ruck über den Wald. Ein neuer Lebenstag war da. Das Wasser auf dem Herd begann zu sieden. Als der Kaffee bereit war, setzten sich die beiden Frauen an den Tisch.

Und Aline schämte sich ein wenig, daß sie heute nicht mehr dieselbe war wie am Tag zuvor; aber sie aß dennoch und trank; und endlich sagte sie sogar: „Mama, wie macht man sich Löcher in die Ohren?"

Henriette war sehr erstaunt.

„Wozu das?"

„Einfach so."

„Wie soll ich das wissen? Das ist etwas für feine Damen."

Aline schwieg. Aber als sie allein war, trat sie vor den Spiegel, nahm eine Nadel und stach sich damit ins Ohr. Sie biß sich auf die Lippen, um nicht zu schreien, so sehr schmerzte es, und auf der Haut bildete sich ein kleiner Blutstropfen; ein Loch war es dennoch nicht, sie sah, daß es zu schwierig war.

Das Schächtelchen versteckte sie zuhinterst in einer Schublade; in der Nacht stand sie manchmal auf und schaute es an.

II

Wenn sie zu Morgen gegessen hatten – und ältere Frauen lieben nichts so sehr wie ihren Kaffee –, machten Henriette und Aline die Hausarbeit; dann brachten sie der Ziege zu fressen. Da sie weiß war, nannte man sie Blanchette; beim Fressen bewegte sie emsig das Maul; man mußte sie auch melken, denn wie bald war Mittag. Und wenn der Tag sich einmal gewendet hat, läuft die Zeit schnell; es ist wie ein Kessel, der langsam gefüllt wird und sich dann plötzlich leert. So hatte Henriette erst nach dem Abendessen ein wenig Zeit für sich, um einen Besuch zu machen oder einzukaufen.

Aber vor allem der Garten beanspruchte viel Zeit, denn immerzu muß man häckeln und gießen, wenn man gutes Gemüse haben will; und den Sommer über braucht er viel Wasser, früh am Morgen und spät am Abend, denn Wasser und Sonne zusammen stecken die Pflanzen in Brand, wie man sagt. Und zudem wächst das Unkraut von selbst, nicht aber, was man sät und pflanzt.

Henriette war stolz auf ihren Garten. Es war der schönste im Dorf; die Erde war schön schwarz, die Beete schnurgerade wie auf dem Papier, die Kohlköpfe groß wie ein Kopf. Und wenn sie tüchtig gejätet hatte, richtete sie sich auf und sagte zuerst: „Au!“, denn der Rücken schmerzte sie, aber sie war dennoch zufrieden, wenn sie sah, wie alles in Ordnung war. Es gab da auch Bäume, die Früchte brachten, und vor dem Fenster stand ein alter Pflaumenbaum. Die Sonne stieg über der Kirche auf und schaute mit ihrem runden Auge, das den Tag bringt, in den Garten; man roch die Erde.

Aline war tüchtig und half ihrer Mutter, soviel sie konnte. Sie spannte die Schnur; sie zählte die Samenkörner in ihrer hohlen Hand, denn sie hatte ein gutes Auge, oder sie schöpfte Wasser, und die Pumpe ächzte wie ein Esel, der schreit, während sie ihre bloßen Arme hob und senkte.

Häufig ging sie auch ins Dorf. Ihre Freundinnen standen unter den Türen und riefen nach ihr, und auch sie hatten das Haar zerzaust und die Ärmel aufgekrempelt, denn es ist das Los der Töchter, sich früh schon nützlich zu machen; sie müssen einen Haushalt führen können, wenn sie heiraten wollen. Aline lächelte allen zu; und es war das Glück, das ihr die Lippen öffnete, so daß man die Zähne sah. Alles scheint leicht zu sein, wenn man liebt. Die Sonne ist heller, die Blumen sind schöner, die Menschen besser. Die Welt enthüllt sich einem, geschmückt wie ein Festplatz, mit ihren Bäumen, ihren Wiesen und Bergen.

Sie betrachtete sich im Spiegel. Sie sagte zu sich:

Bin ich hübsch? Ich bin nicht sicher; vielleicht doch ein wenig. Und sie war wirklich sehr hübsch geworden; ihre Wangen waren rosiger, die Lippen röter, die Augen blauer. Die Jugend ist es, die einem aus dem Herzen tritt, weil das Herz froh ist, und sie steht vor einem wie der Morgen auf den Wiesen.

Aline sagte sich manchmal: Ich liebe meine Mutter doch sehr. Es ist nicht schön von mir, daß ich ihr etwas verheimliche. Aber sie sagte sich, es gehe nicht anders. Und der Gedanke war bald wieder verflogen. Die Liebe bewirkte, daß sie sich der leidenden Tiere erbarmte, der Würmer, die man beim Pflanzen zerschneidet, der Blumen, die man zertritt. Im Dorf war ein Mädchen, das in einem Dreiräderkarren geschoben wurde; seine Beine waren abgestorben, als es noch klein war, es konnte weder gehen noch stehen; darum war es auch nicht gewachsen, wie ein Kind war es geblieben, aber sein Kopf war sehr groß. Und Aline dachte: Mein Gott, das arme Mädchen! Wenn ich auch so wäre, dachte sie. Und sie war froh, daß sie so flink und lebhaft war, gesunde Beine hatte, die sie zu Julien trugen.

Er kam, die Hände in den Taschen. Wenn er vor ihr da war, versteckte er sich. Aline suchte ihn, und plötzlich, wenn sie ganz nahe bei ihm war, schrie er: „Hu!" aus dem Dunkeln. Es machte ihm Spaß, zu sehen, wie sie zurücksprang, und er sagte: „Bist du aber ein Angsthase!"

Sie setzten sich nebeneinander. Die Schnecken streckten ihre schwarzen Hörner aus und trugen ihre Häuschen, die auf ihrem klebrigen Rücken schwankten; wenn der Boden feucht war, schossen die Pilze in einer Nacht aus dem verfaulten Laub. Die Haselnüsse hatten sich noch kaum gebildet und waren noch weich in ihrer grünen Hülle, die man ausspucken muß, aber hie und da geriet einem eine vergessene Erdbeere in die Finger. Im Wäldchen war es schon dunkel; es war wie ein Haus, das sie für sich allein hatten und wo man sie nicht sehen konnte; aber sie konnten alles sehen, denn es hatte ein rundes Tor und Löcher wie Fenster, und der Himmel war wie eine Glasscheibe. Die Blätter ließen ihre Tröpfchen auf sie fallen, der Bach spielte sein Glockenspiel, die Zeit verging rasch.

Sie sagte: „Jetzt muß ich heimgehen."

Er antwortete: „Du hast noch lange Zeit."

Und sie verweilte noch, aber einmal mußte sie ja gehen.

An einem Sonntagmorgen, als sie beisammen waren, fingen die Glocken zu läuten an. Sie läuteten eine Stunde vor der Predigt, um die Leute zu mahnen. Und da sie nicht gut aufeinander abgestimmt waren, die eine ganz tief, die andere ganz hoch, die eine mit raschen Schlägen, die andere mit langen dumpfen Schlägen, zogen sie über das Land hinweg wie ein Betrunkener mit seiner Frau, wenn sie zusammen streiten. Manchmal läuteten sie lauter in einem Anfall von Wut, dann wieder besänftigten sie sich; der Kirchturm leuchtete wie ein Haufen alter Flaschen.

Julien sagte: „Bourbaki hat heute morgen ein Glas zuviel getrunken."

Bourbaki war der Glöckner, und man hatte ihm diesen Übernamen gegeben, weil er im Siebzigerkrieg an der Grenze gestanden hatte und immer, wenn er betrunken war, sagte: „Bourbaki, den kenne ich."

Aline lachte.

„Einmal", sagte sie, „war der Pfarrer schon in der Kirche, und läutete noch immer."

„Das kommt vom Wein, der dieses Jahr billig ist."

„Und einmal ist er die Treppe hinuntergefallen und hat sich ein Loch in den Kopf gemacht."

Dann dachten sie an die Holzstiege im Kirchturm, die man hinaufsteigt, um ins Land hinauszublicken; sie ist ganz wackelig, das Gebälk ächzt, die Glockenseile hangen über den Treppenabsatz. Und durch die Dachluke sieht man die Straße, die wie ein spitz zulaufendes Stoffband ist, die Dächer, die rot sind, die Gärten, die grün sind, und die Linden vor der Kirche, die rund sind wie Kohlköpfe.

Aline sagte: „Ich habe die Glocken gern."

„Sie sind aber nicht sehr schön."

„Das macht nichts, es wäre traurig, wenn sie nicht mehr läuten würden."

„Ja, das schon."

„Siehst du."

Julien sagte: „Warum trägst du die Ohrringe nicht?"

„Ich getraue mich nicht, Mama würde sie sehen."

„Schade."

Aline antwortete: „Ja, sehr."

Da hörten die Glocken zu läuten auf. Man vernahm noch ein Brummen, das verging, und es kam die Sonntagsstille.

Und Aline sagte: „Ich muß nach Hause gehen, es ist höchste Zeit."

Julien blickte ihr nach. Ihr weißer Hut wogte im Wind, und als sie hinter den Hecken durchging, sah man nur noch ihn, wie er über die Zweige hüpfte wie ein großer Vogel.

Aber die Glocken läuteten ein zweites Mal. Es ist der Augenblick, da der Pfarrer die Kirche betritt. Er tritt ein, und der Vorsänger sitzt an seinem Platz unter der Kanzel. Wenn der Vorsänger singt, hebt er sich bei jedem Ton auf die Spitzen seiner Schnürstiefel, um seine Stimme freizulassen, und er stößt sie wie eine Seifenblase in die Luft. Es gibt Psalmen, die man kennt, andere, die man nicht kennt. Sie stammen alle von früher und haben viele Noten und dazwischen Pausen zum Atemholen. Die Fenster sind nicht gerade sauber, das Licht ist ein wenig trüb, selbst wenn die Sonne scheint; manchmal hört man die Leute, die auf dem Kirchplatz reden.

Julien war allein zurückgeblieben, er hatte sich auf den Bauch gelegt, kaute an einem Grashalm und dachte nach. Er war zufrieden, denn er fühlte sich als ein Mann, der eine Frau hat. Und er stellte sich Aline vor, ihre kleinen schlanken Arme, ihren Hals, der oben braun und unten weiß war, ihre Brust, die sich bewegte. Er sagte sich: Warum geht sie zur Predigt? Ich langweile mich. Und er sagte sich auch, daß Küsse nicht alles sind.

III

Die Welt ist nun einmal so beschaffen: an dem einen Ende sind die Jungen, die lachen oder weinen, denn dies ist das Alter, wo man viel lacht oder weint, und in der Mitte sind die Menschen, die arbeiten; am andern Ende aber sind die Alten, die dem Leben zuschauen, denn sie haben es hinter sich. Ihre Augen sind stechend wie Nägel. Sie haben Erfahrungen gesammelt für die jungen Leute, die noch keine haben. Sie wackeln mit ihren hageren Köpfen. Wenn man nur eine Tochter hat, möchte man wenigstens, daß sie wohlgeraten ist. Die wohlgeratenen Töchter verstehen sich aufs Kochen, auf die Feldarbeit, aufs Strümpfestricken; sie vergnügen sich nur dann, wenn es einmal nichts zu tun gibt. Und als die alte Henriette sah, daß Aline nun jeden Abend ausging, was man nicht tun darf, da wurde sie unruhig wegen der Versuchungen, und sie sagte: „Ich will nicht, daß es so weitergeht."

An einem Montagabend, als es neun schlug, war

Aline noch nicht zurückgekommen. Man hörte, wie eine Tür nach der anderen abgeschlossen wurde, die Scheunentore, die hoch und breit sind, man stößt sie mit der Schulter zu, und sie knarren, die Stalltüren, die verrostet sind, die Haustüren, die fast keinen Lärm machen. Der Himmel war grün wie eine Wiese, und die Bäume standen schon schwarz darin.

Henriette zündete die Lampe an. Dann sagte sie sich: „Sie ist noch nicht heimgekommen, was tut sie wohl?"

Dann schlug die Viertelstunde, und sie sagte laut: „Mein Gott, ist ihr wohl etwas zugestoßen?"

Sie öffnete das Fenster und rief: „Aline! Aline!" Zweimal rief sie, und niemand gab Antwort, aber die Johannisbeersträucher im Garten sahen böse aus, wie kauernde Tiere. Dann schlug die halbe Stunde.

Auf einmal erschien Aline.

Henriette sagte: „Woher kommst du?"

Aline konnte nicht gleich antworten, denn sie war gelaufen; das Lampenlicht blendete sie, sie legte die Hand über die Augen; und sie stand da mit klopfendem Herzen, als Henriette noch einmal mit harter Stimme fragte: „Woher kommst du?"

Aline sagte: „Ich bin bei Elise gewesen."

„So spät kommt man nicht nach Hause."

Eine Weile verging. Aline hatte sich gesetzt. Da merkte sie, daß ihre Mutter sie anschaute. Sie konnte sie nicht sehen, sie hatte den Kopf abgewendet, aber sie empfand ihre Augen wie zwei Brandwunden auf der Haut. Da fing ihr Blut zu wallen an, zuerst ganz innen, dann stieg es auf und war bald in der Kehle, und wie kochendes Wasser strömte es rot in die Wangen und sang in den Ohren; ihr ganzer Kopf war ein Feuer. Sie hätte ihn am liebsten in den Händen versteckt, aber ihre Mutter war da; und die Mutter sagte: „Du lügst."

Aline erwiderte nichts; die Haarwurzeln stachen sie in die Haut.

„Sag", fragte Henriette, „woher kommst du?"

Aline sagte leise wie ein Kind, das gescholten wird: „Ich bin eine Weile im Wäldchen gewesen."

„Ganz allein?"

„Ich habe Julien getroffen."

„Wen, sagst du?"

„Julien."

Henriette sagte: „Das sind mir schöne Geschichten!"

Sie fügte bei: „Noch nicht einmal achtzehn ist sie! Und streunt herum!"

Dann fuchtelte sie mit ihrer alten Hand vor ihrem Gesicht herum und sagte: „Jetzt ist Schluß damit, verstanden!"

Aline war wie ein Vogel, der sich ein Nest gebaut hat: ein Windstoß, und das Nest fällt herunter. Sie sah, daß sie bis jetzt von der Welt nicht viel gewußt hatte und von den Hindernissen, die sie denen stellt, die sich lieben. Man geht dorthin, wohin das Herz einen drängt, aber das Herz ist nicht Herr über alles; und kaum hat man sich ein, zwei Küsse gegeben, ist es mit Küssen auch schon zu Ende.

Henriette hingegen dachte: Mein Gott! So viel Kummer! So viel Kummer! Zuerst bringt man sie unter Schmerzen zur Welt, diese Kinder; und die erste Zeit sind sie so klein, daß man nicht glauben kann, sie würden einmal größer; sie haben alle möglichen Krankheiten; ja, später kann man sich ein wenig an ihnen freuen; und dann sprießt den Burschen der Bart, die Mädchen ziehen lange Röcke an, und man hat mehr Sorgen als zuvor; zum Glück ist unsereins noch da.

So kam es, daß Aline nicht mehr allein ausgehen durfte, vor allem nicht abends, wenn die Dunkelheit zum Bösen verleitet. Und Aline war folgsam.

Aber man hatte ihr genommen, was das Leben wieder süß macht, wenn einmal die Kindheit, die wie Zucker schmeckt, vorbei ist. In den ersten Tagen schüttelte sie den Kummer ab, indem sie gute Vorsätze faßte; sie sagte sich: Es war unerlaubt, daran habe ich nicht gedacht; es ist schwer, aber es muß sein ... Wenn ich Julien begegne, tue ich so, als würde ich ihn nicht sehen; er wird schon kommen, wenn er mich liebt. Vielleicht sagt er sich gar: Ich will sie heiraten! Das ist viel angenehmer, ich mag es nicht, wenn man heimlichtut. Das sagte sie sich. Das sagte sie sich am Anfang, und sie ging in den Garten mit ihrem kleinen blauen Schatten, und in den Rüben und über den Mauern sang der Sommer.

Aber es geschah, daß ihre Liebe, die wie eine Pflanze unter einer Steinplatte gewachsen war, die Vernunftgründe beiseiteschob. Ihre Liebe wurde immer größer, sie litt immer mehr. Es schien ihr, als würde jeder Tag, der verging, einen Stein in ihr Herz werfen; es wurde so schwer, daß es vor Müdigkeit zusammenbrach. Sie verlor die roten Wangen und den Appetit. Sie schaute die Straße hinunter und suchte mit ihren Augen Julien: Wo ist er? sagte sie sich, ich möchte ihn so gern wiedersehen.

Und jeden Abend, wenn die Sonne unterging und die Stunde kam, war sie ein wenig traurig; sie sah das Wäldchen wieder, die Wiese und den Bach, und im Geist kehrte sie dorthin zurück, denn der Geist ist frei, und er ist schnell, aber der Leib ist gefesselt, und der Geist schert sich nicht um ihn. Sie beneidete die Schwalben, die frei in der Luft sind.

Indessen ging die Zeit trotz allem vorbei, mit schleppenden Schritten wie ein Bettler auf der Straße. Sie arbeitete wie immer, sie trug dasselbe Kleid und denselben Hut; wer würde vermuten, was in einem vorgeht, wenn äußerlich nichts geschieht und man einem im Grunde tief in die Augen blicken müßte?

So ging die Zeit bis zu jenem Abend, da Aline im Garten war und ihre Mutter glaubte, richtig zu handeln.

Aline saß unter dem Pflaumenbaum, den Kopf an den Stamm gelehnt, als die alte Henriette zu ihr trat; sie hatte ihr Strickzeug bei sich, aber man sah nicht mehr genug, um zu stricken, und so hatte sie die Hände in den Schoß gelegt.

Sie wandte sich zu ihrer Tochter: „Siehst du, wie unrecht du hattest, es so schwer zu nehmen; solche Dinge gehen rasch vorüber."

Das war alles, was sie sagte, aber ein kleines Wort genügt. Aline spürte, wie ihr Herz sich auflehnte, es hatte den Mut und den eigenen Willen wiedergefunden. Ihr Herz sagte: Nein, das sind Dinge, die nicht vorübergehen. Jetzt kannte sie die wahre Liebe; plötzlich war sie ausgebrochen wie das Feuer in der Nacht.

Denn ihre erste Liebe war die Liebe der jungen Mädchen, die allein sind, und ein Bursche geht vorüber. Man liebt einen, der stark ist, denn man selber ist Frau und schwach, und die Welt ist weit. Aber jetzt schritt ihre neue Liebe aufrecht vor ihr her. Am liebsten wäre sie gleich zu Julien gelaufen, hätte sich ihm an die Brust geworfen und ihn um Verzeihung gebeten.

Henriette war daneben und wußte nichts von all dem. Sie regte sich nicht; sie sagte nichts, denn sie hatte nichts mehr zu sagen. Man sah ihre gebogene Nase und auf ihrem gekrümmten Rücken die vielen Jahre. Und Aline blickte zu ihrer Mutter und wünschte, sie würde sterben. Denn die Liebe geht geradeaus wie die Steine, die von den Bergen rollen.

Als Henriette zu Bett gegangen war, nahm Aline ein Stück Papier. Es war bläuliches Papier, wie man es in den Schaufenstern der Dorfläden sieht, mitten unter Pfeifen, alter Seife und Haarnadeln. Oben in der Ecke waren zwei rosige, ineinander verschlungene Hände mit Spitzenmanschetten, darum herum ein Vergißmeinnichtkränzchen; darunter las man: „Vergiß mein nicht." Man verwendet solches Papier unter Freundinnen für Geburtstagsbriefe und unter Verliebten für Liebesbriefe; man schenkt es sich auch; man kauft zwei, drei Bogen, die dann im Schrank an den Rändern vergilben.

Aline tauchte die Feder ins Tintenfaß und schrieb mitten auf die Seite:

Lieber Julien

Aber zunächst kam sie nicht weiter, denn sie mußte nachdenken. Manchmal mag die Liebe noch so groß sein, man weiß doch nicht, wie man es sagen soll, daß man liebt. Und noch schwerer ist, es zu schreiben; es ist, als würden sich die Worte an die Feder krallen, als wollten sie sich nicht aufs Papier bringen lassen. Auf dem Tisch brannte die Kerze. Ab und zu flog eine Mücke in die Flamme, dann hörte man ein leises Knistern, und sie fiel in das geschmolzene Wachs. Ein Wind wehte herein, große Schatten bewegten sich an der Wand.

Aber plötzlich griff Aline wieder nach der Feder, und jetzt, da ihr die Gedanken eingefallen waren, schrieb sie und schrieb. Sie war das Schreiben nicht mehr gewohnt, seitdem sie nicht mehr zur Schule ging; ihre Finger waren ungelenk geworden, so mußte sie sich sehr anstrengen; deshalb streckte sie die Zunge heraus. Die Feder war verrostet. Aber alle Buchstaben waren schön abgerundet, und die großen Buchstaben hatten schöne

Schleifen, Grundstriche und Aufstriche wie auf den Schreibvorlagen. Es kam höchstens vor, daß die Zeilen nach rechts hin anstiegen, denn es ist schwer, auf unliniertem Papier zu schreiben; manchmal waren die Wörter auch gegen Ende der Sätze leicht verwackelt.

Aline schrieb lange. Dann endlich setzte sie den Namen darunter. Es war ein langer Brief, der fast zwei Seiten füllte. Darin stand:

Mein lieber Julien,
Ich habe solche Angst, Du könntest auf mich böse sein, daß ich Dir sagen will, daß ich nicht böse bin, nur Mama will nicht, daß ich zu Dir komme, denn sie hat mich gesehen, und ich wäre gern wiedergekommen, doch ich konnte nicht; aber jetzt halte ich es nicht mehr aus; wenn es Dir recht ist, sehen wir uns wie früher, aber zu einer spätern Zeit, ich habe gedacht, wenn Du mich morgen abend gegen zehn Uhr in der Nähe des Hauses erwarten würdest, sie schläft, und wenn Du nicht kommen kannst, leg einen Brief unter die Hecke, dort, wo der Pflaumenbaum steht, aber Du kannst sicher kommen, denn ich liebe Dich, und ich sage Dir bis morgen Lebwohl.
Deine Freundin, die Dich von ganzem Herzen liebt.   *Aline.*

Als sie den Brief durchlas, konnte sie nicht glauben, daß sie ihn geschrieben hatte. Es dünkte sie, jemand habe ihn ihr diktiert. Sie verklebte den Umschlag und schrieb die Adresse: Herrn Julien Damon. Da ihre Schrift groß war und der Umschlag schmal, wurde das letzte Wort entzweigeschnitten.

Die Kerze war fast abgebrannt. Sie dachte an ihre Mutter, die im Zimmer nebenan schlief. Was würde geschehen, wenn ihre Mutter es erführe? Aber sie war fest entschlossen. Sie öffnete das Fenster und kletterte hinaus.

Es war elf Uhr. Der Wind blies in Stößen über

die verlassene Straße. Überall war Nacht, die einen mit ihrem Schweigen und ihren huschenden schwarzen Gestalten ängstigt, aber Aline ging dennoch weiter, die Mauern entlang. Das Wirtshaus auf dem Dorfplatz war noch erleuchtet. Seine Fenster zeichneten auf das Pflaster zwei rote Vierecke; man sah ein Stück der Freitreppe mit ihren ausgetretenen Stufen und eine Pferdekrippe; alles andere war im Dunkel. Unter der großen Kupferlampe in der Wirtschaft ging die Magd auf und ab und stellte die Hocker auf die Tische, damit alles am nächsten Morgen zum Kehren bereit war. Aline blieb einen Augenblick stehen. Dann fiel der Brief laut in den Kasten. Das war erledigt. Da sank ihr mit einemmal der Mut.

Sie rannte nach Hause. Die Grillen zirpten unablässig auf den Feldern; zuweilen drang, weich wie Watte, das Quarren der Kröten vom Teich herüber. Eine Katze schlich an ihr vorbei. Sie wankte auf ihren Beinen.

Das Licht jedoch beruhigte sie. Sie fürchtete vor allem, ihre Mutter könnte sie gehört haben, aber nichts rührte sich im Haus. Sie schlief schlecht. Ihre Träume vermischten sich mit der Wirklichkeit. Manchmal, wenn sie aus den Träumen kam, sagte sie sich: Vielleicht ist es für morgen abend. Dann dachte sie: Nein, es ist schon für heute abend!, denn Mitternacht war vorüber. Sie fröstelte. Ihr Kopf war heiß, die Füße waren kalt. Endlich regte sich das Morgengrauen vor den Fensterkreuzen wie ein graues Leinen, sie hörte, wie ihre Mutter aufstand, und auch sie stand auf.

Henriette sagte zu ihr: „Wie früh du heute schon auf bist."

Sie antwortete: „Ich hatte keinen Schlaf."

Sie ging in den Garten hinaus, nach und nach lösten sich die Wolken auf. Kleine blaue Himmelsfetzen zeigten sich in den Rissen. Die Nester waren leer, die Vögel sangen nicht mehr. Und kleine Wassertropfen, die in den Blättern geblieben waren, glänzten wie die Scherben eines Spiegels.

Aline war wie jemand, der auf eine große Reise geht. Allerlei Bindungen waren in ihrem Herzen zerrissen. Sie sehnte sich nach dem Vergangenen und fürchtete sich vor dem Unbekannten; aber sie hatte auch ein großes Verlangen, das sie wie Wellen zu Julien trug.

Sie begann die Küche zu scheuern. Eine grobe Leinenschürze hatte sie sich umgebunden und rieb kniend den Fußboden. Mit Bürste und Seife rieb sie mit aller Kraft, damit die Zeit verging, während das Wasser schäumte und ihre Hände vom vielen Auswinden des Lappens blau und rot wurden.

Dann reinigte sie das Gestell mit den glänzenden Tellern; die waren vom vielen Gebrauch in der Mitte matt geworden.

Zur Kaffeezeit kam eine Nachbarin und borgte sich Kerbel für ihre Suppe am Abend. Das sind so Dienste, die man sich leistet von Haus zu Haus. Sie setzte sich, um ein wenig zu plaudern.

„Wie die Bise wieder geht."

„Ja."

„Das bringt schönes Wetter."

„Kann schon sein."

Aline hörte nichts von dem, was gesagt wurde. Es schien ihr, als seien die Ohren mit Wachs verstopft. Aber wie die Zeit dauert! Und sie dachte: Sieht man wohl, wie es bei mir drinnen ist? Sie meinte, alle müßten in ihrem Herzen lesen können. Der Tag neigte sich dem Abend zu. Die Nachbarin war längst gegangen, mit ihrem Kerbel unterm Arm; sie hatte ihn in ein Papier gewickelt. Und Aline wurde es bang.

Sie hatte Angst vor dem, was sie zu tun gewagt hatte. Mit einemmal sagte sie sich: Wie schnell doch die Zeit geht! Und eben noch hatte sie ge-

28

sagt: Wie langsam doch die Zeit geht. Aber so ist die Liebe. Sie sagte sich noch: Die Sonne geht unter, bald muß ich gehen. O nein. Und alsbald erwiderte ihr Herz: So ein Glück!

Die Nacht kam. Sie schaute unter der Hecke nach, ob ein Brief dort sei, und es war keiner da. Sie dachte: Er kommt! Henriette brachte die Küche in Ordnung. Mit dem Abend kommt die Müdigkeit, sie hatte Schlaf. Sie sagte zu Aline: „Siehst du, wenn du dich ins Zeug legst! Heute sind wir gut vorangekommen."

Und Aline antwortete: „Ach, ja."

V

Der Briefträger auf seinem Rundgang trägt blaue Hosen, eine Mütze mit roten Litzen und einen grauen Kittel. Er steckt die Briefe in seine Ledertasche; er geht von Haus zu Haus; dann geht er aus dem Dorf hinaus, sein grauer Kittel bläht sich im Wind, er wird winzig klein. Später kommt er wieder, wirft seine Ledertasche auf eine Bank und sagt: „Das wär's."

Und mit jedem Brief, den er überreicht, ereignet sich etwas.

Der Briefträger sagt zu Julien: „Heute habe ich etwas für Sie, es kommt nicht von weit her."

Da Julien nicht oft Briefe bekam, war er erstaunt, er dachte: Das kommt aus dem Dorf. Es ist bestimmt die Schrift einer Frau. Was kann das nur sein?

Er ging in die Scheune, um den Brief zu lesen.

„Donnerwetter!" sagte er. „Aline!"

Dann las er den Brief ein zweites Mal, um ganz sicher zu sein, daß es so war. Er lachte für sich und schlug mit der flachen Hand auf den Schenkel. Er sagte sich: Dabei habe ich geglaubt, es sei aus; das war mir gar nicht recht; und jetzt, nichts von all dem! Die muß mich sehr liebhaben!

Er begann zu pfeifen, so glücklich war er. Die Scheune war hoch wie eine Kirche; man sah das Heu, das Stroh und darüber im Dunkeln die Unterseite der Ziegel und die Dachbalken, die sich in gleichen Schrägen auf die Mauerhöhe senkten, wo etwas Licht eindrang; aus dem Stall hörte man das Wiederkäuen der Kühe und das Klirren der Ketten; das Heu gärte und roch stark; in der Türe leuchtete das Licht wie eine Silberplatte.

Julien vergrub die Hände in seinen Taschen. Er fühlte sich fest im Sattel. Im Dorf sagte man: „Wenn einer eine gute Partie ist, dann er." Seine Mutter sagte immer wieder: „Einen Burschen wie ihn findet man nicht so schnell wieder." Und ganz im Innersten fand er, seine Mutter habe recht.

Vater Damon war Ammann, und er war reich. Ihm war Glück beschieden. So wuchs sein Gut Jahr für Jahr von selbst nach allen Seiten wie ein reifender Kürbis. Er gehörte zu den Leuten, die von Anfang an alles richtig anpacken, Erbschaften kommen hinzu, und überdies hat man nur einen einzigen Sohn. So ist die Welt; die einen haben alles, die andern nichts.

Er besaß ein großes Haus, das war aus gutem Stein gebaut, die Mauern gelb gestrichen, mit einem weit ausladenden Vordach und großen Kaminen. In dem einen Teil waren die Wohnräume, in dem andern die Ställe; der Miststock vor dem Haus war ebenfalls groß, ein schön geglätteter Würfel, ähnlich einem zweiten kleineren Haus. Unter dem Scheunengebälk nisteten die Schwalben; jeden Herbst zogen sie weg, und jeden Frühling kamen sie wieder. Die Fensterläden waren grün, und zwischen den braunen Ziegeln waren zwei große Buchstaben, L. D., aus neuen, leuchtend roten Ziegeln gebildet, die man schon von weitem sah.

Julien aß mit großem Appetit zu Mittag, dann spannte er die Pferde an den Leiterwagen, um den Weizen heimzufahren. Das abgeerntete Feld am Hügelhang glich einem gelben Leinentuch, das über die grauen Matten ausgebreitet war. Die Garben lagen längs dem Feld, eine neben der andern. Und nur ein einziger Baum stand dort, denn die Bäume sind beim Pflügen hinderlich.

Dann griffen die Knechte, die im Schatten gesessen waren, zu ihren Gabeln; mit einem einzigen Hieb stachen sie in die festgebundenen Garben und luden sie mit einem Schwung aus den Hüften und mit hochgestemmten Armen auf; Julien stand auf dem Wagen und schichtete sie so, daß das Gewicht sich überall gleichmäßig verteilte.

Er dachte an Aline. Er sagte sich: Sie hat sehr schöne Augen; man weiß nicht, sind sie blau oder schwarz; sie sind blau, aber sie sind auch schwarz, je nachdem, wohin sie blickt; man könnte sie für Puppenaugen halten; und zudem hat sie schönes Haar. Ich bin mächtig froh, sie wiederzusehen. Nur ihre Mutter ist unbequem; sie ist eine alte Frau; sie denkt sich Dinge aus; um zehn Uhr, hat sie gesagt. Und er suchte nach dem Brief in seiner Tasche.

Die Bremsen summten um das Pferdegespann; darunter waren solche, groß wie Wespen und behaart, die setzten sich gleich nieder; andere, klein und dünn, kreisten lange, bevor sie sich niederließen. Sie waren wie schwarzer Dampf, und darin die Pferde mit ihren blutvollen Bäuchen und den Schweifen, die um sich schlugen, und sie zwinkerten mit ihren großen bläulichen Augen.

Die Garben waren bald aufgeladen. Julien nahm die Tiere am Zügel und rief: „Hü, Coco! Hü, Bichette!" Die Stränge spannten sich; die Räder hatten sich in die Erde gegraben und fuhren jetzt langsam an. Die Zeit der Kirschen war vorüber, es hingen noch welche verdorrt an den hohen Zweigen, wo die Vögel kommen und am Kern herumpicken, bis er weiß wird. Der Weg ging abwärts, die Räder holperten über die Wagenspuren, und die Ähren, die aus der wankenden Garbenmasse ragten, klirrten metallen bei jedem Ruck.

Julien ließ die Geißel knallen. Die Mädchen, die am Waldrand ernteten, hoben den Kopf und blickten ihm nach. Als der Weg noch steiler abfiel, zog er die Radbremse an, sie kreischte. Die gebremsten Räder wirbelten dicken Staub auf, der nach Weizen duftete. Und die ganze Zeit dachte er immerzu bei sich: Um zehn Uhr gibt es immer solche, die aus der Wirtschaft kommen, aber heute werden sie müde; so ein Erntetag fährt einem in die Arme; wir werden allein sein, um so besser. Sie wird alles tun, was ich will.

Je tiefer die Sonne sank, um so länger wurden die Schatten der Bäume, dann wurden sie blasser und vermischten sich mit der Dämmerung, die aus den Tälern stieg. Männer und Frauen mit dem Rechen auf den Schultern kamen die rötliche Straße entlang, verschwanden hinter den Bäumen und tauchten dann fern am vergoldeten Himmel wieder auf. Man hörte eine Handorgel. Aber die Nacht, die schon hereinbrach, nahm im Vorübergehen alle Geräusche an sich und trug sie weg. Julien trat aus dem Haus. Er brach sich von einem Strauch eine Rute und bog sie mit den Fingern. Die Luft war frisch und leicht wie klares Wasser. Allerlei verworrene Dinge kreisten in seinem Kopf, und es stimmte ihn froh. Er hatte das Bedürfnis zu marschieren.

Das Dorf schlief ein wie jeden Abend; es ist die Zeit, da die Sterne aufleuchten; am Himmel strahlen sie, und auf der Erde sind es die Lichter, die leuchten; dann erlöschen die Lichter, über die

Menschen senkt sich die Ruhe. Die großen Betten haben kühle Leintücher. Der Meister legt sich neben seine Frau; die Knechte schlafen auf dem Heu. Und die Sterne bleiben allein über der Dunkelheit.

Als Julien bei Henriettes Haus angelangt war, blieb er auf der andern Straßenseite unter einer Weide stehen und wartete.

Die alte Henriette war noch nicht zu Bett gegangen, in den Fenstern brannten zwei Lichter. Julien sagte sich: Aline wartet gewiß auf mich, aber die Alte hat es nicht eilig, zu Bett zu gehen, es ist noch zu früh. Er war überzeugt, daß Aline kommen würde, aber dennoch kam die Zeit ihm lang vor. Er begann auf hundert zu zählen, und jedesmal, wenn er bei hundert war, sagte er sich: Noch eine Minute! Dann sagte er sich: Jetzt ist es zehn.

Die Uhr schlug heiser wie ein Pferd, das hustet, und man hörte, wie der Glockenschwengel zurückfiel.

„Ja, jetzt ist es zehn, und die Alte schläft noch immer nicht. Zum Glück hört man die Stunden schlagen, es ist so dunkel, daß man nicht auf die Uhr sehen kann, und Aline hat gar keine Uhr. Ich muß ihr eine geben, wenn das nicht zuviel kostet; eine aus Stahl, die ist widerstandsfähiger."

Er begann wieder zu zählen: „Eins … zwei … drei … zehn … zwanzig." Am Ende schmerzte ihn der Kopf vor lauter Zahlen.

Was ist nur los? Was ist nur los? Um zehn Uhr gehören Weiber ins Bett, hübsch ins Bett; sie sollte schon längst schlafen. Ist das langweilig! Ihm wurden die Beine steif wie Stöcke, die man in die Erde gesteckt hat. Vielleich hält sie mich zum Narren, dachte er; das wird sie mir büßen. Aber plötzlich gingen die Lichter aus, eines nach dem andern.

Julien trat mitten auf die Straße. Er sagte sich: Sieht sie mich jetzt wohl? Ein leises Geräusch wie ein Rascheln, am Fenster erschien eine graue Ge-

stalt: sie war's. Er sah sie kommen, sie war ohne Hut; in der Dunkelheit war ihr Gesicht wie ein blasser Kreis.

„Bist du es?" fragte er.

Sie antwortete: „Ja, wir müssen leise machen."

„Oh", sagte er, „du bist ein Schatz!"

Sie sagte: „Ich hab dich sehr gern."

Sie lehnte sich an ihn, er spürte ihre Wärme. Da nahm er sie in die Arme und drückte sie an sich. Es dünkte ihn, er könne sie nicht genug an sich drücken. Er drückte Aline so fest, daß sie kaum mehr atmen konnte, und er auch. Sie glaubten sterben zu müssen.

Die Nacht hatte die Wolken herangezogen, sie deckten von neuem den Himmel, und sie waren schwarz in der Dunkelheit. Durch die Wolkenlöcher sah man kleine Sterne blinken. Der Wind fuhr in die Zweige.

„Wohin gehen wir?" fragte Aline.

„Du hast recht, wir können nicht hier bleiben."

„Nein, bestimmt nicht. Gehen wir in den Wald."

„Dort ist es zu dunkel."

„Dann führ mich."

Er antwortete: „Ja. Laß mich nur machen."

Er führte sie durch einen kleinen Weg, der sich manchmal im Gras verlor. Nußbäume säumten ihn. Wo sie durchgingen, wich die Dunkelheit leicht und tat sich hinter ihnen wieder zusammen wie ein Vorhang, der fällt. Aline lehnte sich an Julien. Er spürte diese Schwere, er fühlte das Blut durch seine Adern fließen, sein Mund war trocken, und er hatte Wasser unter der Zunge.

So gingen sie eine Weile. Dann setzten sie sich hinter eine Böschung; das Gras war hier dicht.

„Hier wäre es schön zu schlafen", sagte Aline.

Julien antwortete: „Ja, wirklich."

„Du weißt gar nicht, wie mir den ganzen Tag zumute war. Ich fragte mich immer wieder: Wird er

wohl kommen? Am Abend habe ich nachgesehen, ob ein Brief dort sei, und es war keiner dort; da habe ich gedacht, du werdest kommen, und ich war geheilt, denn ich war krank, weil ich dich nicht mehr hatte."

Julien sagte: „Gib mir einen Kuß."

Sie küßte ihn. Sie begann wieder: „Es ist so schön hier. Man fühlt sich wie zu Hause."

Dann gab sie allmählich nach, wie ein Schilfrohr, das sich biegt, und sie überließ sich ihm. Seite an Seite lagen sie nebeneinander, so nahe, daß ihre Gesichter sich berührten. Über sich sah sie noch ein Stück schwarzen Himmel; dann sah sie nichts mehr.

Der Wind hatte die letzten Sterne ausgelöscht und trug die Wolken unablässig nach Norden. Bald fing es zu regnen an. Die Tropfen fielen zuerst groß und vereinzelt, man hätte sie zählen können; dann wurden sie klein und dicht. Die Luft wehte wie eine große weiche Kugel vorüber. Man hörte, wie ein Frosch in den Bach sprang.

Aline seufzte; Julien sagte wieder: „Du bist ein Schatz, du bist ein Schatz."

Dann fügte er bei: „Schau, es regnet."

„Wirklich?" fragte sie. „Mein Gott, ich bin ja ganz naß."

Er sagte: „Gib mir trotzdem noch einen Kuß."

VI

Als Aline sich vor dem Spiegel kämmte, sah sie, wie die Freude, die zuinnerst in ihrem Herzen verborgen war, sich neben sie stellte und sie beim Namen nannte. Sie lächelte. Ihr glattes Haar ließ die Stirn noch heller erscheinen; sie hatte sich mit frischem Wasser gewaschen. Und es war der Tag der Überfülle, aber dieser Tag ist kurz.

Sie wäre übrigens beinahe entdeckt worden, da der Wind nach ihrem Weggehen ihr Fenster auf- und zugeschlagen hatte.

„Warum hast du diese Nacht das Fenster offengelassen?" sagte Henriette.

Sie wußte nicht, was sie erwidern sollte. Sie sagte: „Ich habe eben geschlafen."

Sie wurde sehr gescholten, aber ihre Mutter argwöhnte nichts. Und für sie wäre es vielleicht besser gewesen, es wäre anders gewesen; nur eben die Dinge sind seit je festgelegt; wir treten durch jene Türen, die sich von selbst vor uns auftun, und die andern bleiben geschlossen.

Der Herd rauchte, der Rauch roch nach Vanille, das Feuer wollte nicht ziehen, es wehte noch immer ein heftiger Wind. Aline wunderte sich über alles, denn nichts war mehr wie vordem. Da war zwar die Mutter, da waren der Tisch und die Stühle, der schwarze Herd und die Reisigbündel daneben, aber all das war doch nicht mehr. Oder es war alles mit noch etwas anderem dazu. Auch sie war nicht mehr wie vordem. Sie würde nie mehr wie früher sein.

Das Leben hatte sie indessen wieder eingefangen. Sie sah, daß sie vorsichtig sein mußte, und sie war es nicht gewesen. Alles dachte sie sich sorgfältig aus. Wenn sie sich auf das Fensterbrett setzte, brauchte sie nur einen kleinen Sprung zu machen, und ohne Lärm konnte sie das Haus verlassen. Sie würde die Lampe ausblasen, wie sie es immer tat, doch dann würde sie an der Wand horchen; man merkt, ob die Leute schlafen an der Art, wie sie atmen; dann würde sie das Fenster mit Schnüren festbinden. Sie sollte sich auch die Schuhe putzen, wenn sie heimkäme, den Rock ausbürsten; dann müßte sie ohne Licht ins Bett gehen. Sie dachte: Alles in allem sind es vier, fünf Dinge. Das Lügen ließ sie nicht mehr erröten.

Als es Abend geworden war, machte sie es so, wie sie es sich ausgedacht hatte. Sie hatte sogar den Rock geschürzt. Julien hatte gut geschlafen und gut gegessen; er lachte und sagte: „Man sieht deine Waden, zum Glück ist es Nacht."

„Weißt du, ich bin gescholten worden."

Sie erzählte alles, was sich während des Tages ereignet hatte, und schüttete ihr Herz aus, wie man einen Sack ausschüttet, weil sie fand, alles, was dem einen gehöre, gehöre dem andern auch, und für sie gäbe es nur noch ein einziges Leben.

„Und beim Mittagessen", sagte sie, „habe ich gedacht, daß jetzt auch du beim Mittagessen seist, und als ich mein Brot aß, habe ich gedacht, daß auch du dein Brot ißt, und ich war sehr glücklich. Denkst du an mich, wenn ich an dich denke?"

Er antwortete: „Natürlich."

Jeden Abend trafen sie sich. Sie folgten dem Weg bis zu der Stelle, die sie sich ausgesucht hatten. Es war ein einsamer Ort; eine Hecke grenzte die Böschung gegen die Straße hin ab; auf der andern Seite stiegen sanft die Felder an; unten floß ein kleiner Bach; ein großer Birnbaum umgab sie mit seinen tiefhängenden Zweigen, das Gras war weich wie ein Bett. Die Sterne schauten auf sie herab. Es sind so viele, man kann sie nicht zählen. Einige sind gelb, andere grün, und wieder andere sind rot. Die einen flackern wie Kerzen im Wind; die andern sind unbeweglich wie Nägel in einem Brett. Es gab auch solche, die wie Staub waren.

Der Mond stieg hinter dem Hügel auf; er wurde langsam größer, und unten war er wie eine Säge gezackt, wegen der Tannen; dann stieg er ganz und rund und ruckweise den Himmel hinan. Um ihn herum sah man einen trüben Schein wie einen Kranz. Sein herabfallendes Licht warf einen kalten Schatten von den Zweigen, und plötzlich waren keine Sterne mehr am Himmel.

„Schau", sagte Julien, „dort geht der Mond auf."

Aline erwiderte: „Man könnte meinen, der Wald brenne."

„Wie rot er ist!"

„Und jetzt ist er ganz weiß."

„Er ist groß wie ein Kuchen."

Ihre Stimmen schwebten eine Weile zögernd über ihnen; dann drückte der Mond sie nieder, und sie verloren sich im Gebüsch.

Aline fuhr fort: „Er hat zwei Augen, eine Nase und einen Mund wie ein Mensch."

„Oh", sagte Julien, „er ist wie ein Totenkopf."

„Sag so etwas nicht", sagte Aline, „das bringt Unglück."

Das Nachtgetier regte sich in den Hecken, das Käuzchen rief aus dem Wald; dann war es, als würden sie in ein Loch sinken; da blieben sie lange, wie betäubt. Aber allmählich stiegen die Erde, der Himmel, die Nacht um sie wieder herauf; und in ihren Gliedern fühlten sie eine sanfte Müdigkeit. Meist redeten sie wenig, sie wußten sich nichts zu sagen.

Aline sagte: „Ich hab dich so lieb! So lieb!"

Er antwortete: „Ich dich auch."

Das war alles.

Sich anzusehen und zu berühren war ihnen genug. Aline legte ihre Hand in Juliens Hand und lehnte sich an seine Schulter; der rauhe Stoff kratzte sie an der Wange.

Sie sagte: „Es kratzt mich, es ist wie dickes Haar."

„Es ist eben ein guter Stoff."

Manchmal redeten sie von der Vergangenheit. Sie bedauerte die Zeit, die sie ohne Julien verloren hatte. Wenn man liebt, ist die Zeit, da man sich nicht geliebt hat, wie ein schönes Kleid, das man nicht angezogen hat.

„Weißt du", sagte sie, „als ich noch ganz klein

war, hatte ich eine Puppe; eines Tages ist sie mir in den Bach gefallen, mit einer langen Rute hat man sie herausgefischt, nur war die Kleie verpappt. Jetzt lache ich darüber, aber damals hat es mich sehr traurig gemacht."

Er sagte: „Und ich hatte mich einmal in die Erbsen verkrochen. Ein Erbsenbeet ist zwar nicht groß, aber hoch; wenn man darin steht, sieht man nichts mehr; da sind Stauden, die alles verdecken und wie Arme nach einem greifen. Ich war ein Schleckmaul; Erbsen sind etwas Feines; und dann hat man mich gesucht, ich gab keine Antwort, weil ich fürchtete, man könnte mich erwischen. Stell dir vor, drei Viertelstunden lang; aber dann, du lieber Himmel, bekam ich Schläge!"

Sie lachten. Einmal fing sie plötzlich zu weinen an. Er verstand nicht, was in sie gefahren war. Er sagte: „Was hast du?"

Sie antwortete: „Ich weiß es nicht."

„Habe ich dir weh getan?"

„O nein. Es ist, weil ich dich liebe."

Aber Julien war der Meinung, man brauche nicht zu weinen, wenn man liebe. Man brauche sich nur zu nehmen und zu küssen. Die Frauen haben kein starkes Gemüt. Sie weinen vor Glück, sie weinen vor Unglück. Er sah, daß Aline nicht so beschaffen war wie er. Sie tat ihm ein wenig leid.

Er dachte an die Mädchen, denen er begegnet war. Am Sonntag zieht man in Scharen los, man geht in die Nachbardörfer. Und dort lernt man andere kennen. Es gab da ein großes rothaariges Mädchen mit Namen Jeanne, die warf mit dem Kopf um sich, wenn sie lachte; die hätte nicht geweint. Und eine andere, klein und mager, die stets Äpfel in der Tasche trug und sagte: „Willst du einen?"

Und sie biß in den Apfel mit weit aufgesperrtem Mund, und man hörte, wie der Apfel krachte. Julien dachte: Und doch sind sie alle gleich. Sie tragen die Haare mal so, mal so, sie sind groß oder klein, sie lachen oder sie weinen, das bleibt sich alles gleich; sie kommen eine nach der andern. Sie können ja ohne uns nicht sein ...

Aber Aline fragte plötzlich: „Woran denkst du? Du sagst gar nichts."

Da fiel ihm erst wieder ein, daß sie da war.

„Woran ich denke? An dich natürlich."

Dann drückte er ihren Arm, daß sie aufschrie.

„Au! laß mich los", lachte sie, „du tust mir weh."

Aber er drückte noch mehr.

„Man muß doch wissen, warum du weinst."

„Du tust mir wirklich sehr weh", fuhr sie fort.

Und er: „Dabei drücke ich fast gar nicht, ich berühre dich ja kaum. Ah, wenn ich wollte, du würdest was erleben."

Dann, als sie aufstanden, um nach Hause zu gehen, faßte er sie mit beiden Händen um die Hüfte und stemmte sie hoch, um ihr zu zeigen, daß er stark war. Er sagte: „Soll ich dich tragen?"

„Das könntest du nicht lange."

„Ich? Wart, ich versuch's."

Und er trug sie die Hecke entlang auf beiden Armen, wie ein kleines Kind.

„Du bist nicht besonders schwer", sagte er. „Nein, da könnte ich ganz andere tragen."

Und als sie wieder neben ihm herging: „Du bist auch nicht sehr groß."

Er dachte: Sie läßt alles mit sich machen, man hat's leicht mit ihr ... nur, dachte er weiter bei sich, es ist immer das gleiche.

Die Woche verging. Am Samstagabend war Tanz im Dorf.

Unter den Ulmen hinter der Wirtschaft hatte man eine Tanzbühne aufgestellt. Gegen fünf Uhr kam die Musik. Es waren sechs, drei Hörner, eine Klarinette, ein Signalhorn und eine Posaune. Sie tranken erst ein Glas, um sich die nötige Puste zu verschaffen, dann setzten sie sich auf die bekränzte Bühne, und der Tanz begann. Die schweren Schuhe schlugen im Takt auf die Bretter; die Musikanten schauten mit geblähten Backen nach rechts und nach links und kümmerten sich nicht um ihre Noten, so sehr waren sie geübt. Von weitem hörte man nur die Posaune, die ihre tiefen Töne hervorstieß wie ein Geschnarch; in der Nähe schmetterten die Klapphörner, und die Füße polterten den Takt dazu. Nach jedem Tanz füllten die Musikanten ihre Gläser und leerten sie in einem Zug, die Menge strömte ins Wirtshaus, und die Mädchen, ihre Gürtel hatten alle Farben, schlenderten durchs Dorf.

Rote Fahnen mit dem weißen Kreuz und grün-weiße Fahnen wehten an den Fenstern der Wirtsstube; Papierlaternen hingen über der Freitreppe. Tannäste umgaben den Tanzboden, sie dufteten nach Harz und verdeckten das Gerüst. Die Kinder brannten Knallfrösche ab; vor den Häusern standen Wagen mit aufgestellten Deichseln; rötlich war die Abenddämmerung. Endlich senkte sich die Nacht herab. Aline und Julien hörten von weitem der Musik zu. Einmal drang sie deutlich, dann wieder verschwommen zu ihnen, je nachdem die launische Bise sie zu ihnen trug oder sie fallen ließ. Sie kam aus dem Dunkeln, und sie war traurig.

Julien sagte: „Jetzt tanzen sie eine Polka ... jetzt einen Walzer. Es wäre doch schön, wenn man dabeisein könnte!"

„Wir können doch nicht."

„Natürlich nicht."

Er begann wieder: „Es wäre nämlich sehr schön dort, die Musik ist gut, es sind Leute, die immer zusammenspielen und alle Stücke auswendig können. Sie fangen spät an, und so hat man nicht zu heiß. Der Wirt hat einen guten Wein. Ja, nun ist es eben so!"

Sie schwiegen. Nach jedem Stück verstummte die Musik, aber dann ging es gleich wieder weiter; und in den Pausen hörte man Stimmen schallen und Gelächter.

„Die sind vergnügt", begann Julien wieder.

„Aber hier ist es noch schöner."

„Ja, nur tanzen kann man nicht."

„Hör", sagte Aline, „man könnte doch hier einen tanzen; die Musik hören wir gut genug."

„Also, gern, wenn du willst."

Sie sagte: „Ich hatte nicht den Mut, dich zu fragen."

„Warum nicht?"

„Einfach so."

„Jetzt haben wir hier auch Tanz", sagte er.

Sie tanzten unter dem großen Birnbaum. Ihr Atem vermischte sich und erhitzte ihr Gesicht. Aline schloß die Augen und lehnte den Kopf an Juliens Schulter; ihre Beine schlangen sich ineinander. Manchmal wurde die Musik schwächer, und sie traten am Ort; wenn sie wieder lauter wurde, drehten sie sich schneller, um wieder in den richtigen Takt zu kommen. Und um sie herum drehte sich die ganze Nacht, der Birnbaum, die Hügel, der Wald, der Himmel und die Sterne, wie in einem großen Weltentanz.

So drehten sie sich lange. Aber Julien glitt aus im Gras. Plötzlich sagte er sich, die andern tanzten auf einem Holzboden, sie hätten Licht und könnten trinken – und sie, wie Verrückte auf einer feuchten Wiese, unter einem Baum. Eine Wut packte sein Herz.

„Ich habe genug."

„Jetzt schon?"

„Jetzt schon? Wir tanzen ja bereits über eine Viertelstunde."

Sie schauten sich an, sie sahen sich kaum. Nußbäume, schwarz und massig wie Felsblöcke, um-
grenzten die Wiese.

Aline sagte: „Bist du böse?"

„Oh, ich bin müde", sagte er.

Sie seufzte. Die Musik begann den letzten Walzer. Die echte Liebe dauert nicht lange.

VII

Am andern Tag begann es zu regnen. Während der
Nacht hatte sich der Himmel von Genf her über-
deckt, von dort kommt das schlechte Wetter; früh
am Morgen war die Sonne rot. Bald danach fielen
die ersten Tropfen.

Aber die Ernte war eingebracht, der Regen kam
im rechten Augenblick. Gleichmäßig fiel er auf die
Dächer, und das schläfert ein. Er floß über die
Dachtraufen herab wie Haare. Auf der Straße lagen
runde Pfützen, zwischen den Pfützen flossen
kleine Kanäle, kreuz und quer wie die Maschen
eines Netzes. Das Emd hatte wieder Nahrung und
wurde satt und grün. Julien sah dem Regen zu. Er
dachte: Heute abend wird nichts daraus. Nun, so
kann ich wenigstens beizeiten schlafen gehen. Und
der Gedanke war ihm nicht unangenehm, denn er
hatte Schlaf nachzuholen.

Aber am übernächsten Tag regnete es noch immer. Die Langeweile kommt schnell, wenn man
nichts zu tun hat. Julien sagte sich: Gehen wir ins
Wirtshaus. Im Wirtshaus war Constant.

Die Zimmerleute brachen die Tanzbühne ab.
Man hatte die Fahnen und Girlanden und alles entfernt. Das Wirtshaus sah plötzlich viel älter aus,
schwärzer und ganz zerfurcht, und unter den Fenstern war stellenweise der Verputz abgebröckelt.
Alles war abgestorben wie nach einem Sturm. Auf

einem schwarzen Schild las man in gelben Buchstaben *Dorfwirtschaft.* Das Blechschild, auf dem ein Bauer die Pflugsterzen hält, hing traurig und schwach an seinem Träger.

Julien stieg die Vortreppe hinauf. Weingeruch drang in Schwaden aus dem Gang. Ein Geruch, den man gern wieder riecht. Als er in die Weinstube trat, sah er wieder die braunen Holztische, den Kachelofen, die Bilder an der Wand, und er war vergnügt. Constant saß ganz allein am Ende eines Tisches. Und auch er freute sich, denn er hatte sich gelangweilt. Er sagte: „Ah, du bist's. Grüß Gott."

Sie setzten sich einander gegenüber.

„Was nehmen wir?"

„Einen Halben."

„Gut, einen Halben."

Constant war ein großer Bursche mit einem Bart, der dieselbe Farbe wie seine Haut hatte, also rot, seine Haare waren kurz geschnitten und rötlich. Er war ein Schütze. In seinen Augenwinkeln sah man Pulverstaub. Er pflanzte sich vor die Zielscheibe hin und saß fest auf seinen Absätzen, er zielte lange, indem er langsam sein Gewehr von unten nach oben führte. Der Schuß ging ab, das rote Fähnchen am Scheibenstand stieg auf. Er verfehlte seine Scheibe fast nie. Dann ließ er die Patronenhülse herausspringen und sagte ruhig: „Wieder eine herausgeschossen."

Und er holte seinen Preis – es war immer der erste Preis –, eine schöne Suppenschüssel oder eine Wanduhr. Das gab ihm ein gewisses Ansehen.

Die Magd brachte den halben Liter. Julien füllte die Gläser. Sie stießen an.

„Zum Wohl!"

„Zum Wohl!"

„Ein gutes Weinchen, dieser neue", sagte Constant.

44

Er fuhr fort: „Was treibst du eigentlich? Man sieht dich nie mehr."

„Diese Ernte", sagte Julien, „das gab eine Menge zu tun."

„Nur die Ernte?" fragte Constant und schüttelte mit verschmitzter Miene den Kopf. „Die muß dir dieses Jahr verteufelt viel Zeit weggenommen haben!"

„Und wie", sagte Julien, „ich spür's noch jetzt in den Armen."

„Und am Abend, was erntest du da? Und als hier Tanz war, du hast doch sonst nie einen ausgelassen. Ah, so ein Heimlichtuer!"

Constant begann zu lachen. Es schüttelte ihn. Zwischen dem Lachen spuckte er auf den Boden. Dann zerrieb er es mit dem Fuß.

„Alter Narr du, warum bist du nicht gekommen? Man schmollt doch nicht, das ist doch dumm. War das ein Tanzabend, bis spät in die Nacht, ein Treiben war das, sage ich dir, da wurde getanzt, alle hübschen Mädchen waren da, die Julie, Héloïse und ein paar Dutzend andere, und eine Musik, das muß man gesehen haben, die Alten machten sogar mit, und der alte Gaudard, der auch bald achtzig ist, solche, die kaum mehr aufrecht stehen können. Donnerwetter! Und unter den Jungen zwei, drei Freunde nur, und da ist einer wie du, und der kommt nicht einmal!"

Die Magd hörte zu; sie stand neben der Winzerin, die einen kurzen Rock trug und vom Plakat an der Wand zwischen Weinranken herunterlächelte. Constant trank sein Glas aus. Dann stieß er Julien mit dem Ellbogen.

„Sag, wer ist es?"

„Es ist nichts", sagte Julien.

„Aber was man im Dorf so redet?"

„Was redet man im Dorf?"

„Nichts", sagte Constant im selben Ton.

Julien wurde es unbehaglich. Er hatte die Fäuste vor sich auf den Tisch gelegt und biß verstockt die Kinnbacken zusammen.

„Sag mir wenigstens ihren Namen."

Julien sagte: „Du gehst mir auf die Nerven."

„Ah", sagte der andere, „du bist schlecht aufgelegt. Gut, wie du meinst."

Julien erwiderte nichts. Sie gingen hinaus. Auf dem Platz war eine große Pfütze. Kinder, die ihre Hosen aufgekrempelt hatten, sprangen da hinein und stießen jedesmal Schreie aus.

„Auf Wiedersehen", sagte Constant, „auf ein andermal."

Es regnete den ganzen Tag. Julien hatte Zeit, seine Gedanken zu ordnen und nach innen zu schauen. Und da sah er, daß es das beste war, unbesorgt zu leben. War ein kleines Mädchen, ein blaues Kleid, ein bißchen Vergnügen so vieler Umstände wert? Aber das Vergnügen dauerte noch an; so wählte er einen Mittelweg.

Am andern Tag schüttelte dann der Himmel seine Wolken wie ein Vogel seine Federn; und als Aline Julien erblickte, lief sie ihm entgegen und sagte: „Ah, da bist du! Wie bin ich froh! Drei Tage sind eine lange Zeit."

Er antwortete: „Ja, war das ein Regen!"

Die Böschung war naß und der Boden schlüpfrig. Er fuhr fort: „Wir können hier nicht bleiben."

„Meinst du?"

„Wir ständen im Wasser."

„Was wollen wir tun?"

„Wir machen einen kleinen Spaziergang."

„Nur das?"

„Was sonst? Ich bin nicht schuld, daß es geregnet hat."

Als sie so gingen, hatte Aline einen Einfall.

„Weißt du was? Wir gehen auf dein Zimmer."

„Das ist doch nicht dein Ernst?"

46

„Doch", sagte sie.

„Aber die Holztreppe; das ganze Haus würde uns hören."

„Dann eben zu mir."

„Weißt du", sagte er, „man könnte manchmal glauben, du seist übergeschnappt."

Man hörte die Bäume atmen, es war, als regte sich die Nacht; es war lau. Ein feiner Dunst lag über dem Wald.

„Immerhin", sagte Aline, „zu Hause wäre es schöner."

Sie war unruhig, sie wußte nicht warum, denn es ist die Luft, die man atmet, und was kommen wird, schwebt schon über einem. Sie folgte Julien. Sie schritten aufs Geratewohl voran. Da dachte er, daß der Augenblick gekommen sei.

„Schau", sagte er, „du bist eine Frau, und die Frauen verstehen nicht, wie das ist. Ihr geht ja nie aus dem Haus. Wie wollt ihr da wissen, wie's zugeht. Wir Männer, wir sehen das klarer, das mußt du mir glauben. Du weißt doch, wie neidisch sie im Dorf sind, das strotzt vor Neid. Und alle die bösen Mäuler. Sie könnten uns das Leben schwermachen."

„Was macht das schon?"

„Was das schon macht? Das macht sehr viel. Wir könnten uns nicht mehr sehen."

Er fuhr fort: „Ich habe mir gesagt, bei dem Wetter und überhaupt, wir sollten uns einigen …"

Aline begriff nicht sogleich.

„Wozu?"

„Uns einmal in der Woche treffen."

Unter Tränen sagte sie: „Nein, das will ich nicht."

Er sagte: „Auch mir tut es leid, ich sage es ja nur zu deinem Vorteil."

Aber sie wiederholte: „Nein, nein, das will ich nicht."

Noch rannen die Tränen.

„Du bist unvernünftig", sagte er, „du weißt nicht, was mir passieren könnte."

Sie schluchzte und wandte sich zu ihm: „Was denn?" fragte sie.

„Wie kann man das wissen? Willst du brav sein? Mir zulieb."

Ihm zulieb, da nickte sie, sie blieben stehen. Sie befanden sich auf halber Höhe hinter dem Hügel. Das Dorf lag unter ihnen, mit seinen Bäumen und Dächern im Dunkeln; da waren Menschen, und die Menschen sind böse.

„Ach, ich liebe dich noch mehr", sagte Julien, „aber nein, es ist nicht möglich, denn ich liebe dich so sehr, mehr kann ich nicht."

Er küßte sie auf die Stirn, seine Lippen waren kalt. Sie fühlte aber, weil sie nachgegeben hatte, in ihrem Leid ein trauriges Glück, das wie eine Wintersonne war. Man vermag dem, den man liebt, alles zu geben, wenn die Liebe groß ist.

Die Wochen vergingen. Nun waren sie für Aline leer und schwarz, nur ab und zu war ein Tag wie ein Licht, und die übrige Zeit zählte nicht mehr. Und auch dieses Licht verblaßte. Langsam verblaßte es. Es wurde schwächer und schwächer wie eine Lampe, der das Öl ausgeht. Etwas hatte sich geändert und änderte sich immer mehr. Sie blieb zwar dieselbe, aber Julien war nicht mehr derselbe. Er war wie ein Mann, der sich an einen gedeckten Tisch setzt und wieder aufsteht, wenn er keinen Hunger mehr hat. Er steht auf, und man sieht, wie er weggeht und daß man ihn nicht zurückhalten kann, denn die Liebe, die er hatte, war ein Hunger, der vergeht, wie eben ein Hunger vergehen kann. Und auch die Jahreszeit meinte es nicht mehr gut mit ihnen. Die Tage wurden kurz, die Nächte wurden kalt. Aline suchte mit ihren Augen die Sterne, und sie fand sie nicht mehr. Das Emd war gemäht.

Der zunehmende Mond war wie ein zerbrochener Ring. Wenn man die Kühe auf die Matten treibt, kommen alle miteinander heraus und schwenken ihre Glocken. Sie bringen den Herbst, und er läutet auf Weg und Steg mit den Glocken. Man liest die ersten Äpfel ab.

Und eines Tages kam die Angst. Es war, als sie wieder einmal zusammen unter dem Baum waren. Ein Mann ging ganz nahe an ihnen vorbei. Sie hatten sich in die Hecke verkrochen. Wegen der Zweige konnten sie nichts sehen, aber die Schritte kamen näher. Der Mann blieb stehen. Julien dachte, nun seien sie entdeckt. Dann sah man einen kleinen roten Schein, es war der Mann, der sich die Pfeife anzündete. Der Mann ging weiter seines Weges; die Schritte entfernten sich. Man hörte nichts mehr.

Aline wagte sich zuerst hervor: „Komm", sagte sie, „es ist nichts mehr."

Doch Julien war so erschrocken, daß er eine Weile kein Wort hervorbrachte. Seine Stimme zitterte, als er sagte: „Das ist dumm: es wäre am besten, jedes ginge für sich allein nach Hause."

Am nächsten Mittwoch kam er nicht mehr.

VIII

Es war ein Abend wie alle andern. Sie stand an ihrem Fenster. Wenn Julien kam, pfiff er leise. Manchmal, in hellen Nächten, erblickte sie ihn auch unter der Weide. Die Straße leuchtete schwach in der Dunkelheit, die Mauern waren noch warm, denn es war Sommer; aber jetzt war es stockdunkel.

Erst glaubte sie nur, Julien habe sich verspätet. Man tut nicht immer, was man gern möchte; das sagte sie sich. Aber je mehr die Zeit vorrückte, um so erregter wurde sie, denn sie stellte sich allerlei vor. Man denkt an Krankheit, man denkt an Tod: an das einzig Wirkliche, an die Grausamkeit der Menschen, dachte sie nicht.

Als es elf geworden war, kribbelten ihr vom Warten die Beine; sie ging auf die Straße hinaus. Die Straße verläuft zunächst gerade, dann macht sie gegen das Schulhaus hin einen Bogen; in der andern Richtung führt sie unter Apfelbäumen ins Dorf hinunter. Die Gärten lagen hinter ihren Zäunen. Kein Mensch war da.

Sie schlug den Weg zum Dorf ein. Sie dachte an den Abend, da sie den Brief gebracht hatte; das war einmal, zu einer Zeit, die es nicht mehr gab. Wie wechselhaft das Leben ist! Das Leben hat ein Gesicht, das lacht, und ein Gesicht, das weint; es wendet sich, und man sieht es lachen; es wendet sich wieder, und man sieht es weinen.

Als Aline vor Juliens Haus angekommen war, blieb sie stehen. Das Haus, schwer und eckig, zeigte seine geschlossenen Fensterladen. Es schien zu sagen: „Geh weg!" wie jemand, der schlafen will. Nur der Brunnen war zu hören. Aline schaute zu Juliens Fenster hinauf. Mußte er nicht spüren, wie sie draußen war und nach ihm Ausschau hielt? Aber nichts regte sich unter dem Rund des Himmels, wo das Schweigen herrscht.

Dann lehnte sie sich an eine Mauer und wartete noch lange. Und jetzt fror es sie, denn sie hatte keinen Schal und nichts auf dem Kopf. Die Nachtluft umgab sie wie ein feuchtes Tuch. Die Einsamkeit lastete wie eine Faust auf ihr. Erst nach Mitternacht ging sie nach Hause.

Am nächsten Tag zog eine Gruppe von Tiervorführern durchs Dorf. Es war Morgen, da hörte man die Trommel. An der Spitze lief das Kamel. Sein Fell hatte nackte Flecken und Haare wie zerzauste Schnüre; es hatte einen Hängehöcker und einen langen gebogenen Hals. Seine Beine gingen von den Knien an, die sich nach innen bogen, auseinander, so hatte es den Gang eines schlingernden Schiffes. Der Affe saß im Kleid eines Generals auf dem Rücken des Esels, der einen Karren zog. Er suchte nach Flöhen und schnitt Grimassen. Die Ziege folgte hinterdrein.

Doch als der Trommler das zweitemal die Trommel gerührt hatte, begann die Vorstellung. Das ganze Dorf scharte sich im Kreise. Die Männer hatten ihre Pfeife im Mund und lächelten, denn man ist schließlich ein Mann und will damit sagen: „Das ist recht für die Kinder." Der Tiervorführer hatte ein rotes Tuch um den Hals geschlungen und trug einen spitzen Filzhut. Zuerst ließ er das Kamel niederknien, es beugte seine Vorderbeine und schwankte mit dem Hinterteil lange in der Luft, wie ein Baum, der gefällt wird; dann ließ es sich nieder. Und der Mann bestieg das Kamel und sagte mit italienischem Akzent: „So wird in der Wüste ein Kamel beladen. Fässer, Säcke, alles, was man will, tausend Kilo kann man aufladen. Vierzehn Tage braucht es nichts zu trinken."

„Ah", sagte man, „wenn wir alle so wären, der Wirt brächte es auf keinen grünen Zweig."

Der Affe schoß mit einer Pistole. Sein Schwanz schaute unter den Schößen seines Waffenrocks hervor. Und als er während der Vorstellung den Säbel fallen ließ und sich am Kopf kratzte, strafte der Mann ihn mit dem Lederriemen.

Die alte Henriette sagte kein Wort; sie nahm alle ihre Kräfte zusammen, um zu begreifen, so sehr wich, was sie sah, von ihrem gewöhnlichen Leben ab. Die anderen Frauen schwiegen anfänglich wie sie, dann begannen sie zu reden. Sie sagten: „Früher sah man keine solchen Tiere, woher kommen die nur?"

„Die kommen aus Afrika."

„Glaubt Ihr?"

„Oh, das weiß ich."

„Aber doch nicht die Ziege?"

„Nein, nur der Affe und das Kamel."

„Wißt Ihr noch, früher kamen die Kalabresen mit Schaffellen um die Beine und so etwas wie Flöten und Blasen, die sich blähten."

„Solche sieht man keine mehr."

„Gott sei Dank! War das ein Pack!"

Und auch Aline war da, aber Aline hörte nicht zu. Sie war traurig, deswegen tat der Affe ihr leid. Er war so mager, er hatte so große Tränen in den Augen. Wenn er geschlagen wurde, hätte sie ihn nehmen und auf den Armen forttragen mögen; und auch das Kamel, aber es war zu groß. Und dann mußte sie trotz ihres Kummers über die Grimassen des Affen lachen. Und dann wurde sie wieder traurig wegen der Ziege.

Man hatte ein Gerüst aufgestellt, das hatte vier Böden, die nach oben kleiner wurden. Da kletterte die Ziege hinauf. Auf jedem Boden ging sie ringsherum und grüßte, indem sie ein Bein hob. Wenn sie weiter hinaufstieg, richtete sie sich ganz auf. Je höher sie stieg, um so kleiner wurde der Platz. Und das Gerüst war gute zwei Meter hoch. Man dachte bei sich: Wenn sie stürzt, bricht sie sich die Beine. Der Mann knallte mit seiner Peitsche.

Und in dem Augenblick, wo die Ziege zuoberst auf dem Gerüst die Hufe zusammenstellte und sich wie ein Kreisel drehte und sich verbeugte, erblickte Aline Julien. Sie hatte ihn nicht kommen sehen, plötzlich stand er einfach da. Sie dachte nicht mehr an den Affen noch an die Ziege, noch an das Kamel.

Jetzt wurde Geld gesammelt, das ist die schlimme Viertelstunde: alle kehrten sich ab. Der kleine bleiche Junge schüttelte seinen Teller, er war fast leer. Der Patron zählte das Geld in der hohlen Hand, zuckte die Achseln, und nach einer Weile begann die Vorstellung am andern Dorfende von neuem.

Henriette war gegangen. Aline war der Truppe gefolgt. Julien ebenfalls. Langsam ging sie von hinten auf ihn zu; sie legte ihre Hand auf seine Schultern, und als er sich umwandte, lächelte sie ihn an. Ihre Augen waren wieder klar geworden wie die Seen in den Bergen, wenn die Sonne aufgeht.

Er war verlegen. Doch achtete niemand auf sie, wegen der Tiere. Von oben sahen die dicht gedrängten Köpfe wie ein dunkler Kranz aus, in dem die Nacken und Gesichter rosarote Blumen bildeten. Unten sah man den kleinen Kopf des Affen und seine Mütze mit dem Federbusch, die unter dem Kinn festgebunden war. Der Affe schoß mit seiner Pistole. Und Aline sagte: „Was hast du gestern abend gemacht, Julien? Warum bist du nicht gekommen?"

Er antwortete: „Die ganze Zeit bin ich herumgestreunt. Es ist nichts als Vorsicht, verstehst du?"

„Ich hab auf dich gewartet."

„Lange?"

„O ja! Lange."

Der Affe wurde ausgepeitscht und heulte. Julien sagte: „Sie quälen diese Tiere."

Er sagte: „Ach schau, der Affe hat Handflächen, wie ein Mensch."

Sie sagte: „Nächste Woche also; aber diesmal bestimmt?"

„Ja, ja."

Doch er entfernte sich bereits von ihr, drängte sich mit den Ellbogen durch die Menge und war bald in der vorderen Reihe. Da blieb er reglos stehen, bis Geld gesammelt wurde. Dann warf er zwei Batzen in den Teller; der Italiener nahm den Hut ab und sagte: „Meine Damen und Herren, bevor ich Ihr geschätztes Dorf verlasse, möchte ich Ihnen danken."

Das Kamel streckte seinen langen Hals, der Affe nagte an einer Rübe; der Esel setzte sich in Trab und zog am Wagen, auf dem man Stücke von trokkenem Brot sah, das Gerüst für die Ziege und roten Stoff mit Goldborten.

Und während Julien nach Hause ging, dachte er an Aline, und wie sie zu ihm gekommen war, und an das Versprechen, das er ihr gegeben hatte. Aber man verspricht etwas und hält es nicht. Die Worte vergißt man, sie sind nur ein schwacher Laut, der mit den Wolken in die Luft steigt. Die Überlegungen sind dauerhafter, sie sind aus Stein wie die Häuser, in die man hineingeht, um geschützt zu sein. Er sagte sich: Sie nimmt alles zu schwer; sie hintersinnt sich noch. Wie wird das, wenn es so weitergeht? Ich kann sie doch nicht heiraten; in einen guten Hausstand bringen beide Teile etwas.

Dann sagte er sich: Also, was tu ich jetzt? Eine, die weint, die sogar schreit! Die machen einem nur Scherereien, das wäre noch schöner! Am besten, sich verbergen. Wenn sie kommt, gehe ich weg. Das wird sie doch schließlich verstehen. In Gedanken fügte er noch bei: Es gibt ja schließlich nicht nur mich, sie wird schon einen anderen finden.

Die Herbstzeitlosen waren verblüht, kleine flakkernde Flämmchen, die der Wind ausbläst; sie sind fast nichts, kleine blasse Schwestern des Nebels.

IX

Als Aline ihr Unglück erkannte, wollte sie es nicht glauben. Es war wie bei den kleinen Mädchen, die sich in der Nacht fürchten und unter der Bettdecke verstecken. An die geringsten Hoffnungen, die es noch gab, hatte sie sich geklammert; eine nach der andern, wie dürre Zweige waren sie zerbrochen. Man hat nicht einmal Zeit, sich recht zu lieben; die Zeit der Liebe ist wie ein Wetterleuchten.

Der Herbst hatte sich auf die Baumwipfel niedergelassen, und die Blätter, die er berührte, wurden gelb. In den Zweigen sahen sie wie hübsche helle Vögel aus, die wegfliegen wollen. Das milde Licht war weich wie eine überreife Frucht. In den verlassenen Höfen der Bauernhäuser gähnten die Hunde und streckten sich. Gegen Abend zog der Rauch vom brennenden Gestrüpp wie Raupen über die Felder.

Aline sah, es ist manchmal so schwierig zu leben, daß man wünschen möchte, es wäre zu Ende. Man würde die Augen schließen, man ließe sich treiben wie das Blatt im Bach. Aber sie dachte: Es kann doch nicht immer so sein. Sie trocknete die Tränen, sie hob den Kopf wieder.

Eines Morgens starb die kleine Gelähmte. Wie immer saß sie in ihrem Wagen mit den Holzrädern; am Mittag entdeckte man, daß sie kalt war; sie war gestorben, ohne daß jemand etwas geahnt hätte, man hatte nichts gehört, sie hatte sich nicht einmal gerührt. Und man sagte: „Wie das so geht! Jetzt braucht sie wenigstens nicht mehr zu leiden." Aber Aline fühlte, das war für sie ein Zeichen.

Es kamen große Regen. Das Wetter war in jenem Jahr so. Es goß wie mit gespannten Schnüren; der Wind pfiff wie mit einer Hand bald nach dieser, bald nach jener Schnur, bog sie und brachte sie durcheinander; man sah nur noch etwas wie ein graues Tuch, das sich manchmal hob und am Ende der Matten ein Stück des schwarzen und traurigen Waldes aufdeckte.

Von Zeit zu Zeit lief Henriette zur Dachtraufe, um einen Eimer unterzustellen; den Rock hatte sie bis über den Kopf hochgezogen. Aline dachte: Ach ja, Mama trägt den Eimer. Und Henriette schüttelte in der Küche die Kleider und sagte: „Das ist kein Garten mehr, das ist ein See."

In der Nacht dann faltete das Haus sein Dach wie Flügel zusammen und machte sich unter dem Himmel ganz klein; die Wolken zogen am Mond vorüber; er erschien für eine Weile und schien auf der Flucht zu sein. Und Aline sah, wie im Wind sein Schein vor dem Fenster flackerte und erlosch, denn sie schlief nicht.

Der Kummer nahm ihr den Schlaf. In ihrem Kopf durchlief sie alle Stunden, nahm die Tage, einen nach dem andern, wie man die Perlen einer Kette abzählt. Sie klagte Julien nicht an, sich selbst klagte sie an. An einem Tag hatte sie ein wenig geschmollt, und die Burschen mögen es nicht, wenn man schmollt. „Julien ist bestimmt böse geworden, aber er hat nichts gesagt, weil er nie etwas sagt." „Und an jenem Abend, als wir tanzten, was war es da wohl, daß er nicht mehr wollte? Es war doch so schön, und ich habe alles getan, was er wollte. Ach, mein Gott, es ist wirklich schwer!"

Sie dachte: Man weiß nicht; er war lieb, ja, er war sehr lieb. Er hat mir Ohrringe gegeben. Wir haben uns kleine Geschenke gemacht. An dem Tag, da er mir die Himbeeren brachte, habe ich doch schön danke gesagt. Meint er etwa, ich sei nicht zufrieden gewesen?

Sie saß auf ihrem Bett und starrte mit offenen Augen vor sich hin. Die Dunkelheit war etwas Tiefes und Dichtes wie ein Pelz aus schwarzen Haaren. Kleine rote und blaue Sonnen stiegen kreisend durch die Luft. Sie rieb sich die Augen. Sie fragte sich: Was hab ich nur? Was hab ich nur? Warum bin ich so? Ist es der liebe Gott, der mich straft? Ihre Gedanken waren wie die Bienen, die an einem Gewittertag ausgeflogen sind und nicht mehr in ihren Korb zurückkehren können. Sie fand sich nirgends wohl im Bett, ihr Kopfkissen war glühend heiß; bald warf sie die Decke zurück, und es fröstelte sie; bald deckte sie sich wieder zu, und die Decke lag schwer wie Stein auf ihr. Und wenn der Schlaf endlich kam, hatte sie Träume mit Trugbildern, die sie glücklich machten und beim Erwachen wie eine Vase, die einem aus den Händen fällt, zerbrachen; andere Träume entsprachen der Wirklichkeit und waren sehr traurig; wieder andere waren so schrecklich, daß sie im Schlaf aufschrie.

Einmal stand sie unter einem großen Baum, und Julien war oben und sagte zu ihr: „Komm." Sie tat, was er sagte. Er saß am Ende eines Astes, sie setzte sich neben ihn. Aber da begann sich der Baum zu neigen und knickte ein, weil sie zusammen zu schwer waren; sie spürte, wie Julien und sie hinunterglitten; sie fielen ins Leere, die Luft drang ihr in den Mund wie eine Feder, die kitzelt, und ein starkes Würgen im Hals weckte sie.

Einmal träumte sie auch, sie werde begraben. Man senkte sie in eine tiefe Grube, wo es stockdunkel war. Über ihr war ein schmales Viereck Himmel; es wurde immer kleiner, zuletzt war es wie ein weißer Punkt; da glaubte sie zu ersticken.

Sie war blaß geworden. Ihre schöne Farbe war verschwunden wie bei der wilden Rose, wenn sie sich entblättert. Sie war sehr mager geworden; ihre rundlichen Handgelenke waren eckig und viel zu dünn; über die Hände liefen die Adern wie Schnüre, wie bei den alten Frauen; an ihren eingefallenen Schläfen sah man Äderchen, wie Veilchen gebündelt; sie aß nicht mehr.

Henriette sagte zu ihr: „So iß."

Sie antwortete: „Ich mag nicht."

Wenn sie hustete, sagte ihre Mutter: „Du hustest, dir fehlt etwas. Warum tust du nichts dagegen?"

„Das kommt vom schlechten Wetter."

„Ich sage dir, tu etwas dagegen. Man hustet und dann stirbt man am Husten. Du solltest zum Doktor gehen."

„Ach nein."

Henriette war mißtrauisch, denn sie fand, diese Krankheit sehe eigenartig aus. Doch man weiß, daß die Frauen viel Unangenehmes durchmachen müssen. Und Aline hatte zuerst geglaubt, es sei der Kummer, der sie krank mache. Aber dann bekam sie heftige Schmerzen im Rücken und im Magen; eines Morgens begann sie zu erbrechen.

Sie wußte gleich, woran sie war.

Und ihr einziger Gedanke war: Ich muß zu ihm und es ihm sagen.

X

Am Brunnen wuschen die Frauen Wäsche. Mit beiden Händen rieben sie auf dem glatten Waschbrett, die Seife schäumte, und das Wasser war blau und hatte einen süßlichen Geruch. Am Morgen gibt es viel zu tun. Eine Frau kam aus dem Laden mit einem Pfund Zucker. Eine andere kehrte vor ihrer Tür. Ein großes Mädchen führte ein kleines Kind an der Hand. Man hörte den Schreiner in seiner Werkstatt hobeln. Das Wetter war trüb und ziemlich frisch, und es wehte eine schwache Brise. Am Himmel waren weiße, ganz runde Wolken, die sich berührten wie Steinplatten vor den Ställen. Überall auf den Feldern bimmelten die Kühe mit ihren Glocken.

Und eine der Wäscherinnen sagte beim Wäschespülen: „Heute ist der Dreizehnte."

„Nein", sagte eine andere, „der Vierzehnte."

„Um so besser."

„Und ich behaupte", fuhr eine dritte fort, „es ist doch der Dreizehnte."

In diesem Augenblick ging Aline vorüber. Alle hörten zu reden auf.

Julien spaltete hinter dem Haus, neben der Scheunentür Holz. Auf dem Dachrand gurrten die Tauben. Zur linken Seite grenzte der Obstgarten an die Felder. Durch die Astlücken sah man die roten Äpfel eines späten Apfelbaums. Die andern Bäume hatten keine Früchte und auch fast keine Blätter mehr. Julien arbeitete ohne Hast, er war ja bei sich zu Hause. Er hatte sein Wams ausgezogen, denn die Arbeit macht warm. Seine Axt hob sich und fuhr hinunter; mit jedem Schlag spaltete er einen kleinen Klotz. Und als Aline kam, blieb er eine gute Minute so stehen, die Axt in der Hand.

Eine Taube flog über ihre Köpfe hinweg. Julien öffnete den Mund, als wollte er etwas sagen, aber er sagte nichts. Sie sagte zuerst auch nichts, aber dann kamen ihr die Worte auf die Lippen wie das Wasser aus einer Pumpe; sie stürzten alle auf einmal hervor.

„Du weißt ja nichts", sagte sie, „ich möchte lieber, es wäre nicht so, aber … ja, es ist wahr. Zuerst war ich nicht sicher … Es ist das erste Mal … Aber dann mußte ich es glauben, nicht wahr? Und da du es bist, sage ich es dir besser gleich …"

Sie tastete mit ihren Worten wie eine Blinde mit ihren Händen. Sie zerknüllte die Träger der Schürze mit ihren Fingern. Ihre Wangen waren rot, wie zwei kleine Feuer. Sie trug ein blaues Leinenmieder, einen alten braunen Rock.

Julien sagte: „Was?"

Sie zeigte auf ihren Bauch.

Eine zweite Taube flog weg, und Julien sagte: „Verdammt!"

Er sagte noch einmal: „Verdammt!"

Sein Hals sank in den Nacken; er streckte den Kopf wie ein Widder, der mit den Hörnern stoßen will; doch beherrschte er sich, da er dachte, Aline könnte lügen; er sagte noch: „Du bist verrückt!"

Sie erwiderte nichts.

Er sagte: „Bist du sicher?"

„O ja."

„Ganz sicher?"

„O ja."

Da streckte er den Kopf wieder und sagte: „So. Du bist schön blöd; das geht mich nichts mehr an."

Und er warf seine Axt weg und ging.

Aber Aline folgte ihm, sie lief neben ihm her wie ein Armer, der bettelt, und sagte: „Hör doch, hör doch bitte; es würde doch so gut gehen mit uns zwein! Du bist jetzt böse, das geht vorbei ..."

Er blieb stehen und sagte: „Mach, daß du fortkommst!"

Da fuhr sie mit der Hand zur Wange, als wollte sie sich kneifen; mit der andern Hand hielt sie Julien am Hemd zurück; sie klammerte sich an ihn, um ihn zurückzuhalten; sie wünschte, er würde sie schlagen, und zwar heftig schlagen, wenn sie nur bei ihm bleiben könnte; sie sagte: „Oh, ich liebe dich so, ich liebe dich immer mehr, und das Kleine gehört doch dir, heiraten wir doch, ich wäre so gut zu dir."

Er dachte nicht daran, sie zu schlagen; er wünschte, sie wäre weit weg oder er könnte darüber hinwegblasen, wie man über ein Räuchlein bläst, deswegen sagte er: „Daß ich nicht lache. Mach, daß du fortkommst."

In diesem Augenblick kam Vater Damon aus dem Stall. Er war klein und gedrungen, er blieb vor Überraschung mit gespreizten Beinen stehen. Aline bekam Angst. Ihr schien, die Bäume der Hofstatt würden alle niederfallen und am Himmel ziehe die Nacht herauf. Sie rannte fort. Die Häuser des Dorfes eilten ihr entgegen, auf dem ganzen Weg. Es war, als hätte sie trübes Wasser in den

Augen. Und als sie ihre Mutter sah, wich alle Kraft von ihr. Sie fiel auf einen Stuhl. Sie barg den Kopf in die Hände.

Henriette begriff nur schwer, aber als sie einmal begriffen hatte, war es aus. Ihre Liebe kehrte sich um. Es gibt eine strenge und harte Liebe, die bestraft. Wenn man anständig ist, hat man auch anständige Kinder. Zuerst war sie voll Zorn; sie sagte: „Bist du meine Tochter?"

Solcher Zorn verstockt das Herz.

„Eine Tochter, die einzige Tochter, und so etwas! Ich sollte zu dir sagen: ‚Geh anderswo hin und schau, wie es ist.' Ich behalte dich, aber von jetzt ab gehst du den geraden Weg; wenn nicht …"

Sie schloß die Tür. Die Gedanken bäumten sich in ihrem Kopf wie grünes Holz im Feuer auf; sie bewegte den Arm, und ihr ganzer Mund bewegte sich mit. Dann sah sie ihre Tochter an. Aline war auf ihrem Stuhl wie ein Häufchen Elend, vom Schluchzen geschüttelt. Man sah nur ihr zerzaustes Haar und ihre Hände, die leise zuckten. Sie sagte zu ihr: „Geh, leg dich ins Bett."

Aline gehorchte. Sie zog sich aus, dachte an nichts. Ihre Finger liefen von allein hin und her, aus lauter Gewohnheit. Sie duckte sich unter der Decke, denn selbst vor dem Licht schämte sie sich. Unterdessen goß Henriette einen Kamillentee auf. Sieben Blüten gibt man in eine Tasse, nicht mehr und nicht weniger, sieben ist die richtige Zahl; die Kamille ist gut für alle Krankheiten. Aline trank: es war bitter wie ihr Leben.

Dann kehrte sie sich der Wand zu. Und die Müdigkeit siegte über ihren Schmerz. Das Dunkel legte sich langsam auf ihre Augenlider. Es schien ihr, als würde sie wieder ein kleines Mädchen; das ist die Zeit, wo man mit Bohnen spielt; am Fuß einer Mauer macht man ein Loch; es gibt Bohnen in allen Farben.

XI

Es war November geworden.

„Ja", sagte Henriette eines Tages, „du solltest wenigstens etwas haben, dein Kind hineinzuwickeln, wenn es da ist."

Aline nahm Faden und Stoff und begann zu nähen. Ihre Mutter hatte ausgerechnet: „Zwei, drei Windeln, vier Hemdchen, kleine Tüchlein: du hast genug zu tun und gerade noch Zeit."

Das Tuch war grob, die Kinder der Armen haben keine feinen Tücher. Aline nähte; die Finger fliehen, die Nadel glänzt; aber es war eine Arbeit, die sie nicht sehr gern tat; sie machte sie nur, weil sie mußte. Und Henriette saß neben ihr und überwachte sie und sagte jeden Augenblick: „Nicht so. Wozu hat man dich denn gelehrt? Schau doch den Saum hier an. Überall verzogen, es ist ein Jammer!"

Sie nahm die Näharbeit und trennte sie wieder auf. Aline gab sich zwar Mühe, so gut sie konnte. Aber eben, der Saum muß gerade sein und die Stiche gleichmäßig, und man muß aufpassen, daß der Faden nicht reißt: es ist so vieles, man kommt damit nicht zu Rande. Und sie saßen sich gegenüber, sie beide allein.

Nur sie beide waren da. Die Küche hatte vier Wände und ein kleines Fenster. Es war bedrükkend. Keiner sagte etwas.

Und Aline dachte an das Kleine, das sie bekommen würde. Sie fragte sich: Wie kommt es wohl heraus? Tut es wohl weh? O ja, das muß sehr weh tun! Sie erinnerte sich an Freundinnen, die kleine Geschwister bekommen hatten. Sie sagten: „Man hat uns nach oben in ein Zimmer gebracht, aber wir haben Mama dennoch schreien hören."

Die Hebamme kommt, und manchmal auch der Doktor. Und Aline hatte Angst.

Dann sagte sie sich: Wie wird es aussehen? Ich frage mich. Wie herzig wäre es, wenn ich ein Bübchen hätte! Oder vielleicht ist es ein Mädchen. Das weiß man nie zum voraus. Erst wenn sie einmal da sind, eine Überraschung ist es immer; aber ich möchte lieber ein Bübchen. Sie stellte es sich vor; es hatte einen großen Kopf und Schenkel wie geschnürte Würstchen.

Sie sah auch das Kleidchen, das sie ihm anziehen würde. Wenn sie zu reden anfangen, machen sie viel Freude.

Aber plötzlich erinnerte sie sich, daß sie nicht wie die andern war. Die andern, die einen Mann haben, dürfen fröhlich sein und lachen; sie essen den ganzen Tag, um genug Milch zu haben. Gegen Abend, wenn es kühler wird, nehmen sie ihre Kinder; sie gehen ins Dorf und von Tür zu Tür. Man sagt zu ihnen: „Wie geht es?" – „Nicht schlecht, danke." – „Und der Kleine?" – „Oh, der Kleine, schaut ihn nur an!" – „Oh, es ist ein schönes Kind!" – „Nicht wahr? Wissen Sie, wieviel es wiegt? Es ist schon seine fünf Kilo schwer." – „Nicht möglich!" Und die Mutter ist ganz beglückt, daß man es kaum glauben will.

Aber die Kinder, die keinen Vater haben, wagt man nicht zu zeigen. Man behält sie zu Hause; man bringt sie zum Schweigen, wenn sie schreien; sie werden groß und gehen zur Schule, die andern Kinder spielen nicht mit ihnen, man gibt ihnen Übernamen. Aline dachte: Nicht nur ich allein bin gestraft, auch es ist gestraft. Warum? Und warum wurde Julien nicht bestraft? Sie spürte, daß es im Leben Dinge gibt, die schwer zu begreifen sind.

Die Blätter fielen. Wenn die Blätter fallen, fällt eines, und das andere folgt ihm. Sie zeigen sich den Weg, sie sagen zueinander: „Gehen wir!", und sie jammern ein wenig, wenn sie den kalten, schwarzen Boden berühren. Die Wälder stehen

wie im Dampf; die Felder sind naß und grau, darin
die schwarzen Flecken der Tannenwälder.

Im Garten gab es nur noch zwei, drei Kohlköpfe, die ihre lahmen Blätter hängenließen; die
andern hatte man genommen und in eine Ecke ins
Stroh vergraben. Die Pumpe brauchte man nicht
mehr. Seit die Blätter gefallen waren, sah man viel
mehr Dächer.

Es war Anfang Dezember. Aline nähte immerzu.
Sie nähte vom Morgen bis zum Abend. Sie nähte
ein Hemdchen, dann legte sie es in den Korb. Etwas anderes geschah nicht in ihrem Leben.

Sie ging fast nie mehr aus, denn man wandte
sich nach ihr um, und die Burschen grinsten.
Manchmal allerdings war sie so traurig, daß sie
nicht mehr sitzen bleiben konnte, und sie ging
über die Felder.

Sie ging ein Stück weit. Das Gras war kurz und
gelb wie das Fell des Viehs, und die Sträucher glichen Drahtknäueln. Sie ging mit zurückgebeugtem
Oberkörper, denn ihr Bauch wurde schwer. Man
sah, daß sie sehr mager war. Bei trockenem Wetter
setzte sie sich eine kleine Weile unter einen Baum
und ruhte sich aus. Sie hätte weinen mögen, sie
konnte aber nicht weinen. Sie kam wieder nach
Hause, ihre Mutter sagte: „Was brauchst du noch
herumzulaufen, in deinem Zustand?"

Und sie erwiderte nichts, denn sie hatte ja nicht
mehr das Recht, etwas zu sagen. Sie hatte nur noch
das Recht, zu tun, was man sie tun ließ. So gern
wäre sie zu ihrer Mutter gegangen und hätte sie
um Verzeihung gebeten, sich vor ihr zu Boden geworfen, den Kopf in ihren Schoß gelegt, damit alles vergessen wäre. Aber Henriette blieb verschlossen und finster; und Aline getraute sich nicht. Sie
begann wieder zu nähen, während die Lampe angezündet wurde.

Niemand war da, der Mitleid mit ihr hatte. Es

gibt Worte, die einem wohltun wie das Öl auf einer Brandwunde. Es gab nur das Schweigen. Der Magen schmerzte sie immerzu. Längs der Nase hatten sich gelbe Flecken gebildet, und im Mund hatte sie einen bitteren Geschmack. Ihre Wangen waren wie schmutziges Papier. Sie sah um vieles älter aus, daß man sie nicht mehr erkannte. Ihr Bauch war so dick geworden, daß sie erschia:, wenn sie ihn sah.

Gegen Ende des Monats kam der Frost. Die Eiszapfen hingen in langen weißen Bärten an den Brunnen. Auf der hartgefrorenen Straße hörte man die Hufe der Kühe schlagen. Aline hustete heftiger, sie schlief in einem ungeheizten Zimmer. Schließlich bekam sie Frostbeulen. Ihre Finger wurden so dick und steif, daß sie sie nicht mehr biegen konnte: die Haut wurde oft rissig, und es blutete. Die Nadel kam ihr schwer wie eine Eisenstange vor. Die kleine Katze spielte mit dem Knäuel.

Als Weihnachten kam, läuteten die Glocken. Es ist der Tag der Freude und der Verheißungen. Man „macht den Baum" in der Kirche, und die Kinder kommen und auch die Frauen und schauen ihn an. Zuerst ist es dunkel, und man singt; dann zündet man die Kerzen an. Sie sind wie kleine Tränen, die im grünen Baum zwischen Goldnüssen flackern. Die Tanne ist hoch, sie reicht fast bis zur Decke. Zuoberst ist eine Kerze mit einem großen Stern, denn in der Christnacht sahen die Hirten den Stern, und als sie ihm folgten, sahen sie den Stall, die Krippe und das Jesuskind. Aber Aline dachte, der liebe Gott habe sie wegen ihrer Sünde verlassen.

Am Silvester dann, um Mitternacht, dachte sie: Was wird geschehen? Was kann schon geschehen, wenn das Unglück da ist? Noch zwei, drei Monate, und das Kleine ist da; und die Jahreszeiten, die im

Kreis herumgehen wie ein Ringelreihen unter den Bäumen. Das Jahr tat sich vor ihr auf: es war wie eine lange leere Straße. Man sieht nichts vor sich weit und breit als die Straße. Sie schloß die Augen. Kann man den Lauf der Zeit aufhalten? Die Zeit ist nicht einmal Luft, die vorüberweht, die man spürt, wenn sie vorüberweht; die Zeit spürt man nicht, und man sieht sie nicht, und dennoch geht sie vorüber. Und in ihr bewegt sich das Kleine. Sie sagte sich: Die Dinge kommen, man kann sie nicht hindern.

Die Kälte dauerte lange an, denn der Winter war streng. Dann blies der Himmel wie ein offener Mund einen warmen Hauch hervor, so daß die Straßen aufgeweicht wurden, der Schnee von den Dächern fiel und das Gras auf den Wiesen wieder grünte. Dann sagt man: „Der Winter ist krank." Die Kinder liefen vor den Häusern herum ...

Bald stürmten die Märzwinde über die Berge herab, jagten über den See und wühlten ihn auf. Schwer von Wasser stießen sie an die Wolken, und der Anprall riß den Himmel auf; in lautem Tosen stürzte der Himmel ein. Die Sonne brach hervor, die Schlüsselblumen erblühten.

In dieser Zeit des Jahres gibt es gleichsam eine Stimme, die zum Leben ermuntert. Sie ist im Vogel, der ruft, im Licht, in den Knospen, die schwellen. Der Frühling hüpft auf einem Bein über die Wege. Man sieht die alten Leute auf die Türschwelle treten, sie schlürfen die Luft ein wie einer, der durstig ist, sie gehen ein paar Schritte in den Garten. Aber man sah auch die blauen Flecken um Alines Augen besser und in den Wangen die beiden Löcher.

XII

Ende März kamen die ersten Anzeichen. Henriette dachte: Wenn das Kleine nur nicht vor der Zeit kommt, das wäre zuviel auf einmal. Und da sie vorsichtig war, ließ sie die Hebamme kommen.

Die Hebamme kam eines Morgens. Sie trat ein, ohne anzuklopfen, sie sagte: „Guten Tag, geht es nicht gut?"

Sie hatte ein braunes Gesicht und einen kleinen Schnurrbart. Sie schnupfte eine Prise, dann nieste sie, und sie schnupfte wieder. Ein brauner Tropfen hing stets an ihrer Nasenspitze. Man wußte nicht mehr, wie alt sie war. Und wenn man von jemandem sagte: „Mit dem geht's auch bergab", gab sie zur Antwort: „Das war der schwerste Bub, den ich je gesehen habe."

Und wenn man von jemand anderem sprach: „Der ist ganz unerwartet gekommen."

Sie sah die Welt auf diese Weise. Sie hatte allerlei Rezepte in ihrem Beruf, und aus Gewohnheit wischte sie sich immer wieder die Hände an der Schürze ab. Sie sagte zu den Frauen: „Das ist nun einmal so. Da müssen alle durch, man braucht nur zu wollen."

Und von ihr sagte man: „Man müßte weit gehen, um so eine zu finden. Der macht das alles nichts."

Und zudem verdiente sie auch schön, erhielte bei jeder Taufe ein Geschenk, und sie hatte Geld auf die Seite legen können, was ihr Ansehen noch vermehrte.

Sie untersuchte Aline. Sie fand, sie sei blutarm und in den Nerven sehr geschwächt; aber man weiß ja, die junge Generation ist nicht mehr soviel wert wie die alte; und zudem waren die Umstände auch nicht gerade günstig. Sie ging um das Bett und schneuzte sich in ihr großes Taschentuch, redete viel und sagte immer wieder: „Ja, ja, wir sind noch nicht soweit."

„Aber", fügte sie bei, „in drei, vier Wochen ..."

Es kam, wie sie gesagt hatte. Der April war da, er schob seine kleinen Wolken vor sich her wie weiße Hühner in einem Kornblumenfeld. Der Tag war heiß gewesen. Die entfalteten Blätter waren kräftig geworden und richteten sich auf; man sah die Luft über den Feldern flimmern. Am Nachmittag kamen die Wehen; gegen Abend nahmen sie zu. Die Hebamme sagte: „Nicht wahr, ich habe mich nicht getäuscht."

Und wenn Aline stöhnte, sagte sie: „Schrei nur, mein Kind, das erleichtert; und wenn du spürst, daß es kommen will, mußt du pressen."

Dann krempelte sie die Ärmel auf, um bereit zu sein, aber es hatte noch alle Zeit. Henriette hatte den großen Topf voll Wasser aufs Feuer gesetzt. Die Scheiter prasselten; sie machte sich dort zu schaffen, als handelte es sich um gewöhnliche Hausarbeit. Aber sosehr sie es auch verbarg, war sie doch recht aufgeregt. In solchen Augenblicken darf man vor allem den Kopf nicht verlieren. Sie versteifte sich. Der Dampf war rosa, das Wasser kochte.

Die Hebamme trank ihren Kaffee und aß ein Stück Brot mit Käse. Mit der Messerspitze schnitt sie ihren Käse auf dem Tisch und stach hinein, mit der anderen Hand hielt sie das Brot oder trank in kleinen Schlücken ihre Tasse aus; und dann schenkte sie wieder ein und sagte: „Kaffee hab ich gern, das stärkt mich. Aber rabenschwarz muß er sein."

Sie warteten immer noch.

In der Nacht wurden die Wehen heftiger. Aline begann zu schreien. Sie schrie in Abständen, zuerst leise, dann lauter, dann verstummte sie plötzlich; dann wimmerte sie; und wieder folgten die

Schreie, lang und scharf wie Felsnadeln; und wenn sie erschöpft war, sank ihr der Kopf nach hinten; dann spannte sich ihr Hals wieder, und die Schreie begannen von neuem. Die Hebamme rieb sich die Nase.

„Ja, ja", sagte sie wieder.

Und wieder schneuzte sie sich.

„Nur keine Angst, ich habe sie untersucht, es ist alles in Ordnung; man schreit nun einmal, das sind die Nerven."

Es war ihr Stolz, daß sie allein fertig wurde. Aber diesmal war es ernst, und sie sagte schließlich: „Ein Doktor könnte vielleicht doch nicht schaden."

Der Doktor kam mit seinem kleinen Wagen. Er hatte ein kleines weißes Pferd, das im Trab die Beine hochhob. Von weitem hörte man die hellen Hufschläge auf der Straße, dann das Rollen der Räder; und er war da. Er legte Hut und Pelerine ab. Er wusch sich mit warmem Wasser und Seife die Hände. Er trat ins Zimmer, sein Besteck hielt er hinter dem Rücken versteckt. Die Tür blieb offen, damit man ein und aus gehen konnte. Das Kätzchen schlief, vom Feuer beleuchtet in den Hobelspänen, den Kopf zwischen den Pfoten.

Als alles vorüber war, wurde das Lampenlicht bleicher; die Morgendämmerung kam.

„Ach, es ist ein Glück", sagte der Doktor, „daß die Kinder nicht immer solche Umstände machen, um auf die Welt zu kommen. Sonst möchte ja niemand mehr Kinder haben."

Und er stieg auf den Bock seines Wagens, berührte mit der Peitsche das kleine Pferd, und da es seinen Hafer gefressen hatte, lief es wie der Wind davon.

Aber die Hebamme war verstimmt. Sie sagte: „Ist das ein Wichtigtuer! Als hätte ich es nicht ebensogut machen können."

Auf dem Bett lag Aline und das Kleine, das ge-

boren war. Man hatte es in seine Windeln eingewickelt. Es war ein Bübchen. Aline war völlig erschöpft. Sie war weiß wie der Tod, und ihre
Wimpern warfen Schatten auf ihre Wangen.

Das Zimmer war in Unordnung. Das Bett hatte
man in die Mitte gerückt. Das Becken, in dem man
das Kind gebadet hatte, stand daneben, und in der
Ecke lag ein Haufen Bettwäsche und Handtücher.
Auf den Möbeln lagen Kleider verstreut.

Mittlerweile waren die Nachbarinnen durch den
Wagen des Doktors aufmerksam geworden, und
eine nach der andern klopfte an die Tür. Sie waren
lange nicht gekommen. Wenn man getan hat, was
Aline getan hatte, bleiben ehrbare Leute zu Hause.
Aber die Neugierde war stärker. Und sie entschul-
digten sich und sagten: „Ich komme nur, um zu sehen, wie es geht."

Die Hebamme antwortete: „Es geht gut."

„Um so besser. Ich komme dann wieder vorbei."

Und sobald sie draußen waren, sagten sie: „Bei
meinem ersten Kind ist es viel leichter gegangen.
Ich habe es machen lassen, das war alles. Aber
eben, die Aline hat ihre Strafe, und das ist gut so.
Unsereins hat doch keinen Doktor gebraucht! Und
das Kind ist sicher auch nicht viel wert, wenn es
überhaupt leben kann."

Dann stimmten alle bei. Und die Zungen gingen
geschwätzig hin und her wie die Kuhglocken,
wenn der Hüterbub mit der Geißel knallt.

XIII

Aline blieb zwei Wochen im Bett. Dann erlaubte
man ihr, bis zum großen Lehnstuhl am Fenster zu
gehen. Dort setzte sie sich und streckte ihre stei-
fen Beine aus. Sie war, wie Kranke sind, deren ganzer Körper noch schlafbedürftig ist; so sehr sind

sie in ihre Krankheit eingeschlossen, daß sie das Leben wie einen Garten im Nebel sehen. Die Leute, die vorübergehen, die Wolken, die Blumen und die Sonne scheinen Dinge einer andern Welt zu sein; eine Trennung hat stattgefunden; und gleichförmig zieht der Tag dahin. Dann erblickte sie eines Tages plötzlich in den Armen der alten Henriette das Kind. Da konnte sie kaum mehr warten, bis sie es ganz für sich haben konnte, um sich an ihm festzuklammern und sich an ihm zu vergessen; denn die Kleinen machen viel Mühe, sie beschmutzen sich, man muß sie wiegen, ihnen zu essen geben und noch vieles andere, das sie hätte tun wollen, aber dazu war sie noch zu schwach.

Sie schaute hinaus. Vor dem Fenster flogen Spatzen in Schwärmen vorüber und stürzten wie schwarze Steine herab. Ein kleiner Fliederbusch bedeckte sich mit grünem Laub, und seine Blätter, die noch zerknittert waren, sahen wie Schmetterlinge aus, die im Hauch des Frühlings mit den Flügeln schlagen, aber das Zimmer mit seinen kahlen Wänden, den verrauchten Balken und dem geschlossenen Fenster war schwarz und düster. Henriette behauptete, die frische Luft sei für die Neugeborenen schädlich. Man roch den säuerlichen Geruch der Milch.

Das Kind hatte am Tag seiner Geburt nur vier Pfund gewogen, und an Gewicht nahm es fast nicht zu. Es hatte einen sehr großen Kopf wie alle Kinder, die eben zur Welt gekommen sind, aber sein Kopf war noch größer, und der Körper ganz klein. Es war nichts als ein Häufchen Fleisch. Sein Gesicht war wie eine rote Kugel, mit Falten darin, das waren die Augen und der Mund, und zwei Löcher, das waren die Nasenlöcher. Es preßte die Fäustchen fest an seine Wangen. Es hatte weder Haare noch Brauen, aber etwas Flaum auf Stirn und Schultern.

Man legte es in einen Wäschekorb, der auf zwei Stühlen stand; er war ausgekleidet mit einem Sack Maisblättern, einem kleinen Leintuch, einer wollenen Decke und einem Daunenkissen, damit es schön warm hatte. Aber sobald man es in sein Bettchen legte, fing es zu schreien an. Sein Stimmchen war zu schwach, daß man näher treten mußte, um es zu hören, und sein Gesicht schwoll an, und man sah das nackte Zahnfleisch.

Die Hebamme kam jeden Tag und brachte Neuigkeiten.

„Man redet nur von Ihrer Tochter", sagte sie zu Henriette. „Das muß man erlebt haben, es ist, als hätte man in einem Ameisenhaufen gestochert. Und was die alles erzählen! Das Kind habe einen handgroßen Weinfleck im Gesicht, weil der Vater getrunken habe, und sonst noch allerlei; sie haben böse Mäuler."

„Ach, laß sie reden", sagte Henriette.

Doch allmählich kam Aline wieder zu Kräften. Sie konnte sich aufrecht halten und später auch gehen. Anfänglich schwankte sie beim Gehen; das Gewicht ihres Kopfes war wie ein schwerer Stein, der sie nach der Seite zog. Aber schließlich wurde ihr Gang sicherer. Sie nahm den Kleinen an sich und wunderte sich, daß sie ihn kaum spürte, so leicht war er. Sie dachte: Er ist nicht schwerer als ein Strohhalm; er muß viel essen. Es hätte sie sehr glücklich gemacht, wenn sie ihn selbst hätte stillen können, aber sie hatte keine Milch, es blieb ihr alles versagt. Und das Kind nahm die Milchflasche nur widerwillig, da es rasch müde wurde; die Kuhmilch war zu schwer für seinen Magen. Aline sagte: „Trink, mein Kleiner, trink schnell, wenn du ein großer Junge werden willst."

Doch die kleinen Kinder verstehen nicht, was man zu ihnen sagt. Sie haben nur ein wenig Kraft, um mit den Beinen zu strampeln, und in ihrem

Kopf ist es noch Nacht wie in einem Zimmer mit geschlossenen Läden. Die Liebe vermag da nichts. Aline lernte, was alle Mütter lernen, wenn die Zeit gekommen ist. Sie stehen plötzlich diesem dunklen Leben gegenüber; und dann muß man es pflegen, und man muß die Schreie unterscheiden lernen, die des Schmerzes, die des Hungers, die, deren Grund man nicht kennt und sagt: „Das ist nur Bosheit."

Sie legte das Kind auf den Tisch und nahm es aus seinen Windeln. Das nackte Bäuchlein kam zum Vorschein, ganz aufgequollen und weiß, wie ein Froschbauch, und der Kopf rollte wie leblos auf dem Kissen. Oder sie badete es; es war so klein, daß ein Waschbecken genügte; das warme Wasser lief in glänzenden Kügelchen wie Tau über seine Haut.

Alines Hände waren noch ungeschickt; bald faßte sie es zu hart an und bald zu behutsam. Man meint, ein Hauch schon könnte diese zarten Glieder zerbrechen. Bei dieser Pflege vergaß sie sich für Augenblicke. Die Umwelt versinkt. Es ist nichts mehr da als ein kleines Kind auf dem Tisch. Manchmal lächelte sie wie zur Zeit ihres Glücks. Sie sang:

> „Schlaf, Kindlein, schlaf!
> Der Vater hüt' die Schaf.
> Die Mutter schüttelt's Bäumelein,
> da fällt herab ein Träumelein!
> Schlaf, Kindlein, schlaf!"

Aber ihr Lächeln blieb verschlossen, als läge ein Gewicht darauf, und ihre Stimme sank in sich zusammen wie ein Vogel im Käfig, denn das Kind weinte. Es war so schwächlich, daß es einen erbarmte.

Dann kehrte ihr Schmerz zurück. Eines Abends hörte man Musik im Dorf. Im Wirtshaus war Tanz. Aline saß neben dem Bettchen, und ihre Erinnerungen führten sie zurück unter den großen Birnbaum. Ein anderes Mal, als sie in einer Schublade kramte, fand sie die Ohrringe, die Julien ihr zu Beginn des Sommers im Wäldchen geschenkt hatte. Die kleine Schachtel mit den aufgemalten Figuren war noch ins Seidenpapier eingewickelt. Die Korallenkörner glichen zwei hellen Blutstropfen. Das war alles, was ihr, zusammen mit dem Kind, von ihrer Liebe blieb. Sie sagte sich: Und er, wo ist er? Ach, er denkt nicht mehr an mich. Die Tränen traten ihr in die Augen, und sie schneuzte sich leise.

So lehnte sie sich auf, aber gleich nahm sie sich wieder zusammen und war gefaßt, denn sie war wie angekettet und konnte nicht entfliehen. Sie redete sich doch wieder Mut ein mit Worten, die sie sich im Grunde ihres Herzens immer wieder sagte: Ich muß ihn lieben, den Kleinen; ich muß ihn lieben, soviel ich kann, das wird ihm wohltun und ihn beleben. Wir müssen eine schlimme Zeit durchmachen. Wenn er ein Jahr alt sein wird, geht es dann von allein. Ich muß ihn sehr liebhaben, denn er hat nur mich. Mama ist alt; bei ihrem Alter weiß man nie, was kommen kann. Und dann wird er groß für die Zeit, in der ich alt sein werde. Und sie zitterte am ganzen Leib, während sie sich über ihn beugte.

Indessen, dem Kind ging es nicht besser, im Gegenteil. Man sah, seine Haut schrumpfte wie bei einer Frucht, die verdorrt. Es konnte sich kaum bewegen, eine gelbe Flüssigkeit tropfte aus seinen Augen. Aline sah, wie sich ein Schatten über seine runde Stirn ausbreitete. Sie dachte: Ist das möglich, ist das möglich? Sie spürte, wie unsichtbare, böse Kräfte ihr Kind umschlichen. Ein kleines Wesen, das doch nichts Böses getan hat! Sie dachte: Das ist es, was es zum Ersticken bringt. Irgend etwas lastet auf ihm.

Die Hebamme meinte es gut und half ihr. Auch

der Doktor kam. Aber was konnte man schon tun? Wenn die Krankheit einmal da ist, was vermag man gegen sie? Die Arznei täuscht über das Übel hinweg. Man nimmt sie einfach, und die Ärzte verschreiben etwas, aber weiß man, wohin das führt? Die Ärzte sind nicht allmächtig. Das Leben ist ohne unsern Willen gekommen, und es geht auch wieder ohne unsern Willen, ja gegen unsern Willen, denn wir bedeuten wenig; man ringt die Hände; und das Leben ist fort. Und die ganz Kleinen, die keine Vernunft haben, können sich nicht wehren. Eines Tages pressen sie den zarten Mund zusammen, sie werden grün, man sagt: „Es ist tot."

„Wenn man denkt", sagte die Hebamme, „daß Julien an all dem schuld ist! Man sollte ihm den Hals umdrehen!"

XIV

Julien war bei guter Gesundheit und freute sich des Lebens. Als er sich, nachdem die Geschichte mit Aline passiert war, im Dorf zeigte, nahm man ihn auf, als wäre nichts geschehen. Man war der Meinung, er habe sich richtig verhalten, und überhaupt gehen einen solche Geschichten nichts an. Julien zahlte in der Wirtschaft zu trinken, und so kamen seine Freunde wieder zu ihm. Und wenn man so um ihn herumsaß, redete er schließlich von Aline; er sagte: „Weißt du, sie ließ mich nicht mehr los; wie ein Blutegel, sage ich dir, so vernarrt war sie in mich."

Die anderen bewunderten sein Kraushaar, seine niedrige Stirn und die große Ader, die zwischen seinen Brauen schwoll, wenn er sich aufregte. Sie dachten: Der hat wenigstens eine Frau gehabt, die ihn geliebt hat.

Julien schlug lachend mit der Faust auf den

Tisch. Der grünliche Wein, der nach Schwefel roch, schwappte in den Gläsern. Und ins Schweigen hinein hörte man einen Alten am Tisch ganz hinten sagen: „Das Tier ist gut seine vierhundert wert."

Aber Vater und Mutter Damon machten sich Sorgen um die Zukunft. Sie hatten sich gesagt: „Wo führt das noch hin, wenn man einmal damit angefangen hat? Wir müssen ihn sobald wie möglich verheiraten!" Sie hatten für ihn eine Frau gesucht. Es hatte sie Mühe gekostet. Nicht daß es an Mädchen gemangelt hätte, die glücklich gewesen wären, einen Mann zu bekommen, aber die guten sind selten, und es muß eine schon Vorzüge haben. Endlich aber fanden sie eine im Nachbardorf; die sagte ihnen zu. Das Mädchen, das sie gewählt hatten, war reich und einzige Tochter. Mitte Mai verlobte sich Julien.

Es war Abend. Die Hebamme trat ins Haus und sagte: „Eine Neuigkeit, und was für eine! Julien hat sich eben verlobt."

Aline hörte es in ihrem Zimmer. Wie Eis durchlief es sie, dann wie Feuer. Und von da an wußte sie nicht mehr recht, was sie tat.

Dem Kleinen ging es immer schlechter. Er wurde immer kälter. Man konnte lange Tücher wärmen und sie ihm heiß um den Bauch wickeln und ihm Flaschen voll kochenden Wassers ins Bettchen legen, er blieb reglos in seinen Decken; und seine Augen bewegten sich, ohne zu sehen.

Gegen elf Uhr legte sich Henriette für eine Weile hin; die beiden Frauen lösten einander im Wachen ab. Aline kauerte am Bettchen. Sie wußte nicht mehr, was um sie vorging. Sie blickte auf ihr Kind. Sie dachte: Was für einen Namen soll ich dem Kleinen geben? Henri, wegen Henriette, oder vielleicht ... nein. Auf jeden Fall muß man ihn taufen, bevor er drei Monate alt ist. Aber dann fiel ihr wieder ein: Ach ja, er ist zu krank, wir müssen noch zuwarten.

Sie dachte: Sein Kopf ist sehr groß, und die Augen sind ganz verklebt; aber auf dem Gesicht hat er nicht mehr so viele Härchen. Das sind Härchen, die rasch ausfallen, bald wird man sie nicht mehr sehen.

Sie war aufgestanden, sie begann im Zimmer auf und ab zu gehen. Zwischen dem Bett und dem Bettchen war nur ein schmaler Raum. Sie ging zum Fenster und wieder zurück und ging wieder zum Fenster. Etwas wie eine Hand lastete auf ihrem Nacken und drängte sie voran. Ihre Schritte tönten in ihrer Brust. Es war ihr, als ginge sie seit zwei Tagen so.

Sie setzte sich wieder, sie griff nach den Ohrringen in ihrer Tasche; sie drehte sie und drehte sie in den Händen. Sie dachte: Sie sind sehr schön, die Ohrringe; wenn ich sie nur anlegen könnte, aber ich darf nicht. Außen sind Korallen. Sie sind schön, die Korallen.

Wieder ging sie hin und her. Und als sie an das Vergangene dachte, spürte sie zum erstenmal, wie der Zorn und das Rachegefühl in sie eindrangen. Sie sagte sich: Sie haben mir zuviel Leid angetan. Der arme Kleine! Sie sind schuld! Ich denke nicht an mich, ich denke an ihn. Ach, mein Gott! Ihre Finger krümmten sich, als wollten sie kratzen, ihre Zähne knirschten. Sie sagte wieder: Sie haben mir zuviel Leid angetan, sie haben mir zuviel Leid angetan, sie haben mir zuviel Leid angetan!

Der Fußboden knarrte unter ihren Schritten. Henriette klopfte an die Wand und sagte: „Was ist los?"

„Nichts", antwortete sie.

Sie setzte sich wieder. Die Kerze tropfte und zehrte sich auf. Henriette nieste; und dann hörte man nichts mehr, sie war eingeschlafen.

Mitternacht hatte geschlagen. Plötzlich begann Aline zu schluchzen. In ihrem Kopf tönte ein lauter Schrei: Er ist verlobt! Er ist verlobt! Es ist aus. Ach, der arme Kleine, es wäre besser, er könnte sterben. Und ich ...

Das Kind regte sich in der Wiege. Sein Atem pfiff und ging langsam wie etwas, das zerriß. Aline starrte ihr Kind mit ihren großen Augen an. Es ist aus, dachte sie, es wird sterben, es wird sterben! Ihre Augen blieben trocken. Sie wollte das Kind aufnehmen; es erbrach etwas wie grünliche Galle. Sie wandte sich ab.

„Ach nein", sagte sie, „ach nein, ich will nicht."

Die dickflüssige, schleimige Masse war auf das Lätzchen geflossen und blieb dort kleben. Der kleine Körper des Kindes wand sich unter der Anstrengung. Es war, als flüchtete das Leben bei jeder Erschütterung tiefer hinein, um das Kind länger leiden zu lassen. Aline schauderte es.

Und in diesem Augenblick kam eine Kraft in sie und wirkte in ihr, ohne daß sie widerstehen konnte. Ihre Hände zuckten und verkrampften sich. Sie legte das Kissen auf dem Kopf des Kleinen zusammen und drückte mit ihrem ganzen Gewicht darauf. Ein schwaches Glucksen war zu hören, ähnlich dem Wasser in einer Brunnenröhre; sie drückte noch mehr, da hörte sie nichts mehr. Sie hob das Kissen, das Kind hatte Mund und Augen offen; seine Augen waren weiß und nach innen gedreht. Ein wenig Blut war auf das Kinn geflossen.

Sie wischte das Blut mit ihrer Schürze weg. Sie sagte sich: Es ist tot, es ist tot! Sie empfand keinen Schmerz, sie war nur erstaunt. Sie nahm die kleine Leiche in die Arme; dann legte sie sie auf das Bett, setzte sich daneben, und da blieb sie. Plötzlich tauchte vor ihr das Kamel auf, der kleine Affe und die kluge Ziege; alles lebte in ihren Augen bis ins kleinste wieder auf. Der Mann hatte ein rotes Halstuch, der Himmel war grau. Der Trommler schlug die Trommel, das Kamel streckte den spitzen Kopf. Dann erschien Julien auf dem Platz; er trug eine Jacke mit Zwilchärmeln, das Band auf seinem Hut hatte eine Stahlschnalle. Sie redete ihn an, er gab Antwort; der Affe fuchtelte mit seinem Schwert, und ein kleines Mädchen, das den Keuchhusten hatte, hustete trocken und rauh.

Aber mit einemmal verflogen ihre Träume wie der Nebel im Wind, und sie fand sich wieder bei der kleinen Leiche. Die Kerze auf dem Tisch rauchte. Sie sagte sich wieder: Es ist tot! es ist tot! Sie stieß einen Schrei aus, sie öffnete die Tür, sie lief hinaus.

Der Mond in seinem letzten Viertel war hinter dem Wald untergegangen. Nur die Sterne waren noch da, und unmerklich fiel ihre Asche auf die Bäume herab. Die Nacht war klar. Der leichte Wind kam in Stößen und richtete das Gras auf. Aline lief ziellos ins Feld hinaus, sprang über die Wasserrinnen, stieß an die Böschungen. Vor ihr standen unbestimmte Formen in der Landschaft. Hinter ihr, unter friedlichem Himmel, glichen die Häuser des Dorfes, die sich um die Kirche scharten, einer schlafenden Schafherde neben einem Hirten, der aufrecht stand.

XV

Es war der Mauser, der Aline am frühen Morgen fand. Er trug seine Hutte auf dem Rücken. Er war klein und so mager, daß seine Hosen wie aufgeblasen schienen. Sein Bart auf den hohlen Wangen glich dem grauen Moos, das auf den Felsen wächst. Von früh bis spät kam er dahergehinkt und stellte, von einem Maulwurfshügel zum andern, die Fallen. Für jeden Maulwurf erhielt er einen Batzen, das machte im Tag zwei, drei Franken, die er in einer Ecke der Wirtschaft allein vertrank.

Aline hatte sich mit ihrem Gürtel an den untersten Ästen eines Apfelbaumes erhängt. Da ihre Füße den Boden berührten, hatte sie die Beine hochziehen müssen; und so blieb sie, halb hängend an den Baumstamm gelehnt. Der Wind wiegte sie sanft; von weitem hätte man meinen können, da sei ein kleines Mädchen, das spielt; aber aus der Nähe sah man ihr bläuliches Gesicht und die glasigen Augen.

Da stellte der Mauser seine Hutte ab und lief, noch stärker hinkend und mit sich selber redend, ins Dorf.

Die Sonne war aufgegangen, als die Gerichtsbeamten kamen. Der Friedensrichter war da, der Gerichtsschreiber und zwei, drei Männer, die mitgekommen waren. Der Richter war dick und hatte einen weißen Kinnbart. Der Gerichtsschreiber war groß und glattrasiert. Unter dem Baum blieben sie stehen. Man nahm Aline herunter, sie war kalt. Ihre Arme hingen herab. Ihre aufgelösten Zöpfe fielen bis zu den Hüften herab; der rauhe Stoff des Gürtels war in die Haut gedrungen.

Der Gerichtsschreiber schrieb auf ein Blatt Papier, der Richter hielt seine Hände hinter dem Rücken; die andern standen ein wenig abseits und redeten leise miteinander; und der Mauser sagte: „Es war so, ich kam dort hinter der Hecke hervor, weil dort die Matten von Mäusen wimmeln, ich hätte den ganzen Morgen zu tun gehabt; und da sehe ich etwas Schwarzes, einen Rock, aber nicht den Kopf, der war verdeckt; ich sage mir: Merkwürdig. Ich sage mir: Da ist eine schon ganz früh aufgestanden, und was macht die hier? Und dann, ja dann bin ich näher gegangen und dann ..."

Der Apfelbaum war ganz rosarot wie der Strauß einer Braut; die Kirschbäume ringsum verloren bereits ihre Blüten. Das Gras duftete nach Sauerampfer und nach der süßlichen Minze. Der Wald war mit Grün übersät; man hörte den Bach rieseln; ein undeutliches Ächzen kam von den Bäumen. Als der Gerichtsschreiber mit Schreiben fertig war, hob man Aline auf eine Bahre und trug sie fort ...

Unterdessen hatte sich das Haus mit Leuten gefüllt. Mitten in der Nacht hatte die alte Henriette gerufen, und man war gekommen. Von allen Seiten hatte man die Laternen kommen sehen, sie schienen ganz allein über die Straßen zu gehen. Und später dann waren die Männer heimgegangen, aber die Frauen waren geblieben. Das Unglück zieht sie an wie Zucker die Fliegen.

Henriette hatte man in den Lehnstuhl gebettet, dort, wo man auch Aline hingebettet hatte; und sie ließ es geschehen. Man gab ihr zu trinken, und sie trank. Als man aber den Leichnam brachte, richtete sie sich plötzlich auf, sie schrie: „Recht so! Recht so! Sie hat es verdient!"

Und sie stürzte auf den Steinboden.

Auch der Laden war den ganzen Vormittag voll von Leuten. Auf den Regalen standen schön aufgereiht Gläser mit Kandiszucker, mit Pfefferminztabletten oder Zimt; Blechbüchsen, in denen man Zuckergebäck aufbewahrt, und Knopfschachteln. Es war da ein fader Geruch, mit Gesalzenem vermischt, denn über der großen Waage mit ihren verrosteten Ketten hingen an Pflöcken ein Schinken und Würste. Inmitten ihrer Säcke wog die Krämersfrau ihr Soda ab, dann stützte sich sich auf den Ladentisch und sagte: „Ist das eine Geschichte."

Die Frauen redeten alle auf einmal.

„Man sagt, sie habe ihr Kind erstickt, bevor sie sich erhängt habe."

„Weiß man es bestimmt?"

„Auf jeden Fall ist es tot."

„Aber es war doch so krank ..."

„Aus seiner Nase ist Blut geflossen."

„Und sie?"

„Ach sie! Ihr hat die Zunge herausgehangen."

„Ich habe immer gedacht, das nimmt noch ein böses Ende."

„Diese Aline", sagte eine andere, „die sah immer so sanft aus! Wer hätte so etwas von ihr erwartet. Eigentlich ist doch dieser Julien an allem schuld."

Und eine andere: „Der Doktor hat gesagt: ‚Bei der Mutter ist der Tod schlagartig eingetreten, aber beim Kleinen ...'"

Und die Krämersfrau fügte hinzu: „Mein Gott! Wie schrecklich."

Die Sonne hatte sich für einen Augenblick versteckt und trat nun hinter einer Wolke hervor, und plötzlich war die Hauswand ganz hell. Auf dem benachbarten Misthaufen krähte mit aufgesperrtem Schnabel ein Hahn.

„Sehen Sie, so ist es mit den Leuten; bei diesen stillen Wassern muß man sich auf alles gefaßt machen."

„O ja!"

„Und es sind eben doch beide schuld!"

In diesem Augenblick verstummten die Frauen. Der Friedensrichter ging vorüber. Man sagte: „Der Mann hat's auch nicht leicht."

Dann ging das Gespräch wieder weiter. Und es wurde lebhafter, je mehr Neuigkeiten hinzukamen.

„Und Henriette?"

„Man wagt es kaum zu sagen."

„Was denn?"

„Sie habe gesagt, es geschehe ihr recht."

„Ist das möglich?"

„Und dann ist sie zu Boden gestürzt. Jetzt sagt sie kein Wort mehr."

„Das kann man verstehen."

82

Dann gingen die Frauen, eine nach der andern, um die Suppe auf das Feuer zu setzen, denn es war schon spät am Vormittag.

Aline wurde hergerichtet. Man zog ihr das alte, abgenutzte Kleid aus und zog ihr statt dessen das Kleid an, das sie bei der ersten Kommunion getragen hatte. Die Ärmel waren ein wenig kurz; das Mieder knapp, der Rock ließ die Knöchel frei, aber es war das schönste Kleid, das sie hatte, und für das Grab muß man recht angezogen sein. Es wurde gesagt: „Wie mager sie ist, zum Erbarmen."

„Ja, der Kummer zehrt."

„Sie muß doch gelitten haben!"

Die Frauen zeigten einander den schwarzen Ring, den der Gürtel in den Hals geschnitten hatte. Sie legten ihr ein Kinnband um den Kopf, um den fallenden Unterkiefer hinaufzubinden. Sie flüsterten nur wegen Henriette. Als sie dann das Kind gewaschen und in saubere Windeln gewickelt hatten, legten sie es neben seine Mutter auf das Bett. Und da lagen sie nun, die Mutter und das Kind, wie an dem Tag, als das Kind geboren worden war. Aline war auch blaß wie an dem Tag, aber ihr Gesicht war ruhig, ihre Züge entspannt, man hätte nicht gedacht, daß sie so viel gelitten hatte; ein großer Friede war über sie gekommen. Man hatte ihr über der Brust die Hände gefaltet, unter den halb geschlossenen Lidern sah man ihre Augen. Die zurückgezogene Federdecke bedeckte ihren Körper bis zum Gürtel; ihr schwarzes Mieder hob sich scharf vom weißen Bett ab.

Sie schien sehr groß und das Kind ganz klein. Als alles bereit war, bedeckte man ihr Gesicht mit einem Taschentuch, um die Fliegen fernzuhalten.

Als der Abend kam, bereiteten sich die Frauen für die Nachtwache vor. Sie waren zu dritt, um sich Mut zu machen. Sie setzten sich um den Tisch. Die Amseln im Garten verfolgten einander und schrien; die Dämmerung schlüpfte vor die Tür wie eine braune Katze. Sie sagten zueinander: „So bleiben wir nicht, ganz ohne Licht."

„Nein, bestimmt nicht."

Sie holten eilig die Lampe, denn in der Küche war es schon dunkel, und sie hatten ein wenig Angst; aber das Licht beruhigte sie. Der Lampenschirm aus rosa Papier ließ das Zimmer im Dunkeln; der Tisch war im Licht. Im Finstern sah man nur undeutlich das schmale Bett und die beiden Gestalten auf dem Bett.

Nach einer Weile sagte eine Frau: „Ich habe kalte Füße."

„Das kommt vom Sitzen", sagte die zweite.

Und die dritte: „Legt Euch doch wenigstens einen Schal um die Schultern."

Henriette hatte sich seit ihrem Sturz am Morgen nicht von der Stelle gerührt. Ihr Blick hatte sich nach innen gewandt, ihre Hände bewegten sich nicht, sie hielt den Kopf geneigt. Die Frauen betrachteten sie. Sie schüttelten den Kopf.

„So geht es", sagten sie.

„Ja, so geht es."

„Ein Schlag war es trotz allem."

„Sie ist ganz niedergeschmettert."

„O ja!"

Dann redeten sie von etwas anderem. Nach und nach überkam sie der Schlaf. Ihre Gedanken erlahmten wie die Zweige unter dem Schnee. Aber kaum waren die Augen zugefallen, öffneten sie sich wieder. Sie rückten ihre Stühle. Manchmal wechselten sie einen Blick. Sie spürten, wie der Tod umging; die Luft war davon wie verdickt.

Aber schließlich schlummerte doch eine nach der andern ein. Die Lampe brannte knisternd, sonst hörte man nichts.

Nur manchmal atmete eine der Schlafenden lauter, über den Tisch gebeugt, die Stirn in den Händen. Ein Nachtfalter, den die Flamme angelockt hatte, streifte die Lampe; oder der Wind fuhr durch die Bäume.

Dann stieg am Hügel die Dämmerung auf, kam herab, spiegelte sich in den Brunnen. Die Wälder taten sich vor ihr auf, das Gras schauderte unter ihren Schritten. Im Osten flackerte eine kleine Flamme auf, rosa Wimpel flatterten auf den Tannenwipfeln. Und die neue Hoffnung stieß die Türen der Häuser auf und stand lächelnd auf der Schwelle, während im Zimmer die Lampe nun ganz erlosch und die Frauen erwachten.

Das Gerücht von Alines Tod hatte sich rasch verbreitet. Der Vormittag war noch nicht vorüber, als man schon aus allen Richtungen herbeikam, um die Nachricht zu hören ...

„Ist das wahr?"

„Ja, es ist wahr."

Vor dem Wirtshaus standen Wagen. Frauen kamen von weither, gingen in verstaubten Schuhen eilends vorüber und traten dann bei einer Bekannten ein. Und jetzt begann man auch, Aline zu bemitleiden, denn nun war sie tot, und gegen die Toten ist man weniger hart; und es war auch zu traurig; und man sagte: „Nun ist sie tot, und was für ein Tod ist das!"

„Ja, was für ein Tod!"

„Sich das Leben zu nehmen!"

„Mein Gott! Mein Gott!"

Dann schwieg man eine Weile, um sich den Apfelbaum, die Schnur und die kleine hängende Aline vorzustellen; man sagte noch: „Ja, das Leben ist wirklich merkwürdig. Da fängt es an, wie man so sagt, und dann geht man gegen die Mitte zu; und dann nimmt man ein Ende; und wenn man am Ende ist, ist es so, als hätte man nie angefangen."

XVI

Bei völliger Dunkelheit wurde der Sarg gebracht.
Er war aus vier roh gehobelten und schwarz gestrichenen Brettern gemacht. Der Schreiner hatte den
ganzen Tag in seiner hellen, der Sonne zugekehrten Werkstatt, die voll von rötlichen Hobelspänen
war, gearbeitet. Vor sich her pfeifend, schlug er die
Nägel ein. Er war flink, und so war die Arbeit vor
dem Abend fertig. Dann hatte er seine Pfeife angezündet und sich gesagt: Es wird bald Zeit, daß ich
gehe.

Man stellte den Sarg neben das Bett, dann legte
man Aline mit dem Kleinen, der in ihren Armen
lag, hinein. Sie sah aus, als wäre sie beim Wiegen
eingeschlafen, und auch das Kind schien zu schlafen. Man deckte sie mit einem Leintuch zu. Man
legte den Deckel auf den Sarg, um zu sehen, ob er
richtig schloß, aber das Kind brauchte wenig Platz;
man mußte nur noch auf die Träger warten.

In der Nacht gab es ein Gewitter, das erste in
diesem Jahr. Es ging eine Stille voraus, dann folgte
ein Dröhnen wie von einem heranrollenden Wagen, und in den Fenstern waren die Blitze grün.
Nach einer Weile barsten die Wolken und ergossen sich über die Zweige; dann wurden die Blitze
seltener, das Donnern nahm ab; der Regen wurde
fein und fiel sanft und gleichmäßig, und die Dachtraufen sangen unter dem Regenguß. Am Morgen
verjagte der Wind die Wolken; der Himmel schien
auf die blaunassen Straßen herabzureichen.

Kurz vor elf Uhr, zur Zeit der Beerdigung,
machte sich der Pfarrer für den Gottesdienst bereit. Er zog die Jacke aus, die er zu Hause immer
trug, und legte einen saubern Kragen um, nahm
eine schwarze Krawatte und seinen Gehrock, ferner seinen Seidenhut; dabei seufzte er, denn
nichts ist so heikel wie diese außerordentlichen

Todesfälle; man muß jede Anspielung vermeiden, vielmehr trösten und den Himmel versprechen, auch wenn der Himmel ungewiß ist. Darum machte er sich nur ungern auf den Weg, die weiche Lederbibel mit Goldschnitt unterm Arm.

Die Abdankung wurde in Henriettes Zimmer gehalten. Es waren nicht viele Leute da, denn Aline war keines schönen Todes gestorben. Es waren nur ein paar Nachbarinnen gekommen, und zwei Männer, Vettern. Sie saßen an der Wand. In die Mitte des Zimmers hatte man für den Pfarrer einen Tisch und einen Stuhl gestellt.

Er sprach zuerst ein Gebet, man stand auf, man setzte sich wieder. Der Pfarrer las eine Stelle aus den Psalmen. Da heißt es:

„Auf denen, so Ihn fürchten, ruht des Herren Auge,
    auf denen, die von seiner Güte hoffen,
        daß Er vor Pest ihr Leben rette
    und sie in Hungersnot erhalte.

    Dem Herrn gilt unserer Seelen Harren;
        uns ist Er Schutz und Schild.
    So froh wird unser Herz durch Ihn;
    denn wir vertrauen Seinem heiligen Namen.

        Herr! Deine Gnade walte über uns,
        gleichwie wir sie von Dir erhoffen!"

Die Stimme des Pfarrers hob sich zu Beginn der Sätze und senkte sich gegen das Ende hin. Nachdem er den Text gelesen hatte, sprach er über das Gelesene und zeigte, daß Gott barmherzig ist und man sich seinem Schmerz nicht überlassen dürfe, sondern aufschauen müsse, denn der Tag des Wiedersehens sei nahe. Dann betete er wieder.

Man hörte schwere Schritte im Zimmer nebenan. Die Sargträger holten den Sarg. Sie waren guter Laune, denn sie hatten im Vorbeigehen im Wirtshaus ein Glas getrunken. Sie sagten: „Zum Glück ist sie nicht schwer, es gibt auch solche, die gegen hundert Kilo sind."

Die Männer hatten ihre Hüte genommen, die Frauen umstanden weinend Henriette. Henriette hatte keine Tränen. Erst als der Pfarrer auf sie zukam, schnellte sie wie eine Sprungfeder auf, und noch ehe man sie zurückhalten konnte, hatte sie die Tür aufgerissen und den schwarzen Sarg und die Männer gesehen; da verwarf sie die Arme und stürzte sich auf die Männer, zu dritt oder viert mußte man sie losreißen. Man hätte nie geglaubt, daß eine alte Frau so stark sein kann. Und da man sie immer noch festhielt, begann sie zu schreien.

Der Sarg entfernte sich auf dem Weg, der zum Friedhof führt. Man muß das Dorf durchqueren. Die Leute waren aus den Häusern getreten, um zu schauen. Der Wagner, der neben dem großen Blasebalg aus gelbem Leder und neben dem hellen Feuer sein Eisen hämmerte, hob den Kopf und stemmte die Hände in die Hüfte; der Lehrling ließ das Seil des Blasebalgs los, und das Feuer wurde schwächer. Ein kleiner Knirps, der ein Pferd auf Rädern hinter sich herzog, war, den Finger im Mund, stehengeblieben. Vom Dorfbackofen stieg dichter Rauch auf. Und als der kleine Leichenzug vorüber war, traten die Leute wieder ins Haus, der Lehrling zog wieder am Seil, der Wagner griff wieder zum Hammer, der Amboß tönte wieder in der Sonne. Der Dorfbackofen rauchte weiter.

Sobald man das Dorf verlassen hat, wird der Weg steil. Die Pfützen waren ausgetrocknet, die Wasserrinne versiegt. Das Frauenhaar wuchs in schwarzen Büscheln aus den Mauerritzen. Man ging langsamer. Einmal blieben die Sargträger stehen und wischten sich die Stirn ab. Dann ging man weiter. Der Friedhof war auf dem Hügel. Große Bäume zeigten den Eingang an. Man kam näher, die Träger nahmen nochmals einen Anlauf. Das verrostete Tor ächzte. Zuerst ging der Sarg hinein, die beiden Verwandten folgten; und man sah in einer Ecke das hohe Gras, das offene Grab und daneben den Totengräber mit seiner Schaufel.

Doch Henriette schrie noch immer. Man konnte tun, was man wollte, es half alles nichts, die Frauen sagten: „Man sollte sie festbinden können."

„Ja, aber wenn man sie festbindet, kommt sie in Wut. Es ist besser, wenn es von selber vorübergeht."

Sie sagten weiter: „Es ist das dritte Mal, daß ihr so etwas passiert; es ist eine Art Anfall, was sie da hat."

XVII

Gegen Abend jedoch beruhigte sich Henriette. Es kommt der Augenblick, wo die Kräfte erschöpft sind; zwar bleibt der Schmerz, aber verborgen wie das Feuer, das sich unter die Asche zurückzieht. So gingen denn die Frauen fort.

Zwei, drei Tage sah man Henriette nicht. An einem Nachmittag erschien sie wieder. Sie war angezogen wie immer, aber ihr Kleid war zerknittert, als hätte sie es seit dem Tag der Beerdigung nicht mehr ausgezogen. Die Spitzen an ihrer schwarzen Haube hingen über das Ohr, der Rock war an den Knien weiß, das Mieder mit den veilchenfarbenen Blumen war aus dem Gürtel gerutscht. Sie trank an der Brunnenröhre, dann hob sie einen verlorenen Knopf von der Straße auf; sie grüßte niemanden; manchmal schüttelte sie den Kopf und verrührte die Hände. Man dachte: Die wird noch verrückt.

Sie war nicht verrückt, nur verloren. Wenn man zu nichts mehr nütze ist, weiß man nicht, was man tun, wohin man gehen soll. Sie war ganz allein. Sie hätte sterben können, und man hätte es nicht einmal bemerkt. Und man sagte: „Sie wäre dann wenigstens bei ihrer Tochter. Was hat sie davon, wenn sie noch hierbleibt."

Man erwiderte: „So ist es: die im Leben nichts mehr zu suchen haben, klammern sich am meisten daran."

Sie war wie ein alter Weinstock, der keine Frucht mehr bringt und dessen Blätter abgefallen sind, der sich aber noch an der Mauer festhält und dem Wind widersteht.

Dann wurden aus den Tagen Wochen und aus den Wochen Monate. Sie ging ins Dorf, betrat die Bäckerei und kaufte ihr Brot und im Spezereiladen ihren Kaffee; die Frauen schauten ihr neugierig nach; die Kinder hatten Angst vor ihr wegen ihrer tief eingefallenen Augen. Ihre Haut bildete Falten auf den Knochen.

Am Morgen war sie immer auf dem Friedhof. Es ist ein Ort mit vielen Vögeln, Blumen und viel Schatten. Inmitten von Nesseln und wildem Mohn steht eine alte Mauer, die Stein um Stein zerbröckelt. Eiben und Trauerweiden werfen Schatten auf die Gräber, deren Namen verblaßt sind; wenn der Wind weht, klirren an den Holzkreuzen die gläsernen Kränze. Da sind auch vergessene Gräber, voll Moos und Immergrün. Die Grasmücken, die Meisen, die scheu sind, und die Distelfinke, die grün und grau und ein wenig rot sind, nisten in den Zweigen. Und die Margeriten, die Esparsette, die Salbei und der Klee, lauter Feldblumen, die der Wind hergetragen hat, blühen mitten in hohen Gräsern auf.

Wenn Henriette kam, brachte sie je nach dem Wetter Setzlinge oder Samen, einen Spaten oder ein Steckholz mit. Aline hatte immer Blumen. Ihr kleines Grab war wie ein Garten. Man sah keine Erde, so dicht standen die Blumen nebeneinander. Scharlachrote Geranien, Stiefmütterchen wie kleine Gesichter, Vergißmeinnicht und Veilchen

waren da; und als erste kommen die Veilchen,
dann das Vergißmeinnicht, es liebt das Wasser und
die Brunnen, dann die anderen Blumen, jede zu
ihrer Zeit.

Wenn Henriette fertig mit der Arbeit war, setzte
sie sich neben dem Grab ins Gras und schlang die
Arme um ihre Knie. Von dort aus sieht man den
See und die Savoyer Berge. Das Land mit seinen
Wiesen, seinen Feldern und Wäldern steigt in
sanften Wellen zu dem glatten, feingetönten Wasser hinab, wo die Wolken des Himmels ihre grauen
Schatten wie große Netze spannen. Das Gebirge
war der großen Entfernung wegen blau. Manchmal
ließ es einen leichten Dunst aufsteigen wie Wäsche, die trocknet; und der leichte Dunst wurde zu
einer runden Wolke, die wegzog. Wenn die
Dampfschiffe sich dem Ufer näherten, sahen sie
wie schwarze Punkte aus. Kein Mensch kam den
Weg entlang; auch im Friedhof war kein Mensch;
da war nichts als die Vögel, das Gras, die Bäume,
die Blumen, die Toten.

Henriette bewegte sich nicht. Es kamen die Vögel und hüpften um sie herum. Sie war wie der
Baumstamm oder die Grabsteine. Die Sonne stieg
an ihren Beinen höher. Es läutete Mittag. Sie stand
auf.

Der Schlüssel knirschte im verrosteten Schloß.
Das Haus war wackelig und ganz traurig geworden,
denn die Häuser sind wie Menschen. Man spürte
das Unglück, das eingezogen war und sich niedergelassen hatte mit aufgestütztem Kopf und seiner
schlechten, drückenden Luft. Dicke Spinnen liefen
durch den Gang; der Garten war vernachlässigt.
Das Gemüse schoß ins Kraut; der Apfelbaum war
von Ungeziefer zerfressen und hatte die Äpfel fallen lassen, bevor sie reif waren; die Maulwürfe hatten Löcher in die Beete gegraben, die Frösche
hüpften unter dem Laub.

Und wenn die Männer vom Feld kamen, sagten sie: „Es ist eine Sauordnung in dem Garten."

„Unkraut wächst eben schnell."

Und ein dritter sagte: „Und wenn man denkt, daß das verlorener Boden ist. Wenn sie ihn wenigstens uns geben würde!"

Henriette trank ihren Kaffee. Sie aß ihr Brot. Sie lebte dahin. Das Blut fließt dennoch, steigt zum Herzen und wieder hinaus, auch wenn das übrige fast tot ist. Man ist da, man betrachtet sich, man sieht sich, wie ein verbrannter Busch sich im Wasser sieht; und man wendet sich nach rückwärts, weil vorne alles verschlossen ist. Henriette trat in Alines Zimmer. Das Bett und der Lehnstuhl standen am selben Platz. An der Wand hing noch immer eine Photographie. Sie nahm sie in beide Hände.

Man sah darauf Aline als ganz kleines Mädchen, in einem weißen Kleid neben einem geschnitzten Stuhl, der größer war als sie; im Hintergrund ein gemaltes Schloß und Laubwerk, vorne ein Teppich; es sah auf dieser Photographie wie bei reichen Leuten aus. Aline hatte Kraushaar und große Augen; die Zeit der Kindheit, wo man noch nichts vom Leben weiß, ist eine schöne Zeit. In einem hohen Haus waren sie damals in den obersten Stock gestiegen, in einen Raum, der aus Glas war. An jenem Tag war es sehr heiß. Da Aline weinte, hatte der Photograph einen Hampelmann mit einer Spitzmütze, an der Goldschellen hingen, geholt. Mit der Eisenbahn waren sie wieder heimgefahren. Ein Jahr zuvor hatte Henriette ihren Mann verloren. Er war gestorben, weil er zu viel getrunken hatte.

Sie hängte die Photographie wieder an ihren Ort. Das Haus warf Schatten auf die Straße. Der Briefträger ging vorüber, er öffnete seine Ledertasche, um einen Brief herauszunehmen. Die Kühe waren eben gemolken worden, nun gingen sie zur Tränke. Ein Mann kam aus der Molkerei, seine

Tanse auf dem Rücken. Im Herbst heiratete Julien. Man hatte das Ende der Ernte abgewartet, denn während der Erntezeit gibt es zu viel zu tun, als daß man einen eigenen Hausstand gründen könnte. Auch Alines Tod war eine ungünstige Zeit, die wollte man vorübergehen lassen, Vater und Mutter Damon hatten wie alle andern gesagt: „Es ist sehr traurig."

Im Grunde dachten sie: Jetzt sind wir sie für immer los. Man hatte eben doch über beide geredet, und nicht gerade gut. Dann war Julien für zwei, drei Tage zu seiner Braut gegangen. Er war zurückgekommen. Und dann hatte man vergessen.

Es war eine sehr schöne Hochzeit. Die Braut kam am Vorabend an; das Kleid, den Schleier und die feinen Schuhe hatte sie in einer großen Schachtel. Sie war groß und breit. Ihre Haare hatten dreierlei Farben, das kam davon, daß sie ohne Kopfbedeckung an die Sonne ging. Julien wartete vor der Haustür auf sie. Und als sie vom Wagen sprang, ging ihr Rock in die Höhe und zeigte ihre festen Beine und ihre großen Füße.

Am andern Tag erschienen die Gäste. Die Frauen hatten schwarze Wollkleider angezogen, die Männer Jacken aus Tuch, und die aus der Stadt Gehröcke. Zuerst wurde gegessen und zu trinken angeboten. Für die Frauen gab es Tee und Sirup; es gab drei Sorten Wein, kaltes Fleisch, Schinken, Salat; Fastnachtsküchlein und Waffeln. Die beiden Zimmer im Erdgeschoß waren voll von Leuten. Die Frauen lachten, denn der Wein macht lustig, und bei einer Hochzeit muß es lustig hergehen.

Herr und Frau Damon waren glücklich. Mutter Damon schwitzte in ihrem Seidenmieder, das zu eng war; ihr Gesicht sah aus, als wäre es eingeölt; und ununterbrochen redete sie. Alle Augenblicke stieg Vater Damon in den Keller hinunter und kam, mit Flaschen beladen, wieder herauf; zwischen den Knien entkorkte er sie. Und Julien war in seinem neuen Kleid und seinem Vatermörder unter all den Freunden und ihren Damen ein wenig gehemmt.

Nach dem Essen fuhr man zur Kirche. Der Glöckner spähte durch die Dachluke; die Glocken läuteten; das Harmonium begann zu spielen; als das Paar die Kirche betrat, stimmten die Mädchen aus dem Dorf ein Kirchenlied an.

Die Wagen wurden vor dem Tor aufgestellt. Es waren im ganzen drei. Ihre Zwilchvorhänge wehten im Wind. Die Räder waren frisch lackiert und glänzten wie Flammen. Die Kutscher hatten Peitschen mit malvenfarbenen, rosa und blauen Bändern und trugen Handschuhe aus weißem Garn; die Pferde hatten Seidenpapierblumen an den Scheuklappen. Und als die Hochzeit aus der Kirche kam, schossen die Mörser, bis zur Mündung waren sie mit Grasbüscheln zum Platzen vollgestopft. Es waren die Burschen des Jünglingsvereins, und es wurde ihnen zu trinken bezahlt. Der Platz war schwarz von Menschen. Die Pferde bäumten sich, die Frauen stopften sich die Ohren zu; es waren solche darunter, die ein Kind auf den Armen trugen. Die Mörser schossen immerfort.

Unterdessen hatten die Gäste die Wagen bestiegen, die in rasendem Trab davonfuhren; Julien und seine Frau waren im vordersten. Henriette saß vor der Tür, und als sie den Wagen kommen sah und Julien und den weißen Schleier der Braut, stand sie auf, als wollte sie ins Haus gehen. Aber der Wagen war schon vorüber. Die andern folgten. Und sie, sie blieb da mit hängenden Armen. Die Schellen, die Räder, die Stimmen wurden leiser, dann bei der Straßenkehre war es plötzlich still; und man sah nur noch, wie ein graues Staubwölkchen sich langsam auf das niedrige Gras der Böschungen niederließ.

Die Trennung der Rassen

Erstes Kapitel

I

Man wandert, wandert lange mit den Augen diesen Hang hinauf; so hoch ist er, daß man den Kopf weit zurücklehnen muß, um oben den Rand zu erreichen.

So hoch und so steil ist er, daß man nicht zu nahe davorstehen darf; man muß einen Abstand haben, sonst verbirgt er sich hinter den ersten Vorsprüngen.

Da ist eine erste Stufe, und über dieser Stufe liegt eine andere, über dieser anderen noch eine andere: so daß man sich schließlich jenseits des Flusses aufstellen muß, der hier nahe an seiner Quelle und darum noch nicht viel mehr als ein Wildbach ist.

Endlich hat so das Auge seine volle Freiheit gefunden. Da, wo der Fuß Stunden braucht, genügt ihm eine Bewegung. Wo die Menschen hier im Land so beschwerlich gehen, mit vielem Schweiß und mit vieler Mühe unter dem geflochtenen Tragkorb oder der hölzernen Tanse, in die man die Trauben füllt, unter ihren riesigen Lasten von Korn, ihren fünf oder sechs Roggengarben; oder ihre Ziegen vor sich her treiben, ihrer Kuhherde voranziehen über die Kieselsteine, unter der heißen Sonne, von oben herunter, von unten bergauf – da erreicht das Auge mit einem einzigen Flügelschlag, durch nichts behindert, die Höhe.

Es steigt zuerst an steinigen Böschungen auf, an Schieferbrüchen, über denen die Reben sind; geht quer durch die Rebberge, die vom Absenken drunter und drüber sind, ihre kleinen Gevierte gegeneinanderneigen von rechts nach links und zugleich übereinander vorstehen wie die Ziegel eines Dachs: und da ist man auf einer ersten Stufe.

Auf dieser ersten Stufe gibt es Obstgärten; man sieht ein Dorf liegen, sieht den Flecken, den das Dorf bildet; man sieht, daß da graue Häuser sind oder weiße, aneinandergedrängt, mit Heugaden aus braunem Holz, unter Dächern, die einmal schwarz sind, einmal versilbert, je nach dem Licht.

Aber man schweift schon höher hinauf. Man steigt, man gleitet schnell empor, mit kurzen Flügelschlägen, wie der Adler: und das Auge streicht über die Wälder, die schwarz werden, denn zwischen die Buchen sind jetzt Fichten gemischt.

Oh! wie fest das doch vor uns steht und noch weiter zugibt, bis zu dreitausend, dreitausendfünfhundert Metern, bis ganz in den Himmel hinauf, ohne Bruch, eine Einheit: der große Hang, die große Bergflanke, die so glatt ist, so grad und so einfach; und das Auge kann lang an ihr hinwandern, ostwärts und westwärts, überall findet es sie sich selber gleich, so weit man in einer Richtung, dann in der anderen geht, bis der Kopf müde wird, das Genick müde wird, bis man müde vom Sehen ist, müde vom Zählen: und doch ist es schön, und das Auge ist immer noch unterwegs.

Noch ein Ruck jetzt, ein Schwung, und da sind die Wiesen: auf dieser zweiten Stufe haben sie noch etwas Roggen, sie breiten während eines Monats diese hellgelben Tücher aus, wie bei einer Wäsche, legen sie uns ins Grüne, um abzuwechseln, aber Obstbäume gibt es schon fast nicht mehr. Und man macht sich auf zu der dritten Stufe. Noch ein Anstieg für das Auge: dort lehnen sich große Tannenwälder an Mauern, an Stützmauern für die Weiden, die auf dieser dritten Stufe sind und selber wieder auf zwei Stufen liegen, weil Felsblöcke sie mitten entzweischneiden und in der Sonne glänzen, wie wenn sie aus Glas wären.

Die von hier bringen ihr Vieh noch während ein oder zwei Monaten auf die Weide, bis über die Felswände hinauf, durch die ein Weg gebahnt worden ist, bis über die Pässe hinauf, bis zu der schmalen Höhe des Grats, bis in die Nachbarschaft des Schnees und des Eises, zwischen den Nadeln, den Türmen, den weißen Hörnern und Zacken.

Man sieht, wie quer am Steilhang auf dem Felsenweg ein Maultier unter seiner Last dahingeht.

Das ist die große, trennende Bergkette; auf beiden Seiten sind Menschen, und die Menschen sind getrennt durch die Bergkette.

Das Maultier ist kaum vorgerückt, wenn das Auge zurückkommt, es steigt hinauf zu den obersten Weiden und zu dem Paß, ein tiefer Einschnitt ist dort in der Bergkette, auf zweitausendfünfhundert Metern Höhe; ganz klein ist es vor der Felswand, wie eine Fliege an einer Fensterscheibe.

II

Da ist dieses Weidland unterhalb des Passes, auf zweitausendfünfhundert Metern Höhe, und erst gegen das Ende des Sommers steigen sie dort hinauf, denn ihr Leben geht von unten nach oben, so wie das Auge.

Ganz in der Höhe dort, in der Mitte des letzten Wiesenhangs, sah man die Alphütte; sie waren vor der Hütte, sie saßen auf dem Erdboden, weil nicht einmal eine Bank da war, sie lehnten mit dem Rücken an die Mauer aus ungekalktem Stein, vor der Leere und über ihr.

Aus dieser Höhe gesehen war der Fluß im Tal drunten nur noch ein Stück grauer Faden, das durch einen blauen Nebel auftauchte, wie wenn da nicht Luft, sondern Wasser wäre, und man hätte Seife zergehen lassen darin, und es füllte den endlos weiten Brunnentrog – ohne zu reden saßen sie dort, denn man fühlt sich so klein, so übergroß ist das für uns.

Sie saßen schweigend vor dieser Ordnung, die seit jeher besteht, vor diesen Dingen, die viel zu groß sind und an denen sich nichts mehr ändert; vor dem, was nicht ändert – was die Ordnung des Ganzen ist. Dem Baum ist befohlen, weiter unten zu sein als das Gras; dem Gras, weiter oben zu sein als der Baum; den Felsen, über dem Gras zu sein, und den Schnee- und Eisfeldern, über den Felsen zu sein. Und sie dort davor; vor dem, was befohlen ist, doch auch sie sind befohlen.

Sie sind dort, weil es sein muß (und ihr Tag ist beendet), in der Stille, die nur vom Wind gestört wird, wenn er daherkommt und um das Mauereck pfeift, nur gestört wird von einem Vogel, einer Bergdohle oder Schneekrähe oder vom Adler, der fliegt, als hinge er an einem Faden, so wie die Spinne an ihrem Faden schwebt, über der endlosen Weite des Tals, auf dessen Grund er mit seinen scharfen Augen doch selbst das Hasenjunge erkennt: da reißt auf einmal der Faden.

Sie blicken mit den Augen, die es gewohnt sind: mit den Augen, die nichts sehen, denn was haben wir schon von all dem? und was geht es uns an? so denken sie, denn man ist ja zu klein, denn man muß ja sterben, und inzwischen müssen wir leben.

Sie sahen nicht einmal, daß der Berg gegenüber sich ganz gerötet hatte. Von Zeit zu Zeit sagte der eine oder der andere etwas in seiner Mundart; man gibt ihm Antwort, oder man gibt keine Antwort;

sie versinken in die Nacht, und sie merken es nicht.

Doch gegenüber dauert das an, vor ihnen, auf ihrer Höhe; durch das Rosa, durch die Farbe der Rose, durch die Farbe des Klees; dann geschieht es, daß alles grau wird.

Eine Stimme hat noch eine Frage gestellt, eine Stimme hat Antwort gegeben, viel später; gelb wird es, grün wird es, dann wird es grau; sie sind ausgelöscht worden, wie wenn einer ein Lampenlicht ausbläst.

Sie schlafen im Heu, zu dritt oder zu viert auf solch kleinen erhöhten Böden aus Tannenholz, auf Gestellen mit Füßen, damit die Mäuse sie nicht zu sehr stören; die Mäuse fressen einem das Leder von den Schuhen, darum hängt man seine Schuhe mit den Riemen an Bolzen auf.

III

Er sagte das; und es reut ihn sofort, daß er's gesagt hat.

Es war am Tag danach, am Tag bevor sie wieder bergab ziehen sollten; es fing damit an, daß sie ein wenig zuviel getrunken hatten.

Firmin sagt:

„Und schön ist sie, schön!"

Es reut ihn, daß er's gesagt hat; er versucht, sich zu verbessern, er fängt wieder an:

„Und überhaupt, wir müssen ihnen zeigen, daß wir das nicht auf uns sitzen lassen ..."

Denn da waren die dort drüben, die auf der anderen Seite des Bergs, auf der anderen Seite des Passes, die auf der Nordseite; und die reden dort drüben eine andere Sprache, sie glauben an einen anderen Gott.

Sie sind tüchtig und flink, sie sind anders; sie

sind viele, sie sind unternehmend; und es hatte sich zugetragen, in früheren Zeiten einmal (doch so lang war es gar nicht her), daß sie bis über den Paß herübergekommen waren und sich auf unserer Seite ein schönes Stück Weidland genommen hatten.

„Und das", sagte Firmin, „das ist etwas, das man nicht verzeihen kann ..."

Er redet weiter, hebt den Arm, er redet viel, wo er doch sonst kaum etwas sagte:

„Und man muß sie irgendwann einmal von hier vertreiben. Unterdessen ..."

Er macht eine Pause.

Es war an dem Tag, bevor sie wieder bergab ziehen sollten, und gerade an dem Nachmittag war das Maultier heraufgekommen, es hatte ein Fäßchen Muskateller für sie gebracht; da hatten sie zu trinken angefangen, sie saßen um den Herd und gaben einander den Holzbecher weiter.

Der Wein begann seine Wirkung zu tun; sie sind nicht einmal überrascht, als Firmin wieder anfängt:

„Unterdessen weiß ich ein Mittel."

Er trank, denn er war an der Reihe; dabei unterbrach er sich aber fast nicht beim Reden, er leerte den Becher in einem Zug; und während ihm noch ein Weintropfen in den kurzen Bart läuft:

„Das wäre doch nicht recht, wenn die nicht auch ihren Schaden hätten und wenn man ihnen nichts wegnähme, wo sie uns auch etwas weggenommen haben!"

So redet er, hält eine richtige Rede; dann bricht er ab, und da kommt es wieder, er ließ sich fortreißen:

„Und dazu ist sie noch schön!"

Diesmal kann er sich nicht zurückhalten, nicht verbessern:

„Sie ist wie Milch, sie ist rosig wie eine Rose ...

Sie hat keine braune, keine schwarze, keine gelbe Haut wie die Unsrigen ... Rosig und weiß, rosig und zart ... Und groß ist sie", sagte er.

Er sagt:

„Sie ist größer als ich."

Er sagte:

„Sie hat Haare wie Roggenstroh, wie junges Kastanienholz ... Wie ... wie dürres Gras ...“

Er fing wieder an:

„Rund, rot und weiß. Und zart. Und groß.“

Und er wurde jetzt zornig:

„Ich weiß es doch!“

Dabei hatte niemand ihm widersprochen.

„Ich kann's euch doch sagen, ich hab sie ja oft gesehen, wie ich euch da sehe, wie ich dich da sehe, Bonvin ... Warum lachst du?“

Dabei lachte Bonvin gar nicht.

„Wie weit können wir schon auseinander gewesen sein? ... Drei, vier Meter, höchstens ... Also, ich hab sie gesehn, und ich hab alle Zeit gehabt, denn sie hat einen Bruder, und zu dem ist sie gekommen: sie kommt fast jeden Tag auf den Paß, wegen der schönen Aussicht ...“

Er schwieg still; und da niemand etwas sagte:

„Das ist überhaupt beschlossene Sache!“

Und der Weinnebel kam, durch den man die Dinge besser und anders sieht: sie sahen sie mit einemmal auch; und sie sahen sie vor sich, gemalt, denn Firmin redete weiter:

„Sie haben einen roten Rock ...“

Sie sahen sie aufsteigen in ihren Köpfen und sich aufstellen, sahen sie auf ihren beiden Füßen, wie sie dort oben stand, wenn sie zu ihnen herüberschaute – das Lustige war nun, daß man Firmin von hinten herankommen sah, denn er kam von hinten. Er kommt heran, auf den Knien und den Händen schlüpfte er hinter den Felsblöcken durch und von einem Felsblock zum andern – sie haben einen roten Rock, sie haben silberne Kettchen, die vor ihrem samtenen Mieder herabhangen, sie haben Ärmel aus durchsichtigem Musselin, die nicht einmal bis zum Ellbogen reichen ...

„Und ich, sag ich euch, keine fünf Meter von ihr ..."

Und sie sehen sie auch, wie sie dasteht.

So daß sie, als es weitergeht, gar nicht dran denken, nein zu sagen, und als Firmin sagt: „Das gibt eine feine Rache; laßt mich nur machen", da lachten sie, wie um zu sagen, sie seien einverstanden. Das ist der Wein; das ist, weil im Wein alles möglich wird.

„Wir brechen morgen nachmittag auf, sie kommt jeden Tag um die gleiche Zeit, ich komme von hinten, ich packe sie, ich bringe sie her, und wir nehmen sie mit hinunter ... Nur", sagt er noch, „das ist abgemacht, sie gehört dann mir ..."

„Aber sicher!"

Die Nacht fiel ein, sie wurden von der Glut im Herd beschienen. Farbige Gesichter drehten sich zu Firmin hin, mit offenen Mündern, Bärten; er wurde gefragt:

„Und dann, was machst du mit ihr?"

Er sagt:

„Das ist meine Sache ..."

Im übrigen stimmt die Rechnung. Sie sahen, die Rechnung stimmte tatsächlich. Der Becher machte weiter die Runde, der Schein fällt auf ihn und auf die Hand, die ihn hält, und einer der Männer sitzt neben dem Fäßchen, der sagt zu seinem Nachbarn: „Rück weg, du machst Schatten."

Man kann auf einmal Gewinn und Verlust aufstellen, man sagt sich: „Eine Alp auf der einen Seite ..."

Man hat eine Waage im Kopf: eine Alp auf der einen Seite, auf der andern ein schönes Mädchen.

Der Becher ging weiter von Hand zu Hand; sie

trinken sich zu, sie trinken auf Firmins Gesundheit, sie trinken auf die Gesundheit des Mädchens, zum Spaß (denn das ist eine Rasse auf der andern Seite drüben, und wir sind eine Rasse auf dieser hier).

Und währenddem kam Firmins Rede weiter daher und kommt weiter daher bis zum Augenblick, wo das Faß hohl zu tönen anfängt, und das ist ein Zeichen; und auch das ist ein Zeichen, daß man sich wundert, wenn man es aufhebt, weil es so leicht geworden ist wie ein Kind nach einer gefährlichen Krankheit.

Sie standen einer nach dem andern auf; Firmin rührte sich nicht.

Man mußte ihn rufen: „He!" und noch einmal: „He! Firmin ..." Bis ihm schließlich einer die Hand auf die Achsel legte:

„Wenn du morgen im Senkel sein willst ..."

Sie warfen sich in allen ihren Kleidern auf die beiden Lager. Sie warfen sich in ihren Träumen hin und her, die einen neben den andern; sie zogen sich schlafend die Decken weg; sie spürten noch bis in den Schlaf hinein, wie kalt der Herbst in diesen Höhen ist.

Die Kühe schnaufen im Stall. Man hört eine Maus, die Holzstücke schleppt.

IV

Nur zeigte es sich am nächsten Morgen, daß alles ganz anders war, denn der Wein vergeht schnell.

Die Arbeit nahm sie wieder in Beschlag, von fünf Uhr an; sie gähnten, sie zogen die Füße nach.

Da ist das Feuer, das man wieder anzünden muß, das Vieh, das man melken muß, es ist wieder ein Tag wie die andern; und was im Wein vom letzten Abend aufgekommen war, das hatten sie schon vergessen.

Nur Firmin nicht: man hat gesehen, wie er wegging; er trat auf die Türschwelle, er schaute sie an, gesagt hat er nichts.

Er hat sich umgesehen, dann zum Himmel geschaut; und nun mußten die andern, als sie an ihm vorbeigingen, doch an den Abend vorher denken, aber sie sagten nichts, und er sagte auch nichts (nachdem er so viel geredet hatte).

Sie schoben den Handkarren, sie hatten zum letztenmal in dem großen Kessel gekocht; einige wuschen am Brunnen die Zuber und Eimer, sie mußten zusehen, daß alles fertig wurde zur Abfahrt – so gingen sie also umher und hatten ihren Verstand wieder, denn es gibt eine Zeit zum Lachen, und es gibt eine Zeit zum Ernstsein; nur einer von ihnen, dem ist es Ernst, wenn die anderen lachen, er lacht über das, was die anderen ernst nehmen.

Einer, der dabei bleibt, wenn die anderen aufgeben.

Da sie in diesen Alphütten einen Meister haben, den Ältesten, der befiehlt, gingen sie zu dem Meister, sie sagten zu ihm: „Ihr müßt mit Firmin reden."

„Fragt sich, ob er mir zuhört."

Er hielt seinen Bart.

„Versucht es trotzdem."

Er sagt, er wolle es versuchen.

Es war graues Wetter. Die großen Gletscher, die auf gleicher Höhe sind, wenn das Auge über das Tal hinwegspringt, waren nicht da, sie drohten nicht mehr herüber. An diesem Morgen drohten sie nicht mehr, denn es war Nebel gekommen. Der Himmel schloß sich von allen Seiten an den Berg, mit einer Art Polster: sie merken nichts von der Sonne an diesem letzten Tag, am Tag ihres Abstiegs. Man sieht die Männer noch hin und her gehen in einem schwachen Licht, das keine Einfälle hervorbringt, sondern dafür sorgt, daß einer tut, was er zu tun hat, und nur das, was er zu tun hat, so schnell er kann – die Herbstzeit redet von unten herauf, von der guten Wärme dort unten, vom Wiedersehen mit Frau und Kindern – und so kam der Augenblick, da alle sich zum Mittagessen setzten. Als Firmin eintrat, ging der Meister ihm entgegen, und der Meister redete mit Firmin.

Aber man sah sofort, wie Firmin sich aufrichtete; er machte mit dem Arm eine große Bewegung, und dazu schüttelte er den Kopf.

Er setzte sich abseits von den andern. Als man ihm das Brot reichte (ein Brot, das zwei Monate alt ist, ein rundes, flaches Brot aus grauem Mehl, das wie ein Mühlstein aussieht und fast ebenso hart und körnig ist, die Klinge bleibt stecken darin, und man muß den Laib an sich drücken, man muß die Hand gegen den Messergriff stemmen), da lehnte er ab.

Er schob seinen Hut zurück, stellte die Ellbogen auf die Knie, drückte den Kopf in die Hände, saß so da; dann, auf einmal:

„Und überhaupt macht das nichts aus! ..."

Jetzt nahm er den Kopf aus den Händen; jetzt sah er sie an, einen nach dem andern:

„Ich brauch euch nicht."

Während sie vor sich hin schauten, ihre Kiefer bewegten sich weiter, und es war ihnen peinlich (denn man ist wirklich anders geworden seit gestern; er nicht).

So daß sie schwiegen, statt ihm irgendeine Antwort zu geben. Die guten Gründe, die sie hatten und vorbringen konnten, behielten sie alle für sich. Einzig Bonvin sagte: „Das könnte Geschichten geben", doch man unterstützte ihn nicht.

Es war gegen ein Uhr. Firmin war aufgestanden, man ließ ihn machen, man sah, wie er um die Hütte herumging. Gegen eins, vielleicht Viertel nach eins; sie lasen die Zeit an der Sonne ab, wenn auch nicht ohne Mühe, so bleich war sie an dem Tag.

Die Alpweide ist eingebuchtet, sie hat die Form eines Beckens, und hinter der Hütte richtet sie sich steil in die Höhe, zieht einen Kamm vor dem Himmel: man sah Firmin nach dieser Seite gehen, nach der Seite des Passes. Nur drei folgten ihm, und auch die nur von fern. Sie sahen, wie er sich nach dem Paß hin wandte, sie sahen, wie er den Kamm erreichte; einen Augenblick stand er da oben, stand da oben einen Augenblick vor dem Himmel. Dann wurde er langsam von unten her abgeschnitten: er ist abgeschnitten bis zu den Knien, bis zu den Hüften, bis zu den Schultern; da bleibt nur ein Kopf, auch der Kopf verschwindet. Sie waren noch diesem Kopf gefolgt mit den Augen; dann war da bloß noch die Linie, die der Grat zog und über die ein erster Nebelfetzen daherkam.

Sie wußten nicht mehr recht, was sie tun sollten, denn auf der Paßhöhe oben liegen riesige Felsblöcke, die einst von den Bergen dort heruntergestürzt sind, und da wäre es nicht leicht, Firmin nachzugehen.

So blieben sie, wo sie waren, und alles, was man hier weiter sah, waren die Dampfwolken, die über den Paß kamen, wie wenn einer Pfeife raucht.

Sie sahen lange nichts anderes, wenn sie den Kopf hoben, als diese Dampfwolken, die vor dem Himmel waren, die weiß waren vor dem erdfarbenen Himmel: eine, noch eine, wieder eine; gerade wie wenn einer Pfeife raucht, wie wenn ein alter Mann hinter einer Mauer raucht.

Und sie schauten noch immer und wußten nicht, was sie tun sollten; und drehten sich dann um, nachdem sie hinaufgeschaut hatten: sie sahen, wie klein die Hütte hinter ihnen schon war, nur noch ein Dach war, das auf dem Boden lag, mit Farbflekken ringsumher, die aufeinander zukamen: das waren die Kühe, die man zusammentrieb.

Undeutlich drang der Schrei, den man ausstößt, um sie zu rufen, bis zu ihnen herauf, dann nichts mehr; da wandten sie sich wieder zum Grat: eine Wolke, noch eine Wolke; die Pfeife raucht, und sonst gar nichts.

Firmin kam nicht wieder zum Vorschein, er kam immer noch nicht wieder zum Vorschein; sie beruhigten sich allmählich, sie sagten sich, bei diesem Nebel müsse sie daheimgeblieben sein, da suche er sie nun gewiß und könne sie nicht finden.

Sie sagten sich: „Er kommt allein zurück." Und grade im selben Moment ...

Sie standen nicht mehr als etwa dreißig Meter unter dem Kamm: man hörte ein Geräusch von Nägeln auf den Kieselsteinen, ein Geräusch von Schritten, die hart auftreten, wie wenn einer beladen ist, ein Geräusch, wie wenn einer nach vorn fällt, wieder nach vorn fällt: da haben sie bloß noch die Zeit, die Hand über die Augen zu halten, wie um besser zu sehen.

Denn jetzt war er aufgetaucht, und er hatte sie gefunden. Er hatte sie gefunden, er trug sie.

Er trug sie in seinen Armen, die Beine, die herabhingen, behinderten ihn, und der Kopf und die Arme hingen herab. Auch das behinderte ihn, daß sie so ganz herabhing, ihn ständig nach vorn zog; aber er kam doch.

Dann war er vor dem Abhang angelangt; dort blieb er stehen.

„Ah! man hat mir nicht geglaubt, man hat mir nicht glauben wollen: da seht nun!"

Er richtete sich auf.

Er zog das Mädchen an sich, er hob es zu sich herauf; an Kraft fehlte es ihm nicht.

Ihre Schultern waren bloß, ihre Haare hingen zu Boden. Da sie sich anscheinend gewehrt hatte, waren ihr Mieder und ihr Musselinhemd in Fetzen gerissen; ihre Arme, ihre Schultern waren bloß: nun hob er auf seinen Armen den leuchtenden weißen Körper zum Himmel empor.

Er ließ sie vor sich aufsteigen, nach der einen und nach der anderen Seite, er hob sie in die Luft, die Hände flach ausgestreckt unter ihr, und sie hing herab an den beiden Enden, Kopf und Beine hingen herab; und man sah, wie die großen Stränge am Hals sich spannten, die Kehle dann – und er darunter, die Arme erhoben, die halb gebogenen Knie gespreizt; und: „Habt ihr gesehn?", aber sie hatten gesehen, ja, sie waren schon losgerannt.

Sie liefen zur Hütte hinunter, sie riefen: „He! ihr dort!" Sie rannten, was sie konnten.

Das Herdengeläut hatte sie zuerst übertönt, aber schließlich hörte man sie; und das gleiche, große Staunen herrschte rings um die Hütte: „Nicht möglich! ... Doch, doch, das ist er! ... Und er hat sie: ihr seht, er hat sie! ..." Wie gut jetzt, daß sie bereit waren; sie dachten an nichts anderes mehr, als so geschwind wie möglich aufzubrechen.

Sie riefen Firmin zu: „Sollen wir helfen?"

Aber er, von weitem: „Macht das Maultier bereit!"

Sie schlüpften schon mit den Schultern unter die geflochtenen Riemen der Hutten, der großen Hutten, die noch größer geworden sind von all dem, was man daraufgelegt hat: jeder hat seine volle Last, und sie sind ganz klein unter den Körben wie Ameisen unter ihrer Last.

Sie sind niedergekauert, sie schieben in aller Eile die Schultern unter die Riemen, sie richteten sich wieder auf; da staunte man, wie sie unter den aufgestapelten Zubern, unter den aufgeschichteten Käsen, unter den Bergen von Stroh und von Heu mehr als doppelt so groß aussahen; während man das Maultier bereitgemacht hatte, und einer hielt es am Zaum.

Und Firmin war herangekommen, und man hob das Mädchen auf das Maultier. Sie war nicht bei Besinnung. So konnte man sie hinsetzen, man konnte sie auf den Saumsattel setzen und darauf festbinden. Übrigens hatte Firmin die anderen sofort weggerissen und hatte gesagt: „Gebt mir zwei Decken." Er hatte ihr eine davon um die Schultern geworfen, wie um sie zu verstecken; die andere, zweimal gefaltet, hatte er unter sie geschoben.

Einer der Männer stellte sich auf dem Weg an die Spitze des Zugs; er rief die Herde, er hob seinen Stock dazu.

Unter dem Paß, der immer mehr raucht; aber man denkt: „Um so besser!" Denn denen dort drüben hätte es einfallen können, sie hier zu suchen, da ist's um so besser, wenn der Paß raucht.

Einige schritten neben dem Zug her; die Kühe gingen eine hinter der andern oder zu zweien, dann war auf dem Weg nur noch Platz für eine.

Dort, wo man zu der großen Felswand kommt.

Sie hatte nichts gesehen und konnte nichts sehen; sie wäre herabgefallen bei jedem Schritt, wenn sie nicht festgemacht gewesen, festgehalten worden wäre; Firmin hielt sie fest.

Über die ganze Felswand hin (man überquert sie zweimal, in der einen und dann in der anderen Richtung) lief diese Reihe von Punkten, die sich bewegten. Langsam kam jeder voran, und so die ganze Reihe. Oben an der Felswand und ganz rechts zuerst; dann ging es nach links hinüber.

Dort oben gibt es nicht nur Nebel, wie man sieht – die Jahreszeiten kommen hier stufenweise wie alles andere –, dort oben legt sich der Winter jetzt über den Herbst, wo es drunten im Tal fast noch Sommer ist.

V

Indessen waren sie an diesem selben Nachmittag auch drüben, auf der anderen Seite des Passes, bereit gewesen zur Abfahrt. Sie hatte sie gefragt, um wieviel Uhr sie aufbrechen würden, sie hatten ihr gesagt: „Gegen zwei Uhr."

Da war der kleine Gottfried. Er hatte zu seiner Schwester gesagt: „Warum gehst du wieder weg?" Sie reden dort drüben eine andere Sprache, und nicht bloß eine andere Mundart, sondern eine Mundart von einer anderen Sprache, die sich immer weiter verändert und immer mehr, wenn sie sich von den Bergen entfernt, dann vom Hochland und von den Hügeln, zum Meer.

Und der Paß ist der Ort der Trennung: da war nun hinter dem Paß dieses Mädchen; sie hatte gesagt, sie steige noch einmal zum Paß hinauf, um die Aussicht zu sehen, denn sie würde nicht mehr hierherkommen: sie sollte im Winter heiraten.

Sie war zu ihrem Bruder gekommen.

Er war sechzehn Jahre alt; er hatte in der Hütte bleiben müssen, um Hand anzulegen. Sie waren nur drei in der Hütte, wo sie Jungrinder aufzogen; er wurde gebraucht.

So war sie allein weggegangen, aber der kleine Gottfried hatte sich gleich zu sorgen begonnen.

Die beiden andern lachten ihn aus. Sie hatten dort drüben zwei schöne Kammern in einer ganz neuen, bis oben gemauerten Hütte; sie kamen und gingen in den zwei schönen Kammern, und Gottfried schüttelte den Kopf, er hatte schon zweimal davon geredet, seine Schwester zu holen, aber die andern: „Du weißt nicht Bescheid, du bist noch zu klein. Du weißt nicht, wie diese Mädchen sind, die wollen Ruhe haben, denen bist du nur lästig, wenn du ihnen nachläufst."

Es war etwa eins, wie sie nachher auf ihren Uhren sahen. Gottfried war ans Fenster getreten.

Und er hatte den Nebel aufsteigen sehen, denn der Nebel stieg hier: große Tiere mit dickem weißem Fell schienen von überall die Halde hinaufzuklettern; wenn sie droben waren, stellten sie sich auf die Hinterbeine.

Da hatte man den kleinen Gottfried nicht mehr zurückhalten können; die beiden andern lachten zwar immer noch über ihn, und sie lachten noch, als er schon lange fort war; aber die Zeit verging, und es kam der Augenblick, da sie hätten aufbrechen sollen; nun begannen auch sie sich zu sorgen, denn der Nebel wurde dicht, und weder der kleine Gottfried noch seine Schwester waren zurückgekommen ...

Er war bergauf gegangen und hatte immer gerufen; er bekam keine Antwort. Er stieg ein Stück weit, blieb stehen, rief und stand noch ein Weilchen still, um zu lauschen; immer noch kam keine Antwort.

Nun ist auf dieser Seite des Bergs die Entfernung zwischen Hütte und Paß ziemlich groß. So verging recht viel Zeit, während er weiter bergauf ging und immer rief und nie eine Antwort bekam außer dann und wann von der eigenen Stimme, wenn ihr ein Felsblock im Wege war.

Diese Felsblöcke waren wie kleine Häuser, bei denen die Stimme anhält, einen kurzen Besuch macht und eilig zu einem zurückkommt, wie wenn man ihr fehlte; er hob aber zornig den Arm, um sie zu verscheuchen.

Recht lange Zeit, eine Stunde vielleicht, während er weiterging, stieg, immer lauter rief, aus allen Kräften jetzt, die Hände um den Mund gelegt, damit die Stimme besser trage.

Schließlich war er auf dem Paß. Das ist eine ziemlich weite Fläche, fast eben, mit einem kleinen See in der Mitte. Gottfried blieb am Rand des Wassers stehen, er schaute hinein. Es war vollkommen klar, es schien nur getrübt wegen seines erdfarbenen Grunds. Er schaute ins Wasser, und er wunderte sich, weil der Himmel darin war: er sah den Himmel, und er wunderte sich, so schnell lief der Himmel hindurch. Es war, als geriete er zwischen zwei Himmel, die sehr schnell liefen, in derselben Richtung, mit der gleichen Bewegung. Das kam, das ging über seinen Kopf hinweg, unter seinem Kopf hindurch: dann verschwamm mit einemmal alles um ihn, und die beiden Himmel verschmolzen.

Er begann zu laufen. Und er lief, bis er an einen Punkt kam, wo auf einmal der Hang wieder anfängt, und dort war es: es war an einer Stelle, von der aus man wirklich einen schönen Blick haben mußte. Eine Stelle, an der sie gestanden sein mußte, eine Stelle, die sie kannte ... und dann hat sie sich gewehrt. Das stand deutlich geschrieben ringsum, in Spuren aller Art auf dem Gras, weggerissenen Steinen und Erdklumpen. Er brauchte nicht viel weiter zu gehen: etwas glänzte auf dem Boden vor ihm; es war eins von den silbernen Kettchen, die vorne auf ihren Miedern sind, dann war es ein Kamm, auch aus Silber ... Und sein erster Gedanke war, seine Schwester zu suchen; dann sah er, daß er die Wege nicht kannte auf dieser Seite des Bergs, er sah, daß der Nebel immer noch dichter wurde, und er sah auch, daß er allein war.

Er ging also den Weg zurück, den er gekommen war. Er hatte aufgehört zu rufen. Er hielt in seiner linken Hand die kleinen Sachen fest, den Kamm, das Kettchen: ein Beweis, dachte er, diesmal wird man mir glauben. Er lief, er lief immerzu. Doch nun schien ihm bald, der Weg ziehe sich merkwürdig in die Länge; und es hätte schon lang wieder bergab gehen müssen: da stieg aber der Boden unter seinen Füßen im Gegenteil wieder an. Er versuchte nun zu erkennen, wo er war; er konnte nur noch erkennen, daß er nichts mehr erkannte. Kaum sah man noch auf einen Schritt weit um sich her den Erdboden, einen Kreis, der an seinen Rändern allmählich in Nichts verging. Man war in einem wandelnden Gefängnis; man war wie in einer Glocke aus mattem Glas, wenn man sich weiterbewegte, bewegte sie sich mit. Man hat sich eingebildet, man sei immer in derselben Richtung gegangen, aber weiß man das sicher? Denn man müßte im Kopf eine schön grade Linie, einen schön straffen Faden haben, dem man wie mit der Hand folgen würde; dabei verschwimmt einem alles, es ist, als sei der Nebel durch Augen und Ohren bis in den Verstand eingedrungen.

Der kleine Gottfried fing an zu kreisen, und gleichzeitig fing alles zu kreisen an in seinem Kopf.

Er rief nicht mehr; er fiel hin, er stand wieder auf.

Mit einemmal ist der nackte Fels unter seine Füße gekommen: er mußte auf eines der Bänder geraten sein, die an den Bergwänden zwischen den bewachsenen Vorsprüngen liegen. Aus der Luft sinkt die Nässe dort auf das Gras und macht es glitschig, und die dünne Erdschicht macht sie schwarz wie Kaffeesatz.

Er fällt hin, er hat aufgeschrien, er steht wieder auf.

Er kommt außer Atem, bleibt stehen, er kauert sich hin, mit offenem Mund. Tränen laufen ihm über die Backen, er rührt sich nicht mehr.

Dann, mit einemmal, wird ihm angst; er läuft weiter, er schreit wieder.

Und er hielt nur immer in der linken Hand, so fest er konnte, den Kamm und das Kettchen fest.

Zweites Kapitel

I

Sowie der Himmel am Rand unten grau zu werden beginnt, ist es, wie wenn an jedem Ende der Straße eine Schleuse aufginge.

Ganz ähnlich wie bei den kleinen Bewässerungskanälen, die man hier überall hat, sonst würden die Wiesen austrocknen – nur eben an beiden Enden der Straße, und so, daß die Strömung nach beiden Seiten hin wieder einsetzt.

Immerfort nach beiden Seiten läuft sie, gehen Leute – so an dem Morgen, nachdem die Herde herabgezogen war, gegen sechs Uhr; der Tag erschien schon recht träg, er erschien an einem Stück Mauer, er kam an die Fensterscheiben, er drang noch nicht in die Häuser.

Eine Frau zieht eine Geiß am Strick; eine Frau hält ihren Eimer am Henkel. Das ist die untere Straße, die Hauptstraße; sie geht vor Firmins Haus durch. Es gab zwei Straßen und zwischen ihnen mehrere kleine Durchgänge, die sie miteinander verbanden; das war die untere Straße, sie ging vor Firmins Haus durch.

Häuser, die vorne hoch sind und hinten niedrig, weil sie zur Hälfte im Boden stecken. Der Hang macht, daß das Obergeschoß der Südseite das Erdgeschoß der Nordseite ist. Drei Fenster, zweimal drei Fenster im weiß gekalkten Stein; und unter der ersten Fensterreihe war ein Türbogen, durch den es in eine Art Schuppen ging und von da in den Keller: der wirkliche Hauseingang war in der Seitengasse, über einer Vortreppe von fünf bis sechs Stufen.

Vor dem Haus, auf der Höhe der Bogentür, auf dem schlechten Pflaster, das eher ein loser Plattenbelag ist, weil man dafür rohen Schiefer verwen-

det, zwischen den beiden gewundenen Ufern aus
Mauern und Dächern, den Uferrändern eines zweiten Flusses am Himmel droben – ist jetzt eine
Frau erschienen, dann eine andere, sie waren also
zwei: nur mußte man sie zusammen sehen, um sicher zu sein, daß es zwei waren, so sehr glichen sie
sich.

Sie sind alle gleich angezogen, haben alle den
gleichen dicken Rock aus dickem Stoff mit gleich
vielen Falten; auf dem Kopf haben sie alle das gleiche graue, schwarzgemusterte Tuch, ihr Werktags-
tuch – wieder einmal so im Morgengrauen, wo
man an den Fingerspitzen friert, an einem gewöhnlichen Morgen; und doch mit dem Unterschied, daß man an diesem Morgen stehenblieb
unter Firmins Fenstern.

Eine Frau, die eine Geiß nachzieht; eine, die
Wasser holt am Brunnen; ein großes Mädchen, an
der Hand den kleinen Bruder, der sieben oder acht
Jahre alt sein mag, aber noch Röcke trägt, weil man
ihm die seiner älteren Schwester anzieht, und ein
alter Hut seines Vaters ist seine Kopfbedeckung.

Und die Frauen hoben den Kopf; der Kleine
hebt den Kopf auch, dann fragt er seine Schwester
etwas, dreht sich um dazu.

Man sieht den Hund des Jägers Barthélemy vor-
beilaufen, und er hatte kein Halsband. An einem
Stück Schnur, das um seinen mageren Hals gebun-
den war, hing ein Holzklotz, der ihm an die Vor-
derpfoten schlug, damit er nicht allein jagen ging,
das hätte seinen Meister zu Schaden gebracht.

Joseph Mutrux, der Schreiner, kommt mit einem
Brett unter dem Arm; und ein anderer Mann
kommt mit einer Ladung Mist: die alle bleiben stehen.

Und da ist schließlich Mânu: auch der bleibt stehen; er ging aber nicht wie die andern bald wieder
weiter, er blieb, er war da wie ein dicker Stein, so

daß sich die Geißenherde aufteilen mußte, als sie daherkam, in zwei Ströme aus lauter Rücken.

Und Mânu stand in der Mitte, ein fast verschwundener Mânu, denn er war kurzbeinig und auch sonst kurz, mit einem viel zu großen Kopf ...

Währenddem war es immer noch nicht wirklich Tag in der Küche, die von Norden her durch ein kleines Fenster erhellt wurde.

Doch das Licht drang am Ende doch bis zum Tisch mit seinen dicken, viereckigen Beinen und den vier starken Querleisten, die sie verbanden: man sah in der Zinnschüssel die dampfende Suppe, und auf der Tischplatte lagen ein Brotlaib und ein Stück Käse.

Aus dem Schatten kamen von Zeit zu Zeit zwei alte Hände hervor, sie legten etwas hin, das einemal zwei Näpfe, dann zwei runde eiserne Löffel, und zogen sich wieder zurück; und weiter hinten wurde die Küche vom Feuer im Herd beleuchtet.

Die Frau, die sich dorthin setzte, wurde sichtbar in ihrem unteren Teil, sie war bis zur Mitte im Feuerschein. Sie hielt ihren Teller auf den Knien. Das Gesicht blieb hinter ihrem Tuch verborgen. Sie langte mit dem Löffel in den Teller, dann nahm sie den Löffel langsam in die Höhe, sie streckte den Kopf vor dazu.

In diesem Augenblick geht die Küchentür auf.

Er kam von draußen; man hatte seine Schritte auf den Steinstufen der Vortreppe gehört, darauf hatte er seine Schuhsohlen mehrmals an der obersten abgestreift (er wurde gescholten, wenn er es nicht tat).

Er hatte die Tür mit der Schulter aufgestoßen, er schob sie wieder zu mit der Schulter, man sah nicht sofort, warum er nicht seine Hände gebrauchte.

Dann fiel das Tageslicht auf seine Arme, die er abgewinkelt vor sich hielt; man sah nun, was er trug, es war eine vollständige Frauenkleidung: Rock, Mieder, Halstuch, Kopftuch, sogar Wäsche, ein ganzes Paket, das er auf die Bank legte, darauf sagte er: „Da."

Firmin hatte sich wieder aufgerichtet. Er sagte: „Marie hat sie mir geliehen. Ich wußte es doch."

Er hatte sich zum Herd hin und zu der Frau, die davor saß, gewendet; sie hatte sich nicht nach ihm umgedreht und hatte noch keine Bewegung gemacht.

Er sah die zwei Teller, die auf dem Tisch standen; er fragte:

„Du hast nichts gehört?"

„Nein."

Er zuckte die Achseln; dann nahm er, ohne weiter ein Wort zu sagen, das Paket wieder auf und ging zur anderen Tür hinaus.

Gleich nach dieser Tür hatte es eine Treppe, die in den ersten Stock führte. Er stieg die Treppe hinauf, so leise er konnte. Man kam wieder auf einen kleinen, finsteren Gang, und dann war es links: das Zimmer über dem seinen. Und dort, die Arme noch immer beladen, linkisch in seinen Bewegungen (denn das ist ja nicht grade Männersache), blieb er stehen und horchte.

Er preßte die Lippen fest aufeinander, wie um jedes Geräusch anzuhalten in seinem Innern; und wenn man den eigenen Herzschlag anhalten könnte, würde man's tun.

Er neigte den Kopf, er legte das Ohr an die Türfüllung, die ja nicht dick war. Das Herz schlägt. Man müßte klopfen, aber wenn sie nun schläft? Vielleicht ist sie müde, das kann man verstehen, und da weckt man sie besser nicht, nur hat sie dann gar nichts anzuziehn, wenn sie aufsteht; so drückt er ganz sacht mit dem Ellbogen auf die Klinke.

Die Tür gab nach in den Angeln, wich von selber zurück, sie ging weit genug auf, daß man das Bett sehen konnte, aber man sah es vom Kopfende her. Man sah nur dieses hohe Kopfende aus Lärchenholz, und dahinter war nichts als Stille.

Er machte mit dem Rücken eine plötzliche Bewegung: sie nahm ihn nach vorn, und die Tür ging nun ganz auf.

Und da war das Geräusch von der Tür, da war das Geräusch seiner Schritte, trotzdem bewegte sich nichts in dem Bett, nichts geschah dort, nichts änderte seine Lage, dabei war sie doch da, wie er gleich darauf feststellte; nur hätte sie tot sein können und wäre nicht regloser dagelegen, immer noch ganz in die Decken gewickelt, immer noch gegen die Wand gekehrt, immer noch in der gleichen Stellung.

Er dachte daran, ihr zu rufen; er sagte sich, sie schlafe vielleicht (das geht alles sehr rasch); er legt sein Paket auf den Stuhl neben dem Bett, er wirft schnell noch einen Blick auf das Bett; er geht eilig wieder hinaus, mit zwei oder drei Schritten, die er rückwärts macht, er zieht leise die Tür mit; macht sich dann langsam daran, sie wieder zu schließen, die Klinke könnte ja klappern, sehr langsam, sehr sacht; sehr langsam, sehr sacht auch die Treppe hinunter, man hörte ihn trotz seinen schweren Nagelschuhen kaum gehen auf den knackenden Holzstufen.

Die Helligkeit hatte sich schließlich durchgesetzt in der Küche. Man sah das Mauerwerk der dicken Wände, die mit Kalk beworfen und stellenweise ganz schwarz gerieben waren, und an anderen Stellen waren graue Flecken (dort, wo sich die Rücken oft angelehnt haben).

Das Alter kommt, das hohe Alter, auch für die Sachen; das war hier sehr alt, und sehr wenig Raum war zwischen der Decke und dem gestampften Lehm, der als Fußboden diente.

Eine Bank, zwei, und ein Topf, ein bauchiger Kessel. Der Kochtopf mit Füßen, in dem man das Wasser wärmt, denn den Kochtopf läßt man auf seinen Füßen über dem Feuer stehen, während man die Kessel mit ihren Henkeln an den Kaminhaken hängt.

Ein Topf oder zwei sind nebeneinander auf einem Brett, unten in dem Kaminsims ... Und man sah auch, daß die Frau vor dem Feuer jetzt kniete, diesmal hatte sie ihn nicht gleich kommen gehört, so leise war er. Er schöpfte Suppe in seinen Teller, da sah sie ihn an. Es wäre ihr gewiß recht gewesen, wenn er zuerst geredet hätte, aber das tat er nicht. Also redete sie zuerst. Sie blieb auf den Knien, sie war daran, das Feuer wieder anzublasen; kniend drehte sie ihren Oberkörper ein wenig zu ihm: nun sah man ihr altes Gesicht.

Sie sagte:

„Was willst du mit ihr?"

Er war im Begriff, den Löffel jetzt auch an den Mund zu führen; er ließ den Löffel anhalten ein Stück vor dem Mund, dann zuckte er ein wenig die Achseln.

Sie sagte:

„Siehst du."

Sie fing wieder an, in die Glut zu blasen, sie hob ein wenig den Kopf dazu, so daß sich ihr Tuch hinten faltete; und sie sagte:

„Du hast eine Dummheit gemacht; du mußt jetzt ja sehen, daß du eine Dummheit gemacht hast ..."

Dann:

„Hör doch, mein Bub!"

Er aß, ohne zu schmecken, was er aß; und man redete weiter, man stand auf dabei; nicht ohne Mühe, man stützte sich auf die Hände.

„Du hast eine Idee gehabt, jetzt siehst du, es war keine gute Idee ... Das kann bös enden, sei jetzt nicht starrköpfig, du hast noch Zeit."

Man stand jetzt vor ihm, zwei Hände hatten sich vor der gestreiften Schürze aufeinandergelegt.

„Du weißt, wo sie her ist ... Also, bevor sie kommen und sie holen ... Denn was passiert dann, du, wenn sie kommen? ..."

Er wurde inzwischen fertig mit Essen, er war schon fertig; und während er sich den Mund wischte:

„Bring sie zurück, dorthin, wo sie her ist."

Er sah seine Mutter an, und die Mutter redete nicht mehr und sah ihn an. Sie sahen einander an. Er senkte den Kopf.

Er hob den Kopf wieder. Er sah seine Mutter wieder an, er winkte sie heran.

Er zeigte ihr etwas, durchs Fenster.

Er war ganz nah an die Fensterscheiben getreten, die winzig waren und aus mehreren Glasarten gemacht, jede anders getönt; er hob seine Hand, und er sagte: „Siehst du."

Und zeigte ihr etwas, das über den Wiesen, den Feldern, den Wäldern, dann den Alpweiden lag: den Bergkamm, die Stelle der Trennung.

Dort war es jetzt, wie wenn der Bäcker der Brotrinde eine andere Farbe gibt, Mehl darauf streut.

Dort war der Paß, aber es hatte geschneit auf dem Paß.

Und er zeigt nochmals dorthin, ohne etwas zu sagen, aber er sagt mit dem Finger, was er zu sagen hat: „Siehst du."

Dann, plötzlich, geht er weg.

Er füllte den anderen Teller, schnell, weil die Suppe bald kalt wurde; er stieg mit dem Teller wieder die Treppe hinauf.

Diesmal redete er.

Er hielt den Teller vor sich, in der rechten Hand:

„Fräulein ..."

Er fing noch einmal an, er sagte:

„Fräulein, Sie müssen essen ..."

Er wußte nicht, was er mit dem Teller anfangen sollte.

„Ich hab Ihnen auch Kleider gebracht, ich hab sie dort auf den Stuhl gelegt."

Er sagte:

„Es tut mir sehr leid."

Er dachte nicht daran, daß sie die Sprache, in der er da mit ihr redete, nicht verstand, weil sie eine andere Sprache redete.

„Es war zum Spaß ... Man hat Ihnen nichts Böses tun wollen ... Man wird das in Ordnung bringen ..."

Er wartete ein Weilchen, er sagte:

„Hören Sie, ich stelle den Teller auf den Stuhl zu den Kleidern ..."

Er sagte:

„Es sind Kleider, wie man sie bei uns trägt, aber das ist wirklich nur, weil wir keine anderen haben, also probieren Sie trotzdem, sie anzuziehn ..."

Er sagte:

„Und dann essen Sie ..."

Er sagte:

„Ich verspreche Ihnen, Sie werden gut aufgehoben sein ..."

Er sagte:

„Man wird's versuchen und die Schneiderin fragen, ob sie Ihnen nicht ein Kleid machen könnte ..."

Er sagte:

„Es hat nämlich geschneit ..."

Er sagte:

„Fräulein ..."

Er rief:

„Fräulein! ... Fräulein! ..."

II

Das ging unterdessen in kleinen Punkten, die überall verteilt waren, mehr oder weniger weit auseinander bei den Rinnen, unter der Hecke, unter einem reifen Apfel, an den man mit der Schulter stößt, und er schaukelt noch eine Weile, wenn man vorbei ist; zwischen den rundgewordenen Kohlköpfen.

Neben den Rinnen, die voll sind von weißem Wasser, je nach der Jahreszeit, oder von grauem oder von solchem, das gar nicht wie Wasser aussieht, so durchsichtig ist es, nur das Zittern seiner Oberfläche zeigt, daß es da ist.

In kleinen Punkten, die einzeln verteilt sind, überall um das Dorf, jeder ein Mann bei der Arbeit auf seinem kleinen Stück Land, seiner eigenen kleinen Terrasse – denn zwischen den großen Terrassen sind all diese kleinen Terrassen –, seiner kleinen Treppenstufe: einer hier, einer weiter vorn, noch ein anderer, den man ausfindig macht; einer, den man für einen Augenblick sieht und dann nicht mehr sieht, oder man sieht nur sein Werkzeug, eine Sense, die aufblitzt unter dem Baum. Dann auch die Geräusche, die daherkommen, wie Wörter, einander zugesprochen von Zeit zu Zeit, wenn sie den Erdboden aufhacken, Pfähle einschlagen, Holz spalten, einen Stamm durchsägen. Unter den ersten reifen Äpfeln, unter den zweiten und dritten Birnensorten, unter rotem Laub oder gelbem, in der kühlgewordenen Luft.

Und das ging so seit langem, als Firmin schließlich herauskam, er hatte eine Hacke genommen und sie über die Schulter gelegt.

Er muß an der Werkstatt von Joseph Mutrux vorbeigehen, er wird angerufen:

„He!"

So fängt das an, diesen Morgen. Es ist kurz vor

der Weinlese; und Mutrux hatte ein Brett genommen, er hielt es jetzt flach unters Auge und schräg gestellt wie den Lauf einer Flinte, dann:

„Achtung, Firmin!"

Firmin mußte stehenbleiben, wohl oder übel.

Mutrux hatte sein Brett umgedreht, er prüfte die andere Schnittfläche, denn es sollte niemand kommen und sagen, da werde nicht nach dem Winkelmaß gearbeitet; man will sich zuerst einmal überzeugen, man tut es, man hat ja Zeit. Er drehte also seine Holzschraube auf, er legte das Brett in den Schraubstock und zog wieder an und hatte darüber sein rotes Gesicht mit dem lockigen Schopf, das zu lachen begann, und das Lachen ging um den Schnurrbart, es saß in den Augenwinkeln.

„Fehlt's uns denn hier etwa?"

Mit wem redet er?

Er nimmt seinen Hobel, und dann los! nach den Fenstern hin mit der rechten Hand, die vorausgeht, während die linke nachfolgt und lenkt:

„Wie wenn's uns an Holz fehlte!"

Ein ganz kleiner Hobelspan, wie ein Bartfaden, kommt heraus, kräuselt sich im Licht.

Diese Zeit vor der Weinlese, wenn sie sich ankündigt durch einen scharfen Geruch in der Luft; und es ist, wie wenn sie im voraus gut röche; da geht's auf der Staße noch ein Stück weiter.

Firmin hatte keine Antwort gefunden, er läuft jetzt nur schneller.

Er hörte nicht gleich, daß gelacht wurde; er hatte zu rechnen begonnen.

Man kann nicht mehr über den Paß, aber man geht um den Berg herum; wieviel Tage braucht man denn da? Mal sehen … Er nahm eine Zahl.

Das Lachen war aber so laut geworden, daß die Zahl wegflog.

Zwei Mädchen vor einem Heugaden mit der Holztreppe, die man abnehmen kann; das eine

Mädchen unten, das andere oben an der Treppe; und sie hatten ihn anscheinend nicht gesehen, aber sie lachten nur um so mehr.

Er war stehengeblieben, dann sagte er sich: „Was macht mir das aus?"

Er war wieder bei seinen Zahlen. „Acht." Dieser ganze große Umweg, und immer noch wurde gelacht, quer durch die Zahlen und zwischen ihnen: „Das sind doch acht Meilen, und dann muß man sicher noch acht oder neun hinzurechnen"; und dann wußte er nicht mehr recht weiter; dazu kam aber, daß man mit einer Frau nicht schnell vorwärts kommt.

„Nein! nichts zu wollen."

Das war schon ein Grund (aber gibt es nicht noch einen andern?).

Er stellt sich auch diese Frage unter den Hecken mit ihrem Geäst und mit all ihren Haselnüssen, wo er jetzt ging, und weil er den Kopf gesenkt hielt, sah er Bonvin nicht kommen.

Da war auch noch dieser Bonvin, der mit ihm in der Hütte gewesen war und der ihm auf einmal unter dem Hutrand hervor in den Blick kam.

„Was willst du?"

„Hör, du, ich wollte dir sagen, wir waren da oben nicht gleicher Meinung."

Firmin sagt:

„Und was soll mir das ausmachen?"

Er ging weiter, der andere redete immer noch hinter ihm her, aber Firmin machte bloß eine Bewegung mit dem Rücken wie ein Pferd, das die Fliegen abwehrt; es ist kurz vor der Weinlese, an diesem Morgen danach; das wären also fünfundvierzig Meilen, ein Marsch von beinah zehn Tagen.

Man kann nicht mehr über den Berg, man müßte um ihn herumgehen; und also: Nein! und noch einmal: Nein!, und gleichzeitig staunte er über sich selber, und als er auf seinem Feld war, dachte er nicht mehr an seine Hacke, und er fragte sich: „Kam es vom zuvielen Trinken?"

Man sieht auf dem Talboden, zwischen den Ästen eines Kirschbaums hindurch, den Fluß, der weiß ist, denn der Himmel ist noch weißer geworden, und es ist, als wäre er in den Fluß gefallen: „Oder vom zuvielen Anschauen?"

Wenn man die Herde einholen ging, und man sah sie, und man hat sie gesehen ... Und jetzt ... Aber nun: „Sie bleibt hier."

Trotz allem, was gesagt werden wird; trotz allem, was weiter geschehen kann.

Während er gleichzeitig doch nicht dran glauben konnte, aber man ist eben zwei (so denkt er); man ist zu zweit in ein und demselben Kopf.

Man ist zwei: einer, der getan hat, und der andre, der staunt; welcher von beiden ist der Wirkliche? Einer von vorher und einer von jetzt, welcher von beiden ist der Richtige? Einer schaut zu, dem andern wird zugeschaut, und welcher von beiden ist besser? So überlegte er; und er saß in dem kurzen Gras unter einem Hagebuttenstrauch, dessen kleine Früchte sich gelb zu färben begannen, dann werden sie rot, der Frost befällt sie, dann sind sie gut zu essen.

Eine Stunde schlug. Man sah immer noch diese kleinen Punkte, einzeln verteilt überall, mehr oder weniger weit auseinander: jeder ein Ding, das denkt. Er legte zwischen seine Knie die Hände, die getan hatten und in denen kein Tun mehr war. Sind sie's, die getan haben, oder hab ich getan? Man hörte die Stundenschläge; zwölf Uhr. Die Mittagsstunde wird vom Glöckner geschlagen, der kommt und sie schlägt, er hängt sich an das Seil, drunten im Glockenturm.

Das tönte daher, das Mittagsgeläut, das die Männer von ihrer Arbeit rief, sie trafen dann auf den

Wegen wieder zusammen. Sie fingen zu plaudern an, redeten hin und her.

Dann kommen auch die drei Glockenschläge, bei denen man verstummt auf den Wegen. Einer für den Vater, einer für den Sohn ... Sie schwiegen für diese drei Schläge. Sie blieben stehen, sie nahmen den Hut ab. Das hält sich für einen Augenblick dort vor ihnen, dreifaltig, über den Apfelbäumen: einer für den Vater, einer für den Sohn, einer für den Heiligen Geist; da schweigen sie still, bleiben stehen, sie senken den Kopf. Dann geht alles sofort wieder weiter. Sie waren nur noch gewöhnliche Männer unter verblichenen Filzhüten. Sie sagten: „Er muß verrückt sein!"

Sie sagten: „Was tut er jetzt?" Sie sagten: „Und wir, was tun wir jetzt?"

Und da sind die, für die alles zum Lachen ist: für Mutrux ist alles zum Lachen, Mutrux fängt wieder mit seinen Späßen an.

Er ruft Firmin zu:

„Wo hast du sie hingetan?"

III

Sie hatte sich nicht gerührt von dem Bett, sie rührte sich nicht von dem Bett, und sie aß nichts die ersten zwei Tage. Man kam herein (dreimal am Tag: am Morgen, am Mittag, am Abend) und sprach zu ihr. Man kam herein, sie hatte gehört, wie die Tür aufging, sie wußte im voraus alles, was kommen würde: man würde dastehen, ohne etwas zu sagen, und dann würde man sagen: „Bitte!"

Man kommt, man spricht zu ihr, man tut, was man immer tut, sie tut, was sie immer tut: sie bewegt sich nicht. Man seufzt. Man wartet noch ein wenig; man geht hinaus.

Und einmal, nachdem man hinausgegangen ist,

am Morgen des dritten Tags, ist der Hunger stärker. Da ist der Entschluß: da ist der Entschluß, den der Kopf gefaßt hat, aber da ist nicht nur der Kopf. Ihre Hand streckt sich aus, ihre Hand ist am Teller, weil nichts sie mehr hindern kann. Neben dem Teller lag ein dickes Stück Brot, die Hand ist an dem Stück Brot. Eine will sterben, und eine will leben. Eine ist so tieftraurig, und da ist gleichzeitig jemand zufrieden und lärmt vor Zufriedenheit, jeder Mundvoll singt: das ist warm, das ist rund und weich, das läuft durch den ganzen Körper, das steigt in die Backen und in die Ohren. Sie biß in das harte Brot, sie hielt es mit beiden Händen, und sie hörte erst auf hineinzubeißen, um die Krumen vom Leintuch zu nehmen. Dieses graue, körnige, zwei Monate alte Brot, das zerbröckelte – nie war Brot so gut! Und da ist sie schon fertig damit! Sie staunt, weil sie fertig ist mit dem Stück, sie schaut auf die leeren Hände. In diesem Augenblick kommt man wieder die Treppe herauf. Sie legte sich wieder hin, drehte sich zur Wand, wieder in der alten Stellung. Man war ganz offenbar unruhig: man kam herein, man blieb stehen. Und man ging wieder hinaus, und man kam zum drittenmal herein; man sagte nichts, man legte etwas auf den Stuhl, man ging ebenso schnell wieder hinaus.

Es waren zwei schöne gelbe Äpfel in einer Schale, zum Dessert.

Es war heller Tag. Es mußte sogar schon lang heller Tag sein. Da war ein kleines Stück Sonnenschein. Sie sah es von ihrem Bett aus, vor ihr auf der einen Schräge des Dachs, das unter dem Fenster lag; sie sah an seiner Farbe, daß die Sonne schon hoch stehen mußte. Sie sah auch, daß die Wände aus Holz waren, mit Ausnahme der Fensterseite. An der Fensterseite war die Wand aus Stein. Die Decke war aus Holz. Sie sah, daß es keine Vorhänge hatte. Sie schaute sich um, sie sah, daß zwei Stühle da waren und auf dem zweiten der beiden Stühle die Kleider, die für sie bereitlagen. „Ah! richtig! …" Die Erinnerungen stellen sich jetzt wieder ein. Sie weinte vor Wut. Sie blieb ganz leise dabei, sie drückte das Geräusch, das sie hätte machen können, jedesmal an sich, sie wischte sich dann die Tränen ab mit der Hand. Und nun sagte sie sich: „Wenn sie gekommen wären, die von zuhause, so wären sie jetzt schon da …" Sie versuchte zu zählen. Das sind drei Tage … Sie wären schon da …

Die Decken waren herabgeglitten, sie fror; sie wickelte sich in die Decken, versuchte nachzudenken.

Man muß nachdenken, man muß ganz vorn anfangen: die Haare fielen ihr über die Augen, sie hatte den Mund voll davon, sie ging ihnen mit den Fingern nach; die Hälfte ihrer langen Haare lag auf ihr, die andere übers Bett hin; sie hatte sich wieder aufgesetzt, sie strich sich die Strähnen in den Nakken zurück. Ach! wie gesund man geblieben ist. Sie lebte. Sie mußte einsehen, daß sie lebte. Eine schöne, kräftige Farbe war wieder in ihre Wangen gestiegen. Sie schaute sich an, schaute auf ihre Arme, auf alles, was sie sehen konnte von sich: und sie war es wirklich. Sie begann wieder zu weinen. „Sie sind nicht gekommen, sie sind nicht gekommen, sie sind nicht gekommen! …" Wie ein Gebimmel tönte ihr das durch den Kopf. Dann wies sie sich zurecht: „Nun hör doch!" Sie unternahm eine neue Anstrengung, um der Reihe nach zu denken, sie versuchte die früheren Dinge voranzustellen und die spätern dahinter; sie ging wieder zurück. Sie stand auf, um die Tür abzuschließen, und da war kein Schlüssel, da war nicht einmal ein Schloß, aber ein Holzriegel war da, den sie vorschob. Sie hatte sich wieder zur Wand gedreht und machte die Augen zu, um besser zu sehen; das waren jetzt drei Tage. Sie stellte die Zeit wieder her. Sie stellte den Berg wieder her, die Bergseite hier, die sie gar nicht kannte, bis ganz dort droben ... Auf einmal war er gekommen; er schrie etwas in seiner Sprache, sie sah seinen offenen Mund, seine Zähne. Das ist dort droben wie nach einem Erdbeben, das die Stockwerke der Häuser voneinandergehoben hat; und sie waren zwischen zwei solchen Häuserstücken. Sie hört noch sein Schnaufen, als er zu reden aufhörte; dann hat er wieder zu reden begonnen. Und dann hat sie nichts mehr gesehen, sie hat gespürt, wie sie rückwärts fiel ...

Und an diesem Punkt hält sie an; aber sie dort, warum waren dann sie nicht gekommen? Und stellt sich auch sie vor, die drei, sieht die Hütte dort drüben ...

Doch sie konnte eben nicht alles sehen, sie konnte nicht alles wissen. Und es war ein Glück, daß sie es nicht konnte. Nicht zusehen konnte, als sie schon nicht mehr drei, nur noch zwei waren, auf jener anderen Seite des Bergs; und den dicken Nebel nicht sah, diesen großen Bottich, der hinter ihnen rauchte und in dessen Rauch sie zu hören glaubten, wie jemand schrie.

Sie hatten sich eine Weile stillgehalten, um zu horchen – ein Glück, daß sie es nicht sehen konnte, nicht hören konnte.

Auch nicht, wie sie dann losgerannt waren, die Äste an den Sträuchern abbrachen, die hohen Stengel der Enziane umbogen, alle drei oder vier Schritte einen großen Stein aus dem Boden rissen und umdrehten.

Es war am Fuß der Felsen, die links vom Paß eine Treppe aus vielen Stufen bilden.

Der kleine Gottfried war von einer dieser Stufen auf die nächste gefallen, er hatte sich jedesmal etwas mehr verletzt, und jedesmal wurde ihm etwas mehr Leben genommen, dann hatte er nicht mehr genug Leben gehabt.

Er lag da, den Kopf auf dem rechten Arm: der fallende Schnee hatte sich auf seinem Gesicht und auf seinen Händen nicht festsetzen können, denn sie waren noch warm. Ein wenig Blut floß noch aus dem Winkel seines halbgeöffneten Munds auf die weißen Zähne, die man sehen konnte. Er hatte die Knie leicht angezogen; er hielt die linke Hand fest geschlossen an seine Brust.

Er gab keine Antwort, als man ihm rief, er gab keine Antwort, als man ihn rüttelte.

Sie hatten ihn aufgehoben, der eine unter den Armen, der andere an den Füßen. Es schneite immer noch. Sie gingen zurück; sie fanden ohne allzuviel Mühe die Hütte wieder, dank den Wegzeichen, die sie auf dem Hinweg angebracht hatten. Sie gingen, sie trugen ihn von einem Zeichen zum nächsten, im Schnee; sie richteten ihm ein Strohlager vor dem Herd.

Die Kälte wurde jetzt spürbar, sie hatten ein großes Feuer gemacht; solang man noch konnte, hatten sie ihm die Hände gefaltet, die Füße nebeneinandergelegt: sie hatten so gefunden, was er in der linken Hand hielt.

Sie hatten ihm die Finger geöffnet; es war, als wolle er nicht loslassen, was er da festhielt; sie hatten die kleinen Sachen auf den Tisch gelegt.

Sie mußten alles tun, die beiden, wie Frauen; sie waren noch Wasser holen gegangen und ein Stück Leinen, und sie hatten ihm das Gesicht gewaschen, hatten ihm die Hände gewaschen.

Jetzt scheint er ruhig; seine Augen sind zu, wie wenn er sie selber zugemacht hätte.

Sie hatten sich an den Tisch gesetzt, der grad in der Mitte des Lichtscheins stand; und der Schläfer da vorn schläft vor uns an der Wand.

Sie saßen am Tisch, und sie sahen die Sachen an,

die sie gerade vorher auf den Tisch gelegt hatten; sie redeten leise und drehten in den Fingern, die daran nicht gewöhnt waren, den verbogenen Kamm und das silberne Kettchen.

Sie begriffen nur, daß auch sie sich verirrt haben mußte, und er mußte sie wieder gefunden haben, aber danach?

Sie redeten leise, sie redeten nicht mehr. Sie warfen noch einen großen Armvoll schön trockenes Holz auf das Feuer; dann holten sie aus der Käsekammer ein Tuch, aus ihrer eigenen Kammer holten sie Faden und Nadel: so verbrachten sie die Nacht.

Der Ältere von den beiden mußte ihn tragen. Sie ließen die Hütte offen für den Fall, daß sie zurückkäme. Sie hatten den Sack genäht, sie sparten dabei nicht mit Holz; man sah bei dem Feuerschein wie am hellen Tag, als sie ihn in den Sack gleiten ließen, dann nähten sie den Sack zu an dem Ende, wo der Kopf war. – Das kann sie auch nicht sehen. – Der Ältere von den beiden trägt ihn. Er geht vornübergebeugt. Der Jüngere hielt die Herde eher zurück, als daß er sie vorwärts trieb, weil der andere dahinter geht und weil er das trägt, diesen Kopf neben dem seinen, diese kalten Beine an seinen eigenen, die diese Kälte spüren. Und so über die schlechten Wege, Schritt für Schritt, langsam, behutsam. Er lief nicht mehr über die Berge, der kleine Gottfried, das ist vorbei – und sie kann es nicht wissen, zum Glück, sie dort drüben –, aber es ist vorbei. Er lief über die Berge mit seinem Stecken, er stieß seinen Schrei aus: „Ho! ho!", und das ist vorbei. Wenn er nur schrie, um das Echo zu wecken, und das Echo hatte keine Lust, es gab nicht gleich Antwort: „Ah! du willst nicht ... Du wirst schon sehen." Und wieder: „Ho!", und da tönt es lange nachher, mit verschlafener Stimme und schwach, ganz weit drüben: „Ho! ..." Und das ist vorbei. Er schaukelt schwer, läßt sich jedesmal sinken; das macht es so schwierig vorwärts zu kommen, auch abgesehen vom bloßen Gewicht, das er ist. Von einer Stelle zur andern und immer häufiger muß man anhalten. Der andere, der vorausgeht, dreht sich dann um, man gibt ihm ein Zeichen, er hält die Herde zurück; man geht bis zu ihm, und er hilft, denn man könnte es nicht allein: man wählt eine schön ebene Stelle; man macht es, so sanft man kann. Im Wald hat es Moos: dreimal legen sie ihn dort auf das Moos. Sie kamen in einen Talgrund, dort legten sie ihn auf ein paar flache Steine neben dem Bergbach. Weiter vorn kommt eine so enge Schlucht, daß zwischen dem Fels und dem Wasser nur Platz für den Weg ist, und eine Mauer daneben – sie kann nicht sehen, wie sie ihn dort wieder hinlegten, und diesmal legten sie ihn auf die Mauer. Sie hat auch nicht sehen können, wie sie im Dorf unten ankamen; da war der große Hans, ihr Verlobter; da waren ihr Vater und ihre Mutter.

Sie hat nicht sehen können, wie sie noch am selben Abend aufgebrochen waren, um sie zu suchen. Und sie hatten sie nicht gefunden.

IV

Sie mußte sich schließlich trotz allem anziehen, mußte die Kleider anziehen, die ihr nicht gehörten und die nicht für sie gemacht waren; sie mußte schließlich auch hinuntergehen zum Essen.

Als sie das erstemal kam, erkannte er sie nicht wieder. Er konnte nicht glauben, daß sie es war: ihm schien, sie sei nicht mehr da für ihn und gleichzeitig er nicht für sie. Sie kam, kam heran, ohne zu schauen, ohne etwas zu sagen. Sagte nichts, kam noch näher heran, sah einen Platz, der für sie bereit war, setzte sich vor ihren Teller – da fing er an, sich vor den Leuten zu verstecken, er machte Umwege oder drückte sich an den Häusern hin, um nicht gesehen zu werden.

Joseph Mutrux, der alles sieht, zielt auf einen herüber mit seinem Lärchenbrett.·

Mutrux ruft ihm zu:

„Das gibt eine Bettstatt für dich."

Er zielt nach dem Fluß mit seinem Brett, er zielt durch das schmutzige Fenster auf ein Feld, das ihm gehört, auf die dicke Amsel, die oben auf einer Bohnenstange sitzt, er macht viermal eine Vierteldrehung um sich selber – er öffnet sein linkes Auge wieder, hat zwei gleich große Augen und sagte (von dem Bett):

„Wir wollen dir's schön machen."

Während sie dasaß und den ganzen Tag in der Kammer blieb, sich auf einen Stuhl setzte und nicht mehr aufstand von ihrem Stuhl.

Sie tat nur eines, sie nahm das Kruzifix, das über dem Bett hing, herunter.

Drittes Kapitel

I

Ein paar Tagereisen von da saßen Männer beisammen, auf der anderen Seite des Bergs, im großen Saal des Wirtshauses.

Die eine Ecke des Raums nahm ein Kachelofen ein, mehrstöckig, mit blauen Landschaften und Figuren auf weißem Grund.

Acht Fenster folgten sich an einer Wand so dicht, daß sie aneinanderstießen; Geranien standen davor, die noch Blüten hatten in der schon ziemlich frischen Luft, und der Bär hing darüber, der große, schmiedeeiserne Bär, in einem Oval, das der Wind schaukelt, er steht unter einer goldenen Krone und streckt eine rote Zunge heraus.

Man sah weiter hinten die großen Holzhäuser, die sie dort haben, denn sie haben viel Platz zum Wohnen.

Unter den riesigen Dächern, die mit Schindeln gedeckt sind – und die wieder sind mit großen Steinen beschwert –, sieht man überall diese Fassaden, honigfarbene Dreiecke, auf denen mitunter der Name Gottes steht.

Sie bringen so viele Fenster an, wie sie nur können, in Reihen; und zwischen den Reihen, am Balkenwerk, arbeiten sie mit einem geduldigen Meißel.

Unter einem geschnitzten Herzen oder einem Strauß stehen da eine Jahreszahl und Anfangsbuchstaben:

1640

A. W. M. – G. L. K.

Oben in dem Dreieck, unter dem Winkel des Dachs, ist zuerst die Jahreszahl, sind diese Buchstaben; weiter unten, wo sich die Fläche verbreitert, kommen dann die Gebote, die sie nach eigener Wahl aus der Heiligen Schrift nehmen, danach die vollständigere Angabe der Namen und Vornamen, auch des Vaters, der Mutter und der Ehefrau, und des Berufs.

So legen sie ihr Glaubensbekenntnis öffentlich ab, so ist es am Tag eine Zierde und in der Nacht ein Schutz, und die Frau steuert ihre Blumen bei, und so sind da die Blumen Gottes unter dem Wort Gottes.

Die Frau stellt die Blumen in gelbe, irdene Vasen oder in ihre dicken, bemalten Töpfe, an alle Fenster; und das leuchtet auf diesem Grund von Wiesen, die selber leuchten und auf denen ein schöner Bach in der Sonne aufglänzt.

Sie haben Platz, soviel sie nur wollen; sie haben Holz, soviel sie nur wollen; sie haben Geld, sie haben Zeit, sie sind tüchtig, sie sind genau, und sie sind vorausblickend; sie haben schwarze, roteingefaßte Samtwesten ...

Ein Windstoß hat den Bären aufgehoben, dann hat er ihn zurückfallen lassen; der Bär gibt ein Brummen von sich, wie wenn er zornig würde; es hört sich nicht gut an, wie der Bär zornig wird.

In dem Wirtshaus hatte einer dieser großen blonden Burschen die Faust auf den Tisch gesetzt und nach vorn geschoben, den Daumen nach oben; er hatte in seiner Sprache gesagt:

„Das ist keine Erklärung!"

Das Wirtshaus dort drüben, der große Saal in dem Wirtshaus dort drüben, an einem Nachmittag, als sie beisammen sitzen, und da brummte der Bär ein zweites Mal – jetzt sagte auch dieser andere große Bursche, der größte von allen:

„Nein! das alles ist keine Erklärung."

Nicht zum erstenmal drehten und wendeten sie die Sache so miteinander, in ihrer rauhen und lauten Sprache, unter den dicken, verzierten Balken, nicht weit vom gemalten Ofen; und der große Hans schüttelt nochmals den Kopf.

Denn nur eines ist sicher: sie ist nicht zurückgekommen, und ihn hat man begraben.

Man hat den kleinen Gottfried begraben hinter der Mauer des Friedhofs, in der Nähe des Gitters, unter der großen Eberesche – nun brummte der Bär zum drittenmal ...

Er bläst in sein Hörnchen.

Matthias: er blies zum erstenmal in sein Messinghörnchen; er blies mehrmals so in sein Hörnchen, das erstemal von ziemlich weit weg, um sich anzumelden.

Er setzte seinen richtigen Fuß vor den falschen Fuß, er setzte sein eigenes Bein vor sein anderes –

aber er ging mit jedem seiner zwei Füße und mit jedem seiner zwei Beine länger und besser als irgendwer sonst, auf jeder Art Weg, denn das war sein Beruf.

Er machte ein Geräusch, machte ein anderes Geräusch, machte zwei Arten Geräusch, auf jeder Art Weg, in jeder Art Landstrich, unter seinem Ledersack, hinter seinem Bauchladen; dann kam ein Dorf, und er nahm sein Messinghörnchen, er blies in sein Hörnchen.

Er hob seinen Knebelbart ein wenig unter dem Dreispitz, er drehte das Ende seines Hörnchens, aus dem der Ton kommt, gegen die fein versilberten Dächer (und sie sind schön unter den Ebereschen, zwischen den großen Halden, die grün gestrichen sind wie eine Gartenbank), bei dem Fluß, wo er die Forellen vom Ufer vertreibt, und sie flüchten zum andern Ufer hinüber; dann macht er das Bild des großen Napoleon bereit.

Er macht auch Marengo bereit, auch das Grab von Sankt Helena, alle drei sind auf Leinwand aufgezogen, und er trug sie sonst eingerollt unter seinem Wams, da muß er sie dann nur aufrollen.

Er nimmt auch Bänder hervor und Halsketten; bläst in sein Hörnchen, kommt auf einem richtigen Bein und auf einem andern, unter seinem Dreispitz, in seinem Wams mit den silbernen Tressen; und da ist zuerst eine und noch eine, zwei Mädchen sind da: „Er ist es!“

Man kannte ihn gut dort drüben, er kam viermal im Jahr, er kam mit den Jahreszeiten, er nahm Kalenderblätter hervor, auf denen die Tage rot gedruckt sind und auf denen es Bilder hat, der Frühling sitzt in der Schaukel, der Winter hat einen Pelz, der Herbst ist eine Frau bei der Weinlese, der Sommer hält eine Garbe – an jeder Wende der Sonnenzeit tauchte er auf; und man rief: „Er ist es!“

„Es ist Matthias, hast du gehört?"

Eine und noch eine, zwei Mädchen, und dann sind sie nicht mehr zu zählen …

Sie schwiegen immer noch still im Saal des Wirtshauses. Und nach einer Weile kommt einer herein.

Dieser eine, der hereinkommt, tritt an den Tisch, wo die andern schon sitzen und sich zu ihm umdrehen; er sagt etwas zu ihnen; sie sagen: „Sicher, er soll herkommen."

Sie stellen sich an alle diese Fenster, die sie aufgemacht haben, sie beugen sich über die Geranien; sie schauen zur Landstraße hinüber, sie sehen Matthias, den die Mädchen umringten.

Sie winken ihm, er solle heraufkommen; Matthias kommt nicht sofort.

Es ist heute ja merkwürdig still um ihn her. Da wird nicht gelacht, wie wenn er sonst seine Scherze in Umlauf setzte, er bekam aber Antworten, und er gab wieder Antwort. Man spricht leise mit ihm, er hört zu, wiegt den Kopf. Er schweigt still, er scheint nachzudenken; stellt Fragen.

Er kommt nicht sofort, er hört vorher gut zu, denkt gut nach; und jetzt kommt er herein; er versorgt seinen Ledersack, seine Geldkatze, seinen Bauchladen, sein Hörnchen, seinen Dreispitz, seinen Stock auf einer Bank; denn es gibt eine Zeit für den Handel, und es gibt eine Zeit, da man anderes zu tun hat (das ist einer der Vorteile seines Berufs), wie eben zu kommen, wenn man gebraucht wird, und man sitzt an einem Tisch, solange mit einem geredet wird; solange mit ihm geredet wird, aber er sagt gleich: „Ich weiß schon alles."

Es wird jetzt sehr still, und inzwischen schaut Matthias sie an, einen nach dem andern, in aller Ruhe; dann hält sein Blick bei dem großen Hans.

Er sagt zu ihm:

„Geh nach Hause. Nimm eine Feder, Papier."

Der große Hans sagt:

„Wozu das?"

„Du mußt einen Brief schreiben."

Da ist das Staunen noch größer: wem denn? Aber da sagt nun Matthias: „Ich habe gemeint, ihr wart verlobt ..."

So ist das in dem großen Saal des Wirtshauses, da sich Matthias einmal gesetzt hat, und er sagt: „Du schreibst ihr einen Brief, und ich bringe ihn ihr."

Hans sagt:

„Und wenn sie tot ist?"

Matthias sagt:

„Das wird man ja sehen."

„Dieser Kamm", sagt er weiter, „dieser Kamm und das Kettchen ... Wenn sie irgendwo ist, dann finden wir sie dort drüben ..."

Er sagt:

„Wir sind doch Freunde, oder?"

Sie sagten ja.

„Wir sind immer Freunde gewesen, wirkliche Freunde ..." (sie sagen ja), „und wir sind Landsleute, und wir reden die gleiche Sprache. Nun hört gut zu, die gehören nämlich zu einem anderen Land, und sie reden eine andere Sprache ... Die sind dort", sagt er, „wir sind hier ... Sie waren neidisch, sie haben sich gerächt. Und da geh ich jetzt hin, um zu sehen, was los ist ..."

An dieser Stelle sagt man zu ihm:

„Und wenn sie dort drüben wäre?"

Er sagt:

„Dann holen wir sie eben zurück."

Sie riefen alle:

„Jawohl!"

Es war dunkel geworden; der große Hans hatte eine Kerze angezündet, er hatte die Kerze in ihrem schmiedeisernen Kerzenstock auf den Tisch

gestellt. Vom Licht der Kerze bekam er einen dikken Kopf, der hinter ihm an der Wand war.

Er hatte aus einem Heft eine Seite gerissen.

Er schrieb einen Satz, er schrieb noch einen
Satz. Sehr gewissenhaft, Buchstaben um Buchstaben, Wort um Wort, denn man ist es nicht mehr
gewohnt, er folgt sorgsam den Linien, wie sie es
einen gelehrt haben.

„Matthias hat mir gesagt …"

Das schrieb er zuerst, dann dachte er nach; dabei legte sich der dicke Kopf im Winkel zwischen
Wand und Decke zusammen wie mit einem Schar-
nier.

Der Kopf kommt wieder herab, und Hans
schreibt: „… Denn man hat nichts mehr von dir gehört …"

Der Kopf geht noch einmal die Wand hinauf,
geht hinunter: „… Und sie sind mit einem Tag
Verspätung herabgekommen, und ich bin dir entgegengegangen, und du warst nicht da …"

Er tauchte die Feder in die Tinte. Die Feder
machte ein Geräusch, wie wenn eine Maus an
einer trockenen Brotkruste knabbert.

„… Lieber Herzensschatz, sei nicht traurig, denk
an mich … Wir werden Kinder haben, unser Leben fängt erst an …"

„Er hat gesagt, er nehme meinen Brief mit, das ist
dann, wie wenn ich selber käme … hör gut auf ihn,
wir denken an dich …"

Er schreibt:

„Von dem, der immer an dich denkt."

Er schreibt noch:

„Von dem, der immer an dich denkt, der nur an
dich denkt, der an nichts anderes denken kann und
nie an etwas anderes denken wird als an dich …
auf Wiedersehen … auf bald …"

Er liest seinen Brief durch; er liest seinen Brief
zum drittenmal durch.

Man hörte Matthias sagen:

„Das kostet euch jedenfalls nichts."

Denn es waren noch Einwände gekommen, darum hatte ihnen Matthias von neuem alles erklärt:

„Und dann, ich sag's euch noch einmal, dann wird man ja sehen ... Und für mich ist das ja der Beruf, das Gehen; und ich rede auch die Sprache von dort drüben, ich kann mich verständlich machen. Das gibt ein Land mehr in meiner Ländersammlung."

Man sagt:

„Gut geredet!"

Es gab großen Lärm.

An dem Abend, unter vielen Sternen, dauerte der Lärm viel länger als gewöhnlich, und es war zehn Uhr geworden, dann war es elf Uhr. Denn jetzt kam der Zorn. Hans war gekommen, er hatte seinen Brief vorgelesen; man sah, wie sie rot wurden am Hals, über dem Wamskragen, wo die dicke Ader hervortrat, und eine andere dicke Ader schwoll ihnen zwischen den Augen, unter dem krausen Haar.

„Langsam, langsam!"

Das ist wieder Matthias.

„Langsam, langsam", sagt er nochmals; „nicht zu schnell! Die dürfen nichts merken dort drüben. Und dann müssen wir warten ... Das nächste Jahr abwarten ... Wenn die Kühe wieder hinaufziehn im nächsten Jahr ... Laßt mich machen ..."

Er sagt zu dem großen Hans:

„Gib mir deinen Brief."

Er hatte sein Wams geöffnet, er knöpfte die Weste aus gelbem Tuch mit den kleinen Messingknöpfen auf, die er unter dem Wams trug; da war seine Tasche, links an der Innenseite der Weste, unter dem Futter.

Er sagt:

„Du siehst, wo ich ihn hintue ... Ein guter Platz, meinst du nicht? ... Von da ist er gekommen, und da muß er hingehn ..."

Er lachte; er knöpfte die Weste sorgfältig wieder zu.

II

Er brach am nächsten Tag im Morgengrauen auf, zu einer Zeit, da man kaum fertig war mit Melken, so daß viele Windlichter noch unterwegs waren rings um die Häuser.

Mädchen standen an den Fenstern, sie winkten mit ihren farbigen Taschentüchern, deren Farbe man eben erst zu erkennen begann.

Sein Sack war auffällig angeschwollen seit dem Abend vorher; vor sich hatte er seinen Bauchladen, auf das linke Bein hing der Geldsack herab.

Und er fängt von neuem an, die Erde auszumessen mit einem richtigen Fuß und mit einem, der nicht richtig ist. Ein eigenes Bein, ein anderes Bein, sie machen zwei Arten Geräusch, einmal hört man die Sohle, einmal tönt es, wie wenn einer mit dem Finger an ein Faß klopft.

Zuerst in der gleichen Richtung wie der Fluß, der nach Norden ging, nur nicht gleich schnell wie er; zuerst mit dem Rücken zum Berg, und schon wurde der niedriger hinter ihm. – Sie saß dort drüben am Fenster, aber ganz seitlich am Fenster, um nicht gesehen zu werden, wenn jemand vorbeiging. – Der Berg war niedrig geworden hinter Matthias, und wenn man sich umdrehte, konnte man sehen, wie an der ersten Kette die weiter zurückliegenden Gletscher hervortraten, dann wurden die Gletscher wieder verdeckt. Danach kam einer von diesen kleinen deutschen Seen, die rund und grün sind. Er zählte nach in seinem Kopf, er rechnete Zahlen zusammen, denn er kannte die

Erde und die Entfernungen, die es gibt auf der Erde. Fünf, und nochmals vier oder fünf, dann dreizehn oder vierzehn, dann elf Meilen. Ein Tag, ein Tag, drei oder vier Tage. Er wurde am Abend des ersten Tags schon in einer großen Stadt gesehen, die an dem Fluß liegt; und er ging in einen Gasthof dieser Stadt, den er kannte und wo man ihn kannte. Er wurde gesehen, wie er am nächsten Morgen aus dem Gasthof trat, und da nahm er eine Straße, durch die er seine Reise im rechten Winkel fortsetzte. Er wurde gesehen, wie er die Straße nahm. – Sie sitzt immer noch dort drüben am Fenster auf ihrem Stuhl. – Er wurde gesehen, ein Stück weiter vorn, auf dem Bock eines Bauernwagens, den ein Mann mit rotem Bart kutschierte, die Ellbogen auf den Knien und mit durchhängenden Zügeln, denn die Tiere haben ihre Gewohnheiten, und sie wissen besser als wir, was sie tun müssen. Matthias nahm seine Schnupftabakdose: „Nehmen Sie!" – „Danke schön!" Es war Herbst. Da stand ein gelb gewordener Baum – sie sitzt dort drüben auf ihrem Stuhl, sie hat die Hände aufeinandergelegt, sie bewegt sich nicht ..., und Matthias ging wieder zu Fuß. Man hat ihn gesehen, wie er von neuem im rechten Winkel abbog. Er kommt an Käsereien vorbei zu der Zeit, da man in Blechtansen die Milch vom Abendmelken herbrachte, und man verwunderte sich, wenn man ihn kommen sah. Man war auch verwundert, wenn man dann sah, daß er nicht haltmachte, um zu verkaufen; er war doch von weitem als Händler erkennbar. Schon hier war die Sprache, die man redete, nicht mehr die gleiche Sprache, und die Mundart war eine andere Mundart. Ein Wechsel ging nun am Himmel vor sich, über den Hügeln, die langsam vor ihm aufstiegen. – Sie hat die Hände aufeinandergelegt im Schoß, sie macht nicht die kleinste Bewegung, die Straße fließt; an jedem Morgen ist es, wie wenn an beiden Enden der Straße eine Schleuse aufginge; eine Frau kam, die eine Geiß zog, eine andere Frau kam. – Und der Himmel wurde weiß und geriet in Bewegung über den Hügeln, die nach Süden hin vor einem liegen. Matthias ist auf den Kamm dieser Hügel gelangt, vor das Loch, wo der See ist. Er geht bergab. Er sitzt auf einer Rebbergmauer, er ist auf der unteren Stufe, der See hinter ihm. Er sitzt auf der Mauer, er hat seinen Sack neben sich auf die Mauer gelegt; dann macht er sich wieder auf. Diesmal geht er dem See entlang. Er setzt sein richtiges Bein vor das falsche, dann das falsche vor das richtige, und er geht. Bis er den großen Fluß gefunden hat. – Da kam Mânu auf der Straße daher, und sie war immer noch dort, und an jedem Tag kam mit dem, was da kam, auch Mânu daher. Er stand gerade unter dem Fenster, unbeweglich unter dem Fenster; dann fing er an, seinen Kopf zu heben, sein Gesicht hatte eine Haut wie aus Seife, und er mußte sich abmühen, denn sein Kopf war sehr schwer und doppelt so groß, als er hätte sein sollen. Er lachte mit seinem zahnlosen Mund. Er streckte die Hände aus, schaukelte hin und her auf den Füßen. – Dann, wenn man einmal an der Rhône ist, muß man nur noch flußaufwärts gehen.

Und das tat Matthias, er folgte dem großen Tal, das sich rasch verengt; dann sieht man, wie sich die Hänge von beiden Seiten einander nähern, wie um zusammenzuwachsen.

Da biegt er zum letztenmal ab. Zwei Felswände sind hier die Türpfosten; nur für die Straße und für den Fluß ist Platz zwischen ihnen.

Er hatte bloß noch eine Tagreise vor sich; ja, der Mann, den er nach dem Weg fragte, konnte ihm zeigen, wo es war: dort vorn, gegen den hellen östlichen Himmel, dort vorn im Osten, wo der Dunst aufstieg, am Hang über dem großen Tal, das sich

wieder verbreitert; dort vorn am Nordhang, unter
der großen Bergkette, denn da sind wir nun auf der
anderen Seite der Kette, wir sind um sie herumgegangen ...

III

Wieder hielt er das Ende seines Messinghörn-
chens, wo der Ton herauskommt, zum Himmel gewendet, an dem die Sonne aufsteigt. Er ließ das
Hörnchen von unten nach oben gehen, indem er
es an den Mund nahm, er ließ gleichzeitig das Dorf
zwischen den Apfelbäumen emporsteigen.

Da war zuerst ein bemaltes Haus, und die Male-
rei stellte einen Weinkrug neben einem Glas dar.

Matthias nimmt das Hörnchen an den Mund; er
ging noch weiter auf diesem letzten Stück Weg,
das ans Dorf heran und kaum mehr bergauf führt.
Er geht einer Hecke entlang. Er geht dem Wasser
entlang, das unten an der Hecke hin fließt; es ist
voll von großen neuen Batzen, die Flecken sind
von der Sonne.

Dann und wann fiel ein Blatt darauf und zog
fort, ein hellgelbes Herbstblatt, ein rotes, ein braunes Blatt, je nach der Art; und all diese Farben waren auch rings an den Bäumen.

Da waren eine Weile nur sie rings um ihn, der
daherkam, und sie verbargen das Dorf jetzt. Er
blies wieder in sein Hörnchen.

Man sieht eine alte Frau, die gerade ihre Treppe
hinaufstieg, über die linke Schulter blicken, und
dann steigt sie geschwinder die Treppe hinauf.

Zwei Mädchen schwatzten gerade am Anfang
der Straße, sie hören auf zu schwatzen.

Auf einem Dach war der Dachdecker: weil der
Winter bald kommt, der Winter mit seinen langen
Regengüssen; der Dachdecker arbeitete auf seinem
Dach wie in einem kleinen Steinbruch: nicht wie

zwischen Schieferplatten, die man dahin gebracht hat, sondern wie dort, wo sie zu Hause sind; er stand bis zu den Knien zwischen den breiten Platten aus grauem Stein.

Der Dachdecker richtet sich auf.

Der Rauch vom Kamin rauchte ihm ums Gesicht, denn man verzichtet ja nicht auf die Suppe, weil man den Dachdecker auf dem Dach hat; ein hübscher Holzrauch, und er riecht gut, er riecht wie der Weihrauch in den Kirchen.

Der Dachdecker steht auf dem Dach, er ist unsichtbar bis zu den Knien; er sagt: „Sieh da!"

Bis zu den Knien in den Schieferplatten und zwischen den Stapeln von Schiefer; er sieht den Dreispitz, er sieht den Ledersack, er sieht das Wams mit den Silberborten, er denkt: „Wo kommt der denn her?"

Man mag nicht, was man nicht kennt, man traut einer Sache nicht, die man noch nie gesehen hat; der Dachdecker: „Wo kommt der her?" Und dann dieses falsche Bein.

„He! Maurice! ..."

Maurice war der Besitzer des Hauses, er kommt. „Schau einmal."

Er streckt den Arm aus, und um den Arm hängt sich's ihm wie ein zweiter Hemdärmel aus sehr feinem bläulichem Leinen.

Im gleichen Augenblick bog Matthias in die obere Straße ein; man sieht, wie er seinen Knebelbart vortreten läßt, er stützt ihn auf seine Weste mit den Knöpfen aus Messing; er macht seinen Bauchladen auf.

Man sieht, daß er Bescheid wußte; es ist nicht mehr Napoleon.

Er kommt, er kommt näher: Petrus ist es, der heilige Petrus mit einem großen grauen Bart und in einem roten Gewand, der den Schlüssel hält; es ist die Jungfrau mit dem Kind.

Und jetzt kam er näher, hinter dem schlafenden Kind; er kam, seine untere Hälfte hinter dem heiligen Petrus; er kam mit der Empfehlung und unter dem Schutz der Heiligen. Er blickte nach rechts und nach links, so sehr er nur konnte; das Unglück wollte nur, daß er die obere Straße entlangging (aber wenn das ein Unglück ist, dann nur für den Augenblick).

Ein leichter Windstoß hob den heiligen Petrus auf; man sieht, wie das Kind in der Krippe den Kopf hebt, wie wenn es erwachte.

Matthias ging immer weiter; da nahm ihn Mutrux mit seinem Brett von weitem aufs Korn, er legt an hinter seinem schmutzigen Fenster, legt hinter seinem Fenster auf einen etwas grauen Matthias an, und die Jungfrau und Petrus sind jetzt auch farblos, fast ausgelöscht; er zielt trotzdem auf ihn, schließt das linke Auge; und Maurice, der vorbeikam: „Wer kann das nur sein?" Mutrux: „Weiß ich's denn! Aber ich werd ihn schon los, siehst du … Pang! …"

Maurice ging weiter. Er bleibt stehen. Er sagt: „Ist das teuer?"

Der Wind wehte nicht mehr, der heilige Petrus und die Jungfrau waren ganz still. Man kommt. Das ist schön, das glänzt. Die Neugier zieht einen vorwärts wie eine Geiß, die einen Strick um den Hals hat. Man wollte nicht, man wird hergeführt. Viele Leute sind da. Es kommt nur darauf an, die richtigen Worte zu finden; Matthias fand sie. Es kommt darauf an, zu gefallen; Matthias wußte, wie man gefällt. Es kommt auch sehr darauf an, daß niemand etwas merkt; aber niemand merkt etwas. Er warf jetzt nur schnell einen Blick in die Küchen, und wenn die Tür zum Nebenraum offen war, in den Nebenraum. Dann trat er einen Schritt vor, wenn man ihn nicht am Eintreten hinderte, was auch vorkam, aber er suchte Zeit zu gewinnen mit den Reden, die er führte, während er in seinem Laden nach Waren kramte, die verlockend sein konnten, je nach Geschlecht und nach Alter ...

Es war in der oberen Straße, die er durch Zufall genommen hatte; sie führte an der Kirche vorbei. Oben auf einem kleinen Hügel ist die Kirche, ganz weiß hinter einer großen Ulme; rechts sind weiterhin Häuser, sie stehen an einer Art Platz. Dort ist der Laden, in dem alles zu haben ist und der zugleich als Café dient. Vorn ist der Raum, wo verkauft wird; getrunken wird in dem hinteren Raum. Das ist einfach ein Hinterzimmer des Ladens; wenn man zwischen Säcken hereingekommen ist, sitzt man da auch wieder zwischen Säcken, wenn man zwischen Stapeln von Kisten hereingekommen ist, sitzt man wieder zwischen zwei Stapeln von Kisten, und wie es riecht beim Hereinkommen, riecht es auch hier. Da steht nur ein langer Tisch – und Bochat, der Krämer, kauft den Wein nicht, den er ausschenkt, er macht ihn selber, denn er hat Reben; er ist ein reicher Mann; und er verdient so auch doppelt auf seinem Wein.

Man sieht nicht recht, wer sie waren; man sah nur, daß sie vier waren. Also hatte es vier schwarze Hutkrempen über schwarzen Gesichtern, vor einem kleinen Viereck, wo das Tageslicht grauem Papier glich. Man sagte:

„Noch einen?"

„Nein."

„Aber Firmin! Wir zahlen ja ..."

Drei von ihnen redeten mit dem vierten, der nein gesagt hatte, dann sagt er ja; da wird nun dieser zweite halbe Liter gebracht; aber Firmin nahm immer noch nicht am Gespräch teil.

Man mußte immer zu ihm reden; mit knapper Not gab er Antwort. Und die anderen sagen wieder:

„Also, Firmin, auf deine Gesundheit! Und denk nicht mehr daran ..."

Firmin hob den Kopf, er senkte den Kopf, dadurch ging seine Hutkrempe zweimal über das Fensterviereck.

Und da hören sie dieses Gelächter. Es kam aus dem Laden, aber sie wußten gleich, wer das war. Sie brauchten nicht hinzusehen, wegen dieses Gelächters, das klang, wie wenn eine Geiß meckert.

Wieder kam das Gemecker, und dann sagte Bochat im Laden:

„Wo hast du das her?"

Und nun geht die Tür auf. Sofort sahen sie diese Bänder. Nur darauf gaben sie acht; sonst war die Gestalt ihnen viel zu vertraut. Da waren diese drei Bänderschlaufen, die mit Stecknadeln angemacht waren, und zwei waren an dem Wams, und eine war an dem Hut, zwei waren rot, und eine war gelb. Und unter der einen und zwischen den beiden anderen lachte das dicke gelbe Gesicht.

Sie sagen wie Bochat:

„Wo hast du das her?"

Mânu braucht nur die Hand auszustrecken.

Er meckerte wieder, er drehte mit Mühe den dicken Kopf mit dem offenen Mund, er schob ihn in die Richtung des ausgestreckten Arms; er zeigte: dort ganz in der Nähe war es, und dann versuchte er das zu sagen; er gibt einen langen Grunzton von sich.

Man sah eine Ecke vom Platz, eben war dort Matthias erschienen. Er führte noch einmal sein Hörnchen zum Mund, er blies in sein Hörnchen, er dachte: „Sie wird es hören."

Er wandte sich dann dem Laden zu, und nachdem er sich nochmals gut umgeschaut hatte:

„Meine Damen, meine Herren, greifen Sie zu ..."

Wieder hob der Wind den heiligen Petrus auf; er kam daher, der Wind, er riß im Vorbeigehen

Hände voll Blätter von der Ulme und warf sie durch die Luft, gleich wie Matthias seine Worte auswarf:

„Nur die beste Qualität ... frische, neue, billige Ware ... Bänder, Faden, Nadeln ... Faden zum Nähen, Faden zum Sticken ... Bilder ... Meine Damen, meine Herren, das Nützliche und das Angenehme ..."

Sie waren alle vier hinausgetreten und standen mit Bochat vor dem Laden.

„Für die Jungen, für die Alten, für die jungen Damen und für die Herren, für die Verheirateten, für die Verliebten ..."

Firmin tat einen Schritt nach vorn. Und die andern:

„Lockt dich das etwa?"

Er machte noch einen Schritt, er blieb stehen; man sah, daß er nachdachte, dann sah man, daß er entschlossen war.

Denn jetzt zögerte er nicht mehr und ging grad auf Matthias zu; aber statt daß er ihn bat, seine Waren zu zeigen, winkt er Matthias heran; und als er näher bei ihm ist: „Kommen Sie bitte mit mir."

Matthias sieht ihn an, Matthias sagt:

„Wenn Sie wollen."

Wie wenn auch ihm ein Gedanke gekommen wäre; und er setzte sich in Bewegung, er ging neben Firmin her, während Firmins Freunde und Bochat dastanden, vor dem Laden, und dann sagte einer von ihnen:

„Was ist in ihn gefahren? ..."

Unterdessen gingen die beiden; aber Matthias kam nicht schnell vorwärts. Matthias nahm sich in acht wegen seines anderen Beins, und Firmin holte inzwischen hervor, was er zu sagen hatte, und zuletzt sagt er:

„Sie ist nämlich nicht von hier."

Matthias sagt:

„Ah! Und wo ist sie denn her?"

Er war stehengeblieben; eine Felsrippe ging hier quer über die Gasse, man hätte sie ausspitzen müssen, aber man hatte sich nicht die Mühe genommen, sie auszuspitzen; und das falsche Bein geht als erstes hinüber.

Währenddem kommt die Antwort.

Und Matthias:

„Ah! gut, wir sind soweit"; er sagt es nicht. Er denkt es, aber er sagt es nicht.

Und nichts jetzt, zwischen den Holzwänden, die sich vorneigen, als das Geräusch von dem richtigen Bein, das Geräusch von dem andern; er sagte nichts. Er sagte: „Gut! das stimmte, oder nicht?"

Sie gehen um die Ecke; Firmin streckt den Arm aus.

Er zeigte auf ein Fenster. Er zeigte auf das Fenster, dann senkte er die Augen, senkte den Arm wieder; darum sah er nicht, daß sie gesehen wurden. Er sah nicht, was dort an der Scheibe war. Wenn die Nase ganz platt wird, weil man sie so an das Glas drückt: ganz weiß wird die Nasenspitze; dann zieht man sich vom Fenster zurück, und jetzt bläst Matthias in sein Hörnchen.

Türen gehen auf. Man ist jetzt in der unteren Straße, wo ein Schattenstreifen liegt und ein Lichtstreifen. Sie gingen dieses letzte Stück in dem Lichtstreifen, und die Sonne erspähte Matthias, den Späher.

Niemand war in der Küche. Firmin zeigte Matthias die Treppe. Matthias stieg hinauf, Firmin wollte ihm folgen. Matthias sagt:

„Nein, warten Sie auf mich. Ich glaube, das ist besser …"

IV

Firmin trat aus dem Haus, er ging in den kleinen Obstgarten, der dahinter lag; dort blieb er stehen, die Hände in den Hosentaschen. Er machte ein paar Schritte. Er blieb stehen.

Man hörte nichts als die Geräusche, die auch sonst in der Luft sind. Die einen haben Hühner, die anderen kleine Kinder; Mutrux schlug Nägel ein. Firmin begann zu gehen.

Er zählte die Schritte: das gab dreißig oder vierzig, im Kreis herum, bei dem engen Raum; er ging wieder in die Küche, er horchte.

Aber auch da konnte man nichts hören, und dann schämte er sich.

Er trat wieder in den Garten hinaus, er begann wieder hin und her zu gehen, und er sagte zu sich: „Was macht er?" Man weiß nicht. Man weiß nur, daß die Zeit lang ist, man weiß nur, daß man sehr unruhig ist, daß man traurig gewesen ist: da hat man versucht, diese Traurigkeit zu vertreiben, aber sie kommt zurück ...

Er wird gerufen. Matthias stand in der Küchentür, er lächelte über seinem Knebelbart, unter dem Dreispitz; er sagte: „Das wär's ..."

Er sagte: „Ich glaube, es geht jetzt."

Dann, als Firmin herankam, faßte er ihn an der Schulter. Er zog ihn auf die andere Gasse hinaus, die vor der Küche hindurchgeht, und er hielt ihn jetzt an der Schulter.

Er machte in der Gasse ein paar Schritte, wie um nicht gehört zu werden. Er redete leise. Er sagt:

„Ich hatte es mir ja gedacht."

Er fing wieder an:

„Sie sind alle so; sie sind eitel, sie denken an nichts anderes, als sich schön zu machen. Geht! ich kenn mich doch aus ... Aber ich hatte das Nötige ... Von einem Kollegen, der von dort kam, das hat sich gut getroffen, es braucht ja so wenig ..."

Er redete viel und sehr schnell.

„Übrigens hab ich im Sinn, demnächst wiederzukommen; ich sag Ihnen also Auf Wiedersehn ... Auf Wiedersehn, auf bald sogar ..."

Er wendet sich plötzlich ab; er bläst in sein Hörnchen.

Und Firmin hätte ihm gern etwas sagen wollen, es ist schon zu spät.

Er kann nur noch darüber nachdenken. Er kehrt in den Garten zurück, dann von dort in die Küche, während man das Hörnchen noch hörte, über die Dächer hinweg; es entfernte sich.

Firmin horcht wieder. Er wartet noch. Er stieg die fünf oder sechs Stufen der Vortreppe hinunter. Sie hielten nicht recht zusammen, der Mörtel zwischen ihnen war schon lang abgebröckelt. Sie wakkelten unter seinem Gewicht.

Er kam zur Vorderseite des Hauses, er trat in den Raum dort unten und nahm ein Werkzeug. Denn man muß ja doch etwas tun. Es war, als er aus diesem unteren Raum herauskam. Er stand gerade unter ihrem Fenster. Er stand unter dem Fenster, über seinen Augen trat die Hutkrempe vor, und er hatte die Augen nicht einmal gehoben, er traute sich nicht. Er hätte den Kopf nicht von sich aus gehoben. Man mußte an die Fensterscheibe klopfen: da schaut er hinauf. Er sieht, daß man da droben steht, er sieht das Gesicht, und man gibt ihm ein Zeichen: „Kommen Sie ..." Er stellt sein Werkzeug neben die Tür, das Eisen nach unten. Er sagt: „Ich komme."

Er braucht gar nicht zu klopfen. Man hatte die Tür aufgemacht. Er konnte nicht hindern, daß der Fußboden unter ihm knackte; es zog ihn nach vorn; sie stand noch am Fenster. Man begann laut zu lachen. Er sah, daß sie in den Händen ein Stück roten Stoff hielt, den sie am Licht auseinandergefaltet hatte, um ihn genau zu betrachten. Er sah sie jetzt besser; er sah, daß sie lachte, und gleichzeitig wunderte ihn dieses Lachen, denn in ihrem Gesicht stand, daß sie geweint hatte, und das Rot ihrer Wangen war noch röter geworden. Sie lachte, sie hörte mit einemmal auf zu lachen; sie lachte, sie konnte lachen, sie konnte nicht mehr. Sie hatte noch Tränen in den Augen, glänzten sie deshalb so? Doch er hielt sich nicht dabei auf, denn jetzt kehrt sie sich zu ihm um, und sie schaut ihn an, sie lacht wieder. Sie zeigt ihm mit einer Kopfbewegung das Tuch, das sie hält; sie berührt dann sich selbst mit dem Finger, um zu sagen: „Das ist für mich." Er versteht, er macht ihr ein Zeichen, daß er versteht. Sie reden durch Zeichen miteinander, sie versteht ja die Sprache nicht, die er redet, und er nicht die ihre, und so bleibt noch die Trennung durch die Sprache, aber die hindert uns nicht. Er macht also ein Zeichen, daß er verstanden hat; und sie lacht. Nun zeigt sie auf dem Bett ein Stück schwarzen Samt, sie holt es. Er hat seinen Hut in der Hand. Er bewegt sich nicht, sie steht vor ihm. Sie läßt den Stoff herabhängen, um zu zeigen, was das für guter Stoff ist, und sagt dann: „Das auch ...", immer mit Handbewegungen. „Das ist auch für mich ..." Er bewegt sich immer noch nicht. „Verstehn Sie?" Er macht ein Zeichen, daß er versteht. Der Samt ist für das Mieder; und der rote Stoff ist für den Rock. Und schön ist sie halt, und groß ist sie! Zufrieden ist sie, und alles geht gut! Eine Art Rock zieht sich ihr um die Beine: und da ist sie's, sie ist es, wie sie dort oben war. Er sieht, er bewegt sich nicht. Sie dreht sich nach einer Seite, nach der anderen Seite; sie tut einen Schritt rückwärts. Dieselbe wie vorher, dort oben, zwischen den Steinen. Wiedergefunden! Wieder ganz nahe, und noch viel näher als je, denn sie schaut wieder auf ihn, kehrt sich wieder um zu ihm: „Steht mir das gut?" Sie braucht nicht zu reden, er sagt schon ja. „Gefällt Ihnen das?" Sie sagt nichts, sie sagt: „Gefällt Ihnen das?" Er sagt: „Oh! Ja!" Sie sagt: „Dann ist's ja gut!" Sie sagt nichts. Sie sagt: „Dann mach ich mich jetzt ans Nähen, verstehn Sie …?" Sie zeigt auf den Stuhl: sie hat alles, was man braucht. Er sagt: „Von dem Hausierer?" immer noch, ohne zu reden. Sie lacht. Ah! sie ist geschickt mit den Dingen, denkt er; er sieht, wie sie die Spule nimmt, das Nadelpäckchen, wie sie den Fingerhut nimmt und die Schere und sie ihm zeigt; dann weiß sie nicht mehr, wo sie die Sachen hintun soll. Er merkt, daß sie nicht einmal einen Tisch hat im Zimmer, so einfach ist es bei uns, und wir brauchen auch keinen, aber bei euch ist das anders … Warten Sie! Sie sieht, wie er hinausgeht. Er geht hinunter, er denkt: „Der Mann hatte recht, jetzt kommt alles in Ordnung … Diese alten Leute, die haben Erfahrung." Sie hörte den Lärm, den er machte; denn es war ein großer alter Tisch aus Nußbaumholz, und er zog ihn über den Fußboden. Sie kam oben zur Treppe. Sie sagte nein, dort oben; er, drunten, sagte: Doch, doch! Sie wollte herabkommen. „Lassen Sie mich nur machen." Denn man hat Kraft, wenn es sein muß. Er packt den Tisch an den Kanten, mit beiden Händen; er dreht ihn um, hebt ihn auf, mit den Beinen in der Luft: „Und Sie?" – „Ich brauche ihn nicht." Immer mit Zeichen, aber sie verstehen einander. Sie macht eine Bewegung, wie wenn ihr nun klar würde, daß sie ihn machen lassen muß; sie tritt auf die Seite, um ihn hindurchzulassen. Er kommt in die Kammer. Er stellt den Tisch vor das Fenster, sucht eine Stelle, wo er geradesteht. „Der ist alt, aber er hält … Und dann ist er auch schwer, und wenn er einmal am richtigen Platz ist …" Er stößt an dem Tisch herum. Sie sagte: „Ja, ja, ich seh's;

das geht sehr gut. Danke …" – „Bitte!" Und dann merkt er, daß noch etwas fehlte, er geht wieder hinunter. Ein Spiegel, sein eigener.

Er sagt laut: „Sie müssen entschuldigen, daran hatte ich nicht gedacht." Er sagt, wieder laut: „Entschuldigen Sie, für den Augenblick kann ich Ihnen nichts Besseres bieten, man wird aber sehen …"

Und überreicht ihr einen ganz kleinen Spiegel mit trübem Belag und einem alten gesprungenen Rahmen, von dem ein Stück Schnur herabhing; einen Spiegel, wie ihn die Burschen benützen, die nur beim Rasieren die Zeit haben, sich darin anzusehen; aber ich habe ja einen Bart, ich hab ihn bis jetzt kaum benützt, die Zeit hat ihn abgenützt, nicht ich …

Sie hielt den Spiegel vor sich, sie kehrte ihm den Rücken.

Er sah sie jetzt in dem Spiegel. Er sah nur ein ganz kleines Stück von ihrem Gesicht, und dazu noch ganz schräg. Er sah aber doch genug.

Denn es schien, als wisse sie nicht, daß sie gesehen wurde.

Sie blickte in den Spiegel, sie wandte Firmin den Rücken zu, und mit dem Rücken zu Firmin blickte sie Firmin an.

V

Für die Weinlese müssen sie hinabsteigen, bis unterhalb des Dorfs, ihre Rebberge liegen auf der tieferen Stufe; so sind sie das ganze Jahr auf der Reise, von unten nach oben, von oben nach unten.

An der Schneegrenze ist jetzt der Gemsjäger mit einer doppelläufigen Flinte, die er mit Kugeln lädt; sie dagegen sind fast bis zur Ebene hinuntergestiegen.

Sie arbeiten unten in Gräben, die sie für das Absenken ziehen und in denen sie jedes Jahr eine neue Reihe von Weinstöcken pflanzen.

Sie verlegen den Graben jedes Jahr um eine Reihe, sie arbeiten im Schiefergestein; und die Frauen oder die Töchter pflücken die Trauben; die Männer keltern sie in der Trotte, tragen die Tansen zum Weg, wo das Maultier wartet, oder sind unterwegs mit dem Maultier und gehen bergauf und bergab, vom Rebberg zur Trotte, von der Trotte zum Rebberg.

Firmin hielt das Maultier am Zaum.

Er ging auf dem steilen Weg, der voll lockerer Steine war, und auf jeder Seite des Sattels hing ein flaches Fäßchen mit viereckiger Öffnung, von dem man ein Glucksen hörte, mit jedem Schritt, den das Maultier machte.

Er ging, ohne etwas zu sehen, dann kam ein Stück Weg, das fast eben war.

Er ging bis zu einer der kleinen Trotten, die sie im Freien aufstellen; er ging wieder zurück. Und wieder erreicht er den Rand der Terrasse und läßt ihn aufsteigen hinter sich, läßt sich selber zwischen den Steinen hinabsinken mit seinem Tier.

Der Fluß, noch in seinem Anfang, glänzte drunten im Tal. Da waren solche, die ihre Arme hoben, da waren andere, die sich bückten, da waren Filzhüte und Kopftücher zwischen den Blättern. In der Luft waren Wärme und Kälte gemischt: zwei Jahreszeiten treffen zusammen, und durch ihre Mischung bilden sie eine dritte. Der Herbst, eine Mischung aus Winter und Sommer. Bisweilen kommt der Wind über den Paß, er bringt Winter herüber; dann wieder kommt ein anderer Wind, bläst von unten her, und er kommt mit der Wärme von drunten ...

An dem Tag, da er fertig war, schaut er zum Berg hinauf, der ganz weiß ist; er ist glücklich, wegen des Bergs, der ganz weiß ist.

Man hat jetzt dann Zeit; er weiß, er weiß gut, wie das ist, was für Massen von Schnee das nun sind da droben, sie gehen einem bis an die Knie, bis zum Bauch, bis über den Kopf.

Er ist glücklich wegen der Zeit, die man haben wird.

Er geht bei Mutrux vorbei; er sagt zu Mutrux:

„Ist er fertig?"

Mutrux:

„Hast du's so eilig damit?"

„Zwei Wochen wart ich jetzt schon."

„Eine gute Schule für die jungen Leute, das Warten ..."

Mutrux war in aller Ruhe dabei, seine Holzschraube aufzudrehen und wieder zuzudrehen; ein boshafter Scherz, er tat, wie wenn man nicht da wäre; er wartete, bis Firmin weggehen wollte:

„Glaubst du mir nicht? ... Eine gute Schule für die jungen Leute ..."

Dann kommt er heran durch die Hobelspäne, die ein Geräusch machten, wie wenn Wasser über die Steine rieselt; er sagt: „Er ist fertig, er ist fertig, mein Freund ... Warte, ich glaube, da ist er."

Er stand gebückt vor der Wand, er zog Bretter zu sich heran, wie wenn man in einem Buch blättert:

„Da ist er!"

Dann fing er gleich wieder an: „Du verwöhnst dich, weißt du. Da siehst du jetzt dein ganzes Gesicht, und noch mehr als nur das Gesicht." – „Wir hatten gar keinen rechten", sagte Firmin.

Er zog ein Tuch aus der Tasche, ein leinenes Tuch, wie man sie braucht, um die Käse einzuwickeln; er hatte es schon bereitgemacht und sorgsam zusammengefaltet; er faltete es auseinander:

„Was bin ich schuldig?"

Ohne den Kopf zu heben.

„Oh! viel Geld!" sagte Mutrux, „das ist feine Arbeit. Das Spiegelglas ist vom besten. Das Holz ist altes Lärchenholz … Ich hab dich gern, ich habe an dich gedacht …"

Aber Firmin hatte das Ding schon zugedeckt mit dem Tuch, es gab ein großes Paket, länger als breit, das Firmin unter den Arm nahm, und man konnte nicht sehen, was er da trug.

Er schien es eilig zu haben, er sagt nur noch einmal: „Wieviel?"

„Ich will dir das auf ein Papier schreiben. Das gibt eine ganze Rechnung. Das Holz, das Glas, die Arbeit, der Zuschnitt, der Schliff, und dann die Eitelkeit, die du dir zugelegt hast, die kostet auch etwas … In den nächsten Tagen …"

Er fängt an zu lachen, er sagt: „Leb wohl, Firmin."

Er sagt: „Und du mußt mir dann sagen, wie du dich findest: du zahlst nur, wenn du mit dir zufrieden bist …"

Er drehte wieder an seiner Schraube, in einer Richtung, dann in der andern; er hob ein klein wenig die Augen über seiner Schraube; und Firmin hob inzwischen die seinen, aber viel höher, er schaute wieder zum Berg hinauf, der ganz weiß war, befriedigt und froh, denn er sagte zu sich: „Das ist jetzt in Ordnung."

Man kelterte in den kleinen Trotten, die draußen standen, man kam und ging in den Gassen mit den Tansen aus Kastanienholz; und man beginnt auch zu trinken: wenn sie vor den Gläsern sitzen und man den halben Liter Muskateller gebracht hat.

Als er vor dem Wein saß mit seinen Freunden; als er vor dieser schönen starken Goldfarbe saß, die einem Sonne ins Herz trägt und klare Gedanken bringt, oder es ist wie in einem Zimmer, wenn es geschneit hat.

Er sagt wieder:

„Das ist jetzt in Ordnung."

Er sagt:

„Und ihr seht doch, ich hatte gar nicht so un-recht, als ich euch sagte, man könne das nicht auf sich sitzen lassen ..."

Der Wein zittert in den Gläsern.

Sie waren im Hinterzimmer des Ladens, zwi-schen den Kisten und den aufgeschichteten Säk-ken: dort redete er vor dem Wein, der Wein zit-terte in den Gläsern.

„Man konnte das doch nicht auf sich sitzen las-sen, oder etwa? also hat man es ihnen gezeigt. Stimmt's", sagte er, „oder nicht, was ich sage? ... Und wir haben sie ja! wir haben sie! ..."

Er redete allein, schlug von Zeit zu Zeit mit der Faust auf den Tisch, trank den anderen zu; er schien zornig zu sein und glücklich zur gleichen Zeit.

Es schien, als wollte er sich daran hindern, wei-terzureden, und zur gleichen Zeit redete er weiter; er redete, redete noch weiter, jetzt sagt er:

„Und ihr, ihr seht nicht zufrieden aus, denn ihr habt keinen Stolz. Ihr habt mir gesagt: ‚Was machst du mit ihr?' Nun, und jetzt seht ihr ... Was man macht mit ihr? man behält sie ... Ich sag euch, das ist in Ordnung ... Bis die Kühe wieder hinauf-ziehn ..."

Er hätte sich am Reden hindern wollen, er konnte sich nicht hindern.

„Man muß sie ihnen zurückgeben, und man wird sie ihnen zurückgeben; aber nicht bevor die Kühe wieder hinaufziehn."

Das sagte er noch, und er dachte es nicht. Wenn die Kühe wieder hinaufziehen, also in sieben, acht Monaten – aber er dachte es nicht, er dachte sogar das genaue Gegenteil.

Und als man ihn fragte:

„Was machst du bis dann mit ihr?"

Da wird er rot zwischen den beiden Streifen seines kurzen schwarzen Barts.

Viertes Kapitel

I

Nach und nach kam dieser starke Geruch, er kam aus den Kellern, denn man läßt ihre Tür offen, sonst könnte man gar nicht hineingehen.

Sie hatten zuletzt in den kleinen Trotten draußen die Winde (wie sie genannt wird) zum Drehen gebracht an der großen Schraube; und durch die Spalten zwischen den Dauben sprudelt es heraus, wird immer weniger, wird immer dicker.

Sie lassen den Muskateller acht oder zehn Tage in der Kufe, da riecht es nach Trester, es riecht nach Traube; herb ist es, sauer ist es und süß; sie hatten die ganze Nacht noch die Schulter angestemmt und gedreht, im Schein einer Laterne, und hatten von Zeit zu Zeit die Laterne in die Höhe gehoben; und die Schulter angestemmt von morgens bis abends, ohne Laterne, unter der Sonne oder ohne Sonne, weil da keine mehr war.

Doch man hat sie trotzdem, hat ihr bloß einen anderen Platz gegeben – wenn es heiß wird in den Fässern und ringsum die Luft geheizt wird davon.

Man hört es sieden, man hört es rumoren hinter den Dauben, es summt; und jetzt steigen sie in die Trotten und holen das Mark heraus, das man in Stücke schneiden muß mit dem Spaten, so hart ist es; darauf stehen sie nun, wie auf einer andern Art Rebboden; und so ganz haben sie dieses Mark ausgeholt, daß allein der Boden wieder zurückbleibt, der kräftig riecht, der raucht unter ihnen.

Oktober, Ende Oktober, eine Ansprache, eine

erste Ansprache. Alles redet zu einem, man redet zu allem.

Der Mann stand da, auf dem Weg, und bald trat er vor bis zum Rand der Terrasse, bald trat er zurück, er redete etwas an, das er sah:

„Ah! das bist du …"

Er sah den Fluß glänzen, und das machte ihn unruhig. „Willst du stehnbleiben?" Er hebt die Faust: „Wenn ich dir sage! …" Denn alles ist lebendig für uns, und man redet, man wird verstanden. Er war vorgetreten, er trat zwei, drei Schritte zurück, der Fluß rührt sich nicht mehr:

„Gut so! Ruhig! …"

Das ist Jean-Baptiste Fournier, der mit dem Fluß redet, oben am Hang, zwischen zwei kleinen Bäumen, die schon kahl sind, denn es wehte ein Wind; und Fournier drehte sich in dem Wind. Sein Wams wurde von unten erfaßt, es stieg ihm den Rücken hinauf, fiel wieder herab, stieg von neuem, es wurde ihm über die Achseln geschlagen. Er redet nun mit dem Wind; er hatte sich umgedreht, er sagte: „Was willst du?"

Er mußte zurückweichen. Er holte aus mit den Armen wie einer, der zuschlagen will. Er griff in die Luft, er drückte die Luft an sich, dabei fiel ihm der Hut vom Kopf. Und die andern dort kommen in Gruppen die Wege herauf, und sie warten aufeinander, sie stellen sich in der Dämmerung hinter die Tannenstämme, wo sie Steine losreißen und auf die nächsten hinabrollen lassen, denn überall wird gekämpft.

Das ist dieser starke Geruch, der da kommt: sie sangen hinein, sie lachten hinein. Oder sie hatten eine verbundene Stirn und trugen einen Arm gebogen vor sich her in einem Stück Tuch, das man ihnen zuknöpfte hinten am Hals.

Und „Grüß dich!" sagen sie zu dem Wind, zum Fluß, oder zornig: „Geh weg!" Denn ein großes

Freundschaftsgefühl überkommt sie, oder der Haß überkommt sie, der Haß und die Liebe halten sich nah beieinander.

Und Firmin mitten darin: Firmin, der immer noch mitten darin ist; der immer wieder seine gleiche Erklärung anfängt, er sagt: „Ihr seht ja, das ist jetzt in Ordnung ..." Da probierten sie diesen neuen Wein, der schon weiß geworden war, der wie mit Wasser vermischte Milch war, und tranken sich zu; die einen tranken auf die Gesundheit der andern, sie sagten zu Firmin: „Auch auf ihre Gesundheit ..."

Zwischen zwei Wänden aus Fässern, die nicht sehr groß waren, wegen der vielen Reben- und Weinsorten, die sie in kleinen Mengen haben: so ist in jedem Faß ein besonderer Wein. Dort sitzen sie noch zu viert oder fünft, und nur von der Tür her fällt Licht auf sie, läßt eine Stelle aufleuchten an ihren Schultern, an der einen Hälfte des Schnurrbarts.

Dann geht Firmin hinaus, er fängt wieder an: „Das ist in Ordnung!"

Er redete jetzt in der Küche; er sagt zu seiner Mutter: „Ich weiß schon, ich habe eine Dummheit gemacht, aber sie kann dir helfen im Haus, und wenn dann die Kühe wieder hinaufziehn ..."

Und dachte doch: „Ist ja nicht wahr!"

„Du hast's mühsam, du wirst alt, sie kann dir helfen ... Das geht nicht länger als sieben, acht Monate ..."

Er redete in der Küche, er sagte: „Ich weiß schon, das macht es ein wenig anders, als du's gewohnt bist, aber ich versprech dir, zu tun, was ich kann, damit's dir nicht schwerfällt, und sie wird das auch tun ..."

Er konnte nicht mehr aufhören, er redete weiter:

„Es ist nicht ihr Fehler, sondern meiner ... Und

das nehm' ich auf mich ... Wenn etwas passierte, müßtest du mir's nur sagen, nicht wahr? Aber es wird nichts passieren, da bin ich sicher" (denn er log) ... „Man muß doch nur warten. Was sagst du dazu?"

Sie sagte nichts.

„Hör doch, Mutter! Wenn sie sich Mühe gibt" (denn er hatte schon das Bedürfnis, sie zu verteidigen).

Ganz glücklich, ganz zufrieden; er hob den Arm:

„Wir sind ja nicht arbeitsscheu, wir kommen schon auf für sie."

Und wirklich, er holte sich gleich eine Hacke im Schopf und nahm sie über die Schulter, dann ging er.

Sie nähte in ihrer Kammer; sie hatte gehört, wie er fortging. Ihr Tisch stand an der Wand und sprang ins Zimmer vor, darum konnte sie von ihrem Platz aus durchs Fenster sehen. Sie sah, wie er sich umdrehte. Er drehte sich ein erstes Mal um. Vor seinem Gesicht, das zur Seite gekehrt war, und vor seinem Bart zog der Regen grade und graue Fäden herab; er hatte den Kopf wieder nach vorn gedreht, er drehte ihn ein zweites Mal auf die Seite.

Unter diesem Himmel, der herunterhängt. Sie führte die Nadel drei oder vier Meter hoch über der Straße, hinter dem Fensterglas, das voller Blasen war; und die Straße kam und ging immerzu in den beiden Richtungen, ruhig und spärlich, aber ununterbrochen.

Ein oder zwei Menschen, dann einer, dann noch einer zogen an einem vorüber, wie wenn das Wasser ein Blatt heranträgt, das Wasser führt ein Stück Rinde daher, Mooskrumen, und dann gibt es Wirbel. Ein Mann zieht sein Maultier am Zaum; der Augenblick kam, da das Maultier stehenblieb;

denn man weiß nie, was vor sich geht unter den langen Ohren; man muß den Tieren die Halfter zudrehen unter dem Kinn, um sie von der Stelle zu bringen. Die Holzschuhe, die genagelten Schuhe machten ein träges Geräusch. Dazu kamen die Tropfen, die von den Dächern fielen, einzeln oder so schnell nacheinander, daß sie zu kleinen, singenden Brunnen zusammenflossen. Und immer kam da zuletzt noch Mânu gegangen, und er blieb stehen.

An jenem Tag, unter dem Himmel, der jetzt weniger schwarz war, denn es regnete nicht mehr, spielte ein Kind mit einem Papierschiffchen an einer Pfütze. Es kauerte vor der Pfütze und blies auf das Boot, um es anzutreiben. Mânu war aufgetaucht. Er kam näher, schaukelnd: er ließ sich abwechselnd über die eine und über die andere Schulter nach einer Seite fallen. So kam er jedesmal, so kam er jetzt wieder, zuerst wenigstens. Aber mit einemmal blieb er stehen. Und dann lief er auf einmal herzu, vielmehr stürzte er, Schritt für Schritt. In seiner Kehle bildete sich ein Laut, der nicht abriß, der immer mehr herauskam, je weiter Mânu den Mund auftat, und schließlich tat er ihn ganz auf: das gab einen rauhen Ton wie den der Pfeifen, die sich die Buben im Frühling aus Weidenrinde zurechtmachen. Das brach los unter dem Fenster, zur gleichen Zeit, wie das Kind zu schreien begann. Mânu hatte ihm das Schiffchen weggenommen. Er hatte es mitten auf der Pfütze gepackt, an seinem kleinen dreieckigen Segel, und er hob es vor sich auf, dabei kam das laute, pfeifende Geräusch wieder aus ihm heraus; und dazu schrie das Kind, aber Mânu klopfte sich mit der Hand an die Brust, um zu sagen: „Das gehört mir!" Es kam immer noch niemand. Mânu tat einen ersten Schritt zur Seite. Und in diesem Moment (denn sie brauchte nur an die Fensterscheibe zu pochen): „Nein, nein, Mânu, seinlassen, das ist verboten!" Sie winkte ihm zu dort oben, an einem bestimmten Fenster: „Seinlassen, Mânu, hast du verstanden?" Er hatte verstanden.

Er lachte, und es fiel ihm anscheinend nicht schwer, zu gehorchen, im Gegenteil: er hatte das Schiffchen gleich losgelassen; er legte den Kopf zwischen seinen Schultern zurück, so gut ihm das möglich war, um hinaufzusehen; und er trat näher. Doch auf ein neues Zeichen, das er bekommt, bleibt er stehen.

Ruhig! muß man ihm wieder gesagt haben: er ist ruhig geworden, hat sich nicht mehr bewegt; ein Weilchen steht er noch da, unter dem Fenster, bewegt sich nicht; dann setzt er sich ein wenig weiter weg auf einen Haufen alter Balken.

Dort in der Nässe, im Regen; mit seinen Bänderschlaufen, die gelb über den Filz laufen, rot über das Tuch; in seinem alten Anzug mit den Knöpfen aus Messing; mit seiner immer gleichen Kopfbewegung, die wie der Schlag eines Pendels ist.

Und sie hat ihren Faden, ihre Nadel wieder aufgenommen, sie näht (oder tut so, als nähte sie) hinter dem Fenster, sie bewegt ihre Lider, läßt sie von Zeit zu Zeit über die Augen hinabgehen: damit sie besser sieht.

Denn es sind schon drei ... Schon drei, die arbeiten werden für sie.

Einer, den sie sehen kann von dort, wo sie ist, so oft es ihr paßt; ein anderer, der nicht allzu weit weg ist auf seinem Feld; und dann ein dritter, unterwegs auf den Landstraßen. Einer, der geht, der kommt, der gekommen ist und der wiederkommt. Denn das ist sein Beruf, unterwegs zu sein auf den Straßen, in den Ländern, die sie nicht kennt, die sie sich vorzustellen versucht, und schon das ist schwierig: darum schließt sie die Augen.

Sie hat wieder einmal unter dem Stoff dieses

Mieders, das ihr nicht gehört, das sie trägt, den ge-
falteten Zettel hervorgenommen, sie liest ihn –
während da einer mit seiner Hacke eine Rinne
grub in seiner kleinen Wiese.

Sie fuhr durch den Stoff mit der Nadel, sie hef-
tete auf dem Tisch die Ecke des Stoffs an – während der zweite unterwegs auf den Straßen sein
falsches Bein nach dem richtigen aufsetzte und in
sein Hörnchen blies.

Sie fuhr mit der Nadel durch den Stoff – auf
dem Balkenhaufen sitzt Nummer drei: der dicke,
butterfarbene Kopf geht nach rechts, geht nach
links.

II

Seine Mutter rief ihn, an einem Sonntagmorgen:

„Da siehst du's, sie ist eine Heidin!"

Sie hatte gesehen, daß das Kruzifix nicht mehr
über dem Bett hing; Firmin hatte sich nicht getraut, es wieder aufzuhängen oder etwas zu sagen.

Er wußte auch keine Antwort für seine Mutter;
er sah ja, daß man die Unterschiede nicht daran
hindern kann, sich zu zeigen; man kann nicht ver-
hindern, daß nach außen kommt, was uns inwendig trennt.

„Das hat sie mit unserem Herrn gemacht!" fuhr
die Alte fort. „Was wird nun passieren?"

An einem Sonntagmorgen; die alte Thérèse redete, und man hörte über dem Dach die Glocken
daherkommen auf all den kleinen Wegen, die sie
kennen.

Hier haben sie nicht nur eine oder zwei: sie
haben zwar nur eine große, aber dazu viele
kleine. Sie haben eine große Stube voll davon,
oben im Turm, und lassen sie zu bestimmten Zeiten heraus, wie wenn der Schullehrer seiner Schule
freigibt.

„Sie hat unsern Herrn verhöhnt in unserem Haus ..."

Sie wollte weiterreden; man hörte sie nicht mehr, alle Glocken läuteten jetzt.

Man läßt sie an so einem Sonntagmorgen ein paarmal heraus, läßt sie ein paarmal wieder anfangen. Schon um sieben Uhr, dann um halb acht, um acht, um neun, vor der Messe und nachher – dabei ist das hier nur eine kleine Kirche, und nicht einmal eine Pfarrkirche, aber sie tun, was sie können, sie haben dieses Geläut.

Es steigt unter dem Dachgebälk auf, es läuft zuerst einen Augenblick droben herum auf dem schadhaften Fußboden, wie mit schweren Nagelschuhen; und dann kommt es daher, fällt von überall ein. Seine Mutter ging aus dem Haus, er ging auch: Frieda dagegen verließ ihre Kammer nicht.

Sie haben dort drüben nicht die gleiche Religion wie wir; und der Berg macht, daß der Gott, den man hier hat, nicht mehr der gleiche ist wie der, den sie haben.

So war sie bei uns die einzige von ihrer Art und blieb in ihrer Kammer, wenn alles herausströmt, selbst die Gebrechlichen, selbst die Kranken, und man muß wirklich ans Bett gefesselt sein, um nicht zur Messe zu gehen. Bei all dem Geläut; denn die Glocken kommen nicht ein- oder zweimal, auch nicht fünf- oder zehnmal, sondern unablässig, wenn nicht Gottesdienst ist; kommen vorher und kommen nachher, die großen und die kleinen. Hangen überall in der Luft vor den Fenstern, laufen über die Scheiben, machen ein Geräusch wie Fledermausflügel, ein Geräusch, wie wenn einer auf dem Dach herumgeht, bringen den Fußboden zum Knacken – denn da sind die Zerstreuten, die Stumpfen, die Vergeßlichen, die Verschlafenen und die Schwerhörigen.

Jedermann also – und einzig sie nicht.

Aber einmal vielleicht … Und das gab Firmin wieder Mut, als er selbst aus dem Haus ging und unter den letzten war; er ging eilig die Gasse entlang, wo Mutrux ihn einholte, und der sagte zu ihm:

„Du bist allein, Firmin? Nun, so kann ich dir meine Gesellschaft anbieten."

Er lachte seitwärts aus seinem rechten Auge, aus dem Winkel hervor, wo die drei Falten von seiner Schläfe her einander trafen.

„Ich weiß", sagte er, „das ist nicht ganz das, was du brauchtest, aber man kann nur anbieten, was man hat …"

Sie kamen unter den Kirchturm.

Noch ein verspätetes Mädchen, ganz rot vom Laufen, unter dem Hut mit dem blauen Band, und jetzt wird man verregnet. Sie hält ihr Meßbuch links an die Brust, und es ist, wie wenn die Dachrinnen laufen. Das ganze große Dach scheint auf einen herabzurieseln, wie wenn bei einem Wolkenbruch das Wasser in Bärten an ihm herabhängt.

Denn das Läuten wird gleich zu Ende sein, darum läutet der Glöckner, so schnell er kann, er läßt soviel Töne wie möglich herabfallen.

Und so ist es auch (wenn man will), wie wenn ein Obstbaum geschüttelt wird; wie wenn an einem Pflaumenbaum eine riesige Menge von Pflaumen hängt.

III

Sie fing an, die Sprache zu lernen; sie selbst bat Firmin, sie ihr beizubringen. Die alte Thérèse hatte zum Glück ihre festen Gewohnheiten und verbrachte den Nachmittag immer bei einer gebrechlichen Schwester, der sie den Haushalt besorgte. Er machte sich diese Stunden zunutze …

Währenddem sitzt Matthias wieder auf einer Rebbergmauer, vor einem Segel, vor dem spitzigen Doppelsegel einer Barke mit schwarzem Rumpf. Sie sagte in der Zeichensprache zu Firmin: „Wie nennt ihr das?"

„On appelle ça une aiguille ..."

Matthias hört, wie man über das Deck der Barke läuft; er sieht, die Männer sind wirklich daran, ein Manöver auszuführen, sie haben die Schote losgelassen, die Segel hangen herab; nun spannen sie sich von neuem, dann blähen sie sich im Wind, das tönt wie Pistolenschüsse. Unsere große Reise fängt wieder an ...

„Und das?"

„C'est un dé."

„Tee?"

„Dé ... dé mit einem *d* am Anfang."

Sie hatte Schwierigkeiten, weil sich in ihrer Sprache das *d* nicht richtig vom *t* unterscheidet, aber sie gab sich Mühe, und sie war auch gescheit; und sie hat ein Gedächtnis, dachte er; es ist erstaunlich, wie sie alles behält ...

Die Barke hat gewendet, sie läuft aufs offene Wasser hinaus. Der Wind ist gut, sie läuft schnell. Man sieht, wie sich ihre Masten herabneigen. Und das Auge, das an ihnen hinuntergeht, sieht ihre Neigung sich fortsetzen bis auf das Deck, das sich auch herabneigt auf diesen großen, dunkelblau angemalten Berg ...

„La table, la chaise, le mur, le lit."

Am Nachmittag. Sie nähte immer noch. Sie war mit ihrer Arbeit noch nicht fertig geworden, denn das gab einen Rock mit unzähligen Falten, eng nebeneinander, rings um den Leib.

Er zeigte auf den Rock und sagte:

„C'est une jupe."

Er zeigte auf das Mieder:

„C'est un corsage ... Und man nennt es auch

Taille, wenn es keine Ärmel hat, und wenn es Ärmel hat und so geschnitten ist wie bei uns, dann nennt man es Caraco. Was Sie anhaben, ist ein Caraco."

Sie schüttelte den Kopf.

„Oh! ich weiß schon, aber was wollen Sie?" Denn er fing jetzt an, länger mit ihr zu reden, ohne daß er so recht wußte, ob sie ihn verstand. „Wir hatten nichts anderes bei der Hand, und es war nur fürs erste …"

Sie mußte verstanden haben, sie faßte die Teile ihres neuen Kleids an und zeigte dann auf sich selber: „Das?" durch den Stoff hindurch, denn sie stellte das Bein vor, sie hatte die Hand flach darauf gelegt.

„La jambe, le genou."

Mit der einen Hand hielt sie den Rock an sich, mit der anderen zeigte sie, auf sich selber zeigte sie so; und er hatte sie vorher nicht aus den Augen gelassen, nun schaute er weg. Er schaute sie nur noch an, wenn er mußte, um ihr Antwort zu geben, weil eine neue Frage kam; er traute sich nicht mehr, sie anzusehen – während Matthias durch das große Tor geht am Eingang des Tals, er ist wieder den ganzen Tag auf der Straße gewandert, die hart war an manchen Stellen, an anderen weich, und die Wiesen waren weiß oder grün, und wo sie weiß waren, dampften sie.

Da ist das Hörnchen.

Nachmittag war es; Firmin war wieder bei ihr. Man hörte den Ton, den man kannte, daherkommen, und er kam diesmal in der unteren Straße daher. Sie lief ans Fenster; sie beugt sich ganz hinaus. Sie bog sich hinaus mit dem ganzen Oberkörper, sie drehte sich nach Westen dazu; und er lachte hinter ihr in der Kammer, er dachte: „Sie ist wie ein kleines Mädchen, aber es macht Spaß, sie zu sehen!" So sehr nahm sie allen Platz ein, daß er nichts sehen konnte von dem, was vorging, obwohl er so nahe herantrat wie möglich. Sie winkte jetzt mit der Hand. Jetzt sagte man draußen etwas in ihrer Sprache, ein Wort, nur ein Wort zuerst, wahrscheinlich: „Guten Tag", denn sie antwortete mit dem gleichen Wort; dann kam ein ganzer Satz. Man redete schnell, und sie redete schnell, mehrere Sätze kamen von unten, andere stürzten ihnen entgegen. Nun sagte Firmin: „Er soll heraufkommen." Er sagte: „So lassen Sie ihn doch heraufkommen!"

Und jetzt hörte man diesen Schritt, der aus zwei Schritten besteht und der tönt, als marschierten zwei miteinander; er geht um das Haus, dann hört man ihn auf der Treppe, wo er langsamer wurde, weil man da Mühe hatte.

Es war gerade die Stunde, in der die Sonne von vorn hereinschien, und als die Tür aufging, kam gleich die helle Sonne, kam die Sonne zuerst.

Man sieht zuerst nur die Bilder, so sehr leuchteten sie: der heilige Petrus mit dem Schlüssel, die Jungfrau, die sich über das Kind beugt. Dann geht darüber ein breites Lächeln an, ein Knebelbart wich zurück, während die Hand zum Dreispitz hinaufging und mit dem Dreispitz wieder herabkam.

„Guten Tag", sagt Matthias, „wie geht's?", und er streckt Firmin die Hand hin.

Und auch ihr streckte er sie hin, er sagte dazu: „Aber wir haben uns schon gesehen ..."

Die Kordel, an der das Hörnchen hing, war aus roter und grüner Wolle. Er fragt, ob er sich hinsetzen dürfe. Sein falsches Bein zog eine gerade Linie bis in die Mitte der Kammer, und es glänzte an einigen Stellen, es war schwarz lackiert.

Er fragt, ob er sich hinsetzen dürfe; er fragt, ob er den Sack ablegen dürfe; er lächelte wieder mit seinen listigen kleinen Augen, die unter den dicken Brauen wie Quellen im Buschwerk waren.

Er dreht sich zu Firmin; er sagt: „Der ist nämlich schwer!" Er dreht sich zu ihr: „Und ich habe etwas für Sie …"

Jetzt macht es keine Mühe mehr, sich zu verstehen. Sie sagt etwas in ihrer Sprache, er wiederholt es einem sofort in der eigenen, und umgekehrt. Da ist gar keine Trennung mehr zwischen uns. Er wühlt in seinem Sack, er redet mit Firmin: „Es ist immer dieser gleiche Kollege … Ich bin ihm letzthin begegnet, ich hab ihn gefragt: ‚Du hast nicht zufällig etwas für mich?'" Und er wühlt weiter im Sack, in dem riesigen Ledersack, der so voll war, daß man nicht recht begriff, wie er sich zurechtfand darin: „Und da hatte er etwas für mich …" (er wühlt) „warten Sie, in einer Schachtel ist es … in einer kleinen Kartonschachtel … Man muß wissen, was ihnen Freude macht … Ah! da ist sie! …"

Er stellte die Schachtel auf den Tisch, er sagt: „Das ist für Sie." Er sagte ihr das zuerst in der hiesigen Sprache, dann sagt er es ihr in ihrer Sprache; da sieht sie ganz überrascht aus, sieht aus, als traue sie sich nicht; sie streckte die Hand aus, sie zog sie zurück, dazu sah sie Matthias an:

„Ist das wahr? ist es für mich?"

„Wissen Sie", sagte Matthias zu Firmin, „das gehört zu ihrem Kleid. Diese Silberrosetten, sehen Sie, darin verschwinden die Enden der Kettchen. Und auch die Kettchen kann man brauchen, soviel ich weiß, man braucht sie, um die Röcke hochgeschürzt zu halten, denn die Wege sollen dort drüben nicht immer die besten sein …"

„Ich weiß schon", sagte Firmin.

„Ich glaube, da sind auch zwei kleine Kämme …"

Sie hatte inzwischen sofort die Kettchen genommen, hatte sie angeordnet, wie man das tut; hatte gesagt: „Oh! danke …", und ihre Augen glänzten; war vor den Spiegel getreten und probierte jetzt die Kämme.

Und Matthias ganz leise zu Firmin:

„Sie sehen!"

Er stieß ihn mit dem Ellbogen an:

„Aber", sagte er nun, „bei Ihnen ist's anders geworden."

Er zeigte auf den Spiegel.

„Ja", sagte Firmin, „ich hab ihn beim Schreiner machen lassen; es war keiner im Zimmer … Wir waren hier allein, Sie begreifen, meine Mutter und ich …"

„Ich begreife schon, aber ich merke auch, daß Sie nichts Halbes gemacht haben."

Er sah sich den Spiegel an: „Schöne Arbeit … Sie verwöhnen das Mädchen!"

Er sah sich den Spiegel an, er fuhr mit den Händen dem Rahmen nach, der aus schönem Lärchenholz war, mit feinen Adern, die zwischen Gelb und Rosa spielten im Schnitzwerk: „Schönere Arbeit gibt's nicht!" und wiegte den Kopf. Aber es gibt doch noch schönere Arbeit, dachte Firmin derweil.

Ihre Haare, die in mehreren kleinen Zöpfen um den Kopf geschlungen waren und in die nun ihre Hände herabgriffen mit dem Kamm, den sie einsteckten.

Wie Roggenstroh, wie junges Kastanienholz, wie wenn Joseph Mutrux die Hobelspäne mit beiden Händen aufsteigen läßt von seiner Werkbank.

Es ging nicht mehr um den Rahmen, sondern um das, was er einrahmte, denn es gibt schönere Arbeit: ihre Haare, ihre schönen, hellen Haare; dann auch ihre Wangen, die ein wenig zu rot geworden sind; und er schaute.

Auf einmal trafen sich seine Augen mit denen, die im Spiegel waren.

Firmin war überrascht. Die Augen dort glänzten ein wenig zu stark; sie glänzten, wie wenn Tautropfen auf dem Gras sind.

IV

Matthias redete wieder viel; und er verbringt den
ganzen Tag damit, Auskunft zu geben, denn er
machte die Runde im Dorf.

Man fragte ihn über seine Reisen aus; man unterhielt sich damit, ihn zum Erzählen zu bringen;
er gab Auskunft, er redete viel.

„Nun ja", sagte er, „bis jetzt war ich kaum weiter
gekommen als nach Savoyen und an den See; ich
weiß nicht, was mich gepackt hat ... Das ist so eine
Laune gewesen ... Ich hab das Wasser herabkommen sehen; das hat mir Lust gemacht, es grad anders zu machen als das Wasser. Aber jetzt komm
ich dann regelmäßig, das versprech ich euch, denn
solche Kunden wollen gepflegt sein."

Es war bei Bochat. Sie waren acht oder zehn, sie
saßen im Hinterzimmer des Ladens; es waren ein
paar von den wichtigsten Leuten des Dorfs dabei.
Und das ging eine Weile so fort, dann wendet man
sich zu Matthias, man fängt an, leiser zu reden,
man fragt ihn:

„Sie haben nicht von etwas reden gehört unterwegs?"

Es war da immer noch dieses Etwas, das sie unruhig machte; und weil Firmin nicht dabei war,
konnten sie die Frage ja stellen.

„Natürlich! Wenn ihr meint, man könne einen
Stein ins Wasser fallen lassen, ohne daß es Kreise
gibt ..."

„Und was sagte man?"

„Die Leute fanden das lustig."

Sie fühlten sich sehr erleichtert.

„Man hat halt gefunden", sagte Matthias, „die Sache sei gar nicht schlecht ausgedacht ... Und wenn
die Deutschen ja angefangen hatten, denn sie haben scheint's angefangen ..."

Und auf eine weitere Frage:

„Ja nun! ihr gebt sie ihnen zurück, das wird dann eine Überraschung für sie."

Und auf noch eine Frage:

„Gar nichts, ihr habt sie doch gut gehalten ... Das erstemal, als ich sie gesehen habe, wirkte sie nicht sehr munter; seither hat sich das aber geändert."

Und sie:

„Dann meinen Sie also, das wird sich einrenken?"

Er:

„Aber sicher, macht euch nur keine Sorgen mehr ... Wenn ihr wieder hinaufgeht mit euren Kühen, im nächsten Sommer ... Und dann müßt ihr ihn nur machen lassen, den – wie heißt er doch gleich? – ihr wißt schon, den Erfinder, den Urheber, den Schuldigen ... Ihr laßt ihn sich aus der Sache ziehn ..."

„Da muß er schon zuerst wollen."

„Er wird schon wollen ..."

Matthias war weitergezogen, nachdem er im Dorf übernachtet hatte – und Firmin war wieder unglücklich, denn er schaute hinauf zu dem Schnee dort droben am Berg, und er dachte: „Es stimmt, der ist bald wieder weg."

Er ist einmal wieder weg, dieser Schnee, man wird wieder über den Paß können; und er da drunten, er zählte; das war nicht schwer, man kam nicht auf viele Monate.

„Und du verschwindest, dort droben; was tu dann ich?" Das sagte er sich beim Heimgehen, und es war weiß dort droben, und auf der anderen Seite des Bergs noch weißer, aber nur der Vogel mit den großen, reglosen Flügeln kann da vergleichen, nur der große Vogel auf seiner Jagd kann diesen Vergleich ziehen, wenn er mühelos über die Stufen der Luft erreicht hat, was kein Fuß mehr erreicht.

Man sah auf der anderen Seite des Bergs die Dächer nicht mehr, sie waren mit dem gleichfarbigen

Boden verschmolzen. Es gibt keine Wege mehr unter dem Schnee, der sie zudeckt. Es gibt keine Bäche mehr, denn das Eis ist darauf und der Schnee auf dem Eis. Jetzt spannen sie ihre Pferde vor die Schlitten oder ziehen sie selber. Man hört nichts.

Das sind die Länder mit dem großen Schnee, die Geräusche sind dort wie Murmeltiere, die Geräusche schlafen das halbe Jahr. Doch nur der Vogel kann über den Berg ziehen, kann grad hinaufsteigen, um grad wieder abzusinken; der Mensch muß herumgehen um den Berg ...

Matthias war ein anderes Mal herumgegangen.

Auf einem Schlitten tauchte er wieder auf dort drüben, er saß auf dem Bock neben dem Mann, der kutschierte, und sie ließen beide einen dicken weißen Dampf aus ihrem Mund in die Luft steigen, die voll kleiner Sterne aus Gold und aus Silber war.

Fünftes Kapitel

I

Sie hatte angefangen, sich im Haushalt nützlich zu machen. Sie nahm den Besen, sie wischte die Treppe, sie wischte die Küche, sie wischte den Vorplatz; sie wischte bis auf die Gasse hinaus, das tut man bei uns fast nie, es paßt nicht so recht zu unsern Gewohnheiten.

Eines Tages war sie auch ausgegangen. An einem Morgen. Sie hatte den Kupferkessel genommen, mit dem man das Wasser am Brunnen holt, und sie trug ihn am Henkel, den sie sich an den Arm gehängt hatte. Ein Mädchen, das vor einem Heugaden stand, tat einen großen Sprung – denn die Tür liegt bei den Heugaden ein Stück über dem Erdboden – und zeigte dabei seine dicken Beine in den rosa Wollstrümpfen bis über die

Knie. Dabei trug sie die Tracht der hiesigen Frauen: aber das täuschte niemanden, sie war zu groß, war zu anders. Niemand, der sie kommen sah, ließ sich täuschen, auch nicht von weitem. Am Anfang wurde nicht eine Stimme laut, die ihr guten Tag gesagt hätte; nicht ein Gesicht kam vor dem ihren zum Stehen. Sie mußte weitergehen bis an den Brunnen, bevor sie jemanden antraf. Es war eine alte Frau, die Catherine, die auch daran war, ihren Kessel zu füllen, und auch sie hätte sich gern aus dem Staub gemacht, als sie sie kommen sah, aber ihr Kessel war schwer, und sie war nicht sehr stark ...

Das Wasser läuft in ein Holzbecken, und so liegt ein klein wenig Himmelblau unter einem; der Kessel hatte sich zur Seite geneigt und blieb an den Querhölzern hängen. Ein klein wenig Himmelblau, und eine Frau, die versucht zu entwischen, und es gelingt ihr nicht: das bißchen Himmel unter ihr war trüb geworden. Das Wasser, das zurückschießt, wirft Rillen auf, die den Spiegel in tausend Stücke zerschlagen. Man mußte eine Weile warten. Der Spiegel mußte zuerst wieder ganz werden. Aber dann kommt ein Kopf zum Vorschein darin, und jetzt wird ein Arm ausgestreckt; und die Alte beruhigte sich, denn im Brunnen lächelte man ihr zu. Man hatte den Arm ausgestreckt, man hatte den Kessel wieder aufgerichtet, man hatte ihn vor sie hingestellt, man sagte zu ihr: „Der ist schwer! ..." Man redete in ihrer Sprache mit ihr, das erstaunte sie sehr, aber es nahm ihr gleichzeitig die Scheu:

„Ja, ja!" sagte sie, „vor allem für mich, wo ich schon so alt bin."

Und jetzt sah sie hin, schaute nicht mehr nur in den Brunnen – redete viel und machte dazu viele kleine Handbewegungen auf beiden Seiten des Kopfs.

Nun kommen die Leute heran; sie sagten zu Catherine:

„So habt ihr einander verstanden?"

Catherine fragten sie, und sie sagte: „Gewiß!", und die andern: „Nicht möglich!", und Frieda drehte sich um, sie lächelte ihnen zu über die Schulter hinweg.

Sie nahm ihren Kessel auf, sie streckt ihre starken Arme aus. Unter dem dürftigen grauen Stoff des Mieders bewegen sich ihre großen Schultern. Der Kessel hatte anscheinend kaum ein Gewicht für sie, obschon er randvoll war: man sah, wie sie ihn zu sich herannahm und sich nicht einmal vorbeugen mußte. Und da sah man nun über den anderen Köpfen diesen einen Kopf, sah seine Farbe, die allein ihm gehörte. Man sieht, wie das ist, daß es anders ist. Die kleine schwarze Rasse von hier, mager und dunkelhäutig, das Gesicht ohne Farbunterschiede, Haare wie dunkle Trauben am schmalgeschnittenen Schädel, ein Kamm aus Kupfer darin ... und sie, groß, stark, rosig und blond.

Mânu lachte vor Zufriedenheit. Auch Mutrux taucht auf, der nie fehlte, wenn etwas los war; er ruft von weitem:

„Und Firmin?"

Er ruft:

„Firmin! wo bist du? ... Paß auf, man nimmt sie dir weg! ..."

Während sie nun zurückkam, sie trug ihren Kessel in der linken Hand und schwenkte die andere den Häusern entlang.

Man sagt: „Sie ist gar nicht so bösartig." Man sagt von ihr: „Sie ist nicht stolz!" Man sagt: „Sie ist gefällig!" Dann sagt man: „Und das scheint ja in Ordnung zu sein."

Und so kommt auch die Gewohnheit; und dann kam auch der Winter. Man nimmt Nägel und einen Hammer, man hängt die Vorfenster ein. Ungefähr

um die Zeit mußte Firmin ins Holz, zum Gemeinwerk; denn es gibt Wälder, die Gemeindebesitz
sind, und die Arbeiten, die man dort leistet, werden gemeinsam geleistet. Er brach vor dem Morgengrauen auf, er nahm in einem Sack seinen Proviant mit, er kam erst zur Nachtzeit zurück. Er
machte den Weg unter den Sternen oder ohne
Sterne, unter dem Mond oder ohne Mond – hin
war es doppelt so weit wie zurück, obwohl es der
gleiche Weg war, aber hin geht man aufwärts, und
zurück kommt man bergab.

II

Sie war am Nachmittag allein im Haus. Sie horcht,
sie hört die Haustür aufgehen, dann wieder zuge-
hen: die alte Thérèse ging aus. Nichts war zu hören, bevor man die Tür hörte; danach ist nichts
mehr zu hören, denn ein wenig Schnee war am
Vortag gefallen. Da herrscht eine große Stille, wegen des Schnees, der gefallen ist; sie war allein im
Haus. Sie nimmt noch einmal den Brief, den sie im
Mieder versteckt hält; sie liest ihn von neuem:
„Matthias hat mir gesagt ..." Die Stimme kommt
über den Berg herüber zu ihr, sie hebt den Kopf,
sie hat vor sich die kleinen Dächer, die viele weiße
Vierecke bilden, voneinander getrennt durch den
oberen Teil der Hauswände, der aus schwarzem
Holz ist. Aber wieder kommt die Stimme zu ihr,
kommt über den Berg herüber: „... Mein Liebstes,
wo bist du? ..." Sie sagt: „Da bin ich." Sie redet
über den Berg hinüber. Die kleinen Rauchfahnen,
die sich mit ihrem Ende an den Kaminen festhalten, wurden mit einemmal fortgetragen. Kaum entstanden, wurden sie weggerissen, dann wuchsen
sie langsam nach, wie ein Blatt wieder nachwächst.
Aber von neuem kommt dort herüber die Stimme,

und die Stimme redet zu ihr; da redet auch sie, über den Berg hinüber: „Ich versprech euch, verlaßt euch auf mich …"

Sie redet über den Berg hinüber, sie sagte: „Du wirst sehen … Und du wirst vielleicht überrascht sein, mein kleiner Bruder, aber du wirst sehen, wie gut ich es anstelle … Er weiß es nicht, der hier, er weiß nichts; er wird mich nur lachen sehen, er wird denken: Das ist für mich … Er weiß nichts, er wird sehen, wie ich mein schönes Kleid anziehe, er wird sich sagen: Sie hat an mich gedacht … Und nur an dich hab ich dann gedacht, kleiner Bruder … Du wirst sehen …"

Die kleinen Dächer, die weiße Vierecke bilden, sind hier: eines, noch eines, noch eines. Einen Kopf sieht man noch am unteren Ende der Gasse, vor einem Zaun, mit einem schwarzen Filzhut; da ist auch eine Frau, die ein Kind hält. Da ist nichts mehr. Auf einmal ist Mânu da.

Er hatte immer noch seine Bänder, sie waren aber ganz blaß geworden, so sehr hatte es darauf geregnet, darauf geschneit, die Sonne hatte darauf geschienen, die Luft war darüber gefahren – und sie schaut sich noch einmal gut um. Der Kopf mit dem Filzhut ist nicht mehr zu sehen, die Frau mit dem Kind auch nicht. Sie klopft an die Fensterscheibe. Ganz leise, nur eben so, daß Mânu es hören kann, und das braucht nicht viel, denn er hat ein scharfes Gehör, zum Ausgleich für seinen stumpfen Geist.

Er beginnt zu lächeln, dann macht er, was er immer macht, wenn er zufrieden ist: er tut seinen Mund auf. Ein großes schwarzes Loch entsteht unten in seinem Gesicht, dazu staunt er, dann steht er auf, er rutscht auf den Balken, er stürzt. Er lacht laut, er fängt an zu laufen. Er kommt, er steht unter dem Fenster. Sie horcht, sie hört ihn die Stufen zum Vorplatz heraufkommen, er fällt noch zwei-

oder dreimal um auf der Treppe, so schnell kommt er. „Mânu, bist du's?" Sie ruft ihm durch die Tür. Er lacht, er lacht leise; sie sagt: „Bleib draußen …" Auf einmal sagt sie: „Mânu, bist du noch da?" Er lacht; sie sagt: „Komm herein."

Sie hatte sich wieder auf ihren Stuhl am Fenster gesetzt, sie hatte den roten Stoff genommen und schnitt hinein. Man hört eine Weile nichts mehr außer dem leisen Knirschen der Schere; auf einmal schaut sie Mânu wieder an, er fängt wieder zu lachen an. Sie fängt auch an zu lachen.

Er stand vor der Tür, wo er gleichzeitig riesengroß und ganz klein war, wegen des riesigen Kopfs und wegen des Körpers, der darunter verschwand.

„Du bist ein braver Bub", sagte sie; „willst du weiter ein braver Bub sein?"

Er sagte Ja mit dem Kopf, er lachte, er machte den Mund auf, so weit er konnte. Sie sagt: „Ja?" Er lacht. „Ja? Dann komm her … Ich hab an dich gedacht, Mânu."

Sie nimmt vom Tisch eines der roten Stoffstücke; es waren drei Stücke, und sie hatte sie rundum gefältelt.

„Gib mir zuerst deinen Rock."

Es war einer dieser Röcke aus dickem blauem Stoff und mit Messingknöpfen, wie die Alten sie hier noch tragen; viel zu groß, zu lang, zu weit, er ging ihm bis auf die Füße und mindestens zweimal um ihn herum, er war ausgefranst, zerschlissen, aufgegangen und mit Schnüren wieder zugenäht, die Farbe grau geworden unter allen möglichen Flecken, aber die rote Kokarde ist um so schöner darauf: „Die mach ich da an", sagt sie, „statt diesen häßlichen verblichenen Bändern …"

„Und", sagt sie, „die waren nicht von mir, aber die Kokarden da, die bekommst du von mir … Verstehst du?"

Er sagte Ja mit dem Kopf, und sein Kopf war so schwer, daß er ihn jedesmal beinahe umriß.

„Rot, Mânu, siehst du; das ist meine Farbe, du trägst meine Farbe, das bedeutet, daß du zu mir gehörst und mir folgst und mein guter Freund bist ... Mânu? ...“

So fragte sie ihn jedesmal, und er sagte: „Ja!“ mit dem Kopf, und dazu kam ein glückliches Strahlen in sein Gesicht. Er lachte wieder, man sah seine Augen nicht mehr, sein Mund stand weit offen, er ging mit dem ganzen Körper nach hinten; sie hielt ihn am Rockaufschlag fest.

Sie sagt: „Eine auf einer Seite ... Aber du darfst nicht sagen, daß sie von mir sind.“ Zum Spaß, denn sie wußte ja, daß er nicht reden konnte: „Eine auf einer Seite, und eine auf der anderen Seite. Zeig, Mânu, zeig mir, wie schön du bist ... Und jetzt dein Hut ...“

Sie nahm ihm den Hut ab, sie steckte die dritte Kokarde vorne darauf.

„Jetzt zieh ihn an. Jawohl ... Halt dich grade ... Sag, daß du mich lieb hast.“

Er grunzte etwas.

„Sag, daß du niemanden lieb hast als mich ... Mit dem Kopf ... Gut! Noch einmal ... Sag, daß du niemandem folgst als mir ... Sag Ja, sag Ja mit dem Kopf. Noch einmal ... Gut so, Mânu!“

Sie sagt zu ihm: „Komm, gib mir einen Kuß.“

Dann:

„Verschwinde! Schnell, verschwinde! Schneller!“

Sie hat sich wieder ans Fenster gesetzt. Und Mânu war wieder auf seinem gewohnten Platz, war ganz wie vorher an seinem Platz und wie wenn er ihn nie verlassen hätte; bis auf die schönen roten Kokarden; da sah er sie an, eine nach der andern, die zwei auf dem Rock (er mußte den Kopf nur senken), dann die auf dem Hut: den mußte er abnehmen.

Sie hat über den Berg hinüber geredet; jetzt redet sie von dieser Seite des Bergs.

„Wie ist das bei euch an dem Tag, wo die Kühe wieder hinaufziehn?"

Firmin sagt:

„Warum fragen Sie mich das?"

Sie sah, daß die Frage ihm nicht recht behagte; sie gab zur Antwort:

„Um zu wissen, ob es ist wie bei uns."

Sie sah, daß sein Gesicht sich verändert hatte.

„Ah!" sagte er, „das ist also auch bei euch drüben ein Fest?"

„Ja."

Das war, nachdem er ins Holz gegangen war zum Gemeinwerk; jetzt ging er nicht mehr ins Holz; jetzt sieht er sie wieder im schönen Tageslicht.

Er hält die Hände schön brav gefaltet vor sich. Sie netzt das Ende des Fadens, sie führt es zum Nadelöhr, dort am Tageslicht; und da sind immer noch diese Rauchfahnen über den Dächern, aber etwas hat sich geändert: die Schneeschicht auf den Dächern ist dicker geworden.

Und die Schneeschicht hängt ein wenig über, weil sie gerutscht ist, sie läßt die Schieferplatten frei, die unter dem First sind; sie steht vor wie der Schirm einer Mütze, sie bricht ab, fällt herunter, tritt wieder vor …

„Soll ich Ihnen alles erzählen?"

„Oh! ja … Und zuerst, an welchem Tag es ist, an welchem Tag ihr hier wieder aufzieht."

„Das ist am Antonstag, am dreizehnten Juni."

Sie notiert sich das Datum geschwind im Kopf, sie schreibt es sich auf im Kopf wie mit Bleistift auf einem Papier, sie hat es ihn wiederholen lassen:

„Am dreizehnten, haben Sie gesagt am dreizehnten?"

„Am dreizehnten."

„Bei uns zieht man nicht so früh auf ..."

Er schaut hin; er sieht, daß der Faden im Öhr ist; jetzt macht sie einen Knoten am anderen Ende des Fadens: ah! in der schönen Helle des Tags; da ist sie, und da ist keine andere: wenn man das dürfte, sein Leben lang da sein, sie anschauen ...

Aber sie sagt zu ihm:

„Und dann?"

Er sagt:

„Ah! richtig ... Wissen Sie", sagt er, „Sie finden vielleicht, daß unser Land hier ein seltsames Land ist. Sie müssen entschuldigen, man ist hier ein wenig wild ..."

Er redet. Wenn es ihr doch Freude macht. Er macht einen Satz, er hat einen ersten Satz gemacht, einen zweiten; jetzt kommen sie ganz von selbst, einfach so; und sie hat wieder zu nähen begonnen, sie stößt die Nadel in den Stoff, löscht sie aus darin, läßt sie wieder aufglänzen in der Luft, sie macht Sätze mit ihren Stichen wie er mit den Wörtern.

„Das ist hier eine kleine Rasse, die überall durchkommt wie die Geißen; die sind geschickt mit den Hörnern, und sie brauchen sie gern ... Und sie gehören einem; darum, wenn das Tier gewinnt, so ist es, wie wenn man selber gewinnt. Das ist ein alter Brauch, und dann hat man auch nicht viel Gelegenheit zum Lustigsein; also, am Antonstag geht man hinauf ..."

Sie sagt:

„Wer geht hinauf?"

Er sagt:

„Alle. Auch die kleinen Kinder, ihre Mütter nehmen sie mit, weil sie den Kampf nicht verpassen möchten. Das ganze Dorf, sag ich Ihnen; alles, was überhaupt stehen kann. Es gibt sogar solche, die man tragen muß; das ist lustig, das muß man sehen ..."

Er kam in Schwung, aber sie unterbrach ihn:

„Und ist es weit?"

Er sagt:

„Was?"

„Der Ort, wo gekämpft wird."

„Anderthalb Stunden, zwei Stunden, aber es scheint viel weiter weg zu sein, denn es ist dort hinten" (er zeigt in eine Ecke des Zimmers), „hinter Evouettes, Sie wissen, der Vorsprung mit den Tannen, die man dort sieht ..."

„Dann sieht man also das Dorf nicht von dort?"

„Überhaupt nicht! ... Und da ist ein Ort, der dafür wie gemacht ist, denn man sitzt im Kreis herum, oben, und die Tiere sind in der Mitte ... Ein Ort, der aussieht, wie wenn ihn der liebe Gott grade dafür gemacht hätte, daß man gut sitzt und zur gleichen Zeit alles sehen kann ..."

Sie fragte nichts mehr, aber er sprach jetzt von selber:

„Man sitzt einer neben dem andern, die Frauen sind dabei und die Mädchen, man setzt sich zu einem Freund, zwei oder drei Freunde sitzen zusammen, Sie sehen das dann", sagte er ... „Man ist da beisammen, die Burschen oder die Männer, und die, die miteinander gewettet haben, denn es wird auch gewettet: man wettet einen Liter, zwei Liter, drei Liter; ich setze auf die Braune, ich setze auf die Herzogin, und es hat immer einen, der auf ein Tier setzt, an das niemand gedacht hat. Man wettet, man hat gewettet, und dann ist man da, die Mädchen, die Frauen, alles; man macht sich's bequem, man hat die Ellbogen auf den Knien, man zieht sein Wams aus, wenn man auf der Sonnenseite ist, man sitzt in aller Ruhe, denn manchmal geht es langsam vorwärts; man hat die Hände auf seinem Stock, die Mädchen legen einander den Arm um den Leib, es hat Liebespaare ... Und Sie sehen das", sagte er, „und am Anfang begreifen Sie gar nichts, aber zuletzt ist doch eine die Königin ... Und der Besitzer der Königin", sagte er, „ist der König ... Couturier hat dreimal nacheinander die Königin gehabt, Pralong hat sie zweimal gehabt ..."

„Und Sie?" sagt sie auf einmal.

„Oh! sehn Sie, wir ..."

Aber da tat es ihm leid, daß er ihr zur Antwort nicht Ja sagen konnte – so leid, daß er sich unterbrach und sagte:

„Ach was! das kommt vielleicht noch."

Und dann, wie wenn ihm ein Einfall käme:

„Hören Sie, diesmal, im nächsten Sommer – nun, sehn Sie, da kommen Sie ... Vielleicht bringt mir das Glück ... Sicher bringt mir das Glück, wenn Sie kommen."

Da sah sie ihn an. Noch einmal war ihre Hand mit der blitzenden Nadel in die Luft, in die Höhe gestiegen: statt wieder zu sinken, blieb die Hand bewegungslos stehen.

„Ja", sagte sie, „ich weiß aber nicht, ob ich kann ... Ich möchte ja gern, besonders, wenn ich Ihnen Glück bringen sollte, wie Sie sagen; ich möchte Ihnen gern Glück bringen ..."

„Aber?"

„Aber ich muß dann auch hinaufgehen."

Er sagte nur:

„Ah!"

Sie sagte:

„Und vielleicht bin ich an dem Kampftag schon wieder hinaufgestiegen; das hängt nur davon ab, ob es auf dem Paß noch Schnee hat oder nicht, das kommt auf das Jahr an ..."

„Ah!"

Er sagt:

„Und wie werden Sie das machen?"

„Wie ich das machen werde? Ja aber", sagte sie, „ich glaube nicht, daß das sehr schwierig sein wird ..."

Sie sagte:

„Sie müssen mir dann nur den Weg zeigen. Ich gehe am frühen Morgen hier weg ... Sie müssen mir nur ein Stück Brot geben", sagte sie, „weil der Weg weit ist; da kann ich dann im Gehen mein Brot essen ..."

Sie waren von neuem getrennt.

IV

Und eine andere Trennung trat ein, denn nun war Weihnachten.

Alle kamen aus den Häusern kurz vor Mitternacht, nur sie nicht, und es war die Heilige Nacht, unter Sternen, die so weiß und so groß waren, daß man sie alle für den einen Stern hätte halten können in dieser Nacht.

Es lag immer noch Schnee, nicht viel zwar; vor allem hatte es Eis, man glitt aus.

Wieder hatten sie ihre kleinen Glocken lange in der Luft schaukeln lassen, und zur Antwort schaukelten jetzt die Laternen unten am Boden.

Durch alle Spalten kamen sie, die es zwischen den Dächern gibt, von rechts und von links, die einen von unten, die andern von oben, aber alle mit dem gleichen Ziel: eine Menge kleiner roter Punkte in der hellblauen Luft vor den Häusern, in der dunkelblauen Luft zwischen den Häusern, zuerst waren sie weit auseinander, dann rückten sie zusammen.

Auch Firmin hielt seine Laterne in der Hand; er ging neben seiner Mutter her. Er ging neben der

Frau her, die seine Mutter war, wie wenn niemand neben ihm sei.

Sie läuten, sie schwingen noch einmal, so fest sie können, dort oben unter den Weihnachtssternen, die frohe Botschaft.

Sie kommen alle; doch für ihn war es, als wenn niemand gekommen wäre.

Sie schweigen still, sie treten in die Kirche – als wenn niemand eingetreten sei.

Sechstes Kapitel

I

Doch es muß nur eine Stimme daherkommen, und alles andere ist vergessen. Firmin war in dem unteren Zimmer; er hört in der Kammer über sich singen. Das kam daher, das sagte zu ihm: „Warum bist du nicht zufrieden, warum bist du traurig? man soll zufrieden sein ..." Er legte die Baumhippe, die er gerade schliff, auf den Tisch, wie wenn man ihm auch gesagt hätte: „Laß das sein, darauf kommt es nicht an", und er: „Das ist wahr." Es war nach dem 1. Januar, es war nach dem Jahreswechsel: da hat man eine ganz neue Zeit vor sich, eine schöne Zeit, die noch leer ist. Er hebt ein wenig den Kopf, er hält seine Hände ganz still. Die Stimme kam daher. Und zu der gleichen Zeit, da sie daherkam, war es, wie wenn man den Docht einer Lampe höherzieht. Es wurde heller, ein erster Gegenstand trat ins Licht. Eine Tasse, ein Topf glänzten neben der Hippe mit ihrem glattgeriebenen Griff. Alle die alten, wohlbekannten Gegenstände, aber es war, wie wenn er sie noch nicht gekannt habe. Denn man sah sie nicht mehr, und dann liebte man sie auch nicht mehr. Man hätte es hier doch gut! Er schaute auf die kleinen Lichter,

die angegangen waren in den Schüsseln auf einem
Brett des Regals, sie bewegten sich in den aufrecht
gestellten Schüsseln, wie um ihm ein Zeichen zu
geben; er schaute auf die großen grauen, sauber
gefegten Fliesen hinunter, die ihm wohlwollten.
Und man zieht den Docht der Lampe noch ein wenig höher. Er sah, daß da wirklicher Sonnenschein
ist; doch im gewöhnlichen Leben weiß man nicht,
wo man ihn findet.

Er hält es nicht mehr aus. Er geht die Treppe
hinauf.

Er sagt:

„Stör ich Sie nicht?"

„Nein."

Er sagt:

„Doch!"

Sie war überrascht; sie fragte ihn: „Warum sagen
Sie das?"

Er sagte: „Und Sie, warum singen Sie nicht
mehr?"

Sie schien verwirrt wie jemand, der ertappt worden ist; dann sagte sie: „Ich war halt allein, ich hab
mir die Zeit vertrieben damit ..."

„Und was war das, was Sie sangen?"

„Ein Lied von daheim."

„Was steht in dem Lied?"

„Oh! ich kann es Ihnen nicht sagen, das ist zu
schwierig."

„Wollen Sie mir's dann nicht vorsingen?"

Sie schüttelte den Kopf.

„So sagen Sie mir wenigstens, wie das Lied
heißt."

„Das wird Sie nicht interessieren, es ist kein Lied
von hier."

„Grad darum interessiert es mich ..."

„Es ist ein Lied" (sie schien zu zögern), „es ist ein
Lied, das ‚Das Lied von den drei guten Freunden'
heißt."

Sie sah wohl, daß ihn das interessierte.

„Drei, das ist viel", sagt er.

Sie sagte: „Das ist vielleicht einer zuwenig."

„Ah!" sagte er, „ist das denn bei euch vielleicht üblich, daß man so viele hat? ..."

„Das ist in dem Lied", sagte sie, „der Mann, der das Lied machte, hat es gemacht, wie er wollte."

„Dann sagen Sie's mir vor."

„Ich weiß nicht, ob ich kann."

„Versuchen Sie's."

Sie zog an ihrem Faden; und zuerst sagte sie die Wörter in der eigenen Sprache. Sie nahm fünf oder sechs zusammen, sie schien sie vor sich hinzustellen, eins nach dem andern, sie betrachtete sie, wendete sie dann um.

„‚Man kann nicht' ... Teile machen?"

„Teilen."

„‚Man kann nicht ... kann die Rose nicht teilen ... Was soll ich denn tun, wenn da einer ist, und dann noch einer, und dann noch einer ... Und einer, noch einer und noch einer, das sind drei ...'"

Sie hielt an:

„Das ist die erste Strophe."

Er sagte:

„Wie viele sind es?"

Sie sagte:

„Vier, vier Strophen und drei gute Freunde ... Soll ich weitermachen?"

„Natürlich."

Sie fing wieder an, die Wörter zusammenzusuchen:

„‚Er hat ... ein schönes Haus, eine gestickte Weste, zwölf Kühe ... einen großen Ledersack, voll von Goldstücken ... um einem Lust zu machen ... Doch wenn sein Geldsack voll ist, sein Kopf ist leer ...'"

„Das ist einer", sagte er; „zwei Strophen und ein guter Freund ..."

Er begann zu lachen, er war ganz glücklich:

„Und jetzt, der nächste?"

„‚Er ist schön, er ist größer ... als die Größten. Doch meine Mutter, die kennt ihn gut, die hat mich gerufen ... und hat mir ins Ohr gesagt: Geh nur mit ihm ... wenn du Lust hast, betteln zu lernen ...'"

Er lachte noch lauter; er sagte:

„Das sind zwei."

„‚Und da ist einer ... den hab ich gern ...!'"

Sie hielt an, sie sah nicht auf ihn, sie sah vor sich hin, wie wenn sie in der Luft nach den Wörtern suchte, die nicht recht kommen wollten; sie sagte:

„Das ist die vierte und letzte Strophe."

Dann:

„‚Und da ist einer, den hab ich gern ... Niemand bringt einen so zum Lachen wie er ... Doch seht nur zu, daß er sich nicht umdreht ... Von vorne geht's noch ... und man sieht seinen Buckel nicht ...'"

Er lachte und lachte, er konnte gar nicht mehr aufhören; dann unterbrach er sich:

„Ja und dann – aus ... weil es nur drei waren."

Sie hatte wieder zu nähen begonnen:

„Sie fanden, das seien zu viele?"

„Oh!" sagte er, „ich wußte ja nicht ..."

„Oh!" sagte sie, „es ist nur ein Lied, und nicht einmal eines der schönsten, es ist ein Lied, das man bei uns singt, um die Burschen zu necken; es ist nur ein Lied, im Leben geht das anders zu."

„Und wie, im Leben?" sagte er.

„Oh!" sagte sie, „im Leben ... Nun, im Leben macht man, glaube ich, so viele Strophen, wie man will ..."

Er war so glücklich, auf einmal wieder.

„Man macht eine Strophe mehr, wenn man will, man macht sich noch einen guten Freund ... Sie fanden, es seien zu viele: ist es nicht eher, wie ich Ihnen sagte? ... Einer zuwenig ... Einer zuwenig ..."

Und dabei sah sie ihn überhaupt nicht an, sah ihn auch weiter nicht an:

„Einer, der keinen Buckel hätte ... einer, der klug wäre ... einer, der die Arbeit nicht scheute ..."

Sah ihn nicht an, schien ganz mit Nähen beschäftigt zu sein; und da traute er sich:

„Und dieser vierte ... dieser vierte, was würden Sie mit ihm tun?"

Sie zuckt die Achseln.

Er sieht sie nur von der Seite, ihr Lächeln macht eine kleine Vertiefung in ihrer Wange.

„Ich weiß nicht", sagt sie, „man müßte ihn zuerst finden ..."

II

Da ist aber wieder seine Mutter, sie redet mit ihm: „Hör du, ich sehe, daß hier eine zuviel ist."

„Mutter!" sagte Firmin und meinte, sein Ton werde sie hindern am Weiterreden, doch sie:

„Ja! ich sag's dir, und nimm dich in acht! sie ist nichts zu dir, und ich bin deine Mutter ... Und es ist nicht nur, weil sie nichts ist zu dir; sie ist auch nicht vom gleichen Blut, nicht vom gleichen Glauben wie wir ... Sie hat nicht den gleichen Herrgott wie wir, drum hab ich Angst um dich, ich hab Angst um dich und um mich ..."

Er wollte sie wieder unterbrechen; aber sie sprach jetzt leiser:

„Und dann hat sie ein falsches Gesicht, und alles ist falsch, was sie tut, und alles, was sie tut, das tut sie, um dich zu täuschen."

„Mutter! ... Mutter! ..."

Sie hörte nicht auf ihn.

„Mutter, Mutter, du weißt doch, das geht nicht

mehr lang, es war mein Fehler und nicht ihrer, hab doch Geduld ..."

„Nimm das Geld, und dann nimm sie mit. Alles Geld, das wir auf der Seite haben: nimm das Geld, bring sie weg ..."

Er sagte:

„Wie denn?"

Er zeigte wieder auf den Berg.

Aber sie:

„Weiß ich's denn? Kann ich dir das sagen, wo ich nie von hier weggekommen bin? Kenn ich die Wege? Ich sag dir nur eins: Sieh zu, daß du schnell einen findest, daß du schnell den richtigen findest, und gleich mußt du ihn finden, denn später ist's dann zu spät ..."

Er sagte:

„Du bist nicht bei Verstand."

Er begann wütend zu werden, er merkte, daß er gleich richtig wütend sein würde, er ging aus dem Zimmer. Und als er dann nachgedacht hatte, sah er, wie schwierig das alles war, aber er dachte: „Sie wird es verstehen; ich rede mit ihr ..."

Und wirklich, sie verstand:

„Natürlich, sie ist alt, sie hat ihre Gewohnheiten, und sie hängt daran ... Gut, ich will aufpassen."

„Oh! ich dachte es schon ..."

Er zeigte ihr seine Dankbarkeit. Er brachte ihr Blumen, schenkte ihr einen kleinen Strauß. Er kannte die Plätze. Noch ist der Winter nicht zur Hälfte vorbei, da scheint die Sonne schon warm, und man braucht nur an die richtigen Orte zu gehen. Diese windgeschützten Böschungen, diese Stellen vor den Hecken. Dort, wo ein Schneefleck die Erde tränkt und schwärzt, indem er zerrieselt mit einem leisen Geräusch. Es ist nicht mehr Winter, es wird nie mehr Winter sein; und wenn man will, dann gibt es gar keinen Winter. Da ist schon die erste große, violette Anemone, die ein dichter

Flaum unten versilbert; da sind die Krokusse, die wie kleine Flammen aussehen, und es gibt weiße, gelbe, malvenfarbige – sie verwelken schnell, so empfindlich sind sie, so zart und zerstörbar mit ihrem bißchen Fleisch, aber ein Strauß läßt sich trotzdem machen, er versteckte ihn unter dem Wams. Er fand es lustig, zwischen den Leuten hindurchzugehen mit diesem Strauß, den er in seiner Hand hielt, und die Hand hatte er in der Tasche. So war ihm die linke Hand genommen, eine von zweien, er hielt in der einen den ganzen Frühling schon mitten im Winter, und so ist man den anderen Leuten voraus. Es gab zwischen ihnen die ersten kleinen Geheimnisse. Sie hatte eine schwarzseidene Halsbinde für ihn genäht. Er legte sie am Sonntag an, als er zur Messe ging.

„Du wirst schön", sagte Mutrux, der alles sah. „Übrigens werden hier alle schön. Was ist nur los?"

Er zeigte auf Mânu, der mit seinen Kokarden daherkam.

Das waren diese Sonntagvormittage, diese Sonntagnachmittage, an denen man gern einen kleinen Gang macht, sobald man kann, sobald es das Wetter erlaubt, und das Wetter erlaubte es noch nicht – aber wenigstens traten die Leute schon vor die Häuser, um sich an der Sonne zu wärmen.

Sie ging aus, sie ging von einem Haus zum andern; sie plauderte mit den Leuten, man verstand alles, was sie sagte.

Sie sah die alten Männer, wie sie ihre schwarzgefleckten Hände auf die Stockgriffe stützten; drei oder vier alte Männer, schön ruhig saßen sie unter der blau bemalten Sonnenuhr, die wieder begonnen hatte, die Stunden zu zeigen.

„Guten Tag."

„Guten Tag."

Sie wackelten mit den Köpfen, unter den Hüten. Eine Frau, die Augustine, hatte ein Kind bekommen. Alle möglichen kleinen Ereignisse um einen her: jedes ist eine Gelegenheit, etwas zu sagen, und man sagt es.

Das ist süß im Leben und lieblich in der Luft, wenn aus Fragen und Antworten ein Gespräch anfängt; warm wird einem ums Herz, wenn das kommt, und wir sehen, daß jemand an uns gedacht hat.

„Wie geht's?"

„Danke, nicht schlecht, und Ihnen?"

„Oh! mir geht's sehr gut."

„Das ist ja fein."

Und dann, etwas später, sagt man zu ihr:

„Wie schnell doch die Zeit vergeht. Wie lang ist das nun her?"

„Fünf Monate."

„Nicht möglich! Schon so lang? Und wie viele noch?"

„Drei oder vier."

„Und dann?"

„Dann geht's wieder heim."

„Schade!"

In diesem Augenblick erschien Pitteloup in seiner Kellertür, denn er war fast den ganzen Tag im Keller, aber nicht gern allein – da sagte sie:

„Nur ein kleines Tröpfchen, ich hab solchen Durst …"

„Ah! ja, das ist Wein, richtiger Wein, nicht gefälschter, Wein von Trauben, von Reben! Bei dem Wein weiß man, aus was er gemacht ist, wir ziehen ihn selber, wir wissen, von wo er kommt … Der hat einen Namen und ein Alter, wie die Kinder …"

Man klopfte mit dem Finger an die Dauben.

„Zweijährig … und der dreijährig."

Und vor einem kleinen Fäßchen:

„Der ist ein ganz alter, der hat seine fünfzehn Jahre … aber eben, weil wir so alte Bekannte sind, er und ich, wird er Ihnen nicht weh tun …"

Sie wehrte sich; sie mußte trotzdem hereinkommen. Man holte für sie einen alten Malvasier:

„Das ist ein Damenwein … Und was trinkt ihr bei euch drüben?"

Man ist neugierig, weil man die Länder dort drüben nicht kennt und sie sich nicht recht vorstellen kann.

„Oh! bei uns werden die Trauben an den Ästen reif, unser Wein wächst auf den Apfelbäumen …"

Man lachte, man sagte zu ihr:

„Ein Grund mehr!"

So daß sich ihr manchmal, wenn sie dann aus dem Keller kam, der Kopf wirklich ein wenig drehte – an diesen Sonntagnachmittagen. Und Firmin, der überall nach ihr gesucht hatte, war unglücklich; er traute sich nicht, die Leute, die er antraf, nach ihr zu fragen; er ging mit den Händen in den Taschen umher, er machte die Runde im Dorf, kam zurück.

Da wird ihm auf einmal gerufen, aus dem Boden herauf; mit einemmal kommt aus dem Boden herauf eine Stimme; ein Kopf kommt herauf aus dem Boden und kehrt sich zu ihm.

III

Und da kommt Matthias wieder, und schon ist es nicht mehr Winter. Aus dem Winter heraus kam er dahin, wo kein Winter mehr war; von Norden her sah er, wie sich über den Hügeln die neue Jahreszeit regte, und sie regte sich in der Weiße der Luft über der Weiße des Erdbodens, in die er mit seinem falschen Bein ein ganz kleines rundes Loch, mit seinem richtigen Bein ein großes ovales Loch machte. Er ging auf die hohen schwarzen Verzäunungen zu, die zwischen Weiß und Weiß waren, denn vor ihm lagen noch Tannenwälder.

Er hat sie durchquert, er ist auf der anderen Seite des Kamms angelangt.

Er trat ein wenig zurück auf der Anhöhe, bevor er hinabstieg, er mußte zurücktreten, weil das Licht ihn zwang.

Das begann zu leuchten rings auf dem See, wie wenn einer Feuer an trockenes Gras legt: jede Welle ein Grasbüschel; und die Flammen gingen darüber, sie sprangen von einer zur andern, und man sah, wie sie leuchteten und sich krümmten, so weit der Blick trug.

Noch einmal ist er gekommen; dort stand er, dann stieg er hinab in diese andere Jahreszeit, unter diesen anderen Himmelsstrich ...

„Jetzt kenne ich nämlich Ihren Geschmack, meine jungen Damen", sagte er all den Mädchen, die da gekommen waren ...

Er hatte wieder einmal sein Hörnchen zum Mund geführt in der schönen Luft dieses Morgens, ein erster kleiner Anfang des Frühlings ist das; und er half ihm noch nach mit seinen Bildern, mit seiner Musik, seinem Tressenrock, seinen Anstekkern, Nadeln, Spiegeln ...

„Ich habe an Sie gedacht, meine jungen Damen."

Er suchte mit der Hand in einem der Fächer:

„Und sagen Sie mir, ob das nicht grade für Sie gemacht ist und ob man Sie dazu nicht lieb haben mußte ..."

Er hatte das Ding mit den Fingerspitzen hervorgenommen, es leuchtete in der leuchtenden Luft, zwischen dem Daumen und den anderen Fingern; denn eben hatte die Fastenzeit angefangen:

„Rosenkränze, meine jungen Damen ... Da sehn Sie's, meine Damen ..."

Während immer noch Leute kamen; und er hatte sich schließlich auf eine Mauer gesetzt. Denn man hat Zeit, und man kann verkaufen oder auch nicht verkaufen; und da, auf der Mauer, deutet er nach der großen Bergflanke vor ihm und über ihm; ganz plötzlich, er sagt:

„Das ist schön! ... Geht ein wenig zur Seite", sagt er, „ihr steht mir im Weg."

Und zeigt ihnen noch einmal die große Bergflanke vor ihm, da wundern sich die Mädchen ein wenig.

„Ah! das ist verteufelt schön, aber es ist auch verteufelt hoch!"

Denn er mußte den Kopf zurücklegen, er mußte ihn ganz in den Nacken legen, bevor das Auge am Berg bis zum Gipfel hinaufgleiten konnte.

Es war schön auf der Mauer, schon jetzt; es war schön auf dem Stein, der warm war unter der Hand wie der Leib eines Tiers; er schaute immer noch; hatte er seinen Handel vergessen?

Man hätte es glauben können, nun fragt er:

„Und was ist auf der anderen Seite?

Ja, in zwei Qualitäten", fuhr er fort, „in zwei Qualitäten ... Aus Kupfer und aus versilbertem Kupfer ... Das macht einen Franken und zwei Franken fünfzig ... Geschenkt, wie Sie sehen."

„Man weiß nicht, wir sind nie dagewesen. Das ist ein anderes Land, das sind andere Leute ..."

Dann, leiser:

„Wissen Sie, von dort ist sie her."

„Wer denn?"

„Sie, das Mädchen. Die bei Firmin ... Sie kennen sie?"

„Natürlich, das ist eine Kundin ... Ah! von dort ist sie gekommen? Sieht man den Weg?"

Sie sagten zu ihm:

„Sie sehen die Felswand dort; der Weg geht darüber hinweg."

„Ah!"

„Man hält sich links."

„Ah! so. Ich seh's ... Danke ..."

Und dann:

„Also, haben Sie sich entschlossen?"

Er ist wieder aufgestanden:

„Rosenkränze, Weihwasserkessel ..."

Denn da waren auch diese kleinen Weihwasserkessel aus Porzellan, mit einem Engelskopf und zwei Flügeln als Stützen und darüber der Heiland am Kreuz.

„Nach links, sagen Sie? und dann?"

„Wieder rechts."

„Ah! so ... Ja, Fräulein, einen Franken ... Da, Fräulein ... Sie auch? Einen Franken ... Danke ..."

Und da auch kleine Mädchen gekommen waren, gibt er ihnen Heiligenbilder umsonst, Bilder, wie man sie in sein Meßbuch legt, auf schönes Glanzpapier mit gezacktem Rand gedruckt, in lebhaften Farben ... wie wenn die Sonne überall hinscheinen wollte, wie wenn der Frühling überall käme, und da kommt er auch für euch, kleine Mädchen ...

Er ist weitergegangen, er ist vor die Kirche gelangt.

Man sagte zu ihm:

„Was gibt's Neues?"

Aber er: „Und hier? ... Und wie steht's mit dem Wein?"

„Sehen Sie selbst."

Er sagt: „Gleich."

Er biegt in eine der Gassen ein; sie war da, wie zufällig. Sie ging eben die Gasse hinauf, in dem Augenblick, als er herunterkam. Er führte die Hand an den Dreispitz. Er grüßte sie, wie ein Soldat. Er nahm Stellung an.

Sie sagte: „Am dreizehnten."

Er stand über ihr in der Gasse, unter einer anderen schmalen Straße aus Himmel, die der ersten eine blaue Decke gab; sie sagte: „Am dreizehnten", sie war stehengeblieben. Und nochmals, in ihrer Sprache: „Am dreizehnten, am dreizehnten Juni ..."

„Man wird dasein am Abend vorher, das ist klar."

Und immer in ihrer eigenen Sprache:

„Und er, wo ist er?"

„Er ist nicht da, aber nehmen Sie sich vor der Alten in acht."

Er ging weiter. Sie setzte ihren Weg fort, er den seinen. Er grüßte sie nochmals, er grüßte sie wie ein Soldat. Er kommt die Gasse herunter, die sie hinaufgeht, er gelangt ans untere Ende. Er bläst in sein gelbes Hörnchen. Das Mundstück ist aus schwarzem Horn. Er bläst für die Leute im unteren Dorfteil. Unter seinem Ledersack, unter seinem Dreispitz und auf seinen zwei, nein, anderthalb Beinen, wie er sagte; er macht mit einem Bein eine Art Geräusch, er macht mit dem anderen eine Art Geräusch – und wieder sagen die Leute:

„Ah! da sind Sie wieder!"

„Wundert Sie das?"

„Nein, es freut uns."

„Und mich auch …"

„Nur", sagte er dann auf einmal (und nahm so zurück, was er ihnen gegeben hatte, die Bosheit redet aus ihm), „da seid nicht nur ihr, hier bei euch. Nur wegen euch, ich weiß nicht so recht. Ihr seid da, und dann ist da der Wein …"

Man gab ihm zur Antwort:

„Das ist doch das gleiche."

Und immer mehr Leute; und er bläst in sein Hörnchen.

Er aber hört von ganz oben den Ton heraufkommen, und der Ton mußte steil hinaufklettern, um bis zu ihm zu kommen. Er mußte sich ein paarmal abstoßen, wegen all diesen kleinen Stufen, und Firmin war auf der obersten, grade unter dem Wald. Man muß den Boden schön machen. Er kam und ging auf seinem Feld, das nicht viel größer war als ein Zimmer, denn die neue Jahreszeit muß es bereit finden, und die neue Jahreszeit kommt, sie kommt wirklich, dachte er; da hört er das Hörnchen.

Er findet in der Küche nur die Mutter, die ihm sagt: „Du bist schon da? es hat eben erst elf geschlagen." Er wußte nicht recht, was er antworten sollte.

Er tritt in seine Kammer, er hört, daß sie auch da ist, und sie ging und kam. Wieder verlorene Zeit, wo bald nur noch so wenig bleibt. Sie fanden sich noch einmal alle drei um den Tisch in der Küche zusammen; sie redeten fast nicht mehr miteinander. Kaum war das Essen zu Ende, ging sie in ihre Kammer hinauf. Er sagte sich: „Ich gehe einmal schauen, wo er ist."

Er fand Matthias nicht sofort, denn Matthias war trinken gegangen, und grade kam er aus einem Keller, die drei oder vier niedrigen, glitschigen Stufen herauf: da muß man aufpassen, aber Matthias hatte einen zuverlässigen Kopf, der fest auf die Schultern geschraubt war.

Er kam also aus dem Keller herauf:

„He dort! Guten Tag, wie geht's denn?"

Zwei oder drei Männer vom Dorf begleiteten ihn, kamen mit, als er auf Firmin lossteuerte. Er fragte Firmin: „Und Ihre Kostgängerin?"

Man lachte.

„Oh!" sagte Couturier, „wenn nur alle so gut dran wären wie sie! …"

Und Matthias war nun wie einer, der nichts zu verbergen hat und ganz öffentlich reden kann, weil er vor niemand Geheimnisse hat; er sagt:

„Sie wissen, daß Sie das vielleicht schon auch ein wenig mir verdanken."

„Das ist wahr", sagt Firmin.

„Faden, Nadeln, ein Stück Samt: ich kenne das, es ist mein Beruf … Nur, vom Moment an, da man sie verwöhnt hat, muß man sie dann auch weiter verwöhnen …"

Und das ging öffentlich vor sich, nicht insgeheim. So öffentlich wie nur möglich, auf einer Bank, die da stand:

„Warten Sie, ich zeig Ihnen ... Es ist immer der gleiche Kollege; er arbeitet grad in dem Land dort hinten ... grad eben dort, Sie wissen" (er zeigte auf den Berghang), „hinter dem Paß ... da hat er dann Okkasionen ..."

Und im Reden machte er seinen Sack auf.

Es war ein Gegenstand, der in ein Stück Leinwand gewickelt war.

„So weich ist das, sehen Sie ... oh! das ist ganz schönes Stroh, das wird in Italien hergestellt, Reisstroh nennt man es ... Das ist der Hut, den sie scheint's an Festtagen tragen dort drüben ..."

Er hielt den Hut auf der Faust, und man sah, wie im leisen Wind, der daherkam, die großen weichen Flügel wie die eines ruhenden Schmetterlings auf und ab gingen. Ringsum stand ein goldenes Band grade auf.

„Wir können sie fragen, ob's das auch wirklich ist, aber das muß es schon sein, nach allem, was mir mein Kollege gesagt hat ... Wollen wir hingehn und schauen?"

Er sprach zu Firmin.

Das ging öffentlich vor sich; und Schwierigkeiten machte nur Firmin, er sagte: „Wir sollten ein wenig warten." Man begriff. Man wußte, daß seine Mutter nicht immer in freundlicher Stimmung war ... Man sagte: „Gut, gehn wir halt noch eins trinken." Man geht noch eins trinken ...

Niemand war in der Küche, zu Firmins Freude.

„Gehn Sie nur hinauf", sagte er zu Matthias.

Und sie, immer noch an ihrer Näharbeit, wandte bloß ein wenig den Kopf.

„Bah! Bleiben Sie ruhig sitzen", sagte Matthias, „Sie sitzen so gut; und wir schauen nur schnell herein, im Vorbeigehn ..."

Er machte den Sack wieder auf.

Da schlug sie die Hände zusammen. Da war sie auf den Füßen. Da dachte sie nicht mehr an ihren Fingerhut, an ihre Schere, an ihre Spule.

„Der Hut, der Hut von daheim!"

Und gleich:

„Jetzt kann ich dann fortgehn."

Sie redete in der Sprache von hier, absichtlich? und Firmin verstand alles, aber es glitt diesmal nur vorüber an ihm, er hatte die Gedanken woanders.

„So sieht man aus bei uns, wenn man sich schön macht", fing sie wieder an ... „Sie sind wirklich gut" (zu Matthias), „daß Sie an mich gedacht haben, danke! aber woher wußten Sie das? Und der Hut, wo haben Sie den gefunden?"

„Oh!" sagte Matthias, „das ist mein Geheimnis."

Aber es glitt diesmal nur vorüber an Firmin, denn er war schon fast draußen.

Man hörte ihn treppab und in seine Kammer gehen; dort machte er offenbar seine Truhe auf, man hörte die Schlösser knirschen, man hörte einen Schlüssel knarren, es verging ein wenig Zeit.

· Und als er wieder heraufkam, war eine ziemliche Weile vergangen: da hörte nun er etwas, er hörte durch die Tür, daß man redete, und mit vielen Worten, sehr schnell, in der anderen Sprache – und man verstummte, als er hereinkam.

Aber er zog einen Geldbeutel aus der Tasche; er sagte zu Matthias:

„Ich bin Ihnen schon lange Geld schuldig; was macht das, alles zusammen?"

Der andere wollte nichts annehmen.

„Lassen Sie mir meine kleinen Freuden", sagte er. „Sie sehen doch: das ist Unterhaltung, Vergnügen für mich, das hat nichts mit dem Handel zu tun ... Und überhaupt" (er hatte seinen Sack wieder auf den Rücken genommen) „hat mich das gar nichts gekostet … Das ist ein Geschenk, das mir mein Kollege gemacht hat …"

Er nimmt seinen Stock.

„Sie würden mir weh tun …"

Er nimmt seinen Dreispitz:

„Und auf Wiedersehn, auf ein andermal …"

Er wollte hinausgehen, Firmin sagte:

„So lassen Sie mich wenigstens mit hinunterkommen."

Und sie:

„Oh! mich auch."

„Gute Idee", sagte Matthias, „das ist dann der wirkliche Lohn …"

Sie gingen alle drei aus dem Haus. Man sah sie auf der Straße: Matthias in der Mitte, die andern zwei rechts und links von ihm. Der Weg war kaum breit genug, er geht zuerst ebenan, geht recht lang ebenan. Die Schatten hatten schon Farbe.

„Das ist beinah der Frühling", sagte Matthias, er hob den Kopf dabei.

Er fuhr fort:

„Das tut gut, nicht wahr? … Und da fängt's schon wieder an, gut zu riechen."

Unter seinem Ledersack, unter dem Dreispitz, mit seiner Geldkatze, mit seinem Stock, mit dem Hörnchen. Und bis zu einer Stelle, die Révouïre heißt, das bedeutet Auf Wiedersehen, denn dort biegt der Weg ab, dann fängt er an abzufallen.

Firmin blieb stehen; er sagte zu Matthias:

„Gute Reise und viel Glück!"

Dann war sie an der Reihe:

„Ich muß Ihnen Adieu sagen; wir werden uns, denk ich, nicht wiedersehen …"

Matthias:

„Beim nächsten Mal."

„Da bin ich eben nicht mehr hier."

„Wann gehn Sie denn?"

„Wenn die Kühe hinaufziehn. Und Sie, wann kommen Sie wieder?"

„Oh!" sagte er, „ich weiß nicht recht … Das hängt von meinen Touren ab, und da fängt jetzt die schöne Jahreszeit an. Es ist vielleicht wirklich besser, wir sagen einander Adieu."

Er sagt ihr Adieu, dann macht er sich an den Abstieg. Sein Kopf erscheint auf dem weißen Anfang des Flusses, steht vor über dem Rand des Abhangs und ist einen Augenblick noch vor dem breiten, steinigen Bett, das zu dieser Zeit nur zum kleinsten Teil gefüllt ist mit seltenem, wertvollem Wasser, da der Winter den Schnee noch zusammenhält.

Und dort war sein Kopf noch zu sehen, auf diesem Flußbett, auf diesem Wasser und auf den Ufern des Wassers, bevor er sich abwandte, sank; und „Adieu", er winkt mit der Hand zurück.

Zuerst sagte Firmin gar nichts; dann sagte er:

„Es wird kalt heute nacht."

Er sagte: „Es friert bestimmt heute nacht."

Und, zornig:

„Das ist zu früh, so ein Wetter! …"

Schritte waren hinter ihnen zu hören, und als Firmin sich umkehrte, sah er Mânu, der ihnen folgte (was er schon lange tat, aber Firmin hatte es nicht bemerkt).

Er hob den Arm. „Was tust du hier! … Willst du machen, daß du fortkommst!"

Der andere stieß immer diesen gleichen Laut aus, der Lachen bedeutete; er rührte sich nicht vom Fleck. Da nimmt Firmin einen Stein auf.

Sie mußte ihm die Hand auf seine Hand legen; sie drückte diese Hand hinunter, so gut sie konnte; sie sagte: „Was denken Sie denn?"

Er sagte: „Der hat hier nichts zu suchen."

IV

Sie feiern die Fastnacht, denn ihre Fastenzeit ist sehr streng. Dieser Tag ist genau das Gegenteil von den anderen, da man von geräucherten Heringen und von grobkörnigem Maisbrei lebte, den man im Wasser kocht, und nicht trinken durfte: man holt die besten Würste von den Haken unter dem Kaminsims herunter, und man ißt und trinkt, was man kann, vom Morgen bis zum Abend, und dann ist es aus, bis Ostern.

Man hörte die Trommel schon, dabei war es noch nicht einmal zehn Uhr.

Ein Bursche klopfte an die Tür, er sagte: „Ist Firmin hier?"

Die alte Thérèse fragte:

„Was willst du von ihm?"

„Wir wollten ihn holen."

Sie rief ihm, er wollte nicht kommen.

Sie selber ging bald danach aus dem Haus, während er sich in seiner Kammer zu schaffen machte. Man hörte nichts mehr im Haus. Er mühte sich ab, durch die Geräusche von draußen, die nicht zählten, die einzigen auszumachen, die für ihn gezählt hätten. Die Trommel macht noch einen Versuch vor einem rebenbewachsenen Haus, unter den noch winterlichen, unbelaubten Reben steht ein Mann, der mit seinen zwei kurzen Stöcken auf eine straff gespannte Haut mit einem schwarzen Kreis in der Mitte schlägt. Der Mann mit der Trommel tat drei oder vier leichte Schläge mit den abgerundeten Enden seiner Stöcke, dann stellte er einen Fuß auf die Bank, er stemmte die Trommel gegen seinen Schenkel und fing wieder zu stimmen an. Man sucht sich aus den Tönen von unten herauf den richtigen, man läßt die Stimmung allmählich ansteigen bis zur richtigen Lage.

Ein Schwarm von Mädchen lief in diesem

Augenblick vorbei; sie liefen aus Leibeskräften, denn ein Bursche verfolgte sie, der einen Sack trug, wie man sie für das Korn hat beim Säen; und sein Sack war voll Asche.

Das Spiel besteht darin, daß man den Leuten im Vorbeigehen Hände voll Asche ins Gesicht wirft.

Sie suchen auch hinten in den Speichern die ältesten Sachen hervor, Perücken und Kleider, und ziehen sie an: sie haben da Hüte, wie man sie nicht mehr sieht, und Gewänder, über die man lachen muß.

So auch der Bursche, der die Gasse herabkam mit seinem Sack, während die Mädchen ihre Röcke rafften, um besser laufen zu können. Er sah den Mann mit der Trommel, er schrie:

„Halt sie auf!"

Aber der ließ nur wieder einen Wirbel hören, der gar nichts aufhielt; die Mädchen rannten vorbei, dann stoben sie auseinander, verzogen sich einzeln, in einen Hauseingang, hinter ein Mauereck.

Der Mann mit der Trommel begann wieder einen Wirbel zu schlagen auf seiner Trommel; der Mann mit der Trommel ging die Gasse hinauf, die der Mann mit der Asche herabkam. Sie begegneten sich, blieben beisammen stehen. Da waren auch solche, hinter den Fenstern, die sich rasierten, wie wenn es Sonntag wäre, denn man rasiert sich ja sonst nur am Sonntag; und die Frauen sind hinter den Küchenfenstern, die Männer sind hinter den Kammerfenstern. Einer ist aber nun fertig, und noch einer. Sie waren nun vier, mit dem Trommler, und sie redeten miteinander. Sie hatten offenbar einen Plan. Man sagt zu dem Trommler: „Gut so, das ist's: geh voraus." Und das tat er, dazu schlug er die Trommel. Ein erster Zug bildete sich, der allerdings noch ganz klein war, aber immerhin, ein Zug hatte sich gebildet; der Mann mit der

Trommel ging voran, die drei anderen folgten. Und dann die Mädchen, denn sie waren alle wieder hervorgekommen, sowie sie die Trommel gehört hatten, jede aus ihrem Mausloch ...

Firmin hörte die Trommel kommen, als sie noch einige Häuser weit weg war, und er begriff nicht recht, was geschah, dann war man anscheinend stehengeblieben vor seinem Haus. Wieder ein Trommelwirbel, wie wenn der Ausrufer der Gemeinde etwas anzukündigen hat, aber Firmin gab immer noch nicht darauf acht. Die Stille, die danach eintrat, die machte ihn unruhig. In diesen Tagen, an diesem einzigen Tag im Jahr, da man Scherz treibt im Dorf, da ist dafür alles erlaubt. Er meinte ein Lachen zu hören. Und wirklich, man lachte, und da droben war's, in der Kammer; dann schrie man auf, so wie wenn einen etwas zuerst erschreckt, und dann findet man es lustig; man schreit noch einmal und noch lauter; jetzt schreit man nicht mehr, man lacht. Man lachte auch auf der Straße, Stimmen waren auf der Straße zu hören, Männerstimmen. Mit einemmal wird die Trommel wieder geschlagen; sie übertönt, was geredet wird.

Da knarrte oben am Vorplatz die Tür; Firmin erschien. Er sah, daß zwei, drei Frauen in der Gasse standen und nach einer Seite schauten, die Hände unter den Kattunschürzen. Er drängte sie von hinten her zur Seite. Er stand nun auf der Straße, und die Leute bildeten dort einen Kreis. Er sah hin und begriff zuerst nicht, dann sah er das Fenster droben, es war offen; und dort droben rief man: „Das langt nicht!" Man lachte.

„Zu klein! ..."

Und von unten:

„Es fehlt gut ein Fuß."

Doch die anderen:

„Los, nur zu! es langt schon ..."

Und dort droben hatte man sich vorgebeugt,

nun richtete man sich wieder auf, denn der Mann, der die Mauer heraufkletterte, hielt sich jetzt mit den Fingerspitzen am Fenster fest.

Das war der Pitteloup, und unter ihm an der Hausmauer stand der Couturier, der zuerst auf den Mauersockel gestiegen war, dann war Pitteloup auf seine Achseln gestiegen.

Und man redete, lachte, und es wurde gewettet; doch niemand hatte Zeit, etwas kommen zu sehen, da war Couturier weggerissen worden, und gleichzeitig purzelte Pitteloup herab. Der obere kam herunter, und der untere schlug mit der Schulter auf den Stein, dann schlug auch der Kopf auf den Stein, und so wurde ein Platz frei, wo Pitteloup der Länge nach hinfallen konnte.

Dann vergingen wohl ein paar Augenblicke, das weiß man nicht sicher. Es war sehr still geworden, man war zuerst überrascht, dann drängte man sich vor, um zu sehen; und man sah, daß Pitteloup aufstehen wollte, aber da erhielt er einen Faustschlag, der ihn dorthin zurückbeförderte, wo er lag.

„Firmin! Firmin! Was machst du?"

Und droben auch:

„Firmin!"

Droben in einer anderen Aussprache.

Und dann Frauen: „Haltet ihn! Haltet ihn fest!" Daran hatte man noch gar nicht gedacht, aber jetzt wurde Firmin gepackt.

„Was ist los mit dir, du? du bist ja verrückt!"

Man redete auf ihn ein.

„Wir machen doch Spaß, was hast du denn? kann man jetzt nicht mehr Spaß machen? Heut ist Festtag, das war doch Spaß ..."

Aber er wehrte sich immer noch, und nur mit knapper Not konnten sie ihn festhalten, zu dritt oder zu viert; noch dazu mußte man sich um Pitteloup kümmern, der sich auf Firmin stürzen wollte.

Festtag.

Die Leute kamen. Festtag. Man hat nichts zu tun an dem Tag.

„Das zahlst du mir, Feigling! eifersüchtiger Tropf! ... Du bist tapfer von hinten, jetzt komm aber einmal von vorn ..."

„Sei still!"

Und Firmin sagte nichts, und immer noch kamen Leute, und man fragte: „Was gibt's?"

Und da hatte auch sie, dort droben am Fenster, zu reden begonnen: hatte Firmin sie schließlich gehört? jedenfalls war er auf einmal beruhigt, er schüttelt den Kopf, er sagt:

„Schon gut! Laßt mich los! ..."

Die anderen benutzten das, um Pitteloup wegzubringen.

Einmal im Jahr ist Festtag hier in den Dörfern, in der Mitte der Fastenzeit, denn man hat während drei Wochen auf alles verzichtet, und man wird nochmals während drei Wochen auf alles verzichten.

Er war die Vortreppe hinaufgestiegen. Er ging zurück in die Küche, um allein zu sein, er setzte sich auf die eine Bank vor dem Tisch. Er stützte die Ellbogen auf die Knie, er ließ den Kopf vornüberhängen. Er bewegte sich nicht mehr, er bewegte sich auch nicht, als sie da war, sie war gekommen, war vor ihn hingetreten, sie stand vor ihm. Er sagte nichts, sie schüttelte den Kopf. Sie schüttelte wieder den Kopf, trotzdem sagte er nichts. Da sagte sie auch nichts, sie ging nur zum Feuer. Denn es mußte bald Mittag sein. Sie begann zu hantieren, wie wenn sie daheim wäre. Sie hängte den großen, schwarzbauchigen Kessel an den Kaminhaken. Sie suchte sich ein Reisigbündel, mit dem sie dem Feuer eine andere Farbe gab. Sie deckte den Tisch. Und er war jetzt nicht mehr da, aber sie wußte schon, wo sie ihn holen mußte, sie ging und klopfte an seine Kammertür, denn sie erlaubte ihm nicht mehr, nach seinem Kopf zu handeln. Nie mehr wird er nun nach seinem Kopf handeln können und sich aufführen dürfen. Sie klopfte. Nie mehr. Sie sagte: „Kommen Sie?" Er gab keine Antwort, er wollte nicht kommen: und kam. Das runde Brot, die Suppenschüssel, die Näpfe; und er auf der einen Seite, und sie auf der andern, weil sie ihm einfach gesagt hatte: „Kommen Sie."

Und als die Mahlzeit zu Ende war:

„Was machen Sie denn heute nachmittag?"

Er sagt:

„Nichts!"

Sie sagt:

„Aber ich geh aus."

Er will sagen: „Dann gehn Sie doch ...", er hält an, er ändert seinen Satz, er ändert die Worte, den Ton, er fragt:

„Sie gehn aus?"

„Natürlich, wo doch Festtag ist. Und wenn Sie mitkommen wollen ... Ich mache mich schön, ich ziehe das Kleid an, unsere Tracht ..."

Er sagt nichts.

Festtag: ein Tag wie sonst noch einer oder zwei, im ganzen sind es drei oder vier im Jahr – weil die Fastenzeit lang ist und man nicht bis zum Ende durchhalten würde: da nehmen sie ihre Trommeln hervor, ihre Maulorgeln, ihre Handorgeln; einer bläst in eine Trompete; und der Lärm kommt daher, kommt und kommt, immer lauter. Firmin sagt sich: „Ich muß mich auch anziehn." Das sagen sie, wenn sie sich schönmachen wollen. Der Lärm kam immer noch daher, droben in der Luft, Musik und Stimmen vermischt: er steht auch am Fenster, er hat den Spiegel, den er ihr einmal geliehen hatte, am Fensterkreuz aufgehängt. Sie haben diese braunen oder schwarzen Anzüge aus der Wolle ihrer eigenen Schafe, der Schnitt ändert sich kaum, denn sie haben nur einen im Lauf ihres Lebens, und sie tragen ihn noch darüber hinaus, denn sie werden in ihm begraben. Er zog sein Festkleid an, das gleiche, das sie einem anziehn, wenn man tot ist. In diesem Augenblick wird an die Decke geklopft. Und die Stimme kam von oben herab, stieg zu ihm herab durch das Balkenwerk und die Bretter:

„Sind Sie fertig?"

Er sagte Ja.

„Dann holen Sie mich."

Der Himmel war wieder klar geworden, die Sonne gab einen schönen, sanften Schein, wie ein golden reifender Apfel, und dieser Sonnenschein kam ihm entgegen, als er ins Zimmer trat. War es aber wirklich nur die Sonne? Man weiß nicht mehr, wo die Sonne aufhört und wo ihre Haare anfangen. Sie sprach zu ihm nach der Seite hin, aus dem Mundwinkel; sie hielt das Gesicht sich selbst, ihrem Spiegelbild, zugewandt; dazu hob sie die beiden Hände. Sie hielt beide Arme halb gebogen empor, und man sah ihren bloßen Ellbogen und sah noch ein Stück ihres Oberarms. Sie schaute gradaus und redete nach der Seite.

Sie sagte:

„Ah! gut, da sind Sie ..."

Und schwieg dann und schaute sich wieder an, als wüßte sie nicht mehr, was sie gesagt hatte, ja, als wüßte sie nichts mehr von ihm, doch das war ihm recht, denn so wurde er nicht gestört. Alles lebt wieder, steht wieder auf, alles vermischt sich. Zur gleichen Zeit war er hier und oben am Berg, er war auf dem Paßweg und hier, vor der Felswand neben dem Maultier und hier, dann wieder nicht hier ...

„Er ist ein wenig zu groß. Man sieht, daß er nicht für mich gemacht ist ..."

Das sagt sie, und er zuckt zusammen. Sie fährt fort:

„Macht nichts!"

Sie sagt:

„Man zieht ihn bei uns nur an hohen Festtagen an, aber wenn wir zusammen sind, ist das doch wirklich ein Fest, nicht wahr?"

Sie lachte, man sah ihre Zähne, und ihre Wangen glänzten, wie wenn man einen Apfel gerieben hat auf dem Knie. Sie hielt die Hände noch in die Höhe, hielt sie immer noch neben der Krempe ihres Huts, um zu sehen – und er hatte seine Reise wieder begonnen, die große Reise, wenn das Gestein warm ist und ein kalter Wind bläst und man hat warm auf einer Seite des Körpers und kalt auf der andern ...

Jetzt gingen sie auf der Straße, auf einer hübschen Straße, einer hellen und nicht zu geraden Straße. Man blies ihnen Trompetentöne zu, von rechts und von links aus den Gassen. Festtag: einer der spärlichen zwei oder drei Festtage eines Jahrs. Ein Mann mit einer Maske ging an ihnen vorbei, ohne etwas zu sagen, die Hände in den Taschen. Sie kamen ans Ende der unteren Straße, sie bogen in die obere ein; sie gelangten so auf den Platz vor der Kirche.

Auf diesem Platz sah man Bänke und einen Tisch, die man aus dem Café geholt hatte. Vor der weißen Mauer des Ladens saßen sie, sieben oder acht, schwarz gekleidet, und streckten die Gläser einander entgegen, dann ging die Hand zum Mund. Ein Augenblick trat ein, da Mutrux' Hand nicht wieder herunterkam. Er saß mit dem Gesicht nach der Ostseite, und es war, als er den Kopf wandte, denn sein Blick ging weiter gradaus ...

Statt sein Glas wieder an sich zu nehmen, hielt er es in die Höhe, er kam selbst von der Bank in die Höhe:

„Ah! da seid ihr! da seid ihr endlich! ..."

Er fuhr fort:

„Grüß Gott, Firmin! Grüß Gott, Fräulein! Und Grüß Gott den einen wie die andere! und Grüß Gott beide zusammen. Denn ich hab's gern, wenn man deutlich ist; ich hab's gern, wenn eine Sache dasteht, schwarz auf weiß ..."

Firmin sagte ganz leise: „Gehn wir nicht weiter", aber sie: „Warum nicht?"

Und sie ging weiter, so daß sie ihm ein wenig voraus war; und er merkte das, und er ging auch wieder weiter.

„Jetzt kann man's lesen ... Jetzt hat man's schwarz auf weiß, wie mit Buchstaben auf Papier ... Das hab ich gern ... Kommt und setzt euch ..."

Er sagte noch einmal: „Gehen Sie nicht", denn so weit weg waren sie noch.

Er sagte: „Bitte! ..."

Sie schien nicht zu hören.

Sie hob die Hand auch, sie winkte, und sie kam heran. Sie kam in ihrer leuchtenden Tracht, sie kam in der Sonne, leuchtender als die Sonne. Es ist Festtag, ein Fest ist heute, man hat sich schöngemacht für das Fest ...

„Bravo!" schrie da der Glöckner, „und schön, daß Sie dran gedacht haben!"

Mit seinem dicken Kopf, kohlegeschwärzt auf den Backen und weit darüber hinab: „Bravo!", und lachte dann; und sie kam immer näher, leuchtend von Kettchen, von Seide, von Samt, von Bändern.

Im Gemeindesaal fingen die Trommler zu schlagen an, denn da wurde zur Trommel getanzt; das ist hier der Brauch, am Fastnachtstag, daß die Männer miteinander tanzen, während sich die Burschen und die Mädchen an abgelegene Orte verziehen.

Mutrux hatte die Gläser wieder gefüllt, die Trommler begannen zu schlagen; Mutrux sagt:

„Das ist Fendant; wir wissen schon, daß Sie ihn mögen."

Er stößt mit ihr an, und dann will er mit Firmin anstoßen, aber Firmin winkt ab, er wollte nicht.

„Ah! du willst nicht mit mir anstoßen? Was ist denn los?"

Der Glöckner hatte Angst, es gebe wieder Streit; er nahm darum Firmin am Arm:

„Für dich ist's hier langweilig, gehn wir tanzen."

Die Trommler im Gemeindesaal ließen jetzt eine Tanzweise hören. Immer mehr Leute standen um die Tür, viele Frauen vor allem, deren einziges Vergnügen das Zuschauen ist, denn man kümmert sich nicht mehr um sie: da nehmen sie ihr kleinstes Kind auf den Arm, und die andern halten sich an ihren Röcken. Der Glöckner war also aufgestanden, aber Firmin schüttelte wieder den Kopf.

Da sagt sie:

„Und ich?"

„Sie", sagte der Glöckner, „das geht nicht!"

„Nicht einmal zuschauen kann man?"

„Oh! zuschauen kann man natürlich! Kommen Sie nur, wenn Sie wollen."

Sie folgte ihm sofort, ihr Glas hatte sie schnell geleert, während sich Firmin nicht rührte und sitzen blieb, gegenüber von Mutrux, der weiterredete.

Sie brauchte nur den Platz zu überqueren, der nicht groß ist. Wieder drehten sich alle nach ihr um, so sehr fiel sie auf. Alles ist hier schwarz oder grau oder dunkelblau: sie kam rot daher. Alle schwiegen, alle halten sich still: sie redet und redet, sie lacht.

„Kommen Sie nur", sagte der Glöckner.

Er mußte jetzt vor ihr hergehen, so viele Leute waren da.

„Obacht", sagte der Glöckner dann, als er zur Vortreppe kam.

Die offene Tür ließ den Ton kaum heraus, so dick war der. Man stand auf einmal vor diesem Gedonner, man stieß daran wie an eine Mauer, die einen aufhält.

„Ihr da, verzieht euch!" schrie der Glöckner die Kinder an, und sie hörten es erst noch nicht, und er mußte sie eins nach dem anderen an der Schulter packen.

Sie hielt sich die Ohren zu. Sie lachte und lachte, und man hörte sie nicht, sie stand vor dem Glöckner und hatte die Hände erhoben, die Finger in die Ohren gesteckt, sonst hätte sie es nicht ausgehalten. Der Glöckner fand das lustig, er schrie wieder: „Da! das ist noch Musik!" Es waren drei Trommler. Man sah sie nur für Augenblicke. Sie erschienen, verschwanden; man sah sie, man sah sie nicht: sie waren drei, auf einer Bank, in einer Ecke, vor ihren Trommeln, auf die sie mit genau der gleichen Bewegung der Stöcke, der gleichen Bewegung der Köpfe schlugen. Drei waren sie, aber wie wenn sie nur einer wären, in ein und demselben Takt, der um sich selber kreiste und die zu tragen schien, die da kreisten. Es waren mehrere Paare; sie mußten den Kopf einziehen, weil die Decke zu niedrig war. Sie waren viereckig in ihren schwarzen Anzügen, sie hielten sich an den Schultern. Sie waren riesig, sie schienen sehr groß unter der niedrigen Decke, sie hielten sich an den Schultern und gingen bald nach der Seite, bald drehten sie sich im Kreis. Sie schaute. Sie hielt immer noch die Finger in die Ohren gesteckt, und inzwischen waren zwei oder drei weitere Paare hereingekommen. In diesem Augenblick drehte sie sich zu dem Glöckner, sie gab ihm ein Zeichen mit dem Kopf. Ihr Gesicht wies in die Richtung der Tanzenden: er hob die Achseln. Ein erstes Mal hob er die Achseln, er wollte sagen: „Das geht nicht"; sie gab ihm wieder ein Zeichen, er hob wieder die Achseln, aber anders, wie um zu sagen: „Ja nun! auch gut!", und dann lachte er.

Sie verschwanden beide von ihrem Platz an der Tür.

Und auf einmal legten die Trommler in einer Weise los, daß Mutrux mitten in einem Satz unterbrochen wurde, er ließ den Schluß fahren, er hob den Kopf:

„Was gibt's denn?"

Man sah, daß Buben auf die Fenstersimse geklettert waren.

„Was gibt's denn?" sagte er noch einmal. „Firmin, kommst du?"

Firmin stand auf, wie um ihm zu folgen, und dann besinnt er sich plötzlich anders! Um ihn her begann man zu lachen und Beifall zu klatschen: da die Leute ihm noch im Weg standen, drängte er sich mit der Schulter hindurch. Festtag, unter einem schönen Himmel, kleine Wolken sind darauf angeordnet, sind wie Sand auf dem Grund des Wassers; mildes Wetter, keine Spur von Wind – und da ist eine alte Frau, die er beinahe umwirft im Gehen, im Weitergehen. Mit einemmal ist er allein. Er war vor die Kirche gekommen und ging dort bergauf, nach rechts. Hinter der Kirche ist der Friedhof, an dem geht er noch entlang, bleibt dann stehen. Er setzt sich auf die Mauer, er bleibt eine ganze Weile dort sitzen; lange hält er sich bei den Toten auf, als gehöre er hier dazu. Er beneidete sie, daß sie unter der Erde waren. Er dachte an seinen Vater, er sagte sich: „Wenn doch ich es gewesen wäre." Er saß auf der Mauer, und die Trommel tönt noch herauf, begleitet von Lachen und Rufen, aber für ihn fällt alles zur Erde herab, zu den Buckeln dort, und unter den Buckeln ist es, manche von ihnen haben ein Holzkreuz, ein schwarzes oder ein blaues. Dann geht er weiter, er weiß nachher nicht mehr recht, wo er war. Er muß im Kreis gegangen sein. Es ist spät geworden.

Er hört die Trommeln wieder viel besser, und

der Abend liegt auf der immer gleichen Gruppe von Dächern, die er von neuem vor sich hat. Man hat die Lampen angezündet im Wirtshaus, man hat die Lampen im Gemeindehaus angezündet; auf dem Platz ist fast niemand mehr; die Frauen sind mit den Kindern nach Hause gegangen. Da kommt er nun heran: er ist rundum gelaufen, hat den ganzen Kreis beschrieben, er ist zu der Stelle gelangt, die er vorher verlassen hat; er sieht von hinten die Männer, die alle zur Tür gewandt stehen und durch die Öffnung zu sehen versuchen, und er versucht auch zu sehen. Aber weil er als letzter gekommen ist, gelingt es ihm nicht. Er wundert sich über die Stille, die herrscht – bis auf die Trommeln, die tönen immer noch voll daher; über die Stille der Männer, die da stehen; dann brechen sie in ein lautes Gelächter aus; dann ist wieder alles still. Und nun fällt ihm ein, es wie die Buben zu machen, und er klettert zu den Fenstern hinauf.

Er stellt sich auf das Fenstersims, er sieht so über die Köpfe der Männer hinweg, die drinnen im Kreis stehen.

Und sie war da; und man stand im Kreis um sie her.

Und sie hielt mit den Fingerspitzen ihre Röcke geschürzt und fing an, sich im Kreis zu drehen, und da war Mânu, und Mânu lief hinter ihr her, aber immerfort wurde er aufgehalten.

Man hatte ihm das Gesicht mit Wichse geschwärzt, man hielt ihn am Wams fest, man stellte ihm ein Bein. Sie rief ihm: er rannte wieder los. Und zuerst schien es, als wolle sie sich einholen lassen, doch in dem Augenblick, da er sie fast erreicht hatte und schon die Hände ausstreckte, entschlüpfte sie ihm …

Firmin war sehr ruhig hinter der Fensterscheibe. Er schüttelte zwei- oder dreimal den Kopf, und das Wort, das er sagte, war kurz.

Er sagte sich: „Aus!" Er sagte sich: „Es ist aus!"

Er versank in eine ruhige Traurigkeit, und dabei sagte er sich noch einmal: „Aus, es ist aus! ..."

Er würde nun einfach nach Hause gehen, und dann würde man sehen.

Doch gerade als er sich abwenden wollte, in ebendem Augenblick hielt sie an und stand da, das Gesicht zu ihm hingekehrt.

Das Licht der großen Lampe, das Licht von einer, zwei, drei großen Lampen, die an der Decke hingen, war hell genug. Und sie sah ihn jetzt an, als gebe es auf der Welt für sie nichts als ihn.

Er wurde festgehalten in dem Augenblick, da er einen Sprung nach hinten tun wollte: sie rief ihn heran, mit dem Kopf, mit der Hand; und da Mânu diesmal Zeit gefunden hatte, sie einzuholen, stieß sie ihn so heftig zurück, daß er der Länge nach hinfiel.

Man brach in Lachen aus. Es herrschte währschafte Fröhlichkeit, dafür hatte man reichlich genug getrunken, und die Herzen hatten Zeit gehabt, warm zu werden. Alle sind Freunde jetzt: „Los, Firmin! ..."

Man rief ihm:

„Firmin, man wartet nur noch auf dich ..."

Und alles war umgewendet; alles wendet sich in ihm um, von neuem.

Er springt zwar vom Fenster herab, aber nicht, um nach Hause zu gehen.

Er kommt zwar mit beiden Füßen auf den Boden herab, aber nicht, damit seine Füße ihn forttragen.

Seine Füße schlagen ganz von selbst die rechte Richtung ein, und er folgt ihnen; die Trommeln sind still: er hört, daß man mit ihm redet: „Wo bist du gewesen? Los, komm, mach schnell!" Und man ließ ihn durch.

Sie war ihm entgegengelaufen, sie faßte ihn an den Händen, sie zog ihn vorwärts.

Und da gilt das Verbot für die Mädchen nicht mehr, es kommen ein paar von ihnen herein: ein schöner, ruhiger Takt wird geschlagen, und alle drehen sich ruhig, wie wenn das Glück nie mehr aufhörte, wie wenn man sein Leben lang tanzen würde ...

Da kommt man und sagt zu Firmin:

„Es wäre doch schade, weißt du, es würde das Fest verderben ..."

Man bringt Pitteloup her; er versöhnt sich mit Pitteloup, er entschuldigt sich sogar bei Pitteloup.

Darauf fängt man wieder zu tanzen an; und er tanzt nur noch mit ihr, und sie will einzig mit ihm tanzen.

Bis um zwei Uhr am Morgen.

Aber da sagte man nun zu ihm:

„Wo kommst du her?"

Man sagte zu ihm:

„Du hast jetzt zu wählen zwischen ihr und mir."

Um zwei Uhr, halb drei Uhr, und Frieda war sofort in ihre Kammer hinaufgegangen – da stand er allein vor seiner Mutter, in der Küche, wo sie ohne Licht auf ihn gewartet hatte, und sie sagte zu ihm:

„Wo kommst du her?"

Er sagte:

„Hör, mach, was du willst; wenn du ja weißt, wo du hin kannst und daß du's dort besser hast ..."

Um zwei Uhr, halb drei Uhr am Morgen; und sie sagte nichts mehr.

Nichts wurde mehr gesprochen, kein Wort sagte sie mehr in der Zeit, die sie brauchte.

Sie hielt in der Hand eine Lampe, und er konnte sie sehen, von dort, wo er war, wie sie kam und ging in der Kammer.

Sie machte die Truhe auf; sie nahm ihr bißchen

alte Wäsche und ihr anderes Kleid (sie hatte nur zwei).

Sie hielt die Lampe in der einen Hand, sie nahm ihr Tuch, ihren Hut von dem Nagel, an dem sie hingen. Sie hielt in der einen Hand ihre Lampe, sie schaute noch in den Ecken nach mit der Lampe, dann kam sie zurück in die Küche.

Und er sah, daß sie wieder da war, trotzdem sagte er nichts.

Sie stellte ihre Lampe auf den Tisch und breitete ein altes Leintuch daneben aus, und sie legte ihre armseligen Sachen darauf, sie machte ein Bündel.

Sie ging durch die Küche, sie kam ganz nahe an ihm vorbei.

Der Riegel an der Tür schrie plötzlich auf; er ließ ihn schreien.

Denn er sollte zuerst seine Mutter verleugnen.

Siebentes Kapitel

I

Die Heugaden sind hier eng mit den Häusern zusammengemischt, und jedes Haus hat die eigenen, oft sind es zwei oder drei, um sich herumstehen; auch die Vorräte, die Lebensmittel für den Winter werden da aufbewahrt: die Bohnen, die Saubohnen, das Mehl, die verschiedenen Getreidearten, die man hier hat, der Mais, das getrocknete Fleisch; darum sind diese Heugaden auf Pfahlwerk gebaut, und oben an den Pfählen ist ein vorstehender flacher Stein eingefügt.

Vier flache Steine sind so eingefügt, daß sie nach allen Seiten vorstehen: da können die Mäuse nicht drüber hinein, wie man hier sagt.

Ganz aus Holz gebaut, aus Balken gezimmert. Zum größten Teil vor sehr langer Zeit gezimmert, aus Lärchenbalken, die schwarz geworden sind und zwischen denen man Spalten ausgespart hat, damit die Luft hindurchgeht. Mit offenen Fugen, offen für Luft und Licht, sie lassen herein, aber auch hinaus. Auch ihr Inhalt macht sich die Spalten zunutze, man sieht Heubüschel heraushängen, mit denen der Wind spielt, oder das steifere Stroh dringt hervor wie ein Bart nach acht Tagen. Und dazu riechen sie, so sehr sie können, stark und süß, bitter und lind, nach totem Laub, nach saurer Milch, oder das Fleisch hat ein wenig unter der Hitze gelitten; sie riechen gut oder auch nicht gut, sie riechen gut und dann nicht gut, dabei neigen sie sich vornüber, so sehr sie können.

Frieda fing an, von einem zum andern zu gehen, sie machte die Runde im Dorf.

Schon stachen die Männer in ihren kleinen Gärten die Erde um, und die Frauen hängten die Wäsche an Leinen auf.

Der Mann hatte seinen Spaten mit dem flachen Blatt hervorgenommen, das im Herbst glänzt, weil es das ganze Jahr gebraucht worden ist, und dann trübt es sich ein wenig im Winter, aber man macht es gleich wieder blank. Der Mann hat es sich unter den Fuß gestellt, und er drückt darauf mit der Sohle, während die Frau die Arme hebt bei ihrem Zuber, der auf dem Boden steht, und in der Luft alle möglichen hübschen Farben erscheinen läßt, die sie nebeneinander verteilt.

Man gewöhnte sich daran, daß Frieda kam, fast jeden Tag, und den gleichen Spaziergang machte.

Den Mann, der seinen Garten umstach, fragte sie, was er da säen würde; sie stand auf der anderen Seite des Zauns, und manchmal lehnte sie sich auf den Zaun; sie fragte also: „Was säen Sie hier?"

Der Mann sagte ihr, was er säen würde; und sie zeigte dann auf den Berg.

Sie zeigte auf den großen Hang und die Bergkette, die man mehr oder weniger gut erkennt, je nachdem, wo man steht, und darunter ist für sie jetzt ein Dach, oben an einem Dach ist der Berggrat und macht ihm einen zweiten First; zwei Dachfirste sind übereinander, der eine grau, der andere weiß.

„Man ist einen guten Monat später dran bei uns", sagte sie.

Sie zeigte so auf den Berg, dann zog sie zwischen den Balken eines Heugadens ein langes, dürres Maisblatt heraus, dessen Spitze vorsteht:

„Was ist das?"

„Das ist Mais."

„Bei uns gibt es keinen", sagte sie wieder.

Sie zieht an dem Blatt, sie zieht an einem anderen: sie wollten nicht kommen. Man lachte.

„Der Kolben: der kommt nicht mit …"

Und sie zog wieder, zog an den Halmen zwischen den Balken: „Ah! das ist Heu."

„Nein, das ist Emd."

Ein andermal war es Stroh; manche von diesen Heugaden waren auch voller Holz – und wenn der Wind von Süden kommt, wird man das Feuer an der Südseite legen, wenn der Wind von Norden kommt, an der Nordseite.

An diesem Punkt ließ sich ein Blöken hören. Das war an den Vormittagen, wenn sie allein war: sie ging aus; Mânu folgte ihr aus der Ferne. Man sah ihn kommen, er schwankte von rechts nach links und gleichzeitig von hinten nach vorn; er wurde durch diese Halbkreise vorwärts getragen, durch die Bewegung seines Kopfs, der er nachgab. Er kam bis zu dem Garten, vor dem sie schon stand, ein paar Schritte von ihr hielt er an. Sie ging weiter, er ging weiter. Und sobald sie wieder stehenblieb, tat er es ihr nach, er schwankte an Ort weiter, mit gekreuzten Armen, gesenktem Kopf: seine Backe glänzte wie ein Napf aus gelbem Ton.

Sie ging aber weiter, er folgte ihr wieder; und sie wartete, bis sie in einen Winkel gekommen war, wo man sie nicht sehen konnte; dort gab sie Mânu ein Zeichen, und er begann zu lachen, aber sie gab ihm zu verstehen, er solle still sein, und er verstand.

„Stell dich da her."

Sie sah ihn fest an.

„Hast du mich lieb?"

Er verstand, er verstand sehr gut; er gab Antwort auf seine Art; nun sagte sie zu ihm:

„Und den Firmin?"

Jetzt war sie es, die lachen mußte.

„Und die Leute von hier?"

Sie lacht wieder, sie sagt zu ihm:

„Also gut, das ist abgemacht; wenn ich fortgehe, nehm ich dich mit."

Nun zieht sie wieder ein Heu- oder Strohbüschel zwischen den Balken hervor; sie sagt:

„Hast du gesehen, Mânu? ... Wenn ich dir's sage, verstehst du? Nicht jetzt, man muß warten ... Aber an einem Tag, da ruf ich dir dann, und du kommst mit mir ... Wenn du brav bist, Mânu, wenn du schön brav bist, wenn du mir folgst ... Und jetzt zeig mir, wie gut du folgst, und verschwinde! ..."

Er folgte sofort. Und sie ging wieder weiter, setzte ihren Spaziergang fort, nach und nach kam sie so zu allen vier Seiten des Dorfs, denn da ist der Südwind und der Nordwind; es gibt einen Wind, der von Osten kommt, und es gibt einen, der kommt von Westen.

II

Er ist wie ein Waisenknabe, und zur gleichen Zeit lebte er mit einer Frau zusammen, die nicht seine Frau war. Es waren die Tage im Jahr, da alles auf einmal hervorkommt und man sich nirgends mehr auskennt. Die drei strohgeflochtenen Bienenstöcke im Obstgarten können sich nicht mehr stillhalten. Man spürte wieder, wie weich das Gras ist unter den Füßen. Das Wasser im Oberlauf des Flusses ist schon weniger spärlich; vorher war es zu weiß, war wie eine Straße, die nicht benützt wird, wo niemand durchkommt; aber jetzt ist es eine Straße, die sich bewegt, eine Straße, die vorwärts geht. Das Wasser, das herunterläuft, die Tage, die verstreichen; die Reben weinen. Die Frühlingssaat ist aufgegangen, die Wintersaat reicht einem bis zum Knie. Sie waren wieder unterwegs mit ihren kleinen Walzen, mit ihren kleinen Eggen, mit ihren Geräten, die alle nicht groß sind wegen den mühsamen Wegen und den knapp bemessenen Feldern. Sie gingen in ihre Rebberge, sie schneiden die Reben. Und auch Firmin ist heute noch in die Reben gegangen; er kommt zurück. Er hört die Bienenkörbe summen im Obstgarten. Er stand jetzt zwischen den hochgewachsenen Pflaumenbäumen, wo die sprossenden Blätter kleine Wasserbehälter waren mit blauen Deckeln.

Er lehnte sich an einen der Stämme, die Schulter an der Rinde des Baums, er schaute den Ameisen zu, die über den Boden liefen, eine hinter der andern.

Und schon war das Summen der Bienen nicht mehr nur in den Körben, sondern zwischen den Ästen; er schaut hin und sieht, daß sich die Blüten bilden, grau unter den kleinen Hüllen, die bald von ihnen abfallen, damit sie weiß werden ...

Es war Mittag, man ruft ihm.

Die Stimme kommt daher, durch einen Geruch, der zugleich eine Farbe war, und diese Farbe war gleichzeitig eine Musik; es ist, als ob überall Glück sei, alles lädt dazu ein, sich glücklich zu fühlen.

Was da zittert und hängt in den Zweigen, ist

dies, daß man glücklich sein könnte und daß man unglücklich ist und daß andere glücklich sind, und das hörte man auch von Mädchen, die sangen. Und von drinnen wird ihm wieder gerufen; er stand immer noch mit dem Arm an den Baumstamm gelehnt, er beugte dann seinen Kopf vor und sah, daß sich die Grashalme leicht bewegten unter der Luft, die von einem zum anderen ging.

Man ruft wieder: „Wo sind Sie?" Er sagte nichts. Sie kam, sie rief ihm zu: „Oh! da sind Sie!"

Dann mit einemmal unterbrach sie sich, während auch er versuchte, ihr entgegenzugehen, und mit Mühe machte er einen Schritt, dann machte er gar keinen mehr.

Sie hatte den Kopf gehoben; sie sagte auf einmal: „Oh! schauen Sie!"

Gleichzeitig hob sie den Arm, sie zeigte auf etwas, das über den Baumwipfeln war, und dann:

„Firmin, sehen Sie! Firmin!"

Er kam, er wußte nicht, was sie meinte; dann wußte er es, aber besser hätte er es nicht gewußt.

„Oh!" hörte er wieder, „wie schnell das geht, wie schnell! Gestern hatte es unten an den Wäldern noch Schnee."

Gestern war dort tatsächlich noch Schnee, und heute ist keiner mehr da. Man sieht so gut dort oben, wie das ist, wenn alles aufbricht, vorwärts gleitet und sich löst, abschmilzt und fällt, gleichzeitig hört man hin und wieder ein Gedonner, und es tönt, als hustete der Berg ...

„Und übermorgen die Weide", sagte sie, „und am Ende der Woche kommt der Paß an die Reihe ..."

Denn wirklich, überall wurde die gleiche Arbeit getan, überall ist die Jahreszeit unterwegs und kommt näher.

Er konnte sich nicht mehr halten, er sagte:

„Das freut Sie?"

Sie schüttelte den Kopf, das hieß nein.

Und alles wendet sich für ihn noch einmal um, denn er kann nur noch ganz am einen oder ganz am andern Ende von sich selber sein:

„Ja, dann", sagte er, „bleiben Sie …"

Auf einmal sind die Worte leicht geworden, alles ist einfach, und das hier ist einfach, oder nicht? Doch sie schüttelt erneut den Kopf, und alles wird wieder schwierig.

Die Worte werden wieder schwierig; er findet nur eines:

„Warum?"

Sie antwortete:

„So …"

Es wurde schwarz, die Sonne war schwarz; er hörte sie sagen:

„Die Suppe ist fertig. Ich wollte Sie holen, wo hab ich nur meine Gedanken …"

Und er sagte sich unterdessen: „Ich muß mit ihr reden"; er sah, er würde es nicht mehr lange aushalten; da brauchte er seine letzte Kraft, um ihr das zu sagen, während er hinter ihr herging; er sagt:

„Ich muß mit Ihnen reden …"

Sie gingen wieder hinunter durch den kleinen Obstgarten, sie gingen über das Gras auf das Haus zu, sie kamen an den drei Bienenkörben vorbei:

„Reden Sie nur."

„Nein, jetzt nicht …"

Sie waren jetzt unter dem Fenster, wo ein Schattenstreifen den ganzen Tag über liegt, so daß an dieser Stelle der Erdboden immer feucht war; er fror:

„Nicht jetzt."

Er machte eine Kopfbewegung:

„An einem der nächsten Sonntage … Und nicht hier, wir müssen Ruhe haben …"

Er sprach nicht weiter, hätte nicht mehr sprechen können, und man hörte immer noch den Berg arbeiten – den ganzen großen Hang, der arbeitet, der sich befreit, er läßt den Schnee von sich abblättern, wie die Rinde vom Stamm der Platanen fällt.

In dieser Nacht hört sie ihn noch von ihrem Bett aus; und sie, in ihrem Bett: „Nur zu, mach schnell!"

Und denkt an den anderen Hang dort im Schatten, denkt an den vielen Schnee, den sie in ihren Tälern dort haben, in ihren Schluchten, in ihrem unebenen, nordwärts gekehrten Land: „Ja, Berg, mach schnell!"

Aber von neuem hörte man ihn, man hörte den Berg, wie wenn einer hustet; man hörte ihn in seinem Schlaf, wie wenn einen das Fieber gepackt hat, und er drehte sich um und sagte etwas, wie wenn einer laut redet im Traum ...

Zur gleichen Zeit kam auf der anderen Seite des Bergs an einem Morgen die ganze Schneedecke vom Dach des Gasthofs zum Bären herunter.

Nicht gar so lang vorher war Matthias wiedergekommen, er hatte den Weg um den Berg herum gemacht; und bald, sagte er, werde man das nicht mehr tun müssen.

Er bläst in sein Hörnchen, man ruft: „Da ist er! da ist er! ..." Man sieht ihn, noch ganz klein, auf dem Weg, der sich in der Mitte schon dunkel gefärbt hat.

Er ist noch nicht größer als ein Finger, aber sein Hörnchen ist ein gutes Hörnchen, das weit trägt; die Burschen waren ihm entgegengelaufen, der große Hans vor den andern ...

Und sie, noch immer: „Mach schnell!", und dann sah man am Morgen, daß der Berg schnell gemacht hatte; und das schöne Wetter hält an, der Frühling ist zeitig in diesem Jahr; alles kommt in Bewegung, kommt herunter, verändert sich; was gestern noch da war, ist heute nicht mehr da, und man wird sich auch morgen nicht wieder auskennen, so geschwind geht das; aber sie: „Schneller! schneller! noch schneller!", und da sind jetzt die Weiden von Empreyses wieder hervorgekommen, und auch Prâpio kommt hervor, Culant kommt hervor, die Fornalettaz kommt weiter rechts zum Vorschein ...

„Nun?" riefen die Burschen von so weit her, wie sie konnten.

Matthias, ein wenig größer geworden, hob beide Arme:

„Am dreizehnten Juni."

Die Burschen:

„Am dreizehnten?"

Matthias:

„Am dreizehnten. Aber wir müssen zwei Tage vorher hier weggehen ... Und ihr wißt ja, ich gehe nicht schnell, vor allem nicht auf den Wegen da droben" (er hob den Kopf), „aber ihr helft mir dann."

III

Firmin war glücklich, als er an dem Sonntag sah, wie schön das Wetter war; so würde sich alles von der schönsten Seite zeigen.

Die Leute aus den obern Dörfern trafen schon gleich nach dem Mittag ein, denn sie haben die Stufe hier gern, und sie kommen an diesen Frühlingstagen wegen der Weinkeller.

Der neue Wein, der sich in den Fässern wieder geregt hat, zur gleichen Zeit wie der Saft in den Schossen (denn er hat noch nicht ganz vergessen, woher er kommt), wird jetzt ruhig; Mädchen sitzen im Gras unter den Bäumen, die weiß sind, rosa sind, rosa und weiß.

Er hatte sich mit Frieda verabredet, in den Wald von Chenalette.

Sie ging ohne Hut aus dem Haus, als ob sie nur einen kurzen Gang vorhabe; und da war Mânu, er wollte ihr folgen wie immer, doch sie drehte sich um, sie legte den Finger auf den Mund und schüttelte den Kopf.

Sie ging um das Dorf herum, auf der unteren Seite, hinter den Hecken.

Ganz in ihrer Nähe wurde geredet. Sie fand es lustig, ganz in der Nähe reden zu hören, so wenig rechnete man damit, daß sie da war; zwei Verliebte haben sich um die Hüften gefaßt, sie lehnen sich aneinander hinter den Hagebuttenbüschen, hinter den Schwarzdorn- und Weißdornbüschen, und sie sagen einander ihre zärtlichen Worte, sie lehnen sich aneinander; sie sagen sich halblaut die Dinge, die Freude machen, sie lehnen sich immer mehr aneinander, es scheint, sie werden gleich umfallen.

Zwei Verliebte auf dem Weg hinter der Hecke, denn das ist die Zeit dafür.

Dieser Wald von Chenalette ist ein wenig östlich vom Dorf, er ist gleichzeitig höher und tiefer als das Dorf, denn er zieht sich dem Hang nach hinauf.

Firmin saß im oberen Teil des Walds. Als er sie das erstemal sah, war sie noch weit unter ihm; er sah, daß sie einen Strauß machte, und dann sieht er sie nicht mehr; der Strauß war schon sehr dick, als er sie wieder sah. Er streckte seinen Kopf ein wenig vor, er ließ nur den Hut und die Augen über die Äste hervorkommen; sie stieß einen leisen Schrei aus, sie lief herzu.

Oh! alles ist heute so gut für ihn hergerichtet, daß es so aussieht, als müsse man's nur noch geschehen lassen.

Er zeigte ihr einen Platz neben sich, und sie setzte sich hin, da wo er sie sitzen hieß. Da war ihr dicker Strauß, den sie mit dem linken Arm an sich drückte, denn sie hätte ihn nicht in der Hand halten können, und sie tat, was er sie hieß; dann, als sie sich gesetzt hatte, legte sie die Blumen quer über ihren Rock.

Sie saßen nebeneinander, vor einer Fensteröffnung im Astwerk.

Er hätte nicht reden müssen, es redet ja alles schon, und so gut. Der Hang fiel unter ihnen ab, so daß das erste Stück von ihm nicht zählte und zurücktrat, wie mit Absicht, um das weitere freizugeben, um nicht zu stören und nichts zu verbergen; das ganze Land wird so vorgeführt in seiner schönsten Ordnung, stufenweise, im Halbkreis, und das ist auch die Zeit im Jahr, wo man schon urteilen kann über das, was es bringen wird, denn das Heu läßt erkennen, wie es sein wird, der Weizen kündigt sich an, die Rebe zeigt ihre Trauben.

Er machte mit der Hand eine Bewegung; zuerst machte er die.

Er beschrieb mit der Hand einen Bogen, dann ließ er die Hand sinken. Er höhlte das Land aus mit seiner Hand – und wir hier sind zum Glück in einer guten Lage. Wir sind auf der Nordseite, also nach Süden und nach der Sonne gekehrt; wir dehnen uns aus mit unseren Halden, hier an der Sonne, und noch halb aufrecht mit unseren Halden, um die Sonne besser aufzufangen und ihr mehr Ehre zu geben ... Während da drüben – er sagte es, ohne etwas zu sagen, und er zeigte auf die Berglehne gegenüber ...

Denn er fing nun an, eine lange Rede zu halten, von der nur ein kleiner Teil gesprochen war, und den größern Teil sprach er in sich hinein.

„Das dort ist nichts wert!"

Er fuhr mit der Hand über die Höhe drüben am anderen Hang, und er sagte es nicht laut, aber er zeigte auf den Schnee, auf die Gletscher, auf das Geröll: das ist nichts wert! ... „Und das auch nicht! ..." Er zeigte auf die tiefer gelegenen Felsen.

„Das ist schlechtes Land" (ohne etwas zu sagen), „aus dem Land kann man nichts herausholen, und es dient zu nichts; und hier ist auch nicht alles schön, das gebe ich zu", er zeigte jetzt auf die große Bergseite hinter ihnen, zeigte auch hier auf die Stellen, wo der Fels bloßliegt und nichts wächst, auf die Steinfelder (und sie sind eben erst unter dem Schnee hervorgekommen, und sie glänzen jetzt im Frühling und in der Sonne, die sie gerade von vorn beleuchtet); und das dient auch zu nichts, als um abzutrennen, aber sehen Sie jetzt! Dort droben ist nur, was glänzt und nichts wert ist, das zählt nicht; aber nun senkt er den Arm, er führt ihn ins Tal hinein, höhlt es aus für sie und läßt dort den schönen Fluß hervorkommen, den schönen großen, milchweißen Fluß, der sein Bett wieder ausfüllte. Das macht den Wiesen und Äkkern schon Mut, und wir haben da unsere kleinen Kanäle, die sich füllen, wir haben unsere kleinen Schleusen, man entlehnt sich vom Fluß das Wasser, bevor es dann seines ist, man berieselt sogar die Rebberge, denn sie sind steinig und stehen so aufrecht, daß der Regen nicht tief in sie eindringt. Und er zeigt ihr noch einmal den Fluß und den Talgrund; dann, etwas höher, zeigt er diese Terrassen, die man nur halb sieht, die kleinen Stufen und Absätze, wo die Schosse untereinander stehen zwischen den Mauern, und davon redet er, davon redet er mit seiner Hand:

„Wir haben ja vier oder fünf Arten von Wein hier bei uns: wir haben den Rèze, wir haben den Muskateller, wir haben den Amigne, wir haben den Fendant; wir haben so vier oder fünf verschiedene Traubensorten, nur auf dem kleinen Stück Rebhang da ..."

Er sagt laut:

„Der beste ist der Muskateller, den läßt man acht Tage lang in der Kufe."

Er sagt noch:

„Und das ist viel, nicht wahr, vier oder fünf Weinsorten, für ein ganz kleines Stück Rebhang wie unseres da?"

Das kam, kam immerfort, das kam, ohne daß er es wollte, er konnte es nicht mehr hindern; und was er jetzt zeigt, er hat seine Hand heraufgenommen, das ist ganz nahe: das ist in der Mitte, man würde sagen das Herz.

Auf seiner eigenen kleinen Stufe, grade unter ihnen, liegt das Dorf, und er redete nicht mehr, als er nun weiterredete.

„Es ist doch auch hübsch, trotz allem, finden Sie nicht?", und er zeigte es ihr.

Das Dorf und die Obstgärten ringsumher, das runde Dorf mit all seinen grauen Dächern, die wie ein einziges Dach sind; dieser weiche graue Fleck, den es zwischen den Bäumen bildet.

„Sie sehen, an Obst fehlt's uns nicht."

Er fährt mit der Hand darüber, in kleinen Bewegungen jetzt, denn er zeigt die Dinge im einzelnen, und er zeigt diese schönen großen Birnbäume, deren hängende Äste sich kräuseln, als habe man sie gewickelt.

„Es liegt doch hübsch!"

Auch das sagt er laut; er zeigt auf das Gras, auf das Korn. Er zeigt diese vielen kleinen Felder, die überall liegen, wie wenn man bunte Taschentücher gewaschen und sie zum Trocknen an der Sonne ausgelegt hätte: denn man hat Weizen, man hat Hafer, Roggen, Gerste, Buchweizen, man hat Mais, Raps und Hanf: „Ah! hier kommt alles gut", sagt er wieder, ohne zu reden, „aber man muß sich dranhalten, und manchmal will man, und manchmal will man nicht ..."

Pflaumen, Äpfel, Kirschen, Aprikosen, Pfirsiche, Nüsse, vier oder fünf Arten Wein ...

„Sie sehen, das Gemeindeland geht bis dort hinauf; die Felder ganz dort droben gehören noch uns …"

Und er zeigt jetzt, halb abgewendet und mit erhobenem Arm, ein Gebiet über ihnen, und er redet jetzt laut:

„Bis unter die Wälder, die Sie dort sehen, an Land fehlt's uns nicht … Nun? was sagen Sie, auf der einen Seite bis dort hinauf, auf der anderen bis zum Fluß …"

Doch er nimmt wieder seinen Gedanken auf:

„Nur, man arbeitet nicht alle Tage so, wie man sollte, man hat nicht immer den Willen zur Arbeit, aber wenn Sie möchten …"

Er redet leiser:

„Ich kann Ihnen sagen …"

Er sagt:

„Sie verstehen, das Haus gehört mir, denn es hat meinem Vater gehört, und aller Besitz gehört auch mir …"

Sie hatte sich unterdessen halb zurückgelehnt an das Moos auf der Böschung, sie bewegte sich nicht.

Er streckt wieder die Hand aus, er zeigt mit dem Finger eine Stelle im Dorf, den einen kleinen Punkt unter so vielen anderen und unter all diesen Dächern ein Dach, das gleich ist wie all die anderen, aber nicht für ihn, weil es ihm gehört, dieses Dach ist sein Dach …

„Sie verstehen, da war noch meine Mutter, aber sie ist jetzt bei ihrer Schwester, man braucht sie nur dort zu lassen, bis das in Ordnung kommt, denn diese Dinge kommen mit der Zeit ganz von selber in Ordnung. Das kommt in Ordnung … Und dann", sagt er weiter, „wären da vielleicht noch die Leute im Dorf, denn es ist nicht grade üblich, daß man Mädchen heiratet, die nicht von hier sind; aber die Leute haben sich an Sie gewöhnt, man hat Sie gern, man würde Ihnen keinen Verdruß machen."

Und dann sagt er:

„Nicht wahr?"

Anfang des Fragens, Anfang der Frage; und zeigt noch einmal mit der Hand, zeigt die gute Sonne, die auf die gute Erde scheint; und eine schöne Hochzeit würde man machen (er sagt es nicht); und die gute Sonne arbeitet für uns und für unsere Hochzeit, sehen Sie – zeigte noch einmal, wie das glänzte, wie das rauchte und zitterte, so wie es ist, wenn die Wärme herabkommt auf den Saft und auf die Feuchte des Erdbodens, und alles schwankt sachte vor einem, und gleichzeitig riecht es nach Brot und nach Wein, riecht nach den guten Dingen, die wir essen, die uns geschenkt worden sind, damit wir sie nutzen und sie genießen, aber zuerst muß das Herz sein Glück finden …

Da sagt er:

„Wollen Sie?"

Er bietet ihr all das an, er sagt es ihr noch einmal mit der Hand.

„Und all das könnte Ihnen gehören …"

Er wartet einen Augenblick, er traute sich nicht, sie anzuschauen.

Und dann, als nichts kam, kehrt er sich doch zu ihr.

Sie lächelt ihn an zuerst, und so fängt sie an, mit all ihren schönen Zähnen in ihrem rosigen Gesicht. Dann, sehr langsam, wie bedauernd, aber es muß halt sein, sagt sie Nein mit dem Kopf … ein erstes, ein zweites Mal.

Hat die Augen gesenkt, hat die Hand in den Blumen auf ihren Knien und nimmt sie und hebt sie auf; und nochmals Nein, mit dem Kopf.

Er versucht es noch einmal, er sagt:

„Hören Sie, das eilt ja gewiß nicht, Sie wollen vielleicht zuerst heimgehen und dort alles in Ordnung bringen? Erst später dann, wenn Sie zurückkommen …"

Aber nein, wieder Nein, mit dem Kopf.

Dann läßt sie sich mit dem ganzen Körper zurücksinken, und sie kehrt sich nur halb zu ihm, aber die Augen kehrt sie ihm ganz zu, sie schaut ihn so an aus den Augenwinkeln und hat die Arme unter den Nacken geschoben, sie sagt zwei Wörter in ihrer Sprache, die heißen: „Mit mir."

Sie schaut ihn an, schaut ihn immer noch an aus den Augenwinkeln, ohne sich zu bewegen, dann kommen noch einmal zwei Wörter in ihrer Sprache, die bedeuten: „Sie kommen mit mir."

Und weiter, in ihrer Sprache:

„Viel schöner, viel schöner ... dort drüben."

Er begriff nicht, sie erklärte es ihm. Er hatte sich vornübergebeugt, hatte die Knie auseinandergetan, und die Hände hingen dazwischen; und die Wörter kamen jetzt hinter seinem Rücken hervor, denn da kamen immer noch Wörter.

Man sagte:

„Viel schöner, Sie werden sehen ... denn Sie werden mitgehen ..."

Dann kamen nicht mehr nur Wörter, man kam mit dem Arm, und der Arm legte sich ihm um den Hals.

Und er wehrte sich nicht.

Und als man ihm sagte:

„Sie werden sehen, wieviel schöner es ist, Sie werden kommen, Sie werden sehen ... Viel schöner ... viel reicher ..."

Sagte er nicht Nein, er wehrte sich nicht; er entzog sich ihr nicht, ging nicht fort; denn auch sein Land mußte er verleugnen.

Und da war ein drittes, das er verleugnete, auch an einem Sonntag.

Sie waren droben an der Sonne herumgewandert, den Hecken entlang; sie waren zu einem Weg gekommen, der sich hinzieht am Hang, quer zu ihm, und zu einer kleinen Kapelle führt.

Sie hatte gesagt: „Man muß die letzten Tage ausnützen"; er hatte sich führen lassen von ihr; eine kleine Kapelle, ganz weiß, die man von weitem auf ihrem Felsen sieht.

„Was ist das?"

Er zögerte:

„Das ist die Kapelle von Girette."

„Was tut man da?"

Er zögerte wieder.

„Man bittet hier die heilige Anna um Kinder, wenn man keine haben kann."

Sie steigen da nämlich auf den Knien hinauf. Sie folgen zuerst diesem Höhenweg, dann kommen sie zu einer Stelle, wo eine Treppe ist. Die Kapelle ist auf einer kleinen Erhöhung gebaut; man hat Stufen in den Fels gehauen, und sie steigen auf den Knien diese Stufen hinauf. Sie kommen manchmal von weit her; der Mann und die Frau. Sie kommen aus dem ganzen großen Tal und oft vom unteren Ende herauf, sie müssen einen Tag lang gehen, müssen noch eine Nacht lang gehen, denn sie gehen in der Nacht, um keine Zeit zu verlieren. Sie nehmen ihren Proviant mit in einem Rucksack, ein wenig Brot und Käse, zum Trinken haben sie das Wasser an den Brunnen, sie gehen den ganzen Tag und die ganze Nacht. Und da ist es dann; wenn sie endlich unten an den Stufen angekommen sind, denn sie steigen auf den Knien diese Stufen hinauf ...

Sie müssen beim Hinaufsteigen vier Rosenkränze beten, der Mann und die Frau. Acht Stufen fallen auf einen Rosenkranz. Sie beten ein Stück von ihrem Rosenkranz, sie steigen eine Stufe hinauf ...

Sie stellte ihm immerfort Fragen, er hätte ihr lieber keine Antwort gegeben, trotzdem gab er ihr Antwort.

„Und dann?" fragte sie.

„Dann, wenn man erhört worden ist, bringt man der heiligen Anna das erste Häubchen von dem Kind, das sie einem geschenkt hat ..."

Sie kamen jetzt auch an den Fuß dieser Treppe. Sie wollte hinaufsteigen.

Als sie oben war, wollte sie in die Kapelle hineingehen.

Sie war vor ihm; sie ging hinein, wie man in ein gewöhnliches Haus hineingeht, und die heilige Anna war dort vorn.

Es hatte auf jeder Seite des Chors ein kleines Fenster, das Licht einließ; die heilige Anna war weiter vorn. Sie hatte ein langes schwarzes Kleid und war selber sehr lang, und die sie trug, war ganz klein auf ihrem Arm. Ganz klein war sie, war noch nichts, auf dem Arm ihrer Mutter, und die Mutter drückte sie an sich, die Kleine, und war selber sehr groß. Und man sah auch, wie rings um sie her die Wände und der Sockel des Chorbogens ganz bedeckt waren von kleinen Geschenken, die man ihr gebracht hatte, von diesen Häubchen (wenn man ein erstes Mal von sehr weit gekommen ist, um zu bitten, und kommt noch ein zweites Mal, ebenso weit, um zu danken) – all diese Häubchen hingen von Nägeln herunter an einem Papier, auf dem zwei Namen standen, oder die beiden Namen waren mit einer Messerspitze auf ein Holztäfelchen eingeritzt.

Er hatte den Kopf gesenkt; sie hielt ihn erhoben. Sie sagte auf einmal mit lauter Stimme: „Wie viele es sind! Kann das sein?"

Dann wandte sie sich um, zur Tür.

Und als sie auf dem Weg draußen waren, sah man, wie sie die Achseln zuckte; sie sagte:

„Bei uns glaubt man nicht an diese Dinge!"

Sie sagte:

„Für uns ist das alles Schwindel ..."

Und er sagte nichts dazu, er ging nicht weg von ihr, denn er sollte auch noch seinen Glauben verleugnen.

IV

Sie saß an dem Abend auf der anderen Seite des Tischs, die Lampe stand zwischen ihnen und schien auf sie.

Das sind diese Öllampen, bei denen der Docht an einem Schnabel hängt, ungeschützt, so daß sich beim leisesten Luftzug die Flamme bewegt. Die Flamme bewegte sich, als sie sprach.

„Oh! wie traurig wäre ich gewesen ..."

Sie spricht ihre Wörter aus, und von jedem, das kam, wurde die Flamme ein wenig bewegt.

„Oh! wie traurig wäre ich doch gewesen, wenn ich ganz allein hätte aufbrechen müssen, und wäre ganz allein gewesen auf dieser Seite des Bergs, und noch mehr allein auf der anderen Seite ..."

Die Flamme an der Lampe bewegt sich, sie bewegt sich nicht mehr, sie bewegt sich von neuem:

„Wenn ich Ihnen Adieu gesagt hätte an der ersten Biegung, mit meinem Taschentuch, und ich hätte Sie gesehen, ganz klein vor dem Haus, und dann hätte ich Sie nicht mehr gesehen, und zuletzt auch das Haus nicht mehr ..."

Die Flamme bewegt sich; bewegt sie sich?

„Ich hätte Ihnen gesagt: ,Geben Sie mir ein Stück Brot für die Reise, und ich esse das Brot dann im Gehen.' Sie hätten mir ein Stück Brot gegeben."

Sie ruft ihm: „Firmin!"

Die Flamme kommt in Bewegung, mehr als zuvor: ist darum die Bewegung auf seinem Gesicht, an seinem Kinn, um den Mund und unter den Augen?

Er sitzt da; sie sitzt ihm gegenüber; die beiden, zwischen den beiden der Tisch, sie sitzt da, sitzt sehr aufrecht da – die Flamme an der Lampe bewegt sich, bewegt sich stärker, bewegt sich nicht mehr ...

„Firmin!"

Bewegt sich wieder zweimal, und auf den Wänden ist es wieder, wie wenn ein Vogel mit den Flügeln schlägt ...

„Jetzt gehe ich ja dort hinauf, aber ich gehe nicht allein hinauf. Und dann steige ich hinunter, aber ich steige nicht allein dort hinunter. Ich sage ihnen zu Hause: ,Er hat mich genommen, er wird mich behalten.' Gewiß denken sie, daß ich tot bin: auf einmal werde ich da sein, ich sage ihnen: ,Ich bringe ihn euch ... Er hat mich genommen, droben am Berg, er hat mich vom Berg hinuntergebracht, aber ich habe ihn wieder über den Berg geführt, jetzt bringe ich ihn euch, damit er immer bei mir bleibt ...'"

Die Flamme bewegt sich von neuem stark: da weiß man nicht, ob es wegen der Flamme ist ...

Sie sagt:

„Sie stehen dann vor der Tür, ich sage zu Ihnen: ,Warten Sie hier auf mich.' Ich gehe ins Haus, ich sage meinem Vater und meiner Mutter: ,Das ist er, den mein Herz gewählt hat; jetzt kommt, wir holen ihn herein, denn er wartet vor der Tür, und er wartet darauf, daß ihr kommt ...' Und dann kommen sie, denn sie haben mich lieb; sie sagen zu Ihnen: ,Kommt herein, Ihr seid hier daheim ... Kommt, sitzt ab und eßt mit uns.' Und Sie gehen als erster hinein, Firmin, und ich hinter Ihnen, Firmin, denn Sie sind der Herr ..."

Sie streckt die Hand aus, sie nahm seine Hand, und die Flamme an der Lampe bewegt sich.

„Wir gehen zusammen ins Dorf, ich führe Sie bei den Leuten herum, damit Sie sie kennenlernen, ich führe Sie im Land herum, damit Sie das Land kennenlernen ... Sie werden sehen, wie schön es ist;

Sie sehen dann unsere großen Brunnen ... Man hat
so viel Wasser, wie man nur will; es ist so kalt, daß
es weh tut an den Zähnen ... Sie sehen unsere großen Häuser, die zehnmal so groß sind wie eure,
mit zehnmal so vielen Fenstern, und mit Blumen
auf jedem Fensterbrett; und Blumen hat man in
Mengen bei uns, denn wir haben sie gern, und die
Frauen besorgen sie, ich werde die Blumen besorgen und Ihre Frau sein, und wir werden es gut haben ... Firmin!"

Sie schweigt. Die Flamme bewegt sich nicht; sie
bewegt sich nicht mehr, er auch nicht.

Man erkennt seinen kurzen, schwarzen, gekräu-
selten Bart; über den Augen hält er die Lider mit
ihren langen Wimpern gesenkt.

Achtes Kapitel

I

Da bis zum Alpaufzug nur noch zwei oder drei
Tage blieben, machte sie sich jeden Morgen auf
den Weg mit Mânu.

Man hatte sie nie so munter gesehen, man sagte
zu ihr:

„Ist das, weil Sie uns bald verlassen?"

Sie tat erstaunt:

„Oh! noch nicht."

„Ah! wir haben gemeint ..."

Sie hatte den Leuten früher gesagt: „Wenn die
Kühe wieder hinaufziehen", aber jetzt sagte sie
ihnen: „Oh! noch nicht"; und die Leute darauf:

„Nun, um so besser!"

Und so führt sie Mânu nochmals zu allen Orten,
die in Frage kamen, an den vier Seiten des Dorfs,
denn der Wind kann von diesen vier Seiten her
blasen; nochmals erklärt sie ihm alles genau.

Er sah sie aufmerksam an, während sie redete und ihm die Heugaden zeigte, die sie gewählt hatte, weil sie besonders geeignet waren; sie hatte daraus so viel Heu oder Stroh, wie sie konnte, hervorgezogen.

Sie sagte:

„Bist du ganz sicher, daß du den Ort wiederfindest?"

Er nickte Ja.

Sie sagte:

„Du wirst sitzen, wo du immer sitzt, und ich werde dir zeigen, nach welcher Seite du gehen mußt. Hast du's auch gut verstanden, Mânu?"

Er fing an, mit dem Kopf zu wackeln, das ging nicht ohne Mühe, und er brauchte eine Weile, um den Kopf zum Wackeln zu bringen, wie wenn der Glöckner die große Glocke läutet.

Am letzten Tag sagt sie zu ihm:

„Nimm das."

Es war eine Streichholzschachtel, ganz gefüllt, aus Messing.

„Und du gebrauchst sie nicht, Mânu, denk gut daran, du gebrauchst sie noch nicht ... Erst, wenn ich dich rufe!"

Sie drohte ihm mit dem Finger; aber er machte sofort ein Zeichen, daß er sie nicht gebrauchen werde; da sagt sie zu ihm:

„Komm schnell her!"

Denn er erhielt seine Belohnung, und er rechnete auch damit – bis dann die große Belohnung kommen würde, die sie ihm zugesagt hatte: daß er mitgehen durfte, mit ihr fort, wenn er schön alles tat, was man ihm sagte ...

Vier Tage, drei Tage, zwei Tage: Sommer, oder beinahe. Man sah sie, wie immer, am Brunnen; man sah sie auch im Garten, wo sie die ersten Gemüse holte; die Glocke schlug.

Die Glocke läutete dreimal am Tag, ohne abzusetzen zuerst, dann kamen die drei Schläge: dreimal die drei Schläge, Tag für Tag.

Sie setzten ihr Leben fort; nichts hat sich geändert, nichts ändert sich in dem, was man sieht davon. Wie immer ist er unterwegs, er schirrt das Maultier an, er geht hinter dem Karren her; und das Maultier, das es nie eilig hat, zuckt mit den langen Ohren vor der Hecke, es zuckt mit ihnen weiter vorn an dem steil ansteigenden Weg, an dem Weg, der weiß ist, wie ein Brett, das man aufrecht gestellt hat.

Der Abend kommt.

Der erste Stern wird bald erscheinen.

Das Maultier geht jetzt wieder bergab auf dem Weg, Firmin muß hinterherlaufen, um es zu halten. Er faßt es am Zaum, zieht von hinten am Zaum. Die Glocke schlägt. Sie tut den ersten Schlag (und wird ihn nie mehr tun).

Das Tier bockt wieder, so zieht er den Hut mit der linken Hand ab ... Den zweiten Schlag (und wird ihn nie mehr tun).

„Ruhig! ..."

Das Tier legt die Ohren nach hinten. Den dritten Schlag (und wird ihn nie mehr tun).

II

Auf der andern Seite des Bergs brachen sie am Montag in der Frühe auf.

Um alles vorzubereiten, hatten sie den Sonntag gehabt, der ein günstiger Tag ist, denn da arbeitet niemand; sie hatten im Gasthof zum Bären eine letzte Versammlung abgehalten: in dieser Versammlung waren die zwölf, die mitgehen sollten – außer dem großen Hans, ihrem Anführer, und Matthias –, endgültig bestimmt worden.

Und an dem Abend waren sie noch auf der anderen Seite der Bergkette; doch als am nächsten Morgen die Sonne aufging, waren sie schon auf dem Weg.

Sie folgten diesen Talgründen, von denen es zuerst viele hat auf der anderen Seite des Bergs; sie gingen nicht schnell, wegen Matthias, der ihnen gesagt hatte: „Vergeßt nicht, daß ich dabei bin", aber sie:

„Keine Angst, wir haben zwölf Paar Schultern und zwölf Paar Arme."

Da hatte sich Matthias an die Spitze gesetzt, er ging voraus mit seinem dicken Schlehdornstock, auf den er sich mit dem ganzen Körper lehnte bei jedem Schritt, und er machte immer noch seine beiden Geräusche, aber man hörte sie nicht.

Es wäre heute nicht leicht, sie zu hören, wegen all der andern Geräusche und weil da all diese richtigen Beine waren auf den Steinen des Wegs oder auf dem Weg ohne Steine, auf dem Erdboden des Wegs, auf den Tannennadeln, die den Fußboden bilden und auf denen man ausgleitet.

Man hört Matthias nicht kommen, wie wenn er allein auf der Straße daherkam und man ihn schon von weitem hörte: die Stimmen, die zwölf Paar Beine und schweren Nagelschuhe, das Klappern der Gewehre, die sie mitgenommen hatten für alle Fälle und die sie umgehängt hatten.

Man hört den Mann nicht, der an der Spitze geht, aber wenigstens sieht man ihn dann und wann, das genügt: sie brauchten nur einen Blick nach ihm zu werfen, wenn zwischen zwei Ästen der Dreispitz aufglänzt, oder man geht über einen sonnigen Flecken, da gibt das Hörnchen ihnen ein Zeichen.

Die zwölf, bald zwei und zwei, bald einer hinter dem andern; und bald auf dem Weg, der dem Ufer des Wildbachs entlangführt, den Windungen nach, die er neben den ersten Allmenden zieht, dann geradeaus in die Bäume hinein; bald auf Geröllfeldern, auf Alpenrosenfeldern, an einem ersten Wasserfall sind sie vorbei, dann kommt noch einer, der von der Felszacke herunterhing wie von zwei Händen gehalten.

Sie kamen gegen fünf Uhr zur Hütte. Sie ließen Matthias am besten Platz vor dem Feuer sitzen; dann setzten sie sich nach beiden Seiten neben ihn, so daß er in ihrer Mitte war vor dem Feuer.

Sie saßen an diesem Abend vor einem schönen Feuer, Matthias in ihrer Mitte; sie hatten ihre Leinwandsäcke aufgemacht, die bis oben gefüllt waren mit allem, was man braucht, um seine Kräfte nicht zu verlieren in den drei oder vier Tagen, an denen man nur mit den Vorräten rechnen kann, die man mitgenommen hat; aber dafür hatten die Frauen gesorgt.

Sie setzten sich, sie ziehen ihre Säcke zu sich heran, sie knoten die Schnüre auf, die sie oben zusammenhalten; sie fahren mit dem Messer in die krachende Brotrinde, quer durch den Laib mit der großen Klinge an ihrem Taschenmesser, sie führen das Stück zum Mund.

Und sagen nichts, haben Besseres zu tun, denn sie hören zu.

Sagen nichts, denn sie essen, und während dem Essen hören sie zu: dem, der in ihrer Mitte sitzt, hören sie zu; da sieht man den Knebelbart, vor dem Feuer schwärzer als sonst, hervortreten und sich zur Seite drehen.

Wieder erzählt Matthias von seinen Reisen, von seinen drei Reisen, von seiner ersten Reise, von seiner zweiten, dritten; er muß ihnen ja auch nochmals alles genau erklären.

Von Zeit zu Zeit kam ein starkes Kirschwasser oder ein junges Zwetschgenwasser daher, um den Bericht anzufeuchten; man streckte Matthias die Feldflasche hin. Sein Bart tritt dann vor, und er tritt noch ein paarmal vor; und jedesmal fuhr Matthias mit neuer Kraft fort. Er sagt, wie es ist dort drüben; er nennt die Straßen. Er spricht von den Veränderungen, die da kommen: die Pflanzungen wechseln, die Menschen verändern sich, das Gesicht der Menschen wird anders, die Sprache der Menschen wird anders. Man ist abgebogen: wenn man anfängt, nach Süden zu gehen, beginnen sie ganz von selbst, einfach so, eine andere Art Sprache zu reden. „Und dann", sagte er (die Feldflasche ist wieder bei ihm vorbeigekommen, nun schaut er vor sich hin, schließt die Augen, um besser zu sehen), „weiß man nicht, was das ist, aber ihr seht etwas, das unten am Himmel vor euch liegt, etwas Weißes, das sich bewegt, und da ist es Wasser, so viel Wasser, daß man nicht mehr hinzuschauen wagt …"

Er redet also vom Wasser, vom großen See, redet von den Reben, vom Wein, er redet von den Schiffen mit den Doppelsegeln; er macht die ganze Reise noch einmal, und sie hören zu und machen sie mit ihm.

Und dann ist er angekommen.

Er erzählt auch, wie er sie gefunden hat; er ist ihnen voraus auf der anderen Seite des Bergs; er erzählt wieder, wie sie sich miteinander verständigt haben, wie er und sie mit der Zeit alles vereinbart haben, wie aber der Hauptanteil ihr zugefallen ist, denn sie mußte viel Mut haben, große Geduld, und dazu hat sie all die Zeit über ein anderes Gesicht vor ihr eigenes nehmen müssen: darum alle Achtung vor ihr! sagt er zum Schluß.

Da ist der große Hans, der zuhört, stolz auf sie, und gleichzeitig werden die Stunden ihm lang, die ihn noch trennen von ihr, und den anderen kocht das Blut.

Matthias muß auf seine dicke eiförmige Uhr schauen, denn sie hätten selbst nicht daran gedacht: „Jetzt ist's aber Zeit", sagt Matthias, „nächste Nacht liegen wir nicht so gut wie heute ..."

Die Nacht wird nicht lang für sie. Das ist die Jahreszeit mit den kürzesten Nächten. Von halb vier Uhr an sah man ein wenig Grau in der Ritze zwischen Mauer und Dach. Matthias gibt ihnen das Zeichen zum Aufbruch.

Das ist dieser letzte Anstieg zum Paß, in Rinnen und Spalten, auf dem schwierigen, unsichern Grund, wo der Weg oft nicht einmal sichtbar ist, weil der Boden ihn mit sich fortträgt; auch hatte sich diese Seite des Bergs nicht so durchgeformt wie die andere, weil die Sonne ihr nicht wie der andern geholfen hatte.

Von Zeit zu Zeit war ein Knall zu hören, wie wenn man eine Mine springen läßt: sie selbst gingen nicht sehr sicher auf diesen Schneeplatten, die schwarz geworden waren vom Staub, der sich auf sie gelegt hatte.

Einer ging in den Spuren des andern, und sie lösten sich ab an der Spitze des Zugs, so groß ist die Anstrengung, wenn man einsinkt bis zu den Knien, bis über die Knie.

Sie mußten Matthias tragen, und sie trugen ihn abwechselnd.

Sie lösten sich ab, um den Weg zu bahnen, und lösten sich ab, um Matthias zu tragen; sie trugen ihn zu zweit, er saß oben zwischen zwei Schulterpaaren, und man sah ihn von weitem, höher als die anderen, vor dem weißen oder schwarzen Hang, schwarz auf dem Weißen, weiß auf dem Schwarzen.

Ein großer, düsterer Schatten hing auf sie herab von der Höhe der Gipfel, der Hörner und Zacken, der Spitzen und Nadeln, vom Gewirr der Kämme und Felswände – darin gingen sie unter dem großen blauen Himmel und gingen zugleich, trotz der Jahreszeit, in der Kälte.

Einer von denen, die den kleinen Gottfried gefunden hatten, war bei ihnen: er zeigte ihnen die Stelle, wo man ihn gefunden hatte. Da kam ihnen wieder der Zorn zu Hilfe, sie gaben sich einen Ruck, gaben sich einen letzten Stoß nach vorn mit dem Kopf und den Schultern.

Der Abhang blieb unter ihnen zurück; schon kam ihnen ein wenig Sonnenschein bis unter das Kinn. Wie an einer Sonnenleiter stiegen sie aufwärts, Sprosse um Sprosse. Die Sonne traf sie, traf einen nach dem anderen, von der Seite, und gleichzeitig traf sie ein Widerschein, den der kleine See ihnen schickte, von vorn. Da war weniger Schnee, immer weniger Schnee, da war gar kein Schnee mehr. Und plötzlich ...

Denn sie waren weitergegangen, sie waren nicht stehengeblieben, sie hatten ihre Beine angetrieben, so sehr sie konnten – dann standen sie alle auf einmal still.

Eben schlug eine Glocke irgendwo drunten im Tal; eben kreiste der große Vogel mit seinen unbeweglichen Flügeln über die Leere; eben stößt er seinen Schrei aus – und da steht man vor diesem riesigen Brunnenbecken, und die Tageszeit füllt es mit leuchtend flüssigem Licht, durch das die Dinge nur eins nach dem anderen zu erkennen sind, nur allmählich hervortreten in ihrer Zahl bis zum Ganzen.

Der große Vogel zog weiter seine Kreise: sie schauten, sie rühren sich eine Zeitlang nicht; dann zeigt einer von ihnen auf etwas: es war der Fluß, und Matthias nennt seinen Namen.

So liegt schließlich unter ihnen das ganze reiche Land, wo die Menschen arm sind, und sie waren die Reichen, die aus einem armen Land kamen; da möchte man reich sein in einem reichen Land, doch der Berg ist da, und man ist durch den Berg getrennt.

Auch sie erfuhren die Trennung, und zugleich verspürten sie Neid; dann verging der Neid, denn nun ist man ja doch gekommen, ist hier, man wird in die Tiefe steigen und wird sich rächen – man hat auf einmal wie einen doppelten Grund, sich zu rächen...

Sie hatten es nicht eilig, sie hielten lange Rast. Sie saßen, halb lagen sie, ließen ihre Glieder auf dem guten, warmen Boden ruhen, während die Dinge zu ihnen heraufstiegen, eins nach dem anderen, so wie das, was leichter als Wasser ist, durch das Wasser heraufkommt.

Die Dörfer, der Fluß, die Bäche, die sich hineinstürzen, die Felszacken, die da und dort aus der Ebene dringen an seinem Ufer, die Schatten, das Licht, die Vertiefungen und die Erhöhungen, all das, und sie ließen all das heraufkommen, während sie dalagen, ohne zu reden. Was sie jetzt vor sich hatten, war wie eine Landkarte. Und Matthias streckte den Arm aus, er ging von Punkt zu Punkt auf der Karte, wie es der Schullehrer macht, er zeigte ihnen die Hauptpunkte, wies ihnen die Richtungen, sagte ihnen auch die Namen der Dörfer, er zeigte ihnen die Straße, auf der er die anderen Male gekommen war; dann zeigt er ihnen, wo sie selber durchkommen werden, obwohl man den Weg erst an einzelnen Stellen sieht.

Und auch das Dorf am unteren Ende des Wegs war noch nicht zu sehen, doch seine Lage ließ sich leicht ausmachen, denn man erkannte hinter einem Kamm die Mulde, in der es liegt wie in einem Nest.

Matthias' Hand ging also noch einmal wie der Stecken des Schullehrers über die Karte, dann sagt er zu ihnen: „Da, das ist's!"

Sie blieben liegen, sie hatten ihre Säcke wieder zu sich herangezogen, sie hatten einander wieder die Feldflasche weitergegeben, in der ein junges

Zwetschgenwasser oder ein gutes altes Kirschwasser war.

Dabei waren sie vollkommen sicher und wußten es, waren vor jeder Überraschung gefeit auf der Höhe und in der Jahreszeit, hier am Berg; wo sie aßen, tranken, auf den Rücken gestreckt oder seitlich gelagert; und die einen schauten den Wölkchen zu, wie sie vorbeizogen, ganz in der Nähe jetzt auf ihrem Weg vor dem Himmel; den anderen machte es Spaß, ein großes Stück Land zwischen ihren Knien zu halten, und zwischen den Knien falteten sie die Wegstunden auseinander und wieder zusammen.

So wurde es Mittag. Die Sonne, die ihre höchste Kraft erreicht hatte, räumte die letzten Dunststreifen weg; die Luft war ein klar gewaschenes Fenster, und alles war so deutlich erkennbar, daß ihnen alles näher gerückt schien.

Matthias sagte zu ihnen: „Auf!"

Sie waren im Geröll, sie zogen zwischen den Felsblöcken durch, die wie Häuser ohne Dächer aussahen, sie kamen an der Alphütte vorbei, sie waren vor der Felswand, waren eine lange Reihe von Punkten, hingen geraume Zeit an der riesigen Felswand, die sie ein erstes Mal überquerten und noch mehrere Male, wie wenn Ameisen unterwegs sind, weiter unten kamen sie in die Waldzone.

Hier war schon richtiger Sommer, mit Bienen, mit Insekten aller Art, mit den ersten Fliegen.

Sie waren vom Weg abgegangen; und sie hielten sich an die Schluchten, so waren sie sicher beim Abstieg, daß ihre Richtung stimmte.

Noch mehrere Male wurde Matthias getragen. Der Nachmittag war allmählich dem Abend gewichen, man sah es an der Sonne, die nicht mehr zwischen den Ästen, sondern unter ihnen hindurch schien, viel niedriger stand. Sie gingen langsamer, und es war sehr still. Sie kamen zu einem steilen

Abhang im Fichtenwald. Und sie mußten sich nur hinabgleiten lassen bis zu den Sträuchern, die am Saum unten wuchsen, dort kauerten sie sich nebeneinander, mit abgebrochenen Zweigen richteten sie sich ihre Nachtlager her ...

Von da, wo sie jetzt waren, sah man die Hüte auf den Köpfen, man konnte die Männer und die Frauen unterscheiden.

Man sieht die Glocke sehr gut im Kirchturm, wo sie recht lange schwingt, bevor sie zu hören ist.

Sie läutet zuerst, ohne abzusetzen, sie verstummt, und dann sieht man, wie der Glöckner den Klöppel nahm für die drei Schläge. Er tat einen Schlag, noch einen Schlag, tat noch einen Schlag.

In diesem Augenblick gehen die ersten Lichter an in den Fenstern.

Ein wenig Wind begann von unten herauf zu wehen; ein Kind weint. Das Kind weint lange. Die Lichter erlöschen.

Eines ist nicht erloschen: es verschwand, es erschien wieder, verschwand, es war wie ein kleiner Leuchtturm, weil ein Ast davor auf und ab ging.

III

Er hatte die Lampe neben sein Bett gestellt, er sagte sich: „Jetzt lösch ich sie aus", er löschte sie nicht aus. Er legte sich auf sein Bett, er setzte sich auf, er legte sich wieder hin. Oh! wie ist man getrennt voneinander!

Er legt sich wieder hin, er setzt sich wieder auf, er hatte sich nicht ausgezogen. Er hatte sein Wams ausgezogen, er fror ... Denn zwischen uns ist ein Berg gewesen und wir waren voneinander getrennt, aber wir sind noch getrennt voneinander und wir werden es bleiben.

Die Flamme an der Lampe war ganz nahe bei seinem Gesicht, man konnte sehen, wie er abgemagert war. Er lag auf dem Rücken, die Hände und Füße zusammengetan; man hätte meinen können, er sei tot, wenn nicht das Auge ein wenig geglänzt hätte über dem Bart.

Er hatte ein Gesicht, das nur aus Knochen bestand, die Haut war darüber gespannt wie Leder, das man naß gemacht hat auf der Form, und sein kurzer Bart kräuselte sich, seine Haare waren gekräuselt.

Er blieb lange ohne Bewegung: noch eine kurze Nacht. Er überlegte, wie das Leben ist. Er findet, daß das Leben schwierig ist und daß es schwierig ist, glücklich zu sein, wenn man viele Dinge in seinem Herzen hat. Die Wohltat der Ruhe wurde ihm nicht gewährt. Er begehrte zu schlafen und verbrachte diese letzte Nacht, ohne zu schlafen. Da war nur ein Wurm, der in den Balken des Mauerwerks arbeitete und in der Höhle, die er sich grub, ein Geräusch machte wie das Ticken einer Uhr.

Ist man selber falsch gemacht, oder ist die Welt falsch gemacht?

Der Wurm, der sich durch das Holz grub, erfüllte die ganze Stille mit seinem leisen Geräusch; man hätte sich vielleicht mit dem begnügen sollen, was man hatte, denkt er.

Er bewegt sich: er nimmt einen Arm herauf, er legt ihn unter den Kopf. Er versucht zu verstehen, er gibt sich viel Mühe. Vielleicht gibt es wichtige Dinge und weniger wichtige Dinge; dann hätte er wählen sollen.

Man hat nur zwei Hände; man soll nicht sein wie die Kinder, die alles aufs mal halten wollen, denn man hat nur zwei Hände.

Wenn aber doch jenes Fleisch recht hatte, das alte, uns zugehörige arme Fleisch, dieser Bauch, in den man getan worden ist? Er sah wieder, wie er am Abend heimlich zur Mutter ging, noch in der letzten Zeit; doch auch sie hatte zu ihm gesagt: „Du mußt wählen." Oh, Trennung! nichts hält zusammen. Die Dinge, die man liebt, lieben einander nicht: wenn er am Abend zur Mutter ging, und noch an diesem letzten Abend war er gegangen, denn er hätte ihr wenigstens Adieu sagen wollen; sie hatte ihn aber von weitem gesehen und hatte die Tür zugemacht.

Und Trennung dann bald auch von dem, wo man ist, wo man immer gelebt hat, und von dieser Art Sonne, die man als erste gesehen hat; die Sonne, die unsere Sonne ist, weil sie zuerst unser Auge getroffen hat; die Erde, die unsere Erde ist, weil sie zuerst dalag unter uns.

Trennung von einer bestimmten Art Erde, von Sachen einer bestimmten Art, die auch Mütter sind, und die Erde ist auch eine Mutter.

Er nimmt ihre Bäume dazu, die um ihn herumstehen; er nimmt dazu, wie das hier geordnet ist, die Art Bäume, die Art Häuser, die Art Sprache, die Art Kleider, die man hier hat.

Er nimmt all das dazu, was ihm gehört und ihm nicht mehr gehören wird. Und zu all dem wird er Nein sagen, zu all dem wird er sagen: „Ich kenne dich nicht mehr."

„Ich kenne euch nicht mehr" (zu diesen Sachen), „ich weiß nicht, wer ihr seid …"

Zum Maultier, zu den Kühen, zu allem Vieh: „Ich kenne euch nicht mehr, ich gehe fort, ich nehme meinen Hut, ich verlasse euch." Und da geht er nun schon bergauf, da fallen die Sachen ab von ihm; es ist Morgen, und die Dächer versinken; er kennt alle Kirschbäume und die Pflaumenbäume und die Birnbäume, jeden wie bei seinem Namen: es ist, als fällte man sie hinter ihm, sie verschwinden da hinten, sie werden zerstört …

Diese Sachen sind alle noch in seinem Kopf, in

der letzten Nacht, während er flach auf dem Rükken liegt, neben der Lampe, auf seinem Strohsack,
und er hat die Augen weit offen. Der Wurm arbeitet noch ein bißchen weiter im Holz.

Auf einmal sagte er sich: „Wenn ich nicht
ginge?"

Er setzte sich auf. Er weiß nicht recht, wie spät
es ist. Irgendeine Nachtstunde, aber es gibt nicht
viele davon in der Jahreszeit, die Sommernächte
sind geizig mit ihren Stunden: er möchte sie anhalten, er möchte sie wenigstens zurückhalten können, um Zeit zu haben für seine Gedanken – als
ob er nicht schon alle Zeit gehabt hätte.

Wenn er nicht ginge – er weiß so gut, wie alles
sein wird, gleich nachher; sie holen die Kuhglok-
ken aus ihren Schöpfen, und sie hängen sie sich an
den Arm mit dem Halsband; sie stehen noch früher auf als gewöhnlich, und auch er würde aufstehen und aus dem Haus gehen.

Er sieht so gut, wie alles sein wird draußen, in
der Dämmerung, die grau ist, aber schnell die
Farbe ändert, und sie gehen in der Farbe, die sich
ändert. Und da geht er mit – aber nun fängt eine
andere Trennung an. Er geht mit allen, und sie
geht unterdessen allein fort, sie hat eine andere
Richtung genommen – so wächst zwischen ihnen
mit jedem Schritt, den er macht, den sie macht, die
Entfernung. Sie steigt bergauf, bringt den Berg unter sich, und er muß dann den Kopf in den Nacken
drehen, er muß zurücktreten, muß den Kopf immer mehr hinaufdrehen, muß immer mehr zurücktreten ...

Er sieht, er würde es nicht können. Die holen
dann ihre Glocken: er läßt sie machen.

Er stand auf, er ging mit bloßen Füßen in der
Kammer auf und ab, er legt sich wieder hin, er
braucht nur noch zu warten.

Er wartet. Im Morgengrauen werden sie aufstehen, jeder holt zuerst schnell die Glocke, um sie seinem Tier umzuhängen; und er wird liegenbleiben.

Und er bleibt liegen. Er weiß zuerst nicht, ob er tief in seinem Kopf etwas hört, das nicht da ist, oder tief im Raum etwas, das da ist.

Für einen Augenblick weiß er es nicht mehr, dann aber doch: eine erste Glocke, eine wirkliche, läßt ihr Gebimmel hören, und nun wird auch das Licht der Lampe rasch schwächer.

IV

Der Himmel ist rot wie in Kriegszeiten, und in Kriegszeiten ist es immer rot gewesen am Himmel; das soll ein Anzeichen sein für die Kriege.

Es war vereinbart worden, daß Firmin sie holen würde, sobald die Herde fort sei.

Auf den Fußspitzen, atemlos läuft sie zuerst ans Fenster und schaut hinaus; dann atmet sie tief auf, denn sie sieht, daß Mânu da ist. Aus einer Ecke hinter dem Fenster schaut sie hervor, ohne sich zu zeigen, auf ihre geübte Weise, und er ist da. Mânu, der auf seinen Balken sitzt und wartet.

Sie ist glücklich, dann hat sie Angst, sie sei es zu früh; da ist noch vieles, was sie nicht vergessen darf.

Das war in dem Augenblick, da sie anfingen, ihre Glocken zu holen, und sie tragen sie am Riemen um den Arm wie einen Korb; aber für die schwersten brauchen sie schon ihre beiden Hände.

Die Glocken beginnen sich da und dort in der Luft bemerkbar zu machen, eine nach der anderen kommt, und man wurde inzwischen mit Melken fertig, die Frauen in den Küchen machten die Suppe.

Von der ungewöhnlichen Farbe des Himmels

sind die gewöhnlichen Rauchfahnen mit ihrem hübschen Blau, das vor die Sachen tritt, ohne sie zu verdecken – sie stand aber immer noch hinter dem Fenster, denn sie darf nichts vergessen, aber sie hat nichts vergessen.

Sie sieht Rauchfahnen. Da ist eine, da sind zwei, da sind sechs im ganzen, die sie sehen kann über den dicken viereckigen Kaminen: alle gehen sie nach der gleichen Seite.

Das sieht sie. Noch nicht viel Wind, aber es ist der Talwind, und er mag stärker werden, wenn die Sonne aufgeht. Alle in die gleiche Richtung: da muß sie ihn also nach der unteren Seite schicken.

Sie schaut: Mânu hat sich nicht gerührt. Er sitzt auf seinen Balken, er hat immer noch seine Kokarden an, sie sind weiß geworden; er hat die Arme um die Knie gelegt, seinen Kopf nach dem Fenster gerichtet; er wartet.

Und währenddem kommen und gehen jetzt all diese Leute unter dem weiten, roten Himmel, und sie achten anscheinend nicht auf den Himmel, vielleicht sehen sie ihn nicht einmal, sie haben auch viel zu tun, sie müssen das Vieh tränken und es dann schönmachen; und die Frauen haben zu tun mit den Kindern.

Türen gehen auf und wieder zu; ein Mädchen kommt gelaufen.

Sie läuft, man ruft ihr, das ist Mutrux, der aus seinem Haus tritt; und sie dreht sich um, sie gibt ihm eine Antwort, sie lacht, aber sie bleibt nicht stehen.

Jetzt kommt der alte Baptiste zum Vorschein in seinem Schwalbenschwanz und mit einer dreifach geknüpften Krawatte. Das sieht sie auch, sie sieht alles.

Und nun bricht der alte Baptiste auf, als erster, mit seinem Stock; wohlweislich geht er voraus.

Es schlägt fünf Uhr. Man hat Mühe, die Schläge

zu zählen, weil jeder, der kam, herausgelöst werden mußte aus all den andern, von anderen Glokken geläuteten: zum Glück schlug die Uhr zweimal die Stunden. Und Geläute folgt auf Geläute: wenn eine Kuh ungeduldig wird oder den Hals am Türpfosten reibt, dann trabt sie davon, unter dem Schlag einer Peitsche.

Und nun kommt die Sonne hervor, sie kommt nicht geschwind bei uns, zuerst muß sie zur Höhe der Bergkette aufsteigen, sie muß hinten heraufklettern, Schritt für Schritt, langsam und mühsam; aber auf einmal springt sie auf beide Füße und steht an einem Ort, ihrem Ort: da sieht Frieda, wie vor ihr die Dachfirste und die eine Seite der Dächer eine andere Farbe annehmen.

Die Schatten der Dächer gleiten auf die Tierrükken in der Gasse, als sie etwas später daherkommen, zwei und zwei, zwei und zwei, jeder Stall leert sich zur gleichen Zeit, wie auch die Häuser sich leeren.

Da ist der Mann, da ist die Frau, da sind die Kinder; der Mann geht voraus, die Frau hinterher, die Kinder rennen mit Ruten in der Hand; und es kommt von allen Seiten wie klingende Bäche, die aufeinander zulaufen, die sich immer mehr einander nähern am einen Ende.

Auf dem Platz vor der Kirche sammelt sich die Herde. Frieda sieht den letzten kleinen Zug vorbeigehen.

Noch eine verspätete Frau, die pressiert, sie ist ganz außer Atem, sie steckt durch den Schlitz in ihrem Rock den riesengroßen gezackten Schlüssel in die Tasche, und der Schlüssel will nicht hinein. Vorbei.

Da ist nur noch auf dem Platz dort drüben eine Weile lang der große Lärm, der um sich selber kreist, denn sie sind noch nicht aufgebrochen: von neuem ein schneller Blick zu Mânu hinunter; hier

ist alles in Ordnung. Sie hebt ein wenig den Kopf,
sie sieht nach den Rauchfahnen, sieht, daß der
Wind sich verstärkt hat; alles in Ordnung auch
hier. Nun zum Himmel: dort sind die Wolken vorwärts gekommen, sie stehen gerade über dem
Dorf, gerade über den Dächern, wie um die Stelle
zu zeigen; und alles in Ordnung auch dort. Darum
ist sie so ruhig: sie hält ihre Freudentränen zurück.
Sie verläßt ihren Posten nicht.

Das große, schöne Lied der Glocken hat so Zeit
zu entstehen: als die Herde nun aufbricht und das
ganze Dorf sich mit ihr auf den Weg macht. Ein
Takt wird auf einmal geschlagen, ein Regelmaß
stellt sich her. Da wird diese große Musik aus vielen kleinen gebildet und kommt gut eingestimmt,
in einem großen wiegenden Gang daher. Sie war
schon laut, und plötzlich hört man, wie sie noch
lauter wird: als sie zum Dorf hinausziehen, und
was den Ton aufgehalten hat, hält ihn nicht mehr
auf. Das schallt noch lauter am Fuß des Bergs und
am Berg, in einem Zusammenklang von Tönen, die
alle zugleich kommen, und mitten aus ihnen
schlägt jetzt seltsam ein Schellengeklapper heraus:
Tuck ... tuck ... Ein dumpfer Laut, nur ein einziger Laut, immer der gleiche: Tuck ...

Und alles übrige rankt sich darum und fängt an
leiser zu werden; das Schellengeklapper ist desto
ten hin enger werden, sie haben nur eine enge Öff-
Schellen mit ihrem gewaltigen Bauch, die nach unten hin enger werder, sie haben nur eine enge Öffnung: da drinnen tönt es hartnäckig, und man hört
schon nichts mehr, als man das noch hört, doch die
Abstände werden größer.

Nur noch ein Schlag auf zwei oder drei ... Dann
und wann ein Schlag ... Und dann gar nichts
mehr ...

Doch, noch einmal: Tuck ... ganz weit drüben.
Sie horcht in die große Stille hinein, sie horcht

in der Kammer, horcht nach der Treppe, und sie geht schnell zur Tür, um den hölzernen Riegel zurückzuschieben, dann setzt sie sich auf ihren Stuhl, denn gleich kommt Firmin; aber er kommt nicht.

Sie hat Angst. Sie horcht wieder. Er kommt immer noch nicht.

Sie geht die Treppe hinunter, sie klopft an seine Tür: keine Antwort.

Sie klopft. „Firmin! Firmin! Sind Sie da?"

Immer noch nichts. Und er wäre vielleicht nicht gekommen, wenn sie nicht gesagt hätte:

„Ich warte doch auf Sie, Sie haben mir versprochen ..."

Da hört sie ihn aufstehen von seinem Strohsack.

Sie läuft die Treppe wieder hinauf. Sie macht das Fenster weit auf. Sie kehrt sich nach den Balken: Mânu ist da, sie winkt ihm. Er kam sofort, er kam so schnell er konnte. Sie zeigt ihm, auf welcher Seite es war. Der Wind weht von unten herauf, es ist die untere Seite.

„Hast du verstanden?"

Er wackelt mit dem Kopf.

Da trat sie vom Fenster zurück, wieder mitten ins Zimmer. Er hatte gesagt, daß er kommen würde, sie kannte ihn gut: er würde kommen. Und wirklich, er kommt. Sie läuft ihm entgegen, sie fällt ihm um den Hals, sie drückt ihn an sich:

„Jetzt gehörst du mir!"

Sie sagte:

„Jetzt gehörst du mir, und ich gehör dir."

Zog ihn an sich, hielt ihn fest; da wurde er ein letztes Mal gefangen, wehrte sich nicht mehr.

Sie hielt ihn mit ihrem Blick, sie ging rückwärts, sie sank nach hinten, er fing sie auf; sie ging weiter rückwärts, wie wenn einem schwach wird, wie wenn die Beine unter einem nachgeben.

Er stützte sie mit den Händen, legt sie ihr beide

flach unter die Achseln, und so wird sie aufgefangen, dazu läßt sie den Kopf zur Seite sinken, und ihr Mund kommt heran zu ihm, schimmernd, denn er öffnet sich leicht ...

Auf einmal sagt er:

„Hören Sie?"

Sie sagt:

„Was tut's?"

Sie kommt ihm noch näher, sie legt ihm den Kopf auf die Schulter ...

Da läßt sich ein lauter Schrei hören:

„Mein Gott! Mein Gott! ..."

Diesmal hört man deutlich ein Schreien im Dorf; mit einem Ruck hat er sich aufgerichtet; er sagt:

„Da muß etwas los sein."

„Was tut's, Firmin, wo wir doch fortgehen? ..."

Und da er immer noch horchte, aber man hört nichts mehr:

„Firmin! Firmin! wo ich dich doch lieb habe ..."

„Feuer!"

Eine andere Stimme, eine Männerstimme; und sie sieht durch das Fenster eine große Rauchwolke daherkommen und den ganzen Himmel bedecken.

„Feuer! Feuer! Feuer!"

Man läuft rufend die Straßen entlang: Firmin wendet sich ab, um hinauszugehen, sie stürzt ihm nach, sie umarmt ihn wieder, sie hängt an seinem Hals mit dem ganzen Gewicht ihres Körpers.

„Firmin, du hast mich nicht lieb, sonst würdest du's brennen lassen ..."

Und dreimal, in diesem selben Augenblick, dort droben am Hang, das Hörnchen.

Und er muß seinen Ton erkannt haben, denn er sagt noch einmal:

„Hören Sie? ..."

Aber sie:

„Was tut das? ... Was tut das? ..."

262

Matthias hatte das Zeichen gegeben: darauf legten sie schnell einen Abstand von Mann zu Mann, sie schwärmten im Halbkreis aus.

Matthias hatte sein Hörnchen genommen. Er blies dreimal, wie es abgemacht war, in sein Hörnchen. Wieder führte er das Hörnchen zum Mund, wie wenn er mit seinen Bildern kam, wie wenn er mit seinen Ringen, mit seinen Halsketten kam, mit seinem Faden und seinen Nadeln, mit seinen Weihwasserkesseln, unter irgendeinem blauen oder grauen Himmel, einem Winter- oder Frühlingshimmel, einem spätherbstlichen Himmel – unter dem roten Himmel jetzt.

Er führt das Hörnchen zum Mund, und dreimal bläst er hinein, unter dem roten Himmel; und überall stiegen Rauchwolken auf.

Sie stiegen, sie stiegen; man war mitten im Rauch; da zeigt Matthias ihnen schnell noch einmal, wo sie hindurchmüssen ...

All diese Schritte auf der Treppe sind wie ein einziger Schritt.

Firmin hatte nur noch Zeit, den Kopf zu wenden. Man rannte mit der Schulter gegen die Tür; sie brach auseinander.

V

Der Kampf der Kühe hatte eben erst begonnen, als ein Junge atemlos gerannt kam.

Die Männer liefen zum Dorf zurück, sie ließen die Herde in der Obhut der Frauen.

Sie trafen in dem Augenblick ein, als das Feuer auf Firmins Haus übergriff; sie sahen gerade noch, daß Firmins Leichnam über der Tür hing.

Eine Flamme schlug ihnen entgegen, als sie sich zu nähern versuchten, und von allen Seiten schlugen sie jetzt herauf, ihnen entgegen.

Sie zogen sich ins obere Dorf zurück und liefen zum Kirchturm, um nach Hilfe zu läuten.

Sie niesten, und die Augen gingen ihnen über vom Rauch, und die Glocke schwang zuerst leer, aber sie ziehen mit aller Kraft an dem Seil.

Da schlägt der Klöppel noch weiter aus und gibt einen ersten Ton.

Und der Ton geht zu den anderen Dörfern; und bergwärts geht er, auch er steigt den Hang hinauf – aber sie konnte man nicht mehr sehen, sie waren schon in den Wald gelangt.

Niemand konnte den Trupp auf dem Waldweg sehen, am Berghang, und sie in der Mitte, hingeneigt und beschützt, gehalten von zwei Armen, die sie eng umfaßten, während der Dreispitz nicht weit davon auf und nieder zuckte.

Niemand konnte auch nur jenen andern sehen, viel weiter unten, den dicken Kopf jenes andern, und wie er hinfällt bei jedem Schritt, dann wieder weitergeht.

Umfällt, wieder aufsteht, hinfällt; und das Gesicht voller Tränen hat, die ihm schnell übers Kinn hinablaufen, denn seine Haut ist zu glatt, sie hält sie nicht auf.

Der ganze große Berghang; und er ganz unten an dem großen Berghang; und man wandert mit den Augen den Hang hinauf, und so hoch ist er, daß man den Kopf weit zurücklegen muß, um oben den Rand zu erreichen – Mânu hebt den Kopf, er legt ihn zurück, fast wäre er hintenüber gefallen.

Er geht wieder weiter, er fällt wieder hin ...

Er steht wieder auf, er geht weiter, er fällt wieder hin ...

Farinet oder das
falsche Geld

I

Und Vater Fontana spricht weiter auf die zwei
Männer ein, mit leiser Stimme, im Café Crittin in
Mièges.

„Ja ...“

Langsam ging sein Kopf auf und ab.

Ardèvaz und Charrat hießen die beiden.

„Ja“, fährt Fontana fort, „denn das sage ich euch,
sein Gold ist besser als das Gold der Regierung.
Und ich sage, er hat das Recht, falsches Geld zu
machen, wenn es echter ist als das echte. Was
macht den Wert der Münzen aus – die Bilder, die
drauf sind, die Frauenzimmer, die nackten Weiber,
oder die angezogenen, oder die Kronen, die Wappen? Oder vielleicht die Inschriften? Oder etwa
die Zahlen“, sagte er, „die Zahlen, die von der Regierung draufgetan werden? Wer kümmert sich um
die Inschriften? Niemand, und um die Zahlen
auch niemand. Es wäre nicht das erste Mal, daß die
Regierung euch den Wert und das Gewicht falsch
angäbe, genauso wie irgendein Privater. Fragt nur
die Leute, die sich auskennen. Die Regierung sagt
euch: ‚Dieses Stück hat so viel gegolten; nun, von
jetzt an gilt es so viel ...‘ Das ist vorgekommen, das
kann wieder vorkommen. Da ist Farinet anständiger als die Regierungen, ihm zahlt man das, was an
dem Geld dran ist, ihnen zahlt man, was draufsteht ...“

Er hatte immer lauter geredet und es selbst nicht gemerkt; dann ist er auf einmal still und wirft einen Blick über die linke Achsel, zur Tür hin.

Offenbar hat er Angst, es sei einer hereingekommen und er habe nicht aufgepaßt, während er seine Sache vortrug; aber er sieht durch die Rauchwolken, daß niemand gekommen ist; es war auch erst fünf Uhr, zu früh für die meisten Kunden, die waren jetzt eher im Weinberg, auf dem Feld oder im Garten; und das Lokal war leer, mit seinen zwei Tischreihen, die bis zum Fenster liefen, durch eine Art Nebel, in dem man nicht deutlich sah. Fontana war beruhigt, er zog an der Pfeife, immer zweimal, mit eingezogenen Backen.

Er nimmt sein Glas, trinkt den andern zu.

Die beiden hatten nichts gesagt. Auch sie zogen an ihren Pfeifen mit den Messingdeckeln; sie wiegten die Köpfe von Zeit zu Zeit.

Sie hatten die Ellbogen auf dem Tisch. Sie schwiegen. Offenbar warteten sie, bis Fontana fortfahren würde; er war noch nicht fertig. Fontana merkt das; er blickt noch einmal vorsichtig über die Achsel; vor sich hat er die Wand und rechts auch die Wand; trotzdem senkt er noch die Stimme, um ganz auf der Hut zu sein (dabei weiß er, daß auf den Wirt Verlaß ist, daß er zu Farinet hält, falls nämlich der Wirt ihn hören sollte), und sagt: „Und wenn ihr meint, Farinet sei ein Anfänger, meinetwegen, aber von wem hat er das Geheimnis, wer hat ihm die Schlupfwinkel gezeigt? Vater Sage hatte Papiere, und er hat sie mir sogar gezeigt, ich habe sie gesehen. Von Paris kam das, ja, von Paris, und von Genf. Zertifikate nennt man die. Er hatte von seinem Pulver dorthin geschickt, zur Begutachtung; und auf seinen Papieren, da stand nun …"

Er hält ein; dann spricht er die drei Worte deutlich aus, einzeln: „Es – war – echt."

Er hält ein.

„Das stand auf diesen Papieren, und das sind Herren, begreift ihr, das sind Leute, die immerhin mehr verstehen als wir, das sind Leute vom Fach, Gelehrte, die Bücher schreiben, Philosophen. Die haben gesagt: ‚Das ist reines Gold und nichts als reines Gold.‘ Sie haben es geschrieben. Es steht auf den Zertifikaten. Und die Zertifikate, begreift ihr, die hat Farinet jetzt … Der Unterschied ist nur, daß Sage sein Pulver für sich behielt, und er hat Münzen draus gemacht, aber das ist seine Sache. Wenn die nicht immer schön herauskommen, so liegt das daran, daß er nicht alle Werkzeuge hat, die man braucht. Aber der Gehalt ist da. Und ich sage euch, es ist gut, so etwas unter dem Strohsack zu haben oder unter einem Stein im Garten, für alle Fälle. Etwas, das nicht alt wird, das nicht verfault, nicht verdirbt, das sich nicht verfärbt, das sein Gewicht behält, etwas Festes, wo alles andere eben nicht fest ist; etwas, das nicht nur von heute ist, oder von gestern oder von morgen, sondern von immer, so alt wie die Welt der Gemeinde, man würde es lassen, wo es ist, man würde nichts damit machen! Ist das eine Idee? … Ich habe jedenfalls davon; das gebe ich offen zu. Ich habe für hundert Franken davon. Und du, Ardèvaz?“

Ardèvaz nickt; er hatte auch davon.

„Siehst du. Und du, Charrat?“

Charrat lächelt.

„Oh, jeder hat davon; die Sache ist schon richtig.“

„Und ist es dann richtig, daß er im Gefängnis sitzt und daß man ihn drin läßt?“ sagt Fontana. „Diebe steckt man ins Gefängnis. Er ist das Gegenteil von einem Dieb. Frag nur den Patron …“

Er ruft: „He! Patron!“

Er sagte: „Wir fragen ihn, ob er nicht auch davon hat, und wieviel. Er hat nämlich am meisten davon. Seit ihm Farinet mit seinem Geld zahlt …

269

Crittin hat mindestens für tausend Franken ... Wir fragen ihn. Wir sind hier unter uns, lauter Freunde und Vertrauensleute ... He, Patron! Warum kommt er nicht?"

Es war wirklich merkwürdig, daß Crittin noch nicht da war und wie sonst ein Glas mit uns trank; Ardèvaz steht auf.

Ardèvaz öffnet die Tür zum Hausgang.

Aber in diesem Augenblick war die Tür zur Straße hin aufgegangen, am anderen Ende des Hausgangs; und eine Frau war hereingekommen, eine nicht mehr sehr junge Frau, wie es schien, einen Hut auf dem Kopf, einen Koffer in der Hand, ganz schwarz angezogen, aber weiß von Staub bis an die Knie; sie sieht Ardèvaz, sie bleibt stehen ...

An dem Tag, in Mièges, unterhalb der Felsen, etwas erhöht über der Rhone-Ebene, hinter den Mauern von Mièges, die weiß in der Sonne standen – in diesem Hausgang, eine Frau kommt herein, sie sieht Ardèvaz; aber da war, im selben Augenblick, Crittin aus seiner Küche getreten.

„Ah, Sie sind es ... Ich habe Sie erwartet ..."

Während er auf sie zuging, dann Ardèvaz sah: „Bleib ... Das ist Joséphine ... Kennst du sie nicht mehr? ... Sie war hier angestellt, vor zwei Jahren."

Er sagte zu Joséphine: „Kommen Sie einen Moment herein ... Es sind Kunden da, die Sie kennen ..." Und wie er sie hereingeführt hat: „Nun, Fontana, erinnern Sie sich? Und du, Charrat ...? Joséphine ..."

„Ah", sagte Fontana, „natürlich."

Und er gibt ihr die Hand: „Wie geht's? ... Sie kommen scheint's von weit her ... Ah, von Sion ... Ah", sagt er. „Und wie geht's da, in Sion?"

Sie sagt: „Es geht gut."

Und mehr sagt sie nicht; denn Crittin fragte sie nun, ob sie nicht auf ihr Zimmer wolle.

Er begleitet sie bis zum Zimmer, dann kommt er zurück ins Lokal; und hier sagt er, und es tönt sonderbar: „Ja, ich habe sie wieder kommen lassen ... Denn ich glaube, etwas wird passieren. Und bald", sagt er, „aber redet nicht davon ..."

Und Fontana: „Farinet, ja ... Wir sprachen von ihm ..."

Aber Crittin blinzelt ihm zu.

II

Und wirklich, in dieser selben Nacht, die Uhr der Kathedrale hatte kurz vorher zwölfmal geschlagen, war Farinet ohne Geräusch von seinem Strohsack aufgestanden und aus dem hölzernen Rahmen gestiegen, der an der Mauer festgemacht war.

Eben noch hatte der Aufseher seine Runde gemacht und war vor der eisengepanzerten Tür gestanden, hatte das vergitterte Guckloch geöffnet und ihn dort liegen gesehen, musterhaft unter der Decke; dann war auch er schlafen gegangen.

Kurz nach den zwölf mitternächtlichen Glockenschlägen hatte er sich aufgesetzt. Farinet auf seinem Strohsack.

Eine ganze Weile hatte er sich nicht gerührt. Er war vorsichtig und berechnend; immer, in allem. Lange war er unbeweglich dagesessen, um sicher zu sein, daß alles ruhig war in dem Käfig (so nannten die Leute im Land das Gefängnis).

Er hatte nichts gehört. Er hatte nur noch die Decken zurückschlagen müssen.

Kurz nach Mitternacht steht er auf; er geht mit bloßen Füßen zum Fenster, zu der vergitterten Mauerscharte; er packt einen der Stäbe und zieht sich hinauf; dann machte er sich, ins Gemäuer geduckt, wie ein Kaminfeger in den Rauchfang, an seine Arbeit.

Man hat nie herausgebracht, wie er sich die Metallfeile beschafft hatte. Offensichtlich hatte er sie schon benutzt; die Gitterstäbe waren zu drei Vierteln durchgesägt. Und nun ließ die Feile wieder ihr Husten hören, oder einen keuchenden Laut, wie wenn einer Asthma hat; von Zeit zu Zeit hielt er an, aber alles blieb still in dem Käfig, und das Feilen begann von neuem.

So war die erste Stange bald durchgefeilt, dann die zweite. Sie waren immerhin beide solid, mit Hammer und Amboß geschmiedet, in der alten Zeit (als man noch wußte, was Schmiedearbeit war): trotzdem waren sie nun entzwei, am oberen Ende, direkt am Stein, die eine wie die andere; denn Farinet hatte beschlossen, ihnen soviel Länge wie möglich zu lassen, damit sie sich eher bogen. Er hält sich wieder einen Augenblick ganz still, er muß warten, bis das schwere Klopfen seines Herzens zum Schweigen kommt. Er leckte den salzigen Schweiß von den Mundwinkeln; hinten rann er ihm den Nacken hinunter, er klebte ihm das Hemd auf die Haut. Der Mondschein schnitt jetzt seinen Körper in zwei Hälften, auf der Höhe des Gürtels; der untere Teil stand im Licht; der untere Teil des Körpers war wie Eis, der Kopf und die Hände waren wie Feuer. Macht nichts, man wird ihnen zeigen, wer man ist! Er wartet geduldig, so lange es sein muß, er horcht mit dem einen Ohr auf die Geräusche, die drinnen im Gefängnis laut werden könnten, mit dem anderen Ohr auf die Töne, die von draußen hereindringen oder hereindringen könnten; aber er hört nur ein Pferd, das da unten hustete, auf der anderen Seite der Hofmauer; und dann die Uhr der Kathedrale, die eins schlug.

Er hält sich mit beiden Händen an einer der Stangen fest; er läßt sich nach hinten fallen ...

Ah! Und die meinten, sie hätten mich! Die

Stange gab nach unter seinem Gewicht; die meinten, sie könnten mich noch sechs Monate in ihrem Käfig behalten; sie wußten nicht, wer ich bin. Der italienische König auch nicht, Umberto der Erste: jetzt weiß er's. Farinet war an der zweiten Stange, er merkte nicht einmal, daß ihm das Blut über den Arm rann bis unter die Achsel; die zweite Stange gab auch nach. Beide bildeten jetzt Haken, die sich abwärts bogen, und über sich gaben sie genau soviel Raum frei, wie einer brauchte, um durchzuschlüpfen; knappen Raum freilich, ganz knappen sogar, der Körper ging da nur flach durch, aber Farinet kannte sich aus! Wenn einer von Kind auf in den Bergen herumgestiegen ist, weiß er Bescheid; und die Freiheit wartete auf ihn, ganz nahe war sie und kam bis zu ihm herein mit dem Mondlicht und sagte zu ihm: „Fast bist du soweit, Farinet, nur ein wenig streng dich noch an, ja, so …" Sie sagte zu ihm: „Jetzt mußt du bloß noch das Seil festmachen … Ja, so … Zwei Knoten machst du. Hab keine Angst."

Er hatte keine Angst. Denn man mochte ihn gern, und die Dinge mochten ihn auch. Er hatte nicht sein Leintuch in Streifen reißen müssen, wie so viele Gefangene, von denen man in den Büchern liest; er hatte ein Seil, ein richtiges, ein Seil aus gutem Hanf, so lang, wie er es brauchte, ungefähr acht Meter. Man mochte ihn gern, man sorgte für ihn. Und er sah, daß auch die Dinge ihn gern hatten; denn gerade als er nun das Seil mit einem doppelten Knoten am Gitter befestigt hatte, war eine Wolke vor den Mond getreten. Das Gefängnis steht oben auf dem Stadthügel, mit seinen hohen, nackten Mauern; man hätte ihn leicht bemerken können, als dunklen Schatten vor der hellen Fassade, wenn der Mond darauf schien, aber der scheint jetzt nicht. „Ich will dir nicht im Weg sein", hatte er gesagt und war im selben Augenblick hinter einer dicken schwarzen Wolke verschwunden. Farinet läßt sich hinunter, der Mauer nach, in tiefdunkler Nacht, nicht zu bemerken. Er muß nur dem Seil bis zum Ende folgen, um Boden zu finden. Er dachte nichts mehr, es geht alles sehr rasch. Die Bewegungen, die er machte, schien ein anderer für ihn zu machen; die folgen einander so schnell, daß er sie nicht einmal wahrnahm. Wie er unten angelangt ist, machen seine Schritte kein Geräusch. Es ist, als wäre er auf dem Grund eines Sodbrunnens, es war der Rundgang, ein kurzer Weg: höchstens fünf Schritte; er macht sie geräuschlos, in tiefster Dunkelheit. Der Mond dort über allen Kirchtürmen von Sion und dem Bischofssitz sagte: „Ich bleibe im Versteck"; und er kommt mit seinen geräuschlosen Schritten zur Umfassungsmauer, fünf oder sechs Meter hoch ist sie, aber er kennt sich aus. Das ist so, wie wenn er Gold suchte, wenn er Gemsen verfolgte, und hinter einer Biegung brach der Weg ab; es ging nicht weiter, es ging nicht zurück, auch hinunter nicht: auf diesen handbreiten Vorsprüngen, denen man folgt, bis sie plötzlich nicht mehr da sind in der Leere, wo man die Kühe sieht zwischen den Beinen hindurch, nicht größer als Marienkäferchen, vierhundert Meter tiefer. Und da (er lachte in sich hinein), da meinen sie, mit ihrem bißchen Mauer halten sie mich auf, und der Große Maurer hat's nicht gekonnt. Oder fragt doch den italienischen König, Umberto den Ersten, ihr wißt schon, als der mich behalten wollte. Der hatte auch Mauern, und was haben sie ihm genützt? Mit den Fingerspitzen findet er über seinem Kopf eine Ritze; mit den Zehenspitzen findet er eine andere Ritze in der Mauer der Regierung. Er drückt sich an den Stein, so eng er kann, den Arm hinaufgestreckt. Der andere Arm sucht weiter oben, findet auch Halt, und der erste kommt ihm nach; er zieht sich hoch, hilft mit dem Knie nach. So gelangt er auf die Mauer, während Sion schlief; er greift mit dem linken Arm hinüber und legt sich flach auf die Mauer. Geschafft! Der italienische König ... Zwei, drei Wörter, immer dieselben, tönten in seinem Kopf, während ein warmer Strom von den Schläfen zu den Ohren floß, laut, aber angenehm jetzt; als ob man ihm Bravo zuriefe. Der italienische König ... der italienische König ...

Das Pferd hustete wieder.

Dann schlägt auch die Turmuhr wieder.

Diesmal schlug die helle Glocke, die tiefere war für die Stundenschläge da, die helle für die halben Stunden. Da erinnerte sich Farinet, daß seine Arbeit noch nicht ganz zu Ende war.

Er war die Rebhänge hinaufgestiegen, dann hatte er sich unter einem Apfelbaum ins Gras fallen lassen.

Er atmete die Luft der Freiheit ein, so tief er konnte. Er streckte die Hand aus, er spürt unter seiner Hand und durch den Stoff seiner Hosen das nasse Gras, er hebt den Kopf, und da sieht er die Sterne wieder, er kann jetzt den Himmel wieder von einem Ende zum andern sehen, und das ist gut, das ist schön.

Er war anfangs sehr rasch gegangen, eher gelaufen als gegangen, war die steinige Halde hinaufgeklettert, zwischen den Rebstöcken mit ihren Schossen, die man eben erst aufgebunden hatte, oder unten in den Gräben, die man für das Absenken zieht und die ihm nun gute Verstecke boten; er hatte keine Zeit gehabt, etwas zu denken, wie er da in seinen Sträflingshosen rannte, er war nur besorgt, daß niemand diese Hosen sah, und er war sparsam mit dem Atem, aber jetzt hat er einen Ast des Apfelbaums über sich, und ein anderer hängt vor ihm herab und verdeckt ihn.

Er blickt sich um; er sah, wie gleich vor ihm die steile Böschung anfing und im Gewirr der Rebstöcke abfiel; unten kam dann der breite, flache Talboden, wo die Rhone fließt; und Sion, die ganze Stadt, lag zwischen ihm und der Rhone.

Das Ganze zeigte sich ihm nach und nach, da die Augen sich anpaßten in der völligen Dunkelheit (die ihm lieb war), wie eingemeißelt ins schwarze Gestein, bis zu den Höhen von Valère und Tourbillon, die doch weniger hoch waren als der Ort, wo er saß. Die Kirche, die auf der einen steht, und das Schloß auf der anderen lagen beide unter ihm, so hoch war er schon gestiegen. Er mußte jetzt lachen, wie er so dasaß und sich verwunderte: eine ganze Stadt, mit einem Bischof, einer Regierung, mit einem Schloß, zwei Schlössern, mit Türmen, mit sieben oder acht Kirchen, mit einem Gericht, mit Richtern, mit einem gefällten Urteil, mit Polizisten und Gefängniswärtern, all das und sie alle zusammen hatten ihn nicht zurückhalten können; und er war allein gegen sie alle. Er war allein, sie waren vier- oder fünftausend. Das kam aber daher, daß ihre Gerechtigkeit nichts taugte, daß sie ungerecht ist. Doch für unsereinen gibt es den Geschmack an der Freiheit. Sie haben ihr kleines Leben dort unten, ihr enges Leben, ihr falsches Leben (er schaute noch immer von oben ins Tal), sie liegen in ihren Betten, während er das Gras unter seiner Hand spürte, ganz naß wurde es, und Blumen waren darin, die gut zu riechen begannen. Adieu, ihr da unten, ihr andern! Jeder hat sein Leben. Sie sind noch zwei Stunden lang tot, und ich habe Zeit, solange sie tot sind. Sie haben versucht, mich am Leben zu hindern, weil ich mein Leben habe, mein eigenes ...

Vorwärts, ruft er sich zu, vorwärts! Und weiter so; für jetzt aber Ausruhen, denn alles geht gut — war eben gut berechnet.

Er tastet seinen Körper ab im hohen Gras: berührt die bloßen Füße, die Knie, die dicken gestreiften Uniformhosen, den verkrusteten Hanfstoff seines Sträflingshemds – da drunter bin aber ich, ich bin das …

Er läßt sich zurückfallen. Er läßt sich mit dem ganzen Körper gegen die gute Erde zurückfallen, überall spürt er sie. Er fügt sich ganz ihr an, mit dem Hinterkopf, mit dem Nacken, mit beiden Schultern, mit den Schenkeln und Waden, mit den Fersen.

Er sieht, daß sich drunten im Käfig noch nichts gerührt hat.

Er sieht auch, daß die Sterne allmählich bleich werden, zwischen den Ästen des Baums und dort vorn am Himmel, der sich zu lichten beginnt; und darunter sieht er die Berge, es werden mehr, da die Nacht vergeht.

Er hat sich aufgesetzt. Er versucht sie zu zählen. Sie stechen überall hervor wie Zähne aus dem Kiefer, mit ihren Spitzen, die weiß sind, immer weißer werden, immer mehr werden, einer vor dem andern, im Halbkreis; da einer, ein anderer dort, sind es zwanzig, dreißig, hundert, fünfhundert? Ihm wird schwindlig, aber er lacht: Das gehört mir, wieder mir … Er blickt auf das Land, das von neuem lebendig wird, hier und dort unten, weiter weg, rechts und links, auf allen Seiten: die Grashalme, die sich abzeichnen, die Dächer, die auseinandertreten; ein Kirchturm, drei Kirchtürme, vier, fünf, die Rhone, die Straße im Tal; mir gehört das. Und dann alle Berge über ihm, und die Sterne erlöschen einer nach dem andern. Da kräht der Hahn, während oben im Tal, über den weißen Bergen, ein bleicher Nebel zum Himmel stieg.

Er war aufgestanden.

Er ging rasch. Er spürte die Steine nicht, er spürte weder Stoppeln noch Dornen. Er dachte nur: Aufpassen, denn er sah auch die Löcher, aus denen seine Knie hervorkamen, er sah auf seine Hosen und auf ihre Farbe, sie hatten jetzt eine Farbe, man konnte sehen, daß sie gelb waren mit einem breiten schwarzen Streifen. Aber es gibt nicht viele Dörfer an diesen steilen Hängen, auf diesem Land, das karg ist und zu abschüssig und das noch dazu die Sturzbäche von der Höhe des Bergzugs herab mit ihren Schluchten zerschneiden. Er kannte hier alle Wege, alle Verstecke; er kannte jedes einzelne Haus, jeden Heustock; alle Böden, bewohnt oder nicht bewohnt, bebaut oder nicht bebaut. Und er war ja auch nicht mehr weit vom Ziel.

Noch einmal kommt er zu einem Tobel; nur dem Weg weicht er noch aus, der es auf einer Brücke überquert. Er hält sich bergwärts, klettert eine Halde empor, die eine Hecke nach oben abschloß; er geht bis an die Hecke heran.

Hundert Meter weiter vorn stand ein Haus.

Die Sonne traf jetzt das Dach, die Schieferplatten glänzten in ihrem Licht.

Und nun dringt auch ein schwacher blauer Rauch aus der Öffnung des Kamins, dessen Deckel offensteht, steigt fröhlich in die vergoldete Luft; und ein Laufhund lag vor der Tür an einer viel zu schweren Kette.

Hinter der Hecke hervor pfeift Farinet dreimal durch die Finger. Er pfeift auf eine bestimmte Art, dreimal, hinter seiner Hecke, und der Mann, der unter der Haustür erschienen war, stellt seinen hölzernen Eimer auf einmal hin und dreht den Kopf in die Richtung, aus der die Pfiffe gekommen waren, und geht dann in dieser Richtung; der Hund wollte ihm folgen und winselte, er hieß ihn schweigen.

III

Ein paar Monate vorher waren die Zeitungen des Landes voll gewesen von ihm und von seiner Geschichte (übrigens gabe es nur zwei oder drei, und sie erschienen nur einmal in der Woche).

Das war gewesen, als man ihn wegen der Herstellung von falschem Geld vor Gericht gestellt hatte.

Man hatte in den Zeitungen sein Geburtsdatum mitgeteilt; er war achtundzwanzig. Er war in Bourg-Saint-Pierre geboren, einem Dorf, das hinten in einem der Täler liegt, welche linker Hand von der Rhone abzweigen und sich nach Süden hin tief in den Berg eingraben. Er war der Älteste, er hatte zwei Brüder und zwei Schwestern. In den Zeitungen wurde erzählt, daß sein Vater ihn, als er noch klein war, kaum vierzehn Jahre alt, mit in die Berge nahm; er war weit herum als Schmuggler bekannt (die Grenze war dort ganz nahe). Dem kleinen Maurice wurde ein Sack aufgeladen, während der Vater einen Tragkorb voll Tabak auf dem Rükken trug. So war Maurice Farinet, wie man nun sagte, dazu abgerichtet worden, die Gesetze und die Regierung beizeiten zu verhöhnen; schon mit sechzehn, hieß es, hatte er sein eigenes Gewehr. Und er machte Gebrauch davon, ohne Patent. Denn der Vater betrieb nicht nur Schmuggel. Er sagte: „Mit welchem Recht kann die Regierung uns zwingen, dafür zu zahlen, daß wir Tiere totschießen, die auf Gemeindegebiet sind und darum uns gehören?" Es kam vor, daß er ein wenig zuviel trank, wenn er von seinen Expeditionen zurückkam, in einem der Cafés, die am Weg lagen; dann saß er vor einem Liter Fendant, voll von der Kraft, die im Wein ist: „Mit welchem Recht? Darum habe ich jedenfalls nie bezahlt ..." Zu seinem Sohn sagte er: „Du bezahlst mir auch nichts ... Nie ...

Schwör mir's." Und Maurice schwor es gern, denn er war derselben Meinung wie sein Vater.

Nur daß man dann zwei oder drei Jahre später Farinet, den Vater, in der Gegend der Tour Penchée am Fuß einer Felswand gefunden hatte. Er war mit Blut bedeckt, Schädel und Körper zerschmettert von einem Sturz über mehr als hundert Meter. Man hat nie herausgebracht, ob einer ihn dort abgeschossen hatte (denn Feinde hatte er) oder ob er nicht einfach ausgeglitten war im Gestein, trotz seinem scharfen Auge und seinem sicheren Fuß und obwohl er wie keiner sonst alle Berge der Umgegend bis in die hintersten Winkel kannte. Er war jenes Mal allein ausgezogen, und Männer, die etwas weiter unten im Wald arbeiteten, sagten später, sie hätten im Laufe des Tages mehrere Schüsse gehört, aber vielleicht hatte er selber sie abgegeben. Man hat es nie herausgebracht. Er hinterließ jedenfalls eine Frau und fünf Kinder.

So hatte Maurice, der Älteste, sein Leben selber verdienen müssen. Er ließ sich als Saisonarbeiter dingen. Im Winter ging er als Holzfäller in den Wald; im Herbst half er im Tal unten bei der Weinlese. Viele Männer kommen dann für einen oder zwei Monate aus den Bergen herab und sind Kelterer oder Brententräger, das bringt ihnen ein wenig Geld ein. So war Maurice, als er gegen zwanzig ging, von einem Mann in Dienst genommen worden, der Romailler hieß und einer der vier Gemeinderäte von Mièges war.

Das wurde in den Zeitungen unter anderem mitgeteilt; nicht mitgeteilt wurde, aus welchen Gründen er nach der Weinlese nicht mehr nach Hause zurückgekehrt war (und er war nie mehr zurückgekehrt). Sein Vater hatte kein Geld hinterlassen und geringen Besitz, mit dem seine Mutter und die andern vier Kinder sich durchschlagen mußten; und dort oben fehlte es bald an Arbeit und bald an

Geld. Seine Brüder waren groß geworden, man brauchte ihn nicht mehr. In Mièges hatte er inzwischen Sage kennengelernt, einen alten Mann, der in den Bergen alle möglichen Kräuter und Pflanzen sammelte und sie an die Apotheker verkaufte. Der alte Sage war über siebzig; er brauchte einen Gehilfen.

Vater Sage wohnte in einem kleinen Haus, das auf dem Grund der alten Stadtmauer etwas außerhalb des Ortes stand; er lebte seit langem allein, denn er galt so ein wenig als Wasserfinder und Hexenmeister, und neben seinen Pflanzen suchte er Gold. Man behauptete sogar, er habe welches gefunden. Anscheinend gab es auf der Höhe des Gebirgszuges nördlich über Mièges, auf über 2500 Metern eine Ader, die der alte Sage entdeckt hatte; und die hatte er Farinet schließlich gezeigt. Die Zeit verging; der alte Sage hatte keine Kinder, keine Familie, er sagte sich: Er kann mein Sohn sein. Ich vermache ihm mein Haus und zeige ihm, wo ich mein Pulver finde. Und Farinet begann nun auch, sich Pulver zu holen. Nur begnügte sich der alte Sage damit, sein Gold zu horten, viele kleine Scheiben und gelbe Kiesel, so wie sie waren, in ein Kästchen einzuschließen; Farinet war anschlägiger, er verfiel darauf, eine Gipsform zu basteln und ein Lötrohr zu kaufen. Und als der Alte gestorben war, hatte er angefangen, seine Stücke in Umlauf zu setzen. Es gab ganz in der Nähe, in der Schlucht der Salenche, eine schöne trockene Höhle, die mit dem Keller des Hauses in Verbindung stand; dort hatte er seine Werkstatt eingerichtet, um vor Überraschungen sicher zu sein. Er war beliebt bei den Leuten, weil sie seinem Gold trauten und weil er freigebig war.

Nur hatte er einmal zu seinem Unglück die Grenze überschritten, als er viele Münzen abzusetzen hatte; weil sie einen ziemlich großen Betrag ausmachten, hatte er zu seinem Unglück gemeint, er würde sie in Aosta leichter umwechseln können, auf italienischem Boden, jenseits des Großen Sankt Bernhards.

In Aosta hatten sie ihn erwischt.

Die Polizei hatte keine Nachsicht gezeigt, der Richter erst recht nicht. Er war zu sechs Jahren Zuchthaus verurteilt worden: mehr als zwei davon hatte er abgesessen, bevor er entweichen konnte.

Er erinnerte sich, wie hart und schwierig die Rückkehr gewesen war. Eine ganze Nacht und einen ganzen Tag hatte er sich durch Geröll und durch Schneemulden vorangearbeitet, über der Vegetationsgrenze, und hatte nirgends etwas zu essen gefunden. Er hatte sich ins Gebirge halten müssen, hoch über dem bewachten Paß, den er schließlich am Nachmittag gesichtet hatte, mit seinem kleinen See und mit dem Hospiz, mehrere hundert Meter unter ihm; er verbarg sich hinter einem Felsblock, glitt am Boden hin zum nächsten, während Eiswasser unter allen Steinplatten hervorquoll; er hatte die Knie und die Hände im Wasser, und in jeder Vertiefung lag Schnee, obwohl es Hochsommer war. Er hatte seit dem Vorabend nichts gegessen; und nichts zeigt sich hier, was einem hungrigen Mann helfen konnte: kein Strauch, nicht die kleinste Beere, nichts, was die Erde hervorbringt. Was ihn aufrecht hielt, war die Aussicht, zur Nacht daheim anzukommen, wo er sich den Bauch füllen und ausschlafen konnte; und warm würde er es haben und ein Dach (denn jetzt lag er draußen ganz nah bei den Wolken, er hätte sie mit der Hand berühren können, wenn sie vorbeizogen); und er sah auf dem Weg unten, am Ufer des kleinen Sees, zwei Mönche in schwarzen Kutten spazieren und etwas weiter vorn das Zollhäuschen, und davor stand ein Zöllner, nicht größer als der kleine Finger. Ah, er mußte sich schon da verstecken, er mußte vorsichtig sein! Er kriecht weiter auf seiner Felshöhe, ja auf dem Grat des Berges, weit von begangenen Stellen, und befiehlt seinem Magen, still zu sein; und so, bald verborgen, bald auftauchend und wieder verschwindend, hatte er sich an den Abstieg gemacht, er war immer noch über dem Weg geblieben, in der großen Steinwüste zuerst, dann am Rand, wo es grün wird; endlich war der Abend gekommen.

Er hielt sich in der Höhe über dem Dorf, es lag genau unter ihm.

Er hatte sich so postiert, daß er gleich zu ihrem Haus kommen mußte. Er hatte gewartet, bis es Nacht wurde. Er brachte seinen Magen zum Schweigen, indem er die Hand darauflegte, doch er sagte zu sich: Nur noch einen Augenblick. Es war dunkel geworden, man hatte ein Licht im Stallfenster gesehen. Dann hatte er sich genähert; er hatte seinen Bruder Antoine erkannt. Er hatte ihn gerufen. Da hatte aber Antoine den Mund ganz weit aufgesperrt vor Überraschung und hatte gesagt: „Du bist's ... Wo kommst du her?"

„Hör", sagte Maurice, „versteck mich schnell ... Ich erzähle dir später ..."

Und er ging auf die Haustür zu, aber Antoine sagte: „Geh nicht hinein ... Komm mit mir."

Er hatte ihn zu einem alten Gaden geführt, gleich daneben.

So schwach und so müde war Farinet, daß er sich nicht widersetzt hatte. Er sagte: „Hast du etwas zu essen?"

Antoine hatte ihm etwas zu essen und etwas zu trinken geholt.

Und während Farinet im Heu saß und aß, sagte Antoine: „Es ist besser, wenn du nicht hineingehst ... Alles kommt hier durch, der Ort ist voll von Landjägern … Du wärst hier nicht sicher. Iß und ruh dich aus, dann …"

Farinet aß, darum sagte er nichts …

„Oh, man hat es in den Zeitungen gelesen", sagte Antoine. „Du kommst von dort unten?"

Er machte eine Kopfbewegung, um auf die andere Seite der Grenze zu deuten.

„Da hast du also entwischen können? … Jetzt mußt du einen Ort finden, wo du besser versteckt bist als hier, denn hier …"

Farinet aß immer noch, darum sagte er nichts. Dann läßt er sich ins Heu sinken.

Er sagt nur: „Und die Mutter?"

„Oh – sie steht schon lang nicht mehr auf."

„Und Apolline?"

„Verheiratet."

„Und Léonie?"

„Auch."

„Und Jérôme?"

„Hat eine Stelle."

Da hatte er alles begriffen, obwohl er schon halb eingeschlafen war. Antoine war jetzt der Herr im Haus, und er hatte auch im Sinn, es zu bleiben. Denn er fing wieder an: „Verstehst du, seit du dich nicht mehr hast blicken lassen, wie lang ist es her? Da ist hier allerhand passiert …"

„Das macht nichts", sagte Maurice, „ich hätte nur der Mutter guten Tag sagen wollen."

Aber Antoine sagte: „Besser nicht. Es würde sie aufregen. Und weil du sowieso gleich wieder fort mußt …"

Farinet schlief schon; er hatte ihn nicht weiterreden gehört. Und auch am nächsten Morgen hatte Antoine ihn ein paarmal schütteln müssen; er hatte ihm Kleider gebracht, frische Wäsche und zwanzig Franken. Er hatte Kleider und Wäsche gewechselt. Er hatte die zwanzig Franken genommen.

Ja, er erinnerte sich gut an die Rückkehr nach Bourg-Saint-Pierre, am Ende des mühsamen Weges über die Höhen; da war er nun bei Tagesanbruch wieder droben im Gebirge gewesen; aber vielleicht war das besser so, er sagte sich: Wir wären nicht miteinander ausgekommen. Und dann hätte er mich anzeigen können, um mich loszuwerden ...

Nur, was sollte er jetzt tun? Es gab zwei Lösungen. Er konnte entweder nach Mièges zurückkehren, wo er seine Höhle und die ganze Einrichtung zum Goldmachen hatte und gut versteckt wäre; oder er konnte auch nach Sion gehen, das ist der Hauptort, also eine Stadt, viele Bewohner mit vielen Häusern, er würde da nicht auffallen. In Mièges würde man sofort wissen, daß er zurück war. In Sion würde niemand etwas wissen, und das war für den Augenblick besser (denn sicher hatte die italienische Regierung die Walliser Regierung schon benachrichtigt). Sein Bart begann zu wachsen, er würde ihn wachsen lassen, den Bart. Er hatte jetzt Kleider, wie man sie hierzuland trug; er war aus der Gegend, er sprach wie die Hiesigen ... Er hatte sich schließlich für Sion entschieden.

Niemand hatte ihn erkannt.

Alles war gut gegangen, nur hatte er schon nach drei oder vier Tagen kein Geld mehr gehabt; da war er aufgebrochen, an einem Abend, und hatte den Weg von Sion nach Mièges in weniger als drei Stunden zurückgelegt, um von den Geldstücken zu holen, die dort versteckt waren, aber im Haus lag alles drunter und drüber, weil man es durchsucht hatte. Er war mitten in der Nacht gekommen und gleich wieder weggegangen, denn er hatte Angst bekommen; eine der Münzen hatte er in den Geldbeutel gesteckt und die anderen in ein Ledertäschchen, das er unter dem Hemd trug. Er hatte sich gleich auf den Rückweg gemacht und sich abseits, im Schatten des zerklüfteten Berges, über die Wiesen oder durch die Weinberge vorgepirscht und war im Morgengrauen wieder in Sion gewesen.

Zu der Zeit wurden die Cafés eben erst geöffnet; er suchte eines, ein ruhiges, abgelegenes; denn er hatte Hunger und Durst. Er war dabei in ein Gäßchen gekommen, wo ein kräftiges Mädchen, er hatte sie zuerst nur von hinten gesehen, gerade die Läden von einem Fenster wegnahm, über dem mit gelben Buchstaben auf einem Schild geschrieben war: „Café de la Croix-Blanche". Sie hob die Arme, um die Bretter von den Scheiben abzunehmen, eines nach dem andern.

Er hatte gesagt: „Kann man hier etwas bekommen?"

„Natürlich", hatte sie gesagt, ohne sich umzudrehen. „Sie sehen doch, daß hier offen ist."

Er hatte zuerst festgestellt, daß niemand drinnen im Café war; er hatte sich hinten hingesetzt in dem Raum, der schmal und lang war, und hatte erst noch darauf achtgegeben, daß er der Tür den Rücken zukehrte.

Das kräftige Mädchen kam wieder herein.

„Geben Sie mir einen halben Liter Fendant mit einer Portion Brot und Käse."

Er hatte sie noch immer nicht angesehen, aber sie hatte im Weggehen ihn angesehen; und sie hatte nichts gesagt, sondern hatte den Wein geholt, ein Glas, einen Teller und ein Messer, dann auf einem zweiten Teller ein dickes Stück Brot und eine Portion Käse; und als sie wieder da war, hatte sie noch einen Topf mit Senf auf den Tisch gestellt; und jedesmal hatte sie die Gelegenheit benützt, ihn verstohlen anzusehen.

Er senkte vorsichtig den Kopf; er hatte den Hut

aufbehalten, vom Gesicht konnte man nicht viel mehr sehen als den Bart, der nachwuchs.

Er schwieg ganz von selber, er mußte nur seinen Appetit reden lassen. Er schnitt mit dem Messer an dem Brot herum; er leerte das Glas auf einen Zug. Er schnitt den Käse in Würfel, die er gleichzeitig mit einem Stück Brot zum Mund brachte. Er hatte sich wieder eingeschenkt, er hob den Ellbogen. Dann fuhr er sich mit der Hand über den kurzen Schnauz und aß weiter.

So hatte er nicht gesehen, wie ihn die Kellnerin immer noch beobachtete, wie ihre geübten Finger sich unterdessen allein im Wollgarn und mit den Nadeln zurechtfanden, die ein helles kleines Geräusch machten. Sie saß beim Zahltisch, zu ihm gekehrt. Und als er jetzt fertig war mit Essen und aufblickte, jetzt in dem selben Augenblick hatte er sie erkannt, und im selben Augenblick hatte er gesehen, daß sie auch ihn erkannte.

Er hat nichts gesagt.

Er war nur halb schon aufgestanden, er dachte bloß daran, sich aus dem Staub zu machen. Aber als ihm einfiel, daß er seine Zeche nicht bezahlt hatte, ließ er sich auf den Stuhl zurücksinken. Denn es blieb ihm nichts übrig, als mit einem seiner Goldstücke zu bezahlen.

Er hatte seinen Geldbeutel hervorgeholt; er tat, als suchte er darin, und fragte dann, ohne aufzublicken: „Fräulein, könnten Sie mir vielleicht zwanzig Franken wechseln?"

Er hatte sie antworten gehört: „Oh, ich glaube schon."

Er hatte die Münze neben sich auf den Tisch gelegt.

Er hatte gehört, wie sie kam, wie sie die Münze nahm.

Er hatte gefürchtet, nun würde sie zunächst einmal untersucht, seine Münze; aber nein, sie wurde kaum angesehen; und jetzt hörte er das Mädchen aus dem Lokal gehen, durch eine Tür hinter dem Zahltisch.

Nun war er in seiner Angst sofort aufgesprungen. Er hatte sich überlegt, daß er auf der Straße sein würde, bis das Mädchen zurückkam. Dann hatte er sich doch wieder hingesetzt, denn er sagte sich, wenn er so davonliefe und das Geld zurückließe, würde er sich erst recht verraten. Das Mädchen brauchte nur zu rufen, und man würde hinter ihm her sein. Es war jedenfalls besser, er wartete, auf gut Glück.

Und da war auch die Kellnerin schon wieder da; sie hatte gesagt: „Das macht einen Franken siebzig ..."

Dann legte sie die Geldstücke, eins nach dem anderen, vor ihn hin: „Das sind zwei, und einer sind drei, und einer, vier, und einer, fünf ... Und fünf, das macht zehn ... und fünf, fünfzehn, und fünf, zwanzig ... Danke schön ..."

Nickel- und Silberstücke, die er mit einem Blick zusammengerechnet hatte. „Stimmt", sagte er; er hatte den Geldbeutel wieder aufgemacht und alle Münzen hineinfallen lassen bis auf ein Zwanzigrappenstück, das er in der Hand behielt.

Er war aufgestanden, hatte den Stuhl zurückgeschoben.

„Das ist für Sie ..."

„Oh, Herr Farinet ..."

Er hatte seinen Namen gehört; er saß wieder.

„Ach nein, Herr Farinet, bitte nicht, ich freue mich so schon ..."

Eine leise, etwas traurige Stimme; und er hatte gesehen, wie sie die zwanzig Rappen zu ihm zurückschob; da hatte er sie angeschaut: „Wie ..."

Sie wandte den Kopf. Er hatte gesagt: „Wie ... Sie wissen ...?"

„Oh, ich habe Sie gleich erkannt."

Er sagt: „Ich glaube, ich kenne Sie auch."

„Joséphine Pellanda ... Erinnern Sie sich nicht: in Mièges ... Bei Crittin ... Ich war dort eingesprungen ... Es ist bald drei Jahre her ..."

„Ach", sagt er „sind Sie das; jetzt weiß ich wieder."

Und dann fragt er gleich: „Und Sie wissen ...?"

„Klar", sagt sie, „jeder weiß es. Man hat von Ihnen in den Zeitungen gelesen ..."

„Dann muß ich jetzt gehen", sagt er.

„Ach nein", sagt sie, „warum? Wenn Sie's nicht eilig haben ... Sie sind hier bei Freunden. Ihr Goldstück, wissen Sie, das behalte ich. Ich habe mir schon lang eins gewünscht ..."

Da war ein riesiges Gewicht ihm von der Brust genommen worden, wie wenn ein Mann unter einen Baumstamm geraten ist, und man kommt mit der Hebewinde.

„Wirklich?"

„O ja. Und es geht vielen wie mir. Weil man schon weiß, daß das Gold ist, weil man schon weiß, daß Sie die Leute nicht anschwindeln."

„Ja", sagt er, „und das ist auch wahr."

Sie stand immer noch neben ihm, und er saß: so daß er den Kopf heben mußte und sie jetzt auf ihn herabsah – ein großes Mädchen, nicht mehr ganz jung, etwas voll, in einem dunkelgrauen Mieder mit hochgeschlossenem schwarzem Samtkragen, Sommersprossen im Gesicht, die Haare sauber nach hinten gestrichen.

Und es war leicht zu sehen, daß sie selbst auch die Wahrheit sagte; so wurde er wieder ruhig und war gleichzeitig geschmeichelt; er sagte – denn so war er eben – zu ihr: „Wenn Sie noch eine wollen, von meinen Münzen, das ist keine Sache, ich habe jetzt welche; grad heut nacht hab ich geholt ..."

„Oh", sagte sie, „heute nacht!"

Und er nestelte inzwischen unter dem Hemd.

„Oh, Herr Farinet, nein …"

„Doch", sagt er, „als Andenken und weil Sie mich so gut aufgenommen haben … Da."

Er hatte ein zweites Goldstück auf den Tisch gelegt.

Sie waren ein wenig zu gelb, seine Münzen, oder ein wenig zu hellgelb.

Sie waren nicht so rötlich wie die Münzen der Regierung. Aber das bewies gerade ihre Güte – sagte er, und man glaubte es ihm –, weil die Münzen der Regierung ein Gemisch aus Kupfer und Gold waren, und seine aus Silber und Gold.

Sie sagte: „Oh, das darf ich doch nicht …"

Er sagte: „Sie machen mir eine Freude …"

„Dann lassen Sie mich aber eine Flasche holen", sagte sie.

„Ist das nicht unvorsichtig? Der Patron …"

„Oh, er kommt nie vor neun Uhr … Und auch wenn er käme … Ich glaube wohl …"

„Ah", sagte Farinet.

„Ja, er kennt Sie, dem Namen nach. Er hat oft von Ihnen gehört. Er ist auch einer von Ihren Freunden … Sie haben ja Freunde, Herr Farinet, wirklich …"

„Aber wenn Gäste kämen?"

„Die könnten schon kommen."

Das Goldstück war auf dem Tisch liegengeblieben. Joséphine hatte Wein geholt, den besten Flaschenwein, den sie hatten. Sie hatte zwei Fußgläser gebracht.

Sie war schüchtern und vorlaut zur gleichen Zeit. Sie sagte zu ihm: „Der Bart steht Ihnen gar nicht."

„Mag sein, aber er macht, daß man mich nicht erkennt."

„Man kennt Sie trotzdem."

„Nein – Sie vielleicht, aber die anderen nicht, die Polizisten … Und wenn ein Steckbrief kommt …"

Sie hatte ihn gefragt: „Wo wohnen Sie?"

Er sagte: „Nirgends. Ich bin jeden Tag umgezogen, bis jetzt."

Sie sagte: „Hören Sie, wenn Sie bei uns wohnten ... Wir haben Zimmer auf den Hof hinaus."

„Ich habe ja keine Papiere."

„Das macht nichts", sagte sie. „Sie sind doch von hier. Und der Patron, wissen Sie, ich bin sicher, daß es ihm recht ist ... Ich muß nur mit ihm reden, das ist klar ..."

Sie hatten abgemacht, daß er am Nachmittag wiederkommen würde.

Danach war alles leicht gegangen, zu leicht, in jener ersten Zeit nach seiner Flucht aus dem Gefängnis von Aosta. Man hatte ihn nicht nur beschützt, man hatte auch für ihn gesorgt und ihn verwöhnt. Sie war nicht mehr ganz jung und nicht sehr schön, sagte er sich, aber sie war gut. So hatte er es geschehen lassen, hatte sich beschützen und verwöhnen lassen und hatte mit seinen Goldstücken für das Zimmer gezahlt. Im Einvernehmen mit dem Wirt gab er sich als Vetter Joséphines aus.

Und er war anfangs vorsichtig gewesen, und dann war er es nicht mehr. In den ersten Wochen hatte er sich erst nach dem Einbruch der Dunkelheit in der Stadt gezeigt. Als aber niemand ihn zu bemerken schien, hatte er angefangen, zu jeder Tageszeit auszugehen, und war zwei- oder dreimal bis nach Mièges vorgestoßen. Er hatte sich gesagt, man müsse ihn wohl beim Gericht vergessen haben. So war er zweimal, trotz der Warnungen Joséphines, mit seinen Freunden zur Jagd gegangen, und das hatte ihn schließlich sogar auf den Jahrmarkt geführt, der in Sion zur Zeit der Weinlese, Mitte September, stattfindet. Da wurden hölzerne Becher verkauft, Lärchenkufen, Ziegenbälge und Kalbsfelle, Maultiergeschirr und alles, was man für die Traubenlese, für das Keltern, für das Einkellern braucht. Broschen für die Mädchen wurden angeboten, Seidentücher, Schuhe. Auf dem großen Platz war das Vieh ausgestellt, das man jetzt von den Alpen getrieben hatte, dort waren bis Mittag viele Leute gewesen; später waren in den Cafés viele Leute gewesen. Und da war es schiefgegangen. Farinet sah nachher ein, daß er mit daran schuld war. Er hätte doch wissen müssen, daß er gesucht wurde.

Und gerade da, wenn überhaupt, wäre einige Vorsicht am Platz gewesen, wegen all der Unbekannten, die das Lokal in der Croix-Blanche füllten. Aber zwei Monate Freiheit und allzu ruhiges Leben hatten Farinet sicher gemacht, er dachte nicht daran, sich verborgen zu halten, und war vom Mittag an in der Croix-Blanche zu sehen, wo er ganz offen an einem der Tische mit seinen Freunden Charrat und Ardèvaz aß und trank.

An den Nachbartischen waren Leute aus Mièges gesessen, die ihm zuriefen: „He, Farinet, Sie sind da! Wie geht's Ihnen denn?"

Sie tranken auf sein Wohl, sie sagten: „Auf Ihr Wohl, Farinet!"

Sie sagten zu ihm: „Was machen Sie denn hier? Warum kommen Sie nicht zu uns? Sie werden erwartet."

Und der Name, laut ausgesprochen, ja mehrmals gerufen, war durch das ganze Café gegangen, man kannte ihn nun schon, auch weiter herum, wegen der Zeitungsartikel.

Farinet war allerdings nicht mehr ganz nüchtern gewesen. Er hatte den Nachmittag hindurch in der Croix-Blanche getrunken, zwar an einem der hinteren Tische, um doch im Notfall nach rückwärts verschwinden zu können. Aber die Polizisten sind erfahrene Leute. Sie kamen gleichzeitig von der Straße und vom Hof herein. Auf einmal standen zwei an der Hintertür und zwei an der Vordertür.

Farinet hielt sich also im Hintergrund des Lokals, den Rücken zum Eingang gekehrt; aber da war nun die andere Tür aufgegangen, und ein Wachtmeister mit Goldtressen auf den schwarzen Ärmeln und mit einem Revolver am Gürtel war erschienen.

Er hatte salutiert. Er hatte gesagt: „Niemand rührt sich!"

Das Reden und Lachen war plötzlich leiser geworden und schließlich verstummt.

Der Wachtmeister war vorgetreten; es war ganz still im Café.

Ein anderer Polizist ohne Tressen hatte sich hinter ihm in der offenen Tür gezeigt.

Der Wachtmeister war grade auf Farinet zugegangen: „Können Sie sich ausweisen?"

Farinet war aufgestanden.

„Ich weiß schon Bescheid."

Das war Mitte September gewesen.

IV

Erst am zweiten Tag, nachdem er wieder ausgebrochen war, kamen die Landjäger nach Mièges; anscheinend hatte man zuerst in der Umgebung von Sion nach ihm gesucht, weil man wußte, daß er sich lange Zeit dort versteckt hatte. Hier ist man zwei, drei Meilen von Sion entfernt; man ist am Hang des Gebirgszugs; man ist an einem Ort, wo es nicht viel zu essen gibt. Das Dorf Mièges ist nur ein sehr kleines Dorf. Es war in früherer Zeit eher eine Art Festung, von der noch Mauern und Reste von Türmen stehen: innerhalb dieser Mauern hatte man damals eine Straße gebaut, man sieht noch die Häuserreihe, die zur Hälfte zerfallen und unbewohnt ist; außerdem gibt es nur noch ein paar Hütten und Heugaden, die nach hinten zu, gegen den

Berg, ein Gäßchen im rechten Winkel zur Straße bilden. Das ist alles. Das ist recht armselig. Die Ebene ist da zu sumpfig, um etwas anderes herzugeben als ein wenig schlechtes Heu, das als Streu dient; einzig die Reben, die gut sind, und in der Höhe die Weiden bieten einen Lebensunterhalt, aber einen spärlichen und für wenig Menschen. Darum hat das Dorf kaum mehr als zweihundert Einwohner, also längst nicht so viele wie früher; und dabei ist man hier wie auf einem Beobachtungsposten, den Berg im Rücken, nach Osten eine Schlucht, nach Westen eine Mauer mit einem Tor und vor sich das offene Land.

Man sieht die Landjäger von weitem kommen, am Morgen jenes Tags.

Bei uns tut man nicht dergleichen. Man sieht, wie sie vorn an der Straße eine Frau anhalten; aber sie wußte offenbar auch nichts, denn sie schüttelte den Kopf.

Sie kommen ins Dorf; sie treten zu dem alten Bruchet, der vor dem Haus in der Sonne saß.

Es war ein großes blaues Haus, zweistöckig, eines von denen, die kaum mehr zusammenhielten; ein großer Riß fing bei der Sonnenuhr an und ging schräg durch die Mauer bis unter das Dach. Aber der alte Bruchet, der mit dem rostbraunen Hut auf dem vorgebeugten Kopf und mit dem Stock zwischen den Beinen dasaß, ließ den Wachtmeister reden und verstand ihn vielleicht nicht einmal, dann zuckt er zweimal die Achseln.

Seine alten grauen Hände, die mit Tintenflecken bedeckt waren wie lange gebrauchtes Löschpapier, hatten sich nicht gerührt. Auf einem Fenstersims standen Nelken, in einen Nachttopf gepflanzt.

Die Landjäger stiegen das Gäßchen hinauf. Man hätte jetzt glauben können, das Dorf sei verlassen. Nirgends war ein Mensch zu sehen. Ein paar Frauen, die sich für einen Augenblick auf der Türschwelle oder auf den Stufen davor gezeigt hatten, waren wieder ins Haus geeilt; die Kinder waren in der Schule, die Männer mußten wohl in den Weinbergen oder auf den Feldern sein. Und die Landjäger gingen zum Gemeindeammann, der gerade auch nicht daheim war; man mußte ihn suchen gehen, und an den Fenstern der Nachbarhäuser wurde ein Vorhang nach dem andern gehoben.

Der Gemeindeammann hatte mit dem Wachtmeister eine lange Unterredung. Er begleitete darauf die Landjäger bis zu Farinets Haus.

Es lag außerhalb des Dorfs, nach Osten hin. Die vier Männer hatten noch ein schönes Stück zu gehen, über Schutt und Geröll, zwischen Mäuerchen, hinter denen man ein paar Muskatellerstöcke gepflanzt hatte; weiter rechts, am Rand der Schlucht, stand ein schräg abgebrochener Turm, der an einen alten Zahn erinnerte.

Da war es, mitten im Kieselgeröll; und das Haus selbst war kaum mehr als ein Haufen aus Kieseln, mit einem Dach aus schweren flachen Steinen, und war hinter einem Gewirr von Ästen fast nicht zu sehen.

Die Durchsuchung ergab offenbar nichts, denn sie war bald zu Ende. Die vier Männer kamen zurück. Der Gemeindeammann zeigte sich sehr gefällig, er blieb bei den Landjägern, blieb den ganzen Morgen mit ihnen zusammen.

Sie stiegen alle vier das Gäßchen wieder hinab, dann sah man, wie sie alle vier die Richtung nach Crittins Café einschlugen. Die zwei, drei Kunden, die im Lokal waren, konnten sich rechtzeitig durch die Tür zum Garten verdrücken.

So wurden sie nur von dem Wirt empfangen: einem schweren Mann, dessen sackförmiger Bauch das Hemd herausquellen ließ. Trotz dem Ledergürtel saßen seine Hosen nicht fest. Dauernd zog er sie hoch. Er kam den Landjägern im Hausgang entgegen, ohne sich über ihre Anwesenheit allzu erstaunt zu zeigen; und während er weiter an seinen Taschen zog, um die Hosen wieder heraufzubringen, sagte er: „Nein ... Nein, ich habe ihn nicht gesehen ... Ich weiß nichts ...“

Er wirkte vollkommen ruhig, vollkommen sicher.

„Wollen sich die Herren nicht setzen? Was darf man Ihnen anbieten?“

Aber der Wachtmeister hatte das überhört. Er war kein Hiesiger, und auch die beiden Landjäger waren nicht aus der Gegend. Man hatte sie aus Sierre kommen lassen (wie wir später erfuhren), weil der Posten von Sierre am anderen Ende der Talschaft ist.

Sie bleiben stehen, der Wirt auch, der Gemeindeamman ebenfalls. Und nun holte der Wachtmeister die Papiere mit amtlichem Aufdruck aus seinem Uniformrock; er nimmt sein Käppi ab, stellt es auf den Tisch und faltet eines der Blätter auseinander, einen Haftbefehl.

Der Wirt schüttelte immer noch den Kopf.

„Sie kennen ihn aber gut?“

„Ja“, sagte Crittin, „aber er hat sich schon lang nicht mehr blicken lassen.“

Mehr war nicht aus ihm herauszubringen.

„Das ist noch nicht alles“, sagte der Wachtmeister.

Er sah Crittin in die Augen.

„Sie kennen nicht zufällig eine gewisse ...“

Er hatte offenbar Mühe, den Namen zu lesen; dann kam's: „Joséphine Pellanda?“

„Doch“, sagte der Wirt.

„Ah!“ sagte der Wachtmeister. „Wo ist sie?“

„Hier“, sagte der Wirt.

Er schien noch immer nicht verwirrt oder beunruhigt zu sein, er wirkte so vollkommen natürlich wie einer, der nur die Wahrheit zu sagen braucht;

und als der Wachtmeister ihn fragte: „Hier … Was tut sie hier?", sagte er: „Sie ist meine Kellnerin."

„Ihre Kellnerin? Seit wann?"

„Moment", sagte Crittin … „Seit … drei Jahren, dreieinhalb Jahren …"

„Was hat sie dann in diesen letzten Tagen in Sion gemacht?"

„Sie war auf Besuch bei ihrer Mutter."

„Und bei ihrer Mutter ist sie wie lange gewesen …?"

„Fünf oder sechs Monate", sagte der Wirt.

Er zögerte keinen Augenblick, denn er sagte eigentlich nur die Wahrheit, und die Wahrheit bringt man immer leicht heraus; auch zu dieser neuen Frage sagte er nichts, was nicht irgendwie stimmte.

„Und wann ist sie zurückgekommen?"

„Vorgestern."

„Um welche Zeit?"

„Gegen fünf Uhr."

„Ah!" sagte der Wachtmeister. „Kann man sie sehen?"

„Gewiß; ich hole sie gleich …"

Die beiden Landjäger hatten sich nun doch hingesetzt und ihre Käppis auch abgenommen; sie hatten sie auf einen der Tische gestellt, die Schilder nach oben, man konnte das Futter aus roter Kunstseide sehen.

Der Gemeindeammann hatte sich auch gesetzt. Der Wachtmeister war stehen geblieben, in der einen Hand die Papiere, mit der anderen wischte er sich die Stirn. Niemand sprach.

Eine Wanduhr knarrte und knarrte und knarrte, jedesmal wenn die kupferne Linse hinter der runden Scheibe vorüberging. Die Wände waren getüncht, aber die blaue Farbe war über den Bänken durchgerieben von den Köpfen und Schultern, und eine Kette von weißen Flecken ging rings um das ganze Lokal, unter ein paar gerahmten Plakaten oder Bildern.

Zum Teil waren sie nicht gerahmt, sondern an den vier Ecken mit vorstehenden Nägeln befestigt.

Man hörte, wie die Schritte des Wirts sich entfernten; dann hörte man nur noch die Wanduhr. Und eine Weile verstrich. Dann war das Geräusch von Schritten wieder zu hören, das in umgekehrter Richtung rasch über die Treppe herankam; der Wachtmeister steckte sein Taschentuch ein; und Joséphine trat ins Lokal, während der Wirt die Tür hinter ihr sorgfältig zumachte.

Da steht sie vor uns, sie hat keinen gegrüßt (und keiner hat sie gegrüßt); sie steht wartend da, die Hände vor der Schürze gefaltet.

Alles geht sehr förmlich zu, der Wachtmeister sieht sie an, wirft einen Blick in seine Papiere, sieht sie wieder an, genauer, vom Kopf zu den Füßen, und schaut auf dem Blatt nach, wo geschriebene Dinge neben gedruckten standen: „Sie heißen Pellanda, Joséphine?"

„Ja."

„Geboren in Sion. Im Jahr ***?"

„Ja …"

„Am 24. März?"

„Ja."

„Ledig? …"

Er sieht sie an.

„Ja."

Er schaut wieder in die Papiere: „Beruf?"

„Kellnerin."

„Sie sind hier in Stellung?"

„Ja."

„Seit wann?"

„Seit Oktober vor drei Jahren."

„Sie sind nie weggewesen?"

„Doch, oft."

„Warum?"

Er sieht sie an; sie sah ihn fortwährend an; sie wendet ihre Augen nicht ab, schwarze und kleine Augen in einem großen, ganz einfachen braunen Gesicht; ihr Ausdruck bleibt sich gleich, sehr ruhig, mitleidig, geduldig und doch auch mißtrauisch: „Weil ich meine Mutter in Sion habe. Und sie ist alt und oft krank" (das stimmte, aber die Mutter lebte bei einer anderen Tochter, die verheiratet war und die für sie sorgen konnte), „da braucht sie mich dann."

„Sie waren wann dort, das letztemal ...?"

„Letzte Woche."

„Dann wären Sie also schon vor vier Tagen zurückgekommen?"

„Nein, ich bin vorgestern zurückgekommen."

„Um wieviel Uhr?"

„Um fünf Uhr."

„Wo ist Ihr Zimmer?"

Und der Wachtmeister sagt zum Wirt: „Wir wollen uns das ansehen."

Die Bank, auf der die Landjäger saßen, fiel mit Gepolter um, weil beide sehr eilig aufstanden. Der Wirt ging voraus, Joséphine und der Wachtmeister folgten; dann kamen der Gemeindeammann und die beiden Landjäger.

Es war eine ärmliche Mansarde, deren untapezierte Wände den bloßen Gips zeigten, mit vielen Schäden, von den Fliegen verdreckt. Ein kleines Eisenbett, ein tannener Tisch, ein Stuhl mit Strohgeflecht waren die ganze Einrichtung.

Der Wachtmeister trat schweigend ans Bett; er riß die Decke, dann die Leintücher weg; er drehte die Kissen und die Matratze um. Er läßt seine Leute das Bett in die Mitte der Kammer ziehen, um sicher zu sein, daß nichts darunter versteckt war.

Er öffnete den Wandschrank; der war leer.

Blieb noch ein Koffer aus rostbraunem Segeltuch, der offen in einer Ecke stand; er leerte den Inhalt auf den Tisch. Es war Frauenwäsche.

Der Wachtmeister hob ein Wäsche- und Kleidungsstück nach dem anderen auf; er gab die Sachen seinen Leuten weiter, die sie schüttelten, damit verborgene Gegenstände herausfallen konnten: ein Hemd aus grobem Leinen mit halblangen Ärmeln, ein anderes Hemd, zwei oder drei Paar handgestrickte Strümpfe, einen Unterrock, ein schwarzes Mieder, Umtücher, Taschentücher.

Sie senkte den Kopf ein wenig und sagte nichts; und der Wirt schwieg auch, und der Gemeindeammann und die Landjäger schwiegen.

„Geld haben Sie keines? ... Keine ... Goldstücke? Man hat Sie nämlich im Verdacht ... Zeigen Sie Ihre Taschen."

Auf einmal kommt ein Licht in Joséphines Augen; aber sie nahm sich zusammen. Sie macht nur eben eine Bewegung zur Seite hin und hält die Hände so weit wie möglich von denen des Wachtmeisters weg; dann läßt sie's geschehen ...

„Nehmen Sie sich in acht", sagte der Wachtmeister, „man wird auf Sie aufpassen ... Kennen Sie ihn etwa nicht? ... Sie wissen nicht, worum es hier geht? ... Nein? ... Sie haben wohl nie von einem gewissen Farinet reden gehört? ... Farinet, Maurice ..."

„Doch", sagt sie plötzlich.

Er hatte sich zum Gehen gewandt; und sie hatte sich aufgerichtet: „O ja", sagte sie, „ich kenne ihn gut, ich kenne ihn besser als Sie ..."

Sie beginnt laut zu lachen, während der Wachtmeister und seine beiden Leute hinausgehen: „Und ich weiß, daß er entkommen ist. Und das ist euer Pech, aber sein Glück, und unser Glück ist das, denn wir haben ihn gern ... Alle haben ihn gern hier ..."

Die Stimme folgte dem Wachtmeister über die Treppe hinab.

„Stimmt's nicht, Herr Ammann? ... Und Sie, Patron, was sagen Sie dazu?"

Dann hört man ihr Lachen wieder, aber der Wachtmeister war schon auf der Straße mit seinen Leuten, und sie blieben auch da nicht lang, und auf einmal wimmelte es von Menschen.

Man sagte: „Nun?"

„Nun, eben; sie haben nichts gefunden."

Das erregte Heiterkeit.

„Sie haben nichts gefunden, und da haben sie eben auch niemanden festnehmen können; und da sind sie eben so abgezogen."

Man lachte.

„Wo gehn sie jetzt hin?"

„Oh", hieß es, „sie setzen den Rundgang fort."

Und man zeigte in die Richtung des Berges, den man nicht sehen konnte, weil die Häuser davorstanden: „Sicher steigen sie zu der Hütte hinauf; weil sie wissen, daß er sein Gold dort hat."

„Bei der Hitze!"

„Und in diesem Aufzug! Stellt euch vor, wie dick ihre Röcke sind, und schwarz, und der Kragen. Nicht zu reden von der Packung. Das Koppel, das Gewehr, der Brotsack, das Bajonett ..."

„Was will man – jeder hat seinen Beruf."

„Und wenn sie ihn finden?"

„Ausgeschlossen."

Das Lustige bei diesem Fernrohr war, daß man von dort droben zunächst nur eine weiße Kreisfläche mit schwarzen Punkten darauf sah.

Einen hellen Kreis, in dem es nichts als Licht gab, einen leeren Kreis aus Tageslicht; und man mußte die Messingwalzen lange Zeit ineinander verschieben, bis endlich die Dinge zum Vorschein kamen, undeutlich und verschwommen zuerst, wie ein Dampf, etwas Nebel, blau, grau oder grün; dann immer klarer, je besser es Félicien gelang, vor dem Auge, das er dicht an das kleine Loch hielt, die Länge des fast zwei Fuß langen Rohrs einzustellen.

Er ließ die Walzen ineinandergleiten, nur aus Freude an dem Spiel, das die Welt auslöschte und wiederherstellte.

Er war seit dem Mittag da, um die Ankunft der Landjäger zu beobachten; man steht dort wie auf einer Zinne. Als Farinet am Morgen zuvor gekommen war, hatte der Meister sofort zu den beiden Buben gesagt: „Nehmt das Fernrohr." Seither hatten sie einander abgelöst auf diesem Stand, der aus der Alp vorragt wie ein Bug, eine grüne Schiffsbrücke, in die Lüfte hinaus.

Genau unter sich, aber tausendfünfhundert Meter tiefer, sah man Mièges, das sich mit seinen paar alten Häusern, seinen Turmruinen und Mauern noch festzuklammern schien an der riesigen Bergflanke, an der es allmählich heruntergerutscht war; aber alles rutscht hier oder ist einmal gerutscht, auf diesen Schieferlagen, die sich wie Blätter aus Metall überdecken. Die Erde selber rutscht hier; die Steine, die großen und kleinen, bis zum feinsten Kies, werden mitgezogen, der ganze Berg sinkt herab an sich selber, zerbröckelt, nützt sich ab, wird aufgesprengt und abgeschliffen vom Frost. Ringsum steht es wie von unermeßlich großen Zelten (manche sind dreitausend Meter hoch) mit straff gespannten Wänden, die in einem Zug bis auf den Boden reichen und an denen sich nur hier und dort das Tuch ein wenig bläht, als wäre es da naß geworden, oder ein paar Falten auf der leuchtend weißen Fläche noch zu ahnen sind. Einzig auf den Stufen blieben Reste von fruchtbarem Boden, in den Bruchstellen, in den Rissen, in manchen Taschen, die nicht bis zum Grund vernutzt waren;

da gab es grüne Flecken, etwas Gebüsch; da sah man ein wenig Gras, weiter unten dann Reben; doch sonst war alles kahl; und darum verhüllte auch nichts die Schleifen des Wegs, die sich dicht aufeinanderlegten, im Fels, wo Dutzende, Hunderte von Minen sie hineingesprengt hatten vom Dorf bis herauf. „Stellt euch nur dorthin, wie ich's gesagt habe", hatte der Meister zu seinen Jungen gesagt; dann zu Farinet: „Und ich stehe dafür, du kannst ruhig schlafen."

Die beiden Buben hatten das Fernrohr geholt und hatten im Mondschein ihre Wache begonnen, hatten den Mond durch das Rohr angeschaut und sich über sein Maul, seine Augen verwundert. Aber das Land unten war noch lustiger anzusehen, als jetzt Félicien drankam und der Nachmittag anfing.

Zuerst hatte er nichts unterscheiden können. Da war bloß der helle Kreis mit den schwarzen Punkten, wie wenn man ein Stück Papier mit der Lupe anschaut; dann erschienen auf einmal zwischen den Steinen, auf einem Rasenstück, Blumen in natürlicher Größe, an einer Stelle, wo Wasser hervorsickerte und den weißen Schiefer schwarz überzog.

Er nahm das Fernrohr vom rechten Auge, an das er es hielt, das linke geschlossen. Wie weit war's für das bloße Auge?

Die schönen Bergblumen mit ihren strahlenden Farben, blauer als blau, weißer als weiß – der Krokus, der kleine Enzian – und noch gelber als gelb, wie die Arnikablüte – er hatte sie schon vergessen, denn eine Wolke kam daher, und er nahm die Wolke aufs Korn.

Dann schaute er wieder ins Tal. Er stürzte sich über die tausendfünfhundert Meter hinab, das ist eine kleine Bewegung mit dem dicken Ende des Fernrohrs.

Er sah einen Damm aus trockenen Steinen zwischen Schilf, das aus feinem, porzellanglattem Sand herauswuchs.

Das Wasser ließ in seiner Eile kurze Wellen mit scharfen Kämmen aufstehen und übereinander hingehen, weiß wie vergärender Wein. Das war die Rhone. Sie war sehr hoch und breit in dieser Zeit der Schneeschmelze; darum schien sie keine Ufer zu haben, wenn man das Fernrohr auf ihre Mitte richtete, endlos schien sie zu sein und das ganze Tal zu bedecken.

Er sah aus, als zöge der ganze Talgrund mit in den Fluten, zur Tiefe hin – eine kleine alte Kirche kommt auch, mit ihrem sechseckigen Glockenstuhl, ihren gelben Ziegeln, dem Turm und der Straße; ein kleines Kind, im Hemd, das gerade in ein großes Stück Brot biß ...

Auf einmal dachte Félicien wieder an die Landjäger.

Er mußte das Fernrohr senken und an sich herannehmen, so daß er es fast an den Leib drückte und zwischen den Knien hindurchsah.

Von Schleife zu Schleife stieg Félicien sorgsam den Abhang wieder herauf, dann von Schleife zu Schleife hinab; und so zeichneten sich mit einemmal gegen zwei Uhr diese drei Tupfen ab, neben der kleinen Muskatellerrebhalde zur Seite des Turms – hinter einer Böschung kamen sie hervor.

Félicien brauchte nur ein paar Schritte, um es denen in der Hütte zu melden, er rief ihnen durch die vorgehaltenen Hände.

Er sah seinen Vater herauskommen, dann drei von den Männern; sie liefen im Nu herbei, der Vater voraus mit seinem großen Bart.

Man sah die drei schwarzen Tupfen, man sah sie nicht mehr.

Man sah sie wieder.

Die fünf Männer lagen auf dem Bauch und reichten einander das Fernrohr.

Die Landjäger waren erst gegen Abend da. Der Meister zündete eben das Feuer an; die Männer auf der Alp draußen trieben die Herde zusammen, riefen die Tiere auf der Weide bei ihren Namen und schwangen die Peitsche dazu, wie an jedem Abend (und sie kommen oder bleiben zurück, und sie sammeln sich oder sind vereinzelt: braune Tupfen im Gras, das noch dicht und weich ist am Anfang des Sommers, unter den großen weißen Felsen; ein paar von den jüngsten galoppieren im Übermut fort und schütteln die Glocken, und man muß sie einholen), und riefen: „Ho!"

In diesem Augenblick waren die Landjäger da; und sie – die Älpler – scheinen ganz überrascht, daß da Landjäger kommen.

Ganz überrascht sah zuerst schon der Meister aus, als er unter die Hüttentür trat.

Er grüßt sie hinter seinem großen Bart hervor; er muß aber lauter reden, weil das Geläute rings durch die Luft daherkommt und lärmt wie ein Wasserfall.

Der Wachtmeister war stehengeblieben; der Meister und der Wachtmeister begannen miteinander zu reden.

Er stand unter seiner Tür, die Landjäger waren ein paar Schritte entfernt; und hinter dem Meister zuckte das Feuer rot auf dem Herd wie ein Blumenbüschel im Wind vor der schwarzen verrußten Mauer.

Er ganz ruhig hinter seinem Bart; der Wachtmeister hochrot unter dem Käppi, mit hängendem Schnauz, aufgehaktem Rockkragen und drei offenen Knöpfen über dem Hemd, weiß von Staub wie seine Leute auch – und der Meister: „Ja, gewiß, er ist hier aufgetaucht, aber ihr kommt zu spät ..."

Er lachte.

„Wenn ihr glaubt, daß er sich einfach so fangen läßt ..."

Und er zeigte zu den Felsen hinauf: „Wir haben da Platz genug, und Wege und Übergänge, und Unterschlüpfe ... Wer weiß, ob er nicht schon im Deutschen drüben ist?"

Die Herde kam heran, sie wurde ins Gehege eingelassen: man verstand einander kaum, und der Meister mußte noch lauter reden: „Aber kommt doch herein ... Ihr müßt etwas essen."

Der Wachtmeister sagte nicht nein, seine Leute auch nicht. Sie machten keine Umstände, sie waren unterwegs seit dem frühen Morgen, und da oben gab es keinerlei Aufsicht; so weit von den bewohnten Gegenden schien ihre Amtspflicht aufzuhören.

Während man im Gehege zu melken begann, wurden sie wieder Menschen wie andere – saßen an dem großen Tisch, hatten einfach Hunger und Durst, waren froh, eine Weile im Schatten zu sitzen, vor sich einen Liter kühlen Wein, ein schwarzes Brot, einen Viertel reifen Käse.

„Das war gestern früh", sagte der Meister; „frühmorgens ..."

Zuerst trank er ihnen noch zu; er stand vor ihnen, das Glas in der Hand, nun sagte er: „Mit dem Fernrohr haben wir gesehen ... Ja, auf der anderen Seite der Schlucht. Und einer, der das Land kennt wie er, ein Bergsteiger wie er, ein Jäger wie er ..."

Er lachte in seinen Bart, aber nicht zu sehr, er zeigte es nicht zu sehr, solang er den Bart dem Wachtmeister zukehrte; er sagte: „Und einer, der nicht nur auf Gemsen schießt, wie es scheint. Und es scheint auch, sie haben ihn in Sion nicht behalten können. Die Pension hat ihm offenbar nicht gepaßt. Er hatte sicher zuwenig Luft und zuwenig Platz. Er ist nämlich einer, der gewohnt ist, Platz zu haben, viel Platz ..."

Er lachte.

„... Auf euer Wohl."

Dann ging er zum Herd und warf ein, zwei dicke Lärchenäste ins Feuer; sie waren knorrig und knotig wie Rebstauden, ihre rötliche Rinde roch gut, an ihren Schuppen hingen dicke weiße Harzperlen.

Der Wachtmeister gab keine Antwort. Er schien ganz beschäftigt mit Essen und Trinken; seine Leute auch. Sie essen und trinken noch, dann zünden sie eine Zigarre an.

Die Milch wurde in hölzernen Eimern hereingebracht, eine schöne weiße, schaumige Milch; als man sie hoch herab in den kupfernen Kessel goß, breitete sie sich im Fallen aus wie ein Tuch, so flach und dünn.

Der Wachtmeister sagte nun: „Ja, wir müssen jetzt gehen. Danke schön ..."

Man redete nicht mehr von Farinet. Er hatte sie aber nicht aus den Augen verloren.

Und eben im Augenblick, da die Landjäger von der Alp hinabsteigen wollten, hört man das rauhe Husten: ein Husten des Bergs.

Man mußte den Kopf tief zurücklegen. Man mußte den Blick über die Hütte hinaufgehen lassen, über die Felswand in ihrem Rücken (die rötlich zu scheinen begann), empor zu den großen und hellen, straff bis zum Himmel gespannten Zelttüchern.

Da war ein wenig weißer Dampf. Da war etwas wie eine kleine weiße Säule; sie war da, bevor man sie noch sah, vor dem Krachen; sie war noch da, als das Krachen vorbei war, das den Blick hinaufgelenkt hatte.

Sie war da, sie stieg langsam, ihre Spitze neigte und verbreitete sich, sie bekam einen Hut wie ein Champignon, und allmählich nahm auch sie den rötlichen Schein an.

Farinet hatte eine Mine springen lassen; so grüßte er die Landjäger in dem Augenblick, da sie verschwanden.

Denn von neuem wird das Schweigen gebrochen; und dreimal rufen die Schluchten und die Felswände aus der Ferne: „Hurra! ... Hurra! ... Hurra! ...“

V

Er war sofort wieder zu seiner Goldader hinaufgestiegen.

Kaum aus dem Gefängnis entwichen, hatte er sich wieder droben in seinem Felsenloch auf den Rücken gelegt und seine Sache noch schlimmer gemacht, hatte wie in einer Kohlenzeche den Stein mit der Hacke gekerbt und arbeitete mit dem Meißel wie ein Bildhauer, während ihm das Wasser in einem fort vom Gesicht tropfte.

Er lag, drei oder vier Meter tief, in einem Stollen, der gerade so breit wie sein Körper war; da arbeitete er, beide Schultern am Boden, mit erhobenen Armen, während es von der Wand herabtropfte, tropfte, tropfte und sich das Wasser auf seinen Lippen mit dem Schweiß vermischte, salzige Tropfen, aber was schadete das?

Hat man nicht seine Freiheit?

Er stieg aus dem Loch heraus. Er setzte sich auf die Kante. Er rückte dicht an den Fels. Er suchte die Berührung zuerst mit dem ganzen Körper, als fürchte er, fortgetragen zu werden. Er mußte dann den Blick nur noch gehen lassen; denn wohin er sah, war nichts als die Leere.

Er mußte sich ein wenig vorbeugen, um die Hütte auf der Alp, genau zwischen seinen Knien, zu erkennen. Die braunen und schwarzen Kühe waren vereinzelte Tupfen, die er einen Augenblick mit den Augen festhalten mußte, um sie dann wandern zu sehen, so groß wie Herrgottskäfer, während an der Ecke des Dachs der blaue Rauch steht wie eine Häherfeder. Der Fels um ihn her glänzt

308

im Sonnenschein wie ein Engelsflügel, golden und silbern zugleich. Er saß auf fast dreitausend Metern Höhe, dort wo keinerlei Gras mehr wächst und nur Moose noch leben können; er hing in den Lüften wie eine Flugmaschine, vor sich und auf seiner Höhe nichts als Luft. Vor den Augen nichts als Luft; da ließ er den Blick wieder sinken und sah nun, wie diese selbe Luft blauer und dichter wurde, weil sich in der Ferne das Rhonetal auftat – ein breites Tal, und das ist eine der breitesten Stellen, mit flachem sandigem Boden, wo man Spargeln und Aprikosen zieht. Und dann wieder, vor seinen Augen, nur Luft – und hinter diesem Schleier, wie durch ein farbiges Fenster gesehen, im Halbkreis geordnet, nach rechts und nach links ins Unendliche, standen die Gipfel der Walliser Alpen, dann die von Savoyen, dann sogar noch die Berge der Dauphiné – standen beisammen und lobten den Herrn.

Alles ging gut; er hatte Gold gefunden. Manchmal arbeitete er ganze Tage, ohne welches zu finden; andere Male hatte er nach ein, zwei Stunden schon genug von dem Pulver beisammen, um eine der beiden Ledertaschen an seinem Gürtel zu füllen. Dann sagte er zu sich: Du hast deine Arbeit getan, du kannst ausruhen. Um aus der Mine herauszukommen, mußte er sich auf dem Rücken vorwärtsschieben, mit den Handflächen und Fersen, aber wenn er an die freie Luft gelangt war, brauchte er nur noch den Oberkörper aufzurichten, dann saß er, und er war im vollen Sonnenlicht. Er öffnete die Tasche. Er ließ den Inhalt durch die Finger rieseln.

Flüssig ist das, fein, weich; angenehm zu berühren, zu streicheln wie Frauenhaar.

Er ließ den Goldstaub von der einen Hand in die andere rinnen; in der Sonne kam er zum Glänzen. Das ist noch nicht Gold, dachte er, solang es im Boden versteckt liegt. Es muß ans Licht kommen, damit es erwacht und zu brennen anfängt, weil es eine Art von Sonne ist und die Verwandtschaft merkt. Aber jetzt, seht euch das an: die schöne Farbe, wie Fendant in einem guten Jahr. Das ist weich, das ist lind, das ist fein; und ja, nun – die Freiheit (er blickte sich um, und in seinem Herzen sang es). Die sollen doch kommen und sehen, ob man hier nicht gut lebt – besser als in ihren Büros, besser als in ihren Gefängnissen, besser als in ihren Straßen. Aber sie könnten nicht kommen, wenn sie noch wollten: es ist ihnen zu hoch und zu schwindlig, den Richtern, weil sie alt sind, den Regierungsherren, weil sie Rheuma haben, den Polizisten, weil sie zuviel essen ... Ich würde zu ihnen sagen: „Ist das nun echt oder nicht? Ihr seht, wo ich es gefunden habe. Vom Berg bekomme ich es; der Berg ist die Freiheit ... Glaubt ihr mir jetzt, oder glaubt ihr mir nicht?"

Er hielt die Tasche weit geöffnet vor sich hin, das sanfte Feuer lag darin im Licht; er hob den Kopf und sog die Luft ein, die gleichzeitig heiß und kalt war; er blickte um sich, sah, wie er allein war in den Lüften; und auf einmal sprach es aus ihm, und er sagte es sich: „Freiheit ..."

Aber was ist die Freiheit?

Daß man tut, was man will, wie man will, wann man will.

Daß man nur von sich selber abhängt. Daß man alle Gebote selber erläßt. Du willst liegenbleiben, bleib liegen; du willst aufstehn, steh auf. Du willst essen, so iß doch! Du willst nicht essen, iß nicht ... Und willst du Geld machen, so kannst du auch Geld machen ...

Er mußte lachen.

Und als er seine Tasche gut verschlossen und sich noch versichert hatte, daß sie gut am Gürtel hielt, und das Hemd darüber gezogen hatte, ging er zu der Kufe, die in einer Spalte unter dem Felsvorsprung an der Kühle stand, und trank, und als er getrunken hatte, kam er zurück, und wieder schlug ihm alle Schönheit der Welt und alle Größe der Welt entgegen.

Er schwankte wie ein Betrunkener, er trat zurück, hielt die Hand vor die Augen.

Dann nahm er sie langsam weg und begann zu schauen: all die Dinge, die er so oft gesehen und doch wie noch nie gesehen hatte, die jedesmal wieder aus nichts entstanden, aus ihrem eigenen Tod auferstanden, ganz und gar neu vor ihm aufstanden; so daß er sich jedesmal wieder zurechtfinden mußte, je nach dem Wechsel des Himmels, der klar und wolkig war, nach dem Wechsel der Luft und des Lichts, nach dem Wechsel, der in ihm selbst geschah.

Er setzte sich an den Rand des Simses, so weit vor, daß die Beine im Leeren hingen.

Hier eben erkannte er, wenn er sich etwas vorbeugte, zwischen den Knien zuerst die Alphütte mit ihrem Schieferdach, flach im Grünen, daneben ein Teich, der glitzerte. Der Teich war so groß wie ein Uhrglas; das Dach war nicht größer als ein Meßbuch, dessen schwarzer Einband abgenützt und grau geworden ist.

Von Zeit zu Zeit stieg von der Alpweide ein Ruf herauf oder der Klang einer Glocke: da mußte er über die Kühe lachen, die nicht dicker waren als Kürbiskerne, und über die Männer, die Tupfen waren, so klein wie Radieschensamen.

Nun ließ er die Augen noch weiter gehen und fiel noch einmal ein Stockwerk tiefer; er tat von neuem einen Fall von tausendfünfhundert Metern oder noch mehr, bis zur Rhone hinunter, die eine Art weiße Schnur geworden war in der Luft, die wie Seifenwasser erschien; und er stieg von da wieder auf, stieg vor den eigenen Augen wieder auf über Hänge, durch Schluchten und Täler, über grüne, waldige Vorberge, dann über schwarzen Wald, dann über Wiesen mit Dörfern; dann kam eine erste Felswand, dann kamen Weiden, dann wieder Felsen, dann ...

Und er mußte zuerst wieder die Augen schließen. Er mußte sie an den Anblick erst wieder gewöhnen.

Im Morgenlicht (wie an diesem Tag) und zu früher Stunde, unter der Sonne, die schräg daherschien, war es wie ein Feuer aus lauter Spänen.

Hob man den Blick hoch genug – dorthin, wo er jetzt umging –, konnte er sich an den Gluten und Flammen verbrennen. Vom äußersten Osten, vom Kanton Bern oder Uri, bis zum äußersten Westen mitten in Savoyen oder noch weiter weg, über fast hundert Meilen hin herrschten überall diese Türme, diese Spitzen, diese Zacken und Hörner, all diese Nadeln, all diese Pfeile, mit ihrem Schnee, ihren Gletschern. Manche waren zugespitzt und aufgerichtet, manche abgerundet, andere eckig, andere wie Mauern; manche neigten sich, manche waren gerade; manche erhöht über Kämmen; manche vereinzelt und in einem Zug aus der Ebene aufsteigend; manche weiß, manche rötlich oder wie Silber.

Und dort unten der Monte Leone in Italien; und dort vorn, am anderen Horizont, im Dunst verschwindende Gipfel, deren Namen unbekannt waren, irgendwo in der Dauphiné: wie viele waren das? wie viele waren's im ganzen? Denn er versuchte zu zählen und verlor sich dann in den Zahlen. Nun versuchte er sie in der Reihe zu nennen. „Das ist der Monte Rosa, das ist die Mischabelgruppe, und das ist der Lyskamm, oder nicht? Dann kommt das Breithorn; dort das Weißhorn, dann ist da das Matterhorn, dann ist dort die Dent d'Hérens und dann die Dent Blanche, der Grand Cornier ..." Man wechselte dreimal die Sprache. Italienisch fing man an, dann ging man ins Deutsche über, im Französischen endete man; „aber ändert ihr euch deswegen? Dich dort kenne ich ja genau, du bist der Colon ... Und euch da kenne ich besser, weil ihr schon näher bei uns seid, der Pigne d'Arolles, die Ruinette, die beiden Combin, der Große Vélan, dann die Grandes Jorasses, der Mont Dolent; und da noch dieses Nest, diese Handvoll Kristalle, das sind alle Nadeln, die Aiguilles: la Verte, la Rouge, d'Argentière, du Dru, du Tour; und jetzt weiß ich, wo ich bin, denn da sind wir zu Hause ..."

Das war nun gerade ihm gegenüber, oder beinahe. „Ja, ich kenne euch gut", sagte er, „aber ihr, erkennt ihr mich auch ...?"

Genau nach Süden sah man in großer Breite ein Tal aufgehen, das etwas weiter hinten doppelt wird und sich in zwei Armen fortsetzt; er war noch ein kleiner Junge, als er schon mitten in der Nacht mit dem Vater aufbrach, der in seinen Rucksack die Teile eines Karabiners gesteckt hatte, und er trug einen anderen Sack mit dem Proviant. „Ja, da bist du, ich sehe euch, ich sehe euch gut; aber erkennt ihr mich auch? ... Nun", sagt er, „so versucht doch, mich zu erkennen. Man ist noch der gleiche, seht ihr; man ist euch ja treu geblieben; wenn nur ihr euch nicht geändert habt, wir haben uns auch nicht geändert ... Ihr sorgt euch nicht darum, was verboten und was erlaubt ist; das heißt, es ist alles erlaubt. Ihr habt eure Gemsen, ihr sagt: ‚Kommt und schießt sie, wenn ihr könnt ...' Ihr habt Gold, ihr sagt: ‚Kommt und nehmt es mir doch ...'"

Er redete weiter; er sagte: „Das ist guter Krieg; bei euch ist man wenigstens über den Gesetzen und den Verordnungen."

Sie glänzten im Licht, sie wechselten Farbe und

Helligkeit mit dem Anstieg der Sonne. Man sah die Schatten sich langsam verschieben, und einer der Schatten, der dalag, setzte sich auf und erhob sich und streckte sich wie ein Mann, der geschlafen hat. Einen anderen sah man rasch einen Steilhang hinaufsteigen; als er beim Gipfel angelangt war, verging er in der Luft. Eine dieser Berggestalten ist wie eine Frau, die ihr graues Mieder auszieht. Eine andere hält einen Spiegel; der Spiegel bewegt sich in ihrer Hand. Es gibt solche, die ganz nackt daliegen und den großen Körper, seine schöne Farbe zeigen oder nur die Brust mit ihren etwas röteren Spitzen. Denn je länger Farinet sie ansah, desto mehr erwachten sie zum Leben; manche wandten sich ihm zu, andere gaben ihm Zeichen; da fängt er wieder an: „Nun also. Was meint ihr? Was habe ich zu tun? Ich weiß schon, was ich zu tun habe, aber ihr seid vielleicht anderer Meinung ..."

Er sah, wie die ganze Versammlung der Berge sich bewegte im Licht, sich erhob, und so sprach er zu ihnen; er sagte: „Ich bin eben schon im Gefängnis gewesen, in Italien, und dann haben sie mich in Sion in den Käfig gesteckt. Und ich bin ganz allein aus ihrem Gefängnis herausgekommen, und auch im Käfig haben die mich nicht sehr lang behalten, weil ihr mich gelehrt habt – ja, ihr", sagte er, „ihr Türme, ihr Hörner, ihr Nadeln, ihr Säulen der Freiheit!"

Wolken stiegen hinter der Bergkette auf, dort wo der Weg nach Aosta und nach Italien führt, wo die Mönche des Großen Sankt Bernhard sind mit ihren Hunden, die ein Fäßchen am Hals tragen.

Er sagte: „Was habe ich also zu tun?"

Er stellte seine Frage den Bergen, zu den großen Nadeln gewandt, und er sah schwarze Wolken, die aufstiegen, während die Berge ganz hell und rein blieben, wie das oft im Sommer geschieht; er stellte seine Frage.

Personen sind sie immerhin, diese Berge; Personen, die besser wissen als wir, was wir sollen. Und groß sind sie, mächtig, schaut sie euch an; er beugte sich dann zu der Hütte hinunter: „Denn seht, was neben denen ein Mann ist; man sieht keinen auf die Entfernung, in der sie dort stehen; da ist einer nur ein Punkt, ganz klein, und ist vorsichtig, zaghaft, voll Angst …"

Unter diesen Bergen war einer, größer als die anderen, mit einem Kopf und mit Schultern, eine Halbfigur; der Schatten einer Wolke geht über ihn.

Dann weicht der Schatten auf einmal: und man sieht, daß er sich vor- und zurückneigt; er nickt mit dem Kopf wie einer, der Ja sagt.

VI

Da kehrte er nun ein paar Tage danach zur Hütte zurück, etwas später am Abend als sonst; er sieht den Meister auf der Bank neben der Tür sitzen und aufstehen, als er ihn erkennt.

Der Meister kam ihm entgegen.

„Ah! Auf dich habe ich gewartet … Du hast einen Besuch verpaßt."

„Ah!" sagt Farinet; er blieb stehen.

Dann sagt Farinet: „Kann ich kommen oder muß ich umkehren? … Die Landjäger …"

„Oh!" sagt der Meister, „du kannst kommen; von denen hat man seither keinen mehr gesehn."

Die beiden Männer waren beieinander angelangt; der Meister wirkte ein wenig verlegen. Farinet sagt: „Wer war es denn?"

Und er antwortet: „Rate."

„Wie soll ich das erraten? War es Ardèvaz?"

„Nein", sagt der Meister. „Du mußt nicht dort suchen. Nicht in dieser … Abteilung."

Und dann: „Es war kein Mann."

Sie gingen nebeneinander her; es war am Ein-
nachten.

„Ach, stimmt ja!" sagte Farinet.

Er war auch ein wenig verlegen.

„Hat sie Euch gesagt, wie sie heißt?"

„Ja."

„Ihr habt sie schon gekannt?"

„Ein wenig. Ich erinnerte mich wieder; ich hatte
sie bei Crittin gesehen."

„Oh, sie ist ein gutes Mädchen, und sie hängt
sehr an mir. Und nun –?" sagt er.

„Ja, nun: sie ist nicht zufrieden. Sie sagt, du hättest schon seit ein paar Tagen herabkommen sollen, weil alles bereit ist."

„Oh!" sagt er, ein wenig traurig, „ja; ich muß
wohl hinunter."

„Und", sagt der Meister, „sie wollte dich unbe-
dingt dort oben aufsuchen, um dir Sachen zu bringen; aber ich habe ihr gesagt: ,Das ist unmöglich,
solche Orte sind nicht für Frauen.' Da hat sie auf
dich gewartet. Ja, bis um sechs Uhr … Und dann
ist sie gegangen, weil sie nicht länger warten
konnte, aber sie hat ihren Korb dagelassen …
Und …"

Der Meister blieb stehen, weil sie vor die Hütte
gekommen waren, und sagte, leiser: „Sie läßt dir
sagen, daß sie ein Leintuch ins Fenster unter dem
Dach hängt. Wenn das Leintuch dort ist, kannst du
kommen …"

Farinet nickt. Sie treten in die Hütte. Farinet
setzt sich zum Feuer.

Der Meister brachte ihm den Korb.

„Danke", sagte Farinet.

Man sah ihm verstohlen zu. Er hebt das weiße
Tuch auf, das über den Sachen lag.

Auf einmal sagt er: „Nun, da gibt's ja zu tun."

Er zieht zwei Flaschen aus dem Korb hervor
und stellt sie neben sich auf, halb gelb, halb

schwarz, zur Hälfte im Licht, zur Hälfte im Schatten; aber in dem Korb waren noch andere Sachen, die man nicht sah, und er zieht auch die hervor: darunter war ein Laib ganz frisches Brot, ein Lekkerbissen für Männer, die sechs Wochen und länger von ihrem Vorrat an trockenem Brot leben.

Er nahm sofort sein Messer und zerschnitt das Brot. Zuerst gab er jedem der Kinder ein Stück, obwohl sie zu Abend gegessen hatten, dann jedem der Männer ein Stück, obwohl auch sie schon gegessen hatten. Und dann war in dem Korb auch noch Schinken, und jeder bekam sein Stück, auch der Meister. Sie konnten es nicht ausschlagen, man sah, daß Farinet daran lag, und er selbst bediente sich erst zuletzt; sie saßen alle um die Feuerstelle auf zwei Bänken, die im Winkel aneinandergestellt waren. Sie begannen zu essen, fast ohne zu sprechen, und darüber wurde es ganz Nacht. Dann machte Farinet die Flaschen auf; er füllte ein Glas und gab es dem Meister, der „Auf dein Wohl" sagte und es in drei Schlücken leerte.

Das Glas ging dann reihum nach dem Brauch, vom Ältesten zum Jüngsten, und Farinet trank als letzter.

Auf einmal redete er wieder.

„Ja, nun, ich gehe morgen oder übermorgen hinunter."

Es war kein Brot mehr übrig und kein Schinken. Er läßt das Glas ein letztesmal herumgehen. Er sagte: „Oh, da unten bin ich nämlich gut aufgehoben ... Sie können mich lange suchen. Ich habe drei Ausgänge ... Und dann habe ich jetzt von dem Pulver, mehr als ich brauche", und er zeigte auf zwei dicke Beulen unter seinem Gürtel, die man durch die Hosen sah.

„Ich muß mich wieder an die Arbeit machen ..."

Man sagte zu ihm: „Auf deine Gesundheit!"

Er sagte: „Auf eure Gesundheit!"

Es war jetzt richtig Nacht geworden; das Feuer sank zurück wie eine zweite Sonne, weil man es nicht mehr unterhielt.

Farinet kehrt sich zu Félicien; er sagt: „Du bekommst eines von meinen Goldstücken."

„Oh, danke schön", sagte Félicien.

Farinet schien ein wenig traurig zu sein, und man konnte ihn nicht recht sehen; er kehrte sich nun zu Féliciens Bruder, der Pierre hieß: „Du auch."

„Oh, danke schön", sagte Pierre.

VII

Joséphine machte die Tür wieder zu, die nach hinten hinausführte; leider knarrte sie etwas, weil sie alt war und schlecht geölt; aber um diese Zeit schliefen schon alle im Dorf.

Das Leintuch hing seit zwei Tagen im Fenster.

Sie geht durch den Garten hinab bis zur Ringmauer; ihrer Linie konnte man leicht mit den Augen folgen, sie blieb sichtbar bis an den Turm, auch in dunklen Nächten.

Seit zwei Tagen wartete sie schon.

Der Mond war nicht am Himmel, aber viele Sterne schienen über ihr als glänzende Punkte auf farblosem Grund, weiß, etwas gelb, oder auch grün, oder rot. Wenn sie sich umwandte, sah sie die Hausfassaden, aneinandergelehnt, voller Löcher, das waren die Fenster, und die Löcher waren schwarz — bis auf eines, und dieses eine erlischt eben jetzt.

Sie horcht, aber nichts war zu hören, aller Wind war verstummt, alles Leben der Menschen und Tiere war still geworden (die Hühner in ihren Ställen, die Hunde an ihren Ketten oder auf ihren Schlafplätzen in den Küchen). Eine große Stille.

Und im Inneren dieser Stille, wenn man noch besser hinhörte, stieg ein Dröhnen auf, und man wußte nicht woher, wie ein langer, seufzender Atem, der nicht anfing, nicht aufhörte; in der Ebene draußen die Rhone. Und das war alles.

Sie ging weiter.

Sie ging in dem Tönen der Nacht, in dem großen Schweigen; sie ging in der Kühle, in der Luft, die trocken roch und dann feucht, wo gewässert worden war – die gut roch, die nach allen Blumen, nach Kräutern und Büschen roch, Thymian, Majoran, Lorbeer. Und in ihrem Kopf sang es. Und es tanzte in ihrem Kopf. Mitten in der großen Nacht zu gehen, ganz allein zu sein; zwei Abende hat sie schon auf ihn gewartet, doch an diesem Abend kommt er vielleicht.

Nach einer Weile sah sie vor sich aus dem gleichmäßigen Dunkel langsam den Turm hervortreten, den schräg abgebrochenen, wie eine Kerze, die schlecht gebrannt hat. Sie bleibt stehen.

Sie hört ihr Herz, das an die Rippen klopft, togg, togg, wie einer, der hinausbegehrt: vielleicht kommt er wirklich herab. Denn sie war schon gestern hinausgegangen und vorgestern, und umsonst, aber heute vielleicht ... Togg, togg, und dann wieder die Rhone. Sie ging weiter, an kleinen und großen Steinen vorbei, die rings verstreut lagen, neben Büschen hindurch, die dazwischen wuchsen; oben der Turm hört nicht auf, ihr Zeichen zu geben, er ruft sie, er sagt: „Hier durch ... Rechts, jetzt nach links." So wird sie bis an seinen Fuß geführt. Und jetzt sah sie sofort, daß *er* gekommen war, denn der Sack, den sie gestern unter der Berberitze versteckt hatte, am Eingang zu dem unterirdischen Raum, war verschwunden. Der Sack ist fort! *Er* ist da. Lautlos wird ihr das zugerufen, und dann fängt ihr Herz wieder an zu lärmen. Sie blieb von neuem stehen, lehnte sich einen Augenblick an das Gemäuer, um sich zu fassen; dann bückt sie sich, verschwindet vorgebeugt in einem Loch, das dort offenstand. Oh, mein Gott, denkt sie auf einmal, ich habe die Taschentücher vergessen! Sie hatte ihm am Tag vorher Wäsche gebracht, und die Taschentücher fehlten, und sie hatte sich vorgenommen, sie an diesem Abend zu bringen: nun hat sie sie nicht, und das hält sie noch einmal auf, und sie ist ganz traurig; wie mischt sich doch alles in uns! Jetzt ist sie ganz glücklich, denn er ist da; darauf kommt es an, nur darauf kommt es an nach den vielen Monaten seit der Trennung ...

Er ist frei, er ist da, und mehr braucht es nicht; so dringt sie weiter in den unterirdischen Raum vor; so eng war es da, daß man sich durchzwängen mußte – harter Stein drückte ihr gegen die linke Schulter, gegen die rechte auch und oben gegen den Rücken. Sie bewegte die rechte Hand hin und her, betastete vor sich die Wand, mit dem Fuß unter sich den Boden, der immer steiler und holpriger wurde.

Sie sagte zu sich: Das sind bald zehn Monate. Sie wiederholte das Wort: Zehn Monate! ... Dann vermengte sich das alles immer mehr in ihrem Kopf, je weiter sie vordrang, bis sie schließlich vor einem zweiten Loch stand, das sich zwischen ihren Füßen auftat.

„Toh!"

Das ist ein Ruf des Gebirges. Der Ruf, den die Hirten sich über die Weide hin oder von einer Weide zur anderen weitergeben, über dem Tal, in der freien Luft, unter dem großen Himmel – jetzt tönt er ins Schwarze hinein, von oben nach unten, aber ihr Herz springt auf, weil er kommen und antworten wird, weil er da ist.

Und noch einmal: „Toh!"

Da kommt von sehr weit, und denselben Weg zurück, und durch die Enge gleichzeitig gedämpft, aber auch geschützt und bewahrt, eine Stimme: „Toh!"

Eine Stimme – und jetzt ist *er* es, denn man hört einen Stein, der knirscht.

Es klingt wegen des Echos zugleich sehr nah und sehr fern, zuerst deutlich und leise, dann lauter, aber dumpf, dann wird ein bloßes Gemurmel daraus. „Toh!" sagt sie, und „Toh!" wird geantwortet.

Fünf oder sechs Meter unter ihr nahm jetzt ein großer Stein, der dort vorsprang, einen rötlichen Schimmer an.

„Hör", sagt sie im selben Augenblick, „ich wäre hinuntergekommen, aber ich kann die Leiter nicht finden."

Und die Stimme, die ihr Antwort gab, war zugleich nahe und fern: „Ich habe sie weggenommen, warte, ich komme …"

Er kam tatsächlich, er kam näher, denn der Schein ist wieder zu sehen, stärker jetzt, auf dem selben Stein, und dann auf den nächsten Steinen, er geht von einem zum andern, während es heller wird; und die Stimme: „Bist du noch dort?" und sie: „Ja"; da stieg das Licht auf einmal bis zu ihr, den Schacht herauf, und eine Hand wird sichtbar.

Die Hand hielt ein Windlicht.

Sie muß sich nicht weiter vorbeugen, um zu sehen, daß er heraufsteigt, daß er es ist; denn das ist sein Leben; bald in der Luft oben, hoch über den Menschen zu sein, bald unter ihnen, tief in der Erde.

„Oh, Farinet! Du bist wieder da …!"

Er sagt einfach: „Wie du siehst."

„Seit wann?"

„Seit einer Weile."

„Oh!" sagt sie. „Oh, Farinet! Du bist wieder da …"

Aber er hebt nicht einmal den Kopf; er ist mit

dem Oberkörper auf die Höhe ihrer Füße gelangt, er hält immer noch die Laterne zwischen den Zähnen. So sieht sie ihn, kann ihn gut erkennen, und er sieht sie nicht, und es scheint ihm nichts auszumachen; aber vielleicht ist er zu sehr beschäftigt, da er jetzt seine Leiter oben an einem Eichenknebel befestigt; dann sagt er zwischen den Zähnen hervor: „Es ist gut. Du kannst kommen."

Er steigt die Leiter wieder hinunter.

Sie tastet mit einem Bein, dann mit dem anderen ins Leere hinab.

„Oh, denk dir", sagt sie im Hinuntersteigen, „ich habe deine Taschentücher vergessen!"

Er antwortet nicht. Sie sagt: „Hast du den Sack mit der Wäsche gefunden?"

„Ja."

Und Sprosse um Sprosse steigt sie hinab, dann ist er da, und sie war da – wieder beisammen, nach so langer Zeit wieder vereinigt, so nahe, daß sie aneinandergedrängt standen; aber er stellt die Lampe vor sich auf den Boden und sagt nur: „Paß auf, ich hole die Leiter herunter. Geh ein wenig zur Seite."

Sie ließ sich nichts anmerken; sie folgte ihm gehorsam. Er ging vor ihr her. Er war nur noch eine schwarze Form, die den Gang fast ausfüllte, kaum so viel Platz freiließ, daß der schwache Schein der Laterne hindurchdrang; enger Ort strenger Ort, fuhr es ihr durch den Kopf, dabei staunte sie. Aber so ist's in den Felsen gehauen, gerade so breit, daß einer hindurchgeht, und ist nicht für zwei gemacht. Im Lauf der Zeit mußten Schichten im Stein sich verschoben haben, er sagte: „Paß auf den Kopf auf!" Er sagte: „Gib acht, wo du hintrittst", oder er hielt ihr auch die Laterne hin, streckte den Arm zurück, und trotzdem stieß sie noch jeden Augenblick an. Und das dauerte lange, und immer ging es bergab.

Aber auf einmal sah sie, wie sich Farinet aufrichtete; und sie richtet sich selber auf.

Die Luft war mit einemmal frischer geworden, und zur gleichen Zeit fiel ein Schein, nicht nur der von Farinets Lampe, auf die Wand, die vor ihnen auftauchte; man war wie in einer Tasche, die sich nach der anderen Seite ins Freie, auf die Schlucht hinaus öffnete.

Man sah, sie war groß, und die Luft war gut. Farinet war offenbar daran, sich gut, sogar angenehm einzurichten. Offenbar war er gut bedient worden, denn es fehlte an nichts. Ein Bottich stand in einer Ecke unter einer kleinen Quelle, aus der man Tropfen um Tropfen fallen hörte. Ein Herd war da mit einem Abzugrohr, dicht daneben ein Vorrat von trockenem Holz. In einem anderen Winkel, auf einer Steinplatte, ein neuer Strohsack mit Wolldecken. Schließlich lag auf einer zweiten Platte, die glatt und flach wie ein Tisch war und vor der ein Steinblock als Stuhl diente, alles beisammen, was man zum Handwerk braucht: nämlich Lötrohr, Gipsformen, ein Stück Holzkohle, Säureflaschen, Werkzeug.

Er bleibt aber auch jetzt nicht stehen; er geht gleich bis zum Werktisch, dort kehrt er sich um: „Hast du an den Weingeist gedacht?"

Das war alles.

Da spürte sie zum erstenmal einen kleinen Schmerz, irgendwo unter dem Mieder, links unter dem Mieder, dann unter dem Hemd und vielleicht auch noch etwas tiefer. Sie sagte nichts. Sie wartete. Jetzt hatte man doch Platz, soviel Platz wie nötig, viel mehr Platz als nötig, aber er hatte ihr den Rücken zugekehrt und sich hingesetzt. Und jetzt, da sie schon durch den Zwischenraum von ihm getrennt war, kam noch ein leises Geräusch dazu, wie ein Rascheln von Seide: das tiefe, ruhige Wasser, das fünfzig Meter weiter unten durch die

Tiefe der Schlucht floß: so daß man ein wenig lauter reden mußte, und er hatte ein wenig lauter geredet mit ihr. So war sie durch den Raum, durch das Geräusch, noch mehr durch etwas anderes von ihm getrennt und wußte nicht weiter: sie stand da und sah ihm zu.

Er hatte eine seiner Ledertaschen hervorgenommen; er leerte sie sorgfältig aus, in ein Eisenkästchen.

„Ich muß nämlich wieder mit der Arbeit anfangen, sofort; ich habe kein einziges Goldstück mehr ... Hat Crittin gesagt, wieviel ich ihm schuldig bin?"

Sie sagt: „Oh, das eilt doch nicht!"

„Doch eben", sagt er, „das eilt ... Ah, da ist ja der Weingeist!"

Die Flasche stand vor ihm.

Sie sah ihn von der Seite. Farinet blies in die Flamme. Was noch an Dunkelheit übrig war zwischen der Wölbung und der Laterne, schoß nun nach allen Seiten zurück in die Winkel; und in dem flackernden Licht trat sein Gesicht mit allen Einzelheiten hervor, mit dem Schnurrbart, der sich rot gefärbt hatte, mit der aufgeblähten Wange, mit einer Ader am Hals, die sich auch blähte. Die Hutkrempe bildete einen großen Schatten über ihm. Dann fielen seine Wangen ein, und sofort zog sich das Licht zusammen, während die Flamme des Lötrohrs wieder aufwärtsstieg, weich und wellig. Im unbewegten Schein des Windlichts, der noch schwächer und blasser war als zuvor, konnte Joséphine unklar erkennen, daß er etwas in eine Form goß.

Er fragte kurz und rasch: „Sind sie heute gekommen?"

„Nein."

„Und gestern?"

„Nein."

„Es sieht aus, als hätten sie's schon aufgegeben" (er redete von den Landjägern) ... „Nun, du kannst Crittin sagen, ich komme jetzt dann, an einem Abend ..."

Aber dann unterbrach er sich und fing wieder an zu blasen, und der Schein wuchs noch einmal, malte seine Gestalt über ihm ans Gewölbe, aber entstellt und riesig und ohne Hals und Kopf, obwohl man die Umrisse deutlich sah.

Dann erlischt alles wieder.

Sie war nun kaum zu sehen, grau wie der graue Fels und der Schatten, aus dem sie hervorkam, um fast sogleich wieder aufzugehen in ihm; sie schien nur vorzutreten, um zurückzugehen. Aufrecht, unbeweglich, die Hände vor ihrer Schürze gefaltet – unbeweglich hält sie sich noch einen langen Augenblick an der Wand. Aber der kleine Schmerz drang ihr von neuem unter die Rippen, wie wenn einer Rheuma hat, wie es den Alten zustößt, wenn das Wetter umschlägt; und durch den Wirbel ihrer Gedanken sagte sie sich: Was hat er denn nur? Sie sagte sich: Stimmt etwas nicht? Er hat mich nicht geküßt, er hat mir nicht einmal guten Tag gesagt.

„Oh!" Und sie richtet sich ein wenig auf.

Oh, dachte sie weiter, vielleicht hat er genug von mir, vielleicht ist das jetzt alles vorbei (und sie dreht weiter die alten Bilder und Erinnerungsstücke in sich herum); vielleicht, und ich habe es nicht gemerkt, aber schon in Sion, bevor er ins Loch kam ...

„Oh, Farinet ..."

Das sagt sie ganz laut und ist selber verwundert, daß sie sich reden hört, wie wenn nicht sie diesen Schrei herausgebracht hätte.

Er dreht sich um und begreift nicht recht; aber sie schüttelte den Kopf, und er kannte sie nicht mehr in dem schwachen Licht der Laterne, denn sie war anders geworden, sie war größer geworden.

„Was hast du?" fragte er. „Kannst du nicht warten? Ich brauche doch Geld, verstehst du, und ich weiß nicht, was das ist heute abend ... Es geht nicht."

„Farinet, ich sehe doch, du machst dir nichts mehr aus mir."

Sie schüttelte immer noch den Kopf; sie trat einen Schritt vor, dann dreht sie sich geschwind um; sie hebt die Hände, sie versteckt das Gesicht darin, es wurde klein zwischen ihren Händen.

Er stand auf, sein Schatten kam bis zu ihr auf dem hellen und weichen Sand.

Und er sagte: „Aber Joséphine! Komm schon!"

„Nein, du denkst nur an dein Gold, nicht an mich."

„Aber", sagte er, „komm schon ..."

Und er wußte nicht weiter, und sie sagte: „Nein, nein, nur an dein Gold, Farinet, nur an dich selber", und hielt den Kopf in den Händen; und sie kehrt ihm den Rücken.

„Zehn Monate", sagte sie, „zehn Monate ... Nein, nein, laß mich, Farinet, laß mich ..."

Aber nun kam er ihr nach und faßte sie an der Schulter. Er sagte: „So sei doch vernünftig!"

Er sagte: „Komm schon, komm schon!" Und weil er ein gutes Herz hatte, zog er sie an sich und faßte eine ihrer Hände.

Er sagte: „Komm, zeig dein Gesicht ... Komm schon! ..."

Aber auf einmal war er es, der gepackt wurde, denn sie warf sich an ihn: „Oh!" sagte sie, „ist das wahr, ist das wirklich wahr?"

Farinets Pfeife ist zu Boden gefallen. Sie hält ihr verkrampftes Gesicht an seines, sie wärmt ihn mit ihrer Wärme.

„Oh!" sagt sie, „ich diene dir doch so gern ..."

Sie hielt ihren Mund hin; sie sagte: „Oh, ist das wahr? Ist es wirklich wahr? O, verzeih mir, Farinet ... Ich glaubte ..." Und sie drängt ihn rückwärts.

Sie waren vor dem Strohlager, er wäre fast hingefallen; sie sagte: „Ich hab dich doch lieb, ich hab dich doch lieb"; aber die Worte wurden undeutlich auf ihren Lippen und verstummten dann ganz ...

Er hätte nicht sagen können, wieviel Zeit vergangen war. Für einen Augenblick wußte er nicht einmal, wo er war. Er hatte die Augen noch nicht geöffnet, und in seinem Kopf, den die Dünste des Traums noch füllten, war kein Platz für die Wirklichkeit. Er fragte sich: Wo bin ich? Und zuerst gibt er traurig zur Antwort: Im Käfig. Aber im selben Augenblick fährt ihm ein frischer Luftzug übers Gesicht, und er sagt: „Nein, in der Hütte", und er spürt, wie er im Herzen glücklich ist. Noch einmal verkehrt sich alles, da ihm nun klar wird, daß er Petroleum riecht; das Windlicht war ausgegangen, weil es keine Nahrung mehr hatte. Und so wurde er wieder traurig und sagte sich: Ich bin in der Höhle; und zur gleichen Zeit berührte er neben sich etwas Warmes. Jetzt öffnete er die Augen, er bewegte sich nicht; und weil der Strohsack ziemlich weit hinten lag, mußte er sich zuerst an das Halbdunkel gewöhnen, in dem er selbst war, ausgestreckt auf dem Rücken, und hinaufsah, ohne zu begreifen, an die Wölbung, in die sich der Schatten und das schwache Licht teilten. Dann nahm er den Blick auf einmal herab, und nun war sie da, er erkannte sie jetzt. Ach ja, sagte er sich, das ist sie, ja, sie ist mit den Vorräten gekommen ... Er ist wieder traurig.

Er rückte ein wenig ab von ihr, wegen der Wärme dieses Körpers, der zu nah bei dem seinen war; er konnte ihn undeutlich sehen, er sah, daß sie schlief.

Er sah sie immer besser, mit ihrem großen, glatten Gesicht, dessen Stirn zurückgespannt war von den Haaren; so eng waren sie eingeflochten, daß sie sich nicht gelöst hatten. Der Mund war wie zum Schmollen verzogen. Man sah, daß sie glücklich war. Sie war jetzt glücklich. Glücklich, zutraulich, ganz dem Schlaf hingegeben, voller Zufriedenheit. Ihr großer, ruhiger Atem hob ihre Brust unter der braunen Wolldecke, regelmäßig, wie wenn eine Uhr schlägt. Einmal, zweimal; ein Schlag, noch einer; und durch das Rauschen des Wassers drang auch das Geräusch ihres Atems, das er hörte, so nahe war er bei ihr.

Er wurde auf einmal gereizt.

Er sagte zu sich: Sie ist immer noch da! Wie spät ist es denn?

Und da er die Uhr in der Tasche suchen will, merkt er, daß er die Weste nicht anhat; und wie er sich umdreht, sieht er sie auf dem Boden neben dem Strohsack. Er beugt sich weit herüber, um nach den Sachen zu greifen, dabei zieht er ihr die Decke weg, sie zeigt ihre bloße Schulter. Er denkt: Um so besser, davon wird sie erwachen. Eine große Schulter, rund und voll, und der Arm weiter unten war zweifarbig, braun und weiß. Man sah ihren Hals, der braun und weiß war. Man sah, ihr Gesicht war braun und die Kehle weiß … Aber er suchte ungeduldig nach seiner Uhr, wahllos in allen Taschen, bis er sie richtig hatte, und er sieht, es ist drei Uhr. „Joséphine! He! Joséphine …" Sie hörte ihn nicht. Sie lächelte im Schlaf. Er faßt sie an der Schulter, er schüttelt sie: „He! Joséphine, es ist Zeit!"

Ihr Atem unterbricht sich, ihre glatten Wimpern gingen langsam in die Höhe, und die Augäpfel, leer zuerst, wurden sichtbar.

Bald trat aber das Bewußtsein wieder hinein, und das Lächeln, das auf dem Mund geblieben war, steigt hinauf, und die Augen lächeln.

Sie streckt die Arme nach ihm aus. Aber er sitzt
aufrecht neben ihr auf dem Strohsack, er sagt: „Laß
das, Joséphine! Laß das jetzt. Es ist Zeit, weißt du.
Es wird Tag."

Und noch einmal: „Laß das! Laß das jetzt. Du
mußt dich anziehen. Willst du machen, daß sie
mich erwischen?"

VIII

Indessen lebte man im Land wie alle Tage, und
während des ganzen folgenden Monats geschah
nichts.

Man macht keine großen Sprünge hierzuland.
Ein Mann stieg hinauf in die Reben.

Man sieht in einem Garten eine Frau, die Man-
goldblätter abreißt; das sind dicke, gekräuselte
Blätter, fast schwarz, so tief grün sind sie und so
weiß ist der Stengel, der als breiter Streifen durch
ihre Mitte läuft.

Man sah Vater Bruchet, wie er sich unter die
Sonnenuhr mit dem abgebrochenen Zeiger und
den verwischten Zahlen setzte. Ihn aber sah man
nicht, wenigstens nicht, solange es Tag war. Man
sah von Zeit zu Zeit das Maultier von der Alphütte
kommen, mit Félicien; es war ein junges Tier mit
rotem Pelz, ganz rund unter dem Packsattel, der es
noch runder machte, so daß die Beine darunter
dünn schienen; es trug Butter und Käse herab und
stieg dann, beladen mit Brot, mit Zündhölzern,
Seife, mit Gries für die Suppe, wieder hinauf.

Und von Zeit zu Zeit sah man auch die Landjäger, denn sie zogen weiter durch die Gegend: gewöhnlich zu zweit, im gleichen Schritt, den Kaput
um den Leib gerollt, die Pistole am Gürtel, im
schwarzen Uniformrock mit den roten Epauletten.
Sie machten die Runde durchs Dorf, sie gingen bis
zu Farinets Haus. Und manchmal sagte der eine

oder der andere: „Wenn ihr meint, wir wissen nicht, wo er sich versteckt ..."

Manchmal, wenn sie unterwegs einen Mann aus dem Dorf trafen, fragten sie ihn:

„Sie haben ihn immer noch nicht gesehen?"

Und der andere: „Nein, nie."

Aber sie zuckten die Achseln.

„Ihr solltet uns auch nicht für dümmer halten, als wir sind. Man weiß doch, daß er in der Nähe ist. Nur könnte er etwas anstellen. Das könnte dann mehr kosten, als er uns wert ist. Darum behalten wir ihn bloß im Auge, vorläufig ..."

Im Dorf gab es allerdings ein paar Leute, die von Farinets Versteck wußten; keiner war aber je hingegangen. Sie kannten es vom Hörensagen. Sie sprachen davon, daß Farinet sein Haus hatte (wo er sich schon lang nicht mehr aufhielt und sich gewiß immer seltener aufhalten würde, wo der Garten verwahrlost war, das Weingeländer nicht beschnitten wurde und ein paar Obstbäume wieder zu Wildwuchs geworden waren): er hatte sein Haus, dort mochte er sein oder nicht; wie er sich sonst einrichtete, ging nur ihn etwas an.

„Ein Glück, daß wir früher befestigt waren", sagte Fontana, „das kommt ihm zugut. Es war nützlich, wenn man belagert wurde, aber es ist für ihn noch viel nützlicher, wenn er sein Geld macht. Sein Haus kennt jeder; es wäre nicht ratsam ... Hingegen da unten" (und Fontana senkte die Stimme), „da kann er ruhig sein, solang er sich still hält, solang er dort bleibt, solang er sich nicht zu sehr zeigt ... Denn auf uns kann er zählen ..."

Das fand Zustimmung.

„Er hat drei Ausgänge: durch das Haus, in den Turm hinauf und zur Schlucht. Und die Schlucht hat auch wieder Ausgänge: so viele man will. Durch die Schlucht kommt er überallhin, vor allem

330

in der Nacht, und ein Mann, der sie kennt wie er, ein flinker Mann, ein junger, starker, geschickter Mann ..."

An einem Abend, um zehn Uhr, war Farinet zum erstenmal wieder in Crittins Café gekommen, um die drei, vier Männer zu treffen, die dort saßen, dieselben wie immer. Sie hatten sich sehr gefreut, ihn zu sehen, bei guter Gesundheit, ein offener Hohn für Regierung und Polizei.

Wieder war er unterwegs in der Nacht, und die Freiheit mit ihm; und an dem Abend trat er mitsamt seiner Freiheit in das Café, und zugleich kam durch die Tür ein frischer Luftzug: „Guten Tag", sagte er, „wie geht's euch? ... Sind sie nicht da? das ist gut! ... Crittin", sagte er, „ich bringe dir Geld ..."

Sie setzten sich in die Küche, hinter die geschlossenen Fensterläden; dort begann er die Erzählung von seinem Ausbruch, von der Feile, den Stangen, dem Abstieg an der Mauer; vom Mond, von den Wegen; und wie schon das Krähen der Hähne von Dorf zu Dorf seinen Sieg verkündete.

Er trank mit uns, und gegen Mitternacht ging er wieder. Er hatte mit Crittin ein Zeichen verabredet, damit er kommen konnte, wenn die Luft rein war (wie Joséphines Leintuch): eine Gießkanne, die Crittin unten im Garten auf eine Stange stülpen würde.

Für die Vorräte zu sorgen war Joséphines Sache.

So schien alles zu klappen, sogar sehr gut zu klappen; aber irgendwie fand man es nach ein paar Tagen merkwürdig, wie Farinet dreinsah. Er wirkte traurig und niedergeschlagen.

Das war Anfang August; an einem Abend bei Crittin, als sie alle fünf dort waren, fing er an: „Hat einer jemals Grund gehabt, sich über mich zu beklagen? Habe ich irgendeinem etwas zuleid getan?"

Er sagte: „Dir, Charrat?"

Charrat schüttelte den Kopf.

„Oder dir vielleicht, Ardèvaz?"

Ardèvaz hob die Schultern.

„Dann vielleicht Euch, Fontana?"

Der alte Fontana hob die Hand: „Mir!"

Und er ließ die Hand auf den Tisch zurückfallen: „Mir! Du hast mir nur Gutes getan ..."

Blieb noch Crittin; Farinet sagt zu ihm: „Du bist der letzte."

Crittin antwortet nicht; aber er geht zu einem alten Kochtopf, der in einer Ecke am Herd stand, und hebt den Deckel; darunter lag ein doppelt gefaltetes Tuch: „Ich habe Vertrauen zu dir ... Und du kannst ja sehen, wo ich es aufbewahre!"

Das war in der Küche des Gasthofs, nach Torschluß. Die Haustüren waren zugesperrt, und alle Lichter waren ausgelöscht bis auf die Lampe, unter der sie saßen, aber die konnte man von außen nicht sehen wegen der Fensterläden, die aus massivem Holz waren. Wäre jemand gekommen und man hätte öffnen müssen, so hätte Farinet noch alle Zeit gehabt, um durch die Speicher und über das Dach zu entkommen; denn sie hatten für alles vorgesorgt und sogar die Tür ins Treppenhaus offengelassen. Es war eine alte Küche, und niedrig, mit einem Fußboden aus Schiefer. In der Mitte stand ein großer Tisch, um den sie saßen. Zwei Bänke waren da; auf der einen saßen drei Männer, auf der anderen zwei, an jeder Seite des Tischs. Joséphine hatte sich in einem dunklen Winkel postiert, unter dem vorspringenden Rauchfang des Herds.

„Dann also", fing Farinet wieder an, „wenn ihr euch nicht über mich beklagt, wenn niemand sich über mich beklagt, was braucht die Regierung dann noch? Seit vier Jahren hat sie jetzt nichts anderes im Kopf, als mir Schwierigkeiten zu machen.

Das ist zu lang, und das sind zuviel Schwierigkeiten!"

Er redete: er redete viel. Er hatte dazu wohl den ganzen Tag in seiner Höhle kaum Gelegenheit: man sagte sich das; und man ließ ihn reden.

„Ist mein Gold falsch oder nicht? Die Sachverständigen haben es geprüft, nicht einmal, sondern drei-, viermal. Es ist Gold, es ist sogar ganz echtes Gold, reines Gold, durch und durch Gold; dieses Gold ist viel mehr wert als das der Regierung ... Ich sage euch eines: die Regierung ist neidisch. Ihre Gesetze hat sie zu ihren Gunsten gemacht ... Könnten wir uns nicht ein hübsches Leben einrichten, hier für uns, mit unserem Geld, statt mit ihrem?"

Man sah an jenem Abend, wie sich Farinet zu rechtfertigen suchte, und auch, wie er einen Ausweg finden wollte, aus einer Lage, die kaum einen zeigte.

„Vielleicht sagt ihr mir, ich sei nicht aus der Gemeinde, aber wie viele Jahre bin ich denn schon hier? Sieben, acht Jahre werden es sein ... Acht Jahre bin ich nicht fortgewesen, nicht freiwillig jedenfalls." (Er lachte.) „Da gehöre ich doch ein wenig dazu. Und dann habe ich doch ein Haus – auch wenn es nicht mehr viel wert ist." (Er lachte.) „Also müßte man versuchen, sich zu organisieren, etwas zu organisieren ..."

„Ja", sagte Fontana, „das finde ich auch."

„Ach", sagt Farinet, „es ist schade, daß ich nach Aosta gegangen bin; das hat alles verdorben. Hätte ich mich nicht vom italienischen König verhaften lassen, sie hätten sich nie getraut, mich hier zu verhaften."

„Nie", sagt Crittin, „denn niemand hätte dich anzeigen wollen."

„Und in Sion hab ich mich auch zu wenig in acht

genommen ... Es ist mein Fehler, ich weiß. Ihr wart nicht in Sion. Ich hatte dort niemanden."

In dem Augenblick hörte man, wie es sich in der Zimmerecke bewegt, und eine Stimme sagt: „Und ich?"

Das war Joséphine. Sie hatte sich bis dahin abseits gehalten und nichts getan, um die Aufmerksamkeit auf sich zu lenken – ganz im Gegenteil. Sie war unbeweglich in ihrem Winkel geblieben, die Arme auf den Knien, den Kopf vorgebeugt, halb unter dem Mantel des Kamins; sie blickten aller überrascht zu ihr hinüber.

Und auch er war überrascht; er sagte: „Du, ja, du warst freilich dort."

„Und nachher, Farinet, hab ich dir nicht geholfen?"

„Das stimmt", sagt Farinet.

„Wärst du ohne mich aus dem Gefängnis gekommen?"

Er mußte nochmals sagen: „Stimmt", dann schwieg sie still.

Er wollte selbst noch etwas sagen, doch er fand die Worte nicht mehr recht; so fing Fontana wieder an: „Da ist nur etwas, Farinet; an deiner Stelle würde ich die Ausgänge besser überwachen."

„Oh", sagt Farinet, „die sind gut vermint."

Ardèvaz fügte hinzu: „Ich würde auch nicht zu lang hierbleiben. Die wissen bestimmt, wo du dich versteckt hältst. An deiner Stelle würde ich wieder zur Alphütte hinaufgehn."

„Oh, da gehe ich schon wieder hin, aber ich mußte doch meine Münzen machen. Ich weiß nicht, was in den ersten Tagen los war: es ging nicht, aber jetzt geht es."

Er sagte: „Jetzt geht es", als glaubte er nicht recht daran. Er fängt wieder an: „Und hier ist es günstig, weil man sie kommen sieht."

Er begann zu lachen. Auf einmal war er wieder vergnügt. Er kehrte sich um, zu Joséphine: „Ist das nicht wahr, Joséphine? Was siehst du von deinem Fenster?"

„Ich?"

„Ja, wenn du oben in deinem Zimmer bist, nach dem Tal hin?"

Jetzt schaute sie überrascht drein.

„Ich weiß nicht."

Und alle waren überrascht; aber Farinet sagte: „Und weiter?"

„Ich sehe das Wasser, die Erde, den Himmel ..."

„Was siehst du von deinem Fenster aus, Joséphine, wenn du oben bist, unter dem Dach?"

„Ich sehe die Berge, ich sehe die Rhone ..."

„Und an der Rhone?"

„Da ist Saxon."

„Und von Saxon hierher?"

„Da ist die Straße."

„Und auf der Straße?"

Jetzt fingen alle zu lachen an, weil sie begriffen, und Joséphine sagte: „Auf der Straße, da sind Tupfen."

„Welche Farbe?"

„Schwarz."

„Glänzen sie?"

„Sie glänzen."

„Und, sieht man das schon von weitem? ... Schön. Reden wir von etwas anderem."

Er nahm den Geldbeutel aus der Tasche und sagte: „Wollt ihr meine Münzen sehn, ich habe sie nämlich wieder einschmelzen müssen. Sie waren vorher zu weiß und nicht glatt genug ... Aber jetzt scheint mir ... Wie findet ihr sie?"

IX

Und doch, eine Woche später (und nachdem sich drei, vier Tage lang nicht ein Landjäger in der Nähe des Dorfs hatte blicken lassen), ungefähr eine Woche später ließ ihm Romailler sagen, daß er ihn gern empfangen würde, denn er habe mit ihm zu reden.

Er hatte nicht Joséphine damit beauftragt, sondern Crittin; der nahm Farinet auf die Seite und richtete es ihm aus.

„Romailler möchte mit dir reden ... Romailler, der Gemeinderat ... Du hast seinerzeit bei ihm gearbeitet.“

„Was will er von mir?“

„Ich weiß nicht, aber er erwartet dich, an einem der nächsten Abende.“

Farinet schüttelte den Kopf.

„An deiner Stelle würde ich gehen“, sagte Crittin. „Man weiß nie. Romailler hat einen langen Arm. Und wenn er garantiert, daß du unbesorgt kommen kannst, so heißt das, daß er selbst sich vorsieht.“

Aber Farinet schüttelte wieder den Kopf; und doch erinnerte er sich am Tag darauf, als er auf Joséphine wartete, wieder an Romaillers Angebot. Da war er unter dem Boden. Und lange, dachte er, konnte das nicht mehr dauern. Und er sagte sich, daß er Romailler trauen und ohne Gefahr zu ihm gehen konnte, am Abend, unter dem schönen Himmel und unter den ersten Sternen. Joséphine würde zwar kommen; aber ich werde ihr das erklären ... Vielleicht lockte ihn gerade noch der Gedanke, daß er so einen Vorwand haben würde, nicht da zu sein; und inzwischen nahm er das Gewehr an sich, von dem er sich selten trennte. Er rollte die Strickleiter auf und versteckte sie mit dem Windlicht in einer Vertiefung des unterirdischen Gangs. Draußen bewegt er sich vorsichtig zwischen den Steinblöcken und den Brombeerstauden hindurch und tritt nicht ins Freie hervor, bevor er ganz sicher ist, daß man ihm nirgend nachspioniert. Doch oben am Rebhang, im offenen Gelände, unter dem Sternenlicht macht ihn der ringsum geweitete Ausblick wieder ganz sicher. Er brauchte keinen Weg, um sich zurechtzufinden. Man sah das weiße Haus von weitem. Romaillers Haus stand ein wenig östlich und ein wenig oberhalb des Dorfs; es war neu, mit einem Fundament aus verputztem Stein. Die Läden waren geschlossen, in den Fenstern zeigte sich kein Licht. Trotzdem stieg Farinet die Steintreppe hinauf und wollte an die Tür klopfen, da geht sie halb auf, und Romailler tritt hervor. Er sieht Farinet, er sagt: „Ah! Du bist's!" Er sagt: „Komm nur herein, ich habe dich erwartet"; er gab ihm die Hand.

Sie gingen durch die Küche, dann kommen sie in das anstoßende Zimmer, wo Stühle und ein Tisch standen.

„Setz dich doch", sagte Romailler.

Farinet setzte sich, ohne etwas zu sagen. Romailler bot ihm fürs erste eine Zigarre an, Farinet nahm sie, und Romailler zündete ein Streichholz an. Dann sagt Romailler: „Nun, wie geht's?"

„Danke, es geht."

„Man hat sich ja einige Zeit nicht gesehen. Weißt du noch, wann du bei mir gearbeitet hast? Das ist nun wie lange –" (er zählt). „Und seither ist manches passiert."

Er hatte sich selbst eine Zigarre angezündet, er zog an seiner Zigarre.

„Und das ist es ja, mein Junge. Du mußt dir darüber klar sein, daß deine Stellung nicht mehr lange zu halten ist. Man brauchte nur zu wissen, wo du dich versteckst, und vielleicht weiß man es auch. Und wenn du noch ausreißen könntest, wohin willst du dann gehn, mein Junge? Die Alphütten sind gut und recht für den Sommer, aber wir haben schon Mitte August; bald Herbst. Du kannst das Land nicht verlassen, weil man überall deinen Steckbrief hat. Du mußt dich wieder in deinem Schlupfwinkel einschließen ... Also hör zu: ich mache dir einen Vorschlag ...“

Er klopfte die Asche von seiner Zigarre.

„Da sind nämlich die Liberalen“, fuhr Romailler fort. „Du hast wahrscheinlich ihre Zeitung nicht gelesen, hier liest man sie kaum. Sie sind in der Opposition, verstehst du. Und nun sagen sie, die Regierung könnte dich verhaften, wenn sie nur wollte, sie lasse dich aber absichtlich nicht verhaften. Weil man hier konservativ ist wie die Regierung. Und weil hier jeder dein Freund ist ... Die Liberalen sagen, die Regierung fürchte bei den Wahlen unsere Stimmen zu verlieren, wenn sie dich verhafte ... Verstehst du?“

Farinet nickt.

„Und das ist unangenehm ... das ist unangenehm für die Regierung. Ich glaube schon, daß die Regierung dich morgen verhaften könnte, wenn sie das wollte; aber das würde sie Geld kosten, und vielleicht Menschenleben. Nun hör gut zu ... Ich soll dir sagen, daß du dich ergeben solltest. Die Regierung würde dir das anrechnen. Du bist schon sechs Monate im Käfig gewesen, diese Monate würden abgezogen ... Wer weiß, vielleicht hättest du bloß noch einmal sechs Monate abzusitzen, und sechs Wintermonate, das ist rasch vorbei ... Nachher könntest du ruhig wieder in dein Haus ziehen; du wärest niemandem mehr etwas schuldig ... Aber dafür gäbe es eine Bedingung ...“

Romailler schwieg wieder einen Augenblick.

„Und diese Bedingung wäre, daß du verzichten würdest, deine Geldstücke herzustellen und in Umlauf zu setzen, das ist die große Bedingung ...“

Farinet fuhr dazwischen: „Zum Teufel, nein!"

Aber Romailler ließ sich nicht unterbrechen: „Ich weiß, du bist überzeugt, daß dein Gold gut ist. Aber da sind die Gesetze. Ist dir klar, was passieren würde, wenn jeder es machte wie du? Wie würde man da zurechtkommen? Da sind die Gesetze, da ist das Recht. Man würde von dir nur verlangen, daß du künftig darauf achtest ..."

Farinet sagte wieder: „Zum Teufel, nein!"

„Warte", sagte Romailler, „nicht so schnell ..."

Und jetzt rief er. Er ruft: „He! Hör mal, Thérèse!"

Man hört, wie ein Stuhl im Zimmer über ihnen gerückt wird, man hört Schritte. Dann geht die Tür auf.

Farinet sah sie nicht gleich, weil er ihr den Rücken kehrte.

Romailler sagte: „Komm her, Thérèse." Und als sie dann neben ihm stand: „Das ist meine Tochter, kennst du sie noch?"

Farinet gibt keine Antwort.

„Ah!" sagte Romailler, „sie ist eben in dem Alter, wo die Mädchen sich schnell verändern", und er lachte. „Sie ist ein Fräulein. Du bist jetzt ein Fräulein, Thérèse."

Und sie – Thérèse – war rot geworden, über ihrem Seidenmieder, das blau wie der Himmel war.

Und Farinet sagte noch immer nichts; da sagte Romailler zu seiner Tochter: „Hör, Thérèse, hol uns eine Flasche Fendant."

Sie sagt: „Ja, Vater"; sie geht, geht hinaus; und Romailler sagte nichts mehr; und sie kommt zurück mit der Flasche, aber da traute sich Farinet nicht mehr, sie anzusehen.

Sie stellte die Flasche und die Gläser auf den Tisch; er traute sich nicht, sie anzusehen, aber im Herzen sah er sie noch.

Er hört Romailler sagen: „Danke, Thérèse ...
Wir haben alles, glaube ich, du kannst gehn ...“

Farinet hört sie hinausgehen, er hört ihre
Schritte, die sich entfernen; nun ist es einen
Augenblick still, während Romailler die Flasche
öffnete, die er zwischen die Knie geklemmt hielt.

Er füllt die beiden Gläser.

„Er ist gut, wie? Oder nicht? Und vielleicht
kennst du ihn noch, Farinet. Du hast ihn machen
helfen – seinerzeit.“

Er nahm den Wein zwischen die Lippen, er ließ
ihn unter dem Gaumen herumgehen, zwei- oder
dreimal, ohne zu schlucken (so wird er ganz ausge-
kostet). Dann sagte er: „Ah! Er ist nicht so übel,
was meinst du?“ Denn Farinet hatte nicht geantwortet. „Aber den guten Wein, siehst du, den muß
man in Ruhe trinken können ...“

Und Farinet wollte antworten.

„Nein, sag nichts. Du hast drei Wochen, um dich
zu entscheiden. Du hast Zeit bis zum Ende des
Monats. Denk nach! Denn heute ... Heute sagst du
nein, denn man hat seinen Stolz, und morgen
möchtest du ja sagen, und morgen könntest du
dann nicht mehr ... Du hast drei Wochen. Und in
dieser Zeit hast du nichts zu fürchten ... Natürlich
ist es besser für dich, wenn du nicht mitten am Tag
auf dem Dorfplatz erscheinst, falls die Landjäger
um den Weg sein sollten, und dich nicht gar so of-
fenkundig über sie lustig machst. Aber davon abgesehen, wird man dich in Ruhe lassen, darauf geb
ich dir mein Wort ... Sag nichts ... Auf deine Gesundheit!“

Wieder tranken sie einander zu.

Farinet stand auf.

„Noch ein Glas?“

„Nein“, sagte er, „ich muß gehen.“

„Nur noch eines.“

Er winkte ab.

„Also, das ist dann abgemacht; du bringst mir die Antwort bis zum Ende des Monats."

Da waren nur noch die Nacht und die Sterne: vor ihm, hinter ihm, über ihm. „Nein!" Farinet sagte noch einmal nein, und als er jenseits der Hecke war, ging er ihr drüben entlang, im dichten Gras, im durchnäßten Gras, wo die Glühwürmer waren, wie kleine, herabgefallene Stücke vom Mond. Er hatte sein Gewehr in einem Strauch versteckt, bevor er zu Romailler hineingegangen war, jetzt holt er es sich sofort wieder. Und es ist, als wäre er nun wieder er – und einen Augenblick lang war er es nicht mehr gewesen. Er fragte sich: Von wann an? Von dem Moment ... Aber er sucht nicht weiter, wie er da über dem Tal steht. Und er sagte sich wieder: Ich mich ergeben! Die haben wohl gemeint, ich sei zu verkaufen! Ein Glas Wein und eine Zigarre – billig zu haben. Er lacht ein wenig, die Hände in den Taschen. Er ging jetzt mit langsamen Schritten; er sah, die Entscheidung zu treffen, war hier doch nicht so einfach ... Er steigt hinab, die Hecke entlang, dann war er wieder bei den Reben. Er stand in aschfarbenem Mondschein, in einem leichten grauen Mondflaum, der die Süße des Lebens aussprach. Er sah, das Leben kann süß sein; er sah es zum erstenmal. Und so fühlt er sich müde, und er war glücklich zur gleichen Zeit.

Warum glücklich? Ah, sagte er sich, wie das angenehm wäre, wenn ich ja sagte. Man geht aus dem Haus, man spaziert mit den andern herum, man hat nichts mehr zu fürchten von ihnen.

Gegen elf Uhr in der Nacht, mitten in den Wiesen, unter dem Mond, fragte er sich: Was ist nur geschehen?

Er setzt sich, um sich das besser zu fragen; und er wandte sich um und suchte mit den Augen, um dort oben ein Licht noch brennen zu sehen; aber

Romaillers Haus war schon von der Wölbung des Bodens verdeckt. Er sagte sich: Vielleicht. Er schaute hinab auf die Dächer, die im grauen Mondlicht aneinandergedrängt waren, miteinander *ein* Dach waren; und darunter waren die Leute beisammen und schliefen in Ruhe. Während dieser Zeit war er unter der Erde oder in der Höhe, bei den Lüften: ist das nun die Freiheit? Für ihn gab es nichts zwischendrin: und die Freiheit *ist* vielleicht zwischendrin; das sagte er sich jetzt auch. Da sitzt man unter dem grauen Mond, und auf allen Seiten die weißen Bergspitzen – und wir sind verdammt, ganz dort oben zu sein, er sieht es, wenn er den Kopf hebt, oder (er senkt den Kopf) in der Tiefe dort, unter den Resten des Turms, den er sieht. Unter der Erde wie der Maulwurf, in der Luft wie der Adler. Ein Mann, sagt er sich da, ist der nicht eher dazu gemacht, unter einem Dach zu liegen, zwischen den Sternen und dem Erdboden, in einem Bett; ein Mann, ist der etwa nicht gemacht, mit den anderen Männern zu leben? Und ein wenig Besitz zu haben, ein Tier oder zwei, einen Rebberg. Oder nicht? Und eine Frau.

Nun muß er lachen. Ich habe ja eine. Aber dann sagt er sich: Nein, ich hab keine … Eine Frau, die man gewählt hat, die man liebt, von der man geliebt wird, ganz weiß und weich, in einem Zimmer, einem richtigen Zimmer, mit einem Tisch, einer Lampe …

Da stand er plötzlich auf. „Wenn schon! Ich habe die Freiheit dafür. Also unter den Boden."

Er machte sich wieder auf den Weg, er stieg jetzt gerade hinab in der Richtung des Turms. Es mag wohl gute Dinge geben, aber sie sind nicht für mich. Er schüttelt den Kopf. Da war aber immer noch dieser runde, graue Mond, und unter ihm saßen die Häuser von Mièges, eines lehnte den Kopf an die Schulter des anderen, um zu schlafen. Er sieht, daß er nicht sofort in die schlechte, feuchte Luft zurück kann. Er denkt auch daran, daß Joséphine wohl auf ihn wartete. Sie ist ein gutes Mädchen, sagte er sich, „aber …" Und da wandte er sich nun nach links, er war auf die Höhe seines Hauses gekommen, das man erkennen kann, gar nicht weit, ganz versunken in eine Art Buschwerk, das aus den lange nicht mehr gepflegten Obstbäumen, aus allerlei Pflanzen und Sträuchern besteht, die unten ausgeschlagen haben. Immerhin ein Dach und Mauern, ein Zimmer, ein Bett. Ich riskiere ja nichts, das hat Romailler mir gesagt, und man kann ihm trauen. Die haben lange stöbern können, den Schlüssel haben sie bestimmt nicht gefunden in seinem Versteck; das sieht er wirklich, wie er sich bückt; der Schlüssel ist wahrhaftig da, unter der Treppenstufe, und er fühlt sich ringsum samten an, von dem Rost, der darauf gekommen ist mit der Zeit; und Farinet sieht auch, wie er die Vortreppe hinaufgeht, daß sich die Rebe von der Mauer gelöst hat, und seine Füße verfangen sich darin. Trotzdem steigt er die Stufen hinauf, versucht dann den Schlüssel ins Schloß zu stoßen; der geht aber nicht mehr hinein. Ah! Da ist ja alles in einem netten Zustand! Aber das schadet nichts, es ist mein Haus. Und man kann das alles flicken! Da merkt er, daß die Tür nicht zugesperrt ist, er muß nur die Achsel gegen die Füllung drücken, und zugleich mit ihm kommen die dürren Blätter herein, während er mit dem Gesicht in die Spinnweben gerät, die zwischen den Pfosten hangen. Das schadet nichts, und auch die Dunkelheit nicht, in die er sich vortastet; er erinnert sich, daß auf dem Rauchabzug eine Blechschachtel voller Kerzenstummel ist. Er nimmt einen heraus, er zündet ein Streichholz an. Er hebt die kleine Flamme über den Kopf, die blau und noch unsicher ist und zuerst wieder zum Talg hinuntersinkt, um sich Nahrung zu holen, dann auf einmal Kraft gewinnt und sich aufrecht stellt, die umgestürzten Möbel zeigt, die beiden Bänke mit den Beinen in der Luft, den weit offenen Schrank, den Tisch schließlich, der übersät ist mit wahllos hingeworfenen Gegenständen; denn sie waren ja dagewesen, wahrhaftig, man sieht es! Aber das macht ihm Spaß, denn sie können doch nichts entdeckt haben. Man hat alles durchwühlt, um sein Gold und seine Gipsformen zu finden; und sie haben nicht einmal den Eingang zum unterirdischen Gang gefunden, das sieht er, da er in den Keller gestiegen ist, und das Faß, das er vor den Eingang gestellt hatte, war noch dort. Sie sind nicht schlau gewesen, das findet er lustig. Er steigt wieder hinauf: immerhin, er ist da zu Hause, das ist nicht übel; aber was dachte ich doch? fragt er sich, und er weiß es nicht mehr.

Er stellte die Kerze neben sich auf einen Stuhl, er stützte sich auf, er warf einen Schatten; und in diesem Augenblick kam Vater Sage. Er war es, Vater Sage, den er in seiner Vorstellung wiedersah; war nicht das die gute Zeit gewesen, als der alte Sage in diesem Zimmer schlief und er, Farinet, im Zimmer darüber? War nicht das schon die Freiheit? Es gibt eine, die sanft ist, und eine andere, die wild ist. Vater Sage sitzt in der Küche vor dem Herd und ist dabei, seine Pflanzen zu verlesen, und andere hingen in Sträußen an den Deckenbalken. Unterdessen machte Farinet seine Hutte bereit, er achtete darauf, am Boden das zerlegte Gewehr zu verstauen. Ein Gewehr in zwei Teilen, das man zerlegen kann; das ist sehr praktisch. Darüber kamen die Beutel mit allen Arten von Kräutern für die Leute, die sich Kräutertee machen.

Er nahm die Pakete, die Vater Sage ihm gab, bis die Hutte voll war: eine große Hutte, hoch und breit, und doch leicht, leichter, als man gedacht hätte, sie wog kaum mehr als ihr eigenes Gewicht, denn das zählt nicht, fast nicht, das getrocknete Kraut. Die Hutte sah fürchterlich schwer aus und war es nicht. Er lacht: war das die gute Zeit?

Im Morgengrauen zog er aus, das war die gute Zeit. Er nahm nicht die Eisenbahn, einmal weil das einen Umweg bedeutete, dann wegen des Gewehrs und weil er es auf dem Rückweg benützte oder jedenfalls damit rechnete. Er folgte auch nicht der Talstraße, er ging einfach geradeaus und achtete nicht einmal auf die Saumpfade, wenn es solche gab; hielt sich an die Bergflanke, die steil von der Höhe der großen Kette zur Rhone abfällt, von 3000 Metern auf 400 Meter – durch Geröll, dann Weinberge, dann keine Weinberge mehr, dann durch Obstgärten, dann keine Obstgärten mehr. Er zog nach Sion, das zuerst ganz grau war, später gerötet auf einer Seite, grau auf der andern, dann von vorn ganz vergoldet. Die Schuhe glänzten am Anfang mehr als die Galastiefel der Landjäger (der liebe Gott polierte sie mit seinem Tau umsonst), nachher wurden sie weiß, wie wenn einer den ganzen Tag im Gips gearbeitet hat. Alles war ein fortwährender Wechsel in jener Zeit; aber auch das Land wechselt eben fortwährend, es ist ganz grün, ganz grau, ganz kahl oder ganz bekleidet mit Blumen und Blättern; völlig einsam und wild, oder wie ein Park, voll von Mädchen, die am Sonntag unter den Bäumen sitzen; in der Sonne, dann im Schatten, dann in der Sonne. Und er selber war in der Sonne, dann im Schatten vor einem Glas kühlem Wein in den Kellern, wo die Leute ihn zum Trinken einluden, weil er Bekannte hatte in den Dörfern, und so ging das bis in den Abend.

Ah, sagt er sich, das war doch eben die gute Zeit! Er zündet einen Kerzenstummel am alten an, der verlöschen wollte. Und er sieht die Fortsetzung der Geschichte klar vor sich, wie wenn diese neue Flamme sie aufhellte; er sieht, wo sie schiefgeht (wenn sie wirklich schiefgegangen ist, denkt er). Er sieht den alten Sage, der aufsteht an einem Abend, einfach so, und der alte Sage sagte: „Das ist nicht alles ... Da sind nicht nur die Pflanzen. Und du, bist du nicht fast ein wenig wie mein Sohn?"

Vater Sage war zum Schrank in der Küche gegangen. Unter einem Stoß alter Wäsche war da ein verschlossenes Eisenkästchen. Er nahm es vor sich auf die Knie. Das Feuer erhellt den ganzen Raum, denn man hat trockene Lärchenzweige samt den Nadeln hineingeworfen; und so sah man ihn ganz, den Alten, der in seiner Hosentasche nach dem Geldbeutel langte. Und zwischen den Geldstücken war ein ganz kleiner Schlüssel, den nimmt er zwischen die alten Finger und steckt ihn ins Schloß: „Denn du bist jetzt so ein wenig mein Sohn, und man weiß nicht, was passieren kann. Nun also, das ist ein Zertifikat; also, du siehst, es ist unterzeichnet. Das hier ist noch eines."

Er hielt mir die Papiere hin. Ich habe sie gelesen. Er sagte zu mir: „Das gehört dir, wenn ich einmal tot bin; das geht die Behörden nichts an." Und unter den Papieren, da waren nun Brocken von gelbem Stein, unter den Steinbrocken war feines Pulver, das er zwischen den Fingern hindurchrieseln ließ: „Siehst du das?" Ich sah es. „Siehst du's gut?" Ich sehe es. „Du weißt, was es ist? Das ist die Freiheit für die Menschen! In den nächsten Tagen will ich dir dann zeigen, wo ich sie finde, in den Felsen."

Er wollte selber mit mir gehen und mir zeigen, wo sie zu finden war, die Freiheit; in den Bergen ist das, ganz oben, wo nichts mehr wächst. Vor Tag war man aufgebrochen. Wir stiegen durch die Reben hinauf, dann weiter zwischen den Felsen, dann durch Gras, dann wieder zwischen den Felsen und durch den Schnee. Heiteres blaues Wetter, mit Mengen kleiner weißer Wolken, die alle nach derselben Seite liefen wie in Regatten und am Anfang über unseren Köpfen waren, dann immer weniger hoch, dann kommt man in sie hinein. Man wird zuletzt erfaßt von den Schleierfetzen, einer liegt um die Schultern, der andere wickelt sich um die Füße. Er sah wie durch Löcher den alten Sage neben sich, aber dann ordneten die Nebel sich anders und verbargen ihn: leichte Nebel, die gut rochen, silbrig, frisch auf den Händen und auf der Haut der Wangen, an der Sonne wurden sie durchsichtig: da waren sie tausend Tropfen in einem goldenen Strahl; und vielleicht ist sie das, die Freiheit, denkt er; und ist das die Freude, denn da reißt es plötzlich auf, gegen das Offene hin: und dort, gerade vor ihm, gerade auf seiner Höhe, im Blauen, sah man die Gletscher leuchten.

Nur hatte er dann eben angefangen, Münzen zu machen ... Und das Kerzenlicht neigte sich schon, es war am Erlöschen. Ah, wenn man alles haben könnte! dachte Farinet; aber nein, man muß wählen: entweder so weiterleben, wie ich lebe, oder mich ergeben; nun wären das dann mindestens sechs Monate, daß mir die freie Luft fehlen würde, die gute Luft und was in ihr ist; ein feuchtes Blatt, ein Grashalm mit seinen Perlen, ein Strauß von roten Beeren, den man an den Hut steckt; sechs Monate, und dann ... Und vielleicht wäre das trotzdem gar nicht zu teuer bezahlt, was man danach alles haben könnte; auch sie, die man gesehen hatte, wie sie kam, ganz fein und rund, das Mieder wie der Himmel, ein ganz kleiner Puppenhals ...

In diesem Augenblick schwankte das Kerzenlicht und warf einen großen Schein, der Docht hatte sich mit einemmal in einen Tümpel geschmolzenen Talg gelegt.

Er hob den Kopf; er sieht sich um nach allen Seiten.

In der Decke war ein Loch; das sieht er. Neben

der Tür lag das Federbett am Boden, es war zerissen und verlor seine Federn.

Er sieht, wie man ihn behandelt; er sagt ganz laut: „Nie!"

Er sieht einen zerbrochenen Stuhl, er sieht, daß man auf Gipsstücken geht.

Er steht auf, er packt sein Gewehr: „Ich mich ergeben! Die sollen nur kommen und mich holen!"

Die Kerze erlischt, und er stößt an alle möglichen Gegenstände und an Dinge, die auf dem Boden liegen, er sucht die Tür und sagt: „Adieu, Romailler."

So ist er einmal. Er tastet sich durch die Küche.

Und er zielt ein erstes Mal auf den Mond und muß lachen darüber.

Er zielt auf den Mond mit seiner Bleikugel Nummer 4, und er löst den Schuß ...

„Hört ihr mich, wie? He, ihr da unten! Ihr Schläfer; das heißt nein – zum erstenmal."

Der Ton kollert über die Hänge wie die Kugel beim Kegelspiel.

„Ihr habt nicht gehört. Also, noch einmal!"

Pang!

Und lange rollt der Ton noch an der Berglehne hin, wie von einem Steinschlag.

X

Man sah ihn im Dorf während mehr als drei Wochen nicht; dafür sah man ihn während der Zeit in den hochgelegenen Alphütten, denn er strich in den Bergen umher.

Am ersten Tag sah man ihn in Pralovin, dorthin kam er zugleich mit der Sonne, die ihn ganz rot machte vor dem Meister, der grau auf der Türschwelle stand.

Er sagte zum Meister: „Ich hab's nicht mehr ausgehalten in meinem Loch."

Der Meister sagt: „Warst du das, der schoß, heute nacht?"

„Nein."

„Das ist merkwürdig!"

Farinet fragte ihn: „Sind die Landjäger wiedergekommen?"

„Keiner", sagte der Meister.

Sie führen ein sonderbares Gespräch an dem Morgen; Farinet sagt: „Es sieht aus, als hätten sie mich aufgegeben, die Landjäger; gut so. Gibt es Gemsen da bei Euch?"

„So, so", sagte der Meister; „dieses Jahr habe ich nicht viel gesehen."

Und Farinet, er saß nun auf der Bank vor der Hütte: „Habt Ihr, was man braucht, um ein Gewehr zu putzen?"

Er sagte: „Es ist ein guter Tag. Da ziele ich gleich auf die Sonne."

Der Meister brachte ihm einen Topf mit Fett, einen Putzstock, Lappen; und Farinet richtet den Lauf von vorne her auf das Herz des Gestirns, läßt das Licht hereinfahren und gleichmäßig verteilt durch die ganze Stahlröhre spielen.

„Ich dachte mir's schon, da sind Rostflecken drin. Es ist eben feucht in der Höhle."

Und er steckte den Fettlappen hinein, er ließ den Arm auf und ab gehen über den Lauf.

Dann sagt er: „Nun, man wird sehen, was daraus wird ... Auf bald!"

Und wollte nicht einmal ein Glas Fendant nehmen, das der Meister ihm anbot.

Das ist die Geschichte der drei Wochen, da Farinet durch die Berge strich; man hat ihn im Marquisaz gesehen, in der Ruinette, in Praz-Pourri.

Man hat ihn noch weiter östlich gesehen, im Cherpifou; überall dort, wo das Berggras auf Vor-

sprüngen wächst, die zwischen den Felsen und
Schneefeldern hangen wie grüngestrichene Balko-
ne; ein paar hundert Meter lang sind diese Bänder,
und hundert breit, und zwanzig Tiere, dreißig, fünfzig Tiere bei einer Steinhütte, und vier, fünf Männer, die sie hüten und Butter und Käse machen,
auf zweitausend, zweitausendfünfhundert Metern,
in der Schwebe über den Menschen und allem.

Sie sahen Farinet von weitem über die Felsen
kommen; und sie lachten.

„Ah! Da bist du ... Wie geht's? Komm herein."

Er kam herein; er trank von ihrem Wein, wenn
sie hatten.

Überall wird er gut aufgenommen, denn man
hatte ihn gern, und er war auch nicht geizig mit
seinen Münzen.

Warum lief er so durch die Berge?

Doch gegen Ende des Monats schlug das Wetter
um; es gab Gewitter mit schweren Regengüssen.
Es fing auch an, kalt zu werden.

Und so sah man ihn, gegen Ende des Monats,
wieder in Pralovin auftauchen. Er trug einen Bart.

„Ah!" sagte der Meister, „man sieht gleich, daß
du nicht aus der Stadt kommst. Wo kommst du
her?"

Er zeigte rückwärts, mit dem ausgestreckten
Arm; das war alles.

„Nun und? Hast du etwas geschossen?"

Er antwortete: „Nichts – gar nichts."

Er läßt sich auf die Bank fallen, ein Brett auf vier
Pflöcken, neben der Hüttentür; bärtig war er, die
Hutkrempe hing ihm übers Gesicht, die Ärmel-
stöße seines Rocks zerfaserten.

Von dieser Bank sah man das ganze Tal, aber
nicht das Dorf, weil zwischen ihr und Mièges eine
Kuppe lag. Man konnte Mièges nicht sehen, aber
sonst das ganze Tal, während ringsum die Männer
von der Hütte ihre Arbeit verrichteten.

Und eine große Weide ist das hier, oder eine größere Weide, als die anderen sind; sie waren acht, die da kamen und gingen oder die Melkkübel unter einer Holzröhre wuschen, die aus einer Böschung hervorstand.

Auf einmal sagte Farinet zum Meister: „Habt Ihr Euer Fernrohr da?"

Der Meister brachte das Fernrohr in der grauen Stoffhülle, die mit einer Schnur vermacht war, denn er trug ihm Sorge; er zieht die Schnur auf.

„Ihr erlaubt ... Ich möchte mich hier ein wenig umsehen – ob nicht vielleicht etwas los ist."

Farinet dreht sich zu der Wand hinter ihm, aber er hatte nicht genug Abstand.

Er sagt: „Man sieht nichts von hier aus."

„Schon", sagt der Meister, „aber man braucht nur weiter hinabzusteigen."

Also schlägt er es vor, und Farinet gibt sich den Anschein, als überlasse er's ihm; so daß der Meister voranging und er ihm folgte; so daß sie hintereinander bis zum Rand der Weide gehen.

„Hier sieht man gut", sagt der Meister. „Hier sieht man alles und überallhin. Vorwärts und rückwärts, nach rechts und nach links, hinab und hinauf ..."

Und er ließ den Arm um sich herumgehen, er drehte den Kopf zurück und wieder nach vorn.

Und es stimmte. Aber Farinet, der das Fernrohr an sich genommen hatte, wandte sich zum Schein sofort den Felsen zu (Anzymes heißen sie).

Er hält das Fernrohr ans rechte Auge, hält das andre geschlossen, doch zuerst sieht er nichts. Er sieht nur ein weißliches Rund, durch das Haare laufen, wie wenn einer mit der Lupe auf ein Blatt Papier schaut.

„Du mußt die Röhren auseinanderziehen oder zusammenstoßen", sagt der Meister, „das kommt auf die Augen an."

So läßt Farinet die Rohre ineinandergleiten; und an ihrem Ende geht die Welt auf. Er fand es lustig, die Welt wiederherzustellen. Die Welt kommt ihm entgegen. Er richtet das Rohr zuerst nach der Seite der Anzymes; ein Stück Welt, das da ganz aufrecht hingestellt ist, sind die Anzymes, eine große Felswand, eine riesige Treppe aus Stein, mit grüngedeckten Stufen und grauen Abschnitten; aber er sagt sofort: „Nein, man sieht keine."

Er sprach von den Gemsen. Er läßt das Glas weiter die Kette entlanggehen.

„Oh", sagt er, „jetzt bin ich im Himmel, ich bin über den Rand hinaus, ich bin zu hoch, ich sehe eine Wolke … Seht Ihr sie, eine ganz kleine rosarote? … Man könnte auch den Mond anschauen mit dem Ding. Schaut Ihr ihn an?"

„Natürlich."

„Und die Sterne?"

„Auch."

„Gut", sagt er, „wartet, wo bin ich denn?"

Und als ob er es nicht merkte, ging er jetzt viel weiter nach rechts und senkte das Ende des Fernrohrs gegen das Tal. Sie standen auf einem Vorsprung, der auf das Tal hinausragte, ganz wie wenn man auf dem Bug eines Schiffes ist. Man mußte sich bloß zur Seite wenden, und Farinet fängt an, sich zur Seite zu wenden. Dann ist es, als würde das Fernrohr vorne zu schwer, als wäre das Ende aus Blei, es senkte sich selbst, und er gab dem Gewicht nach. Da fällt er tausend Meter, zwölfhundert, fünfzehnhundert Meter, er fällt senkrecht hinab in das blaue Loch, denn er ist über einem Becken der Rhone, aus dem es aufsteigt in dicken Blasen wie bei gärendem Wein.

Aber das ist es nicht. Er gleitet weiter, er streift durch den Sand zwischen den Weidenbüschen. Er ist über einer Aprikosenpflanzung, in der die Bäume so eng aneinanderstehen, daß sie mit ihren gerundeten Kronen ein Straßenpflaster zu bilden scheinen. Er wird ungeduldig.

Es ist schwer, das Bild festzuhalten; denn die kleinste Bewegung, die man mit dem Ende des Fernrohrs macht, wird tausendfach vergrößert jenseits der Leere, dort, wo die Wirklichkeit wieder beginnt.

Auf einmal findet er sich über dem Dorf. Er sieht die Dächer in zwei Farben, weil sie mit der einen Seite im Schatten sind, auf der anderen von der Sonne beschienen; aus Schiefer sind sie, aus breiten Schieferblättern, und so glänzen sie auf der einen Seite wie Silber, auf der andern sind sie samten wie Maulwurffell.

Das ist es immer noch nicht.

Er sagt auf einmal zum Meister: „Könnte man eine Person auf diese Entfernung erkennen?"

„Erkennen? Nein. Nicht die Person, aber die Art. Ob es ein Mann oder eine Frau ist, das schon. Ob es zum Beispiel ein Landjäger ist ... Was suchst du?"

„Nichts."

Farinet strengt sich weiter an, er bewegt das Rohr fast nicht mehr, er umklammert es mit den Händen; und da, jetzt hat er es!

Ja, da hat er es: ein kleines neues Haus, man sieht das Dach, man sieht unten die Mauern, man sieht die Blumen im Garten, sieht die Astern rosa, gelb, blau. Aber es ist niemand im Garten.

„Ah!" sagt er, „das ist nämlich anstrengend. Ich muß mich ausruhen."

Er läßt das Fernrohr sinken.

„Ja, das Handgelenk wird müde."

„Findest du?"

„Ja, und das Auge auch. Und was drinnen im Kopf ist ..."

XI

An dem Abend, da Farinet fortgegangen war, kam sie wie immer gegen zehn Uhr mit ihrem Bündel; wie immer beugte sie sich über den Einstieg zu dem unterirdischen Gang; sie rief: „Toh!" Es kam keine Antwort.

Sie ruft ein zweites, ein drittes Mal; keine Antwort kam.

Sie war traurig, aber sie blieb ruhig. „Nun ja", sagte sie sich, „er kann nicht immer eingesperrt sein. Er wollte Luft schöpfen, da ist nichts dabei. Ich warte eben."

Also versteckte sie das Bündel im Berberitzenstrauch, sie selber kauerte sich neben ihn.

Sie ist geduldig. Sie sagt sich: Er kommt schon zurück. Sie sagt sich: Er hat doch das Recht, ein wenig auszugehen; und dann liebt sie ihn ja. Sie steht nur von Zeit zu Zeit auf, um wieder zu rufen, weil da der andere Eingang war, auf die Schlucht hinaus, durch den er hätte kommen können.

Und so schlug drüben die Turmuhr von Mièges zuerst zehn Uhr, dann viertel nach zehn, dann halb elf, dann drei Viertel; schließlich kamen die elf Schläge, einer nach dem andern, langsam zu ihr auf den leeren Straßen der Luft, einzeln ausgestoßen: einer, noch einer (man hat alle Zeit) und noch einer (man hat Zeit) ...

Sie zählt. Das macht ...

Mein Gott! ... Auf einmal stand sie auf.

Sie begann nach dem Dorf hin zu laufen; sicher ist er weggegangen, und er ist den Landjägern begegnet, oder sie haben sich hinter einem Baum versteckt; vielleicht sucht er mich, vielleicht braucht er mich ...

Sie lief so rasch, daß sie schon zu den ersten Häusern kam; aber sie sieht, daß hier alles ruhig ist, alles ist wie an jedem Abend, da sie durch die

Gärten eilt und hinaufblickt zu den schon erloschenen Fenstern unter den vorspringenden Dächern – bis zu drei Fensterreihen untereinander in der Front eines Hauses.

Crittin hatte eben sein Lokal geschlossen; er wollte hinaufgehen, zu Bett.

Sie war noch ganz außer Atem; sie fragt: „Ist er nicht gekommen?"

„Nein."

„Oh!"

„Und Sie – haben Sie ihn auch nicht gesehen?"

„Nein ... Da werd ich zurück müssen."

Aber nun wurde Crittin ärgerlich: „Sie sind ja verrückt. Wie soll ihm denn etwas zustoßen, ohne daß man es sofort weiß? Er wird ein paar Schritte machen; er muß sich bewegen, der Mann!"

So redete er, die Kerze in der Hand; und vielleicht stimmte, was er redete, sicher sogar, dachte sie – da tönten die beiden Schüsse, einer nach dem andern (als Farinet nach dem Mond schoß), und Crittin blieb stehen, mitten auf der Treppe.

Sie war ganz bleich geworden, unten an den Stufen. Und einen Augenblick hatte ihr der Atem versagt, dann wollte sie zur Tür laufen, aber Crittin hielt sie am Arm fest: „Stillhalten!"

Man hörte nichts mehr.

„Lassen Sie mich!"

„Ich verbiete Ihnen ..."

Er hielt sie an den Handgelenken fest; nun geht ein Fenster auf, dann ein zweites; eine Stimme fragt: „Wo ist das?"

„Oh, ganz nahe."

Noch ein Fenster geht auf, zwei Männer reden miteinander über die Straße hinweg, aber sie sind zu weit fort, man versteht nicht, was sie sagen, und nun geht das Fenster wieder zu, es wird nicht mehr geredet; ein zweites Fenster geht zu ...

Dann nichts mehr.

Crittin ließ sie los. Er muß jetzt lachen, weil er Angst bekommen hatte.

„Sind wir dumm", sagte er, „er ist sicher auf den Anstand gegangen. Er hat auf einen Fuchs geschossen."

Und da sie sich noch immer nicht rührte: „Gehn Sie zuerst hinauf. Ich warte noch einen Moment."

Es blieb ihr nichts anderes übrig; sie ging in ihr Zimmer und setzte sich auf einen Stuhl. Sie horchte. Nichts. Oder nur – denn so groß war die Stille, daß man sie durch die geschlossenen Fenster hörte, aus der Tiefe der Nacht – die Rhone. Eine dumpfe Stimme, unterbrochen, ein weiter Atem, aber sehr leis, den man hört und dann nicht mehr hört.

Am nächsten Morgen kamen dann die Leute im Dorf aufeinander zu: „Habt ihr gehört?"

„Ja, und ihr?"

„Wir hatten einen Augenblick schon Angst, man habe auf ihn geschossen."

„Bah!" sagte Fontana, „das war nicht der Knall eines Kugelgewehrs. Er ist sicher auf dem Anstand gewesen; er wird auf einen Fuchs geschossen haben." (Er redete wie Crittin.) „Was wollt ihr? Er muß doch leben."

Alle waren dieser Meinung; aber sie, Joséphine, sagte zu sich: Wo ist er? Warum hat er mir nicht gesagt, daß er weggehen würde, und wohin?

Denn am nächsten Tag war sie wieder zu der Höhle gegangen, und am übernächsten Tag nochmals; dann hatte sie das Bündel zurückgebracht, weil die Vorräte, die es enthielt, mit der Zeit verderben konnten.

Das ist Farinets Verschwinden; so ist er verschwunden; und das war der Augenblick, in die Berge zu gehen, denn es war Gemsenzeit, sagt Crittin. Aber was hatte er wirklich vor in den Bergen? Warum blieb er so lange droben? Und die

Leute fingen an, einander Dinge ins Ohr zu sagen. „Also", raunte man einander zu, „es scheint, daß er sich mit den Behörden geeinigt hat. Man sieht ja, seit vollen zwei Wochen hat sich kein Landjäger mehr im Dorf oder ringsumher blicken lassen." Man flüstert es sich zu, denn solche Dinge sagt man nicht laut. Glaubt ihr, daß er so an seiner Freiheit hängt? Die Freiheit, was ist das schon? ... Und *nachher* ist er ja frei, frei und ruhig, wie wir, nicht mehr und nicht weniger. Und Gott weiß ... Das ist für ihn vielleicht bloß eine Frage des Stolzes ... Er überlegt es sich ... Er hat Zeit bis Ende des Monats, um sich zu entschließen ...

An jenem Tag kam ein gewisser Baptiste Rey gegen drei Uhr bei Crittin herein, das heißt zu der Zeit, da das Café leer ist, wenigstens in diesen Wochen, weil alle Männer mit Unkrautjäten beschäftigt sind, mit Mähen oder mit Einbringen. Er dagegen jätete nicht, er mähte nicht, und er brachte nicht ein.

Er kam herein und bestellte sich einen Baumsirup.

Er war der Sohn der Posthalterin: er half seiner Mutter im Postbüro, das war seine Arbeit.

Bleich, klein, ein wenig schief, ein wenig bucklig, ungesunde Haut, Blick unten durch; und er sagte, er vertrage den Wein nicht, darum bestellte er einen Baumsirup.

Er galt immerhin als recht unternehmungslustig, was die jungen Damen betraf. Man erzählte sich, er habe versucht, Romaillers Tochter den Hof zu machen.

Er tritt nicht laut auf, er kam von Tür zu Tür. Er trug Pantoffeln. Er trug eine leinene Weste. Er trug keinen Rock. Joséphine hatte ihn nicht kommen hören. Sie strickte in der Küche am offenen Fenster, sie war ganz allein, Crittin ging immer schlafen, von eins bis drei.

Baptiste (sein Name war Baptiste Rey) wußte das sicher: so hat er gut Zeit, den Wänden entlangzugehen, wo amtliche (und auch nichtamtliche) Anzeigen hangen, und sie zu lesen: unter dem Kantonswappen, auf dem Sterne sind und ein Fluß. *Bekanntmachung. Erlaß. Anordnung für die Jagd. Steuern. Abstimmung vom … September …* Unter dem Wappenschild eines freien Landes und mit schönen dicken Lettern schwarz gedruckt, die Titel in großen Buchstaben, auf großen weißen Blättern.

Er machte kein Geräusch in seinen Pantoffeln; er ging unter den Wappenschildern hin, die durch eine senkrechte Linie geteilt sind, er hatte die Hände in den Taschen: da sind auf der einen Seite der Linie die Sterne, welche die Bezirke sind; auf der andern stellen ein paar gebogene, waagrecht angeordnete Striche einen Wasserlauf dar, der ein Fluß ist, der unsere Rhone ist.

Eine nicht sehr bekleidete Dame hielt eine Weintraube, unter Medaillen. Eine hübsche, runde kleine Brust, die Rey noch weiter ansieht, da er sich gesetzt hat, bleibt frei über einem Tigerfell, das über die andere Schulter gezogen ist.

„He! Ist jemand da?"

Und wieder: „He!"

Dann: „Guten Tag, Fräulein Joséphine … Einen Baumsirup und schön frisches Wasser. Ein Gewitter kommt, das macht Durst."

Sie stand vor ihm, ganz angekleidet und nicht sehr erfreulich anzusehen. Sie sagt nichts, er sieht das große, etwas traurige Gesicht mit roten Flekken in der braunen Haut. Sie trägt ein Baumwollmieder, das schwarz ist mit weißen Tupfen und das ihr bis um die Hüften geht. Ein Stehkragen, lange Ärmel.

Ah! Nicht so hübsch wie die Dame auf der Anzeige, die er wieder betrachtet (Joséphine war hinausgegangen); na, Farinet, etwas zu kurz, etwas zu stark, was meinst du? dachte er. Und dann wohl auch nicht mehr besonders jung; die Haare zu straff, wie? Zu fest gespannt und nach hinten zu dünn – denn die andere, mit ihrem erhobenen Arm, hat ihr Haar geöffnet, zu Stirnlocken, und nach der Seite hin hängt es auf ihre schöne, glatte und weiße Haut.

Joséphine kam zurück; sie stellt ein Glas auf den Tisch, das mit einer gelben Flüssigkeit halb gefüllt ist, und einen Krug mit Wasser, außen ganz beschlagen.

„Danke schön."

Dann, da er sieht, daß sie wieder gehen will: „Wie geht's Ihnen, Fräulein Joséphine?"

„Danke, nicht schlecht. Und Ihnen?"

„Nicht schlecht."

Und sie stand ein paar Schritte vor ihm, noch halb abgewendet; er sieht sie nicht an, oder kaum, aber während er Wasser aus dem Krug in das Glas gießt, wo die Mischung sich trübt und bleich wird, sagt er: „Wo fehlt's denn? Ja, ich sehe schon, man ist ein wenig allein. Sie haben wohl nicht viele Kunden in letzter Zeit?"

„Nicht sehr viele, nein", sagt sie, „die Leute haben zuviel Arbeit."

Sie wandte sich nun doch noch ganz zu ihm, die Hände gefaltet über ihrer Schürze aus grobem Leinen mit schmalen violetten und schwarzen Streifen.

„Ich seh's schon", sagt er, „man langweilt sich halt ein wenig."

Er hebt sein Glas, er trinkt einen Schluck Baumsirup: „Das tut gut ..."

Dann: „Und Sie haben gar keine Nachricht?"

„Nachricht, von wem denn Nachricht?"

„Oh, Sie wissen schon ..."

Da bewegt sie sich nicht; ihr braunes Gesicht wird nur vielleicht noch ein wenig brauner; ihre plumpen Hände hangen herab; und hinter ihr ist die Dame, die eine Weintraube hält.

Er sagt: „Ja, aha! So ist das."

Er trinkt wieder einen Schluck Sirup. Eine blaue Fliege kreiste um sein Glas.

Und auf einmal: „Sie wissen nicht, ob es stimmt, was man sagt?"

„Was sagt man denn?"

„Oh, ja, wenn Sie es nicht wissen … Vielleicht sind das Märchen."

„Und was sind es denn für Märchen?"

„Ja nun", sagt er, „da gibt es eben Leute, die behaupten, er wird sich ergeben bis zum Ende des Monats."

Aber da muß sie laut lachen.

„Nicht wahr, ich weiß da ja nichts … Nur, bei Romailler ist er doch immerhin wirklich gewesen."

Sie sagt: „Wann war das?"

„An dem Abend, als man die Schüsse hörte, Sie erinnern sich doch, und seither hat er sich nicht mehr gezeigt."

Sie sagt nichts mehr.

„Und eben, Sie verstehn" (er redet ganz behutsam), „Romailler ist Gemeinderat, und Romailler steht gut mit diesen Herren von der Regierung …"

Er nimmt einen Schluck Sirup. Ihre Augen folgen der Bewegung des Glases; sie gehen mit ihm in die Höhe, sie sinken wieder herab mit ihm.

„Und da haben sie nun Angst vor den Liberalen … Aber sie haben auch Angst, es könnte einen schlechten Eindruck machen, wenn sie Gewalt anwenden … Und so … so haben sie offenbar Romailler aufgetragen, daß er ihm Vorschläge macht …"

Er schaut auf die Dame an der Wand; ihre Augen folgen den seinen. Dann zuckt sie die Achseln.

„Und nun sagt er sich vielleicht, daß es nicht

mehr viel länger so weitergehen kann ... Noch einen Monat oder zwei, dann ist der Winter da."

„Und dann?" fragt sie.

„Oh!" sagt er, „in einer Höhle! Wenn es friert und schneit ..."

Er nahm noch einen Schluck, und sein Glas war leer. Er schaut wieder auf die Dame an der Wand.

„Und dann ist da noch – man erzählt's wenigstens ..."

Er steht auf.

„Da ist noch die Sache, daß Romailler eine Tochter hat, daß sie achtzehn Jahre alt ist, daß sie hübsch ist, daß der Vater Geld hat ..."

Er drehte Joséphine jetzt den Rücken, er hielt auf die Tür zu.

„Das – nicht wahr? Das zählt. Dergleichen zählt auch ... Auf Wiedersehn, Fräulein Joséphine ..."

Und sie steht da und hat sich nicht bewegt, und er geht, in seinen Pantoffeln; sie sieht seinen Bukkel, seine schiefe Gestalt; sie sieht seinen Rücken, sie sieht, wie er an die Tür kommt, wie er die Tür öffnen will, und jetzt ruft sie: „Das ist nicht wahr! ... Lügner! ..."

Und er geht hinaus, aber er ist noch nicht draußen: „Feigling!"

Und nochmals lauter, damit er es hören kann: „Feigling!"

Die Dame, die eine Weintraube hält, ist an der Wand, erfreulich zu sehen. Und eine blaue Fliege, viele schwarze Fliegen.

Sie hob die Petrollampe über den Kopf, sie sagte sich: Vielleicht bin ich nicht mehr schön genug, vielleicht bin ich nicht mehr jung genug für ihn.

Eine Lampe mit Glasbehälter, mit einem gußeisernen Fuß, mit einem schlechten Schirm aus Karton, dessen Ränder eingerissen sind – aber alles war ärmlich und alt in der Kammer, und auch der

Spiegel ist ein trauriger, kleiner Spiegel, billig, in einem Eisenrahmen mit aufgemalter Holzmaserung, ein Glas voller Beulen, in dem ein Auge höher schien als das andere, und die Nase schief, und die Wange höckrig.

Rey hat die Dame angeschaut, die eine Weintraube hält; Rey hat Vergleiche angestellt. Und *er* — hat er das nicht auch tun können?

Vielleicht hat er eben genug von mir!

Sie versucht Ordnung in ihre Gedanken zu bringen. Seit ein paar Tagen kam es ihr vor, als sprächen die Stammkunden im Café leiser, sobald sie sich nähern wollte. Sie sieht Ardèvaz wieder vor sich, sie sieht Fontana; sie wirkten geniert in ihrer Gegenwart, oder täuscht sie sich? Sie denkt: Aber auch die Landjäger, es stimmt, daß sich kein einziger mehr hat blicken lassen, seit Farinet fort ist, drei Wochen ist es jetzt her. Beweist das …? Sie sagt sich, daß es vielleicht nichts beweist. Nur, da ist noch, was ihr Rey gesagt hat. Und diese Tochter Romailler ist wirklich hübsch; vielleicht reden sie darum leiser, wenn ich da bin, vielleicht wissen sie Dinge, die auch Rey nicht weiß. Sie ist hübsch. Sie ist hübsch und soll freundlich sein, gutartig, fleißig. Und ich? Sie schaut sich an, sie hat die Lampe wieder über den Kopf gehoben. Dann muß sie lachen. Jung und hübsch, das stimmt, aber was beweist das? … Darum lacht sie … Farinet ist doch nicht so verrückt zu glauben, daß ihm Romailler die Tochter geben würde … Einem Mann, der im Gefängnis war! … Einem Mann, der immer noch darin sein müßte! … Einem Mann, der gezwungen ist, sich unter dem Boden zu verstecken wie die Engerlinge … Einem Mann, der schon längst wieder gefaßt worden wäre, wenn er mich nicht hätte … Ich bin nämlich auch noch da! Sie lacht. Ich bin noch da, ich bin da! Er ist doch nicht so dumm zu glauben, daß Romailler, der reich ist, der Gemeinderat ist, der ein Ansehen hat ... und dann bin ich noch da. Sie lacht wieder. Das ist dieser Rey, dem macht das Lügen nichts aus; er hatte ein Auge auf das Mädchen, und jetzt hat er sich rächen wollen ... Und *er* wird schon wiederkommen, und da rede ich dann mit ihm. Ich sage zu ihm: Warum bist du fortgegangen, ohne mir etwas zu sagen, Farinet, herzloser Bursche du? Bin ich dir verleidet? Und sie hebt die Lampe wieder in die Höhe: Wie alt ist er denn? Und ich? Er ist siebenundzwanzig, und ich bin dreißig. Die andern, die können sich halt auch herrichten, um besser auszusehen, sie haben Mittel, um sich das Haar glattzumachen wie Himbeersirup, und sie haben Geld ... Ich ...

Sie stellte die Lampe auf den Tisch.

Sie nimmt den Spiegel herab, der an einem Nagel hängt. Es schlägt Mitternacht.

Man sieht immer noch nichts; nun zieht sie den Docht herauf, nimmt den Lampenschirm ab.

Und sie stellt den Spiegel schräg auf den kleinen tannenen Tisch, ihren Waschtisch, und schaut sich ganz aus der Nähe an.

Sie trägt ein dickes Hemd aus grobem Leinen mit halblangen Ärmeln, das ihr bis zum Hals hinauf geht.

Nicht mehr schön genug für ihn?

Sie sieht nur die Linie, die ihr um den Hals läuft wie eine Kette, und ihr Hals ist über der Linie braun, er ist unter der Linie weiß.

Sie sieht die gleiche Linie, die ihr ein wenig unter den Ellbogen die Arme zweiteilt.

Und an ihrer rechten Brust ist an der Stelle der hübschen rosigen Spitze ein übler bräunlicher Fleck, unten im Spiegel, ein Leberfleck, wie man sagt.

Genau drei Tage später, am 30. August, kommen
ein paar kleine Mädchen nach Hause, die Brom-
beeren suchten über dem Dorf; sie sagen, sie hätten ihn gesehen.

„Wen denn?"

„Farinet."

„Wo denn?"

„Unten an den Steinen."

Es gibt zwischen der Stelle, wo die Felsen aufhören, und der Stelle, wo die Wiesen anfangen, eine
schmale Geröllzone, in der Fichten wachsen und
gegen den Rand hin Brombeersträucher; dort, sagten sie, sei er auf einmal aufgetaucht.

„Und ihr seid auch ganz sicher, daß er es war?"

„Oh, ja!"

Am dreißigsten Tag im August (der einunddrei-
ßig Tage hat).

„Hat er nichts zu euch gesagt?"

„Nein."

„Und dann?"

„Oh, wir trauten uns nicht zu bleiben."

Das sagen die Mädchen, da sie gegen fünf Uhr
ins Dorf zurückkommen, und ihre Kesselchen waren nur halb gefüllt. Sie sagten die Wahrheit.

Er kam zurück, aus den Bergen herab.

Er hatte seinen Weg offenbar quer durch die
Felsen abgekürzt und sich grade hinuntergelassen
auf einen Punkt, den er im voraus bestimmt
hatte – da war er erschienen, mit einemmal, zwischen den niedrigen Ästen eines Haselnuß-
strauchs, die er zur Seite schob. Oben an der Böschung hockte er, ließ sich herunter, während die
kleinen Mädchen davonliefen, mit klappernden
Holzböden und scheppernden Kesselchen.

Da fängt es an, oder wieder an. Farinet dampfte
noch ein wenig, denn es war heiß. Es hatte bis Mit-

tag geregnet, dann hatte das Wetter sich aufgehellt; er dampft in seinen dicken Kleidern aus brauner Wolle, an denen es dunklere Stellen gab, dort, wo sie noch feucht waren, und andre, fast graue Stellen. Man sieht, er trägt einen Sack auf dem Rücken. Die Hutkrempe hängt zur Seite hinab, man sieht eine Haarsträhne und den Rand des Ohrs.

Die Wolken gaben an dem Tag allmählich ihrem eigenen Gewicht nach in der reglosen Luft, glitten an den Bergflanken hin, tief unter den Felsen und Wäldern; ein trübes Licht war an dem Tag gleichmäßig überall verteilt. Eine große Stille herrschte an dem Tag unter dem niedrigen Himmel. Jemand schlägt einen Nagel ein, dann schweigt alles; ein Nagel wird eingeschlagen, irgendwo, mit dem umgekehrten Beil; einer harkt in seinem Rebberg. Farinet dampft. Er rührt sich nicht. Heute – und noch ein Tag.

Denn da ist er nun wieder. Er sieht, es hat ihn zurückgebracht. Jetzt sieht er ganz nahe, zwischen den hochgezogenen Knien, den Gartenzaun, das kleine neue Haus, die Blumen, die in der gut befeuchteten Erde in den Rabatten stehen. Die Zinnien sind gelb, rosa oder granatfarben. Er sieht die Dahlienbüsche; er bewegt ein Knie, und die Dahlien sind fort. Er bewegt das andre Knie und nimmt im Augenblick die Zinnien weg unter sich, ihre schöne Reihe, mit ihren verschiedenen Farben, in der Rabatte. Er dampfte noch; er hörte auf zu dampfen. Wieder wurde im Dorf auf ein Brett gehämmert. Er rührt sich immer noch nicht: und auch im Garten bewegt sich nichts, und nirgend etwas um ihn her, außer einem kleinen Eisenbahnzug in der Ebene, mit seiner dicken weißen Rauchwolke, die immer länger wird. Was muß er tun? Und er gab sich einen Ruck und sagte zu sich: Schließlich ... Es scheint jedenfalls, daß er sich das gesagt hat. Er nimmt jetzt den Sack vom Rücken, und man sieht, es ist etwas in dem Sack. Er legt sein Gewehr neben sich hin; er klemmt den Sack ·zwischen die Knie, er knüpft die Schnur auf, mit der er zugemacht ist. Schließlich verpflichtet ihn das zu nichts. Es ist nur ein Geschenk, sagt er sich. Er sieht, das Geschenk ist noch da, ganz steif, ganz kalt – er macht den Sack wieder zu, diese Aufmerksamkeit war ich Romailler schuldig. Er schaut wieder hin; er sieht, daß immer noch niemand im Garten ist, daß die Haustür immer noch geschlossen ist. Er wirft sich den Sack über die linke Schulter, das Gewehr über die rechte.

Das war in dem Augenblick, als im Dorf die kleinen Mädchen von ihm berichteten.

Er geht so rasch hinunter, daß er ganz verwundert ist, wie er schon dasteht. Romaillers Haus taucht neben ihm auf, als wäre es viel höher an den Hang gebaut. Da ist es, er sieht seine blauen Fensterläden, er sieht den Zaun aus ungestrichenem Holz, der um den Garten geht, und das weit geöffnete Tor. Er bleibt trotzdem stehen. Dann geht er weiter, dann bleibt er stehen. Dann geht er wieder weiter, und so kommt er an die Treppe, die zur Haustür hinaufführt.

Da bleibt er wieder stehen.

Er geht die Stufen nicht hinauf, er horcht, ob man ihn vielleicht kommen hört, ob nicht vielleicht jemand kam; dann, auf einmal, ruft er:

„Ist jemand da? He!"

Und noch einmal:

„He!"

Da hört man, wie im Haus drinnen ein Stuhl zurückgeschoben wird. Oben an der Treppe geht die Tür auf. Dort, wo er stand, sah man noch niemanden.

Und Romailler war es nicht, der jetzt vor die Tür trat; er aber nimmt seinen Hut ab.

Er sagt: „Oh, verzeihen Sie, Fräulein!"

Sie hielt eine Näharbeit in der Hand, sie erkennt ihn nicht gleich; dann wird sie rot über ihrem Mieder, das blau wie der Himmel war.

„Oh! Sie sind es, Herr Farinet."

„Ist Ihr Vater zu Hause?"

„Nein."

Er ist unten an der Treppe, sie ist oben an der Treppe.

„Nein", sagt sie, „er war im Dorf verabredet, aber er kommt vielleicht bald zurück. Wollen Sie nicht einen Augenblick warten?"

Er lehnt ab.

„Oh, Herr Farinet", sagt sie nun, „ist es wahr …?"

Denn aus der Entfernung traut man sich, und dann fängt sie sich doch: „Wollen Sie gar nicht hereinkommen?"

Denn vielleicht hat er Hunger, vielleicht auch Durst, aber er lehnt ab, warum denn? Er rührt sich nicht vom Fleck, er macht nur ein Zeichen, daß er nicht will.

Auf einmal sagt er: „Ja dann … auf ein andermal."

Sie sagt: „Wie schade … Oh, Herr Farinet …"

Da sagt er: „Hören Sie …"

Er hält ein.

„Fräulein … Ich habe da etwas …"

Er sagt: „Für Sie."

Sie sagt: „Wie – für mich …?"

„Oh, er ist nicht sehr stattlich …"

Er lehnt das Gewehr an die Mauer, er nimmt den Sack vom Rücken, und sie schaut ihm zu, über die Stufen herab.

Er macht den Sack auf; er sagte: „Er wiegt um die fünf, sechs Pfund, das ist nicht viel, aber sie sind mager dort oben …"

Er zieht aus dem Sack einen kleinen Hasen, er

hält ihn an den Hinterläufen, und ein Tropfen Blut, der am Hals des Tiers hinunterläuft, bleibt an der Nase hängen.

„Oh, Herr Farinet ...!"

Dann sagt sie: „Haben Sie den geschossen?"

Er gibt keine Antwort.

„Ist er für mich? Oh, vielen Dank!"

Und auch er bewegte sich nicht, er hielt das Tier vor sich hin, mit gebogenem Arm, an den beiden Läufen: einen dürftigen kleinen Berghasen, ganz steif, wie aus einem Stück Holz geschnitzt und mit ein wenig Werg überklebt – und da sah man, daß er schön war.

Und groß und stark (er hielt seinen Hasen) und auch wild, mit seinem zweiwöchigen Bart, seinem wirren Haar, seinem Gesicht, das rot geworden ist über der braunen Hautfarbe und aus dem die Augen, ganz tief blau, wie aus Höhlen hervorschauen ...

Sie anschauen; und sie, auf einmal läuft sie die Stufen herab, bleibt stehen, streckt die Hand aus, traut sich nicht, zieht sie zurück; traut sich nicht einmal mehr, ihn anzusehen, darum senkt sie den Kopf ...

„Oh!" sagt er da, „ist das wahr?"

Er weiß nicht mehr genau, was er sagt.

Er sagt: „Hören Sie."

Sie hatte das Tier genommen, er machte den Sack wieder zu, er fand die Worte nicht mehr recht.

„Hören Sie, ich komme wieder ... Sagen Sie bitte Ihrem Vater ... ja, daß ich morgen wiederkomme ... Ja, morgen abend, gegen ... gegen neun Uhr ..."

Er sagt: „Also, auf Wiedersehen, Fräulein."

Er setzt sich den Hut auf den Kopf, er geht, er geht aus dem Garten.

Aber da er auf den Weg gekommen ist, kann er

doch nicht anders, er muß sich noch einmal umdrehen; und da sieht er, daß sie immer noch dort
steht.

Gewiß war sie ihm mit den Augen gefolgt, denn
sowie er sich umgedreht hat, begegnen sein Blick
und ihr Blick einander.

Und weiter vorn dreht er sich nochmals um; sie
ist immer noch dort, sie folgt ihm beharrlich mit
ihrem Blick.

Da sagt er zu sich: Es geht gut!

Warum nur sagt er sich: „Es geht gut", während
er kräftig die trübe und feuchte Luft einzieht, doch
die Luft wird jetzt frisch und erquickend, wie
wenn einer sehr durstig ein Glas Wasser hinunter-
stürzt. Das Wetter ist neu, das Jahr ist neu, der Tag
ist neu; alles glänzt um ihn her, wo es vorher matt
war.

Er sieht Leute, er geht zu ihnen hin.

Man ist ganz erstaunt zu sehen, daß er sich nicht
mehr versteckt, daß er keinen Umweg über abgelegene Stellen machte, sondern grade herab zum
Dorf kam.

„He, Lavallaz!" sagte er, „wie geht's dir?" Zu
einem jungen Mann, der Unkraut harkte in seinem
Rebberg.

„Gut geht's. Und dir?"

„Mir auch. Und den Reben?"

„Denen geht's auch nicht schlecht."

Er ist schon vorbei, während der andere, der au-
tomatisch geantwortet hatte, sich langsam von seiner Überraschung erholte, die Hände auf dem Stiel
seiner Harke, und sagte: „Das ist doch der Farinet …"

„Ja, der ist's. Das könnt ihr ja sehn … Nun,
Vater Cranche", sagte er, „bei uns ist's immer
noch steil. Ein wenig zu steil immer noch, etwa
nicht?"

Und war diesmal stehengeblieben; und man sah,

wie der Alte sich mühsam aufrichtete, die linke Hand ans Kreuz gelegt, wo es knackte.

„Hm? was? … Ha, du lieber Himmel, der Farinet! Wo kommt denn der her?"

„Natürlich ist das der Farinet …"

„He du, paß auf!" begann Cranche …

Aber Farinet war schon vorbei, er ging jetzt auf eine Frau zu, die in ihrem Gemüsegarten arbeitete; und man sah, wie sich das schwarze, rotgeblümte Tuch um ihren Kopf zwischen den Bohnenstangen vergnügt hin- und herbewegte.

XIII

„Ah! Du bist's – da bist du ja …"

Er ist es, der redet.

Sie sieht, daß er fröhlich ist, daß er lacht.

„Du bringst mir Essen und etwas zu trinken; das trifft sich gut … Du bist ein gutes Mädchen … Aber mach vorwärts, es eilt."

Farinet hatte sich auf den Rand seines Strohlagers in der Höhe gesetzt; Joséphine gibt ihm das Brot (es war ein großes flaches Roggenbrot). Dann gibt sie ihm die ersten Birnen des Jahres, sorgfältig in Papier eingewickelt.

„Sehr gut! Mehr als drei Wochen lang hat es nur Brot und Wasser gegeben, und noch öfter bloß Wasser. Wie spät ist es denn?"

Sie sagt: „Neun Uhr."

„Eben, da hab ich nun seit heute morgen um zehn Uhr nichts mehr gegessen. Du siehst, das ist ganz schön lang."

Voll guter Laune und Appetit war er, schnitt von dem Brot ab, spießte die Stücke getrocknetes Fleisch ans Messer: „Drei Wochen und länger, das zieht sich! … Und schenk mir ein, wenn du grad dastehst."

Sie füllte das Glas.

„Danke … Dein Wohl …!"

Er leert es in einem Zug. „Noch eines."

Kaum ist es gefüllt, leert er das Glas wieder.

„Aller guten Dinge sind drei … Noch eins."

Er leert es ebenso.

Dann ißt er wieder. „Nun und, wie geht's?"

Sie ist so überrascht, daß sie nicht Antwort gibt. Sie schaut ihn an. Sie sieht nur, daß er da ist. Als die kleinen Mädchen berichtet hatten, sei seien ihm begegnet, war sie glücklich gewesen. Ist sie immer noch glücklich?

Seine gute Laune überrascht sie und daß er zufrieden ist. Sie ist glücklich, weil sie ihn zufrieden sieht, sie ist beunruhigt, weil sie ihn zufrieden sieht.

Aber er wartete gar nicht auf ihre Antwort: „Mir geht es gut … Jedenfalls besser. Ich hatte ein Loch im Magen, ein Loch von drei Wochen und mehr …"

Da fing sie an: „Oh, Farinet, warum hast du mir nichts gesagt? Warum bist du fortgegangen und hast mir nichts gesagt?

Er sagt: „Ah!"

Er sagt: „Das war nicht zu machen."

„Warum? … Ich bin gekommen, du warst nicht da. Ich bin wiedergekommen, du warst nicht da. Ich bin noch einmal gekommen, und du warst immer noch nicht da …"

„Das stimmt …"

Er ist vernünftig und ruhig, das sieht sie.

„Das stimmt schon, was du sagst; aber verstehst du, in meiner Lage …"

„Eben, in deiner Lage … Hör …"

Sie hatte ihn unterbrochen, jetzt unterbricht sie sich selber; und er, das Messer in einer Hand, ein Stück Brot in der andern, hört mit Brotschneiden auf.

Denn er merkt schon, daß sie zur Hauptsache kam, und wirklich, nun sagt sie: „Ein Glück, daß du zurückgekommen bist, denn jetzt müssen wir fort."

Er fing in seiner Verwunderung an zu lachen, und wie im Scherz sagte er: „Wann denn?"

Sie sieht, daß er scherzt, und ihr Herz erzürnt sich: „Im Ernst", sagte sie, „sofort", sagt sie, „heute abend."

Aber er fing wieder an zu essen.

„Ja", fuhr sie fort, „du kannst nicht dableiben; das kann nicht so weitergehen ... Meinst du, die Landjäger werden dich nicht zuletzt hier herausholen, wenn sie dich anders nicht haben können? Die wissen schon, wo du versteckt bist, sie möchten nur nicht, daß es sie zuviel kostet, dich zu bekommen, drum warten sie. Aber sie werden nicht ewig warten", sagte sie, „und dann kommt auch der Winter. Der Winter kommt. Was machst du dann in deiner Höhle? Kannst du dann noch in die Berge laufen, wenn die Herden zurück sind, sag doch, und sie kommen zurück, und wenn der Schnee auf den Höhen festliegt, überall, wo er hält, wie das Moos an den Bäumen. Und wenn du dann herauskommst, haben dich die Landjäger ... Wenn du dich versteckst, die Krankheit, die Kälte, die schlechte Luft und was noch. Hör ..."

Aber jetzt sagt er: „Bist du fertig?"

Er ist immer noch ruhig, er scherzt immer noch: „Und wohin geht's denn, Joséphine?"

Sie sagt: „Weit fort."

„Weit fort, und das wäre ...?"

„Ich weiß nicht, wir würden über die Grenze gehn, weil die Landjäger nicht hinüberkönnen. Ein anderes Leben müßte man anfangen. Ich weiß nicht, in Evian, in Genf. Aber weit, weit fort", sagt sie wieder, „bitte, siehst du denn nicht, weit von hier, und jetzt gleich, Farinet ..."

Sie sagte: „So"; und sie senkt den Kopf.

„Ich weiß nicht, aber ich bin traurig. Ich weiß nicht, Farinet, aber ich habe Angst."

Und nun sagt er nur: „Und das Geld?"

Sie sagt: „Du hast doch ...?"

„Nein."

„Oh, Farinet! Wie kannst du das sagen?"

Und er: „So sind die Frauen; ihr bringt alles durcheinander. Ich habe gar kein Geld", sagt er, „ich habe nur Gold ... Gold", sagt er, „davon hab ich, soviel du willst, Pulver und Münzen ..."

Er steht auf: „Da ..."

Er hält ihr das Kästchen hin, er hat es von der vorstehenden Steinplatte genommen, die ihm als Werktisch dient: „Es ist voll ... Nun, und weißt du, was das wert ist? Das ist nichts wert. Das ist für die Regierung nichts wert. Du weißt es genau ... Es ist zu schön. Es ist mehr wert als ihr Gold, und darum bin ich hier. Du weißt es genau, aber du denkst nicht daran, du bist wie alle Frauen ..."

Er lacht jetzt wieder, aber man hört, daß es weh tut: „Versuch nur, es zu brauchen, dann siehst du schon, was passiert. Mir ist es nicht gelungen. Man kann bloß auf die Freunde zählen, denn die haben Vertrauen ... Und du, hast du Vertrauen? Also gut", sagt er, „da, nimm es, es gehört dir; ich geb's dir ..."

Er hält ihr das Kästchen hin; aber da weicht sie zurück, nimmt die Hände hinter den Rücken: „Oh, Farinet!"

Und sie steht, sie macht noch einen Schritt zurück, so daß sie dicht an die Wand kommt: „Oh, Farinet, dann ist es also wahr?"

Er sagt: „Was ist wahr?"

Sie sieht, daß er unsicher wird, daß ein Zögern in seine Stimme kommt.

„Was man sagt."

„Was sagt man?"

„Ach! Das weißt du doch."

„Nein ... ich weiß nicht."

„Daß du dich ergeben wirst ... Und Romailler hat eine Tochter ... Maurice, bitte, ist es wahr, was man sagt?"

Da gibt er keine Antwort.

Und sie drückt ihre Hand flach gegen die Wange, wie einer, der Zahnweh hat, und Farinet will etwas sagen; aber sie schüttelt den Kopf, langsam, von rechts nach links und von links nach rechts, viele Male: „Was soll dann aus mir werden? Maurice, aus mir, du! Ganz allein ... Ach, Maurice, du! Wenn du dich mit dem Gericht einigst, wenn du gehst, was wird dann aus mir, ich bin nicht mehr schön, Maurice, nicht mehr jung ... Und was man nun sagt ..."

Und er: „Hör doch, komm schon ..."

Aber sein Arm sinkt jetzt grade herab, während sie sich aufrichtet: „Schlechter Mensch ... Nein, bleib mir vom Leib! Ich verbiete dir ... Du hast mich betrogen! Ausgenützt hast du mich, solang du mich brauchtest, und jetzt ... Nein ... nein ... Oh, ich weiß schon! laß nur ..."

Und ihre Stimme wird leise und eintönig wie in der Schule beim Vorlesen: „So ist das. Sie mögen einen schon, aber nur weil sie niemanden haben. Man läßt sich's gefallen, man kommt nicht dahinter, man glaubt, es sei Freundschaft ... Ja, ich weiß schon noch ... So lang ist es nicht her ... Wo kamst du nur her?" fragt sie. „Ah! Du warst ja ganz nett dran, in einer netten Lage, an dem Morgen in Sion! Du erinnerst dich lieber nicht an den Morgen ..."

Er konnte noch immer nichts sagen, so zuckt er die Achseln wie einer, der sich entschließt, eine Sache gehen zu lassen, die er nicht hindern kann.

Und sie: „Wer stand immer zuerst auf? Und ich hatte noch Dienst, mußte das Lokal kehren; das ist anders bei diesen Fräulein ... Oh! Sag's doch nur, du! Du! Sag's nur, mir macht das nichts aus. Du warst aber ganz zufrieden, daß ich da war, was hättest du sonst gemacht, ohne einen Rappen, sag doch, ohne Papiere? ..."

Sie sagt: „Ich danke dir ... He! Er hat mir mit einer seiner Münzen gezahlt, stellt euch das vor! Er dachte, ich würde nichts merken. Ach, mein armer Freund! Aber ich war dumm! Ach, wie dumm ich war! Denn ich bin in mein Zimmer gegangen, um mein Geld zu holen; und das Kleingeld, das ich ihm herausgab, war meins, denn ich wollte seine Münze behalten ..."

„Joséphine ...!"

„Nein", sagt sie, „jetzt rede ich, laß mich reden. Ich bin noch nicht fertig. Ach, unsereins hat doch zuviel auf dem Herzen, das ist eine Last ... Und wir haben Zeit, weißt du. Wir haben alle Zeit, ich habe Zeit, soviel du willst ... Denn du gehst nicht heraus, wenn ich nicht will. So, du meintest ...? Herr Farinet", sagt sie (und sieht ihn sonderbar an), „denn Sie sind ein Herr ... Nun, Herr Farinet, ohne mich ... Ach, ich bin dumm gewesen ... Ohne mich wären Sie jetzt noch im Loch, etwa nicht? Immer noch in gelben Hosen mit schwarzen Streifen, das ist ein wenig auffällig. Und immer einen Landjäger neben sich, mit geladenem Gewehr, etwa nicht? ... Denn Sie müssen die Straße kehren, und man hat Angst, Sie könnten sich davonmachen ... Und unsereins hat Sie angeschaut und gedacht: Die Armen ...! Ach, so dumm war man ... Ohne mich ..."

Sie unterbricht sich. Sie sagt zu ihm: „Stimmt das oder stimmt es nicht?"

Er sagt: „Ja, es stimmt."

„Ah! Siehst du ... Und dann, das sagst du mir auch gleich ... Wer hat dir die Feile zugesteckt? War nicht ich das?"

Er sagt: „Nun komm schon, Joséphine."

„Gib Antwort."

Da sagt er: „Ja, du."

„Gut", sagt sie, „und wer hat das mit den Wächtern abgesprochen, daß sie mich nicht durchsuchten, als ich mit dem Seil zu dir kam? Wer hat dann Crittin verständigt, im Dienst wie immer, in seinem Dienst und in deinem Dienst, leider. Gib Antwort", sagt sie.

Und gefügig sagt er: „Stimmt – du."

„Und dann, als du aus dem Loch kamst, wer stand jeden Tag auf in der Frühe und ging erst nach Mitternacht schlafen, mußte dich versorgen und dich besuchen ... Stimmt's, was ich sage? Selber mußte ich kommen, in der Nacht, jede Nacht, dem Schatten nach, man durfte mich nicht sehen. Und für wen? Gib Antwort!"

„Oh!" sagt er.

„Und beladen, ja! Schwer beladen, und für wen?"

Er sagt: „Hör, Joséphine ..."

„Gib Antwort", sagt sie. „Gib Antwort. Sag: ‚Für mich.'"

Er sagt: „Für mich, ja, das stimmt ..."

Und nun sagt sie: „Also, und darum verschwinden wir jetzt. Du hast alles hier, was du brauchst. Ich gehe meinen Koffer packen. Wir verschwinden diese Nacht noch ..."

Und eine kleine Weile ist es still, man hört das Wasser unten in der Schlucht murmeln; und ein Tropfen hat noch Zeit, von der Decke herabzufallen, er zerspringt auf dem Boden mit einem leisen, scharfen Ton, wie wenn einer ein Streichholz anzündet.

Dann fängt er an zu reden oder versucht anzufangen, er sagt: „Oh, ich weiß doch."

Er zögert.

„Oh, ich weiß doch, du bist ein gutes Mädchen, und sehr treu und sehr fleißig und alles, aber ..."

Sie sagt: „Aber was?"

Er sagt: „Das geht nicht."

Und da sagt sie: „Oh!" Das ist alles.

Dann tritt sie wieder ein wenig zurück, und sie sagt: „Oh, Maurice!"

Dann wird ihr Blick leer, er zieht sich in sie zurück; dann kommt er wieder zum Vorschein, und er irrt umher, als wüßte er nicht recht, wohin.

„Das?" fragt sie auf einmal.

Sie meinte das Kästchen voll Münzen, das Farinet neben sich auf den Strohsack gestellt hatte.

„Das", sagt sie, so ein wenig, wie wenn einer träumt, „das würde dann mir gehören …?"

„Gewiß, ich hab's dir ja schon gesagt."

„Kann ich es nehmen?"

Er wurde wieder fröhlich, glücklich.

„Gewiß, du kannst … Da!"

Er hält es ihr hin; und kaum hatte sie es genommen, wendet sie sich von ihm ab.

Er schaut, und sie ist nicht mehr da; er hört nur, wie sich in dem unterirdischen Gang, wo kein Licht, ist, ihre Schritte entfernen.

Er ruft: „He! Wohin gehst du?"

Er steht auf, greift nach dem Licht: „Wart, ich komme mit dem Licht … Warte, du wirst dir weh tun …"

Er eilt hinter ihr her durch den engen Gang, sie ist weit voraus: „Wart, ich weiß nicht, ob die Leiter richtig angemacht ist."

Er kommt zu der Leiter. Die Leiter bewegte sich noch …

XIV

Und am nächsten Morgen achtete nun Romailler darauf, beizeiten zum Gemeindeammann zu gehen, damit er ihn noch zu Hause antreffe. Das war gegen sieben Uhr, es war sogar noch etwas vor sieben Uhr. Das Wetter war schön. Es hatte sich während der Nacht aufgeklärt, und der schwere Nebel, der am Tag vorher an den Bergen überall entlanggezogen war, hatte sich in leichte Schleier verwandelt, die man durchsichtig und weiß von allen Seiten her zu einem frisch gemalten Himmel steigen sah.

Die beiden Männer setzten sich vor dem Haus unter ein Weingeländer, dessen Beeren zu reifen begannen, so daß Trauben von zweierlei Farbe daran hingen, grün und andere rosa oder blaßviolett; unter den Trauben von zweierlei Farbe, vor der gekalkten Grundmauer. Da sitzen sie und blicken nach Osten. Sie hatten vor sich, über die tiefer gelegenen Häuser hinweg, die ganze Weite des großen Tals.

Sie achteten nicht darauf, aber dann und wann hoben sie doch den Kopf, und dann sandte ihnen die Sonne durch ein Loch in den Wolken ihren Strahl gerade ins Auge. Und schon hatte sie sich wieder halb verborgen, aber man sah, wie einer der Männer oder beide zugleich in der warmen und frischen Luft – frisch bis herauf zu den Knien oder zum Bauch, warm um den Kopf und die Schultern – geschwind die Hutkrempe vorzogen.

Ein guter Bogenschütze, die Sonne!

Die erscheint auf einmal, sie verschwindet. Sie schießt ihre Pfeile ab. Die treffen mit ihrer harten Spitze auf die Schieferplatten der Dächer. Und von Zeit zu Zeit ging ein Mann vorbei, den Tragkorb auf dem Rücken, stieg zum Rebberg hinauf.

„… und so wollte ich Ihnen schnell Bescheid sagen", sagte Romailler, „denn man wird vielleicht einiges anordnen müssen."

„Ja", sagte der Ammann.

In diesem Augenblick erschienen die beiden kleinen Mädchen eines Nachbarn unter ihrer Tür, sie trugen beide einen Wollschal über der Brust gekreuzt, jedes biß in ein dickes Butterbrot mit Honig darauf.

„Meine Tochter hat ihn empfangen", begann Romailler wieder; „und da hat er mir ausrichten lassen, daß er heute abend gegen neun wiederkomme; heute, wir haben den einunddreißigsten, und ich hatte ihm gesagt: bis zum einunddreißigsten."

„Nun also", sagte der Ammann, „das ist klar, er ergibt sich."

„Es scheint so; wenn er sich aber ergibt, was muß man dann tun, bis das Amt im Bild ist?"

„Sie werden ihn bei sich behalten müssen, wenn das geht."

„Oh, das geht schon …"

„Gut. Und dann lassen Sie ihn ein Papier unterschreiben, damit alles korrekt ist und wir gedeckt sind, wenn irgend etwas passiert. Und ich an Ihrer Stelle würde dann …"

Der Ammann sagt: „Ich würde ihn ganz einfach nach Sion begleiten. Sie würden den ersten Zug nehmen. Sie könnten sich an die Höhe halten und brauchten nicht durch das Dorf zu gehen. Niemand würde Sie sehen. Er müßte sich nicht von den Landjägern abführen lassen."

„Ja", sagt Romailler. „Und wenn er nicht will?"

„Wenn er zu Ihnen kommt, will er doch."

„Oh, das ist sicher!" sagt Romailler. „Er wird kommen; er hat es meiner Tochter gesagt."

„Im übrigen wird er schon sehen, daß man ihm nur den Weg ebnen will. Aber das haben Sie ihm ja erklärt, was man von ihm erwartet: daß er seine Münzen nicht mehr fabriziert, daß er der Behörde alle die abliefert, die er noch hat, daß er bereit ist, zu leben wie andere Leute, wenn man ihn dann einmal freiläßt …"

Die beiden Männer sprachen ruhig miteinander. Die kleinen Mädchen hatte die Mutter gerufen, um ihnen die Halstücher abzunehmen. Und die großen Wolken stiegen weiter vor den Bergen auf in ihren durchscheinenden Gewändern aus losem Gewebe, das aufging, dann langsam verging; und die Sonne tritt nackt hervor, die Sonne ließ sich nicht mehr anschauen.

Da wurde dem Ammann warm an den Füßen und Romailler auch. Und auf einmal fing der Ammann wieder an: „Das Dumme ist diese Frau. Haben Sie mit ihm darüber gesprochen?"

Romailler schüttelte den Kopf.

„Nun, man müßte ihn wohl auch noch dazu bringen, daß er sie heiratet ... Er kann nicht weiter so leben, sie auch nicht. Das sieht nicht gut aus. Vor allem nicht, wenn er sich wieder im Dorf niederläßt. Sie sollten die Frage anschneiden ..."

Romailler wirkte verlegen; er antwortete nicht sofort. Eben stieg wieder ein Mann zum Rebberg hinauf mit seinem Tragkorb, aus dem man den Stiel eines Werkzeugs hervorstehen sah ...

Jemand ruft von ferne: „Baptiste!"

Dann hört man nochmals in der Ferne rufen: „Baptiste! ... Baptiste! ..."

Der Mann mit dem Tragkorb dreht sich zu Romailler und dem Ammann.

„Was gibt's denn?"

Sie antworten nicht, sie stehn auf, sie kommen bis auf den Weg.

Da sieht man an seinem unteren Ende eine Frau laufen, dann eine andere, dann tritt eine Frau an ihr Fenster.

„Kommt schnell! ... Kommt schnell! ... Baptiste, oh mein Gott!"

Eine sehr schrille Frauenstimme; und auch sie kommt von der Straße her, über die Dächer hinweg, ein wenig rechts vom Weg.

In diesem Augenblick erscheint ein Mann am Ausgang der Gasse; dort steht er still, dort schaut er zum Haus des Ammanns herauf, weit ist es nicht; auf einmal sieht er, daß der Ammann selber mit Romailler auf dem Weg draußen steht.

Er hebt den Arm, weiter nichts; er winkt, damit sie kommen.

Man kam von allen Seiten, und auf der Straße war schon eine Ansammlung, als auch die beiden Männer dazustießen.

Crittin war da; Crittin sagt zu ihnen: „Geht rasch und seht ... Er muß verrückt geworden sein."

„Wer?"

„Farinet ..."

Sie begreifen nicht, aber sie sehen, daß sich die Ansammlung ein wenig weiter vorn gebildet hat, vor dem Haus, wo das Postamt ist: ein blaues Haus, von dem der Verputz zur Hälfte heruntergefallen ist, schmal mit nur drei Fenstern zur Straße, aber zweistöckig, und das Erdgeschoß hat eine große Glasscheibe, da ist das Postamt, davor eine Bank, auf der Frau Rey, die Posthalterin, gerne sitzt. Und da ist sie auch; als der Ammann und Romailler herzukommen, sehen sie, daß sie sich auf die Bank hat fallen lassen, und zwei Frauen stehen neben ihr und reden mit ihr.

Sie sagen: „Was gibt's denn?"

Sie antwortet nichts, sie schüttelt den Kopf.

„Man hat sie ausgeraubt heute nacht!" sagt eine der Frauen.

„Ja", sagt die andere, „wieviel war es doch?"

„Achthundert Franken", sagt Frau Rey, „achthundert ..."

Und dann schreit sie auf einmal wieder: „Baptiste!"

„Ja", sagt sie, „achthundert Franken in schönen Hunderter- und Fünfzigernoten, die in der Schublade waren. Grad vorhin bin ich herabgekommen, und die Schublade war noch, wie ich sie gelassen hatte, abgesperrt mit dem Schlüssel; ich mache sie auf ... Er muß in der Nacht gekommen sein, hat sie genommen ..."

Sie ruft: „Das ist er! Ja, das ist er ... Farinet ... Er hat sein Gold an die Stelle getan."

Und da kam nun endlich Baptiste: „Geh und zeig's ihnen, ich kann nicht mehr, ich kann mich nicht mehr bewegen. Es ist das Herz. Ihr werdet sehen, es sind seine Münzen. Und die Regierung sagt, sie seien nichts wert, man wird sie nicht haben wollen. Mein Gott!"

Man bringt ihr ein Gläschen alten Marc.

Inzwischen ließ der Ammann die Neugierigen wegschicken und trat dann mit Romailler und Baptiste in das Postamt. Der Raum war zweigeteilt durch eine Holzwand; ein Schalter war in sie eingesetzt und eine Tür, die offenstand. Die Männer gingen durch die Tür und kamen so in den Teil des Büros, zu dem die Kunden keinen Zutritt hatten.

Und Baptiste sagte: „Sehen Sie? Ah, der Lump! ... Er zeigte die weit offene Kassenschublade mit ihrer Blecheinlage, in der man viele gelbe, stark glänzende, etwas zu helle Münzen sah; dann hebt er die Einlage heraus, und darunter war nichts.

Kein Geldschein, nicht ein einziges Silber- oder Kupferstück mehr; aber Gold, soviel man wollte. Farinet hatte offenbar nachgerechnet (man kannte ihn ja) und mit seinem Gold gewissenhaft die Summe ersetzt, die er wegnahm ...

„Ah, das Schwein!" fuhr Baptiste fort; „die Banknoten ..."

„Laß mir das liegen", sagt der Ammann, „rühr nichts an ... Und hol mir rasch den Schreiber."

Dann dreht er den Schlüssel im Schloß um, weil auf der Straße immer mehr Leute zusammenkamen und weiter geredet und diskutiert wurde; und die einen sagten zu Frau Rey: „Wenn Sie doch dafür seine Goldstücke haben ..."

„Oh!" hieß es, „das ist nicht das gleiche! Die sind nicht im Kurs, verstehen Sie …"

„Man wird sie Ihnen abkaufen", sagte jemand zu ihr, „ich will gern ein paar …"

„Ah! Paß auf jetzt, das ist verboten, und das Gericht befaßt sich damit …"

„Ein Dieb ist er immerhin nicht", sagte einer; „ich bin sicher, daß die Rechnung stimmt."

„Ja", sagte ein anderer, „er ist ein ehrlicher Mann."

„Er wird Geld gebraucht haben; da hat er es sich eben eingewechselt."

Aber dann trat man zurück, denn der Amtsschreiber kam, der gleichzeitig Flurwächter ist.

Man brachte Frau Rey hinauf; sie wohnte im zweiten Stock.

Dienstfertige Männer nahmen es auf sich, die Polizei zu spielen, darunter Crittin; und da Baptiste mit dem Schreiber zurück war, klopfte der an die Tür zum Postamt, wie es der Brauch ist: „Ich bin's."

Er findet den Ammann dabei, wie er eben die Goldstücke zählt; er sagte: „Zweiundvierzig, zweiundvierzig zu zwanzig Franken … die Rechnung stimmt."

Dann zum Amtsschreiber: „Du läufst und sagst es den Landjägern."

Er sagt zu Baptiste: „Du bleibst für die Erhebungen."

Romailler sagte nichts.

Das Café war voller Leute. Joséphine kam und ging und bediente. Sie redete kein Wort. Man rief sie; man bestellte bei ihr; sonst schien sie nichts zu hören, nahm nicht teil am Gespräch, das an allen Tischen im Gang war, denn alle Männer des Dorfs, oder fast alle, waren schließlich hierhergekommen. Es war jetzt zehn Uhr, die Nachricht hatte einen um den andern erreicht, bei der Arbeit im Garten oder auf dem Feld, und sie waren gekommen, weil man sich sagte: „Das ist eine üble Geschichte."

Crittin wiegte den Kopf und wiederholte mit düsterer Miene: „Er muß verrückt geworden sein."

Man sagte zu ihm: „Glaubst du?"

Und Fontana, der mit Ardèvaz an einem Tisch saß, redete nicht.

„Glaubst du?" sagte man zu Crittin, „vielleicht im Gegenteil ..."

Denn die allgemeine Ansicht war eben, daß er sich nun entschlossen hatte, aus dem Land zu gehen; da hatte er wohl oder übel sein Gold gegen Werte eintauschen müssen, die überall galten; jetzt, sagte man, war er gewiß schon über der Grenze. Rechne nur aus; wenn er seinen Streich um Mitternacht durchgeführt hat. Und man freute sich für ihn.

Und sie? Sie schien über diesen Dingen zu stehen. Sie kam und ging, trug den Wein und die Gläser, denn es wurde viel konsumiert an dem Morgen – in ihrem dunkelblauen Mieder mit dem Stehkragen. Und blieb so mitten im Lärm, unberührt, schweigsam, bis plötzlich alles zur Tür lief: die Gerichtsbeamten kamen. Der Ammann war immer noch im Postamt mit Baptiste; Romailler mußte bei ihnen geblieben sein, denn man hatte Romailler nicht mehr gesehen. Man hörte von weitem das Pferdegeklingel: Saxon, der Hauptort, ist kaum eine Stunde von Mièges, also eine halbe Stunde im Wagen. Es war halb zwölf Uhr; man konnte ausrechnen ... Und da nun wachte er auf.

Farinet, in seiner Höhle, wachte auf. Er gähnt.

Die Männer stießen einander, unter der Tür des Cafés, sie versuchten zu sehen, was vorging, und trauten sich nicht auf die Straße; da stand eine Art Break, mit zwei Pferden bespannt. Die Heren Gerichtsbeamten, drei waren es, saßen darin, der

Amtsschreiber und die Landjäger waren unten im Tal ausgestiegen und tauchten erst einen Augenblick später auf.

Und er, in der Höhle, gähnt. Er streckt sich. Der Strohsack knistert unter seinem Gewicht wie ein Feuer von schön trocknem Rebholz. Die Gerichtsbeamten waren aus dem Wagen gestiegen, der Ammann ging ihnen entgegen – er wacht eben erst auf, denn er hat zwölf Stunden in einem Zug geschlafen, hat sich von langer Entbehrung erholen müssen nach den drei Wochen, da er unter einem Felsvorsprung gelegen oder sich für ein, zwei Stunden in einer Alphütte aufs Heu gestreckt hatte. Das ist dann, als würde es in unserem Körper aufgerechnet, wie in einem großen Buch, wo auf der einen Spalte eingetragen ist, was man uns schuldet. Man muß es sich selber zahlen. Er hat es sich gezahlt, sogar reichlich gezahlt, wie er sieht, da er auf seine Uhr schaut und sieht, es ist Viertel vor elf; dann läßt er sich wieder auf den Strohsack zurücksinken, die Hände unter dem Kopf.

In die Vertiefung, wo er liegt, kommt das Tageslicht bloß durch den Widerschein, es trifft zuerst auf den Felsen, der es nur abgeschwächt weiterschickt: trotzdem sieht er an der Farbe des Lichts, daß das Wetter sich aufgehellt hat in der Nacht, daß die Sonne scheint, ein schönes Gelb ist das nämlich – wie an meinen Steinen –, auf der Wölbung über seinem Kopf, jenseits einer Spalte, die durch den Fels läuft. Der Tag bewegt sich, man kann sehen, wie er sich bewegt. Er flackert bisweilen, wie eine Kerze, die gleich erlischt: er erlischt nicht. Er sinkt, lebt wieder auf, sinkt von neuem, er entzündet sich mit einemmal strahlend; und das kommt von einem Ast, der mit all seinen Blättern vor dem Eingang zur Höhle hängt, den der Luftzug vom Wasser her schwanken läßt. Farinet, die Hände unter dem Kopf, rührt sich nicht; er schaut diese Farbe an. Denn sie ist auch die Farbe *ihrer* Haare, sagt er sich; und alle guten Dinge des Lebens haben diese Farbe, sagt er sich: fein und rein, weich und warm, warm für den Blick, weich zum Berühren. Das ist's! Entschieden! Und er ist ganz vergnügt, dann wechselt er die Miene – die Hände unter dem Kopf –, man sieht es, er wechselt die Miene, wie der Berg sein großes Gesicht ändert, wenn sich die Sonne hinter einer Wolke verbirgt. Denn da ist *sie*; da ist Joséphine. Er sagt zu sich: Da ist sie. Er sagt ganz laut: „Da ist sie ...", dann richtet er sich auf, weil ihm die Ruhe genommen ist. Da liegt das Hindernis; sie ist das, Joséphine; und der Auftritt vom vorigen Abend kommt ihm in den Sinn und was sie gesagt hat, und hatte sie etwa nicht recht? Oh, sie ist ein gutes Mädchen, das ist wahr! Und hängt an mir, das ist auch wahr; und was hätte ich gemacht ohne sie? Denn jetzt ist er aufgestanden, und er sieht, daß ihm nichts fehlt, dank ihr, und sie bringt mir getreulich alles, was ich brauche und noch mehr als ich brauche. Er sieht ja, wie auf dem Stein, die Stiele in der Luft, die Birnen stehen, die sie in ihrem Sack hatte, gestern abend, Louisebonne-Birnen, auf der einen Seite rosa und auf der anderen golden, schon recht reif und recht saftig. Er sieht, daß sogar Kaffee da ist und eine Kaffeekanne und daß der Holzvorrat immer aufgefüllt ist in seiner Ecke, dank ihr, die daran denkt – die an alles denkt, was ich brauche, sagt er sich, und er zündet das Feuer an. Zündhölzer? Hab ich. Papier? Hab ich. Er möchte rauchen: da sieht er, daß in der Blechbüchse, gut am Trockenen, nicht nur Tabak ist, sondern auch ein neues Paket Walliser Stumpen, von denen, die er gern mag: nämlich von der stärksten Sorte, er steckt einen an, mit demselben Streichholz, das ihm beim Feuermachen dient in der Nische, wo die Herdstelle ist, mit einem Abzug für den Rauch und

einem Rohr in dem Abzug. Und daran hat sie gedacht. Sie kommt daher mit ihrem Rohr unterm
Arm, und da hat er's – während er das Papier unter dem schön trocknen Tannenreisig anzündet, an
dem noch die Nadeln sind und die er kreuzweise
draufgelegt hat; und das ist wieder sie, er sieht, wie
die Flamme ganz grade aufsteigt, fast ohne Rauch,
hell und lebendig, zum Fels hinauf, wo sie sich
ausfranst, zurückbeugt.

Dann geht er Wasser holen, dort wo es aus einer
Quelle nur Tropfen um Tropfen herabfällt, aber sie
hat einen Eimer daruntergestellt (und sie ist es, die
daran gedacht hat).

Er muß nur den Kochtopf in den Eimer tau-
chen, dann auf seinen Füßen übers Feuer stellen
und zieht an dem Stumpen – was nun?

Es ist elf Uhr; man darf nicht vergessen, daß er
keine Ahnung hatte, was im Dorf passierte.

Man darf nicht vergessen, daß er hier zu Hause
ist, sich sicher glaubt; er hat noch bis zum Abend
Zeit, um nachzudenken, um sich zu entscheiden,
während die Gerichtsbeamten bei der Post ihre Erhebungen machen; dann lassen sie Crittin kommen, befragen ihn; dann lassen sie Joséphine kommen; Viertel nach elf; halb zwölf – der Kaffee rann
noch Tropfen um Tropfen in die Kanne neben
dem Feuer, während er eine erste Tasse trinkt, und
Zucker ist auch da, weil sie daran gedacht hat.

Woran hat sie nicht gedacht?

Er trinkt seinen Kaffee schön heiß, er hat sich
ein dickes Stück Brot von dem flachen Laib abgeschnitten, ein Stück Käse von dem dreieckigen
Teil; aber da auf einmal blitzt es in ihm wieder auf,
wie wenn die Sonne wirklich und unverhofft hinter einer Wolke hervorkommt: da werden die Gletscher von neuem rötlich, der Fels nimmt seine
schöne Farbe wieder an – denn schließlich hat sie
die Münzen mitgenommen, ich habe nichts mehr.

Goldstücke für tausend Franken, daran liegt ihr also! sagt er sich ... Sie wollte sie am Anfang nicht; nachher muß sie sich anders besonnen haben ... Nun und? Er zündet einen neuen Stumpen an. Oh, das war ich ihr schuldig, und wenn sich die Sache schon auf diese Art einrichten läßt ... Sie hätte das Geld. Übrigens, wenn sie mich wieder einsperren, brauche ich sie nicht mehr. Wie lange? Sechs Monate. Und das ist das Härteste, darauf einzugehen ist hart, denn wenn ich nicht darauf einginge, müßten sie mich wohl holen kommen, und da hätten sie Mühe. Er geht, den Stumpen im Mund, zu den Minenlöchern, kontrolliert sie, beide hat er mit dem Meißel in den ganz trocknen Fels getrieben; das eine unter der Strickleiter, das andere weiter vorn in dem Gang, der zu seinem Haus führt: beide in Ordnung, wie er sieht ... Nun, versucht doch zu kommen, ihr Landjäger, versucht doch, ohne meine Erlaubnis hereinzukommen. Ihr Landjäger mit euren schönen Uniformen, mit oder ohne Rang, und so viele ihr wollt, zwei oder zehn, oder fünfzig, oder hundert; ich muß nur Feuer an meine Zündschnüre legen, und er stellt fest, daß sie ganz trocken geblieben sind, er hat sie vorher in Schwefel getaucht. Und da werde ich dann kommen und ihnen sagen: Ich ergebe mich ... Ist das möglich? Ah, ich sehe sie! Wie sie froh sein werden ... Ah, ich sehe sie! Wie sie versuchen, ja nicht zu zeigen, was sie denken, aber sie werden es trotzdem denken, und das sieht man dann. Da bist du! nun, man hat dich doch erwischt ...

Das kann nicht sein.

Er schaut auf die Uhr; er sieht, es ist schon halb eins, die Zeit vergeht; und er sieht, er muß sich beeilen mit Weiterdenken, weil der Abend bald da ist.

Es ist der einunddreißigste; der letzte Moment. Vor sich hat er wieder die Öffnung der Höhle, die der Tag wie ein silberner Vorhang deckt; er geht, er schiebt den Vorhang weg, um hinauszutreten.

Er steht im weißen, klaren Licht des Tages, das zwischen den Felswänden auf ihn herabkommt; zu gewissen Tageszeiten dringt sogar die Sonne, die dort droben an dem schmalen Himmelsstreifen erscheint, einen kurzen Augenblick bis zu dem Felsabsatz vor der Höhle – wo er sich hinsetzt, um nachzudenken.

Danach kommt ein Steilhang von mindestens fünfzig Metern.

Er braucht die Beine nicht weit auszustrecken, damit seine Füße vorstehen und er unten ins Leere hinausragt, den Rücken am Fels. Auch hier wären sie schwer in Verlegenheit, die Landjäger, und von der Seite her auch, denkt er wieder, wenn sie mich holen kämen, denn sie müßten die Durchgänge kennen, und die kennt außer mir keiner. Gleich neben ihm, links, zeigt sich eine Art Sims, das von seinem Vorsprung her noch einen Augenblick der glatten Wand nach weiterführt, aber bei einer Felskante hört es plötzlich auf. Über ihm in den Rissen halten sich ein paar Tannen am Leben, sie drängen im Wachsen sofort zum Licht, aus einer scharfen Krümmung im Ansatz des Stamms. Sonst gibt es hier nichts als die beiden Wände, fast ohne Neigung, senkrecht, denn der Bergbach ist allmählich durchs Gestein hinabgedrungen wie die Säge in einen Baumstamm, von oben nach unten, ganz grad, ohne Ablenkung nach rechts oder links; so daß es nun eigentlich zwei Bäche sind, es sind zwei Wasserläufe, es sind hier zwei Flüsse: für ihn, der zwischen den beiden hängt, einen Stumpen raucht – beide fast gleich bedeutend, beide fast gleich breit, der eine, der oben ist, der andere, der unten ist. Was hat er zu tun? Wenn er den Kopf hebt, erkennt er zwischen zwei graden Linien, den

Uferrändern, einen Streifen Himmel, an dem man die Windrichtung sieht, weil eine Wolke darin schwimmt; wenn er den Kopf senkt, wenn er ihn vorstreckt bis über seine Knie, so ist dort ganz in der Tiefe das Wasser, das langsam in derselben Richtung geht, mit Strudeln, mit Wendungen zu sich selber zurück, das tiefe, das glatte Wasser, das Wasser, das durchsichtig ist und doch schwarz. Sein Geräusch ist ein sanftes Geräusch, ein Geräusch von raschelnder Seide, ein dauerndes Rauschen: da weiß man nicht mehr, bringen es oben die Wolken hervor, die am Fels hinstreifen, oder unten das Wasser selbst, wie es sich an der Wand reibt. Was hat er zu tun? Er wirft den erloschenen Stumpen weg. Er öffnet den Geldbeutel. Nun zählt er darin das Geld, das ihm bleibt, viel ist es nicht, und wahrscheinlich setzt sich so in seinem Kopf ein Gespräch fort, das er mit sich selber geführt hat, auf diesem Felsband, draußen in der Luft. Ah! sagt er noch einmal, kommt nur, ja, kommt doch nur, und wirft einen Blick um sich her; dann legt er die Arme um die Knie – und da sah er sie wieder, sie ist es, die wieder erscheint, mit ihrem Mieder, das wie ein Stück Himmel ist. Er sagt auf einmal zu sich selber: „Gut, ich gehe. Der einunddreißigste. Jawohl, ich gehe!"

Und ich werde zu Romailler sagen ...

Aber da muß ich doch mit ihm reden, muß über sie reden mit ihm, werde ich mich auch trauen?

Und da sieht er sie, wie sie ihm zulächelt, und sie sagt zu ihm: Du mußt dich trauen.

Da erscheint so etwas wie ein feines Leuchten wieder um seinen Mund. Wenn nur sie mir gut ist; und ich glaube, sie ist mir gut – denn ich bin im Gefängnis gewesen, aber sie weiß ja, warum ich dort war; und sie werden mich wieder hinbringen, aber ich lasse mich ja selber wieder hinbringen – dann kommt das doch in Ordnung, denkt er.

Nun wird das kleine Leuchten stärker in seinem kurzen Bart ... Ich habe dann bezahlt; wir werden Ruhe haben. Und Joséphine hat das Geld ...

Ich werde wieder in den Reben arbeiten. Romailler hat Besitz; so spart er sich schon einen Arbeiter ...

Und dann gehe ich zu Paltani, dem Maurermeister; denn der gibt mir Kredit, der kennt mich schon lange – für diese Mauern, damit es gut aussieht bei uns, damit es sauber ist ... Ich werde die Bäume beschneiden. Und den Garten umstechen. Und die Fensterläden streichen ...

Sie wird kommen, um zu sehen, wie weit ich bin.

Sie wird am Abend kommen (er lächelt jetzt, ganz allein auf seinem Felsvorsprung); ich werde ihr sagen: Sehen Sie, es geht vorwärts ... Ich werde sagen: Morgen kommen die Zimmer dran. Was für Tapeten soll ich nehmen? ich habe Paltani gesagt, er soll Muster bringen ...

Wie ist das nun, sagte er sich, wenn sie mich zu sechs Monaten verurteilen, oder zu acht Monaten, wann werde ich frei sein? Er rechnet. Das geht gut. Ich habe dann noch drei Monate der guten Jahreszeit vor mir. Ja, Juli, August und September ... Ich kann die Bäume schneiden, kann den Boden umgraben, alles wird fertig zur Weinlese ... Man muß den Dingen Zeit lassen, daß sie geraten. Man muß auch mir Zeit lassen, damit ich beweisen kann, daß ich meine Verpflichtungen einhalte; aber sie wird ja da sein, und dann wird das Haus bereitstehn ... In welcher Farbe, fragt er sich, soll ich es streichen? ... Rosa oder blau oder gelb oder weiß?

Denn es gibt blaue, gelbe, rosa Häuser in der Gegend ... Ich muß sie fragen ... Man wird Paltani bitten, Proben zu machen an der Mauer gegen das Dorf, und dann sage ich zu Thérèse: Würden Sie bitte kommen? ... Sehen Sie? ... Ah! wird sie sa-

gen, was ist denn das? Nun, damit Sie wählen können … Ah! wird sie sagen, das ist hübsch, warum
malt man das Haus nicht in vier Farben an? Mir ist
es recht, aber was werden die Leute sagen? Das
findet er lustig, auf seinem Felsvorsprung.

Er zündet noch einen Stumpen an auf seinem
Felsvorsprung. Er zündet sich in dem Halbdunkel
der Schlucht einen ganz frischen Stumpen an und
schaut auf das große Licht, das aufgeht über seinem Leben. Das ist es, die Freiheit. Eine Frau und
ein Haus. Die Berge sind schön, aber die lieben
uns nicht … Die stehen hell vor uns in der Luft
und weiß, aber sie sehen uns nicht, und sie hören
nicht zu. Kümmern sich nicht um uns. Tausend
sind es, tausend und tausend – und wir, vor ihnen,
allein …

Er fährt sich mit der Hand über die Wange; er
sagt sich: Das langt nicht, ich muß mich noch
schönmachen.

Er mußte die Laterne anzünden, um sich zu rasieren.

XV

Da ging nun ein Landjäger vor dem Postamt auf
und ab, und an jedem Ende der Straße war auch
einer.

Joséphine muß sich vorsehen. Crittin war nicht
zufrieden. Crittin war schlechter Laune und unruhig. Er sagte zu Joséphine, als er sie an dem Abend
aus dem Haus gehen sah: „Wo wollen Sie hin?" Sie
antwortete ihm mit einer Kopfbewegung, um an-
zudeuten, daß sie es ihm vor den Leuten nicht sagen konnte. Er besteht nicht weiter darauf. Sie verläßt das Lokal; sie läuft, so schnell sie kann, die
beiden Treppen zu ihrer Kammer hinauf; sie sieht
dort, daß der Koffer zu schwer ist, daß er sie be-
hindern wird. Sie sagt sich: Auch gut. Sie macht

ihn auf, zieht einen Rock heraus, ein Mieder, ein Hemd und rollt das Ganze zusammen zu einem runden Bündel, das sie unter dem Arm tragen kann. Wenn man mich fragt, wo ich hingehe, kann ich sagen, ich bringe Wäsche zu einer Freundin, oder ich lasse das Bündel fallen, bevor man es sieht. Man hört Stimmen im Lokal; sie kommt aber die Treppe hinab, ohne daß jemand auf sie achtet. Sie gelangt in den Garten. Sie stellt sich, als wollte sie Wäsche aufhängen, nähert sich langsam der Mauer am unteren Ende des Gartens, indem sie von Baum zu Baum das Wäscheseil abspult. Es scheint aber, daß niemand sie bemerkt hat, die volle Höhe der Häuser ist zwischen ihr und den Landjägern, so kommt sie zur Mauer, und jetzt ist sie durch die Johannisbeersträucher gedeckt. Sie muß nur über die Mauer klettern. Das Mauerwerk ist alt. Es ist voller Risse und Löcher, dort wo der Mörtel abgefallen ist. Und noch ein paar Schritte, dann sagt sie für sich: Adieu, Landjäger. Sie kennt die Wege alle auch, und die geheimsten, sie kennt sie alle, die Wege, die er ihr gesagt hat, und sogar jene, die er ihr nicht gesagt hat. Diesmal wird sie von der Schlucht her kommen, wird ihn überraschen, aber sie muß sich beeilen – denn die zwei anderen Zugänge könnten schon bewacht sein, wenn die Landjäger sie kennen, oder wenigstens von weitem überwacht. Ich gehe dort hinein, wo wir herauskommen werden. Diesmal *muß* er kommen. Sie kriecht durch das Buschwerk auf der hohen kiesigen Böschung, die senkrecht zur Ebene abfällt. Sie schaut aus der Höhe noch hinab, ob nicht vielleicht der Ausgang des Tunnels bewacht sei, vorsichtig streckt sie den Kopf aus den Büschen hervor. Dieser Ausgang liegt genau unter ihr, er macht ein schwarzes Loch in den hellen Fels, dort geht das Wasser aus einem Berieselungskanal hindurch (Leiten nennt man die) und mündet weiter bergwärts, am Grund der Schlucht, in den Wildbach. Sie sieht, der Ausgang ist nicht bewacht, und das hatte sie sich gedacht. Ah! Die kennen eben die Durchgänge nicht wie er oder ich, die Landjäger, das ist unser Vorteil – während sie sich von Vorsprung zu Vorsprung den Hang hinunterläßt –, und jetzt bleibt Farinet dann nichts übrig, als mir zu folgen. Sie kommt zur Leite. Die Nacht bricht an, es wird dunkel, die Sterne erscheinen am Himmel; auf einmal sind sie verschwunden. Das war jetzt viel mehr als nur Nacht für sie, eine viel schwärzere als die schwärzeste Nacht – in der sie vorwärtsgeht, die Augen weit offen wie die Blinden, die Hand am zerklüfteten Fels. Zum Glück führt ein Weg, den man bei Reparaturarbeiten braucht, die ganze Leite entlang. Ein Tunnel von etwa fünfzig Metern – sie zieht den Kopf ein, beugt sich weit vor, so niedrig ist es; doch die Felswand geht getreulich neben ihr weiter. Sie muß ihr nur folgen und sich so eng wie möglich an sie halten, das tut sie, und auf der anderen Seite eilt das Wasser ganz grad dahin, fast geräuschlos, denn es ist tief und hat ein schön gleiches Gefälle. So kommt es, daß endlich eine Art Fenster vor ihr erscheint, gewölbt, bleifarbig umrandet, aber fast hell, verglichen mit der Finsternis, in der sie ist. Das ist der Ausgang, oder eigentlich ist es der Eingang. Es ist der Eingang zu der hohen Schlucht, in der sie auf einmal steht, in halber Nacht, wo die Wände dunkelbraun, hoch und aufrecht sind, senkrecht nebeneinander; und sowie sie den Kopf hebt, findet sie droben die Sterne wieder, wie aufgereiht, weil es so wenig breit ist, dort, wo sie sind. Senkt sie den Kopf, so fällt ihr Blick, fällt noch weiter, fällt immer tiefer auf etwas zu, das man nicht sehen kann, das dort flüstert und fließt. Sie sieht jetzt sehr genau dort droben, vor ihr, die Stelle, wo sich die Höhle öffnet. Ein paar Tannen wachsen bis auf den Eingang herab, und ein Strauch hängt davor, dessen Äste sie tarnen. Sie weiß, wie sie es anstellen muß, denn er hat ihr gezeigt, wo man von der Leite abzweigt und wie man von einem Vorsprung zum andern die Wand entlangkommt, immer ein wenig aufwärts – und das eben wissen sie nicht, diese Männer in Uniformen, mit Käppi und Stoff- oder Metalltressen.

„Toh!"

Sie hat ein erstes Mal gerufen, noch im Aufstieg, und keine Antwort ist gekommen; aber sie sieht auf einmal, daß er da ist, denn ein schwaches Licht dringt durch das Strauchwerk hervor.

Ah, er ist da! Er ist noch nicht fort, alles geht gut! Und sie ruft ein zweites Mal, sie ruft lauter, das kann sie jetzt wagen.

Sie setzt den Fuß auf einen Felshöcker, faßt mit der Hand eine Wurzel, ihr Bündel unter dem anderen Arm; sie kommt näher.

„Toh! … Toh! …"

Sie sieht, daß er bis an den Eingang der Höhle getreten ist, sie sieht es am Schatten, der mitten im Lichtkreis steht, ganz nahe vor ihr.

Hört er's? Sie weiß es nicht, sie ruft weiter.

Und dann sagt sie: „Ah, was für ein Glück! Ich hatte Angst, du seist schon fortgegangen. Ich habe alles Nötige, ich habe die Banknoten …"

Da hört man eine Stimme, die sagt: „Bist du das?"

Sie sagt: „Ja, ich."

„Was gibt's?"

Sie sah ihn immer noch nicht oder kaum, sie ist draußen neben dem Eingang zur Höhle; sie ist stehengeblieben.

„Du mußt geschwind kommen, Farinet, mach schnell …"

Man hört, daß er ruhig und nur ein wenig erstaunt ist, denn er sagt: „Kommen – wohin?"

„Mit mir kommen; es ist grad noch Zeit, sie werden gleich da sein, sie sind überall."

„Wer denn?"

„Die Landjäger."

„Ah!"

Und dann ist es still, man hört die Nägel an Joséphines Schuhen knirschen; dann steht er vor ihr, und das Windlicht läßt erkennen, daß er sich rasiert und ganz sonntäglich angezogen hat, mit einem sauberen Hemd, einem Kragen, einer Krawatte.

Sie sagt zu ihm: „Du hast dich schöngemacht, wo gehst du hin?"

Dann begreift sie, und dann muß sie lachen: „Das ist doch alles vorbei, Farinet ... Ach, weißt du das wirklich nicht?"

Sie schaut ihn an: „Du weißt es nicht, das ist wahr, du weißt nichts ... Also: man hat bei der Postmeisterin gestohlen ... Ja, man hat ihr die Banknoten genommen; die hat man durch Goldstücke ersetzt, deine Goldstücke ... Und du weißt nicht, wer diesen Streich gespielt hat, Farinet? Nein, es ist wahr, du weißt nichts, du lebst hier in deinem Loch."

Er findet keine Antwort.

„Du weißt es nicht? Nun, ich war's ..."

Dann redet sie leiser: „Farinet ... Du hast gesagt, wir hätten kein Geld ... Farinet ... wir mußten Geld haben, richtiges ... Verstehst du?"

Sie ruft ihn, denn er scheint sie nicht zu hören: „Farinet! ... Und jetzt, Farinet, hab ich das Geld ..."

Sie zeigt auf ihre Brust: „Ja, Farinet, achthundert Franken ..."

Da schüttelt er den Kopf, und er sagt: „Dann halt nicht."

„Was heißt das: Dann halt nicht?"

Er seufzt, er sagt noch einmal: „Dann halt nicht."

„Oh, Farinet ..."

Und sie läßt ihr Bündel fallen, sie faßt ihn am Arm: „Kommst du?"

Er sagt: „Nein."

Da ändert sich ihr Ton. Sie sagt zum zweitenmal: „Kommst du? Nein, du willst nicht?"

Sie sagt zum drittenmal: „Du willst nicht?"

XVI

BEKANNTMACHUNG

Man konnte erst dieses Wort lesen, das als Titel dastand. Es war in schöner Rundschrift oben auf ein großes Blatt gesetzt, das ganz beschrieben war, doch konnte man es noch nicht lesen. Man konnte erst den Titel lesen, und der alte Bruchet war gekommen und hatte ihn gelesen.

Er schlief kaum mehr, er war zu alt und von Rheuma ringsum geplagt.

Er hatte eben erst die Augen zugemacht, da wurde er durch einen Schmerz in der Schulter oder im Bein oder in der Hand oder im Rücken geweckt; so zündete er die Lampe an, aber er sah, daß es noch nicht einmal drei Uhr war, er löschte sie wieder, und dann zündete er sie wieder an, weil ihm langweilig wurde im Bett.

Und er war bald angezogen, denn er zog sich kaum mehr aus. Er machte die Tür auf: es war fünf Uhr morgens. Und alles schlief noch, aber er sieht gegenüber, hinter dem Gitter des Anschlagbretts, das Papier, das am Tag vorher noch nicht dort war. Er muß nur über die Straße gehen, er stützt sich auf seinen Stock dabei.

Nun wird es ein wenig hell, das Tageslicht kommt so ruckweise, wie wenn einer den Docht einer Lampe hochschraubt; und man sieht: hinter dem alten Gitter vor dem Holzkasten, der am Gemeindehaus angebracht ist, wird das Papier weißer, und die Buchstaben werden schwärzer, weil die zwei Farben auseinandertreten.

Er liest:

BEKANNTMACHUNG

Und man sieht jetzt neben dem Titel das Walliser Wappen mit seinem Sternenfeld, und gleichzeitig sieht man auch in der Straße, die noch voll von braunem Staub ist, Fenster da und dort hell werden.

Er lehnt sich an seinen Stock, er hat Zeit:

BEKANNTMACHUNG

Und da, das Licht macht wieder einen Ruck, und der Docht des Tages wird noch etwas länger gezogen:

Unsere Landjägerei sucht und verfolgt Farinet, der zu neun Monaten ...

Ah, nun hört man einen Schlüssel, der an einer Tür gedreht wird, man hört das Geräusch von Schritten auf Treppenstufen; aber er liest weiter, liest Wort für Wort:

... Gefängnis verurteilt ist wegen der Herstellung falschen Geldes. Behörden und Bürger werden aufgefordert, unseren Beamten ihren Beistand zu leisten, wann und wo immer es notwendig sein wird ...

Er hört, daß einer ihn fragt: „Was ist das, Vater Bruchet?"

Er sagt: „Kommt und seht."

Und so stehen sie zu zweit in der schönen rötlichen Dämmerung, jeder liest von seiner Seite her.

„Ah!" sagte der Mann, der dazugekommen war, „ah, aha, sie haben schnell gemacht ..."

Und liest nun auch:

und sieht das Kantonswappen auch mit seinen elf Sternen; dann:

Wir weisen die Gemeindebehörden an, das notwendige Personal aufzubieten, um Tag und Nacht, bis auf neue Weisung, die Zugänge zu ihrer Gemeinde und die Brükken, die zu ihnen führen, unter Bewachung zu halten, mit dem Befehl, Farinet zu verhaften, wo immer er aufgefunden wird, und ihn unserer Polizei auszuliefern ...

„Habt ihr's gelesen?"

Und der Mann zeigt mit dem Finger auf den Satz; aber ein anderer sagt: „Nun – und?"

Es sind jetzt fünf oder sechs. Und dieser andere sagt: „Wißt ihr nicht, daß sie Crittin verhaftet haben?"

„Wie – Crittin?"

„Ja, gestern, am Abend noch, als er das Café schloß ... Und dazu noch haben sie alles im Haus auf den Kopf gestellt; und so haben sie auch sein Gold gefunden."

„Nicht möglich."

Sie reden alle zugleich; nur der alte Bruchet sagt nichts, weil er weniger rasch liest als die andern, weniger leicht:

Der Gebrauch der Waffen ist nur im Fall von Widerstand gestattet ... Die Regierung wird ohne Schonung jedermann gerichtlich verfolgen, der ihr wegen Verstoßes gegen Artikel 416 des Strafgesetzbuches angezeigt wird: Wer Personen verborgen hält oder verbergen läßt, von denen er weiß, daß sie zu einer Freiheitsstrafe verurteilt sind, wird mit Gefängnis bis zu sechs Monaten oder mit Buße bis zu 300 Franken bestraft ...

„Was? Da gilt's ernst!"

„Und das?"

Denn da steht noch:

Jedermann, der mit Worten oder auf andere Weise für Farinet eintritt, sei es in öffentlichen Lokalen, vor Polizei-beamten oder unter andersgearteten Umständen, wird ebenfalls als der Übertretung des genannten Artikels schul-dig betrachtet und vor Gericht gezogen ...

Und da sagen sie nun kein Wort mehr, sehen sich mißtrauisch um, weil von allen Seiten her Leute kommen: Frauen, Kinder; auch zwei Landjä-ger zeigen sich; bleibt gerade noch Zeit, den letz-ten Satz zu lesen:

Die Regierung hat beschlossen, die Belohnung für den-jenigen oder für diejenigen, welche die Verhaftung Fari-nets vornehmen, auf 300 Franken zu erhöhen.

Von dort oben sah man im Fernrohr zuerst nur ein weißes Rund mit grauen Haaren, wie Schimmel. Man muß sorgsam eine Walze in die andere gleiten lassen, das Rohr der eigenen Sehkraft anpassen.

„Oh", sagte Pierre, „was siehst du? Oh, gib es mir."

„Nein", sagte Félicien, „ich bin an der Reihe. Du kommst gleich wieder dran."

Die beiden standen da droben: am äußersten Rand der Weide, hoch auf den Felsen, die senk-recht zur Ebene abfallen. Bald würde die Herde zurückkehren; man hatte mit den Vorbereitungen schon angefangen.

Die gut geputzten Messingröhren glänzten in der Sonne, die gerade aufgegangen war.

Und wieder hatten sie unter sich das ganze Tal voller Nebel, die aufstiegen wie aus einem Bottich mit siedendem Wasser; ein riesengroßer ovaler Bottich, der ebenso tief wie breit war.

„Was siehst du, Félicien?"

„Warte!"

Unter ihnen ein riesiger Bottich, weit offen, klaf-fend; und sie auf dem Bauch nebeneinander im krausen Gras.

Félicien hatte die Ellbogen aufgestützt, zog den vorgestreckten Arm heran, hielt mit der anderen Hand das Fernrohr ans Auge. Um sicher zu sein, daß das Rohr richtig eingestellt war, visierte er bald den einen, bald den anderen Punkt an; er beeilte sich nicht.

„Mach vorwärts!"

Aber da streckte Félicien dem Pierre das Fernrohr hin: „Man sieht nichts. Da, du bist dran."

Denn die Dünste stiegen herauf: manche weit ausgebreitet, als Decken auf den Hängen, manche grauer und durchsichtiger, flach über der Ebene ausgespannt, so daß man nicht hinunterblicken konnte.

„Aha", sagte Pierre, „du gibst es mir, weil man nichts sieht. Und wenn man dann wieder sehen kann ..."

Aber im selben Augenblick fing ein leichter Nordwind von hinten her zu wehen an, kühl an die Ohren; dann läßt er sich den Hang hinabgleiten, faßt diese Nebel von unten an. Er wirkt wie ein Hebel, oder wie wenn man mit der Grabschaufel einen Erdklumpen aufschnellen läßt. Man sieht auf einmal die Wolken geschwind herauf- und vorbeiziehen und dann, nach Süden getrieben, über den Bergzug gleiten; und da konnte man nun schon von bloßem Auge sehen, wie drunten das Dorf auftauchte, schön abgestaubt, wie wenn man ein Zimmer mit dem Federbesen geputzt hat, und der Talboden trat wieder mit seinen Farben hervor, mit den grünen Wiesen, den gelblichen Stoppelfeldern, den Wäldchen, und man sah Büsche wie Kräuter, Straßen wie weiße Fäden, und dazu die Rhone wie eine andere, grauere, breitere und launenhafter angelegte Straße, eingefaßt von ihren unbewegten Sandufern, eine Straße in Bewegung.

„He!" sagte Pierre auf einmal, „ich sehe ein paar ..."

„Wo denn?"

„Einer", sagte Pierre, „einer, zwei, drei, vier ..."

Er hielt das Rohr abwärts, nach der Gegend östlich vom Dorf, auf der anderen Seite der Schlucht: „Und da, fünf, sechs ... und noch zwei ..."

„Oh, gib es mir bitte, bloß einen kleinen Moment ..."

„Aber du gibst es mir sofort zurück ... Dort, siehst du ..."

Félicien muß die Röhren wieder einstellen; dann sieht er in dem hellen Rund am Ende ein Stück Weg auftauchen, zwischen einer steinigen Böschung und einer Ecke Rebland; dann kommen auf dem Weg die schwarzen Punkte zum Vorschein, nicht viel größer als Fliegen, aber sie glänzen, sie werfen in Abständen einen hellen Schein.

Das ist der Schild eines Käppis oder der Zündpfannendeckel eines Gewehrs oder das Heft eines Dolchs; und tatsächlich sind es acht Landjäger, Félicien zählt sie auch. Und es ist östlich vom Dorf; aber da ist noch die Ebene, weiter südlich, und auf der Seite dort kommt die Straße vom Hauptort.

Sie zählen beide, einer nach dem andern; dort sind es zehn, zehn Landjäger, die zu zweien daherkommen.

Ein wenig außerhalb von Mièges und südlich, auf der ebenen und nackten Straße; und so werden die zwei Truppen gleich beim Dorf anlangen, von zwei Seiten her, und können Stellung nehmen an den beiden Enden der Schlucht.

Und Pierre sagt: „Sicher gehn sie über die Brücke nach Chiésaz."

Und Félicien sagt: „Und die anderen nehmen das Dorf dann von unten her; das ist ein Manöver. Ach, der arme Farinet!"

Aber Pierre sagt sofort: „Ach, den erwischen sie nie."

„Meinst du?"

„Nie im Leben! Er ist viel zu schlau und viel zu flink; ich bin sicher, er kommt zu uns herauf, wie das letztemal."

Er hat jetzt wieder das Fernrohr und läßt es unter sich umhergehen, den Kopf über den Rand des Steilhangs gestreckt, unter dem schönen Himmel, der hellen Sonne; aber niemand ist auf dem Weg. Da gibt Pierre das Fernrohr wieder dem Félicien. Dann zieht er sein Taschentuch hervor, knüpft es auf, und die Münze ist im Zipfel.

Er nimmt sie heraus an die Sonne, und sie glänzt; er sagt zu Félicien: „Hast du deine?"

Félicien nickt mit dem Kopf: er hatte sie.

„Also", fährt Pierre fort, „wenn er wieder herkommt, gibt er uns sicher noch eine. Meinst du nicht auch?"

Aber er wird unterbrochen, denn Félicien sagt: „Schau dort. Was ist das?"

Und dort unten, in der Ebene, hinter den Landjägern, kommen drei kleine schwarze Punkte herauf, und zwei davon glänzen, aber der in der Mitte glänzt nicht.

„Weißt du", sagt Félicien, „das ist eine Frau."

„Eine Frau?"

„Ja, man sieht nicht unten durch ..."

Es war wirklich eine Frau; es war Joséphine.

Mitten in der Nacht war der Mann, der auf dem Polizeiposten von Sion die Wache hatte, aus dem Schlaf geschreckt worden; denn er schlief, die Ellbogen auf dem Tisch. Er hebt mühsam den Kopf, öffnet die Augen halb, die vom Schlaf noch vernebelt sind; und er sagte zu sich: Was gibt's? Dann sagt er sich: Klopft denn da einer?

Und es wurde tatsächlich geklopft, es wird wieder und stärker an die Glastür geklopft, vor der ein Vorhang aus grau gewordenem Stoff hing.

Sie konnte zuerst nicht reden, sie war so außer Atem, sie war zwei Stunden gelaufen, und der Landjäger fragte sie: „Was gibt's denn?"

Sie lehnte am Türrahmen, und sie öffnete nur ganz weit den Mund, und er fragte: „Nun, was gibt's denn?"

Und da sagte sie: „Kommen Sie rasch."

Dann sagt sie: „Farinet ... kommen Sie ... Ich will Ihnen zeigen ... Kommen Sie rasch ... den Weg ... Die Ausgänge ..."

Da wurde der Wachtposten auf die Beine gebracht, man holte den Kommandanten, der fragte sie aus; dann, als der Morgen kam, ließ man sie in den ersten Zug steigen, mit einer der Landjägereinheiten.

Auf einmal begann sie zu reden, sie hatte lange Zeit nichts gesagt (rechts von ihr gleiten inzwischen die Weinberge langsam vorbei, die Züge fuhren damals ja noch nicht schnell, man hatte die Linie erst vor kurzem eröffnet, und die Bahn hielt an allen Stationen).

Sie war allein im Abteil mit dem Wachtmeister und dem anderen Landjäger; auf einmal sah sie den Wachtmeister an, und vielleicht war es, weil er alt war, einen grauen Schnurrbart hatte:

„Herr ... Herr Offizier ..."

Sie sitzt neben ihm, sie hat den Kopf gehoben; und ein Weinberg geht vorbei mit seinen Stöcken, die man zwischen den Blättern hindurch sieht, die gelb werden, und den Trauben, die sich braun färben: „Oh, ich bin nicht das, was Sie denken. Ich bin sogar sicher, daß Sie meinen Vater gekannt haben, denn Sie sind in seinem Alter ..."

Das sagte sie.

„Pellanda", sagte sie. „Pellanda, Joseph ... Darum heiße ich Joséphine. Er war Maurer ... Wir sind Italiener, aber das macht nichts; wir haben das Recht, Italiener zu sein ... Er war als ganz kleiner

Junge gekommen, als Mörtelträger ... Aber", sagte sie, „was macht man nun mit ihm, mit Farinet, mein Gott, Herr Offizier? ..."

Der Wachtmeister gab keine Antwort, er nickte nur ab und zu mit dem Kopf, wie um zu zeigen, daß er schon zuhörte; und das gab ihr Mut, sie redete, sie redete weiter.

„Sie wissen, das ist so der Brauch ... Die italienischen Arbeiter stellten sich einen Jungen an, als Mörtelträger. Sie kamen über den Simplon oder über den Großen Sankt Bernhard, im Schnee ... Mein Vater hat es mir oft erzählt ... Aber Sie müssen ihn gekannt haben, Herr Offizier, und meine Mutter auch; nur um Ihnen zu sagen ... Denn sie war eine Hiesige, eine Zufferey ... Und mein Vater ist nie wieder nach Italien gegangen; nur um Ihnen zu sagen ... Nie, nie, seit er dreizehn war, bis er starb ..."

Der Wachtmeister nickt mit dem Kopf, der Zug pfeift; dann wacht der Donner unter den Rädern auf, denn man fährt über die Rhone.

Man ließ sie aussteigen. Sie ging, man hielt sie an einem Arm und am anderen; sie schwieg jetzt wieder. Sie ging, und um sie zum Stehen zu bringen, mußte man nur an den Handschellen ziehen; nur in der anderen Richtung ziehen, wenn sie stehenblieb. Man hat sie kommen sehen, schon lang bevor sie in Mièges ankam, aus den Fenstern der Häuser. Man hat sie sich lang vorher schon gezeigt, ganz unten noch, in der Ebene; und die Leute kamen zum Dorf heraus, um sie besser zu sehen, sie bildeten Gruppen an der Mauer, die der Straße entlangführt. Oben in den Felsen sind die beiden Buben mit dem Fernrohr; und weiter unten, vor Romaillers Haus, stand Romailler, mit dem Meister, der vorbeigekommen war, um ihm guten Tag zu sagen.

Da sagte nun Romailler: „Traurig, das alles; ich

begreife überhaupt nichts ... Er hätte mir gestern abend die Antwort bringen sollen, er hatte es mir sagen lassen ..."

Romailler schüttelte den Kopf; er sagt weiter: „Und hier klappt es auch nicht; ich weiß nicht, was die Kleine hat ... Sie schaut finster drein, sie weint; sie hat heute morgen nicht aufstehen wollen ..."

Und der Meister sagte zu ihm: „Kommt Ihr mit? Ich möchte sehen, was passiert ..."

Romailler will nicht.

Und inzwischen kam sie, sie kam immer näher. Man schwieg still, so gut man konnte, wegen der sechs Monate Gefängnis, mit denen die Bekanntmachung drohte. Man zeigte mit einer Kopfbewegung darauf. Der Zettel leuchtete jetzt ganz weiß hinter dem rostigen Gitter:

BEKANNTMACHUNG

... Jedermann, der mit Worten oder auf andere Weise für Farinet eintritt ...

Er leuchtete jetzt weiß, ganz weiß, hinter seinem verrosteten Gitter; man zeigte ihn sich, wenn man vorbeiging. Und sie kam näher, sie und die beiden Landjäger. Man sieht sie kommen, zwischen den beiden hergehn. Sie gingen rasch, sie gingen in gleichem Schritt, streckten zusammen das rechte Bein, das linke Bein vor, hatten ihre Gangart trotz der Steigung nicht verlangsamt. Man sieht sie, man stand an der Straße beim Dorfeingang, und sie kam so rasch wie die Landjäger, es blieb ihr nichts anderes übrig. Der Wachtmeister hielt mit der linken Hand das Ende der einen Kette, der andere Landjäger mit der rechten Hand das Ende der andern; und ihre Hände hingen herab, aber ihre Hände wurden hinaufgezogen, sobald sie den Schritt verlangsamte. Rot, staubbedeckt, das Mieder halb aufgeknöpft, mit bloßem Hals, eine Haarflechte aufgelöst, sie hing an der Wange herunter – und mit einemmal sieht sie uns, da will sie stehenbleiben, aber gleich wird sie vorwärtsgezogen.

„Ah, Judas!"

Das war Fontana.

Die meisten Leute hatten sich indes schon von der Straße zurückgezogen, vorsichtshalber, sie waren in die Hausgänge getreten oder hinter eine halboffene Tür geschlüpft; es sind fast nur noch zwei, drei Frauen da und der alte Bruchet mit seinem Stock; der alte Bruchet spuckt dreimal aus, wie sie an ihm vorbeikommt.

Eine Frau schlägt das Kreuz.

Eine andere zieht ihr kleines Mädchen an sich, versteckt sein Gesicht hinter ihrer Schürze; sie kommt vor Crittins Café, das geschlossen war, sie scheint es nicht zu bemerken, sie hebt den Kopf nicht einmal.

Und man denkt: Wo führt man sie hin? Denn sie hatte das Dorf durchquert (man durchquert es allerdings rasch), und nachdem sie das Dorf durchquert hatte, war sie noch nicht stehengeblieben, das heißt, die Landjäger hatten ihren Weg fortgesetzt – und da kommen die Leute wieder zum Vorschein. Die Leute kommen wieder aus den Häusern oder das Gäßchen herab; sie fangen an, in einiger Distanz zu folgen.

„Ah, das Luder! Wo geht sie hin?"

Doch sie sind bald soweit, daß sie es wissen: am Ende der Straße.

Von da sieht man weit über diesen ganzen Dorfteil, bis zur Schlucht und darüber hinaus.

Über das ganze unbewohnte, nur halb bebaute Gebiet, mit den paar Reben, gar keinen Bäumen, dann Farinets Haus in seinem verwilderten Garten und weiter unten die Turmruine; sie ging immer noch zwischen den beiden Landjägern her.

Man sieht, daß eine Wache auf halbem Weg zwischen Farinets Haus und dem Turm postiert stand.

Man sieht, daß sie dorthin geführt wurde.

Der Kommandant selbst, Herr de Sépibus, kam ihr entgegen; und in diesem Augenblick hörte man eine Stimme: „He! Seht ihr nicht? Auf dem Turm ..."

Jemand war oben auf dem Turm erschienen. Dieser Jemand kehrt sich zu uns. Er hebt den Arm.

Dieser Arm hält ein weißes Taschentuch, dieser Arm macht eine Bewegung zu uns hin, gibt uns ein Zeichen.

Das war er; er sagte uns Adieu.

Farinet sagte uns dreimal Adieu; zur gleichen Zeit war sie stehengeblieben.

„Los, vorwärts", sagte der Wachtmeister.

Und er zog an den Handschellen, aber sie warf sich zurück und leistete Widerstand.

„Er war es nicht ...", sagte sie.

Man verstand sehr gut, was sie sagte, die Entfernung war nicht sehr groß:

„Er war es nicht ... Er hat nicht gestohlen ... Ich war's ... Nein, ich gehe nicht ... das ist nicht recht! ... Nein, ich zeige euch nicht ..."

Dann spürt man, wie der Boden unter den Füßen zittert.

Eine weiße Säule, wie wenn einer behutsam den Pfeifenrauch aus dem Mund läßt, steigt neben dem Turm auf, und ein paar Steine fallen herab, während andere, kleinere, grad in die Luft steigen; und dann stößt einen der Knall vor die Brust wie ein Faustschlag.

Das war Farinet, der seine erste Mine springen ließ.

Die zweite geht gleich danach los, sie läßt das Haus einstürzen, das weich auf den Boden kommt, wie ein Ballon, der unter einem Nadelstich zusammensinkt.

Und das Dach, das über den Ästen war, lag jetzt unter ihnen.

Er hat uns Adieu gesagt; aber vorher hatte er *ihr* noch Adieu gesagt.

Wie er es angestellt hatte, um in jener Nacht, nach Joséphines Besuch, aus seiner Höhle zu kommen, das hat man nie erfahren. Aber gelungen war es ihm. Nicht um zu entweichen. Er hatte anderes zu tun. Hätte er entweichen wollen, er hätte es gekonnt. Es war nicht seine Absicht. Er ist einfach aus seinem Loch heraus- und nachher wieder hineingegangen. Um Thérèse adieu zu sagen. Einen langen Augenblick war er nach Joséphines Weggehen sitzen geblieben, bei dem Windlicht, das an der Wand hing, und hatte sich nicht gerührt in seinem schönen Sonntagsgewand, und von Zeit zu Zeit schüttelte er den Kopf mit dem neuen Hut. Er schüttelte den Kopf und die glattrasierten Wangen: wieder eilt es ihm nicht, wieder hatte er Zeit. Man muß zuerst einmal sehen, daß das, was man möglich geglaubt hat, unmöglich ist. Lange schüttelt er so den Kopf, dann hebt er ihn wieder, schaut grad vor sich hin in dem weichen und schwachen Licht der Lampe, die in der Luft einen nebligen Kreis macht wie der Mond, wenn das Wetter umschlagen will. Was sieht er? Er sieht etwas. Er sieht, daß das nicht geht. Er nimmt sein Notizheft aus der Tasche, ein Wachstuchheft mit einem Gummiband; er schreibt etwas auf ein leeres Blatt, das er herausreißt, dann einmal faltet. Er zieht sich nicht um; das lohnt sich nicht mehr. Er geht gemächlich zu dem Windlicht, nimmt es in die Hand, dann geht er gebückt durch den Gang, der zur Leiter führt. Aber etwas vor der Stelle, wo die Leiter war, sah man eine Abzweigung, und rechts war ein zweiter Gang, den wählt Farinet jetzt. Er war niedriger als der andere, dieser Gang, und nicht so gut ausgebaut; aber Farinet muß sich nur bücken, die Schulter seitlich gestellt, den Hals grad voran, den Arm ausgestreckt, und das kleine Licht zitterte in seiner Hand wie die Lampe eines Bergmanns. Denn der andere Ausgang war sicher bewacht, so hatte er zur Vorsicht diesen gewählt und nahm einmal an, er werde nicht auch bewacht sein, aber das konnte er ja noch feststellen. Das tut er nun. Er kam schließlich zu einer alten, halbverfaulten Holztür, die mit einem Riegel abgesperrt war. Er horcht. Nichts zu hören. Er zieht behutsam den Riegel zurück. Noch immer war nichts zu hören, er macht die Tür auf. Da sieht es aus, als hätte er eine zweite vor sich, aber bei näherem Zusehen zeigte es sich, daß es die Rückseite eines Fasses war, das an der Mauer stand, das er nur wegschieben muß. Dann horcht er noch einmal lange. Niemand war da. Er merkt, daß die Landjäger noch nicht zahlreich genug sein konnten, um alle Wachtposten zu besetzen. Aber aufpassen mußte er. Er mußte noch einen Augenblick aufpassen, um sich nicht greifen zu lassen; dann muß er nicht mehr aufpassen.

Er hat sein Gewehr nicht bei sich, aber eine Pistole mit sechs Patronen, neues Modell, er hat sie in den Gürtel gesteckt; er kommt noch einmal an die freie Luft. Kommt ein letztes Mal in das Licht der Sterne, das wie ein leichter Staub um ihn liegt, oben auf den Blättern, während er unter den Büschen hinaufklettert, dann ist er in den Reben. Da steht er einen Augenblick still. Er sieht einen Wachtposten grade unter sich vorbeigehen und sich zur Schlucht wenden, ein schwarzer Fleck, der sich abhebt vom blauen Gelände. Er muß sich nur einen kurzen Augenblick ruhig halten. Er kann wieder anfangen zu denken. Es ist besser so, sagt er sich. Es ist besser so für beide. Er denkt an die eine, er denkt an die andere. Er hätte sie unnötig leiden lassen. Denn sie ist ein gutes Mädchen, die Joséphine, ich bin ihr nicht böse. Die ist ein gutes Mädchen, ein wenig eifersüchtig, aber sehr anhänglich. Er begann wieder weiterzugehen. Und wenn Romailler eingewilligt hätte ... Nein, sagt er sich wieder, ich hatte nicht das Recht ... Thérèse weiß nicht, was das Leben ist ... Ich bin wild geboren; ich werde wild sterben.

Er sieht, daß er jetzt nur noch ein paar Schritte von Romaillers Haus entfernt ist; alles ruhig, er hat keine Eile, und noch einmal setzt er sich hin, in der guten Luft, im feuchten Gras, hinter einem Strauch ... Es ist besser so. Ich werde mich nicht ergeben, und sie werden mich nicht lebendig haben ... Das ist die Wahrheit, sagt er sich, das werde ich tun – und er schaut sich noch einmal um.

Unter dem schwarzen Himmel erschienen die Berge in verschwommenem Weiß. Sie hingen in der Luft wie ein leichtes Spitzengewebe, sie schwebten auf halber Höhe des Himmels, weil ihr Unterbau dunkler war und mit der Finsternis eins wurde. Ich ergebe mich nicht, ich bleibe frei bis zum Ende wie ihr. Er spricht zu den Bergen.

Von Osten nach Westen, von Norden nach Süden, von rechts nach links, alle sieht er sie wieder, die italienischen, deutschen und die mit den Namen aus der eigenen, lieben Sprache, die Pointe à Pierre, die Becca Nera, mit unseren Namen. Also bis zum Ende bei euch (er spricht zu den Bergen). Da ist die Wahrheit. Wie ihr mich gemacht habt, bis zum Ende (das sagt er ihnen). Sie haben gemeint, sie hätten mich wieder in ihrem Käfig, sie bekommen mich nicht, das ist besser. Also leb wohl, Thérèse, denn ich bin gekommen, um dir Lebwohl zu sagen. Lebt wohl, ihr Berge; und dann sage ich auch dir Lebwohl, Kleine, aber nicht sofort. Er spürt, wie seine Hände feucht werden im Gras, das ist gut. Also lebt wohl, ihr zuerst, Berge, bekannte und unbekannte; die italienischen, der Monte Leone dort vorn, dann die deutschen (er folgt mit den Augen den Spitzen des zartgrauen Gewebes, das stellenweise blau schimmert wie Wäsche, die man gebläut hat), das Matterhorn, die Dent d'Hérens, die Dent Blanche, der Grand Cornier. Jene, die man mit einem Namen nennt, den man im Leib der Mutter gefunden hat, die lieben, die guten, die mütterlichen, jene, die man gut kennt, den Colon, den Pigne d'Arolle, die Ruinette (noch einmal); den Combin, den Vélan, die Jorasses, den Mont Dolent. Dort aber ist ein Tal, dessen Einschnitt an der Bergkette sichtbar wird, so gut zeichnet er sich ab, ein tiefes, ein langes Tal, und am Ende dort liegt es wie ein Sack voll Kristalle, so eng sind alle die Nadeln zusammengedrängt: die Grüne, die Rote, die Aiguilles d'Argentières, Dru, du Tour, und da sind wir zu Hause. Er sagt: „Zu Hause." Er sagt adieu. Dort liegt sein Dorf; da geht er geschwind noch einmal hinüber mit seinen Gedanken: dort ist der hohe Übergang, mit den Hunden, mit den Mönchen, mit dem kleinen See, ja – adieu! Mit den Schneelöchern am Ufer des Sees, das ganze Jahr durch, mit dem hohen grauen Haus, seinem Wellblechdach – aber treu bleibe ich euch bis zum Ende, denkt er, also lebt wohl –, und in einem kleinen Haus ohne Fenster sind die Toten aneinandergereiht, aufrecht oder sitzend an der Wand, in ihren Gewändern, und einer von ihnen hält seinen Kopf auf den Knien.

Euch treu bis zum Ende, ihr Berge, euch und der Freiheit; denn er spricht weiter, und nun die Tour Saillère und die Dents du Midi und andere Gipfel, die weiter hinten sind – in Savoyen oder in der Dauphiné; nun leb wohl, ganze Welt, lebt wohl, ihr Länder der Erde, er sieht sie alle noch einmal – und der Himmel ist schwarz, die Sterne sind weiß, nichts rührt sich rings um ihn her.

Das ist der Augenblick. Er sieht, das ist der Augenblick. Er zieht die Schuhe aus.

Er steht auf, er bewegt sich ganz sacht, seine Hand stellt fest, daß die Pistole noch im Gürtel steckt – und keinen Lärm machen, denkt er.

Daß sie mich nur nicht hört wenn sie schläft, daß sie mich nicht einmal hört, wenn sie wach ist. Ich wollte ihr nur adieu sagen.

Er sucht eine Stelle, wo er durch das Gebüsch schlüpfen kann, ohne daß man etwas hört.

Er zieht das Heft aus der Tasche. Er nimmt das Blatt, das er herausgerissen und gefaltet hat; dann bückt er sich, nimmt einen großen Stein auf, hält den Stein und das Blatt in der einen Hand, mit der anderen faßt er den Zaun.

Denn er will das Gartentor nicht aufstoßen, weil es quietschen könnte. Er steigt über den Zaun; er sieht, daß die Fensterläden im unteren Stock fest geschlossen sind. Er sieht, daß dafür die Läden an dem Zimmer darüber nur halb zugezogen sind, das ist ihr Zimmer. Er macht kein Geräusch, wie er zuerst ein paar Stufen hinaufsteigt; dann drückt er sich an die Mauer, den Fuß auf dem Sims, beugt sich vor.

Er legt den Zettel auf das Fenstersims und den Stein auf den Zettel.

Ich wollte ja nur adieu sagen.

Er steigt an der Mauer wieder herab und macht keine Geräusche; sie kann nichts gehört haben.

XVII

Als der Morgen kam, war die Schlucht vollständig umzingelt. Der Kommandant de Sépibus hatte Posten aufgestellt an allen Zugängen und überall dort, wo sich Farinet auch nur die kleinste Möglichkeit zu entweichen geboten hätte. Dann hatte er Joséphine kommen lassen, um sie noch einmal zu vernehmen.

Es waren wohl zehn Leute, die da an einem großen Tisch im Saal des Gemeindehauses saßen. Außer dem Herrn de Sépibus waren der Gemeindeammann und die vier Gemeinderäte, darunter Romailler, der Gemeindeschreiber, Frau Rey und ihr Sohn da; auf der Seite zur Tür blieb der Tisch frei.

Dort erschien sie; dort blieb sie stehen. Ein Landjäger stand rechts neben ihr und ein anderer Landjäger links. Ihre Arme standen wegen der Handschellen ein wenig vom Körper ab. Und bevor Herr de Sépibus Zeit fand, das Wort zu ergreifen, sagte sie: „Nein, er war's nicht ... Und das ist nicht recht, denn er war es nicht, ich war's ..."

„Schweigen Sie!" sagte Herr de Sépibus.

„Nein", sagte sie, „nein ..."

Sie hatte vergessen, daß ihre Hände gefesselt waren, sie versuchte sie zu heben, das gab ein Geräusch, wie wenn eine Ziege am Zaun mit ruckartigen Bewegungen ihr Glöckchen schüttelt.

„Schweigen Sie! ... Sie täten besser, uns zu sagen, wie Sie es angestellt haben, in das Postamt einzudringen ... Wenn wirklich Sie es waren, wie Sie ständig behaupten ..."

„Ja, ich war's."

„Schweigen Sie ... Frau Rey ..."

„Eben ja", sagte Joséphine, „Frau Rey kann Ihnen das sagen. Und daß sie das Büro nach der Straße gut abgesperrt hat, aber nicht nach dem Garten ... Denn ich war es, ganz sicher; er ist unschuldig ... Ich schwöre Ihnen, er ist unschuldig ... Gibt es nicht etwa eine Gerümpelkammer im Erdgeschoß? Wußte ich das etwa nicht? Und an dem Fenster war eine Scheibe zerbrochen. Nicht wahr, Frau Rey? ... Sehen Sie, Herr Kommandant? Ich brauchte nur hinzugehen und das Fenster zu öffnen. Und wenn man einmal in dem Zimmer ist, so führt eine Tür ins Büro hinüber, nicht wahr, Frau Rey? Und der Schlüssel zu der Schublade, Frau Rey, Sie wissen ja, wo Sie den versteckt hatten, und ich weiß es auch ... Ja, in einer Ecke des Pults, da war er, unter alten Papieren und Registern ...“

Frau Rey nickt mit dem Kopf, weil man auf sie schaute. Sie war tatsächlich weniger aufgeregt, seit man ihre achthundert Franken gefunden hatte.

„Nun, Herr Kommandant, Sie sehen, ich mußte den Schlüssel bloß nehmen, und dann habe ich die Schublade aufgemacht und habe die Scheine herausgenommen und habe die Goldstücke an ihre Stelle gelegt ... Nicht er war es, ich; oh, was habe ich nur gedacht? Und was wollen Sie ihm nun antun? Oh, tun Sie ihm nichts; er ist unschuldig, sage ich Ihnen. Ich wollte ihn dazu bringen, daß er mit mir kommt; denn er wollte nicht fort. Er sagte, er habe kein Geld. Und da sagte ich mir: Wenn er Geld hat, kommt er mit. Aber er wollte nicht kommen ...“

Wieder machte sie eine Bewegung mit den Händen, die nicht ganz festgeschnallt waren; wieder hört man das Klingeln der dünnen Ketten, während sie sich zu Baptiste Rey kehrt: „Und an all dem sind Sie schuld ...“

Er sagt: „Ich?“

„Ja, Sie.“

Er versucht zu sagen: „Warum?“

„Ach, Sie erinnern sich vielleicht nicht ... Ja, Sie, als Sie damals kamen ...“

„Schweigen Sie!“

Baptiste wurde ganz bleich. Aber der Kommandant de Sépibus fuhr wieder dazwischen: „Schweigen Sie!“

Sie gehorcht; wenigstens einen kurzen Augenblick lang gehorchte sie und schwieg still.

„Also, Sie bleiben dabei, daß Sie es waren? ...

Schreiber, protokollieren Sie ... Daß Sie diesen Diebstahl begangen haben ..."

„O ja, Herr Kommandant, o ja, das war ich, und er hat nichts getan ... Also, Herr Kommandant ..."

Ihre Stimme wurde anders: „Ihm werden Sie nichts tun, nicht wahr? Und ich bin schon genug gestraft. Das ist schwer, wissen Sie? ..."

Romailler und der Ammann senkten die Köpfe. Das Verhör ging weiter. Dann führte man sie ab; Frau Rey und ihr Sohn verließen den Saal nach der anderen Seite.

Und die Herren, die nun allein waren, fingen an zu beraten.

Romailler sagte: „Vielleicht ist das nicht ganz recht, und man sollte ihn nicht bis zum Äußersten treiben ..."

„Meine Herren, wir haben es hier mit zwei Vergehen zu tun: das Vergehen des Aufsichtsbruchs und dasjenige des Diebstahls ... Vorausgesetzt, daß Farinet das zweite nicht zur Last fällt, was ich glauben will, so ist er immer noch für das erste Rechenschaft schuldig."

Denn Herr de Sépibus redete gut.

„Ganz abgesehen", fuhr er fort, „von der Herstellung falschen Geldes ..."

„Das stimmt", sagte Romailler, „aber er ist kein übler Bursche ..."

„Und", sagte Herr de Sépibus, „da ich den Auftrag habe, ihn tot oder lebendig zu fangen, muß ich diesem Auftrag auch nachkommen, zumal nun eine beträchtliche Landjägertruppe aufgeboten worden ist. Eine solche Übung bläst man nicht einfach wieder ab."

„Immerhin", sagte der Ammann ... „Könnte man nicht doch ...? Man mag ihn hier, wissen Sie ..."

Wirklich gab es in der Gemeinde viel Unzufriedenheit. Da man sich nicht traute, diese Dinge auf der Straße zu bereden, zog man sich hinter die halbgeschlossenen Stalltüren zurück. Sie redeten leise an jenem Morgen: „Was ist zu tun?" Da war Fontana, da war Ardèvaz; sie sagten alle: „Man sollte ihn befreien."

„Zu zweit oder zu dritt müßte man sein", sagte Fontana.

„Nur sind da die Wachen."

Alle Posten waren besetzt, das heißt alle Zugänge zur Schlucht: der Tunnel, das Bachbett selbst. Er saß fest wie eine Maus in der Falle.

„Und sie?" wurde gefragt, „wo ist sie?"

„Oh, sie ist im Gemeindehaus eingesperrt."

„Wenn ich sie da hätte", sagte Fontana, „würde ich sie erwürgen."

Sie sprachen leise im Stall, der noch leer war, weil man im Sommer nur eine Milchkuh dabehält und die andern noch nicht von der Alp zurück waren – eine Kuh, die auf ihrer Streu lag und friedlich wiederkäute, ganz in ihr Geschäft vertieft; und wir, wir haben doch unser Geschäft ... Aber eine Lösung fanden sie nicht.

Sie fanden keine andere, als mit dem Ammann zu sprechen, und gerade da sahen sie ihn, wie er mit Romailler zu seinem Haus hinaufging.

Sie erfahren, daß Romailler von Herrn de Sépibus autorisiert worden war, mit Farinet zu sprechen, bevor man Maßnahmen ergriff.

Romailler beugte sich also, die Hände um den Mund gelegt, über den Eingang zur Höhle vor; sie mußte ungefähr zwanzig Meter unter ihm liegen. Man konnte sie nicht sehen, denn die Steilwand trat an dieser Stelle ein wenig heraus.

„Farinet, ich bin es, Romailler, der Gemeinderat Romailler ... Ich habe dir etwas mitzuteilen ..."

Er schweigt; und das Echo, aufmerksam und immer zu Scherzen aufgelegt, kam aus seinen Verstecken hervor mit Rufen, mit Gelächtern, mit raunenden Stimmen, über lange Zeit, und übertönt das Rauschen des Wassers.

Das Echo hatte gehört, aber er?

„Oh", sagt Herr de Sépibus, „wenn er nicht hört, dann will er eben nicht."

Er stand da mit den Gerichtsbeamten und mit drei Landjägern, einer hatte eine Trompete; er fährt fort: „Aber reden Sie kurz und machen Sie Pausen, wenn Sie wollen, daß er Sie versteht."

„Farinet ..."

Nichts.

„Hörst du mich?" fing Romailler wieder an.

Nichts.

„Ich wollte dir sagen ... Joséphine Pellanda ... Sie hat gestanden ... Man weiß ..."

Nichts.

„Also, Farinet ... Ich wollte dir sagen ... Man wird das berücksichtigen ... Du mußt dich ergeben ..."

Das Echo kommt wieder: -geben, -geben, -geben, und stirbt dann ab; und das Rauschen des Wassers ist wieder zu hören.

Und erst einen Augenblick später kommt eine Stimme; und die Stimme sagt: „Nein."

Sie sagte ruhig Nein; sie sagte es sanft. Man wundert sich, daß sie von so nahe kam; das lange Schweigen hatte den Eindruck erweckt, er sei fort oder weit entfernt. Farinet war da ganz in der Nähe, sicher saß er am Eingang der Höhle; er redete, wie man an einer Feuerstelle miteinander redet, ohne daß man die Stimme erheben muß; er sagte: „Nein."

Romailler blickt auf den Kommandanten; der zuckt die Achseln.

Aber Romailler schöpft wieder Mut: „Was willst du tun, Farinet? ... Wenn du dich nicht ergibst ... Sie werden dich festnehmen ... Farinet, denk an deine Freunde ... Du hast Freunde, das weißt du ... Man hat dich gern ... Sie freuen sich, wenn du wiederkommst ... Sie haben mich geschickt ..."

Man hört wieder die Antwort kommen: „Nein."

„Sehen Sie", sagt Herr de Sépibus, „es hat keinen Sinn."

„Ich muß es doch nochmals versuchen ... Farinet, he! Farinet ..."

„Nein."

Die Männer warteten am Dorfeingang auf Romailler, denn man hatte ihnen verboten, näher heranzukommen. Sie sehen Romailler von weitem, wie er den Kopf schüttelt und ein enttäuschtes Gesicht macht. Im selben Augenblick hört man die Trompete: das waren jetzt die Maßnahmen.

Man hatte meinen können, die Landjäger würden sofort angreifen; denn die bloße Truppenverschiebung kostete den Staat große Summen. Aber man wußte, daß Farinet gut bewaffnet und sicherlich fest entschlossen war, sich zu verteidigen, und da hatte er eine große Überlegenheit, denn die Durchgänge waren eng, und die Zahl spielte keine Rolle mehr, die Zahl der Leute in diesen Durchgängen, wo nur einer aufs Mal hineinkonnte. Der Angriff hatte deshalb noch nicht stattgefunden, als sich am Nachmittag ein Mann meldete, der von Lignerolles war, einem Dorf in der Nachbarschaft, und sagte: „Gibt's eine Prämie? Wie hoch ist sie? Schön, laßt mich machen ... das ist mein Beruf ..."

Er war Gemsjäger, wie er erklärte.

„Ich kenne ihn nicht; ich habe nie etwas mit ihm zu tun gehabt. Ich werde ihm ja auch nichts tun. Habt ihr Seile?"

Man holte Seile.

Der Mann hatte schon seinen Plan; er sagte: „Man muß Leute auf die andere Seite der Schlucht schicken. Die legen auf ihn an; er kann dann nicht hervorkommen."

Er war ein kleiner, dürrer Mann mit einem braunen Knebelbart; er war anscheinend seiner Sache sicher und kümmerte sich wenig um die Meinung anderer, denn er sagte: „Schließlich ist das ein Räuber."

Er war mit zwei Pistolen zu sechs Schüssen versehen, neuen Modellen, wie sie Farinet hatte; nach seinen Weisungen seilte man ihn um die Leibmitte an. Er sagte nochmals: „Also wirklich dreihundert Franken?"

„Dreihundert."

„Die bekomme ich?"

„Wenn Sie ihn festnehmen."

„Also los."

Zwei Landjäger waren ein paar Meter hinabgestiegen, bis zu einer ersten Tanne, um die sie das Seil schlangen. Das war am Nachmittag des zweiten Tages.

Wieder kamen die Leute aus dem Dorf heraus; die Leute näherten sich allmählich, bildeten Gruppen, Männer und Frauen, voller Wut, denn sie sagten: „Was hat sich der einzumischen? Er ist nicht einmal aus der Gemeinde; wir schlagen ihm den Schädel ein"; aber vorderhand konnten sie nichts tun, nur trieb sie die Neugier, und man ordnete zwei Landjäger ab, um sie auf Distanz zu halten.

Inzwischen richtete man das Seil ein, dann ging eine Patrouille auf die andere Seite der Schlucht. Drei Männer waren es, die man kaum sah, denn sie suchten gleich Deckung, weit voneinander, hinter Felsblöcken. Und der Mann mit dem Knebelbart fing an hinabzusteigen. Er tat seine Arbeit; er schien sich darauf zu verstehen. Die Wand war nicht genau senkrecht und nicht ganz gleichmäßig; im Gegenteil voller Vorsprünge, Einzüge, gleichsam Verzögerungen, die den Abstieg erleichterten, aber verlangsamten. Der Mann suchte einen Halt; dann fand er ihn, gab den Landjägern ein Zeichen, das Seil ein wenig zu lockern; das taten sie. Nun sah man es einen Augenblick schwingen und sich krümmen wie eine Natter; und der Mann, mit neuer Bewegungsfreiheit, streckte ein Bein aus, streckte das andere aus. Alles geht in großer Stille vor sich, nirgends rührte sich etwas, denn man meinte, die Landjäger auf der anderen Seite der Schlucht machten Farinet angst. Der Mann stieg weiter hinab. Das Seil hatte sich wieder gespannt, es wird nochmals gelockert. Und gegen die Mitte der Strecke zu stand eine kleine Tanne, wo der Mann wieder Fuß faßte; dann winkte er wieder, daß man Seil gebe, und man ließ einen, zwei Meter nach; aber wahrscheinlich behinderte es ihn, wenn es zu straff wurde; darum winkte er, man solle noch mehr geben, und die Landjäger droben folgten mit den Augen jeder seiner Bewegungen; und man sah grad unter ihm den Strauch, der den Eingang zur Höhle verdeckte, dann nichts mehr als einen großen und trüben Schatten, in dessen Tiefe der Wildbach floß.

Man ließ also das Seil nach, wie der Mann es wollte; man ließ im ganzen vier oder fünf Meter hinab: in diesem Augenblick, als das Seil noch ganz durchschwang, hört man ein Rutschen und Steinekollern. Da steigt ein großes Gelächter auf, und man hört eine Stimme (kaum war der Lärm von den Steinen verstummt, die ins Leere schossen): „Ah! Sieh da. Ah! Du hast wohl gemeint ... Du hast gemeint, so einfach sei das ... Du hast wohl gemeint, ich wisse nichts ..."

Und das Gelächter griff mit einemmal bis zum Dorf über, denn da unten waren die Leute bereits im Bild: „Der ist hinuntergeplumpst! Recht geschieht ihm."

Der Mann war zu seinem Glück an dem Seil hängengeblieben, als er grade auf der Höhe des Strauchs war; aber offenbar war er verletzt.

Wieder kommt Farinets Stimme herauf: „Kommt ihn nur holen."

Er war nicht zu sehen. Er redete unter dem Busch, in der Tiefe: „Ihr müßt nur herabkommen. Mit Verrätern wird nicht gekämpft, und mit Tölpeln auch nicht."

Und der Mann stöhnte: „Ai! ai!" Dann: „He, ihr da oben! Ich kann mich nicht rühren, ich glaube, ein Bein ist gebrochen." Man sieht auch, daß sein Gesicht voller Blut war.

Zwei Landjäger müssen herabsteigen, während die andern das Seil anzogen; Farinet rührte sich nicht.

Er sagte: „Wie viele seid ihr da oben? Ich", sagte er, „bin hier allein ..."

Man mußte eine Leiter holen, um den Mann hinaufzuziehen; er war grade darunter, er ließ sie machen; er sagte: „Geht's?"

Er lachte. Er sagte: „Tut mir leid, daß ich nicht helfen kann", während der Mann laut jammerte, denn man mußte ihn um den Leib fassen.

„Nun? Wenn ich gewollt hätte ... Ich könnte euch alle herunterholen und müßte mich nicht einmal zeigen ... Denn wenn die meinen, sie hinderten mich, die dort auf der anderen Seite, so täuschen sie sich. Ich habe soviel Deckung, wie ich brauche, und ich glaube auch nicht, daß sie sehr gut sehen ... Los, schießt nur ..."

Und er hält seinen Hut in die Höhe.

Ein Schuß fällt.

„Daneben!"

Ein zweiter Schuß.

„Daneben!"

„Langsam", sagte der Mann, „gebt auf mein Bein acht!" Die Bergung dauerte zwei volle Stunden, und als sie beendet war, kam der Abend.

Man brachte den Mann nach Saxon ins Krankenhaus. Die Nacht war still.

XVIII

Aber am nächsten Morgen wollte er von seinem Brot nehmen; und da sah er, daß nur ein kleines Stück Rinde übrig war, das ißt er nun auf.

Er fährt mit der Hand über die Felskante, wo er seine Vorräte hinlegte; er sieht, daß nur noch Brosamen da sind: der Käse, das getrocknete Fleisch, die Birnen – Joséphine war nicht mehr gekommen und würde nie wieder kommen.

Das Windlicht hatte kein Öl mehr und war früh in der Nacht ausgegangen.

Nun ist es wieder Morgen. Der Morgen des dritten Tags; er setzt sich an den Eingang der Höhle, die Pistole im Gürtel, die beiden Gewehre in Reichweite.

Er sagt sich: Es ist aus. Er sagt sich: Alles geht gut.

Von dort, wo er war, sah man immer noch niemanden; er selber war schwer zu sehen, wegen der Vertiefung im Fels und der herunterhängenden Äste, aber sein Vorrat an trockenem Holz ging auch zu Ende. Er zündete trotzdem ein Feuer an und unterhielt es weiter, stand von Zeit zu Zeit auf, um eine Handvoll Rinde oder ein paar trockene Äste auf die Gluten zu werfen, so daß man einen kleinen blauen Rauch vor der Wand der Schlucht aufsteigen sah.

Das soll ihnen zeigen, daß ich noch lebe; soll ihnen zeigen, daß ich sie erwarte.

Man sah immer noch niemanden. Immer noch war nur das Schürfen in der Tiefe des Wasserlaufs zu vernehmen; hob man den Blick, so war da der andere Fluß dort oben über dem Kopf, wo die weißen und goldenen Wolken sich lösten, eine aus der andern heraus, und in ihren Rissen blaue Fasern aufscheinen ließen.

Das war alles.

Auf einmal gibt eine Trompete ein Signal, zwei Töne, ein erstes Mal; schweigt. Aha! sagt er sich. Dann ein zweites, ein drittes Mal; er nimmt eins der Gewehre, er schießt in die Luft.

Das ist meine Art, ihnen zu antworten.

Denn, sagt er, ich bleibe euch treu bis zuletzt, ihr Steine dieser Erde, ihr Felsen – während er nochmals von unten nach oben blickt und sie mit den Augen in ihrer ganzen Höhe durchmißt; ihr Grundfesten der Berge, wir bleiben zusammen, bis ans Ende. He, ihr da, kommt ihr nun ...?

Er beginnt ganz laut zu reden, ohne daß er seinen Platz verläßt: „Oder wenn ihr wieder anfangen wollt, eure Übung mit Seilen und Leitern zu machen wie die Zirkusleute, aber ihr seid's nicht imstande, ihr bringt's nicht fertig ..."

Er sprach ganz laut, er hielt eine Rede: „Wie viele seid ihr? Wir sind nur einer ... He, ihr da unten, wie viele seid ihr? Mindestens dreißig, mit einem Kommandanten, mit Leutnanten, Wachtmeistern, Korporalen; ich ganz allein, aber nein, wir sind zwei, ich habe die Freiheit bei mir ..."

Man hört ihn nun bis zum Wachtposten, der grad über ihm war, dort standen mehrere Herren in Zivil, denn sie waren an diesem Tag in größerer Zahl gekommen als am Tag vorher, und fünf Landjäger.

„Denn die Freiheit, die gibt es, und ihr habt sie auf euren Medaillen und Münzen; aber da bei mir ist sie selber, und sie sitzt neben mir. Eine Freiheit, die lebt."

Und gerade in diesem Augenblick fingen die Operationen an, denn man konnte nicht länger warten. Oben an Farinet bereitete man sich zum Abstieg vor, man fing die Übung vom Vortag wieder an, aber diesmal hatte man genug Geräte; er schießt ein zweites Mal in die Luft.

Er sagte: „Ihr solltet nur wissen, daß ich bereit

bin. Ihr habt Trompeten, ich nicht. Ihr blast auf eurer Trompete; ich schieße mit dem Gewehr."

Dann fängt er wieder an: „Auf euren Patenten, auf euren Waffenscheinen, auf euren Banknoten, auf euren Festkarten, aber da ist sie nur eine gezeichnete Figur; da ist sie im Nachthemd, mit bloßen Füßen, sie hält euch eine Krone hin, aber sie ist falsch; doch es gibt eine echte, und die ist bei mir ..."

Und sie hörten zu über ihm, während sie auf das Signal warteten. Man konnte genau verstehn, was er sagte, denn er redete immer lauter.

„In der Luft, in den Wolken; und bei mir, neben mir auf dem Stein ... Ihr seid zu spät gekommen", sagte er weiter. „Sie hatte mich eine Zeitlang verlassen; sie ist wiedergekommen. Sie hat zu mir gesagt: ‚Farinet, was wolltest du tun? ...‘ Ich habe ihr gesagt: ‚Du hast recht; ich habe nur dich.‘"

Wieder unterbricht ihn ein Trompetensignal; dann fangen Kiesel an herabzukollern, sie fallen vor ihm in die Tiefe, verlieren sich dann in der großen Stille, im Leeren.

Er gibt wieder einen Schuß ab.

„Eure Freiheit, was ist das? Ah! Eingesperrt seid ihr! Numeriert! Und die Freiheit ist auf eure Mauern geschrieben, aber schaut, was darunter ist ... Reglemente nennt man das, Erlasse, Gesetze, Bewilligungen, man nennt das Ermächtigungen; ich bin ermächtigt zu sterben."

Nun fallen an verschiedenen Seiten der Schlucht immer mehr Steine herab: „Ihr wißt nicht, wer ich bin! Der italienische König hat's auch nicht gewußt ... Und ihr habt gemeint, ihr könntet mich in eurem Käfig behalten: ich bin nicht lang drin geblieben! Jetzt kommt und holt mich ...!"

Er steht auf, ein Schuß fällt; er hebt seinen Hut in die Höhe, er ruft: „Daneben!"

Er fängt wieder an: „Grüßt Joséphine von mir;

sagt ihr, ich sei ihr nicht böse, sie ist ein gutes Mädchen!"

Ein Schuß.

„Und sagt auch allen, daß mein Gold gut ist, daß ..."

Ein Schuß; und er tritt jetzt auf das Felsband hinaus, so daß man von allen Seiten auf ihn schoß: „Daß es echtes ist, daß es gutes ist, und sogar ganz echtes, ganz gutes ..."

Das Schießen hatte aufgehört, und man hörte Farinet sehr gut, aber man sah ihn nicht mehr.

Er mußte in eine der senkrechten Spalten gestiegen sein, die in Abständen durch den Fels hinabliefen, Furchen von oben bis unten; und dort: „Rein aus dem Fels geschöpft!"

Da unterbricht ihn eine starke Stimme, man wußte nicht recht, wo sie herkam, mitten aus dem Gestein: „Das ist wahr!"

Und Farinet: „Hört ihr's, ihr Leute aus Sion, Gerichtsherren, Landjäger ..."

Und dann wird gerufen: „Farinet, bleib, wo du bist; wir kommen, wir sind zwei oder drei ..."

„Wie der schönste Wein", sagte er, „wenn er einmal vergoren ist ..."

„Halt dich still, Farinet, wir sind gleich da ..."

Und nie hat man gewußt, wer so sprach, wer es war und wie viele sie waren und wo, sie mußten irgendwo in den Felsen versteckt sein; aber Farinet: „Die Farbe des reifen Korns; die Farbe von ihren Haaren ..."

Das Schießen hatte auf einmal wieder begonnen und seine Stimme verdeckt. Er hatte das Felsband verlassen, dem er bis dahin gefolgt war; von Vorsprung zu Vorsprung läßt er sich die Wand hinab; da wird wieder gerufen: „Farinet, wir kommen; du solltest dich aber ergeben ..."

Er: „Nie!"

Man schoß weiter auf ihn.

Er zieht den Hut ab, er schwenkt ihn noch einmal über dem Kopf: „Daneben! ...“

Dann steigt er weiter hinab, und man sah ihn nicht mehr, und man sah ihn wieder.

Er setzte den Fuß auf ein anderes Felsband, das bachabwärts hinunterlief; aber da steht er vor Landjägern, die sich an diesem Ende der Schlucht postiert hatten.

Eine Salve kracht.

XIX

Bäng! ... Was wird geläutet? Man horcht einen Augenblick; die Glocke läutet nicht mehr. (So schlägt man den Klöppel fest an die Innenwand des Bronzemantels, mit einem starken Klang fängt es an, der dann langsam in der Ferne erstirbt, stoßweise wie ein überladener Karren ...)

Bäng! ... Jetzt begreift man, das ist die Totenglocke. Doch für wen läutet man sie? ... Das wißt ihr nicht? Für Farinet. Erinnerst du dich an die schöne Suppenschüssel, die er mir vor zwei Jahren zur Hochzeit schenkte? ...

Bäng! ... Und mir sechs silberne Löffel ... Da haben sie ihn nun gefunden. Er kam nicht sofort. Ganz langsam ist er gekommen; ah, das Wasser geht nicht rasch, es ist zu tief, zu schwarz, und es gibt Stellen, an denen es steht. Da haben sie warten müssen ... Mein Gott! ...

Bäng ... Das ist dann dick und schwer, die Kleider voll Wasser; das kommt daher, hält an, sinkt ein wenig in der Strömung, dreht sich einen Augenblick um sich selber, verschwindet; das kommt wieder hoch; es dreht sich, kommt mit den Füßen voran ...

Bäng ... Er ist verrückt, der Vacheret, so zu läuten ... Oh! Der gibt es nicht auf. Er sagt: „Das ist doch kein Selbstmord ..." Er hat recht. Pech für die Obrigkeit ... Und die Landjäger haben nur warten müssen, verstehst du; dann haben sie ihn mit den Gewehrkolben zu sich herangezogen ...

Bäng ... Oh, siehst du, dort unten, siehst du, sie kommen, sie haben ihn auf eine Bahre gelegt. Ein Landjäger bei seinem Kopf, ein Landjäger bei seinen Füßen ... Ja, sie haben sich eine Decke und ein Leintuch geliehen. Und siehst du, eben, sie haben ihn in das Leintuch gewickelt, sie haben die Decke um ihn gelegt.

Bäng ... Er macht einen Buckel mit seinen Füßen am einen Ende, einen kleineren Buckel mit seinem Kopf am andern ... Sie kommen, oh, sie haben Mühe; denn bequem ist das nicht, bei dem Weg da, das ist kein Weg, in den Steinen. Siehst du, sie bleiben schon stehen ... Ah, wie ruhig er ist! Du siehst, wie er's gehen läßt.

Bäng ... Ganz sanft, ganz grau, ganz einfach, ganz brav ... Oh, warum nur? Was hat er ihnen getan? Und sie waren dreißig gegen einen! Warum? Er ist zu uns immer nur gut gewesen. Erinnerst du dich (wir waren unser drei Mädchen, am Tag des Schutzpatrons), wie er uns Goldstücke gab; jedem eines. Ah, er war freigebig ...

Bäng ... Und gut! Einer aus unsern Bergen. Und groß! ... *Die Leiche maß einen Meter fünfundsiebzig*, hat man später im Protokoll lesen können ... Und stark! *Das Aussehen des Leichnams zeigte einen kräftigen Mann von robuster Konstitution in der Blüte der Jahre, schätzungsweise zwischen 25 und 30. Seine Haare waren blond, er trug einen kleinen rötlichen Schnurrbart ...*

Bäng ... Und schön! *Die Nase war gerade und schmal; die Augen von blauer Farbe; die Stirn hoch und gewölbt* ... Ah! Was haben sie aus ihm gemacht – einer von uns, einer vom Berg, ein Jäger, ein guter Kumpan ...

Denn das ganze Dorf war ihm entgegengegangen, während er heraufkam und getragen wurde. Wirklich war ein Landjäger bei seinem Kopf; bei seinen Füßen war ein Landjäger. Er kam unter seiner gut eingeschlagenen Decke; die Gerichtsbeamten waren da und erwarteten ihn; wir hielten uns in verstreuten Gruppen weiter hinten.

Er kam heran, nur wenig über dem Erdboden. Er mußte schrecklich zugerichtet sein; ein Glück, daß man nichts davon sehen konnte. *Er hatte einige leichte Schürfungen an der Nase und im Gesicht, eine quer verlaufende Wunde von etwa Daumengröße an der rechten Schläfe ... Scheitel- und Stirnbein waren zermalmt ... der flache und leere Magen enthielt nur ein paar Brotkrumen ...*

Das las man später im Protokoll; da hat Romailler den Kopf geschüttelt: „Ach, ein Jammer ...!" Und der Ammann: „Ach, ein Jammer ...!"

Er kommt an uns vorbei, und eine war da, in dem weißen Haus dort oben, die ihre Fenster zumacht und versucht, nichts zu hören, und trotzdem hört; da bohrt sie sich die Finger in die Ohren und verbirgt den Kopf in den Händen.

Bäng ...

Ah, aber gut, doch, schön, groß, stark, freigebig, gefällig, erinnert ihr euch, einer aus unseren Bergen! Und er kommt an uns vorbei. Die Landjäger folgten mit ihren Gewehren, die Gerichtsbeamten schließen sich ihnen an; wir sind hinterhergegangen, während die Totenglocke immer noch läutete.

Ah, sie soll nur läuten. Da ist ein Toter, ein armer Toter ist das doch schließlich ... Wie wir selber einmal, und wie diese Herren; ja, wie die Herren, wenn sie einmal drankommen – trotz ihren schönen Kleidern, trotz ihren Säbeln, ihren Gürteln, ihren Patronentaschen ...

In diesem Augenblick sieht man den Amtsschreiber auf der Straße daherlaufen.

„Ihr wißt nicht? Sie hat sich erhängt." – „Wer?" –
„Joséphine." Man redete ganz leise.

„Wo?"

„Im Gefängnis … Sie hat sich an ihrem Schürzenband aufgehängt …"

Die Totenglocke war verstummt, die Landjäger
waren vor dem Gemeindehaus angekommen.

Man sagte: „Sie hat das Läuten gehört; sie hat
begriffen … Sie hat in ihr Schürzenband einen
Gleitknoten gemacht, sie hat es sich um den Hals
gelegt. Sie hat das Band mit dem anderen Ende an
einem Gitterstab festgemacht. Und dann hat sie
den Stuhl umgestoßen …"

Derborence

Erster Teil

I

Er hielt einen langen Stecken, der am Ende schwarz geworden war, er stieß ihn dann und wann ins Feuer; seine andere Hand lag auf dem linken Schenkel.

Das war am 22. Juni, gegen neun Uhr am Abend.

Er ließ Funken aus dem Feuer auffliegen mit seinem Stecken; sie blieben an der rußbedeckten Wand hängen und leuchteten dort wie Sterne an einem schwarzen Himmel.

Dann konnte man ihn für einen Augenblick besser sehen, den Séraphin, während er seinen Schürstock ruhen ließ; und man sah den andern Mann besser, ihm gegenüber, viel jünger war er, hatte die Arme auch auf die angezogenen Knie gestützt, hielt den Kopf gesenkt.

„Also", sagte Séraphin, „ich sehe schon … Die Zeit wird dir lang. Dabei sind wir noch nicht lang hier."

Sie waren gegen den 15. Juni heraufgekommen, mit denen von Aïre, und einer oder zwei Familien aus einem Nachbardorf von Aïre, welches Premier heißt: das war wirklich erst ein paar Tage her.

Séraphin fing wieder an, die Gluten zu schüren, in die er einen, zwei Tannenäste geworfen hatte; und die Tannenäste fingen Feuer, sie brannten so hell, daß man die zwei Männer ganz deutlich sehen konnte, wie sie sich gegenübersaßen, zu beiden Seiten des Herds, jeder am Ende seiner Bank: der eine schon bejahrt, dürr, ziemlich groß, mit kleinen hellen Augen, welche tief in Höhlen ohne Brauen lagen, unter einem alten Filzhut; der andere viel jünger, zwischen zwanzig und fünfundzwanzig, in weißem Hemd und brauner Jacke, mit einem kleinen schwarzen Schnurrbart und mit schwarzen, kurzgeschnittenen Haaren.

„Komm schon", sagte Séraphin ... „Wie wenn du am anderen Ende der Welt wärst ... Wie wenn du sie nie mehr sehn würdest ..."

Er wiegte den Kopf, er schwieg.

Denn Antoine war erst seit zwei Monaten verheiratet; und man muß gleich wissen, daß diese Heirat nicht ohne Mühe zustande gekommen war. Als Waisenknabe war er dreizehnjährig zu einer Familie des Dorfs in Dienst gegeben worden; dagegen war das Mädchen, das er liebte, begütert. Und lange hatte ihre Mutter nichts von einem Schwiegersohn hören wollen, der nicht seinen rechten Teil zu dem Haushalt einbringen würde. Lange hatte die alte Philomène den Kopf geschüttelt, „Nein!" gesagt, und „Nein!" und wieder „Nein!" Was wäre wohl geschehen, wenn Séraphin nicht gewesen wäre, nämlich ganz an der rechten Stelle, damit seine Meinung wichtig und sogar sehr wichtig war? Denn er war Philomènes Bruder, die den Maye geheiratet hatte und verwitwet war, und als Junggeselle verwaltete er den Besitz der Schwester. Nun hatte Séraphin für Antoine Partei ergriffen; er hatte sich schließlich durchgesetzt.

Die Heirat war im April gewesen; und jetzt waren Séraphin und Antoine, wie man sagt, zu Berg gegangen.

Es ist bei den Leuten von Aïre der Brauch, daß sie mit ihrem Vieh gegen den 15. Juni hinaufziehen zu den Alpweiden, eine von ihnen ist die Weide von Derborence, wo sie eben an jenem Abend waren – Séraphin hat Antoine mit sich genommen, um ihm alles zu zeigen, denn seine Kräfte ließen nach. Er hinkte, er hatte ein steifes Bein. Und da sich das Rheuma vor kurzem auf seine linke Achsel geworfen hatte, begann auch die, ihren Dienst zu verweigern; so wurde es mühsam auf alle Weise, denn die Arbeit läßt sich nicht aufschieben in diesen Berghütten, wo man zweimal am Tag das Vieh melken und jeden Tag Butter und Käse bereiten muß. So hatte Séraphin den Antoine mit heraufgenommen und gehofft, er werde bald imstande sein, ihn zu ersetzen: aber nun sah er, daß Antoine bei diesen Verrichtungen, die ihm neu waren, nicht anbeißen wollte (wie man so sagt) und daß er Heimweh hatte nach seiner Frau.

„Nun komm schon", fing er wieder an, „geht's denn nicht besser? Ist es denn so schrecklich, ungefähr noch drei, vier Tage lang mit mir zusammenzusein, und dann hast du sie wieder?"

Er dachte nicht an sich, er dachte nur an Antoine. Und zu Antoine redete er an dem Abend noch einmal, an diesem 22. Juni, gegen neun Uhr; und da die Flamme sich wieder zu senken begann, gibt er ihr neue Nahrung und macht sie mit ein paar Tannenästen wieder lebendig.

„Oh, gewiß nicht", sagt Antoine.

Das war alles; er verstummte wieder. Und in diesem Augenblick, Séraphin schwieg nun auch, hörten sie um sich her etwas wachsen, das unmenschlich war und auf die Dauer nicht zu ertragen: die Stille. Die Stille des Hochgebirgs, die Stille dieser verlassenen Zonen, wo der Mensch nur zeitweise auftaucht; da muß einer nur zufällig selber still sein, so kann er lang hinhorchen, er hört nur, daß er nichts hört. So konnte man jetzt lang horchen: es war, als gäbe es nirgend mehr etwas zwischen uns und dem anderen Ende der Welt, zwischen uns und dem Himmelsgrund. Nichts, das leere

Nichts, die vollkommene Leere, alles hört auf zu sein, als wäre die Welt noch gar nicht erschaffen, oder sie wäre nicht mehr, als stünde man vor dem Anfang der Welt oder hinter dem Weltuntergang. Und die Angst kommt, sie zieht in unsere Brust ein, und da ist es, wie wenn eine Hand sich um unser Herz schließt.

Zum Glück beginnt das Feuer wieder zu knistern, oder ein Wassertropfen fällt herab, oder ein Wind streicht über das Dach. Und das leiseste Geräusch ist wie ein sehr lautes Geräusch. Der Tropfen fällt und hallt wider. Der Ast, den die Flamme verzehrt, kracht wie ein Gewehrschuß; das Streichen des Windes füllt ganz allein den Raum aus. Allerlei kleine Geräusche, die groß sind; da wird man selber wieder lebendig, weil sie selber lebendig sind.

„Komm schon, komm schon!" begann Séraphin wieder.

Das Feuer kracht von neuem.

„Du gehst am Samstag hinunter ... Du verbringst den Sonntag mit ihr ..."

„Und Ihr?"

„Oh, ich!" sagt Séraphin ... „Ich bin es gewohnt, allein zu sein. Sorg dich nicht um mich."

Er lächelt in seinen Bart, der fast weiß war, dabei war der Schnurrbart noch schwarz; gegen neun Uhr am Abend war das, am 22. Juni, in Derborence, in Philomènes Hütte, wo die zwei Männer am Feuer saßen. Im Dachwerk knackte es dann und wann.

„Du kommst zurück, wann du willst; ich kann mir immer behelfen. Und wenn du zurückkommst, ist immer noch jemand bei dir."

Er lächelte in den weißen Bart, er hielt seine kleinen grauen Augen auf Antoine gerichtet: „Oder zähle ich etwa nicht?"

„Redet nicht so", sagt Antoine.

„Also kann man sich doch gut leiden?"

„Aber sicher", sagt Antoine.

„Was willst du noch mehr?"

Noch einmal knackt etwas im Dachwerk, das aus Balken und großen flachen Steinen gemacht war, es stieg schräg über ihnen auf, nur in einer Richtung, denn die Hütte stand an einen Felsvorsprung gelehnt, der die Rückwand ersetzte.

„Dann ist das abgemacht für den Samstag ... Das sind nur noch drei Tage ..."

Etwas knackt im Dachwerk: denn die Schieferplatten sind tagsüber der Sonne ausgesetzt und dehnen sich stark in der Hitze; wenn dann der Abend kommt, ziehen sie sich in der Kälte zusammen, machen plötzliche, vereinzelte Bewegungen, als ob einer auf dem Dach umherginge. Ein Schritt, den einer droben sehr bedachtsam setzt, dann macht er halt: wie wenn ein Dieb ganz sicher sein will, daß ihn keiner gehört hat, bevor er sich weiter vorwagt. Es knackte, knackte nicht mehr; und sie, unter dem Dachwerk, das wieder still war, sahen einander, dann sahen sie sich nicht mehr. Die Flamme steigt auf, die Flamme sinkt wieder zurück.

Doch in diesem Augenblick hatte ein neues Geräusch sich gemeldet, und Antoine hob den Kopf. Das war nicht mehr das Dach, das knackte; ein viel dumpferer Ton war das, einer, der aus den Tiefen des Raums kam. Man hätte ihn für einen Donner halten können, dem ein scharfes Krachen vorangegangen war; und nun rollte er über ihnen fort durch den Raum.

Séraphin lächelte. Er sagt: „Ah! da fangen sie wieder an ..."

„Wer denn?"

„Ja hast du denn nichts gehört in den letzten Nächten? Sei froh, du hast einen guten Schlaf ... Und dann", fährt Séraphin fort, „kennst du dich auch in der Nachbarschaft hier noch nicht aus. Dabei müßtest du nur daran denken, wie der Berg heißt ... Der Kamm, ja, wo der Gletscher ist ... Die Diablerets ..."

Das Getöse erstarb allmählich, wurde sehr leise, fast unhörbar, wie wenn ein leichter Wind die Blätter der Bäume bewegt.

„Du weißt doch, was man sich erzählt. Daß *er* dort oben wohnt, auf dem Gletscher, mit seiner Frau und den Kindern."

Das Tosen war jetzt ganz verstummt.

„Da kommt es vor, daß er sich langweilt, und er sagt zu seinen Teufelchen: ‚Nehmt Wurfsteine.‘ Das ist dort oben auf der Platte, am Rand des Gletschers, dort wo der ‚Kegel‘ ist, du weißt doch, eben der Kegel des Teufels ... Das ist ein Spiel, das sie machen. Sie zielen mit ihren Wurfsteinen auf den Kegel. Ah! Mit schönen Steinen, sag ich dir, mit Edelsteinen ... Blau sind die, grün, durchsichtig ... Ich kann davon erzählen. Denn es kommt vor, daß die Wurfsteine den Kegel verfehlen, und du kannst dir denken, wo sie dann hingehn, ihre Geschosse. Was kommt nach dem Gletscherrand, auf unserer Seite? Die Wurfsteine können nur noch fallen. Und manchmal sieht man sie fallen, wenn der Mond scheint, und gerade jetzt scheint der Mond ..."

Er sagt: „Willst du kommen und sehen?"

War Antoine unruhig? Das weiß man nicht, aber neugierig war er. Séraphin war aufgestanden, er steht auch auf. Séraphin geht voraus. Séraphin macht die Tür auf. Wirklich schien der Mond ganz hell; sein Licht liegt weiß und glänzend vor ihnen auf dem festgetretenen Boden.

Ein Wiesengrund ist das hier, ein flacher Grund mit ein paar Hütten. Eine Art Ebene war das, aber eng umschlossen von den Felsen, die man rings sich auftürmen sah. Die beiden Männer schauen zuerst nach Süden, dorthin wo der Mond erschienen war: hinter vielen Zacken hervor, die dort stehen; dann kehren sie sich nach Westen und sehen, wie dort die Bergwände anfangen, hoch sind sie noch nicht, und im Halbkreis von rechts nach links weitergehen.

Von allen Seiten waren sie so umstellt, überragt vom Bau des Gebirges, und so hebt Séraphin am Grund der Senkung seinen Arm. Man sieht seine Hand in der hellen Nacht. Séraphin zeigt auf etwas dort oben, tausendfünfhundert Meter hoch über ihnen.

Und es war leicht einzusehen, daß man auch von dieser Seite, von Norden her, ganz abgeschlossen war, und von Osten her auch, wo der Eingang zur Schlucht durch den ersten Vorbau des Bergs verdeckt war. Séraphin hebt den Arm, er läßt so eine neue Wand aufsteigen, höher noch als alle andern; diese große Wand ist aber ganz durchfurcht von engen Schrunden, wo in ständiger Bewegung kleine Wasserfälle hangen. Der Blick folgt ihr auch, von unten nach oben; dann zwingt der ausgestreckte Finger Séraphins die Augen anzuhalten.

Ganz dort droben war es, ganz am Rand der Bergwand, grade auf dem Kamm. Der Kamm hing stark vor, denn über ihn, ins Leere hinaus, trat der Wulst des Gletschers. Und etwas leuchtete dort oben schwach: eine helle Borte, eine schmale Leiste, die merkwürdig schimmerte, blau oder grün schien, je nach der Stelle; ganz durchsichtig in der durchsichtigen Luft, über der Weiße des Felsens, unter einem fast schwarzen Himmel, auf dem die ersten Sterne sich zeigten – das war die Bruchstelle des Eises. Und nichts regte sich mehr, nirgends, unter der körperlosen Asche des Mondlichts; man sah es weich durch die Lüfte gehen oder fein verteilt auf den Dingen liegen, wo immer es sich hatte festhalten können.

„Dort oben …"

Séraphin hielt noch immer den Arm in die Höhe: „Ja, dort, wo es überhängt. Aber es sieht so aus, als käme heut abend nichts mehr."

Seine Stimme war laut in der Stille.

„Oh!" sagte er, „das ist da immer herabgekommen, so weit man zurückdenken kann."

Er ließ den Arm sinken: „Die alten Männer bei uns erzählten davon, zu ihrer Zeit. Und sie waren noch ganz klein, als sie die alten Männer schon davon erzählen hörten …"

Man hörte von Zeit zu Zeit das Klingen eines Glöckchens am Hals einer Ziege irgendwo in der Nähe. Die Alphütten standen rings verstreut. Das sind kleine Hütten aus ungepflastertem Stein. Die eine Schräge des Dachs lag schneeweiß im Mondlicht; die andere verschmolz mit dem Schatten, den sie auf den Boden warf.

Und die zwei Männer warten noch einen Augenblick, um zu sehen, ob nicht noch etwas herunterkomme, aber alles war jetzt unbeweglich und still.

Höchstens trug von Zeit zu Zeit ein Windhauch das ferne Rauschen eines Wasserfalls leise ans Ohr. Der Windhauch selbst war nicht stärker, als wenn einer mit der Hand über ein Gewebe fährt; denn er streifte flach über den Erdboden hin. Alles schlief bei den Menschen, alles schlief bei den Tieren. Und dort oben …

Dort oben, wo sie noch einmal hinschauen, war nur die schmale Borte aus Eis im Mondlicht zu sehen, so fein, so dünn, daß es mitunter aussah, als bewege sie sich wie ein Faden, den ein Luftzug aufhebt.

„Ich glaube, der Teufel ist schlafen gegangen", sagte Séraphin; „und uns bleibt auch nichts anderes übrig."

Antoine gab keine Antwort; die beiden Männer

gingen in die Hütte zurück, sie zogen die Tür hinter sich zu.

Sie schliefen auf Strohsäcken, und die Strohsäcke lagen auf Brettern, die übereinander an der Wand festgemacht waren und zwei Stockwerke bildeten, sie schliefen einer über dem anderen wie auf einem Schiff.

Antoine schlief auf dem oberen Lager.

Sie hängen ihre Schuhe an den Riemen über einen Bolzen, wegen den Ratten.

Antoine stieg zu seinem Bett hinauf.

„Gute Nacht", sagte Séraphin.

Er antwortete: „Gute Nacht."

Und schon war sie da, in seinen Träumen, kaum hatte sich Antoine in die braune Wolldecke gewikkelt und sich zur Wand gedreht. Warum geht es nicht? Da ist Thérèse.

Sie kommt, sie war wieder da, sie selbst und die Felder, sie fand Platz für sich und für sie in dem engen Raum zwischen der Wand und Antoine. Er sagt ihr guten Tag, sie sagte ihm guten Tag. Er sagt zu ihr: „Nun und?", sie sagt: „Nun eben." Sie mußten sich weit draußen vor dem Dorf treffen, denn es gibt immer Neugierige. Immer gibt es Neugierige, immer gibt es Leute, die sich in etwas einmischen, das sie nichts angeht. Sie trug einen Rechen auf der Schulter; er sah, wie sie mit den Zähnen des Rechens die Wolken festhielt, während sie daherkam. Die Wolken fielen ihr auf den Kopf. Warum setzt er sich über ihr auf die Böschung? Er sieht bloß ihren Rücken; sie beugt sich vor, zwischen dem Haarknoten und dem roten Halstuch wird ein Stück braune Haut sichtbar. „Es geht also nicht?" – „Oh!" sagt sie, „nicht wegen mir." – „Oh! Und wegen wem denn?" – „Oh!" sagt sie, „wegen meiner Mutter."

Es ging nicht, in jener Zeit.

Sie beginnt zu rutschen. Er sagte: „Wart auf mich." Sie rutschte immer schneller, im Sitzen, dabei bewegte sie sich kein bißchen. Es war, als fahre der Boden unter ihr weg; und so floh sie immer schneller vor ihm; aber auch er rutschte ab, und die Entfernung zwischen ihnen blieb gleich; darum konnte er reden mit ihr und sie ihm antworten, und es geht rasch. Er redete mit ihr, er sagte: „Paß aber auf, wenn die Rhone kommt!" Denn unten an dem Hang war die Rhone, und Winter ist es nicht, dachte er. „Meine Mutter sagt, wir haben nichts, um zu leben, wenn wir Kinder bekommen."

Obacht! Es hat einen Stoß gegeben, schläft er denn noch?

Der sonderbare Lärm, den er zu hören glaubte, geht weiter.

Ist das in seinem Kopf? In seinen Ohren tönt es wie von Wasser; er schläft, schläft er noch? Er dreht sich um auf seinem Lager, er sieht, daß die Hüttentür aufgeht; einer streckt vorsichtig den Kopf ins Mondlicht hinaus, das mitten über seinem Rücken aufhört, eine grade Linie zieht.

Wo ist sie? Ah! sagt er sich, das hat sich ja seither eingerenkt ... Aber sicher, jetzt sind wir verheiratet, es ist jetzt soweit; das war früher ...

Er denkt: Am Samstag ...

Er macht die Augen wieder auf; er sieht, da ist einer hinausgegangen: und das Viereck aus Mondlicht, draußen vor der Tür, ist leer wie eine Leinwand, auf der man noch nichts gemalt hat.

Auf einmal stürzt das Dach zusammen; einer der Balken, die es getragen hatten, fuhr mit dem einen Ende herab und zerschlug das Holzgestell, wo Antoine auf seinem Strohsack lag.

II

Derborence, das Wort klingt sanft; sanft und etwas
traurig klingt es in uns nach. Es beginnt mit einem
festen und bestimmten Laut, dann zögert es und
sinkt, noch während man es klingen läßt, ins
Leere: Derborence; als wollte es so auf den Unter-
gang, auf die Einsamkeit und das Vergessen deuten.

Denn der Ort ist jetzt verwüstet, den es nennt.
Er liegt fünf, sechs Stunden über der Ebene, wenn
man von Westen, vom Waadtland her kommt. Derborence, wo ist das? Und man sagt uns: „Das ist
dort dahinter." Lange steigt man einem Wildbach
entgegen, schönem Wasser, das wie Luft ist über
den Steinen des Betts. Derborence, das liegt zwischen zwei unregelmäßigen Bergkämmen, gegen
die man zuerst lange hinaufsteigen muß; sie sind
wie zwei Messerklingen, die mit dem Rücken im
Boden stecken, und die Schneide steht in die Luft
voller Scharten, ihr Stahl glänzt an einzelnen Stellen und ist an andern vom Rost zerfressen. Zur
Rechten und zur Linken wachsen sie an, diese
Kämme; je höher man steigt, desto höher steigen
sie auch; und das Wort klingt sanft in uns fort,
während wir an den schönen unteren Hütten vor-
beikommen, langgestreckten, sorgsam geweißten
Hütten mit Dächern aus Schindeln, die ganz ähnlich wie Fischschuppen sind. Da gibt es Ställe für
das Vieh und stattliche Tränken.

Man steigt weiter; der Hang wird steiler. Jetzt
kommt man zu großen Weiden, die durch steinige
Absätze ganz unterteilt sind, so daß Boden auf Boden folgt. Man gelangt von einem Boden zum andern. Nun ist man nicht mehr allzu weit von Derborence; man ist auch nicht mehr allzu weit vom
Gletschergebiet, denn der Anstieg führt schließlich
zu einem Joch, an der Stelle, wo sich die Bergket-

ten aneinanderdrängen, gerade über den Weiden und Hütten von Anzeindaz, die dort wie ein kleines Dorf bilden. Bäume hat es schon lange keine mehr.

Auf einmal bricht der Boden unter den Füßen ab.

Auf einmal zieht der Horizont des Weidlands, der sich in der Mitte senkt, seine gebuchtete Linie vor einer Leere. Und man sieht, daß man da ist, denn ein riesiges Loch tut sich jäh vor einem auf, es hat ovale Form, es ist wie ein weiter Korb mit senkrechten Wänden, über die man sich beugen muß, denn man steht auf einer Höhe von fast zweitausend Metern, und der Boden des Korbs liegt fünf- oder sechshundert Meter tiefer.

Man beugt sich darüber, man streckt den Kopf etwas vor.

Ein kalter Hauch weht einem ins Gesicht.

Derborence, das ist zunächst ein Stück Winter, das uns mitten im Sommer entgegentritt, denn der Schatten verweilt dort fast den ganzen Tag und hält sich noch, wenn die Sonne am höchsten steht. Und man sieht, daß es da nur noch Steine gibt, Steine und nochmals Steine.

Die Wände fallen grad herab auf allen Seiten, mehr oder weniger hoch, mehr oder weniger glatt, und der Weg gleitet zu der Wand unter uns, krümmt sich dabei um sich selbst wie ein Wurm; und wo wir auch hinschauen, vor uns, links und rechts von uns, aufrecht oder flach am Boden, schwebend in der Luft oder niedergestürzt, als Sporen hervortretend oder zurückgerafft oder in enge Schründe gefaltet – überall Fels, nichts als der Fels, nichts als seine immer gleiche Nacktheit.

Die Sonne, die teilweise auf ihm liegt, färbt ihn noch auf verschiedene Weise, denn eine der Bergketten wirft ihren Schatten auf die andere, die Kette im Süden wirft ihren Schatten auf die Kette im Norden: man sieht, ganz oben sind die Wände gelb wie reife Trauben oder rot wie Rosen.

Darunter ist eine seltsam geschnittene Linie, die Grenze des Schattens.

Aber der Schatten steigt schon, er steigt immer weiter; er dringt unwiderstehlich herauf wie das Wasser in einem Brunnenbecken; und wie er steigt, erlischt alles, erkaltet alles, verstummt alles, schwindet und stirbt; während eine gleiche traurige Farbe, ein gleicher bläulicher Ton sich unter uns wie ein feiner Nebel ausbreitet, durch den man zwei kleine düstere Seen noch ein wenig glänzen, dann blind werden sieht, flach in der Wirrnis wie Dächer aus Zink.

Denn da ist noch dieser Boden, und schaut man gut hin: so rührt sich dort nichts. Man kann lang hinschauen und gut achthaben: von den hohen Wänden im Norden bis zu denen im Süden ist nirgend ein Platz für Lebendiges. Sondern alles ist bedeckt von dem, was Leben verhindert.

Etwas liegt hier überall zwischen dem, was lebt, und uns selber. Das ist zunächst wie Sand, ein Kegel, mit der Spitze halb in die Nordwand verstrebt; und von dort aus, überall zerstreut wie Würfel aus dem Becher, wirkliche Würfel, Würfel von allen Größen, ein viereckiger Block, noch ein viereckiger Block, Blöcke aufeinander, hintereinander, kleine und große, so weit man sieht.

In früherer Zeit dagegen zogen sie in großer Zahl hinauf, nach Derborence; ja man versichert, daß es gegen hundert waren, die hinaufzogen.

Sie stiegen durch die Schlucht, die sich am anderen Ende zur Rhone hin öffnet; sie kamen von Aïre und von Premier, das sind hochgelegene Walliser Dörfer am Nordhang des Rhonetals.

Sie brachen gegen Mitte Juni auf mit ihren kleinen braunen Kühen und mit ihren Ziegen; sie hatten droben zum eigenen Gebrauch viele Hütten aus ungepflastertem Stein mit Schieferdächern gebaut; dort blieben sie zwei, drei Monate.

Diese Weidgründe waren in jener Zeit vom Mai an schön grün gefärbt, denn dort oben führt dieser Monat den Pinsel.

Dort oben (man sagt „dort oben", wenn man vom Wallis kommt, aber wenn man von Anzeindaz kommt, sagt man „dort drüben" oder „dort hinten") ließ der Schnee dicke Polster zurück bei der Schmelze; an ihrem Rand, in der schwarzen Feuchtigkeit, die das alte Gras mit einer Art mattem Filz halb verdeckte, ließ er allerlei kleine Blumen hervorkommen; sie öffneten sich am äußersten Rand einer Eisborte, die dünner als Fensterglas war. Allerlei kleine Bergblumen mit ihrer besonderen Leuchtkraft, ihrer besonderen Reinheit, ihren besonderen Farben: weißer als der Schnee, blauer als der Himmel, strahlend orange oder violett: Krokusse, Anemonen, Apothekerprimeln. Sie bildeten von fern gesehen zwischen den grauen Schneeflecken, die sich zusammenzogen, andere Flecken, die in der Sonne glänzten. Wie auf einem Seidentuch, wie auf den Tüchern, welche die Mädchen in der Stadt unten kaufen, wenn sie zum Markt gehn, am Peterstag oder am Josephstag, und die übersät sind mit kleinen Sträußen. Dann verwandelte sich auch der Grund des Stoffs, wenn der Schnee endlich ganz geschwunden war. Alles wurde grün: das Gras kommt wieder hervor; das ist, wie wenn der Maler zuerst grüne Farbe hätte von dem Pinsel tropfen lassen, und die Tropfen flössen dann ineinander.

Ah! Derborence, du warst schön, du warst schön in jener Zeit, wenn du dich schmücktest von Ende Mai an, für die Männer, die kommen würden. Und sie ließen nicht auf sich warten; sobald du das Zeichen gabst, kamen sie. An einem Nachmittag ließ das eintönige, dumpfe Rauschen des Wildbachs in seiner Schlucht das Klingen eines Viehglöckchens frei; das Rauschen wurde durchbrochen, zerteilt. Ein erstes Tier tauchte auf, dann zehn, dann fünfzehn, dann bis zu dreihundert.

Der kleine Geißenhüter blies auf seinem Horn.

Überall hatten sie schon das Feuer angefacht in den Hütten; überall schwebte, aus den Kaminen oder durch die Türlöcher hinaus, eine hübsche kleine Fahne bläulich und zart in die unbewegte Luft.

Die Rauchfahnen wuchsen, sie wurden flach an den Enden, sie vermischten sich droben; sie bildeten über den Dächern eine durchsichtige Fläche, ähnlich einem Spinngewebe, das sorgfältig ausgespannt ist.

Und darunter fing das Leben wieder an, bei diesen Dächern, die nicht weit voneinander lagen, wie kleine Bücher auf einem grünen Teppich, all diese graugebundenen Deckel; bei den zwei, drei kleinen Bächen, die da und dort aufglänzten, wie wenn einer ein Schwert aufhebt; mit runden Tupfen, mit ovalen Tupfen, die sich rings bewegten, und die runden waren die Männer, die ovalen die Kühe.

Als Derborence noch bewohnt war; bevor der Berg eingestürzt war.

Doch jetzt eben ist er eingestürzt.

III

Die von Anzeindaz haben gesagt: „Mit einer Artilleriesalve hat es angefangen; die sechs Geschütze der Batterie haben gleichzeitig gefeuert."

„Dann", sagten sie, „ist ein Windstoß gekommen."

„Dann ein Gewehrschießen, mit Salven und Rottenfeuern, wie wenn es uns gegolten hätte; der ganze Berg hat da mitgemacht."

„Der Wind stieß die Tür ganz weit auf, wie mit einem Fußtritt. Die Asche aus dem Herd ist uns auf den Kopf gefallen, als schneite es in der Hütte …"

„Wir sind ja auch hier auf dem Joch gar nicht weit unter der Stelle, wo sich der Bergsturz gelöst hat, nur ein wenig zurück und zur Seite. Und der erste Lärm kam vom Überhang, der hinunterkrachte; und dann ging der Krieg los von einer Kette zur andern, von einem Kamm zum andern, von einer Spitze zur andern; wie Donner ging das um jedes der Hörner, die da im Halbkreis nebeneinanderstehn, von der Argentine bis zu den Dents de Morcles, von den Rochers du Vent bis zum Saint-Martin."

Sie waren schon auf. Sie waren zu dritt. Sie fanden ihr Feuerzeug nicht.

Das Vieh, das man zur Nacht hereingenommen, aber nicht angebunden hatte, drängte sich im Stall und drohte alles auf den Kopf zu stellen.

Zuerst müssen die Männer wieder Ordnung in die Herde bringen.

Sie hatten eine Laterne mit Hornscheiben, die sie zwar nicht gebraucht hätten, denn es war heller Mondschein in jener Nacht; aber bald sehen sie mit Staunen, wie der Mond ein wenig schwärzlich, ein wenig fahl wird, trüb wie bei einer Finsternis, während der Schein der Laterne um so klarer wird und auf dem kurzen Gras vor ihren Füßen einen Kreis bildet.

Sie gehen nicht lang. Sie begreifen geschwind. Sie sehen vor sich die bleiche Wolke aufsteigen. Die Stille kam allmählich wieder; doch die Wolke wächst hinter dem Berggrat, der ihnen die Gründe von Derborence verdeckte; sie war dort wie eine Mauer, die hinter einer Mauer aufsteigt. Wie ein

Nebel, aber langsamer, schwerer; und ihre Masse drängte über sich selber hinauf, wie Teig, wenn er aufgeht, wenn der Bäcker ihn in den Trog getan hat, und er schwillt in dem Trog, er läuft über.

Das ist der Berg, der eingestürzt ist.

Die Männer husteten, sie mußten niesen; ein Prickeln kam ihnen unter die Lider; sie senkten den Kopf und suchten sich mit dem Hutrand zu schützen.

Aber das war ein feiner Staub, ein ungreifbarer Staub, der überall hing, alles durchdrang; und sie haben wohl oder übel hineintauchen müssen, denn er kam jetzt über sie herab. Sie tun ein paar Schritte darin, dann noch ein paar Schritte, sie bleiben stehen; und einer sagt sogar: „Ist das klug, noch weiterzugehen?"

Er sagte: „Hält denn das unter uns? Und wir sehn bald nichts mehr."

Der Stolz treibt sie aber noch vorwärts.

Und man hört auch immer seltener etwas, in immer größeren Abständen, es tönte immer dumpfer, immer mehr von innen, wie am Anfang einer langen Verdauung; es kam jetzt von unten und wie aus der Erde heraus; so daß die drei Männer leichter vorankommen bis an den Rand der Leere, dorthin, wo das Joch ist.

Sie sahen nichts. Sie sahen nur die weiße Masse, die sich da bewegte. Sie hatten bald gar keine Sicht, bald erkannten sie durch eine Spalte oder einen Riß in dem Qualm gerade ihn selber, aber er lag über allem. Er lag nicht nur über dem Boden der Senke, sondern auch vor den Wänden rings um sie her; und so konnte man nicht ausmachen, wo sich der Bergsturz gelöst hatte, und man konnte ihn selber nicht ausmachen; nichts konnte man ausmachen, noch nichts als diesen Brodem, wie wenn man in einen Wäschetrog schaut; nichts als seinen eigenen Tumult, auf den der Mond ein unbestimmtes Licht warf, wie gerötet von ihm, er stand rot am Himmel, dann verschwand er am Himmel, dann erscheint er noch einmal.

Die Laterne, die neben den Männern stand, wurde schwächer, gewann wieder Kraft, sie nahm wieder ab; die Männer hatten sich auf den Bauch gelegt, sie streckten nur den oberen Teil des Gesichts über den Rand, die Stirn und die Augen.

Und einer sagt: „Wieviel meinst du, daß da unten waren?"

„Weiß der Himmel!"

Der dritte sagt: „Kommt drauf an, ob schon alle droben waren oder nicht ... Fünfzehn, zwanzig ..."

Sie hatten sich jetzt fast an die Stickluft gewöhnt, mußten nur dann und wann husten, sie blieben auf ihrem Posten; leise hatten sie zu reden begonnen; und dazu grollte es dumpf unter ihnen; und da sie mit dem Bauch an dem Berg lagen, hörten sie mit dem Bauch das Grollen des Bergs, das heraufstieg durch ihre Körper bis zu ihrem Gehör.

Während sie dalagen, die drei, und den Kopf schüttelten und sagten: „Und wieviel Vieh?"

„Weiß der Himmel – gut hundert Stück."

Und da seufzt einer von ihnen; und da seufzt auch der Berg, er hebt schwer seine steinerne Brust, läßt sie schwer wieder sinken.

Die vom Sanetsch eilten auch herbei, also die von der Nordwestseite, vom anderen Ende der großen Flur; sie hielten sich über dem Durchgang vom Porteur de Bois, der durch Kamine grad zu den Weidgründen dort hinabstößt. Und sie redeten zueinander in ihrer Sprache, in einer Sprache, die man nicht versteht, denn sie ist deutsches Geröll; sie redeten und machten Handbewegungen, die keiner sah, die sie selber nicht sahen. Sie hatten ein ganzes Karrenfeld überqueren müssen, um bis dahin zu kommen; das sind Felsen, die schon vor langer Zeit das Regenwasser zerwaschen hat, sie gleichen einem erstarrten Meer, mit ihren Kämmen, Furchen, Überhängen, die alle voll runder Löcher sind. Und auch sie, die Männer vom Sanetsch, fragten in die Tiefe hinab, aus der zur Antwort nur unerklärliches Grollen, sinnloses Brummen heraufkam; aus der nur die Zungen und Wirbel aus Staub emporstiegen.

Sie wurden hineingenommen, sie hatten einen Geschmack von zermalmtem Schiefer im Mund; sie waren in einer Wolke, dann wieder in einer Wolke; eingehüllt, dann weniger dicht eingehüllt, dann noch einmal eingehüllt.

Die von Zamperon dagegen haben sich an ihren Strohsäcken festgeklammert, bis der Tag anbrach. Das sind drei oder vier Hütten, zu denen die Leute von Premier hinaufziehn, von dem Dorf gleich neben Aïre. Zamperon, die drei, vier Hütten liegen ein wenig unterhalb Derborence, am Ausgang zu der Schlucht, die hinabführt zur Rhone. Die Bewohner sind also gerade in der Linie des Luftdrucks gewesen, als der herabkam, die Steine von den Dächern riß, ja von zwei, drei kleinen Schobern dort die ganzen Dächer forthob und wie Strohhüte davontrug, auf einem Vorsprung des Bergs einen Jungholzbestand wegfegte und durch die Löcher der ungepflasterten Mauern die Männer auf ihren Strohsäcken wie mit Stockspitzen anstieß, von ihren Lagern warf.

Man hörte die Käsezuber stürzen, die Bänke umfallen, hörte an den Türen unsichtbare Hände rütteln. Zur gleichen Zeit bewegt es sich und grollt, zur gleichen Zeit kracht es und pfeift; das ging in der Luft vor sich, an der Erdoberfläche, unter dem Boden, als vermischten die Elemente sich alle; man unterschied nicht mehr, was Lärm, was

Bewegung war, was der Lärm bedeutete, wo er herkam und wo er hinging; als wäre das Ende der
Welt da. So daß sich die Männer von Zamperon an
den Betträndern festhielten, um nicht hinausge-
schleudert zu werden, und platt liegen blieben,
eher tot als lebendig. Starr, ohne zu schreien, den
Mund vor Schrecken geöffnet, aber den Mund voller Schweigen, von Schauern geschüttelt, in allen
Gliedern von der Lebenskraft verlassen, rührten
sie sich lange Zeit nicht. Dann kam die Luft allmählich zur Ruhe, war wieder wie sonst; der Lärm
entfernte sich allmählich, wurde schwächer; und
allmählich hört man nur noch dumpfe Verschie-
bungen, fernes Rutschen: sie sagten noch immer
nichts, sie riefen einander noch nicht.

Sie haben warten müssen, bis der Tag anbrach,
zum Glück kommt er in dieser Jahreszeit früh.
Von halb vier Uhr an regt es sich sonst schon, flak-
kert es bleich und unbestimmt über den Kämmen
des Bergs im Osten, läßt einen Stern nach dem andern vom Himmel fallen wie die Früchte vom
Baum, wenn sie reif werden. Aber an diesem Morgen ist da kein Berg und auch keine Sonne. Der
Tag kommt zu spät und breitet sich mühsam aus
und beginnt nicht an einem bestimmten Punkt am
Himmel. Man sieht, daß ein gelber Nebel den ganzen Raum füllt, und der erste Mann, der aus seiner
Hütte kommt, staunt darüber, und er staunt, weil
er selber darin steht, und dann macht ihn anderes
staunen, und er weiß noch nicht einmal, was.

Da war einer, der Biollaz hieß, aus Premier.

Er hatte sich auf seinem Strohsack aufgerichtet,
weil man jetzt etwas sehen konnte, und hatte seinen Nachbarn gerufen; er sagt zu ihm: „Kommst
du?" Keine Antwort. Er rief nochmals: „Loutre!
He, Loutre", und keine Antwort. „Oder bist du
tot?" fragte er ihn.

Er sah den Himmel durch ein Loch, das der

452

Wind in der Nacht durch das Dachwerk gestoßen hatte; dieses Loch war grad über ihm, es war groß genug, daß ein Mann hindurchging. Und er, da er noch immer keine Antwort hörte, streckt ein Bein unter der Decke hervor, ein Bein in der Hosenröhre, denn er schlief in den Kleidern; so bleibt er und horcht. Da war nichts, immer noch nichts; er nimmt das andere Bein hervor: „Loutre?"

Aber da hat sich Loutre nun doch bewegt.

Biollaz sieht Loutre, der ihn jetzt anschaute, auf seinem Bett saß; er sagt zu ihm: „Kommst du denn nicht?" Der andere schüttelt den Kopf. „Dann halt nicht, ich geh trotzdem."

Biollaz steht auf. Es ist jetzt ganz hell in dem Raum, dank dem Loch in der Decke, so daß Biollaz leicht vorwärts kommt und nur feststellt, wie in der Hütte alles am Boden herumliegt, wie die Sachen, die an Bolzen hingen oder auf Borden standen, ihre Bolzen und ihre Borde verlassen haben, wie die Milchkübel umgekippt sind.

Biollaz findet seinen Weg zwischen den Pfützen hindurch bis zur Tür.

Er will sie aufmachen; die Tür geht nicht mehr auf. Die Mauer hat sich gesenkt und den Rahmen verschoben.

Biollaz muß durch das Loch aufs Dach steigen. Loutre hilft ihm nun schließlich.

Loutre hält ihn an den Beinen; Biollaz kommt so ins Freie, und da er draußen zu Boden springt, staunt er über den Nebel, in dem er steht, er staunt auch, wie groß die Stille ist.

Denn etwas fehlt; etwas war da und ist jetzt nicht mehr da; Biollaz versucht daraufzukommen, was es war; auf einmal hat er es: man hört den Wildbach nicht mehr, und dabei führt er zu dieser Zeit doch am meisten Wasser.

„Loutre, Loutre, wo bist du?"

Loutre: „Hier."

„Loutre, hörst du … Die Lizerne …"

Da sagt Loutre: „Ich komme."

Draußen finden sie sich wieder. Sie gehen miteinander auf den Weg, der von Schieferplatten übersät ist, der Wind hat sie herabgetragen, und sie sind beim Fallen mittendurchgebrochen und haben Fasern wie Holz.

Aus den anderen Häusern kamen sie auch.

Sie konnten einander von weitem kaum sehen, und aus der Nähe erkannten sie sich nicht einmal, erschreckten einander mit ihren entstellten Gesichtern.

Sie reden noch kaum; sie seufzen, sie sehen sich an, sie schütteln lange den Kopf. Und wie sie zum Haus der Donneloye kamen, geht auf einmal die Tür auf; ein junger Bursche kommt heraus, er schaut sie an, aber sieht er sie überhaupt? Denn plötzlich läuft er davon, auf dem Weg zum Tal. Sie rufen ihn: „He! Dsozet!" Er hört nichts. Sie rufen ihn: er ist schon verschwunden, aufgeschluckt von der dicken Luft, die sich auftut, sich wieder schließt.

Sie gehen weiter auf dem Weg, der nach Derborence führt. Keine Viertelstunde ist es dorthin. Sie kämpften sich durch eine Art Nebel, wie aus Fetzen schmutziger Watte, die hintereinander hingen, mit Lufttaschen dazwischen, wie die Seiten eines Buchs, die oben der Einband zusammenhielt, die sich unten auffächerten. Aber der Nebel zerfaserte immer mehr, und immer mehr Licht drang herein; schließlich können sie sehen, was vor ihnen ist. Das heißt, sie bleiben stehen auf dem Weg und sehen, daß der Weg versperrt war. Sie sehen, daß da eine große Mauer über den Weg ging und daß über den Weg etwas lag wie der Vorbau einer Befestigung, mit einer Brustwehr, mit Wehrgängen, Schießscharten, Zinnen. Die Mauer stand da vor ihnen, sie war über Nacht herabgekommen; herabgekommen von wo? Das sah man noch nicht. Aber sie war da, sie bildete eine Sperre, mit großen und kleinen Blöcken, mit Sand, mit Geröll, mit Mörtel, und das Bett des Wildbachs, das darunter hervorkam, war ausgetrocknet, zeigte den nackten Grund, ein paar Lachen waren da sitzen geblieben.

In diesem Augenblick ruft ihnen einer zu: „Bleibt stehn!"

Das war der alte Plan, der die Schafe hütet in den hohen Schluchten der Derbonère.

Von ihnen aus links, nach Südwesten hin, öffnet sich in der Bergkette ein sehr steiler Trichter, so felsig und karg, daß nur die Schafe dort weiden.

Man sieht die Herde durch das Gestein purzeln, und sie ist selbst wie ein Steinschlag.

Man sieht sie am Grund einer Senke, und sie ist wie ein kleiner See mit rauhem Wasser, wenn ein wenig Wind darüber hinfährt.

Man sieht sie über die Hänge irren, wo sie wie der Schatten einer Wolke ist.

Man sah sie, und vor ihr war der alte Plan: „Bleibt stehn!"

Er hockt oben auf einem Felsblock, dort streckte er die Hand gegen sie aus: „Geht nicht weiter!"

Der Kopf mit seinem weißen Bart bewegt sich, er trug eine lange Pelerine. Und die Pelerine war rostfarben, moosfarben, rinden- und steinfarben; sie hatte die Farbe der Dinge da droben, kannte wie sie seit langem den Brand der Sonne, die Regengüsse, den Schnee, die Kälte, die Hitze, den Wind, Aufruhr und Stille der Luft, die lange Reihe der Tage und Nächte:

„Geht nicht weiter! D ... I ..."

Er lachte: „D ... I ... A ... B ... Ihr versteht."

Und wie er so redete, sah man, daß sich etwas bewegt, dort vorn in den Steinen; da kam einer, oder er versuchte zu kommen.

Sie sehen, daß es ein Mann ist, doch dieser

Mann hielt sich kaum mehr aufrecht, er tat einen Schritt; er mußte sich mit beiden Händen an den nächsten Fels klammern, um wieder einen zu tun, doch er wagte ihn, fiel dann zur Seite.

„Ah!" sagen sie, „das ist Barthélemy!"

Und sie laufen ihm entgegen, während man den alten Plan rufen hörte: „Obacht! Nicht weiter ... He dort, bleibt stehn!"

IV

Thérèse hatte sich am Abend vorher auf die Bank gesetzt, vor ihrem Haus. Sie saß da in ihrem braunen Rock mit vielen Falten, aus dem die Ärmel ihres Hemds aus dickem Hanftuch hervorsahen. Sie saß da, saß vornübergebeugt, die Arme auf den Knien; sie schaute halb ins Leere, halb sah sie unter sich, über die kleinen Bäume des Obstgartens hinweg am Fuß des großen Abhangs den Talgrund, die Ebene, eine weite Ebene, glatt wie ein Blatt Papier, wo die Rhone fließt.

Ah, das dauert! Ah, das zieht sich! Erst acht Tage ist er fort, aber acht Tage sind wie acht Monate!

Sie ließ den Kopf nach vorn sinken; das war die Rhone, die sie dort sah, auf dem flachen Grund, der grün war. Die Rhone war grau und weiß, sie hatte ein viel zu breites Bett, denn ihr Lauf führt Sand und Steine mit, die sich an den Ufern festsetzen (darum hat man sie dann korrigiert).

Sie zeichnete sich ab wie eine Straße auf der Landkarte, ihr Bett war eigentümlich gewunden und launenhaft mit seinen Rändern aus grauem Lehm; und sie selber lief in der Mitte dahin, und man sah, wie sie sich in der Mitte bewegte, ihr Grau war heller, fast weiß, sie wand sich auf dem Bauch wie eine Viper.

Das dauert dort auch, dort ändert sich auch nichts; ah, man kennt sie doch, diese Rhone, nur zu gut kennt man sie!

All die Zeit, dachte sie, all die Zeit, da sie uns ihre immer gleiche Geschichte erzählt (man hätte sie hören können, wenn man gelauscht hätte, noch besser hört man sie nachts), brummelnd wie ein alter Mann, der da faselt.

Vielleicht kommt ja Antoine am Sonntag heim, aber dann muß er wieder hinauf. Kaum sind wir beisammen, sind wir getrennt; kaum verheiratet, wieder geschieden; kaum zueinandergekommen, auseinandergeschickt; wenn doch Antoine für immer heimkommen könnte! Und ich seh mir die Rhone an; wenn man zu zweit ist, hat man da Zeit, sich um sie zu kümmern?

Ich hab lange Zeit – lange Zeit ...

Man hörte Schritte hinter dem Haus, denn die Leute kamen heim, ihre Suppe zu essen.

Der Tag war zu Ende; er beginnt um vier Uhr, er endet abends um acht.

Sie kamen heim; man hörte ihre Schritte, bald dumpf, bald knirschend; dumpf wegen des Straßenkots, knirschend wegen der dicken Steinplatten, die in Abständen hineingelegt sind wie zu einer Furt und in die sich beim Auftreten die Schuhnägel einhaken.

Ihr wurde kalt an den Schultern.

Hier auf der Vorderseite haben die Häuser zweifarbige Mauern, unten weiß, oben braun; auf der andern überragt die niedrigere Rückwand kaum den engen Durchgang zwischen ihnen und der nächsten Häuserreihe; so sind sie schwarz und weiß nach vorn hin, sind nach vorn hin reinlich geordnet, getrennt wie in einem Garten die Bienenstöcke; hinten hinaus ganz schwarz und verschwommen in dem Schatten, den sie auf den morastigen Durchgang werfen.

Und vor den Häusern war niemand, doch hinten in der Gasse, da kamen und gingen in einem fort Leute: Frauen, den Rechen auf der Achsel, kleine Mädchen mit Wassereimern und nur ein, zwei Männer, denn im Sommer sind aus einem solchen Dorf fast alle, die alt genug und kräftig genug sind, zu Berg gezogen, und nur die Gebrechlichen und die Alten und die nicht ganz Gescheiten bleiben zurück.

Das Wetter war sehr schön. Sie sah zwischen ihren Füßen kleine rote Ameisen, die in einer Reihe ihre Eier trugen, unten in der engen Furche, die sie in den Staub gelaufen hatten; auch das eine Art Gasse, denn die Ameisen sind wie wir, dachte sie; die Ameisen mit ihren Eiern, die dicker sind als sie selbst, wie wir mit unseren Heubündeln, die auch dicker sind als wir selber ...

Aber da wird ihr wieder kalt zwischen den Schultern, dabei steigt ihr eine Blutwelle in die Wangen, heiß unter die Haut, und braust ihr in den Ohren. Das Atmen macht ihr Mühe.

Was ist das? Was stößt ihr zu?

Sie fragt sich; und ein Gedanke meldet sich in ihr: sie ist ja verheiratet, seit zwei Monaten ist sie verheiratet.

Ah! Könnte es das sein?

Wieder wechselt sie die Farbe, ihre braune Haut ist gelb geworden, die Lippen sind grau, und dann wird ihr ein wenig schlecht; ah, das ist sicher das, sagt sie sich; was könnte es sonst wohl sein? Denn sie ist doch gesund.

Sicher ist es das! Da wird sie noch einmal anders, das Blut steigt ihr wieder ins Gesicht, die Lippen sind wieder so rot wie ihr Tuch, sie hat den Kopf zurückgelegt, sie hat den Kopf an die Mauer gelehnt, und ihr dicker Haarknoten macht, daß es weich ist hinter dem Kopf.

So ist's gut, sie bewegt sich nicht. „Denn wenn

es das ist ... Wenn es das ist, bin ich dann nicht mehr allein. Und wir sind zu zweit, solang er fort ist, und wenn er wieder da ist, sind wir zu dritt ..."

Ihr gegenüber, grad auf ihrer Augenhöhe, sind die Berge. Da hat es nicht nur einen oder zwei oder zehn, sondern viele hundert; sie sind im Halbkreis geordnet, wie ein Blumengewind, das unten am Himmel aufgehängt ist.

Das geht höher als die Wälder, höher als die Weiden, höher als die Felsen; da ziehn sich all diese Schneefelder, all die gefärbten Eiswände hin, die seltsam gelöst sind von dem, was sie trägt, die sich getrennt haben von ihrem Unterbau, der schon schwarz ist vom Schatten. Je mehr der Schatten wächst unter ihnen, desto leichter werden sie, desto größer wird ihre Helle, die aus allem Rosa, aus allem Rot, aus allen Gold- und Silbertönen gemacht ist.

Da wird es ihr weich um das Herz. Im April, bei der Heirat, blühten die Pfirsichbäume. Sie fangen wieder zu blühen an, das ist ein Versprechen. Sie geht mit den Augen noch einmal über die Bergkette: das ist, wie wenn der Pfirsichbaum blüht, ja, wie wenn sich die Buschrose auftut, wie wenn der Quittenbaum, unsicherer, scheuer, später als die andern, zuletzt seine kleinen malvenfarbigen Büschel aufsteckt; denn die Berge beginnen jetzt bleich zu werden, zu verblühen; sie verwelken, sie werden grau; doch was macht das? sagt sie sich, morgen blühen sie wieder.

Niemand ging mehr durch die Gasse. Die Frauen riefen die Kinder herein. Sie kamen auf die Türschwellen, sie riefen einen Namen, zwei-, dreimal hintereinander, dann riefen sie wieder einen Namen.

Und auf einmal merkte Thérèse, daß sie sich verspätete, daß ihre Mutter sicher auf sie wartete, denn sie aß bei ihrer Mutter, seit Antoine nicht mehr daheim war.

Sie beginnt zu laufen. Sie läuft durch die Gärten, um niemanden anzutreffen, sonst müßte sie stehenbleiben und würde noch mehr Zeit verlieren. Sie sieht die Tür am Haus ihrer Mutter, ein rotes Viereck über der Außentreppe, die sie hinaufrennt, sie hält sich am Geländer, weil sich ihr der Kopf ein wenig dreht.

„Nun", hört sie sagen, „es war höchste Zeit ..."

Man sieht Philomène, die ganz schwarz vor dem Herd steht, wo der Kessel am Haken hängt. Philomène dreht den Kopf nach ihr um, da sie hereinkommt, dann sagt sie: „Los, mach schnell Licht."

Thérèse nimmt einen Lärchenzweig – an diesem Abend des 22. Juni, gegen halb neun Uhr vielleicht, während Séraphin und Antoine vor dem Feuer in Derborence saßen; sie saßen vor dem Feuer, Séraphin und Antoine, und die Sterne traten einer nach dem andern hervor, und der Mond ging auf. In der großen schwarzen Küche gibt es eine helle Stelle, das Feuer, ihre Mutter steht davor; Thérèse nimmt den Lärchenzweig, und den Lärchenzweig streckt sie zum Feuer – am 22. Juni. Sie wendet sich um, sie hält in den Händen, die inwendig hell sind, das kleine zitternde Licht, sie bringt es zu dem ölgetränkten Docht der Lampe, die an ihrer Kette unter einem Deckenbalken hängt.

Man sieht, daß auf dem gut gefegten Nußbaumtisch zwei Zinnteller einander gegenüberstanden.

Und Philomène kommt mit dem Kessel, den sie gleich auf den Tisch stellt, auf ein rundes, tannenes Brettchen, dann setzt sie sich an den Tisch, und sie sagt nichts weiter.

Philomène beginnt ihre Suppe zu essen; am 22. Juni, während sechshundert Meter tiefer, in der Ebene unten, die Rhone weiter auf dem Bauch kriecht und den Bauch an den Steinen reibt, das macht in der Luft ein Geräusch, wie wenn einer durch dürres Laub geht.

Auf einmal hört Philomène auf zu essen, sie hält ihren großen runden Zinnlöffel halbwegs zwischen Teller und Mund: „Was hast du?"

„Nichts."

„Warum ißt du dann nicht?"

„Ich weiß nicht", sagt Thérèse, „ich hab keinen Hunger."

Philomène zuckt die Achseln.

„Oh, natürlich, weil *er* nicht da ist ... Nun komm, armes Kind. Das passiert nicht nur dir ... Mich hat dein Vater auch allein gelassen, den ganzen Sommer, wenn er zu Berg ging ..."

Sie redete nicht sanft, denn ein Rest von Gereiztheit war noch in ihr, ohne daß sie es merkte; sie sagt weiter: „Und dann hast du ihn dir ja ausgesucht, deinen Mann, oder nicht? Du weißt doch, was der Brauch ist hierzuland, seit du auf der Welt bist; du hast wissen müssen, daß man bei uns mindestens zwei Monate im Jahr Witwe ist ..."

Aber Thérèse schüttelt den Kopf.

„Das ist es nicht."

„Was ist es denn?"

„Ich weiß nicht."

Am 22. Juni, gegen neun Uhr am Abend, unter der Öllampe mit ihrer kleinen gelben Flamme, die aussieht wie ein umgekehrtes Herz.

„Du weißt nicht?"

„Nein", sagt sie, „nur ein bißchen schlecht ist mir."

„Schlecht ist dir?"

„Und dann dreht sich mir auch der Kopf."

„Ah!" sagt Philomène, „seit wann denn?"

„Seit heute."

„Hast du deine Tage?"

Thérèse sagt nichts. Und man sieht, daß Philomène jetzt lächelte, das war nicht mehr vorgekommen seit der Heirat ihrer Tochter, und ihre Toch-

461

ter ansah; dann sagt sie: „Oh! Wenn es das ist, das ist eine gute Krankheit; ja, das ist eine von den Krankheiten, die man willkommen heißt, wenn sie eintreten."

Während Thérèse noch einmal spürte, wie ihr alles Blut ins Gesicht steigt, eine heiße Welle unter der Haut, und wieder vergeht:

„Das ist sicher das ... Und man wird's ja bald wissen ... Oh!" sagte Philomène, „das ist eine gute Krankheit. Du mußt keine Angst haben, und du mußt dich auch nicht zwingen. Wenn du keinen Hunger hast, iß nicht ... Ich mache dir eine Tasse Kamillentee, und dann gehst du schlafen ..."

Und sie sagt: „Und Antoine, der weiß nichts davon? Ah, gut! Das wird eine schöne Überraschung für ihn."

Sie war schlafen gegangen.

Das war in ihrem eigenen Haus, in einem Haus, das für sie beide wiederhergerichtet worden war. Das Bett war ein großes Bett aus Lärchenholz, ein Bett, das gleich breit wie lang war, das mit Bolzen an der Wand befestigt war und das sich auf seinen hohen Füßen fast bis zur Decke erhob.

Ich kann mich quer hineinlegen, wenn er nicht bei mir ist. Aber er wird bald wieder kommen, er wird vom Berg herabkommen; und dann werde ich ihm sagen: „Mein Herr, steigt ins Bett."

Sie fand es lustig, an ihn zu denken, an diesem Abend des 22. Juni, weil da Platz für zwei war. Sie sagte zu ihm: „Du riechst nach dem Berg, du Schlimmer; du riechst nach Rauch und nach Bock ... Das macht nichts, mein Herr", sagte sie, „kommt trotzdem zu mir her, denn ich bin allein, und ich friere ... Und dann muß ich dir etwas sagen."

Wozu hätten sie uns ein so breites Bett gemacht, als daß wir darin zu zweit sind? „Ich kann der

Länge nach drinliegen, siehst du, aber ich kann auch quer drinliegen, wenn ich will, das ist langweilig; komm schnell zu mir."

Sie würde zu ihm sagen: „Leg dich da her, aber du darfst mich nicht anrühren ... Ich muß zuerst mit dir reden; es ist ein Geheimnis ... Versprich, daß du's niemandem sagst. Versprichst du's?"

Ich halte ihm die Hände fest, wenn's sein muß. Ich sage zu ihm:

„Rühr mich nicht an ... Mein Herr, oh! Mein schöner Herr, was Ihr da tut, ist verboten."

Sie sah schon, wie alles gehen würde: „Antoine, mein Antoine, noch nicht ..." Und er würde sagen: „Einen kleinen Kuß, nur einen ..." Sie würde sagen: „Wohin?" – „Auf das Augenlid." – „Nein", sagte sie, „denn ich muß dir zuerst etwas sagen. Dreh dein Gesicht hinauf, ich lege meinen Kopf flach hin, so sticht mich dein Bart nicht mehr. Und so hab ich dein Ohr ganz nahe am Mund, das ist wegen des Geheimnisses, das ich dir sagen muß, Antoine ..."

Sie dreht sich wieder um in dem großen Bett; die Nachtstunden setzten sich in Gang. Vielleicht war sie eingenickt.

Da muß ein Gewitter im Anzug sein.

Er sagte: „Was ist das denn für ein Geheimnis? Ist es Geld? Ist es ein Besuch?"

Sie sagte: „Rate!"

Da war immer noch das Gewitter. Das Geräusch, das in ihrem Traum begonnen hatte, gleitet ganz sacht in die Wirklichkeit. Sie macht die Augen auf, sie hört es immer noch. Das war ein Donnerrollen. Es dauert noch an und rumort über den Bergen, im Norden; dann kommt es mit Stößen, wie ein schwer beladener Karren mit Tannenklötzen, die aneinanderschlagen. Es geht über sie hinweg; gleich bricht es sich an der Südkette, auf der anderen Talseite.

Es kommt wieder zurück, es bricht sich an sich selber.

Die Läden klappern, man hört eine Leiter umfallen, die an eine Mauer gelehnt stand; die Fenster ihres Zimmers, die nicht recht geschlossen waren, gehn von selber weit auf.

Sie friert in ihrem Hemd, während sie hinläuft, um sie zu schließen, aber da sieht sie nun auch, daß es gar nicht blitzt, trotz dem lauten Donner, der über dem Dach dröhnt wie Wirbel, und dazwischen Krachen um Krachen.

Sie sieht, es ist eine schöne Nacht, im Mondlicht gebadet; die Bäume krümmen sich noch seltsam, strecken die Arme empor mit den Blättern, die sich wie Borsten aufrichten, dann zurücksinken, ohne Bewegung sind und wieder rund werden unter dem sanften, schimmernden Lichtregen, der auf sie herabtropft wie auf glattes Gefieder.

Was gibt es denn nur?

Sie hört, wie geredet wird auf der Straße, das Küchenfenster geht dort hinaus; sie geht schnell in die Küche, sie hat nichts an unter dem Hemd, sie ist barfuß, sie öffnet das Fenster. Der Donner verstummt allmählich.

Nun kracht es noch ab und zu wie im Holzgetäfer, wenn es heiß oder kalt wird; und alles scheint wieder ruhig zu sein, nur daß rings im Dorf die Fenster und Türen aufgehen.

Köpfe zeigen sich in den Fenstern; vor den Türen zeigen sich ganze Gestalten, und man fragt: „Was gibt es denn nur?"

Die Leute wenden sich zueinander; man hebt den Kopf; man sieht, daß die Sterne am Himmel auf ihrem gewöhnlichen Platz stehn: ein dicker roter, ein grüner, ein kleiner, der weiß ist. Spitzige, runde, stete und unstete.

Man sagte: „Das ist kein Gewitter."

Sie traut sich nicht recht, sich zu zeigen.

Die Männer haben Hosen angezogen, die Frauen haben einen Rock über das Nachthemd gestreift; man hört eine Frau sagen: „Ja – kann man das wissen?"

Thérèse traut sich nicht, sich zu zeigen, sie ist ganz bloß unter dem Hemd, das ihr von der Achsel rutscht.

„Was wird es sein? ... Manchmal schneiden die Berge ein Gewitter entzwei. Es kann schön sein bei uns und regnen im Deutschen drüben ..."

Die Leute blicken zu dem Berg hinauf, den man nach Norden zu nur stellenweise sieht, zwischen den Häusern; alles ist ruhig bis zu den Kämmen hinauf.

„Glaubt ihr? Man würde doch das Leuchten sehen."

„Das Leuchten?"

„Von den Blitzen ..."

„Oder es wird gesprengt", sagt einer.

„Du bist verrückt. Ich sage, das ist ein Erdbeben. Mein Bett hat sich bewegt unter mir."

„Meines auch."

„Bei mir", sagt ein Carrupt – denn sie heißen fast alle Carrupt in Aïre –, „bei mir war's ein Faß, das nicht richtig lag; es ist bis an die Kellertür gerollt."

Die Männer sind weiß und schwarz im Mondlicht; die Frauen sind weiße Flecken, die ihre kleinen, hellen Fensteröffnungen fast ausfüllen.

„Aber der Lärm?"

„Oh!" sagt ein anderer, „der Lärm, den gibt's immer bei Erdbeben."

„Und der Wind?"

„Wind gibt's auch."

„Meinst du?"

„Ich weiß es."

„Und jetzt?"

„Jetzt hat's aufgehört."

„Dann geht man wieder ins Bett?"

Einer fragt noch: „Wie spät ist es denn?"

Man sagt: „Halb zwei."

Das ist jetzt der 23. Juni.

Thérèse horcht noch immer, doch die Türen gehen eine nach der andern zu, die Fenster gehen auch zu; alles ist wieder ganz friedlich, nicht nur am Himmel, sondern auch auf der Erde und um Thérèse im Dorf, wo nur noch ein Brunnen redet, den man jetzt wieder hört und der bis zum Morgen nicht schweigt.

V

Nur Maurice Nendaz hat sofort erraten, was da vor sich ging: das war einer, der hinkte und sich beim Gehen auf einen Stock stützte.

Er hatte seinerzeit den Schenkel gebrochen, beim Holzfällen im Wald, den linken Schenkel; und weil er schlecht zusammengeflickt worden war, hatte er nun ein Bein, das schräg zu sich selber stand, so daß es kürzer war als das andere.

Bei jedem Schritt knickt er zur Seite.

Er humpelt noch ein wenig weiter auf der Gasse, während sich die Fenster schlossen und Türen mit Geräusch ins Schloß fielen; dann stellt er sich hinter einer Scheunenecke auf und ruft ganz leise: „He, Justin!"

Das war ein Nachbar, ein fünfzehn-, sechzehnjähriger Bursche, der noch nicht ins Haus gegangen war.

„Hast du Schlaf?" fragt ihn Nendaz. „Nein? ... Also, dann zieh eine Jacke an und komm mit."

„Wohin denn?" fragt Justin.

„Das siehst du dann."

Justin holte eine Jacke; Nendaz, das sah man, war schon bereit zum Aufbruch, den Hut auf dem Kopf, den Stock in der Hand.

„Du hast mit niemandem geredet? ... Gut. Man muß sie ruhig schlafen lassen."

Man hört seinen Stock auf die Steine stoßen; man hört sein schlimmes Bein, das lauter tönt als das andere, wenn er es aufsetzt.

Sobald man aus dem Dorf ist, beginnt der Weg nach Derborence anzusteigen, er geht an der Berglehne hin, wo schmale Felsbänder übereinanderliegen, zwischen denen kaum anderes wächst als ein paar Dornsträucher, ein paar verkrüppelte Fichten mit roten Stämmen. Tagsüber sieht man die schräge Linie gut, die der Weg da zieht; sie ist grad, wie wenn sie einer mit dem Lineal gezeichnet hätte; man folgt ihr mit dem Auge von einem Ende des Hangs zum andern, bis zu einem Einschnitt in den Felsen, zweihundert Meter höher, wo sie verschwindet. Aber um diese Zeit, und da sich der Mond jetzt versteckt hatte, konnte man nur gerade die Unebenheiten auf ihr erkennen, und die waren groß und recht hinderlich, denn die zwei Männer hatten keine Laterne. Da sind runde Steine, die unter der Sohle wegrollen, da sind Schieferblätter, die aufwippen, Kiesel, die hochschnellen und an die Fußspitze schlagen. Darum gingen sie langsam, und darum ging Nendaz voraus, der auch noch seinem schlimmen Bein nachhelfen mußte, was nicht immer leicht war. Nendaz sagte nichts. Man sah ihn undeutlich, wie er einknickte, sich wieder aufrichtete, wieder einknickte, während die rechte Hand sich am Stockgriff festhielt. Man hörte ihn Atem holen, er kam mühsam vorwärts. Ab und zu blieb er stehen, ohne sich umzudrehen; und Justin hielt auch an, und er hatte vor sich im Schatten nur ein Stück schwärzeren Schatten, der ein Rumpf ohne Kopf war, denn Nendaz hielt seinen Kopf gesenkt.

Aber ein klein wenig Weiß begann sich in die Luft zu mischen, wie wenn einer etwas helle Farbe in einen Topf mit dunkler Farbe tropfen läßt und dann umrührt. Sie näherten sich dem Ende der graden Linie, die der Weg an der Lehne zog, und danach hatte es keinen Weg mehr. In diesem Augenblick begann die Luft, die schwarz war, grau zu werden, und dieses Grau wurde selbst immer durchsichtiger, leichter um sie her, die Dinge nahmen allmählich ihre Farbe wieder an. Die Fichten wurden grün, ihre Stämme rot; die Blumen waren weiß und rosa an den wilden Rosenbüschen. Es wurde Tag, bald würde es heller Tag sein; man konnte die Augen wieder brauchen, man schaut; man sieht, wie die Felsen sich vor einem aufstellen, den Weg versperren, aber man sieht auch, daß zwischen den Felsen ein Einschnitt war.

An dieser Stelle bleibt Nendaz stehen, er horcht; er sagt zu Justin: „Hörst du's?"

Er beugt sich über die Leere; Justin ist zu ihm getreten und beugt sich auch vor wie er; und da hörten sie, daß man nichts hörte.

Die rauhe Stimme, die dort redet, dort fünfhundert Meter unter ihnen, war verstummt. Oder sie war im Begriff zu verstummen, war unterbrochen von Schweigen, wie wenn man einem die Gurgel zusammenpreßt, und er schreit immer weniger laut.

Das ist dieser tiefe Schnitt, dieser Hieb, den ein Schwert hier quer durch den Berg geführt hat.

Das Wasser hat lange Zeit von oben nach unten den Fels durchsägt, wie wenn die Brettschneider in einem Eichenstamm ihr gezahntes Blatt auf- und niedergehn lassen.

So hat sich das Wasser im Lauf der Zeiten (welch geduldige, feine Arbeit!) einen engen Durchgang mit senkrechten Wänden geöffnet, die sich stellenweise fast aneinander oder übereinander schieben; und es läuft selbst in der Tiefe dahin, es ist nicht zu sehen, aber es läßt sonst ein langes

Seufzen hören, das aufsteigt und sich von Echo zu Echo verstärkt.

Und da hörte man nun das Wasser nicht mehr. Nendaz sagt: „Das dachte ich mir."

„Die Lizerne?" fragt Justin.

„Ja."

„Dann ist sie also verstopft?"

Nendaz nickt, er richtet sich auf; und da nun der Tag noch heller wurde, hat man sehen können, daß ihr Weg nicht abbrach, sondern hinter dem Einschnitt weiterführte, rechtwinklig in die Schlucht einbog.

Der Weg ging jetzt fast eben an den Felsen hin; man sah, wie er sich hinzog, in der gleichen Richtung wie der Wildbach, ein recht großes Stück weit; er führte dann über Geröll; und dann kam eine Biegung, und man sah ihn nicht mehr.

Und Nendaz nickte noch einmal, er schritt wieder voran; er kommt bis zu dieser Biegung, wo sich der Blick gegen Norden hin frei in die Weite öffnet; da zeigt er auf etwas dort vorn, dort in der Luft, dort über einer letzten bewaldeten Kuppe kommt es hervor; etwas Gelbliches, das im Morgenlicht schimmerte, etwas Flaches wie ein Tannenbrett, dessen Ende schon über die umliegenden Gipfel vortritt.

„Siehst du's?"

Justin nickt.

„Weißt du, was das ist?"

Justin schüttelt den Kopf.

„Du meinst, das sei Dampf? Oder Rauch? Oder es sei der Nebel, der aufsteigt? Schau gut hin. Denn ein Rauch kräuselt sich doch? und der Nebel, der kommt in Spänen, wie wenn der Schreiner mit dem Hobel übers Brett fährt. Schau doch: du siehst, es steigt ganz grad auf und ist glatt. Kannst du's nicht erraten? ..."

Aber Justin hat nicht Zeit zu sagen, ob er es erraten hatte oder nicht. Steine fangen an zu rollen, bevor sie noch jemanden auf dem Weg sehen können, dann sehen sie ihn. Es war ein Junge, etwa vierzehnjährig, ein wenig jünger als Justin. Er war braun und grau, er trug Hosen, die über den Stiefeln aufhörten, und ein schmutziges Hemd. Er rannte, er ging ein paar Schritte, er begann wieder zu rennen. Er kam gerade auf die beiden Männer zu, er schien sie aber nicht einmal bemerkt zu haben. Aber sie hatten ihn gesehen, und sie sehen auch, daß er ein Loch im Kopf oder eine Wunde unter dem Haar haben mußte, dort war ihm das Blut auf die Backe gelaufen und war auf der Backe getrocknet und hatte sich mit den Tränen vermischt; denn er weinte, dann hörte er auf zu weinen, dann kam wieder ein schweres Schluchzen aus der Brust herauf, und er würgte es hinunter und rannte schneller.

„Kennst du ihn?"

„Ja", sagt Justin ... „Das ist ein Donneloye aus Premier ... Er heißt Dsozet. Er muß von Zamperon kommen."

Da breitet Nendaz seine Arme aus und versperrt ihm den Weg; aber hat der andere auch nur eine Ahnung, daß da jemand ist? Die Augen voller Tränen kam er daher, er hält nicht an, er läuft grad in Nendaz hinein; und während sich Justin in seiner Überraschung nicht rührte, weicht Nendaz aus, denn dicht neben dem Weg war der Abgrund.

Der Junge ist vorbei.

Und er ist schon ein Stück weiter; da sagt Nendaz zu Justin: „Mach schnell! Lauf ihm nach, halt ihn fest! Du mußt vor ihm ins Dorf kommen. Und du gehst zum Ammann, hörst du? Und du sagst dem Ammann, er soll mir mit zwei oder drei Männern nachkommen ..."

Justin lief schon; Nendaz ruft ihm nach: „Du sagst dem Ammann, daß es in Derborence ist. Ja, der Lärm heute nacht, und der Windstoß ... Die Diablerets ..."

Er rief noch: „Die Diablerets sind heruntergekommen ..."

Etwa eine Stunde später kam die Bahre in Sicht.

Sie tragen manchmal so auf einer Bahre eine verletzte Ziege herab, die Leute in den Alphütten, wenn sich eine Ziege zum Beispiel beim Kämpfen ein Horn abgerissen oder wenn sie einen Lauf gebrochen hat. Sie binden sie auf eine Bahre, sie decken sie mit einem alten Käsetuch zu. Einer von den Männern faßt die Bahre vorn, ein anderer faßt sie hinten.

Man begegnet ihnen manchmal so auf den Bergpfaden, und sie steigen langsam herab, stellen beide den rechten Fuß vor, stellen beide den linken Fuß vor, um das Gleichgewicht zu erhalten.

Man sieht sie von weitem kommen; man sagt: „Was tragen sie denn?" Dann hebt ein Windstoß den Rand des Tuchs auf, oder das Tier, das den Kopf hebt, zieht es selber zurück; dann ist man beruhigt, denn man sieht seinen Bart, man sieht die Zottel unter seinem bärtigen Kinn, seine schönen, lebhaften und verwunderten Augen; und die Zunge, die aus dem halbgeöffneten Maul tritt, wenn es in Abständen einen heisern und zitternden Schrei ausstößt.

Sie trugen eine Bahre an dem Morgen, und sie war mit einem Käsetuch bedeckt, aber das war keine Geiß, die darunterlag. Etwas Schwereres, etwas Längeres. Etwas, das sogar zu lang war für die Bahre, so daß ein Teil seiner Masse vorstand und vorn herabhing. Man sah, das waren zwei Beine. Und hinten auf der Bahre hatte man einen rotweiß gewürfelten Kissenüberzug hingelegt, mit Heu gefüllt, für den Kopf, denn es war ein Mann, den sie an dem Morgen trugen, und mühsam trugen.

Sie waren zu viert, um ihn zu tragen; sie lösten

sich ab, zwei und zwei. Vier von den Männern aus Zamperon, darunter Biollaz und Loutre, und die zwei mit der Bahre gingen voraus, die zwei anderen folgten mit leeren Händen.

Nach einer Weile setzten die Träger die Bahre ab auf dem Weg; dann traten die andern an ihre Stelle.

So gingen sie, immer fünf oder sechs Minuten, auf dem engen, mühsamen Weg; sie hatten vier oder fünf Stunden vor sich, denn es ist auch ein langer Weg. Sie mußten die Schlucht vom einen zum anderen Ende hinabsteigen, über dem Wasserlauf, unter einem kaum breitern, nicht weniger gewundenen Himmelsstreifen; sie gingen abwechselnd, zwei und zwei, die Arme steif, die Achseln herabgezogen, den Hals vorgestreckt, und die Ader, die dort hervortrat, war so dick wie der Daumen; sie achteten darauf, den gleichen Fuß gleichzeitig aufzusetzen; fünf oder sechs Minuten, abwechselnd zwei und zwei, dann standen sie still.

Nun standen alle vier um die Bahre; sie sagten: „He, Barthélemy!" Sie schüttelten den Kopf, sie sagten: „Er hört nicht."

Einer von ihnen riß am Wegrand ein Büschel Gras ab, er beugte sich ungeschickt über den Verletzten, er wischte den Schaum ab, der ihm aus dem Mundwinkel trat, er machte ihm so einen rosa Bart in den Bart, den er hatte, einen rosa Bart voller Blasen, wie wenn man mit einer Pfeife in Seifenwasser hineinbläst.

Der Mann ließ es geschehen. Er sagte nichts, er bewegte sich nicht. Er schaute in die Luft mit leeren, verschleierten Augen. Die Augen standen weit offen, aber sie waren grau, wie wenn ihr Blick nach innen gekehrt wäre. Er hatte einen rosa Bart über seinem kurzen, schwarzen Bart; er hatte ein breites Gesicht, das ganz braun gewesen war, ganz frisch von gesundem Blut, ganz belebt von der freien

Luft; und das jetzt grau war und grün wie ein Stein, der ins Moos gerollt ist, der sich abgeschliffen, vernutzt hat, denn die Haut war staubig, aber an den Stellen, wo der Knochen sich vordrängte, glänzte sie. Und auf einmal wurde Barthélemys Atem kürzer, überhastete sich, stieß höheren, dichteren Schaum hervor: seine Brust war zerquetscht, und man wollte ihn rasch ins Dorf bringen, um ihn vielleicht noch zu retten.

Die Männer hatten ihn abgesetzt auf dem Weg, sie riefen seinen Namen und schüttelten den Kopf, unter dem engen Himmel, in der Schlucht, die dämmerig bleibt bei der hellsten Sonne; sie sagten: „Barthélemy, willst du trinken?" Denn einer von ihnen hat in seiner Tasche einen Hornbecher, den er an einer Wasserrinne am Wegrand füllt, dann beugt er sich über die Bahre; aber das Wasser fließt über Barthélemys Kinn, das Wasser dringt nicht in den Mund, denn der Mund versteht nicht mehr, er weigert sich, er sagt nein.

Sie brachen wieder auf; sie sehen Nendaz, der ihnen entgegenkam.

Er war weitergehumpelt in der Schlucht mit seinem schlimmen Bein, mit dem Stock, er hatte einen Teil des Wegs zurückgelegt; sie den anderen Teil.

Die beiden Männer, die nicht trugen, kamen jetzt voraus. Nendaz fragt sie: „Ist es der Berg?"

Die zwei Männer nicken.

Nendaz sagt: „Ich hab mir's gedacht … Heute nacht … Und das", sagt er, und zeigt auf die Bahre, „ist das alles, was übrig ist?"

Die zwei Männer nicken.

„Von allen, die nach Derborence hinauf sind?"

Sie sagen: „Ja."

„Und in Zamperon?"

„Da hat einer den Arm gebrochen; der kommt gleich, man verbindet ihn noch."

Nendaz nimmt den Hut ab und bekreuzigt sich; die beiden andern tun es auch.

Dann fragen sie: „Und drunten, wissen sie's?"

„Nein, sie meinten, es sei ein Gewitter."

„Ah! Sie wissen es nicht?"

„Oh!" sagt Nendaz, „inzwischen müssen sie's wissen, denn da ist vorhin ein Junge aus eurem Dorf hier vorbeigekommen, und ich habe Justin geschickt, damit er sie vorbereitet."

Die mit der Bahre kamen heran.

Nendaz fragt: „Wer ist es?"

Man sagt ihm: „Barthélemy."

„Ah!" sagt Nendaz, „Barthélemy ..."

Er hatte den Hut in der Hand.

„Barthélemy, Barthélemy! Ich bin's, Maurice Nendaz ... Hörst du mich, sag? He, Barthélemy! Kennst du mich nicht?"

VI

Philomène erwachte früh an dem Gefühl, es habe sich für sie am Abend vorher etwas Erfreuliches zugetragen; und wirklich, es ist etwas Erfreuliches, das ihr wieder einfällt, die Aussicht auf ein Enkelkind – während ein wenig graue Asche grad eben zwischen den halbgeschlossenen Läden herein in ihr Zimmer kam.

Und alles ordnete sich weiterhin erfreulich in ihrem Kopf, während sie sich ankleidete. Sie sagte sich: Also schön, da diese Heirat einmal hat sein müssen ... Sie sagte sich: Und wo es nun anscheinend gut herauskommt ... Denn ein Kind, das bedeutet, daß es gut herauskommt. Man würde sie auch nötig haben, und das ist für eine alte Frau wie die Rückkehr ins Leben; daran dachte sie, ganz erwärmt und zufrieden im voraus, auf ihrer Seite des Fensters, und auf der anderen wuchs indessen der Tag.

Und sie dachte weiter darüber nach, sie dachte an Thérèse und sagte sich: Ich hätte sie gestern nicht allein in ihr Haus lassen sollen zum Schlafengehen. Was hab ich mir nur gedacht? Ich hätte sie dabehalten sollen, in der ersten Zeit ist man immer ein wenig nervös.

Aber sie sagt sich: Nun also, ich will jetzt geschwind die Suppe kochen, und dann bring ich sie ihr schön warm, unter einem Tuch, damit sie sie im Bett essen kann … Es wird ihr guttun, im Bett zu bleiben.

Eine Stalltür geht auf, man wird jetzt die Ziegen melken. Kühe sind kaum mehr im Dorf während des Sommers, und fast ebensowenig arbeitsfähige Männer: ein Dorf der Ziegen und der Frauen, der Kinder, der Alten. Man hört, wie der rostige Riegel zurückgezogen wird, der laut aufschreit, wie wenn man ein Schwein absticht, und man stößt ihm das Messer in die große Ader am Hals. Jemand hustet. Der Brunnen ist aus einem Baumstamm gemacht, den man entzweigesägt und dann ausgehöhlt hat; das ist der alte Jean Carrupt, der hustet. So bärtig von Moos ist der Brunnen, daß man ihn aus der Ferne fast nicht mehr sieht vor der grasbewachsenen Böschung in seinem Rücken; als Röhre hat er eine einfache Holzrinne, die geborsten ist, so daß die Hälfte des Wassers verlorengeht, bevor es zum Trog kommt.

Der alte Jean Carrupt steht immer früh auf und hat immer Durst; fast alle im Dorf heißen Carrupt, man hält sie nur an den Vornamen auseinander oder an den Spitznamen.

Jean Carrupt ist an den Brunnen gegangen, um zu trinken; er kommt schlurfend zurück.

Philomène machte Feuer, sie hängte den Kessel an den Haken; vor den Fenstern fing das Kommen und Gehen an, in einer schönen rosa Farbe, die zuerst am östlichen Himmel war und dann herabfloß.

Der alte Carrupt hat einen rosa Rücken unter dem blauen Schwalbenschwanz, von dem er sich seit mehr als zwanzig Jahren nicht getrennt hat.

Er dreht uns den Rücken, hat sich zu dem Hang über dem Dorf gedreht. Aber auf einmal brummelt der alte Carrupt etwas.

Eine Frau, die vorbeiging, fragt ihn: „Was gibt's, Vater Jean?"

Er brummelt wieder etwas.

Und dann streckt er den Arm aus, und die Frau sagt: „Ja, wirklich, das stimmt ... He, Marie" (zu einer anderen Frau) ... „Siehst du nicht? Auf dem Weg."

„Wer ist das?"

„Ich weiß nicht."

„Was tun sie?"

„Oh – junge Leute ... Die machen Spaß ..."

Das sah dort auf dem Weg tatsächlich aus, wie wenn zwei „Fangis" machten; die beiden Burschen waren es. Der eine rannte, der andere rannte. Dsozet war voraus, Justin lief hinterher. Wenn der hintere rascher lief, lief der vordere auch rascher, wie um sich nicht fangen zu lassen. Denn das Spiel geht darum, daß man sich fängt, und wer den andern fängt, hat gewonnen.

Die Frauen schauten zu.

„Wohin laufen sie?"

„Warum laufen sie so?"

Und man sah, wie Dsozets Vorsprung, sosehr er auch rannte und lief, immer kleiner wurde; und da wird nun der andre noch schneller, der andre erreicht ihn schließlich; aber man wunderte sich, daß er ihn nicht in den Rücken stößt, er springt nicht auf ihn, wie man es erwartete: er rennt einfach an ihm vorbei; ohne ihm etwas zu sagen, ja, ohne ihn anzusehen.

„Das ist Justin. Wo kommt er her? Er war doch da heute nacht ..."

„Sicher, ich hab ihn gesehn."

So kommt das Unglück näher, auf zwei Beinen oder auf zweimal zwei Beinen, aber man kennt es nicht; so kommen die schlimmen Nachrichten, und sie kommen geschwind, aber man weiß nichts davon; und die Frauen rufen jetzt Justin, denn er läuft ganz nahe an ihnen vorbei: „He, Justin!"

Er gibt keine Antwort. Er geht vom Weg ab, um durch die Gärten zu laufen, wie wenn er vermeiden wollte, daß man ihn ausfragt. Den kleinen Dsozet verliert man rasch aus den Augen, er biegt nicht ins Dorf ein, er nimmt den Weg nach Premier.

Philomène hatte die Frauen rufen gehört und war in die offene Tür getreten. Sie sieht, wie sie zwischen den Häusern hindurch zu verfolgen suchen, wo Justin hinläuft, zu wem. Das ist leicht zu erraten: daß er zu jemandem will. Er bleibt zuletzt vor dem Haus des Ammann stehen, am andern Ende des Dorfs, gleich neben dem, wo's zu trinken gibt, bei Rebord im ersten Stock, wo man eine Holztreppe, so steil wie eine Leiter, hinaufsteigt.

Justin geht zu dem Ammann hinein, er kommt mit dem Ammann wieder heraus; da ist jetzt das Unglück auf uns. Denn Justin kommt heraus, kommt aus dem Haus des Ammann; Justin hebt den Arm, er streckt ihn gegen Norden. Justin bewegt beide Arme, dann braucht er nur noch einen, er streckt ihn wieder gegen die Berge hin. Der Ammann nickt. Der Ammann sieht sich um, er tritt vor. Er ist ein kleiner alter Mann, er hat einen weißen Schnurrbart; er heißt Crettenand. Er fährt noch einmal mit der Hand an seinen weißen Schnurrbart, streicht ihn; er hebt mit einer plötzlichen Bewegung die Achseln, sie bleiben einen Augenblick auf der Höhe seiner Ohren stehen. Und ringsumher ist eine große Stille entstanden, in ihr hört man noch das Krähen eines Hahns, das höhnisch widerhallt; dann hört man Rebord seine Treppe herunterlaufen.

Das macht einen Lärm wie ein Trommelwirbel. Eine Männerstimme sagt: „Das ist nicht wahr!" Dann hört man: „Ah! ... ah! ... ah! ..." den langen Schrei einer Frau, der in drei Stößen kommt, jedesmal greller, und am höchsten Ton bricht.

Und das Dorf gerät jetzt in Bewegung, man läuft dem Ammann und Justin entgegen.

„Der Berg?"

„Ja."

„Und dann? ... Auf Derborence? ... Das kann nicht sein, hör doch, was redest du?"

„Erinnerst du dich an den Lärm heute nacht?"

Man hört weinen; Frauen rufen, Kinder schreien; man drängt sich heran, man stößt sich in der Gasse: da ist das Unglück auf uns, und endlich begreift man, daß es da ist, denn vier oder fünf Männer stehen jetzt um den Ammann.

Es gab Frauen, die lachten und sagten: „Nun hört ... hört doch, das sind ja Märchen ..."

Der Ammann sagte: „Ich weiß nichts, ich weiß nichts, laßt mich, man muß hin und sehen ..."

Philomène war auch herangekommen, sie schlüpft zwischen den Frauen hindurch, sie bahnt sich einen Weg zwischen den erhobenen Armen, den kopfschüttelnden Menschen: „Nun ...?" sagt sie, „nun, Ammann ...?"

Er tritt zu ihr hin, er sagt: „Ich weiß nichts, frag Justin."

„Du ...?" sagt sie zu Justin, „und Séraphin ...?"

Er sagte: „Ich weiß nicht."

„Und Antoine?"

„Ich weiß nicht."

Sie läuft zum Haus ihrer Tochter, wo sich anscheinend noch nichts gerührt hat, denn das Haus ist ziemlich weit von der Stelle entfernt, wo die

Leute zusammenlaufen. Sie sieht, daß die Haustür nicht zugesperrt ist.

Sie klopft an die Zimmertür.

„Bist du das, Mutter?"

Philomène sagt: „Ja, ich bin's."

Sie kommt herein; sie sagt: „Du hast die Fenster offen, du wirst dich erkälten ..."

Schnell geht sie und schließt die Fenster.

„Du mußt achtgeben, weißt du, bei deinem Zustand ... Hast du gut geschlafen? ... Ach, ich habe dich geweckt! Tut mir leid ... Ich war ein bißchen unruhig deinetwegen, darum bin ich gekommen."

Man hört fast nichts durch die Fenster, die aus dickem Flaschenbodenglas sind.

Sie ordnet lange die kleinen Vorhänge, die der Wind in der Nacht durcheinandergebracht hat, sie sagt: „Du mußt heute morgen im Bett bleiben; das ist gescheiter. Ich bring dir die Suppe ..."

Sie hat sich immer noch nicht umgedreht; sie hört Thérèse sagen: „Nein, nein, ich will aufstehen."

„Dann geht es dir besser?"

„O ja", sagt Thérèse; „es geht wieder ganz gut."

Aber ein langer Schrei kommt in diesem Augenblick daher, er dringt durch die Mauern und durch das dicke Glas, jemand rennt hinten am Haus vorbei; und Thérèse sagt: „Was hört man da?"

„Oh!" sagt Philomène, „nichts."

„Aber was ist denn mit dir, Mutter?"

Denn sie hatte sich schließlich doch umdrehen müssen, und Philomènes Gesicht hat die Farbe von schmutzigem Papier, und ihre Hände halten einander fest auf der Höhe des Gürtels, damit sie nicht zu sehr zittern.

Und trotz dem dämmrigen Licht, in dem Philomène steht, schaut Thérèse sie an, denn die Wahrheit läßt sich nicht zudecken.

„Nichts ist mit mir."

Thérèse sagt: „Das ist komisch."

Sie setzt sich auf den Bettrand.

An der Haustür wird geklopft.

Die Mutter geht aus dem Zimmer; Thérèse hört, wie die Mutter redet und wie eine Frauenstimme ihr Antwort gibt in der Küche; man kann nicht verstehen, was die Frauen sagen. Und inzwischen wird draußen der Lärm immer lauter und kommt immer näher; Thérèse fragt wieder: „Was ist denn los?"

Die beiden Frauen sind hereingekommen, die zweite ist eine Schwester der Mutter, sie heißt Catherine.

„Oh!" sagt Catherine, „gib nicht acht darauf, Thérèse; es ist die Frau vom Barthélemy, sie hat einen Kummer ... Es geht ihrem Kleinen nicht gut ..."

Sie blieben beide neben der Tür stehen, beide sind innerlich aufgewühlt und versuchen ruhig zu scheinen, stehen festgebannt und möchten näher kommen, sollten etwas sagen und finden nichts; Philomènes Hände zittern immer heftiger auf der gestreiften Schürze.

„Wartet", sagt Thérèse, „ich komme, ich stehe auf."

„Nein", sagt Catherine, „du würdest besser im Bett bleiben ..."

Ein Glockenschlag ist zu hören, dann noch einer, noch ein Schlag.

Barthélemy war gestorben; die Träger hatten gesehen, daß er tot war, denn sein Mund war aufgegangen im Bart.

Einer von ihnen war vorausgeschickt worden, um es im Dorf zu sagen. Sie haben die Bahre abgesetzt auf dem Weg; dann stehen sie zu dritt um sie herum, den Hut in der Hand, Nendaz auch, und dann alle, die kamen, die ihnen entgegengestiegen waren (darum hatte der Lärm sich wieder entfernt): der Ammann, Justin, Rebord, Männer und Frauen und Kinder.

Die Frauen knien nieder, während einer zur Kapelle lief.

Ein Glockenschlag.

Thérèse sagt: „Wer ist gestorben?"

„Oh!" sagt Catherine (und sie fand die Worte nicht mehr), „das ist der Kleine von der Frau vom Barthélemy, mein Gott, ja sicher, das ist sicher der … Ach, die arme Frau!"

Ein Glockenschlag. Thérèse sagt: „Er war gestern nicht krank."

„Ja, der Kleine von der Frau vom Barthélemy … Sie sagt, er hatte die Bräune … Er hat sie heut nacht bekommen …"

Ein Glockenschlag.

„Sie ist wie eine Verrückte von Haus zu Haus gelaufen … Wie wenn wir etwas hätten tun können …"

Ein Glockenschlag. Die Frauen dort stehen auf. Die Träger nehmen ihre Last wieder auf, einer an jedem Ende.

Und dabei ist überall ein großer Friede auf den Bergen, die hochaufgereiht sind um uns her im Halbkreis. Von der Stelle, die der Tote jetzt verläßt, kann man noch auf das Dorf herabsehen; man sieht über die Dächer hinweg, wie der leere Raum, den das Tal macht, sich auffüllt mit einem weichen Dunst, in dem die Farbe der Sonne der Farbe des Schattens folgt wie ein Streifen dem andern auf einer Fahne. Und weiter oben wird es ganz hell, desto heller wird es, je höher das Auge hinaufsteigt; es leuchtet in Ruhe; die Türme, die Hörner, die Nadeln, alle sind silbern oder alle golden, und sie bewegen sich leicht wie die Flammen von Kerzen, die ein Luftzug trifft.

Alles ist still auf den Bergen, alles ist Ruhe; aber für mich gibt es nie mehr Ruhe.

Er verläßt die Stelle. Man macht, daß er sie verläßt, und er sagt nicht nein; er fügt sich. Er kommt das Stück noch herab. Und die anderen hinterher. Sie trauen sich nicht mehr zu rufen, ja sie trauen sich nicht mehr zu reden.

Und Ruhe. Aber für mich, denkt Thérèse, gibt es nie mehr Ruhe, nein, nie mehr in diesem Leben.

Denn die Mutter und die Tante versuchten wohl, sie zurückzuhalten, aber sie waren nicht stark genug. Sie lief durch das Zimmer, sie stellte sich ans Fenster, und da sah sie nun alles. Zuerst Barthélemy, den sie bringen; ein Mann ist bei seinen Füßen, ein Mann ist bei seinem Kopf, und er liegt flach da. Sie aufrecht, er ausgestreckt; sie gehen, er rührt sich nicht unter dem Tuch, er läßt es geschehen; zuerst kommen die Füße, die über die Bahre hinausragen, dann die Erhöhung, wo der Kopf auf dem Kissen liegt.

Stille, Ruhe. So kommt zuerst er, und dann kommen die Leute.

Der alte Carrupt geht ihnen entgegen; er begreift nicht so recht, was passiert, er gibt dann und wann ein leises Brummeln von sich.

„Ah!" sagt Thérèse, „das ist ja nett, da ist ein Unglück geschehn, und man will mir's nicht sagen."

Die Mutter und die Tante versuchen, sie wegzuziehen; aber jetzt kommt Barthélemys Frau mit ihren sechs Kindern.

Die Glocke schlägt weiter; ein Schlag, ein Schlag, noch ein Schlag. Ein Schlag, und Barthélemys Frau hält das Kleinste auf dem Arm, sie hält an der Hand ein anderes, das erst zu laufen anfängt, und zwei von den Kindern halten sich hinten an ihrem Rock.

Da ist Nendaz mit seinem Stock, und Thérèse erkennt Nendaz.

Er kommt heran.

Er ist ein Gesicht unter all diesen andern Gesichtern, die ein wenig über dem Boden und auf der Höhe der kleinen, unten an den braunen Holzwänden aufgereihten Fenster sind; mit Bart oder ohne Bart, mit wirrem Haar oder glatt geschoren, mit langem Haar – bei den Frauen – oder aufgestecktem, braunem oder schwarzem und sogar blondem ...

„Ah! Das ist ja nett!"

Dann zu Nendaz: „Nun hören Sie, was ist los?"

Denn Barthélemy geht jetzt, flach, unter dem Fenster hindurch; sein Gesicht ist zugedeckt, man sieht ihn von oben in seiner ganzen Länge, man sieht, er bewegt sich nicht; und man hört seine Frau wieder schluchzen, sie läßt die Tränen herabfließen bis in den Mund, und die Tränen machen schwarze Flecken vorn auf dem grauen Mieder.

Arme gehen in die Höhe, Hände werden flach auf beide Seiten eines Kopfs gedrückt; die Männer dagegen halten ihre Köpfe gesenkt, der Ammann, Justin, Rebord, Nendaz, die anderen – nicht sehr viele und leider auf lange Zeit nicht sehr viele, bei all den Toten, die dort oben sind: ein kleines Dorf der Ziegen und der Frauen, der Kinder, der Alten; und währenddessen kommt Barthélemy, jetzt ist er unten an Thérèse; da sagt sie: „Was ist los?"

Sie meint Barthélemy; sie sagt: „Ich glaube, er ist tot. Ist er tot, Maurice Nendaz?"

Nendaz geht vorbei mit seinem Stock.

„Warum gibt er keine Antwort? Ah, das ist doch komisch!" sagt sie. „Was haben sie denn? Justin!"

Justin scheint nichts zu hören, er geht auch vorbei, er ist schon vorbei.

Da schaut eine Frau zu Thérèse herauf: „Ja, weißt du's nicht? Weißt du's noch nicht? ... Mein Gott ..."

Sie verstummt mitten im Satz.

Es ist, wie wenn sie Thérèse schon vergessen hätte. Die Glocke schlägt.

„Bleib nicht so unter dem Fenster, du wirst dich erkälten", sagt Philomène. „Wir erklären dir's ja …"

Und Thérèse: „Mir erklären – was?"

Doch die Erklärung kam schon, denn eine andere Frau sagt: „Der Berg ist eingestürzt."

„Welcher Berg?"

„Die Diablerets."

„Und wohin gestürzt?"

„Auf Derborence."

Da sagt Thérèse: „Und sie?"

Aber sie muß lachen: „Der Berg!"

Und sie lacht wieder.

„Ein Berg! Der stürzt doch nicht einfach so …"

Dann auf einmal: „Und Antoine? Wo ist er?"

Sie ruft: „Oh, Antoine, mein Mann! Antoine, mein lieber Mann!"

VII

Man hat später errechnet, daß der Bergsturz mehr als hundertfünfzig Millionen Kubikfuß ausgemacht hatte; das gibt ein Getöse, wenn hundertfünfzig Millionen Kubikfuß herunter kommen. Das hatte ein großes Getöse gegeben, es war in der ganzen Talschaft gehört worden, die doch mehr als eine Meile breit war und mindestens fünfzehn lang. Nur hatte man nicht gleich gewußt, was das Getöse bedeutete.

Jetzt würde man es bald wissen, denn die Nachricht lief, sie lief rasch, obwohl es damals keinen Telegraphen gab und kein Telephon und keine Automobile. Es ist bald gesagt. Man sagt: „Der Berg ist herunter gekommen."

Die Nachricht langte fast so schnell in Premier an wie in Aïre, wegen des kleinen Dsozet. Er stand neben dem Brunnen, und man wusch ihm das Blut vom Gesicht; und die Nachricht geht aus seinem Mund und läuft von Haus zu Haus.

Droben bewegt sich's noch immer leuchtend und weiß, am Himmel, der ein wenig gebogen ist, der sich zu uns hinsenkt wie ein Kellergewölbe; darunter eilt die Nachricht weiter.

Sie folgt anfangs dem Weg, dann verläßt sie den Weg.

Ein Mann, der gerade die Leite flicken will, hebt den Kopf: „Was ist los?" – „Der Berg ..." – „Welcher Berg?"

Und die Eidechsen, die sich sonnen, die am Gestein liegen, schlüpfen zurück in ihr Loch.

„Derborence ..."

Die Nachricht geht vorüber, geht weiter, stößt gegen das große Tal vor, das sich auf einmal zweifarbig zwischen den Fichten auftut; die Nachricht purzelt über den steilen Hang und über die Reben hinab bis zur Rhone, die einem aufs Mal ins Gesicht schlägt mit ihrem weißen Feuer.

Dort ist ein Marktflecken, wo gegen elf Uhr ein Arzt auf sein Pferd steigt, er hat die Instrumententasche hinter sich am Sattel festgemacht.

Und noch vor Mittag kommt die Nachricht zum Hauptort, wo die Regierung ist, und ruft da ein großes Stimmengewirr in den Cafés hervor. Man trinkt dort den Muskateller der Gegend: „Derborence!"

Ein fast brauner Wein, so vergoldet ist er; ein Wein, der warm ist am Gaumen, mit einem herben Geschmack, und gleichzeitig steigt sein Geruch, hinten vom Mund her, zur Nase.

Man sagte: „Da scheint nicht einer am Leben geblieben zu sein!"

„Und das Vieh?"

„Kein Stück!"

Sie traten unter die Haustüren, reckten den

Kopf; doch sie waren hier so weit abgerückt von der Bergkette, daß sie nichts sehen konnten. Gar nichts. Nur gerade ganz oben dort, gegen Westen, eine kleine Wolke, grau und durchsichtig wie ein Stück Musselin, das flach auf dem Himmel ausgespannt war, hinter den Felsen.

Bis gegen fünf Uhr am Abend hatten die Bewohner von Zamperon – die wenigstens, die dageblieben waren, also freilich nicht mehr als vier oder fünf Menschen, darunter eine Frau – niemanden kommen sehen. Sie ließen ihr Vieh in nächster Nähe der Hütten weiden, damit sie es nicht überwachen mußten; und sie hatten einen Hammer, eine Haue genommen, hatten eine verkeilte Tür loszumachen oder die Dachlatten wieder festzunageln versucht.

Da erschienen zwei Männer von Anzeindaz; sie hatten einen weiten Umweg über die Höhen gemacht, um das Bergsturzgebiet zu umgehen.

Zuerst sagten sie nichts. Sie kamen, sie sagten nichts. Sie schauten die Leute von Zamperon an, und sie sagten auch nichts; dann nickten sie mit den Köpfen.

„Nun?"

Die von Zamperon sagen: „Ja", und sie nicken.

„Ah!" sagten die von Anzeindaz, „das ist ein schweres Unglück. Gibt es welche, die davongekommen sind?"

„Einen."

„Einen?"

„Einen einzigen! Und wie der zugerichtet war! … Man hat ihn hinuntergebracht."

Sie verstanden einander nicht leicht, denn sie sprachen nicht ganz die gleiche Mundart; aber die von Anzeindaz fingen wieder an: „Wir wollten sehen, ob ihr nicht ein wenig Hilfe braucht; wir könnten euch ein paar Leute schicken."

Aber die von Zamperon sagen: „Oh, ihr seht ja ... Schönen Dank. Man wird schon allein fertig werden ..."

Und dann zeigten sie auf die Mulde von Derborence: „Und die dort ..."

Sie lassen die Hand wieder fallen; sie sagen: „Die brauchen niemanden mehr."

Sie sitzen einen Augenblick alle beisammen auf einem Mäuerchen an der Sonne und trinken von dem Schnaps, den die von Anzeindaz in einem Sack mit Leinenzeug gebracht hatten; währenddessen steigen auch die Deutschsprachigen vom Sanetsch herunter, um etwas zu hören. Sie hingen einer über dem andern, wie an einer Strickleiter, in den Kaminen des Porteur de Bois, wo man sie sah und nicht mehr sah, wo man sie wieder sah, je nachdem die weiße Wolke, die immer noch vor den Wänden schwebte, sie freigab oder verdeckte.

Sie sind herangekommen; und sie versuchten sich mit Handbewegungen verständlich zu machen, sie konnten nur Deutsch: so sind da die Männer aus drei Ländern einen Augenblick beisammen, trinken Schnaps miteinander, denn Derborence ist der Ort, wo die Grenzen der drei Länder sich treffen; die von Anzeindaz kommen von Westen, die vom Sanetsch aus Nordosten.

Sie saßen nebeneinander, sie gaben einander den Becher weiter; sie schauten geradeaus, über den Bach hinweg, auf den vortretenden Berg, auf den jungen Tannenwald, der umgelegt worden war und dessen Bäume alle in derselben Richtung lagen, dem Windstoß entgegen, die einen am Boden durchschnitten, die anderen in der Mitte gebrochen, wie wenn einer versucht hat, mit einer schlechten Sense bei trockenem Wetter das Gras zu schneiden.

Sie sagten etwas, jeder in seiner Sprache.

Sie gaben einander den Becher weiter, sie schau-

ten zum Bach hinüber, sie sahen, wie die großen
Steine auf dem Grund seines Bettes nun trocken
wurden, zwischen sich ganz stille Tümpel stehen-
ließen, und diese Tümpel glänzten wie Brillenglä-
ser. Die starke Stimme des Wassers ist verstummt,
die sie mit dem Ohr unwillkürlich wiederzufinden
versuchen, dort wo sie hätte sein müssen, und in
der Luft, wo sie nicht mehr war, und sie wunder-
ten sich über diese neue Stille, und gleichzeitig
fügten sie sich ihr.

Denn sie verstummten einer nach dem anderen,
und dann machten sich die vom Sanetsch und die
von Anzeindaz auf den Heimweg. Aber Aïre war
voller Leute. Man war sofort von Premier heraufgekommen, wo das Pfarramt war, der Priester und
viele Einwohner waren gekommen.

Und bald nach Mittag kam der Arzt auf seinem
Pferd, das weiß von Schaum war, er hatte es den
ganzen steilen Weg herauf angespornt.

Da war auch der gebrochene Arm: ein junger
Mann, etwa zwanzig, der Placide Fellay hieß; er
saß in einer Küche, und der Arzt hatte sich Brettchen und Binden beschafft und schiente ihm seinen Arm.

Zwei Männer hielten ihn an den Schultern, zwei
andere an den Beinen.

Bei dem Toten hat man nur feststellen können,
daß er wirklich tot war: am 23. Juni. In einem fort
kamen Leute; der Arzt beugt sich über das Bett,
auf das man Barthélemy gelegt hat, und horcht
nach dem Herzschlag: und dort, wo das Herz geschlagen hatte, war bloß noch Stille.

Man bringt einen Spiegel, man hält ihn vor Barthélemys Mund; die Oberfläche des Spiegels bleibt
so blank, wie sie war (man hatte sie vorher auf dem
Knie gerieben).

Der Arzt richtet sich wieder auf, er schüttelt den
Kopf. Und: „Aaah ...“

Ein langer Klageruf, dreimal ausgestoßen, dreimal wiederholt, und man hört ihn bis auf die Straße, wo die Leute stehenbleiben: „Das ist die Frau vom Barthélemy."

Inzwischen waren die Gerichtsbeamten gekommen, und der Arzt traf Anstalten, mit zwei, drei Männern und einem proviantbeladenen Maultier nach Derborence aufzubrechen.

Und sie erkundigen sich bei Biollaz, aber der sagte: „Ihr werdet schon sehen ..."

Biollaz und Loutre, der neben ihm stand, und Biollaz sagte: „Steine, Steine, so groß wie ..."

Er zeigte auf die Häuser des Dorfs.

„Zwei- oder dreimal so groß wie unsre ‚Gebäude‘, und sie haben den Bach verstopft ... Die Lizerne ... Sie sind ganz vorn. Sie sind über die Weide herabgekommen ... Was soll da drunter noch sein ..."

Man sagte zu ihm: „Und Barthélemy?"

„Oh, der!" sagte Biollaz, „der hatte seine Hütte ein Stück neben und ein Stück über den andern ... Dabei wäre es besser gewesen für ihn, armer Kerl, wenn es ihn gleich getroffen hätte ..."

Man sagte zu ihm: „Wie viele werden es sein?"

Er sagte: „Neunzehn müssen es sein ... fünfzehn von Aïre und vier von Premier ..."

„Und wieviel Vieh?"

„Weiß der Himmel", sagt er, „mindestens hundertfünfzig Stück ... Ohne die Ziegen ..."

Aber das Maultier war bereit, und die Männer warteten nicht länger, sie machten sich auf den Weg.

Und in diesem Haus ist es, und in jenem anderen ist es. Hier ist es und hier auch, und dort und noch weiter drüben. Dort vorn hört man lachen. Sie sagen, das sei die Frau des Toten, sie sei verrückt geworden.

Die ganze Zeit über gehen jetzt Leute, die man nicht kennt, an den Häusern vorbei; und sie bleiben stehen, sie schauen, sie schütteln den Kopf.

Der alte Jean Carrupt, der nicht recht begreift, was vor sich geht, wandert weiter umher. Dann und wann bleibt auch er stehen, und er brummelt etwas.

In zehn, in zwölf Häusern, hier und hier auch und dort vorn, ist das Unglück, und die Leute stehen still und schauen, und man hört Stimmen, hört Schreie, hört Klagen, und nichts mehr; man hört weinen und lachen zur gleichen Zeit.

Der Bergsturz von Derborence, am 23. Juni; nur etwa zehn Tage, nachdem sie hinaufgezogen waren.

„Ah!" sagte man, „hätten sie nur ein wenig gewartet ..."

„Was wollt ihr? Es war die Zeit. Sie sind hinauf wie gewöhnlich."

„Ich", sagte sie, „glaube euch eure Geschichte nicht."

Man hatte Thérèse genötigt, wieder zu Bett zu gehen; die Mutter und die Tante waren bei ihr.

Alle Augenblicke klopfte jemand an die Tür.

„Oh!" sagte Catherine zu den Leuten, die klopften, „kommt nicht herein, bitte kommt nicht herein ... Man läßt sie jetzt besser in Ruhe."

Und die Leute, die am Haus vorbeigingen, sagten: „Da auch ... Ja, sie waren zu zweit ... Ein Bruder und ein Mann ... Der Bruder der Mutter, der Mann der Tochter ..."

„Antoine Pont."

„Und Séraphin Carrupt."

So wurden die Toten bei ihren Namen genannt, und allmählich waren sie aufgezählt; und oben an der Treppe, hinter der Haustür, die sich wieder geschlossen hatte, brannte ein großes Feuer auf dem Herd in der Küche.

„Sie erwartet scheint's ein Kind."

Man sah, daß Wasser in dem Kessel am Haken gewärmt wurde; und sie, in ihrem Bett: „Hört doch, ein Berg soll einfach so einstürzen? ... Ich muß ja lachen ..."

Sie konnte nicht still liegen. Da man fand, sie müsse Fieber haben, legte man ihr einen kalten, nassen Lappen auf die Stirn.

„Wenn die Berge so herunter kommen, was wird dann aus uns? Es gibt doch viele Berge ..."

Sie sagte: „Nehmt mir diesen Lappen weg."

Jetzt würgte Philomène ihre Tränen hinunter: „Oh, bitte, Thérèse, bitte!"

Und Thérèse: „Laßt mich in Ruhe! Mir fehlt nichts ..."

„Oh, es ist ja nicht nur deinetwegen."

„Weswegen denn?"

Sie bewegt sich nicht, sie denkt nach.

Auf einmal fragt sie: „Was ist das für ein Lärm?"

„Das sind die Leute."

Sie sagt: „Welche Leute?"

„Die Leute, die sich erkundigen."

„Oh!" sagt sie, „dann ist es ja wahr ... Wenn da Leute kommen, so ist es wahr ... Der Berg ... Oh!" sagt sie zur Mutter, „und du? Glaubst du, er ist tot?"

„Man weiß es noch nicht. Man muß warten, man weiß nichts; sie sind eben erst gegangen."

„Wer?"

„Der Arzt und die Beamten."

„Ah!" sagt sie. „Warten muß man? Bis wann muß man warten?"

„Bis morgen oder übermorgen. Man wird dir alles sagen, ganz gewiß."

„Oh!" sagt sie, „das lohnt sich doch nicht."

Sie sagt: „Warum machen sie sich die Mühe?"

Sie sagt: „Und ich, hätte ich nicht mit ihnen hinaufgehen können?"

Sie setzt sich auf, und die beiden Frauen eilen herbei, jede faßt sie an einem Arm, und sie nötigen sie, daß sie sich wieder hinlegt.

„Was könntest du da droben helfen, armes Kind? Man kann nichts tun als warten, sieh das doch. Mach's wie wir. Was können denn wir tun? Ach, was können denn wir tun, sag doch, mein armes Kind?"

Und während ihnen die Tränen über die Backen laufen: „Und du mußt auch an ihn denken."

„An wen?"

„An den Kleinen ..."

„Gut!"

Sie fügt sich, sie läßt sich zurücksinken, sie ist wieder ruhig auf ihrem Kissen. Sie hat die Hände auf dem Leintuch gekreuzt. Bald werden die Berge sich röten. Die Berge fallen auf uns herab. Das sieht schön aus, es ist aber schlimm.

Sie sagt: „Und wenn ich ein Kind habe? Wenn ich von Antoine ein Kind habe? Er kommt nicht zurück, das weiß ich. Aber dann ist das Kleine ein Waisenkind, es wäre ein Waisenkind, bevor es zur Welt kommt ... Ah!" sagt sie, „und er hätte sich so gefreut, der Antoine. Ich hätte es ihm ins Ohr gesagt, das Geheimnis ... Ich werd ihm nichts sagen. Er wird es nie wissen, nie. Das ist komisch."

Auf einmal schreit sie: „Dann will ich es nicht ... Nein, ich will es nicht. So ein Kind, ein Kind ohne Vater, wäre das denn ein Kind? Oh, nehmt es mir weg", sagt sie, „nehmt mir's weg, nehmt mir's weg ..."

Zweiter Teil

I

Er streckt den Kopf heraus …

Das war zwei Monate, oder fast zwei Monate, nach dem Bergsturz; so hatten sie alle Zeit gehabt, ihn zu messen, hatten zu diesem Zweck ihr gummiertes Meßband entrollt, auf dem die Klafter mit schwarzen Strichen verzeichnet waren, hatten es flach über die Steine gezogen, zuerst der Länge, dann der Breite nach. Dann kletterte ein Mann bis zur Spitze des Felsblocks, der ihm der höchste zu sein schien, und versuchte so, die Masse zu errechnen, einer von den Angestellten des Katasteramts; die waren auch nach Derborence heraufgekommen, nach dem Arzt und den Gerichtsbeamten und den Neugierigen.

Hundertfünfzig Millionen Kubikfuß.

Man hat das Ausmaß der Verwüstung errechnet, um dann die Pläne des Gemeindelands abzuändern und auf einem der Blätter im Register eine Eintragung über Weiden und fruchtbaren Boden zu ersetzen durch den Vermerk: *unverwendbares Land.*

Das ist eine ziemlich lange Arbeit, doch die Leute, die sie übernommen hatten, haben alle Zeit gehabt, sie durchzuführen. Nichts hat sie bei ihrem Tagewerk gestört, denn Neugierige kamen von Tag zu Tag weniger; und die Natur ließ sie machen, sie hatte ihre Ruhe wiedergefunden, war zu ihrer Unbeweglichkeit zurückgekehrt, hatte ihren Gleichmut wieder angenommen. Zuletzt kamen dann Herren aus der Stadt und stiegen sogar bis zum Gletscher hinauf, und sie haben ihn abgesucht von oben bis unten, um sicher zu sein, daß kein neuer Riß hinter der Bruchstelle auf die künftige oder gar auf die nahe Gefahr eines zweiten Bergrutschs hindeutete. Aber sie hatten den Eindruck, daß alles an seinem Platz war unter der schönen glatten und weißen, unzerrissenen Decke, die auf der ganzen, fast flachen Mulde hinter dem Berggrat lag.

Jetzt, da die Staubwolken über die Wände hinaufgezogen und dort sogleich vom Wind zerstreut worden waren, ließen sich die Gründe von Derborence wieder von allen Seiten her überschauen. Die verdunkelte Luft war allmählich wieder hell und rein geworden. Alle, die bis hier heraufgekommen waren, haben nur den Kopf heben müssen, um am äußersten Horizont den Punkt zu erkennen, wo sich der Bergsturz gelöst hatte. Es war eine Stelle, wo früher die Felswand hervorgetreten und unter einer Eislast voller Gletscherblöcke übergehangen war: und man sah, daß jetzt an der Stelle des Vorsprungs eine Einbuchtung war, das Konvexe war nun konkav geworden. Der vortretende Fels war einer breiten, sehr steilen Runse gewichen, deren Inhalt sich in einemmal auf die Weide ergossen hatte, so daß sie keine Weide mehr war, auf ihre Bewohner, so daß sie da nicht mehr wohnten, auf das, was gelebt hatte, so daß es zu leben aufhörte. Da war jetzt nirgends mehr etwas anderes als die Reglosigkeit und die Stille des Todes; das einzige, was sich noch regte, war in der Runse dort oben eine schlammige Masse, ein Bach aus Sand, aus Erde und aus Wasser, der weiter herabfloß; doch seine Ufer dämmten ihn ein, sie lenkten ihn so, daß er schließlich geräuschlos zerrann, auf dem Schuttkegel unten an seiner Bahn. Still ist er, fast regungslos, sein Lauf ist so unmerklich, daß man lang hinschauen muß, um die Bewegung zu erkennen.

Man hatte im Land gesammelt; man würde so die Besitzer des Viehs für ihren Verlust teilweise entschädigen können. Und man hatte ihnen als Ersatz für die Weiden, die sie in Derborence eingebüßt hatten, neues Land auf anderen Allmenden der Gemeinde zugeteilt.

Und sonst hat man nur eine kleine Berichtigung auf der Karte anbringen, nur eine Anmerkung auf einem Katasterblatt eintragen müssen; man wird auch zu prüfen haben, ob es nicht vielleicht angezeigt wäre, es anders zu kolorieren; denn zur Zeit ist Derborence hier noch grün.

Und Grün bedeutet Gras, und Gras, das bedeutet Leben.

Nichts mehr dort oben, nichts als der alte Plan mit seiner Schafherde, die durch die Schluchten irrte wie der Schatten einer Wolke.

Die Herde muß in einem fort umherziehn. Denn in dieser Einöde wächst wirklich nichts mehr als ein wenig karges Gras, das aus den Ritzen im Gestein hervorkommt, wie auf einem gepflasterten Hof in den Zwischenräumen des Pflasters; man muß es zusammenbetteln, Halm um Halm. Da geht die Herde vorwärts, und im Gehen weidet sie. Vom Morgen bis zum Abend ist sie unterwegs. Sie ist viereckig, sie ist spitz, sie ist dreieckig oder rechteckig; bald an den Hängen, bald am Boden einer Schlucht ahmt sie den Schatten einer Wolke nach, die über uns der Wind beständig umformt. Sie geht vorwärts, sie wölbt sich über einer Erhebung, sie wölbt sich im anderen Sinn, wenn sie in eine Mulde hinabsteigt. Sie wird konvex, sie wird konkav; sie macht mit den Hufen das Geräusch eines Regens. Sie macht mit den Zähnen ein Geräusch, wie wenn bei mildem Wetter die Wellen mit kleinen Schlägen zurückfallen auf die Kiesel am Strand.

Er stand daneben aufgepflanzt wie eine alte Lärche, die der Winter angerührt hat.

Dort aufgepflanzt, ganz aufrecht, unbeweglich in der Pelerine, schüttelt er den Bart, über der Pelerine, unter dem alten Hut mit der zerfransten Krempe: „D... D... I...“

Er lachte!

Er sagte: „Die Vermesser sind fort, das ist gut ... Niemand mehr da ... Nur noch ich ...“

Er fing wieder an: „D... I... DIA... B...“

In diesem Augenblick löst sich ein Stein dort oben von der Schlammrinne und schlägt aufs Geröll.

„Ich seh schon“, sagt er, „du verstehst mich.“

Da beginnt die ganze große Felswand zu lachen im Widerhall von rechts und von links, der bald nur noch ein Getöse ist; der ganze Berg bricht in Lachen aus, und er gibt ihm Antwort, dem Berg: „Ich seh schon, ich muß nichts mehr sagen, du kennst deinen Namen ...“

Der Berg verstummt allmählich. Er wird immer stiller.

„Du weißt, was geschieht; du weißt Bescheid ... Ich weiß; und du weißt“, sagt er zum Berg. „Und du weißt und läßt es geschehn. Du kommst herunter. Aber da ist der, der dich stößt ... D... I... A... B... Und du hörst sie wie ich, in der Nacht; die Armen, die er dort gefangenhält. In der Nacht, wenn ich in meiner Steinhütte bin, und du bist dort droben: was sie da sagen, du, wie sie klagen, verzweifeln, weil sie die Ruhe nicht finden. Die Form von einem Körper haben sie, aber nichts darin, leere Schalen; aber hören kann man sie in der Nacht und auch sehen – du? ...“

Der Berg beginnt wieder zu lachen.

Und da kommt auch dieser Kopf heraus; aber man konnte ihn nicht sehen wegen der vorspringenden Felsen, die ihn ganz verdeckten.

II

Er streckt den Kopf heraus.

Das war fast zwei Monate nach dem Bergsturz.

Um ihn zu sehen, hätte man die Augen und die Flügel eines Adlers haben müssen, der hoch oben in den Lüften kreist, von dort einen durchdringenden, scharf unterscheidenden Blick auf uns richtet und sofort erkennt, was da lebt und was nicht lebt, was sich rührt und was reglos ist, was Atem hat und was nicht; weil er über den Dingen ist mit seinem kleinen und grauen Auge, für das die Entfernung nicht zählt, wohl aber die kleinste Bewegung, die kleinste Veränderung unter den Gegenständen und Lebewesen, wenn etwa der Hase seine Laufsprünge macht oder das Murmeltierjunge aus seinem Loch schlüpft.

Ihn hat niemand gesehen, weil er zu klein war, zu verloren inmitten der großen steinigen Einöde.

Nur der Adler hätte ihn gesehen, weil der Kopf sich bewegt hat, und die Steine um ihn her bewegen sich nicht. Wenn der Adler langsam die Runde macht auf den großen, reglosen Flügeln, die er nur leichter oder stärker neigt, je nach der Windrichtung und dem Luftdruck, wie sie es auf den Booten mit ihren Segeln tun: so wendet er, wendet sich wieder, er geht und er kommt, hoch über der riesigen Mulde, wo die Felsblöcke nichts anderes mehr sind als verstreuter Kies.

Dort kommt dieser Kopf hervor. Dort, in der hellen Sonne, die seit zwei Stunden über der Bergkette steht; in einem kleinen Schattenfleck,

wie ein Tintentropfen, der auf ein graues Löschpapier fällt.

Von dort oben hätte man ihn sehen können,
aber nur von dort oben, als er den Kopf heraus-
streckte, als erst der Kopf herauskam.

Man müßte zu dem Adler sagen können: „Flieg
ein wenig tiefer, sink ein wenig ab, um ihn besser
zu sehen. Komm aus deiner allzu großen Höhe,
komm geschwind herab."

Doch dann würde er innehalten im Sturz, würde
zögern, denn der Mensch ist nicht seine Beute,
und er hat Angst vor dem Menschen.

Hier aber, ein armer Mensch, der unter dem Boden hervorkommt, ein armer Mensch, der in den
leeren Raum herauftaucht zwischen den waghalsig
getürmten Felsblöcken – aus dem Schatten herauf,
aus unbekannten Tiefen, aus Nacht; der zum Licht
strebt.

Er bildet einen helleren Fleck in dem Halbdunkel, das ihn umgibt; er bewegt sich, grau ist er,
seine Haut, seine Schultern sind grau; er streckt
den Kopf heraus, hebt den Kopf.

Aber zuerst muß er feststellen, daß er nichts sehen kann von dort, wo er ist.

Nichts als das Blau des Himmels, wenn er hinauf-
schaut; ein glatter Himmel, rund geschnitten und
von einem Berg zum anderen gespannt wie ein Pa-
pierdeckel auf einem Einmachglas.

Er muß sich noch ein wenig aufrichten, auf den
Knien und auf den Händen, in seiner Spalte, die
sich von unten nach oben verengt; man sieht ihn
nicht ganz, denn er ist auf der Schattenseite; dann
kommt er mit dem Kopf an die Grenze zur Sonne.

Die Sonne trifft ihn auf den Kopf.

Er hält wieder ein.

Man sieht, daß er lange Haare hat, sie fallen ihm
bis auf den Nacken.

Man sieht, daß er sie mit den Händen von den

Augen wegstreicht nach beiden Seiten des Kopfes, über die Ohren, wo sie wie nasses Tuch klebenbleiben.

Seine Lider gehen auf und zu, er schließt die Augen, er öffnet sie wieder, er schließt sie von neuem.

Er ist mit dem Kopf in der Sonne, an die er nicht gewöhnt ist und an die er sich gewöhnen muß; denn sie ist schön, aber sie tut weh und gut, aber sie brennt.

Wie wenn man kleinen Kindern Schnaps zu trinken gibt; das Blut singt ihm in den Ohren; er weiß nicht mehr, ob es in ihm rumort oder draußen, er hat das Hören verlernt, das Sehen verlernt und die Farben, er hat den Geschmack, den Geruchssinn verloren, er kann die Formen nicht mehr ausmachen, die Entfernungen nicht mehr abschätzen.

Er schließt die Augen, er öffnet sie wieder; er steckt die Finger in die Ohren, er schüttelt den Kopf wie ein Hund, der aus dem Wasser kommt. Dann, langsam, fängt das Leben um ihn her doch wieder an, ihm seinen Reiz zu zeigen, redet ganz leise zu ihm durch die Sonne, die Farben, durch all seine guten Dinge, und er spürt es wie ein warmes Gewand um den Leib.

Er atmet es tief in sich ein, wie wenn einer trinkt.

Es dringt ein, es hat Duft und Geschmack, es geht durch den Körper, es fließt in den Magen, es kreist im Bauch, es gibt ihm die Kraft zurück; da arbeitet er sich noch ein wenig zwischen zwei dikken, von Schutt halb verdeckten Felsbrocken hinauf, bis er an ihren Rand kommt.

Dort streckt er sich auf einer Steinplatte aus.

Um den ganzen Körper jetzt die Sonne, ihre Wirkung ganz auf ihm: Ah! Jetzt hat man Platz, und mehr Platz, als man braucht!

Er streckt die Beine aus, er gähnt. Er hebt die

Arme über den Kopf; er streckt sie nach beiden Seiten aus. Man stößt nicht an. Man stößt nur an die Luft, und die ist weich, gibt nach, zieht sich sofort zurück und kommt dann wieder.

Ah, das ist gut! Er sagt sich: Ah, das ist gut! und er gähnt. Er kratzt sich den Kopf, den Hals, den Rücken, die Schenkel; man sieht ihn, sieht ihn nun ganz, er hat die Farbe von weißen Rüben; er hat nur noch Reste von Schuhen, aus denen die Zehen hervorschauen. Eines der Hosenbeine geht nur bis zum Knie, das andere ist an der Seite aufgerissen. Er fühlt sich wohl, er gähnt wieder, er stützt sich auf den andern Ellbogen. Er hat eine Jacke an, die hinten bis zu den Schultern hinauf zerrissen ist; vorn steht sie weit offen, man sieht die Brust, die ist eingefallen, aber der Bart ist kräftig ums Kinn.

Er hat von den Fußspitzen bis oben am Kopf nur die eine Farbe, und die wechselt nun rasch, sie wird in der Sonne immer noch heller: das Leder, der Stoff, das Tuch, die eigene Haut, die eigenen Haare, das Ganze ist hellgrau gefärbt, es wird weiß.

Und man sieht, er hat in der Tasche eine alte Brotkruste gefunden, die er sicher vorher hineingesteckt hatte; nun hält er die Kruste mit beiden Händen, und mit den Zähnen macht er ein Geräusch, das man hören kann.

Immer mehr Fliegen kommen; auch Schmetterlinge, kleine weiße, andere von zartem Grau und Blau, die auf- und niedersteigen, sanft gewiegt in der Luft wie Papierschnitzel. Er ißt gierig, schluckt seinen Speichel hinunter, in einer kleinen schwarzen Wolke, die um ihn schwebt.

Er sieht jetzt besser. Die Dinge stellen sich ihm vor- und hintereinander; die Dinge sind wieder weiter oder weniger weit voneinander entfernt. Der Raum ordnet sich um ihn her, nach der Höhe und nach der Tiefe. Die Sonne ist ihm zu Hilfe gekommen. Die Sonne wollte ihn zuerst hindern, es ist ihr nicht gelungen; und das hier ist ein Kiesel, das dort ist ein Kiesel. Er sieht die geborstenen Felsen, ihre Bruchstellen im Licht: blaue mit weißen Adern, violette wie die Blüten des Wintergrüns, braune wie Kastanien und andere, die rosa wie Kleeblumen oder wie vom Feuer geschwärzt sind; ah! Und Kiesel, so viele man will, übereinander und nebeneinander bilden sie etwas, das nicht stimmt, das man nie gesehen hat, aber darüber ist die Sonne, und die Sonne ist etwas, das es gibt.

Es gibt sie, und mich gibt es auch; ja aber, sagt er sich, wo bin ich denn?

Er sieht, daß er inmitten einer großen Steinwüste ist; er versucht mit großer Mühe, eine Ordnung in seinen Kopf zu bringen.

Und am andern Ende einer langen Nacht (aber bin ich denn am gleichen Ort geblieben, oder bin ich unter der Erde weitergezogen, bin ich vielleicht unter dem Berg durchgekrochen, und wie lange mag das gedauert haben?), am andern Ende einer langen Nacht findet er diese selbe Sonne wieder, doch er sieht, was diese selbe Sonne damals beschien: und das war schönes Gras, rings eine üppige Weide, auf der sich die Kühe verteilten, auf der die Männer Jauche führten und Mist auslegten. Alles lebte da, die Glocken klangen am Hals der Tiere, die Männer riefen einander. Stille. Er schaut umher: keine Männer, kein Vieh mehr. Kein Gras, keine Hütten: er sieht Steine und Steine und Steine. Er sieht ein riesiges Feld voller Steine, das sanft abfällt bis zur anderen Kette, die sich im Süden erhebt; und sie erkennt er schon, aber an ihrem Fuß glänzt etwas, das er zuerst nicht erkennt: Wasser ist das, es sind zwei kleine Seen.

Die waren früher nicht da.

Er kratzt sich wieder am Kopf.

Bei jeder Bewegung, die er macht, schwärmen die Fliegen auf, von denen er bedeckt ist: plötzlich, mit einem Ton, wie wenn einer eine Violinsaite anzupft. Er ist in Derborence, er ist trotz allem in Derborence: das sagt er sich schließlich. Ich bin hier, ich sehe doch, daß ich hier bin. Denn unten durch hat sich's geändert, aber oben hat sich nichts geändert. Unten ist alles anders, oben ist alles gleich. Er nennt die Gipfel, einen nach dem andern, denn die Namen fallen ihm auch wieder ein: dort oben die Cheville und hier die Pointe au Peigne, da unten ist die Schlucht, da ist Zamperon, dort links der Porteur de Bois; dann dreht er sich ein wenig, er legt den Kopf zurück, und da muß er lachen.

Denn nun hat er begriffen.

Er kehrt sich ganz nach Norden: etwa fünfzehnhundert Meter über ihm ist es, unter dem Saint-Martin; da ist der Schnitt durch den Gletscher; er sieht die Stelle, wo er abgebrochen ist, und die Bruchstelle glänzt noch ganz frisch.

Er begreift, er sagt sich: Ich seh's.

Er nickt: Das ist es, jetzt begreif ich's, der Berg ist herunter gekommen.

Er ist auf uns gestürzt, ich weiß noch: der Lärm, den es gab, und das Dach hat sich auf der einen Seite zum Boden gesenkt.

Man sieht den Weg, den er genommen hat, bei Gott! Ah! Der ist von hoch herunter und schön tief gestürzt; man sieht, wie er gekommen ist, grad herab, grad auf uns, wie wenn er auf uns gezielt hätte; und tatsächlich, kein Haus mehr – er blickt über das riesige Trümmerfeld –, keine Spur mehr von Gras, von Vieh, keine Spur mehr von Menschen.

Er sagt sich: Wo sind sie? Er sagt sich: Sie sind wohl davongekommen.

Er sagt sich: Mich hat's erwischt.

Er sagt sich: Und jetzt bin ich auch heraus, es hat Zeit gebraucht, aber jetzt bin ich draußen.

Da ist er glücklich; er sieht, daß er lebt. Jetzt ist er sicher, daß er am Leben ist. Er hat Augen, mit denen er sehen kann, was ist, einen Mund, der atmet, einen Körper (er tastet ihn ab), um zu gehen, wie er will und wohin er will und solang er will.

Er sieht, daß er auch eine Stimme hat, sie kommt ihm wieder, denn die Worte, die er jetzt denkt, bilden sich ihm vorweg auf der Zunge; eine Stimme, die schneller geht als er selber und die ihm vorausläuft, um ihn zu melden, wie ein Hund es tun würde.

Er macht in seiner Kehle einen Ton, den er hinausstößt und der noch rauh und undeutlich ist; aber man hört ihn, er hört sich selbst; er beweist sich selbst, daß er lebt, er stößt so den ersten Schrei aus, der durch das Echo zu ihm zurückkommt.

„Oh!"

Die Antwort kommt: „O".

Und dann sagt er: „Ich bin's, Antoine ..."

„Ich bin's?"

„Ja, ich bin's, Antoine Pont."

Er sagt seinen Namen, er wiederholt ihn, er sagt: „Der Berg ist herunter gekommen."

Er sagt: „Der Berg ist auf mich gestürzt, aber ich bin heraus aus dem Berg."

Er lacht ganz laut. Es wird gelacht.

Er sagt: „Ach, du findest das lustig? ... Ich auch. Ich komme."

Er steht auf.

Es mußte jetzt ungefähr zehn Uhr sein; man sah, die Sonne stand schon ziemlich hoch am Himmel. Sie zeigt sich aber hier erst ziemlich spät über der Bergkette, sie macht zuerst dahinter eine lange Reise und gewinnt Schritt um Schritt über die Lehnen hinauf ihre Höhe.

Die Sonne strahlte weiß und rund ein gutes

Stück über dem Felsenkamm, der die Sicht nach Osten versperrt; sie war heiß geworden, sehr heiß.

Antoine schaut noch einmal nach rechts, nach links, schaut hinauf, hinunter; dann wendet er sich zum Eingang der Schlucht, er macht sich auf nach dieser Seite, durch die Felsbrocken hin.

Sie waren verschieden dick und sehr ungleich verteilt, waren oft zwischen zwei Blöcke geklemmt, die schon dagewesen waren. Einige hielten sich so ganz aufrecht, über der Herde der andern wie der Hirt über seinen Schafen. Manche waren eckig und spitz; manche waren schmal, ganz eingetaucht in Kies und Sand, es gab solche, die stellenweise einen zusammenhängenden Fußboden bildeten, und es gab andere, zwischen denen Löcher oder breite Spalten offenstanden.

Er geht behutsam voran, aber er lachte ganz laut. Bald ließ er sich auf dem Hintern abgleiten, bald setzte er wegen der zerschlissenen Schuhe den Fuß erst auf, wenn er eine Stelle dafür sorgfältig ausgesucht hatte.

Er war nicht sehr weit vom untern Ende des Bergsturzes und auf der Höhe eines der kleinen Seen, die sich hinter der Sperre gebildet hatten; das Wasser entwich jetzt an ihrem Ende, stürzte in die Tiefe und verschwand zwischen den Blöcken.

Er sieht sich das Wasser an, er bewundert es, weil es ein Loch macht, in dem der verkehrte Berg auf dem Gipfel, das heißt in der Tiefe, einen Fetzen vom blauen Himmel trägt wie ein Wäschestück, das man an der Leine vergessen hat.

Er lacht, er lacht ganz laut; er sagt: „Nun und?" Ah! sagt er sich, da ist niemand mehr ... „Hola! Ho – he!"

Er stößt den Ruf der Berge aus zwischen den Händen, die er als Sprachrohr um seinen Mund hält: „Ho – he ...", aber nichts gibt ihm Antwort als ein dumpfer Lärm, der hinter ihm aufsteigt, zwischen den Felsen hervor.

„He!" sagt er, „was? Seid ihr jetzt alle fort …? He! hört doch, ich bin's … Ihr hört mich, Antoine Pont. Ho – he! Antoine …"

Nichts.

Er muß lachen: „Die erwarten mich halt nicht mehr."

Er ruft wieder ganz laut: „Ja, ganz sicher, ich bin's … Der Berg ist auf mich gestürzt, aber ich hab mir trotzdem herausgeholfen."

Nichts.

„Gut", ruft er; „also schön, ich komme."

Nun ist er zwischen den dicksten Blöcken, die auch am weitesten fortgerollt sind; das Gras wächst weiter in den Zwischenräumen. Es wächst schön grün, es dient diesen Gassen als Pflaster. Denn das sind richtige Gassen. Die winden sich, schneiden sich; manche enden als Sackgassen, andere sind in der Mitte halb verstopft.

Er braucht Zeit, um sich zurechtzufinden, aber seine gute Laune half ihm.

Er kommt auf einmal bei der Stelle heraus, wo der Weg wieder da war, mit den Spuren von den Hufen der Maultiere und von den Nagelschuhen, die sich in den Kot geprägt haben; der alte Weg der Menschen. Ah! Er erkennt ihn.

Das ist am Ufer des Wildbachs, der sein altes Bett wiedergefunden hat. Ah! Er kennt sich wieder aus. Das gleiche Wasser, wieder gleich viel Wasser, die gleiche Farbe, die gleichen Sprünge zwischen den gleichen Steinen.

Er sieht, wie sich der alte Weg, der Weg aus der alten Zeit vor ihm abzeichnet; er muß ihm nur folgen. Das ist's! Und nichts behindert ihn mehr beim Gehen, und die ersten Berberitzensträucher zeigen sich und die ersten Tannen; die einen schmücken den Wegrand, die anderen rechts und links die steilen Hänge des Bergs. Richtig! Er beginnt zu singen, er hebt den Arm, er redet mit sich selber. In kaum einer Viertelstunde wird er in Zamperon sein.

Da erscheint ein kleines Mädchen, das am Wegrand eine weiße Ziege hütet; es dreht sich um, läßt die Schnur fahren, läuft schreiend davon.

Er lachte noch lauter.

„Was hat sie? ... He! Kleine ..."

Sie verschwindet hinter der Wegbiegung.

Die Ziege läuft auch fort, sie steigt in Sprüngen die Stufen hinauf und zieht die Schnur dabei hinter sich her.

„Du auch! ... He, was hast du denn? he, Geißlein ..."

Aber gleichzeitig kommen nun an der Biegung drei, vier Hütten zum Vorschein; bei einer steht die Tür offen, und aus dem Kamin, unter dem aufgerichteten Deckel hervor schwebt ein feiner weißer Rauch wie ein Schilfbüschel in die Luft.

So sieht es aus, wenn das Feuer mit nassem Holz gemacht wird.

Eine Frau kommt bis auf die Schwelle der Tür; man hört das kleine Mädchen wieder schreien. Die Frau kehrt sich zu ihm.

Sie verschwindet sofort im Haus.

Und nun kommt sie wieder und hält die Kleine im Arm, der sie mit dem Schürzenzipfel das Gesicht zudeckt; hinter ihr kommt ein vierzehn- oder fünfzehnjähriger Junge.

Und der Junge bleibt einen Augenblick unbeweglich vor der Tür stehn, während die Frau davonläuft; dann läuft er auch fort.

Er sagt aber: „Guten Tag denen, die da sind, und guten Tag denen, die nicht da sind."

Er tritt in das große, niedrige Zimmer, in den düsteren Raum.

„Das ist doch hier bei Donneloye?" sagte er … „Ah!" sagt er, „ist hier niemand?"

Wirklich, niemand ist da. Aber was macht ihm das aus? Denn er sieht einen Tisch, und auf dem Tisch sind drei Zinnteller. Er sieht, daß etwas an einem Haken von der Decke herabhängt. Auf einem Bord ist Butter und frisches Brot. Er bricht den Laib über dem Knie entzwei, er nimmt sich die Butter mit dem Finger. In einem Topf ist Milch. Gut, daß sie weggegangen sind. Er hakt das getrocknete Fleisch ab, das schmal und lang ist, nicht viel dicker als eine Wurst, und das am Ende ein Loch hat, wo die Schnur durchgezogen ist; er beißt einfach hinein. Er trinkt, er ißt; er ißt, er trinkt durcheinander. Er macht einen großen Lärm mit den Kiefern und sieht nichts mehr, hört nichts mehr, nimmt nichts wahr als den guten Geschmack, der da ist, als die gute Wärme, die da ist, die durch den ganzen Körper hinabgeht. Er macht einen Lärm mit dem Mund, er macht einen Lärm mit dem Bauch: nach all den Tagen und Tagen bei Wasser und trockenem Brot! Wie lange war das? fragt er sich. Wie im Gefängnis, und noch viel schlimmer, denn im Gefängnis hat man doch Licht, einigermaßen …

Er rührt sich nicht. Er ist zufrieden. Er bleibt auf der Bank sitzen, die Ellbogen auf dem Tisch. Er hat vergessen, wo er ist; er hat vergessen, woher er kommt.

Ah! denkt er, ja, der Berg. Der Berg? Ja, du erinnerst dich doch. Ah! Ja, dann mußt du jetzt gehen. Er sagt zu sich: Stimmt ja, der Berg ist herabgestürzt.

Auf einmal hat er Angst, denn der Berg ist noch ganz in der Nähe.

Wenn er wieder herunter käme, wenn er wieder zu stürzen anfinge?

„Ist niemand da? … Ja, dann, danke schön."

Das Feuer raucht weiß hinter ihm auf dem Herd, man hat es mit feuchten Tannennadeln zugedeckt.

Danke schön.

Der Kopf dreht sich ihm. Aber er sieht den Weg noch, der weiter vor ihm hergeht. Er sieht, von wo er gekommen ist; von rechts. Ich muß also nach links gehn.

Und die Vögel werden häufiger, werden immer mehr, und zugleich hat es da zwei Bäche, der eine läuft unter ihm hin, der andere ist über seinem Kopf.

Da sind Spechte, da sind Häher, da sind die Holztauben, da sind die kleinen Heckenvögel, immer mehr davon, sie lärmen immer lauter: „Ja", sagt er, „ich bin's; aber schweigt doch still."

Dann überkommt ihn die Müdigkeit, er läßt sich seitwärts an die Böschung fallen.

III

Thérèse war an dem Abend zu einem kleinen Garten hinaufgestiegen, der ihrer Mutter gehörte und ein wenig oberhalb des Dorfs lag, nicht sehr weit von dem Weg, der von Derborence herab kommt.

Denn sie lebte weiter, trotz allem, und das Kleine in ihr lebte auch. Sie lebte weiter; sie stand, sie ging, sie kam, sie hatte sogar wieder angefangen zu arbeiten.

Acht Witwen und etwa dreißig Waisen sind im Dorf, aber sie leben, die Witwen und die Waisen; das ist einmal so. Der Baum, den man in der Mitte spaltet, heilt zu. Der Kirschbaum, der verwundet ist, scheidet ein weißes Harz aus und bedeckt seine Wunde.

Sie war nur ein wenig abgehärmt und mager und bleich unter der Sonnenbräune; ihre Kleider waren ganz schwarz.

Sie bückte sich, sie richtete sich wieder auf; wenn sie sich vorbeugte, spürte sie, wie das Kind ihr gegen die Brust hinaufstieg. „Mein Gott!" dachte sie, „zum Glück ist es da, es wenigstens hat mich nicht verlassen, es ist mir treu geblieben."

Das Kind leistete ihr Gesellschaft, und sie tröstete sich in ihrer Einsamkeit mit ihm; dann dachte sie auf einmal wieder daran, daß es keinen Vater haben würde; und da bin dann nur ich da, sagte sie sich, um es aufzuziehn.

Was soll aus uns werden?

Thérèse wurde leicht müde; ein paar Schläge mit der Hacke, und sie war außer Atem.

Sie war also an dem Abend in ihrem Garten; die Nacht kam; man sah, daß sie früher kommen würde als sonst, denn ein Gewitter war im Anzug.

Thérèse stützte sich auf den Griff der Hacke; und über den großen Bergen, ihr gegenüber, wurde der Himmel schon ganz schwarz an der Stelle, wo die Sonne eben erst erloschen war, wie wenn man eine Fackel in den Sand stößt.

Dann geht ein Mann auf dem Weg unter ihr vorbei, und eine Frau kommt noch, die nach Hause eilt; die Sträucher, die sich quer dem Hang nach zogen, schienen von unten herauf im Schatten zu schmelzen, umzusinken wie Butter über dem Feuer.

Auch für sie wurde es Zeit, nach Hause zu gehen; aber sie konnte sich nicht aufraffen. Sie konnte sich zu nichts entschließen, zu keiner Bewegung, sie blieb stehen, halb gebückt, reglos unter dem schwarzen Himmel. Und da glaubte sie etwas zu sehen; etwas Fahles, das sich bewegte, ein wenig vor ihr, hinter den Sträuchern.

Nur kommt es öfter vor, in ihrem Zustand, daß man Dinge zu sehen glaubt, die bloß im eigenen Kopf sind. Die Gedanken verwirren sich leicht. Man hat allerlei Gelüste, und der Geschmackssinn täuscht einen; man unterscheidet nicht mehr so recht, was wirklich ist und was man sich selber vormacht.

Sie schaut genauer hin.

Und etwas war da doch, etwas Weißes, das sich von neuem bewegt hinter den Sträuchern, etwa fünfzig Meter vor ihr.

Das war von irgendwoher gekommen. Das sah aus, als hinge es in der Luft, denn das Astwerk verdeckte gerade den unteren Teil. Sie versuchte ruhig nachzudenken; sie sagte sich: Was kann das denn sein? Sie sagte sich: Es ist ein Nachbar; aber ein Nachbar hat Nagelschuhe, die man hört; doch das Ding da vorn war ganz still. Es gleitet zur Seite, weiter nichts; es bewegt sich, und jetzt bewegt es sich nicht. Es war wie eines der Mannsbilder aus vier Ästen und einem alten Hemd, die man in den Garten stellt, um den Spatzen einen Schreck einzujagen. Nur verschob sich dieses weiße Ding wieder, und von Zeit zu Zeit machte es eine Bewegung von unten nach oben. Und da schlug bei Thérèse die Verwunderung allmählich in Unruhe um, und die Unruhe in Angst, denn während sie schaute, glaubte sie auch zu spüren, daß sie angeschaut wurde; da läßt sie den Griff ihrer Hacke fahren, und die Hacke fällt zwischen die Schollen. Sie ruft nicht, sie findet ihre Stimme nicht mehr. Ihr Herz macht einen Lärm, wie wenn einer an die Tür klopft, und die Tür will nicht aufgehn, da klopft der lauter und lauter. Und so bleibt sie, bis ein rauher Ton zu ihr herankam:

„He! … He! …"

Eine Art Husten, aus dem zuletzt etwas wie Worte herausdrangen; und es kam ihr vor, als würde gesagt: „Bist du das, Thérèse?", aber sie hörte schon nichts mehr, denn sie war fortgerannt.

Es fängt an zu blitzen; der Schein fällt auf sie, und sie rennt. Sie rennt weiter, und der Schein

trifft sie wieder. Der Weg ist jetzt wie ein weißer
Faden im Gras, das sehr grün wird, dann ist da
kein grünes Gras und kein weißer Faden mehr.

Sie rennt bis zum Haus; ihre Mutter sagt zu ihr:
„Mein Gott, was gibt's denn?"

Thérèse sieht, daß sie die Treppe schon herauf
ist; mit einemmal hat sie den Feuerschein vor sich
auf dem Herd in der Küche.

„Was ist denn nur los, Thérèse?"

Sie ließ sich auf die Bank fallen, sie gab keine
Antwort, sie preßte die Hände zwischen den
Knien zusammen.

Man hörte von weitem das Rollen des Donners.

„Und dein Korb und die Hacke?"

Es blitzte immer noch; vor ihr in der Küchen-
wand ist ein Fenster, gleich war es nicht mehr da.

Ein Fenster, leuchtend weiß, das entsteht, vergeht, wieder entsteht; der Schein fällt auf sie, fällt
nicht mehr, fällt wieder auf sie.

„Oh!"

Man sieht sie, den Kopf streckt sie vor, man
sieht sie nicht mehr.

„Oh! Er wird naß werden", sagt sie auf einmal.

Sie sagt: „Wenn er's ist ..."

Sie sagt: „Er ist es und ist es nicht ... Oh!" sagt
sie, „sie können nicht naß werden ... Der Regen
geht durch sie hindurch, die Armen, und sie spüren den Regen nicht ..."

Da sieht man Philomène, die ihre Arme hebt
und wieder fallen läßt, denn auch auf sie fällt der
Schein.

Die ganze Küche ist erleuchtet, in der ganzen
Küche ist Nacht; das Feuer hat gerade Zeit, von
neuem rot zu werden, dann verschwindet es wieder ganz.

„Was redest du da?"

„O ja!" sagte sie, „du weißt schon ..."

Sie schien nicht auf das Gewitter zu achten,

schien es nicht einmal zu hören, obwohl es sich jetzt in einem schweren Regenguß entlud, der auf das Dach stampfte wie die Füße der Tänzer auf die Bretter des Tanzbodens.

„Ja, was sie sagen ..."

Ihre Stimme wurde lauter, so wie auch der Regen anschwoll.

„Wer?"

„Die von Zamperon, was sie von Plan sagen, von dem Hirten ..."

Philomène zuckt die Achseln.

„Oh, der weiß schon etwas, der Plan, und er ist auch alt. Nun, und der sagt, er hört sie in der Nacht. Denn sie leben und leben nicht; sie sind noch auf der Erde, und sie sind nicht mehr von dieser Erde."

„Aber hör", sagt Philomène, „und alle Messen, die wir lesen lassen ... Jeden Sonntag eine für deinen Mann und für Séraphin ..."

„Oh!" sagt Thérèse, „vielleicht langt das nicht, weil sie kein Grab haben ... Vielleicht müssen sie durch ihr Fegefeuer an der Stelle, wo sie gestorben sind, weil sie ohne Sakrament gestorben sind ... Und da kommen sie bis hierher, um zu klagen, uns zu klagen, mir ..."

Sie redete ruhig; das Gewitter entfernte sich schon, es war über den Berg weggezogen.

Der schwere Regen hatte aufgehört, ein kleiner, feiner Regen löste ihn ab; das Feuer war wieder rot geworden, die Lampe begann wieder Licht zu geben: „Sie kommen heraus, weil sie uns brauchen ... Vielleicht sehen sie uns und erkennen uns, auch wenn sie nur noch ein wenig Luft sind ... Vielleicht ist da einer und hat Sehnsucht nach mir ..."

„Was sagst du da?"

„Oh!" sagt sie, „ich weiß ja nicht, ich habe nur Angst gehabt, weil er nichts mehr wiegt."

Die Blitze waren seltener geworden, hatten eine andere Farbe angenommen. Das vergeht, vergeht aber alles? Es geht vorbei, doch vorbei geht alles. Er hatte einen Körper, und er hat keinen mehr.

„Hör", sagt Philomène, „soll ich Maurice Nendaz holen?"

Denn man sah, sie fing nun auch an, Angst zu haben.

„Wir sind hier nur zwei Frauen. Er wird uns raten."

Sie schneuzt sich. Sie holt ihre Pelerine, nimmt sie über den Kopf und die Schultern.

Thérèse sagte nichts.

Und Philomène geht hinaus, und sie bleibt sitzen, die Arme auf die Knie gestützt. Man hört den kleinen Regen, der fein und sanft auf dem Dach tönt wie die Füße von Vögeln.

Man hört nichts mehr. Man hört das Geräusch von einem Stock. Man hört ungleiche Schritte die Treppe heraufkommen.

Dann sagt eine Männerstimme zu ihr:

„Du, hör doch, Thérèse ..."

„Oh!" sagte sie, den Kopf zwischen den Händen, sie schüttelt langsam den Kopf, „ich hab's aber gut gesehn ..."

„Was hast du gesehn?"

„Ich weiß nicht ... Vielleicht ist er es ..."

Maurice Nendaz sagt: „Wo denn?"

„Ich war im Garten oben, es war etwas Weißes, es wog nichts. Sie wissen doch, was man erzählt, Sie wissen doch, was Plan sagt. Was meinen Sie, Nendaz? Wenn sie nun doch wieder kämen! Und sie berühren den Boden nicht mehr, weil sie kein Gewicht mehr haben. Sie machen kein Geräusch, wie ein Rauch ist das, geht umher, wie es will ..."

„Hör", sagt Maurice Nendaz, „da muß man nachschauen ... Du sagst, es war ...?"

„Ja", sagt sie, „ganz nahe beim Weg ..."

„Hör", sagt Maurice Nendaz, „es hat keinen Sinn, dich zu quälen ... Vielleicht ist es ja dein Zustand und weiter nichts. Ihr müßt nur eure Tür gut zusperren ... Und ich, hörst du, ich geh jetzt und schaue nach. Und wenn ich etwas sehe, schön, dann komm ich wieder und sag es euch ... wenn ich nichts sehe, komm ich nicht mehr."

Er sagt: „Gut so?"

„Oh, sicher!" sagt Philomène. „So werden wir ruhig sein ..."

Thérèse gab keine Antwort, und sie hatte ihre Stellung nicht geändert.

Man hört Nendaz' Stock, immer weiter weg in der Nacht ...

IV

Er war am späten Nachmittag erwacht. Er hatte fünf Stunden geschlafen in einem Zug.

Er weiß nicht mehr, wo er ist. Antoine ist es.

Er schaut sich um, er sieht, daß der Abend kommt, aber warum er da ist, ganz allein, und warum er da unten im Tobel ist, das weiß er nicht mehr.

Er setzte sich hin im Moos; er fängt an zu frieren, er sieht, daß ihn die Sonne verlassen hat in ihrem Lauf über die Berge hinweg, die jetzt zwischen der Sonne und ihm sind; er faßt sich wieder an, überall am Körper, er drückt die Hände auf die Beine, an die Brust, er fragt sich: Wer ist das?, und dann sagt er zu sich: Das bin ich.

Er ist wieder zufrieden; er steht wieder auf.

Er weiß nicht mehr recht, wo er hingeht; er weiß nicht mehr recht, wo er herkommt, denn eine große Unordnung ist in seinem Kopf; aber die Vögel kommen wieder, immer mehr Vögel, und sie zeigen ihm, daß er auf dem richtigen Weg ist.

Und dann ist da auch der Wildbach, den man sehen kann, wenn man sich vorbeugt.

Er geht nach der Seite, wo der Wildbach hinfließt, nach der Seite, wo die Vögel ihn hinrufen, immer häufiger werden sie. Und nicht mehr nur die großen, traurigen Vögel des Hochgebirgs, die einsam über den Abgründen schweben; nicht mehr nur der Weih, der aus der Höhe seine Beute erspäht, wenn sie sich zwischen die Felsen duckt; nicht mehr nur die Dohlen, die man kreisen und flattern sieht, schwarz mit gelbem Schnabel, um eine Ritze in der Bergwand, wo sie ihr Nest haben.

Die kleineren Vögel, die weniger wilden, die Vögel, die man im Abstieg trifft; die man trifft, wenn man von den Felsen zu den Weiden, von den Weiden zum Wald kommt: die kreischenden Häher, die sanft gurrenden Holztauben, die kleinen Spechte, und dann alle Heckenvögel, grüne, graue, braune, einfarbig oder gefleckt, gelb, rot, blau; solche, die einen Halskragen haben; solche, die eine kleine farbige Feder im Schwanz haben, außer den schwarz-weißen Elstern; sie flogen in immer wachsender Zahl vor ihm auf.

Antoine freute sich, daß er sie sah, und sie freuten sich, daß sie ihn sahen, ängstlich zwar, sie stießen kleine erschrockene Schreie aus, die Amseln, oder sie unterbrachen ihr angefangenes Lied; und er rief: „Halt, wartet doch, fliegt nicht fort, wohin denn?" und grüßte sie mit einem Lachen, denn sie künden das Land drunten an, die gute Wärme, das Brot, den Wein, viel Wein, ein Haus, ein richtiges Bett: „Grüß Gott ... He! Halt ... Habt keine Angst, das bin ich. Das bin ich, der wiederkommt, weil der Berg herabgestürzt ist."

Er streicht die Haare weg, die ihn am Sehen hinderten; auf einmal kommt ihm sein Gedächtnis zum Teil wieder. „Ah, das stimmt ja, ich bin's ja."

Er sagte es sich nochmals vor: „Der Berg ist herabgestürzt, aber ich bin trotzdem davongekommen."

Dann läuft er wieder weiter, doch er muß von
neuem stehenbleiben, denn die Schuhfetzen, die er
an den Füßen hat, sind getrocknet und hart geworden, sie tun ihm weh; er setzt sich, er sieht, daß
seine Füße voll Blut sind; sie sind grau wie der Boden, mit braunen Krusten. Er zieht die Schuhe aus
und wirft sie in die Schlucht, sie fallen geradewegs
in die Tiefe.

An dieser Stelle geht es senkrecht in die
Schlucht hinunter, mindestens zweihundert Meter,
und der Weg ist in den Fels gehauen, er hängt auf
der einen Seite über dem Abgrund.

Jetzt kann Antoine besser laufen, aber er muß
sich vorsehn wegen der spitzen oder kantigen
Steine; die Vögel fliegen immer noch vor ihm her,
denn jetzt fängt das Gebüsch an, es wird im Abstieg allmählich dichter.

„Und ja, es ist wahr, ich habe eine Frau."

Er sagt sich: Aber ob sie auf mich wartet? ...

Er wiegte den Kopf im Weitergehen.

Und die anderen? sagte er sich.

Er ging und nickte vor sich hin: Wie lange mag
das sein, seither? ...

Er sieht, er weiß es nicht. Er sieht, daß er nichts
weiß. Er sieht nur, daß er ein Mann ist, der Antoine Pont heißt, der unter einen Bergsturz geraten
ist, der davongekommen ist; und nun ...

Nun – was?

Nun steigt er hinab.

Er überlegt sich: wo hinab steigt er? er geht nach
Hause. Nachhause, zu einem Haus, und in dem
Haus ist eine Frau.

In dem Haus, zu dem ich gehe, ist eine Frau,
meine Frau. Wie heißt sie doch gleich?

Er sieht, er muß ganz von vorn anfangen; von
vorn, mit der ganzen Welt, mit dem Himmel, den

Bäumen, den Vögeln: Aber da, sagt er sich, da ist einer, den kenn ich wieder ... Das ist einfach, er bewegt den Schwanz. Kleiner!

Er sieht eine Bachstelze in ihrem dunklen Kleid an einer Astspitze, und tatsächlich, sie wippt mit dem Schwanz; aber die Vögel gehen jetzt schlafen, denn die Nacht kommt bald, und die Schlucht öffnet sich mehr und mehr unter einem Himmel, der sich bedeckt.

Da läuft er weiter, so schnell er kann: „Ah, das seid ja ihr!" sagt er zu den Bäumen, „ah, ihr kommt jetzt, ah, da seid ihr", sagte er zu den Vögeln und zu den Bäumen; „und ich, ich bin ich. Ich, Antoine. Der Berg ist auf mich herabgestürzt."

Und so kommt er weiter bis zu der Stelle, wo der Weg aus der Schlucht hervortritt und den Blick auf das große Tal freigibt, auf die Rhone.

Er sieht die Rhone, er sagt: „Der Berg ist herabgestürzt."

Zu wem spricht er? Zur Rhone. Es war noch hell genug, daß man sie sehen konnte, wie sie sich abzeichnete, weiß und gewunden wie eine Schlange zwischen den Steinen, unter den Bergen, die sich mit Wolken beladen. Man sah noch genug, daß er sie erkannte; er sagte sich: Das ist sie, da muß ich nach links gehn.

Er geht ihr entlang in der Höhe, ihrem Lauf entgegen.

Es war noch hell genug, daß er die Form der Bäume unterscheiden konnte, die Apfelbäume, die niedrig und rund sind, die Birnbäume, die spitz sind, die Bäume, die gleich geformt sind wie ihre Früchte, die Apfelbäume wie Kugeln, die Birnbäume langgezogen und höher ... links ist es nun nicht mehr sehr weit; und da er hinblickt, sieht er auch wirklich das Dorf mit seinen niedrigen, steinigen, zusammengedrängten Dächern, die an dem Hang eine Fläche bilden wie umgegrabenes Land.

Da ist es.

Da riecht es stark und warm, es riecht nach Erde, die unter der Sonne gedampft hat, nach trockenem Gras, nach Minze und Thymian; nach heißem Stein (auf der Seite, nach der er sich jetzt gewandt hat), nach Korn, das bald reif ist, nach kommenden Trauben.

Er geht vom Weg ab, er läuft quer durch die Sträucher und Tannen, und da sieht er sie und glaubt sie zu sehen, vor sich, ganz schwarz, eine Frau.

Und das ist doch ihr Garten, oder nicht? Doch, sicher! Unser Garten ist das.

Sie bückt sich, sie richtet sich auf, sie steht unbeweglich.

Er will ihr rufen, aber da wundert er sich über den Ton seiner Stimme, so rauh ist sie; sie hat wie Stacheln, mit denen sie sich unterwegs in der Kehle festhakt, so daß die Wörter, die er ausspricht, nicht fertig werden.

Er sagt: „He! He!"

Das ist alles.

Er ruft: „He! Frau. He! Thérèse ..."

Auf einmal hat er nichts mehr gesehen.

„Ich hab nichts gesehn", sagte Maurice Nendaz, „gar nichts ... Oh!" sagte er, „ich bin gestern abend schon hingegangen, denn seine arme Frau behauptete, sie habe ihn gesehen."

Er war bei Tagesanbruch aufgestanden.

Er stand mit Rebord zusammen, stand da mit seinem Stock. Er hatte Rebord aufgesucht. Rebord war seine Holztreppe herabgestiegen.

Ein leichter Regen war die ganze Nacht gefallen und hatte eben erst aufgehört, der Himmel lag jetzt über ihnen wie eine dunkelgraue Steinplatte, wohlbefestigt auf der halben Höhe der Berge.

Die beiden Männer hoben den Kopf, doch sie

sahen nichts. Und Nendaz sagt: „Wir müssen noch ein wenig hinaufsteigen; sie erklärt ja, er sei bei ihrem Garten oben erschienen."

„Oh!" sagt Rebord, „wo es diese Nacht doch so geregnet hat!"

Er sah nicht aus, als hätte er große Lust, noch weiterzugehen; er war ein schwerer Mann.

Nendaz war klein und mager. Nendaz stand über seinen Stock gebückt.

Und Rebord sagte: „Das sind Märchen."

Und Nendaz sagte: „Sicher, aber Sie verstehen, es ist wegen Thérèse. Ich hab ihr versprochen nachzuschauen."

Unterdessen gingen hinter ihnen die Lichter an in den Fenstern, hier eines, ein anderes, weiter weg, noch eines, sie bildeten rote Tupfen im wirren Gedränge der Häuser, wie Zigarrengluten. Und man sieht auch, ganz drüben im Osten der Talschaft, wie einer zwischen dem Himmel und dem Kamm des Gebirgs einen Hebel ansetzt.

Der Hebel wird heruntergedrückt; die Platte des Himmels hebt sich.

Ein Druck, und der Himmel hebt sich, sinkt wieder zurück, er hebt sich von neuem: da gleitet beglückend ein Licht durch die Spalte, rieselt beglückend daher bis zu uns.

Das ist, wie wenn die Platte von einem Grab gehoben würde. Das Leben kehrt zurück. Das Leben rührt an, was tot ist und was unter der Berührung zusammenzuckt. Ein waagrechter Schein kommt, wie wenn einer den Arm ausstreckt, und er spricht: „Steh auf!" Man sieht die Dächer des Dorfs mit ihren Kaminen, von denen ein paar im Morgenlicht rauchen – man hat eine Backe beleuchtet und die andere nicht.

Nendaz hat eine beleuchtete Backe. Rebord hat eine beleuchtete Backe.

„Steht auf", heißt es, „werft euren Schlaf ab, werft ab den Tod ..."

Und wirklich, der Tod fiel ab, überall fiel er ab, man konnte es hören an jeder Art von Geräusch, man konnte es sehen an Zeichen aller Art. Die Lichter werden immer mehr und werden zugleich immer blasser. Man hustet, man schneuzt sich, man ruft, eine Tür geht auf.

Und wieder drückt einer dort vorn, im Osten, den Hebel herunter; da weicht die Nebelplatte ganz, sie teilt sich in der Mitte, so daß nun das Licht auf uns kommt, nicht mehr nur von der Seite, sondern von oben herab, und man sieht einander darin, sieht sich ganz, wiederhergestellt, wiederaufgerichtet.

„Lieber Gott", sagte Rebord, „siehst du irgend etwas?"

„Lieber Gott", sagte Nendaz, „nein, ich sehe nichts."

Von dort, wo sie standen, konnten sie aber den ganzen Hang sehen, an dem der Weg nach Derborence hinaufführt. Vor ihnen, im Halbkreis, lagen zwei, drei Gärten; da stieg die Berglehne steiler auf und stieg bis zum Himmel, sie hatte ihre Farbe wiedergefunden, grau, rötlich, schwärzlich, mit grünen Streifen von Steinen, von den Tannen, vom Gebüsch.

„Nun? ..." sagte Rebord.

„Was – nun?" sagte Nendaz.

„Wir müssen zurück", sagte Rebord ...

Es schien ihm bei der ganzen Sache nicht recht wohl zu sein, und da sich Nendaz nicht bewegte, da er weiter seinen Blick nach allen Richtungen über den Hang gehen ließ, sagte er: „Dieser Alte ist schuld ... Ja, dieser alte Plan, der Schafhirt ... Er hat den Leuten von Zamperon den Kopf verdreht. Wie wenn wir hier nicht alles getan hätten, was wir konnten. All die Gottesdienste, die Messen ... Da wäre es doch das wenigste, daß sie sich stillhielten, meinst du nicht?"

Nendaz nickt; das ist alles.

Nun war grad vor ihnen ein kleiner Heugaden, er stand an der Grenze zwischen den Wiesen und dem Gebüsch. Er gehörte einem gewissen Dionis Udry, den man eben jetzt aus dem Haus kommen sieht und der auf den Heugaden zugeht. Etwa hundert Meter war er von ihnen entfernt, eher weniger. Man sieht, wie Dionis die Tür zu dem Heugaden aufmacht; sie ist nicht verschlossen. Er zieht sie auf; aber dann, statt hineinzugehen, fährt er zurück, und dann beugt er sich vor, streckt den Kopf in die Türöffnung.

Er geht nicht hinein, im Gegenteil. Plötzlich dreht er sich um, zu Nendaz, den er im Vorbeigehn bemerkt haben muß; er hebt den Arm, er winkt Nendaz, er solle kommen.

Nendaz setzt das Bein vor, setzt zugleich den Stock vor.

„Gehst du?" sagt Rebord.

„Natürlich geh ich." Nendaz geht, man sieht, daß Rebord zögert und sich dann entschließt zu folgen, aber er hält Abstand, er ist zwei Meter hinter ihm, dann drei Meter, während Dionis dort vorn auf sie wartete. Und als Nendaz herankam, sagt Dionis: „Komm, sieh dir das an ... Da hat einer geschlafen, heut nacht ... Komm schnell und sieh dir's an, ich hab nichts angerührt."

Nendaz tritt zu ihm, er schaut auch durch die Türöffnung. Der Gaden ist zu drei Vierteln mit Heu gefüllt, das von der Tür schräg nach hinten zur Decke aufsteigt. Und auf diesem Heu, das sich vorwölbt, das sonst locker ist, löchrig und luftig vom Durcheinander der Halme, sieht man eine glatte Stelle, eine Stelle, wo er wie Filz ist, eine Stelle wie aus weichem Ton, in den ein Körper seine Form gedrückt hat.

„Na?" sagt Dionis, „was ist das?"

Nendaz kratzt sich hinterm Ohr: „Weiß nicht."

„Da war doch einer?"

„Allerdings."

„Wer kann denn das gewesen sein, du?"

Auf einmal hört man jetzt Rebord: „Lieber Gott, ich – man kann doch nie wissen ... Jedenfalls, ich hole mein Gewehr."

So war er es, der das Dorf auf die Beine brachte, denn unterwegs sagte er zu den Leuten: „Nehmt euch in acht, da treibt sich ein Dieb herum."

Er läßt nicht mit sich reden, er steigt seine Holztreppe hinauf; er erscheint wieder mit einem alten Steinschloßgewehr, mit einem Pulverhorn, einem Kugelbeutel.

Die Nachbarn haben zusehn können, wie er seine Waffe lud, Pulver schüttete, einstieß, den Stock in den Lauf hinabführte, er saß auf einer Treppenstufe, und seine Frau steht über ihm, beugt sich herab: „Geh nicht! ... Rebord, bleib hier; hörst du, Rebord, geh nicht!"

Nachbarn und Nachbarinnen sehen zu, und sie begreifen nicht.

Es war jetzt heller Tag; es schien sogar ein schöner Tag zu werden. Der Himmel war ganz rissig, wie trockene Erde; gleichzeitig hob er sich, glitt an den Berglehnen in die Höhe. Man konnte weit hinaus blicken und auch schon weit hinauf in der klaren und reinen Luft, die wie frisch gewaschenes Fensterglas war und durch die aus dem Überrest des nächtlichen Regens, aus runden Tropfen auf den Blättern der Bäume, tausend kleine, vielfarbige Blitze aufschossen. Ein Hahn kräht noch los mit weit aufgerissenem Schnabel. Und er, er erscheint jetzt dort oben, wie wenn das Krähen des Hahns ihn gerufen hätte; und Nendaz sieht ihn zuerst, dann Dionis; aber sie wissen nicht, was sie sehen.

Zwei-, dreihundert Meter ist es vor ihnen; und weiß ist es.

Hinter einem Strauch hervor, dort gegen den Garten der Thérèse; es erscheint, verschwindet, erscheint wieder. Wie um sich zu verbergen, gleichzeitig wie um zu sehen; der weiße Fleck verschwindet von neuem.

Da ist er wieder, näher jetzt.

Dafür weicht Dionis zurück, wie wenn er sich weniger sicher fühlte, je näher das dort herankam; Dionis weicht zurück, Nendaz weicht zurück; dann leuchtet die Sonne auf dem Berg, dann versteckt sich die Sonne auch wieder; und man sieht, das ganze Dorf ist jetzt da, ein Spalier an den Häusern hin; alle Leute des Dorfs sind da, schauen und sehen nichts, sehen etwas oder glauben etwas zu sehen, und Nendaz und Dionis sind zu ihnen gestoßen.

„He! Siehst du?"

„Nein."

„Dort."

„Nein."

„Jetzt nicht mehr."

Eine andere Stimme: „Doch ... dort drüben jetzt ... hinter der verbrannten Tanne."

„Sicher ist", sagte Dionis, „daß einer heut nacht in meinem Gaden geschlafen hat."

Und eine Frau ruft: „Oh! Ich weiß schon, ich – ich weiß schon, wer es ist ..."

Man fragt die Frau: „Wer ist es denn?"

„Die Toten ... Sie kommen wieder, dagegen kann man nichts tun."

Man bringt sie weg.

Aber da geht der Gedanke schnell von einem Kopf weiter zum andern, und der Gedanke geht in die Köpfe hinein, und die Angst geht hinein in die Köpfe; denn wenn es wirklich die Toten sind, was kann man dann tun, damit sie nicht näher kommen und in die Häuser kommen? Die kennen weder Türen noch Riegel.

Ein Mann holt sich eine Heugabel, ein anderer packt einen Stecken, ein dritter nimmt seinen Dreschflegel – sie sind nicht viele, die Männer, wegen den Verunglückten und denen, die in den Alphütten sind. Es ist ein Sommerdorf, mit vielen Frauen, Kindern, ein paar Alten.

Man sah eine Weile nichts mehr; auf einmal sieht man, daß der weiße Fleck jetzt grad herabkommt, er ist einen Augenblick verdeckt gewesen, weil er durch ein Gebüsch mußte.

Mehrere Frauen sind geflohen, mehrere Frauen verziehen sich zu den Treppen oder zu den offenen Türen, um wenn nötig gleich in Sicherheit zu sein.

Und dann hört man einen Gewehrschuß.

Rebord hat in die Luft geschossen.

Der weiße Fleck ist verschwunden.

Man fiel über Rebord her, man sagte zu ihm: „Hör doch, du bist verrückt! Weiß man denn überhaupt, wer es ist oder was es ist? Du richtest noch etwas an!"

Er schüttelte den Kopf: „Es war ja in die Luft."

Er sagte: „Das ist meine Sache ..."

Er war schon wieder am Laden, sosehr man ihn abhalten wollte, er hob den Kopf: „Ihr seht ja ..."

Er zeigte zum Hang hinauf: „Da ist nichts mehr, jetzt haben wir Ruhe."

Maurice Nendaz (der ein kluger Mann war) gibt jetzt Justin ein Zeichen. Er sagt ganz leise etwas zu ihm.

Man sieht, wie Justin fortrennt, auf den Weg nach Premier, wo das Pfarramt ist.

Während alle andern die Hände verwarfen, während die Frauen ihre Kinder wegbrachten, die der Gewehrschuß erschreckt hatte, während sie einander den Hang zeigten, wo sich nichts mehr rührte, wo es nichts Lebendiges mehr gab – aber ist lebendig auch das rechte Wort? Muß es lebendig heißen? Woraus bestehen denn die Geister, wissen wir's? Haben sie ein Gewicht? Vielleicht sind es einfach bloß Formen, die nur für die Augen da sind, die sind, nicht mehr sind, erscheinen, verschwinden; aber da hört man die Stimme einer Frau.

Sie sagte: „Wo ist er?"

Man hört sie wieder: „Wer hat geschossen? ... Oh!" sagte die Stimme, „ihr habt ihm Angst gemacht ... Oh! Jetzt wird er nicht mehr hervorkommen ..."

Es war Thérèse.

„Denn es ist kein Gespenst, er ist es, ich bin sicher, er ist es, und gestern abend war ich nicht sicher; die Nacht kann täuschen; aber wenn er sich jetzt am hellen Tag zeigt, wenn ihr ihn gesehn habt ... Wo ist er?"

Nendaz hielt sie an einem Arm fest, Dionis am andern.

„Wo ist er?"

Philomène war auch da, sie hielt sich hinter der Tochter; ein Mann war rechts von Thérèse, ein Mann war links neben ihr; sie sagte: „Laßt mich los!"

Man sagte zu ihr: „Nein, bleib hier, man weiß nicht. Und dann", sagte Nendaz, „du siehst ja, wenn er es wirklich ist, dort ist er nicht mehr."

Sie bewegt sich nicht mehr, es macht den Anschein, als sei sie ganz ruhig geworden, man schaut hin, es ist nichts mehr da.

Ein wenig Sonne, noch bleich, beleuchtet für einen Augenblick mit hübschen Farben den Hang, läßt die Fichtenstämme rot aufglänzen, läßt manche Felsen aufscheinen wie Glas: er versteckt sich.

Dann heißt es: „Oh!"

Thérèse hatte mit den Schultern eine plötzliche

Bewegung gemacht, sie war so losgekommen. Und sie rennt gradeaus, und Nendaz läuft hinterher, aber er holt sie nicht ein, wegen dem schlimmen Bein. Und sie rennt bis ans Ende der Gärten, zum Fuß des Hangs, wo das Geröll anfängt; dort bleibt sie auf einmal stehen.

Sie ruft: „Antoine! Antoine! Ich bin's ..."

Sie sagt: „Antoine, bist du's? ..."

Und da nun, dort oben, nicht mehr als hundert Meter von ihr entfernt, haben die Leute, die zuschauten, den weißen Fleck wieder gesehn, wie er auftauchte, hinter einem Gebüsch hervor, wo er sich seit dem Gewehrschuß versteckt haben mußte.

Einer, der zwar den Körper eines Menschen hat, aber nicht das Gesicht eines Menschen, wie sie jetzt sehen kann, da sie näher ist; der sie anschaut, der zögert.

Sie zögert auch. Sie sucht ihn zu erkennen, es gelingt ihr nicht. Man sieht, daß es ein Mann ist oder etwas wie ein Mann, mit einem Bart und ohne Augen. Er hat zwar einen Mund, aber hat er eine Stimme in seinem Mund? Etwas Schwarzes hängt ihm oben über das Gesicht; er ist nackt oder beinahe nackt, mit einem Körper, der die Farbe des Steins hat, mit einem Körper, der wie der Körper der Toten ist ... Sie weicht ein wenig zurück.

Er rührt sich immer noch nicht.

Und Nendaz hat gesehen, wie sie zurückwich, Nendaz kommt heran mit seinem Stock: „Wart, Thérèse, warte ... Man weiß noch nicht, man wird es gleich wissen ..."

Aber da begann die Glocke der Kapelle zu läuten.

Ein Hirt ist es, der unter den Bergsturz von Derborence geraten war. Er ist fast zwei Monate lang unter den Trümmern geblieben. Er taucht wieder auf; niemand kann es glauben. Aber da läutet nun die Glocke der Kapelle; denn es gibt hier nur eine Kapelle, wo der Pfarrer von Premier einmal in der Woche die Messe liest. Eine ganz kleine Glocke, mit einer Stimme, die hell ist wie eine Kinderstimme; sie kommt daher, sie wird gehört, sie steigt auf, sie zieht immer größere Kreise; dann bricht sie sich, wie eine Welle, die ans Ufer schlägt und zurückfließt, an der Berglehne, die sie zurücksendet.

Sie kommt zurück: sie kreist über uns wie der Sperber.

Und der Pfarrer von Premier, den Justin geholt hat, erscheint jetzt zwischen den Häusern.

Er ist weiß und schwarz. Er trägt das Allerheiligste vor sich her, es glitzert. Ein Chorknabe, der rot und weiß ist, hält das Kreuz.

Er kommt am Brunnen vorbei; man kniet nieder. Man hat keine Angst mehr. Er geht weiter, das Kreuz voraus; er geht vorwärts, hinter dem Kreuz.

Er kommt zu Thérèse; Thérèse kniet nieder. Zuerst senkt sie den Kopf; sie hebt ihn wieder, und sie bleibt auf den Knien, sie blickt dem Kreuz und dem Allerheiligsten nach. Ob *er* es ist, weiß man nun bald. Ob er es ist oder nur sein Schatten; ob es sein Leib ist oder sein Geist; ob er wirklich lebt oder bloß ein Trugbild ist; während das Allerheiligste und das Kreuz weiter vorangehen bis zu der Stelle, wo der Hang mit einemmal steil wird.

Sie faltet die Hände.

Und er ...

Er macht einen Schritt vorwärts, bleibt stehen. Er ist hinter seinem Gebüsch hervorgekommen, er macht noch einen Schritt vorwärts, dann einen Schritt zur Seite wie ein Betrunkener, dann bleibt er stehen.

Bist du ein Mensch? Bist du ein Christ? Bist du ein wirkliches Wesen? Er will antworten, man kann es sehen; er kann nicht, er kann noch nicht, er macht einen Schritt, er bewegt sich nicht, macht einen Schritt.

Sind Sie das, Antoine Pont?

Kommen Sie, denn Sie werden erwartet, wenn Sie es wirklich sind. Unser Herr erwartet Sie und das Werkzeug seiner Marter. Das Kreuz aus Holz, mit beiden Händen in die Luft erhoben, ist vor Ihnen. Sind Sie es wirklich, Antoine Pont, Gatte der Thérèse Maye, ein Christenmensch und Sohn von Christenmenschen?

Da kommt der Mann dort vorn wieder näher, er bleibt nicht mehr stehen, er kam immer schneller; und ist er's? Ja, er ist's wirklich, denn er kam grad auf das Kreuz zu. Und jetzt glänzt das Kreuz in der hellen Sonne, die das letzte Gewölk zerstreut hatte und über dem ganzen Gebirge thronte.

Die Glocke läutete immer noch.

Und er beugte sich, senkte den Kopf und den Nacken; dann läßt er sich vorwärtsfallen, er schlägt hin auf die Knie.

V

„Oh, Antoine, Antoine, bist du's?"

Er schaut sie an; schon schaut er sie wieder nicht mehr an.

„Antoine", sagte sie, „ist es denn möglich?"

„Und du?" sagte er, „bist du's wirklich?"

Aber da muß er lachen, und er kehrt ihr den Rücken.

Sie hatte gemeint, er würde tanzen vor Freude, sie wiederzufinden. Sie meinte, er würde auf sie zukommen und ihren Kopf zwischen die Hände nehmen und er würde ihren Kopf an den seinen drücken und sie würden nicht mehr auseinandergehen. Oh, sie würden sich vieles sagen, so vieles; sie würden stehen dabei, oder sitzen. Oh, zuerst würden sie stehen, aber er würde ihr sagen: „Setz dich"; und dann würden sie lange, eines an der Wärme des andern, leise reden und dann nicht mehr reden, würden nicht mehr miteinander reden müssen.

Und da sah er nun abwesend und verwirrt aus.

Die Küche war noch voll vom Dampf des heißen Wassers und vom Geruch der Seife. Er hatte sich gewaschen. Man hatte ihm Kleider und Wäsche gebracht. Rebord, der neben dem Ausschank auch diesen Beruf versah, hatte ihm die Haare geschnitten und ihn sorgfältig rasiert.

Antoine betrachtete sich im Spiegel: „Ah! Wie klein mein Gesicht ist!"

Er schaute wieder in den Spiegel: „Nicht größer als eine Faust ... Und ich sehe schlecht aus", sagte er. „Kein Wunder. Begreifst du, zwei Monate im Keller ... Und dieser Rebord", sagte er, „der hat also auf mich schießen wollen ... Der war halt einmal Soldat ..."

„Antoine!"

Aber er sagte: „Das ist ein Buch ... Ist das dein Meßbuch, sag?"

Sie hatte ihn aufmerksam angeschaut, doch nur aus der Entfernung, so als traute sie sich nicht heranzukommen, und sagte: „Oh, Antoine, was hast du?"

„Rühr mich nur an", sagte er, „das ist Haut, das ist Fleisch, und ich bin jetzt auch unter dem Kreuz durch ... Rühr mich nur an", sagte er, „du wirst sehen, das ist nicht Einbildung, das ist fest, das hält, das bin ich ..."

Er fuhr inzwischen fort, das Inventar der Dinge aufzunehmen, die er in dem Zimmer fand, er ging durchs Zimmer, er nannte eines ums andere.

„Ah!" sagte er, „das ist die Brosche, die ich dir geschenkt habe."

Viele Leute standen vor dem Haus, doch man

getraute sich noch nicht hereinzukommen. Die alte Philomène war da und machte Ordnung in der Küche. Sie kommt heraus mit einem Zuber voller Seifenwasser, das sie unten an der Mauer ausleert.

Man sagte zu ihr: „Nun und? Ist er's wirklich?"

Aber da riß er auf einmal das Fenster auf, unter dem sich eine ganze Schar von Kindern versammelt hatte; er erschreckte die Kinder mit seinem kleinen weißen Gesicht, das er ihnen entgegenstreckte, er stieß dazu einen lauten Schrei aus. Und die Kinder stoben nach allen Seiten, wie wenn einer auf einen Starenschwarm schießt, der in einen Rebberg gefallen ist.

Er zieht den Kopf und den Oberkörper zurück ins Zimmer und lacht; dann läßt er den Blick gleich wieder über die Wände gehen, denn er sagte: „Ich muß wieder lernen."

Sie hätte zu ihm hingehen, die Arme ausstrekken, ihn an sich drücken wollen: sie traute sich nicht.

Sie hätte ihm vieles sagen können, sie hatte ihm nichts zu sagen: ihr Erstaunen ließ sie alles vergessen.

Sie hätte ihm sagen wollen: „Hör, ich habe eine Überraschung für dich, eine gute Überraschung"; aber er sagte: „Ach, ein Stuhl ... Ah, da drauf sitzt es sich gut ..."

Er probierte den Stuhl aus und lachte dann, warum lachte er? Er lachte; er fing wieder an:

„Ach, ein Nadelkissen! Du nähst also immer noch?"

Auf einmal fragt er: „Welchen Monat haben wir?"

Er sagt: „Und welchen Tag?"

Er sagt: „Und welches Datum?"

Er sagt: „Ich habe also sieben Wochen weniger als ihr gelebt. Doch", sagte er, „jetzt wo die guten

Tage wiederkommen, muß ich mich dahintermachen."

Aber da wurde schon an die Küchentür geklopft. Das war der Ammann.

„Kann Antoine kommen? Der Herr Pfarrer möchte mit ihm reden."

Er war bereit. Er mußte nur noch den Hut aufsetzen. Die Leute standen auf der Straße und neben dem Haus. Er macht die Tür auf. Man wundert sich über sein Aussehen, man erkannte ihn nicht. „Oh!" sagte man, „er ist viel kleiner, als er war. Ist er der Richtige? Oh, ist er das wirklich? Oh, er ist schmaler und dünner!"

Man trat herzu indessen, um ihm die Hand zu geben, die Frauen, die Nachbarinnen, die Nachbarn, sogar die Kinder, obwohl sie verschüchtert und mißtrauisch waren. Er sagte nichts, er lachte alle an. Der Ammann ging neben ihm her. Das Wetter war schön, mit ein wenig Nordwind, man spürte seine Kühle an der einen Wange.

Antoine ging neben dem Ammann her, und man mußte hinter ihnen hergehen, weil die Gasse so eng war. Er war nicht fest auf den Füßen. Man war überrascht, ihn am hellen Tag zu sehen, so fremd wirkte er in der Sonne mit seiner Hautfarbe, die aussah wie Pflanzen, wenn sie unter dürren Blättern getrieben haben, oder wie Gemüse, die im Keller gebleicht worden sind. Er drehte sich zu den Leuten um, und er lachte dazu, er sagte zum Ammann: „Es geht nicht recht, ich bin unter den Steinen gewesen, verstehn Sie ..." – „Es wird schon gehen", sagte der Ammann, „und wir sind ja gleich da ..."

„Ich bin eben nicht mehr unter den Steinen ..." Und er atmete noch einmal tief die Luft ein, gierig: „Ah! Das ist gut!" Er kehrt sich um, er sagte: „Das ist gut, aber der Kopf dreht sich mir."

Er ist fast eine Stunde mit dem Pfarrer und dem

Ammann zusammengewesen, hinter verschlosse-
nen Türen.

Jetzt standen die Leute vor dem Gemeindehaus.
Man kam schon von Premier herauf, wohin die
Nachricht schnell gelangt war, und so gab es gleich
einen größeren Anteil von Hosen neben den Rök-
ken. Man fragte: „Was macht er?" – „Oh!" sagte
man, „er wird ausgefragt."

Und er, wie er herauskommt, sagt: „Ich muß zu
meiner Frau zurück, ich habe sie noch kaum gesehen ...", aber man sagte zu ihm: „Nun hör doch!
Und wir? ..."

Man sagte zu ihm: „Sie hat noch alle Zeit, dich
zu sehen; wir sind nur grade jetzt hier ..."

Die Männer aus Premier pflanzten sich vor ihm
auf: „Grüß Gott!" Sie sagten: „Bist du das? Wenn
du es bist, so ist dein Kopf kleiner geworden ..."

Und da waren auch solche, die ihn zuerst näher
ansahen und sich dann furchtsam abwendeten
oder sich hinter anderen, die schon dort standen,
versteckten und von weitem auf Antoines Gesicht,
auf seine Hände, auf seine Beine blickten, auf das,
was von seinem Körper noch übrig war unter den
zu weit gewordenen Kleidern (wirklich wie die
Mannsbilder, die man in die Gärten stellt, um die
Vögel zu erschrecken); von weitem auf die beiden
Löcher unter seinen Backenknochen blickten, auf
seine gesprungenen Lippen, seine gelben, vorstehenden Zähne – ganz und gar ein Toter unter den
Lebenden.

„Ah, es ist nicht möglich!"

Sie haben sich davon überzeugen müssen, daß
er da war, nicht nur mit den Augen, auch mit den
Ohren und Händen, sie brachten ihn zum Reden,
sie strichen über seine Kleider, dann sagen sie:
„Und jetzt komm!"

Rebord faßte ihn unter dem einen Arm, Dionis
faßte ihn unter dem andern.

Sie führen ihn zu Rebords Haus, denn sie sagten: „Wir gehn eins trinken."

Sie helfen ihm die Holztreppe hinaufsteigen, sie machen viel Lärm auf den Stufen. Wird sie's auch aushalten, die Treppe? Denn sie knackt, und man spürt, wie sie sich beugt unter der Last, aber sie gehen hinein, wenigstens alle, die in der Gaststube Platz finden, und die anderen bleiben unter den Fenstern, oder sie gehen in die anstoßenden Häuser, um etwas zu trinken.

Ihn läßt man gegenüber dem Fenster am hinteren Tisch sitzen; man sagte zu ihm: „Willst du essen?"

Man sagte zu Rebord: „Bring Käse und getrocknetes Fleisch … Das bist du ihm schon schuldig …"

Man sagte zu Rebord: „Wo hast du dein Gewehr hingetan, alter Narr? Hast du's auch gut versteckt? Du sollst uns wahrhaftig nicht noch einen üblen Streich spielen …"

Sie sagen zu Antoine: „Auf deine Gesundheit! …"

Sie stellen ihr Glas ab und schauen ihn an. Fortwährend steigen wieder neue Leute die Treppe herauf, und bevor sie hereinkommen, sehen sie sich Antoine durchs Fenster an, das weit offen stand.

Sie sagten nichts; ein paar von ihnen stiegen die Treppe wieder hinab, ohne Lärm zu machen. Aber andere konnten sich nicht zurückhalten, sie riefen laut: „Pont! …"

Dann hob er den Kopf; er richtete seine Augen auf sie, unsichere Augen, wie verwundet vom Tageslicht.

„Pont! Bist du das? Nicht möglich … Wo kommst du her?"

Man sagte zu ihm: „Wie hast du es angestellt, dort herauszukommen?"

Das Dorf machte ein Getöse wie ein gestörter Bienenstock.

VI

„Wartet, wartet!" sagte er, „ich habe meinen Kopf noch nicht beisammen ... Wo bin ich denn? Ah, ja, ich bin unter dem Boden hervorgekommen; und da seid nun ihr, und da bin ich. Gut! ..."

„Gesundheit!"

„Das ist komisch, denn sie haben mich schon ausgefragt, im Gemeindehaus ... Und jetzt weiß ich nicht mehr recht, wo ich bin; das geht und kommt ..."

„Gesundheit, Antoine!"

„Ihr sagt, ihr fangt jetzt dann mit der Kornernte an, und ihr hattet ja nicht einmal mit der Heuernte angefangen, als ... Ja, ihr hattet noch nicht angefangen. Oh! Ich erinnere mich ... Welchen Tag haben wir? Welches Datum? Wie? Was? den 17. August. Den 17. August von welchem Jahr? Denn ich bin aus den Jahren geraten, aus den Wochen, den Tagen ..."

Man gab ihm Antwort.

„Man müßte zählen; ich kann aber nicht. Zählen doch Sie", sagte er zu Nendaz. „Wieviel gibt das?"

„Das gibt sieben Wochen, und sogar noch etwas mehr. Das sind bald acht Wochen.

„Nicht möglich!"

Am Tisch saß er, von Leuten umringt, ein Glas vor sich. Sobald der Zinnkrug leer war, ging man ihn wieder füllen.

„Denn ich bin nicht mehr an den Tag gewöhnt ... Den sah ich nur von Zeit zu Zeit über mir ... Ganz hoch oben über mir, zwischen den Steinen ... Der Berg ist herunter gekommen."

Luft kam herein. Wespen kamen herein, Bienen; Fliegen kamen herein. Alle Arten von Fliegen kamen; die einen waren blau oder grün; die schwarzen bildeten einen Nebel um einen her. Die schwarzen bildeten so ein Tuch um den Kopf, wie man es umlegt, wenn man den Honig aus dem Bienenstock nimmt. Und er, er brachte uns von dort drinnen zwei bleiche, eingesunkene Augen mit, die an uns stießen und uns nicht sahen.

Die Leute kamen herein, sie gingen hinaus; man sagte zu ihnen: „Haltet euch still, ihr da!" Aber er gab auf niemanden acht, er folgte hinter seinen Augen, mit einem einwärts gekehrten Blick, der Bewegung der Dinge, die da vorbeigingen, eines Dings und auf einmal eines anderen Dings.

„Wartet, es kommt wieder ... Da ist der Berg eingestürzt ..."

Er fragte: „Hat man das Getöse bis hierher gehört, vom Berg, als er eingestürzt ist?"

„Oh, sicher!" sagt Nendaz, „aber man hat nicht gewußt, was es war. Man hätte meinen können, es sei ein Gewitter, wenn das Wetter nicht schön gewesen wäre."

„Ah! Das Wetter war schön?"

„Und wie! Mit Sternen wie nie, und kein Wölkchen. Da hat man sich wieder schlafen gelegt ... Nur ich nicht; frag Justin. Denn ich hab mir gesagt: Vielleicht ist das doch kein Gewitter."

„Ich", sagte Antoine, „hab nichts gehört. Bei mir", sagte er, „war's nicht der Lärm, der war zu groß für die Ohren. Ich hab keine Zeit mehr gehabt zum Hören. Es war, wie wenn ein Knie auf mich drückte; ich bin samt dem Brett und dem Strohsack von der Wand gepurzelt. Das Brett, der Strohsack und ich, da liegen wir alle drei am Boden ..."

„Hört zu", sagte man, „hört zu. Sei still, du."

Das war der gebrochene Arm, der hereinkam.

„Mir", fängt er an, „ist ein Balken auf die Schulter gefallen ... Man hat mir den Arm mit Schienen geflickt ..."

Aber Antoine läßt sich nicht unterbrechen: „Denn der Berg ist herunter gekommen, er ist auf mich herunter gekommen, da bin ich am Boden liegengeblieben, ich rührte mich nicht, weil ich nicht wußte, ob ich mich überhaupt rühren konnte, und dann hatte ich auch keine Lust, mich zu rühren ... Und dann war da einer ..."

Wie wenn er wirklich auf einmal jemanden bemerkt hätte, in sich drinnen: „Und der hat mir gerufen ... Ja ..."

Doch es scheint, daß er den schon vergessen hat, von dem er redet, und wer es war, das erfuhr man nicht. Er war zu etwas anderem übergegangen: „So ist man", sagt er. „Denn da tat ich nichts als mich nicht rühren und nicht nachsehn, wißt ihr, dabei fragte ich mich, ob ich meine Arme und meine Beine noch hatte. Ich hätte ja auch ein gebrochenes Rückgrat haben können, nicht wahr? Da sagt er zu mir: ‚Wo bist du?', und ich sage: ‚Da.' Und sonst nichts. Da hab ich angefangen, die Fingerspitzen an der rechten Hand ein klein wenig zu bewegen, und dann die Hand, und dann den Arm bis zum Ellbogen, und dann den ganzen Arm ..."

„Grüß Gott, Antoine!" hieß es.

Da waren noch zwei Männer aus Premier hereingekommen; aber er sagt: „Ich habe gedacht: ‚Wenigstens einen hab ich, das ist gut; jetzt sehn wir nach, was der andere macht'; und hab mit dem rechten Arm den linken besucht ..."

Man sagte zu ihm: „Du trinkst nicht?"

Er sagte: „Ich trinke ja schon ... Ich habe den linken Arm heben können."

Er lachte, und alle tun es ihm nach.

„Aber da waren noch meine zwei Beine, und ich fragte mich unterdessen: ‚Hat man mir gerufen?' Jedenfalls rief man mir nicht mehr. Ich hab gesehen, daß ich ein Knie hatte, das machte eins, und ein anderes Knie, machte zwei. Und beide in gutem

Zustand, das hab ich auch gesehn, ich bewegte die Knie wie ein kleines Kind, dem man die Windeln abgenommen hat."

Man redete zu ihm, man stellte ihm Fragen, er hörte nicht hin.

Er wurde von innen her gelenkt durch seine Erinnerungen, so wie sie ihm wieder in den Kopf kamen, und sie kamen ohne Ordnung; er wurde vorwärts getragen von ihnen und von ihnen zurückgebracht.

„Schließlich bin ich gesessen und habe gesehen, daß mir nichts fehlte, daß ich zwei Arme, zwei Beine und einen Körper hatte, und den Kopf dazu; nur, wißt ihr, da hebe ich jetzt den Arm, denn ich konnte ihn heben; und also, stellt euch vor, ich hebe ihn; und da war dreißig Zentimeter über meinem Kopf eine Decke; das ist der Berg, der eingestürzt ist, ein großes Stück Berg, das da eine schiefe Ebene macht. Und ich war darunter geraten, in den Winkel darunter, und also lebendig begraben, das hab ich gesehen ... Am 23. Juni, sagt ihr? Nun ja, am 23. Juni, gegen ein Uhr am Morgen ungefähr, stimmt das? Vor zwei Monaten. Und da hab ich gerufen, so laut ich konnte, wie wenn man mich hätte hören können ..."

Er nahm sein Glas; und diesmal sagte er: „Gesundheit! ... Auf deine Gesundheit auch, Placide. Ah! Du bist da, ah! Du hast den Arm gebrochen! ..."

Und auf einmal fragt er: „Und die anderen?"

Man gibt ihm keine Antwort. Er dachte schon nicht mehr an seine Frage.

„Ach, seht ihr, man ist dumm in solchen Momenten. Ich habe zuerst gerufen, so laut ich konnte; dann hab ich gedacht: Du mußt die Luft sparen; darum hab ich dann still geschwiegen. Ich sagte mir, ich hab sie vielleicht nicht für lange mehr; ich atmete so wenig wie möglich, ich machte den Mund zu, drückte die Lippen zusammen, ich atmete nur noch mit der Nase, in kleinen Zügen, so ..."

Er tat, als drücke er die Nasenflügel zusammen: „Denn ihr könnt euch denken, wenn mir auch die Luft gefehlt hätte, nicht nur der Platz und das Licht, sondern die Luft ..."

„Und das Brot?" sagt jemand.

Er sagte: „Wartet."

„Und das Wasser?"

Aber er sagt: „Ihr habt es zu eilig; die Luft, die ist noch wichtiger als das Brot und das Wasser; und da war ich nun zufrieden, weil ich sah, daß mir wenigstens die Luft nicht fehlen würde, wegen der Löcher überall zwischen den Steinen, die aufeinandergetürmt waren, eine große Masse, aber voll von Ritzen, wo die Luft herein konnte, und darunter hab ich auf allen vieren herumkriechen können, aufstehen nicht; und so hab ich gesehen, daß ich Glück hatte, die Hütte war hintendurch ganz geblieben, dort wo sie sich an den Fels lehnte ..."

Er sagte: „Wir hatten schon zwei Käse gemacht, und wir hatten Brot für sechs Wochen heraufgenommen. Und nun stellt euch vor, der Käse und das Brot waren auf der richtigen Seite verstaut, dort am Fels, auf einem Bord, und als ich mit der Hand am Fels entlangfuhr ..."

Alle sagten: „Ah! ..." Und Antoine: „Ihr versteht ... Und ich hatte sogar noch den Strohsack ..."

Man muß sich vorstellen, daß die Masse des Bergrutschs nach allen Seiten durchlöchert war wie ein Schwamm; unglücklicherweise waren die Löcher nicht miteinander verbunden. Er zwängte sich flach auf dem Bauch in eine Spalte, folgte ihr, solang er konnte, dann schlüpfte er in eine andere, flach auf dem Bauch, dann auf den Knien, und der Fels unter ihm begann anzusteigen ...

Er redete immer weiter: „Das machte mir Mut, wenn es aufwärts ging, denn der Tag, der ist oben; aber da fing es wieder an, abwärts zu gehen, und das machte mich traurig."

„Das ging und ging so", sagt er; „das geht einen Tag, zwei Tage, vielleicht drei, sogar vier; konnte ich das wissen? Aber jetzt merkt ihr etwas – ich hatte ja nichts zu trinken … Der Mund wurde mir ganz hart, die Lippen waren aufgesprungen, die Zunge war wie ein Stück Leder, und sie hatte zuviel Platz, der Gaumen war zurückgegangen; da hab ich mich wieder auf meinen Strohsack gelegt, ich habe mir gesagt: Halt dich still; oder wenn ich ein Gefäß haben könnte, um das Wasser zu lassen; ihr wißt doch, was man von den verirrten Reisenden in der Wüste erzählt, die nur durchkamen, weil sie es wieder tranken … Ah! Ihr habt es gut, ihr an der freien Luft oben; und ich sagte mir: Mit ihren Brunnen, mit ihren schönen Brunnen! Die Quellen oben auf der Erde, nur von Zeit zu Zeit eine ganz kleine Perle, die im Moos hervorkommt, an der Spitze eines Hälmchens! …"

„Glogg."

Was hört man da?

Sie sind bei Rebord, die Gaststube ist voll besetzt; und er hebt den Finger: „Glogg …"

Wie eine Wanduhr, die tickt, langsam zuerst, dann schneller und immer schneller: „Glogg … glogg … glogg …"

Er hat sich aufgerichtet von seinem Strohsack, er tastet sich vor mit ausgestreckten Händen.

Das Wasser rieselt ihm übers Gesicht, er muß nur den Mund auftun, das Wasser läuft ihm hinein!

„Das war der Abfluß vom Gletscher, der war zuerst aufgehalten worden und sickerte jetzt wieder zwischen die Steine herab, und eine der Rinnen kam bis zu mir. Wie ein Schnürchen, vom Dach bis zum Boden herunter. Ich spürte, daß es sich bewegte, wie lebendig zwischen meinen Händen, wenn ich sie in die Höhe hielt. Ich hab geschwind ein Becken geholt, das ich drunter stellte, ich dachte: Wenn es einmal aufhörte ... Und da habt ihr's! Ich war gerettet! Denn jetzt hatte ich alles, versteht ihr, alles, was unsereins braucht, um am Leben zu bleiben, ich hatte zu essen, zu trinken, ich konnte atmen und schlafen, ich traf es auch manchmal, daß ich das Licht sehen konnte; jetzt mußte ich nur noch die Zeit ausnützen, von der hatte ich einen riesigen Vorrat ... Zeit hatte ich, soviel ich brauchte, ihr habt's ja gesehen! Sieben Wochen und noch mehr als sieben Wochen ..."

Den ganzen Nachmittag saßen sie so bei Rebord.

Er wurde in seinem Bericht unterbrochen von Leuten, die hereinkamen und sich nicht fassen konnten, da sie ihn so vor sich hatten, oder durch Fragen, die man ihm stellte, oder weil man ihm zutrank und er doch Bescheid tun mußte.

Jedesmal kam er auf seine Darstellung zurück.

„Es war wie die Wasserrinnen unter den Wegen. Es war so eng, daß ich nur grad hineinschlüpfen konnte. Ich machte mir Zeichen, damit ich wußte, wie ich zurückkam, an den helleren Stellen; dort, wo kein Licht war, machte ich den gleichen Weg hin und her, viele Male, bis ich die Strecke auswendig wußte ... Ich ging lang in der gleichen Richtung, dann war's aus, abgeriegelt; ich mußte zurück ... Ein paarmal kam gerade über mir zwischen den Steinen eine Art Luke zum Vorschein; ich versuchte zu ihr hinaufzusteigen wie ein Schornsteinfeger im Kamin, ich stieg, ich stieg; auf einmal seh ich, daß eine Steinplatte vorsteht über dem Schacht, und ich mußte wieder hinabsteigen. Dann zeigte sich das Tageslicht links von mir, und ich ging wieder auf das Tageslicht zu wie ein Pflanzentrieb, der schwächer und dünner ist als ein Faden und stärker als eine Eisenstange; aber ich konnte nicht, was der kann, ich hatte nicht die Kraft und wurde die ganze Zeit aus einer Richtung in die andere gerufen von einer Hoffnung, die wieder getäuscht wurde. Sieben Wochen lang", sagte er, „und es brauchte Ausdauer und Vorsicht, denn die Spalte war oft mit Trümmern verstopft, und ich mußte vorsichtig arbeiten, mit den Fingerspitzen, ganz langsam und behutsam, um sie freizubekommen, ich hatte Angst, die ganze Geschichte würde zuletzt noch über mir einstürzen ... Ihr versteht, das braucht Zeit."

Er fing wieder an: „Sieben Wochen!"

Der Abend kam heran.

„Nun", sagte man, „du bist ja jetzt wieder da."

Man schaute ihn sich genau an, man sagte zu ihm: „Du siehst schon besser aus."

Im Abendlicht, dem Fenster gegenüber, schaut man ihn sich an und sieht ein wenig rosa Farbe auf seinen Backenknochen.

„Das ist der Wein, du hast zuviel Wasser getrunken! He, Rebord! Noch ein Glas ... Ja, da auf dem Knochenring um die Augenhöhlen ... Gesundheit! Auf deine gute Gesundheit!"

Aber er hat diesmal nicht getrunken; er dachte nach, die Hand um das Glas gelegt, das auf dem Tisch stehen bleibt.

Auf einmal sagt er: „Wie viele waren wir?"

„Wo denn?"

„Dort oben."

Es gibt eine Stille, dann sagt jemand: „Warte, vielleicht etwa zwanzig ..."

„Achtzehn", sagt einer.

Da sagt Antoine: „Und wie viele sind wieder herabgekommen?"

Man hört die Vögel zwitschern in den Bäumen.

Schließlich sagt man: „Nun, da bist ja du."

Man sagt: „Und dann Barthélemy."

Doch Antoine fragt: „Wo ist er denn?"

„Hör", sagt Nendaz, „du bist jetzt müde ... Wir reden darüber ein andermal, wenn's dir recht ist ..."

Aber Antoine sagt: „Wo ist er?"

„Ja, also", sagte Nendaz, „der Arme ... Ja, das ist ein Unglück", sagte Nendaz; „er ist unter einen Stein geraten."

„Und?" sagte Antoine.

„Und?" sagt Nendaz ... „Ja, nun ..."

„Oh", sagt Antoine, „ich verstehe. Ich war da oben, ich weiß, was das ist. Das kommt über einen herab, das nimmt alles mit. Ich verstehe: die anderen, alle andern, Jean Baptiste und sein Sohn, die beiden Maye, alle Carrupt, Defayes, Bruchez ... Ich verstehe, aber ..."

Er schlägt mit der Faust auf den Tisch.

„Aber da ist einer, der nicht tot ist ... Er ist nicht tot, denn er hat mir gerufen. Er ist noch da oben unter den Steinen."

Er beginnt wieder: „Séraphin ..."

Und sicher sieht er ihn drinnen in sich, denn jetzt schweigt er still: ein schon älterer Mann ist das, hager, mit kleinen hellen Augen, die tief in Höhlen ohne Brauen liegen. Sie sitzen gegen neun Uhr vor dem Feuer. Und dann ...

Antoine schlägt mit der Faust auf den Tisch.

„Das ist ein Freund, versteht ihr. Mehr als ein Freund, ein Vater."

Die Leute, die sich um ihn drängten, sagten immer noch nichts.

„Ohne ihn hätte ich nicht heiraten können. Und also", sagte er, „der ist noch am Leben ... Er hat mir gerufen, ich lag auf dem Boden ... Er hat zu mir gesagt: ‚He, Antoine, bist du da?' Ich wollte ja sagen, aber da hab ich wohl das Bewußtsein verloren ..."

Man gab ihm keine Antwort; da sagt er: „Man muß ihn nur suchen gehn. Kommt ihr mit?"

Man gab ihm immer noch keine Antwort.

Den ganzen Tag über waren Frauen zu Thérèse auf Besuch gekommen. Man drängte sich in einem fort, denn man wollte das Neueste hören, oder Nachbarn dachten, sie würden Antoine antreffen. Sie mußte ihnen sagen: „Er ist nicht da."

„Nein", sagte sie, „er ist zum Gemeindehaus gegangen, mit dem Ammann und mit dem Herrn Pfarrer."

Dann, als der Nachmittag vorrückte: „Nein, er ist noch nicht zurück. Ihr werdet ihn wohl bei Rebord treffen ... Er ist mit Freunden zusammen, er trinkt eins ..."

Das ist sonderbar, ich bin doch seine Frau.

Philomène saß vor dem Feuer; Philomène schüttelte den Kopf; sie sagte: „Das ist ein Glück ..."

„Ah! Allerdings", sagte man, „das war Glück. Seinen Schwiegersohn und seinen Mann so wiederzubekommen, nach sieben Wochen!"

„Nur", sagte Philomène, „er war nicht allein dort oben, und er ist allein wieder herabgekommen. Sie waren zu zweit. Mein armer Bruder!"

Sie bekreuzigte sich.

Sie sagte: „Der arme Séraphin! Denn jetzt ist es ganz sicher, daß er tot ist! ..."

Sie warf eine Handvoll Reisig ins Feuer, wo der Kessel seinen schuppenbedeckten Bauch zeigte wie eine Kuh, die lang nicht gestriegelt worden ist.

Es war jetzt acht Uhr am Abend. Die Leute hatten sich allmählich verlaufen; Philomène war schließlich nach Hause gegangen; er war immer noch nicht da. Hatte er seine Frau vergessen? Hat er überhaupt vergessen, daß er verheiratet war? „Er hat nichts gesehen", dachte Thérèse; „dabei ist es bald der dritte Monat ..."

Sie stand vor dem Spiegel, sie hatte sich neben ihn hingestellt, so daß die Lampe ihren Leib von vorn beleuchtete; sie sah sich von der Seite an: Aber ja doch, sagte sie zu sich, man sieht es gut, vor allem wenn ich meinen neuen Rock anziehe, weil er um die Hüften enger ist ... Ja, und er hat nichts gemerkt ...

Sie wartet noch eine Weile in dem Zimmer, wo das Bett gemacht war und wo die Lampe ein sanftes Licht gab, während das Abendessen auf dem Tisch in der Küche bereitstand; er kam immer noch nicht.

„Jetzt geh ich ihn suchen."

Sie geht zur Tür und macht sie auf und sieht, die Sterne waren schon am Himmel; aber sie wagt sich nicht weiter vor, wegen den Leuten.

Sie würden sich über sie lustig machen. Da läuft sie ihrem Mann schon nach? So laß ihn doch. Er hat Freunde gefunden, das ist ganz natürlich. So denk doch, er hat ihnen etwas zu erzählen! Laß sie ein Glas miteinander trinken. Er kommt dann schon einmal wieder.

Das würden die Leute sagen; würden die Leute nicht recht haben? „Nun gut", sagte sie sich, „soll er kommen, wann er will; ich werde wenigstens da sein. Ich setze mich in die Küche, damit er mich sofort findet, schön treu und brav, wenn er heimkommt."

Sie rührte sich nicht mehr, sie hat die Hände in den Schoß gelegt.

Da hört man Stimmen in der Ferne; sehr deutlich hörte man sie, denn das Dorf war ganz still geworden. Das sind Männer, ein paar Männer, viele Männer.

Die Stimmen kommen näher, man hört: „Jetzt lassen wir dich gehen."

Man hört Nendaz sagen: „Gute Nacht, Antoine."

Man hört eine dritte Stimme: „Auf bald, du!"

„Gute Nacht ... Gib acht, da ist eine Stufe ... Geht's? Also, gute Nacht ..."

Schritte kommen heran. Man steigt die Treppe herauf, stößt an bei jeder Stufe. Man bleibt vor der Tür eine Weile stehn.

Eine Hand sucht die Klinke und hat Mühe, sie zu finden.

Und sie war aufgestanden, so daß er sie gleich vor sich hatte, als erstes, so wie sie's wollte; aber er sagte: „Ah!"

Er sagt: „Ah! Richtig, potztausend! ... Das bist du ... Ah!" sagte er, „ich hab eine Frau ..."

Er fährt sich mit der Hand übers Gesicht: „Wo sind meine Werktagskleider? Denn er ist noch am Leben", sagte er ... „Die dort, bei Rebord, die wollten es mir nicht glauben ... Ich muß ihn jetzt suchen gehn."

Er war nun hereingekommen, er schaut sich überall um, er bleibt stehen; er ist wie eine Pflanze, die am Fuß nicht mehr hält, wie ein Baum, der unten angesägt ist. Er muß sich am Türpfosten festhalten, bevor er ins Schlafzimmer tritt.

„Nein, er ist nicht tot, das hab ich ihnen doch gesagt. Er ist nicht tot, er hat mir ja gerufen ... Er kann nicht heraus, das ist alles. Er steckt immer noch unter den Steinen ..."

Sie kann ihm nicht einmal Antwort geben. Und er sieht die Lampe, die ein sanftes Licht auf das große Bett mit den zurückgeschlagenen Leintüchern wirft; und er sagt noch: „Sind sie im Schrank?"

„Antoine! Hör doch, Antoine, ich möchte dir etwas sagen."

Aber er ist zur Seite gefallen, wie einer, der einen Schlag auf den Kopf bekommen hat. Er ist halb auf das Bett gefallen; der Oberkörper liegt flach auf den Leintüchern; die Beine hangen zu Boden.

Man sieht, daß er eingeschlafen war; und nichts konnte ihn jetzt aus seinem Schlaf reißen, das sieht sie, denn sie hat ihm die Schuhe und die Jacke ausgezogen, aber er merkte nichts, er ließ es geschehen, biegsam und folgsam wie ein Toter, der noch warm ist.

Er schlief mit ausgebreiteten Armen, mit halbgeöffnetem Mund, quer über dem Bett, das er ganz belegte. Und aus seinem Mund kam in ganz regelmäßigen Abständen ein starkes und scharfes Geräusch wie das einer Holzfeile; so daß Thérèse beschloß, die Nacht bei ihrer Mutter zu verbringen.

VII

So sahen die Nachbarn sie kommen am nächsten Morgen, und die Nachbarn sagten zu ihr: „Ach, da sind Sie ja!"

Man wunderte sich, daß sie nicht die Nacht bei ihrem Mann verbracht hatte; aber da es einmal geschehen und nichts mehr zu ändern war, sagte man: „Das ist doch zu früh! ... Man muß ihn schlafen lassen. Diese Männer, wenn sie müde sind, man hat solche gesehn, die drei Tage schliefen ... Ja, drei Tage und drei Nächte an einem Stück."

Es war aber schon spät, es war fast neun Uhr.

Und als Thérèse zögerte vor der Tür, sagten die Nachbarn: „Oh, gehn Sie ruhig hinein. Entweder er schläft immer noch, und dann hört er Sie nicht; oder er ist wach, dann werden Sie ihn ja wahrscheinlich auch nicht stören ..."

Man lachte. Man hat gelacht, während sie hineinging. Die Tür war nicht zugesperrt; sie hat sie nur aufstoßen müssen. Und man hat sie nicht mehr gesehen, aber da kommt sie wieder heraus: „Mein Gott!"

„Was gibt's denn?"

„Habt ihr ihn nicht gesehen?"

„Wen?"

„Antoine."

„Nein."

„Ah! Mein Gott – er ist nicht mehr da!"

Man sagte zu ihr: „Ah, ist es nur das! Sie haben uns Angst gemacht. Er wird halt ausgegangen sein; er ist bestimmt im Dorf."

Aber sie schüttelte den Kopf, sie schüttelte ihn viele Male.

„O nein", sagte sie, „ich weiß es; er ist wieder fort."

„Fort, wohin?"

„Dort hinauf."

Ein Beamter und ein Landjäger kamen gerade vom Tal herauf, sie sollten Antoines Aussagen aufnehmen. Sie hatten gefragt, wo er wohnte; man hatte ihnen das Haus gezeigt. Sie kommen heran; sie sehen eine Frau, die oben auf den Stufen zur Haustür den Kopf und die Arme heftig bewegt. Und sie sieht die beiden kommen und beginnt zu lachen, ein falsches Lachen.

„Ah! Da sind Sie ja ... Ah! Sie kommen im richtigen Augenblick! genau im richtigen Augenblick ..."

Dann ändert sich ihr Ton:

„Oh, bitte, steigt schnell hinauf! ... Wenn er dort oben ist ... Oh, bitte! ... Man weiß nicht, was da passieren kann."

Er war wirklich dort oben.

Er war in seinem Wahn vor Tagesanbruch losgezogen, er war den Weg wieder hinaufgegangen, den er zwei Tage zuvor herab gekommen war; und mit seinem weißen Hemd, seinen neuen Kleidern war er bei Biollaz erschienen, nicht weit von der Stelle, von wo man die großen Steine sieht, die seither das Moos gefärbt hat, golden, hellgelb oder

547

grau auf grau oder dunkelgrün; nicht weit von dem Bergsturz, wo die gewaltigsten Blöcke, die so groß sind wie Häuser, alle Arten von Pflanzen hervorbringen, Heidelbeeren, Preiselbeeren, Berberitzen mit holzigen Früchten und harten Blättern.

Er streckt den Kopf durch die Türöffnung.

„Ist jemand da?"

Er fragt: „Kennst du mich nicht?"

„Wahrhaftig, nein!" sagt Biollaz.

„Antoine."

„Welcher Antoine? Hier gibt's viele Antoine."

„Antoine ... Sieh mich halt genauer an ... Antoine Pont, von Aïre."

„Ist nicht wahr!"

Biollaz fährt zurück.

Dann, während er weiter auf dieses Gesicht starrt, das er jetzt ganz sieht, denn Antoine hat seinen Hut abgenommen, denkt er sich seine gesunden Farben hinzu, die früheren Umrisse: „Oh, wart ... doch, wahrhaftig! Nicht möglich! Du bist das! ... Wo kommst du her?"

Antoine sagt: „Unter den Steinen hervor."

Er streckt den Arm aus, und es ist ganz nahe.

„Ich bin hineingeraten wie die andern; aber ich bin herausgekommen."

„Ist nicht wahr!" sagte Biollaz.

Und Biollaz fängt wieder an zu fragen: „Wie hast du das gemacht?"

„Auf dem Bauch, auf den Knien und den Händen ... Sieben Wochen ..."

„Und wo kommst du jetzt her?"

„Aus dem Dorf."

„Loutre!"

Biollaz ruft: „He, Loutre!"

Loutre arbeitet in der Nähe; Loutre kommt.

„Weißt du, wer das ist?"

Loutre bleibt in einiger Entfernung stehen, sehr mißtrauisch.

„Nein."

„Dabei kennst du ihn gut. Du hast seine Kennmarke sehen müssen ... A. P. ..."

„Weiß der Himmel", sagt Loutre, „jedenfalls hat er genug Haut auf dem Hals."

„Nimm sie weg."

„Und auf den Backen könnte er ein wenig Polster brauchen."

„Tu's drauf."

„Pont!"

„Jawohl, Loutre. Also, du kannst näher kommen, es ist nicht gefährlich ..."

Loutre kam heran, und Loutre sagte auch: „Wo kommst du her?"

Antoine streckt wieder den Arm nach Norden aus, wo die Bergwände sind und wo man den unteren Rand des Steinhaufens sehen konnte; dann fängt er von vorn an mit seiner Geschichte, und Biollaz fragte ihn: „Wann war das?"

„Gestern ... nein, vorgestern."

Biollaz ruft wieder: „He, Marie!"

Das ist die Frau Donneloye, die in einer Nachbarhütte wohnt. Sie erscheint unter der Tür und bleibt stehen. Biollaz ruft ihr zu: „He! Marie, erinnern Sie sich, vorgestern, das Gespenst ... Ja, als Sie davonliefen. Er hatte aber Appetit, erinnern Sie sich, und auch einen guten Magen. Und da ist es nun, Ihr Gespenst ..."

„Ah!" sagte sie, „wer ist das?"

„Pont, Antoine."

Und Dsozet erscheint neben ihr, streckt den Kopf vor, um besser zu sehen. „Das ist wahr", sagte Antoine, „aber ich hatte Hunger, denken Sie doch, sieben Wochen! Und das stimmt auch, ich war gewiß nicht schön anzusehn ... Aber ich bin es wirklich, auf Ehre; ich bin es", sagte er zu der Frau Donneloye, „und natürlich werd ich zahlen, was ich Ihnen schuldig bin."

Die Frau Donneloye machte einen, zwei Schritte aus ihrem Haus heraus.

„Ich bin nämlich dann ins Dorf hinab", sagte Antoine, „und da haben sie mich schließlich erkennen müssen, denn am Anfang, ja, da ging es ihnen wie euch ... Sie haben sogar auf mich geschossen. Sie meinten, ich sei ein Gespenst ... Wir haben miteinander getrunken", sagte Antoine ... „Sie haben den Pfarrer kommen lassen", sagte Antoine, „und dann haben wir miteinander getrunken."

Dsozet war nun auch herangekommen.

„Nur, seht ihr, da ist einer", fuhr er fort, „der noch da oben ist; und wegen ihm komm ich wieder herauf. Ihr habt hier keinen gesehn? Séraphin, den Onkel meiner Frau? Ich bin vor Tag schon aufgestanden, denn sonst hätten sie mich nicht gehen lassen, das weiß ich; sie hätten zu mir gesagt: da ist keiner mehr ... Aber ich sage, da ist noch einer."

Mehrere Männer standen jetzt um Antoine herum und begriffen nicht recht, was er sagte; und er: „Denn er ist nicht tot ... Séraphin, ihr erinnert euch doch ... Séraphin, Séraphin Carrupt; ein ziemlich Alter; ja, der, eben der. Der Bruder von meiner Schwiegermutter, und wenn ich schließlich hab heiraten können, so war's wegen ihm, denn meine Schwiegermutter wollte mich nicht zum Schwiegersohn haben. Ihr versteht, ein alter Freund, mehr als ein Freund ..."

Er fuhr fort: „Nun, und er ist immer noch ..."

„Wo?"

„Da oben ... Wir waren miteinander in der Hütte, als der Berg herunter kam. Wir saßen vor dem Feuer. Er sagte zu mir: ‚Du hast lange Zeit?‘ Er sagte zu mir: ‚Da zähle ich also nicht mehr?‘ Viel mehr als ein Freund, ein Vater; denn ich bin Waise. Nun, und da bin ich herausgekommen, aber er ist immer noch droben, ja dort, unter den Steinen. Ich habe es ihnen gesagt, im Dorf, und sie haben es mir nicht glauben wollen; drum bin ich wieder heraufgestiegen. Ich bin allein, aber ihr helft mir jetzt. Denn er lebt noch, sag ich euch, ich weiß noch gut, ich lag auf dem Boden, er hat mit mir geredet, er sagte: ‚Wo bist du, Antoine? ...‘ Nur hat er nicht den richtigen Ausgang gefunden."

„Meinen Sie?" sagte man, „denken Sie doch, nach all der Zeit?"

„Und ich? ... ich bin sieben Wochen dort geblieben. Für ihn macht das kaum zwei Tage mehr ... Also, kommt ihr? ... Oh, natürlich kommt ihr. Wir versuchen, ihm zu rufen; oder dann müßten wir ein Gewehr haben und mit dem Gewehr schießen. Das würde ihm die Richtung zeigen ..."

Er redete immer mehr, immer schneller und wirrer, er stellte Fragen und wartete nicht auf die Antwort. Die andern standen um ihn herum, die andern wiegten die Köpfe. Dann sind schließlich zwei von ihnen, Biollaz und Loutre, doch mit Antoine aufgebrochen.

Die drei Männer gingen nach der rechten Seite der Steinmasse hinüber. Sie stiegen zu dem abschüssigen Hang hinauf, und sie lassen die Geröllmasse schnurgerade neben sich absinken. Sie ist gewölbt, sie wird flach; die großen Blöcke wurden wie Kies, die kleinern wie Sand.

Von unten her hatte man die Geröllmasse aufsteigen sehen, sie hatte einen Kamm, wie eine Welle, und den Hang, der hinter dem Kamm liegt, hatte man nicht gesehen: der Hang kommt zum Vorschein, zeigt sich ganz, senkt sich. „Oh!" sagte Antoine. „Ja", sagten die Männer, „und du hättest sehn sollen, wie das geraucht hat!" – „Geraucht hat's?" – „Und wie! All der Staub! Drei Tage lang hat man nichts anderes gesehn."

Aber jetzt konnte man alles sehen, man sah alles immer besser; alles war jetzt zu hören. Nur als sich die Nagelschuhe der drei Männer in den Fels einhakten und ein Geräusch machten, wie wenn ein Hund einen Knochen zerbeißt, wurde die Stille ein wenig gestört. Dann wird sie gar nicht mehr gestört, denn die drei Männer waren auf eine Art Treppenabsatz gekommen und blieben stehen, und Antoine schaut nach allen Seiten in die Tiefe, dann schüttelt er den Kopf: „Zu denken, daß ich lebend hier herausgekommen bin!"

Er fängt wieder an: „Aber wenn ich herausgekommen bin, wird er auch herauskommen."

Er betrachtet noch einmal die riesige Verwüstung da unter sich, dieses erstarrte Meer, diese tote Unendlichkeit, in der keiner mehr ist; Antoine sagt: „Er ist dort."

Alles ist tot, und trotzdem sagt Antoine: „Er lebt." Und man kann lange hinschauen, nichts bewegt sich nirgends in diesem Raum, weder auf der glänzenden Oberfläche des Felsens noch in den Löchern, die darin matte Flecken bilden, noch über der Oberfläche: kein Vogel, der an diesem Morgen auf großen Flügeln am Himmel kreist oder mit Gekreisch vor einer Spalte in der Bergwand flattert. Alles war tot, doch er sagte: „Er ist am Leben."

Er streckt den Arm aus, er sagt: „Seht ihr die beiden großen Brocken, könnt ihr sie sehn? Dort bin ich herausgekommen. Und die Hütte", sagte er, „die Hütte muß ein wenig weiter unten gewesen sein, aber wo? Ah!" sagte er, „es ist schwierig, sich auszukennen in dieser ganzen Schweinerei ... Man muß sich zuerst einmal orientieren, das ist mühsam. Wo ist denn Norden? Ah! Dort, nicht wahr? Dann", sagte er, „ist es schon so: diese Böschung ist es. Die Böschung, weil wir an eine Felsbank gelehnt waren, und die Kiesel sind drüber hinweg ... Dort muß er sein, Séraphin ..."

Er ruft: „Séraphin!"

Er ruft mit aller Kraft. Er hält die Hände als

Sprachrohr vor seinen Mund, stößt mit aller Kraft die drei Silben heraus, die drei Töne, die einander folgen und sich anfangs zu verlieren scheinen, denn man hört eine lange Weile nichts mehr; dann kommen sie wieder, sie sind an der Wand drüben aufgeschlagen, jenseits der Senke. Der Name kommt ein erstes Mal fast unversehrt zurück; er kommt ein zweites Mal, an den Ecken abgestoßen und stumpf geworden; das dritte Mal ist er nur noch ein leichtes Rauschen, wie wenn ein Stück Stoff hinter einem über den Boden streift.

„Man hätte ein Gewehr haben und mit dem Gewehr schießen sollen", sagt Antoine.

Er sagt: „Aber ihr könnt mir gewiß eine Hacke und eine Schaufel leihen ..."

VIII

Gegen Abend kam der kleine Dsozet ins Dorf; die von Zamperon hatten ihn geschickt; und als man ihn fragte: „Nun, ist er dort oben?", sagte er: „Sicher. Aber ..."

Und er tippte sich an die Stirn.

„Und Dionis und der Landjäger?"

„Oh!" sagte er, „das hat nichts genützt. Denn er will nicht wieder herabkommen. Er sagt, er kommt nicht ohne Séraphin wieder herab ..."

Die Leute fragten einander: „Was soll man tun?"

Da zuckte der kleine Dsozet die Achseln, und mit der Fingerspitze tippte er sich nochmals an die Stirn.

Aber ihr hat sich im Herzen etwas umgedreht, während um sie her die Leute weiterredeten.

„Oh!" sagte Dsozet, „stellt euch vor, er hat eine Hacke und eine Schaufel genommen, denn er sagt, daß Séraphin unter den Steinen ist und noch lebt. Er sagt, daß er gehört hat, wie ihm Séraphin rief.

Und die Männer haben ihn begleiten wollen, aber die Männer sind zurückgekommen."

„Warum sind sie zurückgekommen?"

„Weil sie Angst hatten."

„Vor wem hatten sie Angst?"

„Vor dem Hirten."

„Vor welchem Hirten?"

„Vor dem Schafhirten."

„Ah! Plan."

„Ja, der dort an der Derbonère. Der kommt mit seinen Schafen herab. Er stellt sich auf einen Stein. Er sagt: ‚Geht nicht weiter.'"

Man nickt: „Oh, der! Der kennt sich halt aus!"

„Ja eben, und wenn man vorbei will, so ruft er: ‚Nicht weiter …'"

„Und Antoine?"

„Oh! Der ist trotzdem weitergegangen … Dem passiert scheint's nichts."

Man nickte.

„Plan sagt, er ist falsch."

Man sagt: „Wer?"

Und Dsozet: „Antoine. Plan sagt, daß das kein Mensch ist. Daß man ihn schon sieht, aber er ist nicht wie wir, er hat keinen Körper … Und daß er gekommen ist, um uns anzulocken, weil sie unglücklich sind und neidisch auf uns und sich langweilen unter den Steinen …"

„Nun", sagte man wieder, „was soll man tun?"

Aber zu ihr redet eine Stimme, und die Stimme sagt: „Thérèse, geh, hol ihn."

Die Stimme redet zu ihr: „Leichtsinnige Frau, hast du im rechten Augenblick gesagt, was du ihm hättest sagen sollen, als du Zeit hattest, als es Zeit war? Hast du auch nur versucht, ihn zurückzuhalten, bist du bei deinem Mann geblieben in den Stunden der Nacht, die schlechte Ratgeber sind? Das Kreuz hatte dir doch gezeigt, daß er es war, oder hast du nicht dran geglaubt?"

Die Männer ließen den kleinen Dsozet eins trinken bei Rebord, obwohl er kaum alt genug war, und zu ihr redet die Stimme: „Mach deinen Fehler jetzt wieder gut, nachlässige Frau; steig hinauf, Frau, geh zu ihm. Geh allein, sieh zu, daß du die Worte findest, die er braucht, um zu begreifen, um zurückzukommen. Du weißt, da ist das Geheimnis; geh zu ihm mit deinem Geheimnis. Geh, sag ihm: ‚Jetzt sind wir zu dritt. Denn ein kleines Menschenkind kommt, und das hat dich nötig.'"

Sie ließen Dsozet eins trinken bei Rebord; sie sagten zu ihm: „Du mußt heute nacht hier schlafen, und dann, morgen früh, wird man sehn, was zu tun ist."

Und sie ruft ihrer Mutter, die in der Küche weint. Sie sagt: „Ich geh hin."

„Wohin?"

„Dort hinauf."

„Oh!" sagt Philomène, „oh! Thérèse ..."

„Mutter, nimm einen Korb. Leg unten ein weißes Tuch hinein und zwei Flaschen alten Wein. Dann tu alles hinein, was man braucht für ein gutes Essen, denn er hat sicher nicht viel zu essen da oben. Schinken, frisches Brot, alles, was man braucht, Mutter ... Damit das Kleine einen Vater hat."

Gleichzeitig macht sie sich bereit zum Gehen; aber sie kommt nicht weit an dem Abend.

Die Leute waren noch nicht zu Bett; sie redeten miteinander, sie bildeten Gruppen vor den Haustüren. Sie hören auf zu reden, da sie Thérèse kommen sehen. Sie ging durch die Gassen, in der es dunkelte. Da war ein roter Fleck, der eine offene Tür war, und ein schwarzer Kopf bewegte sich aufwärts und abwärts, oder man sah die Form einer Schulter, die sich ein wenig zur Seite und nach vorn neigte. Man schwieg, sie sagte guten Abend.

Und man sagte ihr guten Abend, aber sie setzt ihren Weg fort bis zu Rebords Haus.

Sie steigt die Holztreppe hinauf, die sehr steil ist. Sie macht ein Geräusch auf den Stufen, doch das ist ein Geräusch, das man nicht hörte, so laut redete man in der Gaststube. Sie weiß schon, was sie tut; denn es ist nicht üblich bei uns, daß die Frauen in die Cafés gehen. Sie geht nicht hinein. Sie schaut durchs Fenster, das ein wenig vor der Tür ist; und das Fenster geht auf die Treppe, so daß einer von den Stufen aus, im Stehen, nur ganz oben mit der Stirn und mit den Augen über das Sims kommt, und das ist günstig, denn da sieht man und wird nicht gesehen.

Sie sieht. Sie sieht, daß er da ist; sie hat es sich schon gedacht: Nendaz.

Er ist da mit dem kleinen Dsozet, den man trinken heißt, obwohl er kaum alt genug ist, und mit Rebord und mit dem Ammann und mit Männern von Premier.

Sie bleibt auf ihrer Stufe stehen, sie ruft.

Man sieht nur ihre Stirn und ihre Augen; sie ist in der Nacht draußen, da ist nicht viel Licht; ihre Haare sind schwarz, ihre Stirn ist weiß, ihre Augen sind schwarz; sie sagt: „Nendaz! Nendaz!" Er hört nicht sofort, wegen dem Lärm und weil er ihr den Rücken zukehrt.

Auf einmal dreht er sich um.

Und der Lärm in der Trinkstube fällt zusammen, bis gar nichts mehr da ist von ihm, wie wenn einer der Holzstöße umstürzt, die man als Wintervorrat unter den Vordächern hat.

„Hören Sie, Nendaz, können Sie einen Augenblick kommen?"

Man schaut hin, aber sie ist verschwunden.

Nendaz steht auf, Nendaz stützt sich auf seinen Stock, er tritt auf den Vorplatz heraus, kommt die Treppe herunter.

Sie ist da, sie wartet auf ihn.

„Nendaz, würden Sie nicht mit mir kommen?"

„Wohin?"

„Dort hinauf ..."

„Was willst du dort tun?"

„Ihn suchen ..."

„Lieber Gott", sagt Nendaz.

Denn er sieht wohl schon, daß sie gehen wird, was immer er tut; das macht ihn verlegen. Man läßt eine Frau nicht allein diese Wege gehen, vor allem nicht einen so einsamen und gefährlichen und endlosen Weg.

Er kratzt sich hinterm Ohr; er sagt: „Wann denn?"

„Morgen früh."

IX

Es waren schon Männer auf den Feldern. Die Männer legten die Sichel an die Halme, deren Ansatz auf der Höhe ihres Gesichts war, so sehr neigt sich hier das Land.

Oder man sah Kornpuppen, je drei Garben schräg aneinandergelehnt, die Ähren nach oben; von weitem, noch im Dämmerlicht, sahen sie aus wie kleine Frauenspersonen, die ihre Köpfe zusammenstecken.

Sie gingen mit Nendaz und mit Dsozet, der sich ihnen angeschlossen hatte, um wieder nach Zamperon hinaufzusteigen.

Es war dunstig und windstill; die Luft hatte die Farbe von reifem Korn. Und diese Farbe füllte das ganze Tal, das sich links von ihnen und gleich neben ihnen auftat ins Leere, ins Unsichtbare. Doch aus seinen Tiefen, die so verborgen blieben, kam eine Botschaft zu ihnen herauf, eine Stimme, die unaufhörlich eine alte, endlose, vielleicht nie begonnene Geschichte erzählte: die Rhone, die man nicht sah, die Rhone, die man hörte.

Denn sie ist immer schon dagewesen und murmelt da seit undenklicher Zeit; sie erhebt die Stimme zur Nacht, und sie senkt die Stimme, je heller der Tag wird.

Sie ging rasch, und auch Dsozet kam schnell voran, der war ja noch jung; aber Nendaz folgte nur mühsam, das eiserne Ende seines Stocks knirschte zwischen den Kieseln.

Sie wird vorwärts getrieben. Sie hatte den Korb am Arm. Man konnte sie jetzt von weitem sehen, denn der weizenfarbige Dunst um sie her (der leichte Nebel eines schönen Morgens oder schon ein Vorbote des Herbsts?) löste sich auf, zerrann ohne den leisesten Luftzug; er hob sich nicht, er zerriß nicht; eher legte er sich, wie wenn ein feines Pulver in einer Flüssigkeit verteilt ist, und nun sammelt es sich am Grund.

Sie wurde vorwärts getrieben. Sie sagten nichts, sie sagte nichts. Man sah Nendaz, der sich über seinen Stock beugte. Man sah die großen Berge, die anfingen zu leuchten auf den Höhen, in der Luft, die ihre Klarheit wiederhatte. Dann sieht man sie wieder nicht mehr, denn aufs Mal wird es dunkel, wird kalt, wird trübe und traurig, wie wenn man drei Monate des Jahrs übersprungen hätte.

Dieser Schwerthieb ist durch den ganzen Berg gefahren; der Schnitt ist so tief, so eng, daß die Sonne nur für Minuten hereinfällt, wenn sie grade darüber hinweggeht.

Von Zeit zu Zeit hielt Thérèse an, damit Nendaz sie einholen konnte. Der kleine Dsozet ging neben Nendaz her. Man hörte, wie Nendaz sagte: „Wie geht's dir?"

Der kleine Dsozet sagte: „Mir geht's gut."

„Und das Loch, das du im Kopf hattest?"

„Das war kein Loch, das war eine Schramme."

„Dann ist sie also geheilt?"

„Oh! Schon lange."

Thérèse war weitergegangen. Sie hörte nichts mehr. Dann sagte wieder der kleine Dsozet zu Nendaz: „Sie glauben es nicht?"

„Natürlich nicht, du bist zu klein."

„Sie könnten nicht Rebord fragen?"

„Du könntest es gar nicht benützen."

„Ich!"

Die Liebe trieb sie vorwärts. Sie bleibt stehen, sie geht weiter.

Und Dsozet: „Ich! Was glauben Sie! ... Bei uns in Premier hat es auch ein Gewehr ... Das ist ein Gewehr, das Cattagnoud gehört, der war früher Soldat. Cattagnoud leiht es mir, wenn ich ihm Holz bringe für sein Feuer, denn ich hol es für ihn, er ist zu alt ... Aber man kann es scheint's nicht benützen, weil der Lauf verbogen ist ... Wenn mir nun Rebord seins gäbe ... Oh! Ich wüßte schon, wie man das Pulver aufschüttet und dann einstößt, die Kugel lädt und dann einstößt ..."

Man hörte, wie Nendaz sagte: „Und der Rückstoß?"

„Was ist das?"

„Wenn der Schuß losgeht – der Schlag, den man an die Schulter bekommt ..."

„Oh!"

„Du würdest auf den Hintern fallen, ganz einfach. Wie alt bist du?"

„Vierzehn."

„Dann wart, bis du zwanzig bist."

Sie hatten Halt gemacht für einen Augenblick, um zu verschnaufen, sie saßen alle drei an der Böschung neben dem Weg; und Thérèse sagte nichts, sie hatte nichts zu sagen. Dafür redete der kleine Dsozet weiter; er sagte: „Das ist nicht recht!"

„Warum ist das nicht recht?"

„Weil Cattagnoud, wenn ich ihm einen Gefallen tue ... Und euch hab ich doch einen Gefallen getan."

„Also gut, wir wollen sehen, wart nur …"

Und als sie wieder gingen, sagte Dsozet: „Oh! Da sind natürlich welche, dort oben in den Karrenfeldern, ich hab sie gesehn. Sie haben ihre Löcher zwischen den Steinen, die Murmeltiere. Die sind schlau", sagte er. „Eines sitzt weiter vorn als die anderen, um zu beobachten, was passiert. Wenn es einen kommen sieht, pfeift es …"

Er pfiff zwischen den Fingern.

„Aber ich bin noch schlauer als sie; ich weiß, was ich tun muß. Ich komme von hinten. Da hat es Steine, hinter denen kann man sich verstecken. Denn ich bin geschickt, wissen Sie, und flink. Ich kann lang auf dem Bauch kriechen, ich kann …"

„Schon, aber mit einem Gewehr … Das ist schwer, weißt du, und lang … länger als du …"

Es war nun schon hell. Sie waren bei dem Wildbach angelangt, der vorher in der Tiefe unter ihnen hingeflossen war; aber er kommt allmählich herauf, und zuletzt ist man auf seiner Höhe. So gehen sie lange, dann sehen sie eine erste Hütte. Sie steht rechts vom Weg, mitten in einem Wiesengeviert, über dem steht der Wald, und wieder darüber stehen die Felsen. Sie gehen noch ein Stück weiter; und eine zweite Hütte kommt zum Vorschein, dann drei, dann vier, alle gleich ärmlich und klein.

Die Liebe hat sie bis hierher getrieben. Biollaz sieht die drei schon von weitem.

„Ah!" sagt er, „ihr kommt auch? …"

Thérèse sagt: „Wo ist er?"

„Ach, Sie arme Frau", sagt Biollaz.

Er sagt: „Sehn Sie, wir fürchten, er ist nicht mehr richtig im Kopf … Es ist wegen Séraphin; das war Ihr Onkel, nicht wahr? … Also, Antoine behauptet, daß Séraphin noch am Leben ist … Er hat sich bei uns eine Hacke und eine Schaufel geliehen. Wir haben alles getan, aber er ließ sich nicht abhalten."

„Und ihr?" sagt sie.

„Wir? wir trauen uns nicht."

„Warum?"

„Oh! Einfach, weil ..."

Sie sagt: „Man muß hingehn."

„Oh!" sagt Biollaz, „das ist nicht klug!"

In diesem Augenblick sieht man Dionis und den Landjäger, die ihnen entgegenkamen; und sie sagten auch: „Nichts zu machen! Er behauptet, er hört seine Stimme."

„Wem seine Stimme?"

„Dem Séraphin seine."

„Wo?"

„Unter den Steinen."

Sie sagte: „Man muß ihn holen."

„Oh!" sagt der Landjäger, „Sie würden besser warten, bis er von selbst zurückkommt, denn einmal muß er zurückkommen, wenn er dann nicht mehr weiter weiß ... Ich muß jetzt wieder hinunter. Aber Sie können einfach hier warten, und wenn er zurückkommt, reden Sie mit ihm ..."

Sie schüttelt den Kopf und gibt keine Antwort, und sie geht weiter.

Die Frau Donneloye kommt aus ihrem Haus: „Ah!" sagte sie, „da bist du endlich, Dsozet, wo hast du übernachtet? Oh!" sagte sie, „Thérèse, Frau Thérèse, gehn Sie nicht weiter, bleiben Sie hier bei mir, das ist besser."

Thérèse scheint sie nicht zu hören.

Und die Frau Donneloye ruft ihrem Sohn:

„Dsozet", sagt sie, „Dsozet, ich verbiete dir, weiterzugehn."

Sie stellt sich mitten auf den Weg, sie versperrt ihm den Weg, da muß Dsozet gehorchen.

Aber sie geht weiter.

Und Nendaz und Dionis und Biollaz gehen mit ihr.

Man folgt noch dem Wildbach, dann wendet

man sich nach links. Und da, wenn sie sonst heraufkam. Oh, sie erinnert sich wohl, da hatte man einen schönen, flachen Grund vor sich, frisch zum Ansehn, ganz grün lackiert, und es wimmelte von Menschen und Tieren; jetzt ist da ein großer Stein, ein anderer großer Stein, ein dritter großer Stein. Eine ganze Front von großen grauen Steinen, wie eine Häuserzeile, die stehen da, wo immer sie hinschaut, und sagen: „Geht nicht weiter."

Sie lassen zwischen sich nur enge, gewundene Durchgänge frei, ähnlich wie schattige Gassen, in die sie sich vorwagen muß; denn über den großen Steinen, die da zunächst stehen, über und hinter ihnen, sieht man die graue Bergsturzmasse sich wölben, sich aufrichten vor der Weite dahinter.

Und alles das sagt: „Bleibt stehn!"

Aber zu Thérèse wird gesagt: „Geh trotzdem."

Da erschien er in einer seiner großen Pelerinen, mit seinem Stock, der oben gekrümmt war und der ihm bis an die Schulter reichte.

Er erscheint links vor Thérèse, oben auf einem Fels, und war da oben wie auf einem Sockel, denn er rührte sich kaum, er bewegte bloß den Kopf unter dem großen Hut.

Links vor Thérèse und den drei Männern und ein wenig über ihnen, dort wo die Derbonère aus ihrer Schlucht heraustritt, durch einen Engpaß hervortritt hinten im Talgrund: „Bleib stehn", sagt er, „bleib stehn ... Ah! Du weißt es noch nicht."

Und er sagte: „Wer bist du?"

„Ah!" sagte er, „ich sehe, es ist die Frau, Antoines Frau ... Ja, weißt du denn, Frau", sagte er, „ob der, den du suchst, auch der ist, den du gekannt hast?"

Nendaz, Dionis und Biollaz waren stehengeblieben. Sie ging weiter ...

„Frau", sagte er, „Frau, nimm dich in acht ... Sie sehen aus wie Körper, aber es ist nichts darunter ... Bleib nur eine Nacht bei mir in der Hütte, unter dem Fels, wenn du sie hören und sehen willst. Ich habe sie gehört und gesehen; weiß sind sie, leer sind sie, und sie gehen umher und klagen; sie machen Töne wie der Wind am Kamm eines Steinblocks, wie wenn ein Kiesel rollt auf dem Grund des Bachs ..."

Und nun stand sie auch still; und er hob die Hand: „Weißt du, wie das heißt da oben? ... Ja, dort, siehst du, der Kamm und der Einschnitt darin ... D ... I ... A ... er hat es fertiggebracht, diesmal ..."

Er nickt mit dem Kopf.

„Und der, den du suchst, hör auf mich, der ist so falsch wie die andern. Er wagt sich nur weiter vor, darum ist er herabgekommen, aber er will dich bloß täuschen ... Er will, daß du tot bist, damit er dich haben kann ..."

Und er sagt: „Ah! Denn er kennt die schlimmen Stellen! Das ist hier voll von Löchern, zwischen den Felsblöcken, voll von Steinen, die umkippen; voller Falten und Spalten ... Geh nicht, Thérèse, geh nicht!"

Sie sagt zu den Männern: „Kommt ihr?"

Da redet Nendaz: „Hör, Thérèse, ich habe bis jetzt nichts gesagt. Und auch als du mich gebeten hast, mit dir heraufzukommen – du siehst, ich bin mit dir heraufgekommen, und ich bin bei dir geblieben. Doch jetzt hör, was man dir sagt; geh nicht weiter, es ist wirklich besser. Man muß zuerst sehen, wie man das anstellt; man muß das besprechen ..."

Sie sagt zu Nendaz: „Sie kommen nicht? ... Also gut", sagt sie, „dann geh ich allein."

X

Um nach Derborence hinaufzusteigen, braucht man sieben, acht Stunden, wenn man vom Waadtland kommt. Man folgt dem Ufer eines hübschen Wasserlaufs, man geht ihm entgegen. Das Wasser, zwischen steile Böschungen gezwängt, ist wie viele Köpfe und Schultern, die einander drängen, um schneller vorwärts zu kommen. Mit lauten Schreien, mit Gelächter, Stimmen, die einander rufen; so, wie wenn die Kinder aus der Schule kommen und die Tür ist zu eng, um sie alle zugleich durchzulassen.

Schöne langgestreckte Hütten bleiben hinter einem zurück, sie haben Dächer, die sorgfältig bedeckt sind mit Schindeln, die der Regen poliert hat, die glänzen wie Silberblätter. Die Brunnen haben einen armdicken Wasserstrahl; Buttermaschinen drehn sich darunter.

Und dann nichts mehr, nichts anderes mehr als die kalte Luft.

Nichts anderes mehr als ein kleines Stück Winter, die einem ins Gesicht bläst, wenn man es über die Tiefe hält, nichts als ein riesiges Schattenloch – wo Antoine jetzt wieder war, aber hätte man ihn denn sehen können, ganz unten dort?

Oh! Er ist viel zu klein.

Fünfhundert Meter unter einem wäre er nichts als ein winziger weißer Punkt, für das bloße Auge nicht wahrnehmbar, in dieser unendlichen Einöde, wo die Felsen im Schatten bläulich und naß scheinen oder in trübem Grau, mit schwarzen Flecken wie die Gesichter von Toten.

Er ist zu klein, als daß man ihn sehen könnte, auch da die Felsen mit einemmal doch aufleuchten; es scheint, als wollten sie trocknen, sie erstehen für eine Weile; denn über den Kamm kippt das Sonnenlicht auf sie herab; aber er ist nicht größer als eine Ameise am Fuß dieser Steinhaufen.

Er schwang die Hacke, er packte die Schaufel, er suchte den, der nicht mehr da war, den toten Séraphin.

Er war nicht mehr recht bei Sinnen, darum schwang er die Hacke im Sonnenschein; dann bückte er sich, er packte die flache Schaufel am Griff, er zog einen Graben, der im Geröll, zwischen Kieseln und schwarzem Schiefer noch kaum zu sehen war; das eiserne Werkzeug schlug ans Gestein und gab einen hellen Ton.

Sie hat nur darauf hören müssen, woher dieser Ton kam, wenn sie so auch fürs erste ganz verloren war in den schmalen Gängen, die zwischen den größten Felsblöcken frei blieben und die noch wirrer, verschlungener waren als die Gäßchen eines Dorfs; und sie sah kaum ein wenig Himmel über sich, wie eine blaue, halb gelöste Strähne; ganz verloren fürs erste; und dann kommt das Geräusch von Eisen, das etwas Hartes trifft, bis zu ihr, und sagt ihr: „Hier ist es."

Er schwingt die Hacke, er schlägt herab.

Sie muß nur darauf hören, woher der Ton kommt; sie bleibt stehen, geht weiter. Sie umgeht noch diesen Felsblock, jenen noch; dann werden die Blöcke kleiner, rücken zusammen, türmen sich gleichzeitig auf, bilden sich wie Stufen einer Treppe, die sie hinaufsteigt; in dieser Einöde, wo nie eine Frau sich allein hineingewagt hätte, doch sie ist nicht allein, ihre Liebe ist da, und die Liebe begleitet sie, treibt sie vorwärts.

Er schwingt die Hacke mit beiden Händen, er hat Jacke und Weste abgelegt.

Er hat sein schönes weißes Hemd noch an und die neuen Hosen; er ist da, ist ganz klein, denn vor ihm steigt die Steinmasse auf; trotzdem schwingt er die Hacke; er schlägt herab, schwingt sie wieder.

Sie springt von einem Block auf den nächsten, von einem Felsenstück auf das nächste; er hört sie nicht kommen wegen des Lärms, den er macht.

Er hört auf zu hacken und nimmt die Schaufel. Da wird zu Thérèse gesagt: „Geh noch näher heran."

Und es wird zu ihr gesagt: „Ruf ihm jetzt."

Aber da sieht man, wie er sich umdreht; und er schüttelt den Kopf und sagt nein und sagt nochmals nein.

Und man sieht, wie er die Schaufel fallen läßt und grad hinaufläuft, gegen die Höhe der Steinmasse.

Sie schauten von unten hinauf; sie sahen Steine und nochmals Steine.

Nendaz, Dionis, Biollaz; und noch zwei, drei Männer, die von Zamperon gekommen waren.

Sie sahen nichts, sie setzten sich schließlich hin: „Was sollen wir tun?"

„Oh! Da ist nichts zu tun ... Man muß warten, sie kommt schon zurück."

„Und er?"

„Oh! Er ..."

Die Sonne war unterdessen bis zu ihnen herabgekommen; sie sind mitten in einer der Nischen, die das Sonnenlicht in den schattigen Streifen schnitt, wo sie waren; ein langer Schattenkegel fiel rechts vor sie hin, und links war der Schatten wie eine Säge gezähnt, von den Zacken der Bergkette, hinter der sich die Sonne weiter bewegte.

Die Südkette grad hinter ihnen.

Sie ließ hoch in die Luft ihre Zinnen, ihre eckigen Türme, ihre spitzen Giebel, ihre Dachreiter aufsteigen: da gleitet die Sonne, wenn sie daherkommt, in ihre Zwischenräume, sie dringt bis zu uns, sie zieht sich wieder zurück.

Man sieht, wie die kleinen Seen glänzen, die ein

wenig weiter vorn lagen, rechts von ihnen; sie waren traurig, sie sind nicht mehr traurig, weil eine Bewegung auf ihnen war, wie wenn die Sonne im Vorbeigehn den Finger hineingetunkt hätte.

Das Wasser, das schwarz war, wird noch blauer als der Himmel; und es ist, wie wenn ein Silbernetz darauf gefallen wäre; durch die Maschen sieht man eine kleine weiße Wolke, die vorrückt, vom Ufer weg, wie ein Boot auf dem einen See, und dann taucht sie im anderen auf.

„He, schaut!"

Das ist Carrupt. Er steht auf, und er hebt den Arm.

„Seht ihr ihn nicht?"

„Wen?"

„Ihn, wen sonst!"

„Wo denn?"

„Hinter den großen Steinen, am Abhang, bei den kleinen ..."

„Ah! Ja, ich seh ihn."

Und die anderen: „Ah! Ich auch."

Antoine war auf die Entfernung schon zu einem bloßen weißen Punkt geworden, die Farbe seiner Hosen floß mit den dunklen Flecken zusammen, die zwischen den Steinen waren. Nichts als der kleine weiße Tupfen von seinem Hemd, doch zum Glück bewegte er sich, blieb nie an der gleichen Stelle, während die anderen Farben auf der Steinmasse fest standen. Er bewegte sich; so konnte man ihn mit dem Blick verfolgen: nach oben bewegte er sich, gegen die Höhe, den Hintergrund, über die Steinmasse zu den großen Bergwänden hin.

„Wohin geht er?"

„Oh, nun, er läuft fort."

„Schlimm", sagen die Männer, „der kommt nie zurück."

Und dann sagen sie: „Und sie?"

„Oh, sie", sagt Nendaz, „sie kommt sicher wieder
herunter, was soll sie denn tun, wenn er nicht auf
sie hören will?"

Aber in diesem Augenblick kommt ein brauner
Tupfen zum Vorschein, der sich ein wenig unterhalb des weißen bewegt; je höher der weiße stieg,
desto höher stieg auch der braune, je mehr sich der
weiße entfernte, desto mehr entfernte sich auch
der braune.

Man sah sie jetzt beide gut, in der Sonne, auf
diesem Hang, der von unten fast einförmig aussah,
fast glatt, aber in Wirklichkeit und aus der Nähe
voller Buckel und Mulden, voller Risse und Löcher
war. Er war voraus, sie hatte große Mühe, ihm zu
folgen, doch sie folgte ihm. Von Zeit zu Zeit
mußte sie sich auf den Händen und auf den Knien
vorwärtsarbeiten wegen eines großen, überhängen-
den Blocks, der ihr im Weg war; manchmal sah man
auch, wie sie rückwärtsglitt, wenn Kiesel unter
ihrem Gewicht nachgaben, ins Rutschen gerieten.

Sie sagen: „Wenn sie weitergeht, ist sie verloren."

Sie sagen zu Nendaz: „Man muß ihr rufen. Ruf
du ihr, du kennst sie besser als wir."

„Es ist zu weit", sagt Nendaz.

Sie wußten nichts mehr zu sagen.

Und in diesem selben Augenblick sahen sie Antoine nicht mehr; einen Augenblick später sehen
sie Thérèse nicht mehr.

Das ist die Geschichte von einem Hirten, der unter
die Steine geriet, und da ist er zurückgekehrt zu
den Steinen, als könnte er ohne sie nicht mehr
sein.

Es ist die Geschichte von einem Hirten, der
zwei Monate lang verschwunden war und wieder
zum Vorschein gekommen ist, doch er verschwindet von neuem; und jetzt wird gleich auch seine
Frau mit ihm verschwinden.

Sie waren immer noch dort, die fünf; und auch der alte Plan war noch dort hinter ihnen, auf seinem Sockel; aber vor ihnen war nichts mehr als Steine und nur immer Steine, nichts, das gelebt hätte, nichts, das sich gerührt hätte unter der Sonne.

Da fing einer von den Männern ganz leise zu reden an: „Wer weiß, vielleicht hat der alte Plan doch recht?"

„Weiß der Himmel!" gibt man leise zur Antwort.

„Wäre er wieder heraufgekommen, wenn er wirklich ein Mensch wäre?"

„Weiß der Himmel!"

„Und vielleicht ist er bloß noch eine Seele, und er hat sich seine Frau geholt."

Sie blieben sitzen, sie bewegten sich nicht. Die Sonne gleitet zur Seite, und so verläßt die Sonne sie, aber sie ist noch ganz nah bei ihnen mit ihrem farbigen Dreieck. Seltsam verschieben sich ihre Ausschnitte über den Boden hin; die kleinen Seen werden wieder grau wie Zinkblätter.

Das ist ein Spiel, das Sonne und Schatten spielen im leeren Raum zwischen den Zacken der Bergkette oder in den Lücken zwischen den Gliedern der Kette; und ihnen fiel noch einmal ein Strahl in den Nacken, da wandten sie sich um, nach der Seite, von der er kam ...

Sie staunen.

Sie staunen über den alten Plan, denn sie sehen, wie er die Schultern hochzieht, und dann zieht er sie noch einmal hoch. Der alte Plan hat den Kopf gehoben, hinauf zur Höhe der Steinmasse; auf einmal kehrt er sich ab und macht eine Bewegung mit seinem gekrümmten Stock.

Und sie begreifen noch nicht, warum sie das sehen: der alte Plan geht fort, er hat sich umgewandt und die Herde mit ihm.

Und da, als sie die Köpfe wieder nach vorn drehen, als sie hinaufblicken, sehen auch sie, wie es sich in den Steinen droben bewegt; und ist sie das dort oben, oder was ist es? Und sie ist es, und sie bringt ihn zurück.

Nicht möglich ... Doch! Das ist sie, und sie sind es beide.

Es ist ein Mann mit einer Frau.

Die fünf, die da saßen, hatten vor sich den Berg mit seinen Mauern und Türmen; und er ist böse, er ist allmächtig; aber da ist eine schwache Frau gegen ihn aufgestanden und hat ihn besiegt, weil sie liebte, weil sie sich traute.

Sie wird die Worte gefunden haben, die gesagt werden mußten, sie wird zu ihm gekommen sein mit ihrem Geheimnis; sie hatte das Leben, und sie ist dort gewesen, wo kein Leben mehr war; sie bringt zurück, was lebt, mitten aus dem, was tot ist.

„Ho – he!"

Sie stoßen zwischen den vorgehaltenen Händen den Ruf der Berge aus; sie hören den Ruf, der zu ihnen zurückkommt, denn da droben haben sie Antwort gegeben.

Die Stimme eines Mannes, die Stimme einer Frau.

Und sie war das, und er war es; jetzt jah man, daß der Mann der Frau über die schwierigen Stellen hinweghalf; dort, wo der Fels zur Mauer wurde, sprang er als erster herab, er nahm sie in seine Arme.

Und ganz oben an der feinen Kante der Bergwand floß der Gletscher über von Licht, eine Honigwabe; doch hinter ihnen, die da herabkamen, und je weiter sie kamen, versank die Mulde endgültig in Nacht, in die Stille, in die Kälte und in den Tod.

XI

Derborence, das Wort klingt sanft und traurig in
uns, wenn wir uns über die Leere beugen, wo
nichts mehr ist, und wir sehen, daß da nichts mehr
ist.

Da liegt der Winter unter uns, die tote Zeit, das
ganze Jahr hindurch. Und so weit der Blick reicht,
sind da nur Steine, nur noch Steine, immerfort
Steine.

Seit bald zweihundert Jahren.

Nur eine Schafherde taucht bisweilen in dieser
Einöde auf, weil da etwas Gras wächst, dort wo die
Felsen ihm einen Platz lassen; und die Herde irrt
lange umher wie der Schatten einer Wolke.

Sie macht ein Geräusch wie ein starker Regen,
wenn sie sich vorwärts bewegt.

Sie macht beim Weiden ein Geräusch, wie wenn
an schönen Abenden die Wellen mit kleinen, eili-
gen Schlägen ans Ufer fallen.

Das Moos hat mit langsamem und genauem Pinsel die größten Felsblöcke hellgelb und grau auf
grau und mit aller Art Grün bemalt; in ihren Spalten hegen die Felsen alle möglichen Pflanzen, Ge-
sträuch: Preiselbeeren und Heidelbeeren, Berberitzen mit harten Blättern, mit holzigen Früchten, die
der Wind zum Läuten bringt wie kleine Glocken.

Inhalt